ESTEVILL Y EL CLAN DE LOS MENTIROSOS

Arena Abierta

Félix Martínez

ESTEVILL Y EL CLAN DE LOS MENTIROSOS

Crónica de un chantaje a la burguesía, a la banca y a las instituciones

MONDADORI

Grupo Editorial Random House Mondadori, S. L.
Travessera de Gràcia, 47-49. 08021 Barcelona
Primera edición: octubre de 2002

ISBN: 84-397-0940-4
Depósito legal: B. 42.019 - 2002
Fotocomposición: Fotocomposición 2000, S. A.
Impreso en Carvigraf, Cot, 31. Ripollet (Barcelona)

GM 0 9 4 0 4

A Shezael. Ella sabe por qué

Índice general

SEGUNDA PARTE

EXQUISITA VINDICTA (LA CAPTURA)

Allí tuvieron que soportar la cólera feroz, el desprecio mordaz y la humillación implacable que amontonó sobre ellos el presidente del tribunal, el juez Roland Freisler, que vestía una toga roja. Sentado tras un busto de Hitler, su rostro reflejaba en sus gestos y muecas un desprecio extremo. Lo que presidía no era más que un remedo sin semejanza alguna con un auténtico juicio, con la condena a muerte grabada desde el principio.

IAN KERSHAW, *Hitler, 1936-1945*

No hay ninguna duda de que detrás de las manifestaciones de este tribunal, en mi caso pues, detrás de la detención y del interrogatorio de hoy, se encuentra una gran organización. Una organización que, no sólo da empleo a vigilantes corruptos, a necios supervisores, y a jueces de instrucción, quienes, en el mejor de los casos, sólo muestran una modesta capacidad, sino a una judicatura de rango supremo, con su numeroso séquito de ordenanzas, escribientes, gendarmes y otros ayudantes, sí, y es posible que incluso emplee a verdugos, no tengo miedo de pronunciar la palabra. Y, ¿cuál es el sentido de esa organización, señores? Se dedica a detener a personas inocentes y a incoar procedimientos absurdos sin alcanzar en la mayoría de los casos, como en el mío, un resultado.

Primera comparecencia de K ante el tribunal,
FRANZ KAFKA, *El proceso*

Prefacio

Ésta es la historia de una conjura. La que convirtió a Lluís Pascual Estevill, ex cabrero, ex mendigo, ex friegaplatos, ex abogado de éxito, en uno de los personajes más poderosos de España durante cerca de cuatro años. Los protagonistas de la conjura son los miembros del Clan de los Mentirosos, una organización criminal que surgió de forma espontánea en la Barcelona de mediados de la década de 1980 y fue derribada durante la segunda mitad de los noventa.

El Clan de los Mentirosos logró colocar a sus hombres en los puestos clave del poder: en la política, en la Administración tributaria, en la judicial... De esa alianza de impostores, la cabeza visible fue el financiero Javier de la Rosa y la mente jurídica, el centro neuronal, el que durante cerca de dos décadas fue su abogado y hombre de confianza, Juan Piqué Vidal.

Cuando Lluís Pascual Estevill se convirtió en magistrado en junio de 1990 asumió las funciones de *brazo militar* del Clan de los Mentirosos. En muchas ocasiones se ha acusado a los personajes que formaron parte de aquel selecto club de utilizar métodos propios de las bandas de gángsters del Chicago de los años treinta. Pero esta organización no necesitaba matones. Cuando había que amedrentar a alguien, bastaba con que el implacable juez Estevill le citara en su juzgado para darle un repaso.

Pascual Estevill se convirtió en una pieza esencial en el puzzle de la corrupción que dominó Barcelona y desde allí algunas de las decisiones politicoeconómicas más importantes de la España de los noventa. Era esencial que ocupara su puesto de juez, desde el que estaba dispuesto a cometer los delitos que hiciera falta, para que el Clan de los Mentirosos cerrara el círculo de su poder en Cataluña y en España.

En la conjura que otorgó a Pascual Estevill el poder de decidir arbitraria y arteramente sobre la libertad de las personas, especialmente empresarios, burgueses, banqueros y políticos que debían ser *ablandados* para los otros miembros del Clan de los Mentirosos, participó de forma decisiva el poder político instalado en Cataluña desde 1980 y encarnado en Jordi Pujol. Esa alianza permitió al trío compuesto por De la Rosa, Piqué Vidal y Pascual Estevill poner en jaque a buena parte de las instituciones españolas, incluida la Corona.

En una ocasión, el delegado de la Fiscalía Anticorrupción en Cataluña, Carlos Ramos, me aclaró que «existe una diferencia entre crimen organizado y organización criminal». En una organización criminal clásica, lo que se conoce como crimen organizado, existe una estructura de mando piramidal: el *capo*, el *padrino*, concentra el poder de decisión de toda la organización y, desde él, hacia abajo, se van delegando cuotas de poder hasta llegar al peón, el último eslabón de la cadena.

Ramos cree, sin embargo, que existen organizaciones de delincuentes que no funcionan así: «Todos son poderosos y corruptos; se encubren, en un principio por propio interés, se ayudan, y, al final, acaban tejiendo una telaraña de intereses que puede llegar a abarcarlo todo». Eso fue lo que ocurrió en la turbia Barcelona de los ochenta y los noventa. El Clan de los Mentirosos surgió espontáneamente. Sus miembros empezaron a delinquir por su cuenta. Hasta que empezaron a encontrarse y a tejer su telaraña. Una telaraña que llegó a cubrir buena parte de la actividad económica y política en Cataluña. Sus hilos, acerados pero con la viscosidad de la corrupción, también llegaron a la capital del reino.

Esto no es una biografía. La historia de Lluís Pascual Estevill es el hilo conductor que permite reconstruir desde la perspectiva del *Lobo*, como le apodaban sus víctimas, el auge y caída de aquel clan de mentirosos. Pascual Estevill cumple actualmente una condena de siete años por delito fiscal. Ingresó voluntariamente en la prisión de Quatre Camins el 11 de noviembre de 2001. Con anterioridad estuvo encarcelado durante 22 meses, mientras el Tribunal Superior de Justicia de Cataluña investigaba las acusaciones que pesaban contra él por extorsión y soborno. Un sumario cuyo juicio está previsto que se celebre durante el cuarto trimestre de 2002.

Ésta no es una historia de buenos y malos. Todos los personajes que aparecen en ella tienen su lado oscuro. Un lado oscuro que, en algunos casos, en especial en el del protagonista principal, el ex juez Pascual Estevill, ha determinado su futuro. Tampoco es una historia de periodistas más listos que sus competidores, con un sentido heroico que les permite hacer aquello que las autoridades no quieren o no se atreven a hacer.

Los cerca de siete años de investigar y seguir las actividades del personaje y de su entorno han hecho inevitable que me forme una opinión demasiado firme sobre Estevill como para pretender ofrecer al lector un libro marcado por la tan cacareada objetividad periodística. Precisamente por eso he hecho un severo esfuerzo por evitar al máximo incurrir en cuestiones subjetivas. El lector determinará en qué medida lo he conseguido. Pero, si no del todo objetivo, sí he intentado que la historia que sigue responda al rigor periodístico. A pesar de que se reconstruyen situaciones de forma novelada, no hay, en las páginas que siguen, ni una sola especulación. Todas las situaciones que se reconstruyen han sido contrastadas. En todos los casos o bien están documentadas –judicial o periodísticamente– o bien han sido escuchadas directamente por mí en algún momento de la historia que se relata a continuación. El libro, sin duda, habría sido más objetivo y estaría más completo si hubiera contado con la versión de Lluís Pascual Estevill. Pero todos mis intentos por mantener una entrevista personal con el ex magistrado, a través de su abogado, Manuel Troyano, han sido infructuosos. Estevill no ha atendido mis llamadas durante los últimos siete años. Sus respuestas a mis informaciones periodísticas siempre se han producido a través de los juzgados, en forma de querellas por calumnias y demandas por vulneración del derecho al honor. De momento, siempre han sido archivadas.

El caso de Estevill no es el primero en el que alguien procedente del extracto social más bajo llega a alcanzar los puestos más altos del poder y a poner en jaque a la sociedad que le ha situado ahí. Hay precedentes en todo el mundo y a lo largo de toda la historia. Y pocos son edificantes. Desde Girolamo de Savonarola, el fraile fanático de la pobreza que acabó con el poder de los Médicis en Florencia, pasando por Adolf Hitler o por el dictador ugandés Idi Amin, todos fueron mendigos iletrados *descubiertos* por alguna mente privilegiada que vio en ellos cualidades necesarias para ejercer el poder: la crueldad ilimitada y la capacidad para la demagogia.

Estevill es el resultado del paternalismo del régimen franquista: el pastor que logró hacerse abogado y llegar a lo más alto. Así se definía ya a sí mismo cuando, en 1971, se presentó a las *elecciones* a las Cortes del régimen por el Tercio Familiar.

Su éxito, sin embargo, continuó más allá de la muerte de Franco. Fue con la democracia consolidada, en 1990, cuando un Pascual Estevill, conocido por sus extraños manejos como abogado, por su capacidad para engañar y maltratar a sus clientes, fue considerado, de repente, un jurista de reconocido prestigio, hasta el punto de ingresar en la carrera judicial, primero, en la Academia de Jurisprudencia de Cataluña, después, y, finalmente, en el Consejo General del Poder Judicial, el máximo órgano de gobierno de jueces y magistrados.

Se atribuye su ferocidad para extorsionar a las más destacadas personalidades de la burguesía catalana a su resentimiento social. La *vendetta* del mendigo que hace pagar su desdicha a los *señoritos* cuando alcanza una posición que le otorga poder sobre ellos. Pero es una suposición parcialmente falsa. El juez que se encargó de investigar su caso llegó a estudiar 44 intentos de chantaje en la primera fase de Estevill como juez en Terrassa. En casi todos los casos se trataba de pequeños y medianos empresarios, un eufemismo que en este caso encubre en realidad una serie de pequeños negocios que iban desde un restaurante familiar hasta un taller mecánico.

La escasa implicación de la más alta burguesía barcelonesa en la política de la transición a la democracia, su desapego por la figura de Jordi Pujol y su convencimiento de que serían capaces de lograr más cosas del poder político en Madrid actuando como *lobbies* convirtieron a sus miembros en víctimas propiciatorias de Estevill. Eran inmensamente ricos y temían más que cualquier otro la mácula de haber pasado por la cárcel, pero no tenían manera de llegar al *president*.

El Clan de los Mentirosos, por el contrario, tenía capacidad y entrada en el Palacio de la Generalitat a través de figuras tan diversas como Lluís Prenafeta, Macià Alavedra o Miquel Roca. El contacto con De la Rosa también franqueaba al *selecto* club el paso en algunos de los partidos de la oposición. Los contactos que aportó Estevill al clan, especialmente el jefe regional de la Inspección de Hacienda en Cataluña, Josep Maria Huguet, completaron la telaraña.

Desde esa posición Estevill se permitió chantajear primero a pequeños y medianos empresarios, luego a la flor y nata de la burguesía catalana y a la banca española y, más tarde, a las más altas instituciones del Estado. La Familia Real no quedó exenta de las extorsiones del ex magistrado, aunque, como se verá, Estevill no sólo estaba extorsionando a la Familia Real, sino que estaba trabajando a favor de los intereses del financiero Javier de la Rosa.

El único interlocutor con el que contaba la burguesía catalana en el Gobierno de Jordi Pujol era precisamente Macià Alavedra. Pero el entonces consejero de Economía de Cataluña había caído ya en la telaraña del clan. El juez y el consejero iniciaron una relación beneficiosa para ambos. A Estevill le daba entrada en Palau. A Alavedra, como mínimo le convertía en una pieza imprescindible para la burguesía en el Gobierno catalán. Los responsables de la investigación, además, no han dejado de buscar, infructuosamente, relaciones económicas entre Pascual Estevill y Macià Alavedra.

Al final, lo que acabó con el Clan de los Mentirosos y con el propio Estevill fue los excesos de toda naturaleza que habían cometido. Nuevos ricos, menos reacios a colaborar con la prensa y con la Fiscalía, iniciaron el ataque. Periodistas y medios poco comprometidos con el *establishment* catalán les secundaron y convirtieron el caso en una historia de primera página. Los estertores del gobierno del PSOE crearon una situación política y social en la que había una auténtica avidez de escándalos. El año de 1994 se convirtió en una fecha clave. Fue el principio del fin del Clan de los Mentirosos. Ese año se rompió la telaraña. Los esfuerzos que hicieron los miembros del clan para zurcirla no sirvieron de nada.

De la Rosa, que había perdido el favor de la Casa Real de Kuwait dos años antes, ingresó por primera vez en prisión por sus excesos en Grand Tibidabo. Josep Maria Huguet fue invitado por sus superiores a abandonar la Agencia Tributaria. Y, finalmente, el afán de notoriedad de Estevill le llevó a cambiar su puesto en el Juzgado de Instrucción, la fuente de su poder, por un sillón en el Consejo General del Poder Judicial. Una decisión que le hacía vulnerable.

Pero la caída del Clan de los Mentirosos no es una catarsis. Muchos de los que lo apoyaron y se implicaron en sus manejos saldrán con bien del proceso. Los principales responsables de que Estevill llegara a donde llegó apenas se han visto salpicados por el escándalo.

Y, aunque Estevill es un delincuente, lo que convirtió en urgente que se le quitara de en medio fue que la flor y nata catalana vio amenazada su posición por un molesto personaje, no la necesidad de sanear el sistema. Las cosas han vuelto a su lugar. Ahora aquellos burgueses pueden dormir tranquilos y hacer con sus fortunas lo que siempre han hecho: lo que les da la gana.

Por eso este libro tiene tanto de investigación periodística como de crónica burguesa. La burguesía decidió quién le ponía el cascabel al gato y acababa con Estevill. En las páginas que siguen, intento explicar quién le puso la toga al *Lobo* y le señaló a sus presas.

FÉLIX MARTÍNEZ
Barcelona, 2002

Relación de personajes

Xavier Aguilar: Financiero. Fundador y presidente del Banco de las Islas Canarias (Isbank) hasta que lo vendió a La Caixa en 1991 por orden del Banco de España. Tesorero del FC Barcelona hasta la dimisión de Josep Lluís Núñez en 2000.

Macià Alavedra: Consejero de Economía de la Generalitat entre 1989 y 1997.

José María Amusátegui: Presidente del BCH desde 1993 hasta febrero de 2002.

Antonio Antón Vicente: Asesor fiscal de Estevill. Es el nexo entre el ex juez y la dirección de Hacienda en Barcelona. También es asesor fiscal de Freixenet.

Xavier Arraut: Ex abogado del Estado y cuñado del ex consejero Xavier Trias.

Enric Bernat: Padre de la multinacional Chupa Chups. Socio y amigo personal de Lluís Prenafeta.

José Felipe Bertrán de Caralt: Propietario de uno de los mayores imperios de la industria agropecuaria española. Relacionado familiarmente con los condes de Güell y con Josep Bertrán y Mussitu, y vinculado a la cementera Asland. Condenado a cuatro años de cárcel por delito fiscal e indultado por el Gobierno de José María Aznar.

Eusebio Bertrand Mata: Fallecido en 1983. Cabeza visible de

la segunda generación del imperio textil catalán Bertrand Serra. Protector de Pascual Estevill hasta 1979.

REMEI BONA: Titular del Juzgado de Instrucción número 28 de Barcelona. Instructora del *caso Estevill*.

ANTONI BRUGUERA: Magistrado de la Sala Civil y Penal del Tribunal Superior de Justicia de Cataluña y primer instructor del *caso Estevill*.

EDUARDO BUENO FERRER: Candidato a la presidencia de la Generalitat por Alianza Popular en 1984. Amigo personal de Pascual Estevill y muy próximo a Javier de la Rosa.

ENRIC CASANY: Presidente de la Asociación para la Defensa del Accionista (ADA).

DANIEL DEVAUD: Juez federal del cantón suizo de Ginebra. Instruye una causa por blanqueo de dinero contra Pascual Estevill y sus cómplices.

ALFONSO ESCÁMEZ: Banquero autodidacta, ingresó en el Banco Central como botones para acabar presidiéndolo. Durante años fue considerado el banquero del rey, quien le distinguió con el título de marqués de Águilas.

RAMÓN FEIXÓ: Procurador de los tribunales y socio de Pascual Estevill en varios negocios.

JORGE FERNÁNDEZ DÍAZ: Dirigente del PP. Candidato a la presidencia de la Generalitat. Participó en la candidatura de Eduardo Bueno de 1984. Delegado de Trabajo en Barcelona. Desde 1996 es uno de los más estrechos colaboradores de Mariano Rajoy.

JOSÉ FERRER: Patriarca de la familia propietaria del gigante del cava Freixenet.

RAMÓN FITER: Financiero de origen catalán. Cliente y socio de Juan Piqué Vidal, contrató a Pascual Estevill y ayudó a Javier de la Rosa a limpiar Grand Tibidabo.

IGNACIO GARCÍA NIETO: Financiero y empresario. Heredero de

la famila propietaria del desaparecido banco catalán Riva y García. Consejero de Macosa.

MANUEL GARÍ DE ARANA: Heredero de la dinastía Arnús Garí. Nunca ha trabajado. Ha pertenecido a los consejos de administración regionales del Banco Central y de Banesto.

JOSEP MARIA HUGUET: Fue jefe de la Inspección de Hacienda en Cataluña y amigo de José Borrell. Está imputado por recibir dinero de De la Rosa.

RAFAEL JIMÉNEZ DE PARGA: Prestigioso abogado mercantilista. Amigo de Estevill y estrechamente vinculado a Banesto.

CARLOS JIMÉNEZ VILLAREJO: Fiscal jefe de la Fiscalía Especial para la Represión de los Delitos Económicos relacionados con la Corrupción.

LUIS JORDANA DE POZAS: Fue el fiscal del *caso Mariano Rubio*. Se pasó al sector privado como abogado de la firma Cuatrecasas.

JOSÉ MARÍA JUNCADELLA BURÉS: Patriarca de la familia del mismo nombre, emparentada con los Bertrand Serra, propietaria de El Burrito Blanco y accionista de Catalana de Occidente. También fue protector de Pascual Estevill.

JOSÉ MARÍA JUNCADELLA SALISACHS: Hijo del anterior. Campeón de automovilismo, vendió el patrimonio familiar a Javier de la Rosa, a quien estuvo largo tiempo vinculado. Estuvo implicado en el fraude a la Seguridad Social descubierto en Barcelona en 1983.

THIERRY KERN: Banquero suizo. Accionista de la Banca Darier, Hentz et Cie. de Ginebra y gestor de la cuenta de Pascual Estevill. Se le relaciona con la gestión de la fortuna del general Franco.

JOSEP LÓPEZ SÁNCHEZ: Abogado laboralista del grupo Olabarría, se reveló como un excelente jurista cuando se hizo cargo de la acusación contra Estevill.

LUIS MAGAÑA: Fallecido en 1996. Ex presidente de Fecsa y de Cepsa. Hombre de confianza de Alfonso Escámez y del Banco Central en Cataluña.

JOSÉ LUIS MANZANARES: Juez del Tribunal Supremo. Destacado miembro de la conservadora Asociación Profesional de la Magistratura, fue vocal del Consejo General del Poder Judicial al mismo tiempo que Pascual Estevill.

ENRIQUE MARUGÁN: Hombre de negocios español con domicilio fiscal en Brasil. Perito mercantil, en 1980 recomendó a Rosal que despidiera a Estevill de Bertrand Serra. Es el principal denunciante de Estevill en tribunales de medio mundo. Socio del grupo Olabarría, tiene intereses en Francia, América Latina, EE.UU. y Canadá.

ESTEBAN MONEGAL: Propietario de la perfumería Myrurgia. Protector y socio de Pascual Estevill hasta que, en 1999, se vio forzado a proporcionarle una coartada.

MIGUEL MOREIRAS: Titular del Juzgado Central de Instrucción número 3 de la Audiencia Nacional hasta 1996.

PEDRO OLABARRÍA: Socio de Marugán. Ex socio de Javier de la Rosa y víctima de Pascual Estevill.

LLUÍS PASCUAL ESTEVILL: Ex cabrero, ex friegaplatos, abogado, Juez de Instrucción por el cuarto turno y miembro del Consejo General del Poder Judicial a propuesta de CiU. Está acusado de extorsionar a empresarios con la amenaza de la prisión.

JAVIER PASCUAL FRANQUESA: Hijo mayor de Lluís Pascual Estevill. Abogado y acusado de complicidad en los delitos de su padre.

LUIS DE PATRICIO: Empresario. Testaferro habitual de Lluís Pascual Estevill.

JUAN PIQUÉ VIDAL: Prestigioso abogado penalista. Entre sus clientes han figurado el presidente de la Generalitat, Jordi Pujol, el ex presidente del Barça, Josep Lluís Núñez, y Javier de la Rosa. Está acusado de ser el cerebro de los sobornos de Lluís Pascual Estevill.

José Manuel Prades: Amigo de correrías de Estevill. Socio y protector, fue su iniciador en la estafa a sus propios clientes.

Lluís Prenafeta: Secretario general de la Presidencia de la Generalitat y mano derecha de Jordi Pujol desde 1980 hasta 1990. Editor, junto a Piqué Vidal, del diario nacionalista *El Observador*.

Jordi Pujol: Presidente de la Generalitat de Cataluña desde febrero de 1980.

Carlos Ramos: Delegado de la Fiscalía Anticorrupción en Cataluña.

Miquel Roca Junyent: Presidente del grupo parlamentario de Convergència i Unió hasta 1995.

Javier de la Rosa: Ex vicepresidente de la extinta Banca Garriga Nogués. Ex hombre fuerte de KIO en España y ex presidente de Grand Tibidabo. Ha sido condenado en Londres a pagar 125.000 millones de pesetas (751 millones de euros) a sus antiguos patrones de KIO. Los fiscales españoles piden para él cerca de 50 años de cárcel.

Lorenzo Rosal Bertrand: Miembro de la estirpe de los Bertrand Serra. Se asoció con el grupo Olabarría. Fue amigo personal de Javier de la Rosa hasta mediados de 2000. Fue el responsable de que Textiles Bertrand Serra despidiera a Pascual Estevill.

John Rosillo: Millonario de origen texano. Amigo de Macià Alavedra y de Josep Pujol, hijo de Jordi Pujol.

Alfredo Sáenz: Presidente de Banesto desde la intervención del Banco de España en diciembre de 1993 hasta febrero de 2002, cuando fue nombrado consejero delegado del Santander Central Hispano. Desde esa fecha, la presidenta de Banesto es Ana Patricia Botín.

ANTONIO SAGNIER: Presidente de Privat Bank.

ALBERTO SALA REIXACHS: Abogado concursalista, marido de la socia de Xavier Arraut, Marta Vila.

ALBERTO SALAZAR: Abogado y vicepresidente de la Asociación para la Defensa del Accionista.

EDUARDO SANTOS: Ex subsecretario de Industria con el PSOE. Amigo de José Luis Corcuera. Se pasó al sector privado y se hizo multimillonario con Macosa.

CARLOS TESTOR: Procurador de los tribunales y socio de Pascual Estevill en varios negocios.

ANTONI VILA CASAS: Ex presidente del imperio farmacéutico Prodesfarma.

JOSÉ VILADOMIU: Máximo ejecutivo de SA Viladomiu. Pascual Estevill llevó a la empresa a la suspensión de pagos y a la quiebra en 1983.

JOSEP VILARASAU: Director general de La Caixa hasta enero de 1999. Desde esa fecha, preside la entidad.

JUAN VIVES RODRÍGUEZ DE HINOJOSA: Prestigioso abogado de empresas en Barcelona. Vinculado al Banco Central y a Fecsa. Miembro de la Academia Catalana de Jurisprudencia.

JOSEP MARIA XERCAVINS: Fue director general de Banesto para Cataluña hasta 1993 y máximo ejecutivo de la filial catalana de la entidad, el Català de Crèdit. Fue el hombre de Mario Conde en Barcelona.

DON CARLOS ZURITA: Médico de profesión. Cuñado del rey don Juan Carlos por su matrimonio con la infanta Margarita. Duque consorte de Soria. Es miembro de los consejos de administración de varias grandes empresas españolas. En diciembre de 1993 era miembro del consejo de Banco Vitalicio, una aseguradora participada entonces por el BCH.

PRIMERA PARTE

Las presas del *Lobo*

1

La toga del depredador

¿Qué mejor careta ha de menester don Braulio que su hipocresía? Pasa en el mundo por un santo, oye misa todos los días, y reza sus devociones; a merced de esta máscara que tiene constantemente adoptada, mirad cómo engaña, cómo intriga, cómo murmura, cómo roba...

MARIANO JOSÉ DE LARRA,
«El mundo todo es máscaras.
Todo el año es Carnaval», publicado en
El pobrecito hablador, 14 de marzo de 1833

El *Lobo* aún anda suelto. Pero por poco tiempo. El jueves 13 de febrero de 1997 ha amanecido frío, pero va a ser una jornada febril para todo el personal de la Sala Civil y Penal del Tribunal Superior de Justicia de Cataluña (TSJC). El agente Agustín Huertas ha recibido instrucciones de la secretaria de la Sala para citar a los dos principales inculpados en una causa por prevaricación, detención ilegal y soborno: el ex magistrado y antiguo vocal del Consejo General del Poder Judicial (CGPJ) a propuesta de Convergència i Unió Lluís Pascual Estevill y el penalista Juan

Piqué Vidal, abogado, entre otros, del propio Jordi Pujol en el *caso Banca Catalana*. Se requiere su presencia para esa misma tarde. Ambos a las 17 horas. En la vista se discutirá la situación personal de los dos inculpados. Su eventual ingreso en prisión.

Esa fría mañana de febrero, todos los indicios apuntan a que la Justicia va a sepultar los restos del Clan de los Mentirosos.

Dos años de amenazas y coacciones a testigos, de destrucción de pruebas, de presiones políticas, de obstrucción a la Justicia en España y en Suiza, y de querellas y demandas constantes contra determinados periodistas se demostrarán ese día estériles. Sólo han conseguido retrasar lo inevitable y prolongar el calvario de dos de los más destacados miembros del Clan de los Mentirosos.

Huertas, de 60 años, un oficial de Justicia de los de toda la vida, con un hijo procurador de los tribunales del que habla con orgullo, tiene por delante un trabajo arduo. Ha recibido el encargo a las diez de la mañana, minutos después de que llegara al Palacio de Justicia el instructor de la causa especial que sigue el Tribunal Superior contra Pascual Estevill, Antoni Bruguera.

Las citaciones, por expresa orden del juez Bruguera, deben realizarse por teléfono. Huertas no sólo tiene que localizar a los dos principales inculpados. También debe citar a sus abogados, Manuel Troyano, defensor de Lluís Pascual Estevill y de su hijo, Javier Pascual Franquesa, y Javier Ibáñez Garmendia, abogado de Juan Piqué Vidal. Y a los abogados de los otros inculpados: Sebastià Roca Roquer, defensor del abogado Juan Vives Rodríguez de Hinojosa, y Pablo Molins Amat, abogado del hijo de Vives, *Nitus*. El principal abogado de la acusación particular, Pep López, ya ha sido informado por el delegado de la Fiscalía Anticorrupción en Cataluña, Carlos Ramos, de que esa tarde, con toda probabilidad, Estevill ingresará por fin en prisión.

La secretaria de la Sala, mientras tanto, debe comunicar a todas las partes personadas que ese mismo día el juez Bruguera ha levantado el secreto que pesaba sobre las actuaciones desde el 27 de noviembre de 1996.

Pero la jornada no sólo es febril para el personal de la Administración de Justicia relacionado con el caso. El propio Estevill, que ha recibido la llamada de Huertas a las diez y media de la mañana en el despacho de abogado que aún mantiene abierto en el número 407 de la Diagonal de Barcelona, sabe lo que le espera. No llega a colgar el teléfono. Tras cortar la comunicación con la Sala Civil y Penal del TSJC, marca el teléfono del financiero Joaquín Mestres, para empezar a preparar una coartada. Deben verse inmediatamente, le dice Estevill a Mestres, «es una cuestión de vida o muerte».[1] Se citan para media hora más tarde en la cafetería Farga, en la confluencia de la Diagonal con el paseo de Gràcia. También Mestres sabe lo que va a pedirle Estevill. Lo mismo que le había pedido menos de un mes antes, aunque en aquella ocasión el escenario fue el domicilio del antiguo miembro del Consejo General del Poder Judicial en el número 8 de la calle Emancipación de Barcelona. Tiene que cubrirle, las investigaciones en Suiza sobre sus cuentas bancarias avanzan deprisa y hay un ingreso de 634.322 francos suizos (unos 53 millones de pesetas, tres millones de euros, al cambio de la época) en su cuenta de la banca Darier, Hentz et Cie de Ginebra para el que no tiene justificación. Posteriormente se descubriría que el ingreso lo realizó la eléctrica catalana Fecsa por orden de su presidente, Luis Magaña, a cambio de que Estevill no incriminara en el *caso Macosa* al ex presidente del Banco Central Alfonso Escámez.

Mestres prestó 40 millones de pesetas (240.400 euros) al ex

1. Declaración de Joaquín Mestres ante el Tribunal Superior de Cataluña el 25 de mayo de 1998.

magistrado en 1989. Cuando, ante la tardanza de Estevill en devolver el dinero, Mestres se lo reclamó, Estevill le explicó que no disponía del dinero en España, pero le entregó un documento para que pudiera retirar el dinero de su cuenta suiza en la Darier. El ex magistrado pretende ahora que si se descubre el ingreso de 1992, el financiero acuda voluntariamente al TSJC a explicar que se trata de un residuo de aquella operación. El comedor de la casa de Estevill se convirtió en el escenario de una tensa discusión entre el ex juez y Mestres. El financiero se negó. No eran tan amigos como para tener problemas con Hacienda o con la Justicia por mentir a cambio de nada.

La mañana del 13 de febrero, Estevill suplica nuevamente a Mestres que le cubra. El ex magistrado está muy nervioso; tiene una cuartilla en la que se relacionan una serie de ingresos en sus cuentas y sus correspondientes fechas. Y ruega otra vez al financiero que le haga el favor.

–Necesito que declares que fuiste tú quien me ingresó ese dinero en Suiza porque, si no se justifica esto, puede ser interpretado como un ingreso irregular –dice Estevill a Mestres–. Esta tarde me ha citado el juez Bruguera para celebrar una vistilla sobre mi situación personal, es de vital importancia que comparezcas voluntariamente y me cubras, Joaquín. Te lo ruego encarecidamente.

Mestres sabe lo que quiere decir Estevill con las palabras «ingreso irregular»: soborno. Aun así, Mestres se niega de nuevo argumentando los problemas fiscales y judiciales que podría tener si accede a la petición de Estevill.

–Lo siento, Lluís, ya te lo dije en tu casa, no somos tan amigos como para jugármela por ti.

Mientras Mestres desayuna con Estevill, el abogado del ex juez ya está al tanto de la situación. Se encontraba físicamente en el despacho del ex magistrado cuando éste ha recibido la llamada de Huertas. El joven letrado Manuel Troyano, socio del bufete del hijo mayor del ex magistrado, Javier, es, a pesar de una carrera profesional poco brillante, el único abogado dispuesto a hacerse cargo de la defensa de Pascual Estevill. Una defensa que consiste fundamentalmente en firmar los escritos elaborados por el propio ex magistrado. El carácter orgulloso, despótico y soberbio de Estevill le ha hecho protagonizar una máxima con mucho predicamento entre los juristas anglosajones: «El abogado que se defiende a sí mismo tiene a un necio por cliente».[2] Troyano ha recibido, además, la llamada del despacho de sus procuradores, Testor y Feixó, que le informa del levantamiento del secreto que pesaba sobre las actuaciones. Sale inmediatamente hacia el Tribunal, demudado, pálido e incluso más nervioso que su cliente. No abandonará la Sala del Tribunal hasta que su patrocinado, escoltado por seis policías, sea conducido a la cárcel Modelo de Barcelona, a las ocho y media de la tarde.

Pero si la citación es una sorpresa para Troyano, para Estevill es un desenlace que espera desde hace por lo menos un mes. El 8 de enero de ese mismo año, Javier Pascual, el hijo mayor del ex magistrado, prestó declaración ante el Tribunal. Con él se completaba la lista de los principales inculpados en la causa. Para entonces eran más de 18 los testigos que habían declarado ante el juez Bruguera y ante el fiscal anticorrupción Carlos Ramos que Estevill cobraba sobornos y chantajeaba con la amenaza de la prisión a los empresarios que pasaron por sus juzgados: el número 5 de Terrassa desde junio de 1990 hasta octubre de 1991, y el número 26 de Barcelona hasta noviembre de 1994, cuando ascendió al Consejo General del Poder Judicial.

Fiscales y acusadores están convencidos de que fue por entonces cuando Estevill tomó la decisión de poner su patrimo-

2. En inglés, «*The attorney who defends himself has a fool as a client*».

nio a buen recaudo. El primer indicio fue la venta a una sociedad pantalla de un edificio de viviendas que el ex juez poseía en la calle Bailén de Barcelona, exactamente una semana antes de ser encarcelado. Pero todo apunta a que el hijo mayor del ex magistrado, Javier Pascual, recibió plenos poderes para vaciar las cuentas de Estevill en Suiza y desviar el dinero hacia otros paraísos fiscales, como Andorra, las islas del Canal de la Mancha e incluso las Bahamas.[3] Las primeras comisiones rogatorias que llegaron de Suiza confirmaron que las cuentas de Estevill en el país alpino habían sido vaciadas.

La negativa de Joaquín Mestres a prestar una coartada a Estevill no desanima al ex juez. Lo intenta en una puerta más segura. La de su antiguo compañero de fatigas José Manuel Prades. Con Prades coincidió como asesor en la empresa que catapultó a Estevill al estrellato jurídico, la textil Bertrand Serra, y en el grupo de transportes Jorge Juan. Su relación se inició en 1964. Desde entonces, Prades nunca se ha negado a testificar a favor de Estevill en procedimiento alguno.[4] Prades llega al despacho de Estevill en la Diagonal «a la hora de comer» y se encuentra al magistrado y a sus hijos hechos «un mar de lágrimas».[5] Prades aseguró meses después al Tribunal que Estevill le había citado, obligado por su amistad, para devolverle seis millones de pesetas (36.000 euros) que le debía desde 1989.

Todo apunta, sin embargo, a que lo que en realidad pidió Estevill a Prades fue una coartada para un ingreso de un soborno de seis millones de pesetas (36.000 euros). Además, Estevill tiene otro encargo para su viejo amigo: debe acompañar y ayu-

3. *El Mundo*, edición del 19 de febrero de 1999.

4. Fue uno de los pocos testigos que pudo aportar la defensa de Estevill en el juicio al que le sometió la Sala Segunda del Tribunal Supremo por prevaricación los días 6 y 7 de junio de 1996.

5. Declaración de José Manuel Prades Sorli ante el Tribunal Superior de Justicia de Cataluña el 23 de abril de 1999.

dar a su hijo Javier Pascual en su periplo por los paraísos fiscales para ocultar de la Justicia el patrimonio amasado por el ex magistrado secuestrando judicialmente a empresarios.

La actitud de Piqué Vidal es completamente distinta. Mucho más sereno, recibe la citación, al igual que Estevill, en su despacho profesional, en el número 612 de la Diagonal de Barcelona, al mismo tiempo que su abogado defensor, Javier Ibáñez Garmendia, socio de su bufete. La *toga de oro* no se entrega a maniobras desesperadas. Intenta limitarse a esperar. Pero no puede contenerse y se presenta en el Tribunal Superior a las cuatro de la tarde, una hora antes de la hora fijada para la vista. A diferencia de Estevill, Piqué acude acompañado de dos de sus hijos y de algunos de los principales socios de su despacho, además del fiel Ibáñez Garmendia. La espera va a ser larga. La vista sobre Piqué no se iniciará hasta pasadas las ocho de la noche. Piqué dedica la tensa espera a pasear por el atrio del Palacio de Justicia de Barcelona, comentando la *jugada* con sus hijos y con sus socios, a excepción de Ibáñez, que se encuentra en la Sala mientras se decide sobre el eventual ingreso en prisión de Pascual Estevill.

Minutos antes de las cinco de la tarde, Estevill sube las escaleras de caracol que conducen desde la primera planta del Palacio de Justicia, donde ha mantenido una breve reunión con su abogado en la Sala de Togas, a la segunda planta, en la que se ubican entonces todas las salas del Tribunal Superior de Justicia. Va, como siempre, impecablemente vestido. Loden verde sobre un traje gris marengo. La corbata, a juego con el pañuelo de bolsillo. No exhibe su habitual Montecristo del número 1. De poco le va a servir.

Inmediatamente es conducido al despacho del juez Bruguera, donde ya le esperan todas las partes. Ya declaró ante el Tribunal Superior el 27 de diciembre, así que no son necesarios trámites como la filiación o la información de derechos. La vista empieza sin más dilación. Tras un breve preámbulo en el que Bruguera le informa sobre lo que se va a discutir en la vista. El fiscal Carlos Ramos expone sus argumentos: la instrucción practicada hasta la fecha evidencia que el ex magistrado ha cometido en el ejercicio de su cargo como juez instructor varios delitos de prevaricación, detención ilegal y cohecho que le han reportado, al menos, 131 millones de pesetas (790.000 euros).

La gravedad de las acusaciones, combinada con los abundantes medios económicos con los que cuenta Estevill tanto dentro como fuera de España, hacen del riesgo de fuga una posibilidad demasiado tangible. Por lo tanto, el ex juez Lluís Pascual Estevill debe ser conducido inmediatamente a la prisión, de forma incondicional. Las acusaciones se adhieren, punto por punto, a los argumentos del fiscal. Las defensas de los otros imputados, con la excepción de la de Piqué Vidal, al que se acusa de cooperador necesario, asisten al debate poco más que como meros espectadores. La maniobra del defensor de Estevill, Manuel Troyano, funciona en primera instancia, pero no evita que su cliente pise la prisión para una larga temporada. Troyano alega indefensión porque el hecho de que Bruguera haya levantado el secreto sobre las actuaciones el mismo día que debía decidirse el encarcelamiento de Estevill no le ha permitido preparar una defensa adecuada. El instructor atiende la petición de Troyano y dicta un auto de prisión incondicional para Estevill en el que se acoge al artículo 539 de la Ley de Enjuiciamiento Criminal. Ese artículo permite al magistrado encarcelar a un imputado, ante un evidente riesgo de fuga, durante 72 horas, transcurridas las cuales debe dictar un auto de prisión razonado. Pero no va a esperar tanto tiempo. Concede 24 horas a Troyano para estudiar los autos y vuelve a fijar la vista para el día siguiente. La maniobra ha fracasado y Estevill va a pisar esa noche, por primera vez, la cárcel.

A las ocho de la tarde, tan impecablemente vestido como ha entrado a la Sala, sale Estevill. Ni siquiera se ha aflojado el nudo de la corbata. Ahora, sin embargo, va custodiado por media docena de antidisturbios. No va esposado, pero se le ha acabado la altivez. El porte erguido con el que en el pasado había lucido sus trajes desapareció aquella tarde. Encorvado, cabizbajo, sale de la Sala fumando, pero no su habitual Montecristo del número 1, sino un simple cigarrillo Marlboro. Al pasar ante la prensa, que primero le encumbró y luego le destruyó, no puede evitar un leve pero perceptible estremecimiento. Abajo le espera un vehículo, pero no es su Jaguar, sino un furgón de traslado de presos. A las ocho y media llega a la Modelo. No pasará del módulo de ingresos, pero tiene que pasar la vergüenza de entregar con el resto de sus objetos personales la corbata, el cinturón y los cordones de los zapatos. Además es cacheado y aseado. Acostumbrado a los mejores restaurantes y hoteles de Barcelona, esa noche cena en el comedor comunal del módulo de ingresos de la Modelo sopa de pescado de sobre, filete de merluza precocinado, y, de postre, una pera y un yogur.

Cuando Estevill sale para la Modelo, le toca el turno a Piqué Vidal, considerado cooperador necesario en, al menos, dos de los delitos de extorsión del ex magistrado. Para él también hay preparado un auto de prisión, pero eludible bajo fianza. El fiscal Ramos ha solicitado una fianza de 100 millones de pesetas (600.000 euros). Pero el juez Bruguera los rebaja a 30 millones (180.000 euros). Piqué tiene 24 horas para depositar la fianza. Al salir, el penalista ofrece una imagen discordante. Está a todas luces aliviado. Pero la tensión ha causado estragos en un hombre que pasa por ser uno de los más flemáticos *habitantes* de los juzgados. Atiende a la prensa. Pero cuando es preguntado por los cargos que le imputan tiene que ser asistido por uno de los *chicos de la prensa* que peor trato le ha dispensado.

–Me acusan de... complicidad no, ¿cómo se dice? –empieza Piqué.

–¿Cooperador necesario? –apunta el periodista.

–Exacto, chico, nunca pensé que tú acabarías dándome clases de Penal –concluye el abogado.[6]

Piqué ha logrado una larga pausa en su calvario. A las 10 de la mañana del 14 de febrero, deposita la fianza en efectivo. De momento, puede seguir durmiendo en su casa relativamente tranquilo.

Para Estevill, sin embargo, el calvario acababa de empezar. El 14 de febrero de 1997 ya no puede desayunar en Farga, ni en La Puñalada, su restaurante favorito, que no volverá a ver abierto. De hecho no podrá volver a desayunar en libertad hasta diciembre de 1998. Lo levantan de la cama a toque de diana y es conducido, de nuevo, al comedor comunal. Desayuna un vaso de Cola-Cao y un dónut.

La reedición de la vista sobre la situación personal de Estevill no va a modificar nada, como era previsible. A las cinco de la tarde del 14 de febrero de 1997, se inicia la vista, Estevill ha sido conducido desde la Modelo, con la misma ropa que llevaba el día anterior. Su abogado, Manuel Troyano, tras revisar los autos, sólo puede alegar que la prisión incondicional es una medida desmesurada y que tiene previsto recurrir el auto. Demudado y pálido, cuando sale, el primero, de la Sala se limita a confirmar a la prensa que la orden de prisión ha sido ratificada por el juez Bruguera. Motivo: «Riesgo de fuga».

Pero el auto razonado que ha elaborado Bruguera es mucho más que eso. Nada que ver con los autos de prisión ciclostilados que Estevill solía utilizar con sus víctimas. Y es durísimo.

Bruguera recoge en su auto las imputaciones del fiscal Car-

6. Conversación entre Juan Piqué Vidal y el autor en el Palacio de Justicia de Barcelona el 13 de febrero de 1997 a las nueve de la noche.

los Ramos y atribuye al ex magistrado la comisión de varios delitos de soborno, prevaricación y detención ilegal que le habían reportado ingresos de 131 millones de pesetas (790.000 euros). Cita expresamente los casos Macosa, Bertrán de Caralt, Olabarría y uno desconocido hasta entonces, el de la filial de Nutrexpa Idapsa-Phoscao. El juez Bruguera sostiene en el auto de prisión que envió a Lluís Pascual Estevill a la prisión que los empresarios que se avinieron a sobornar a Pascual Estevill lo hicieron por «temor (y más que temor, pánico)»[7] a ser encarcelados injustamente, acusados de un delito que no tardaría en ser desestimado por la Audiencia.

La vista ha empezado a las cinco, y a las siete está concluida. Una hora después, Bruguera firma la redacción definitiva del auto y Estevill, de nuevo conducido por la policía, parte en un coche Z hacia la prisión de Quatre Camins, en la Roca del Vallès. Aunque se trata de un centro de cumplimiento, es el más próximo a Barcelona con un módulo de ingresos habilitado para albergar a miembros de la Administración de Justicia y de los cuerpos y fuerzas de seguridad del Estado.

El encarcelamiento preventivo de Estevill, que duró 22 meses y nueve días, supuso un punto de inflexión en la vida política y judicial catalana. Caía la máscara de uno de los grandes mentirosos que hicieron fortuna por los medios más espurios al calor de la Barcelona especulativa de los años ochenta y la primera mitad de los noventa, de un miembro del club de poderosos beneficiados y bien tratados por el Gobierno nacionalista de Jordi Pujol. No en vano, fue Convergència i Unió quien aupó al ex magistrado a

7. Auto razonado de prisión dictado por el magistrado del Tribunal Superior de Justicia de Cataluña Antoni Bruguera contra el ex magistrado Lluís Pascual Estevill el 14 de febrero de 1997.

la más alta instancia de la judicatura española al proponerle como vocal del Consejo General del Poder Judicial en noviembre de 1994, un mes después de que Javier de la Rosa ingresara en prisión por primera vez por la descapitalización de Grand Tibidabo.

En aquel momento, Estevill debía jugar un papel fundamental en el Consejo, porque el órgano de gobierno de los jueces debía nombrar a la Sala del Tribunal Supremo encargada de juzgar los diversos sumarios del *caso GAL*. Fuentes del entorno próximo al presidente de la Generalitat aseguran que Estevill actuaba de enlace entre Pujol y el Consejo. Un político nacionalista al que se ha vinculado permanentemente al ex magistrado asegura exaltado cuando se le menciona el asunto: «Yo nunca he ido a Queralbs [la residencia de verano de Pujol], en cambio, Estevill estaba por allí constantemente». Con Estevill caía uno de los puntales de una organización criminal que tenía conexiones en todas las instituciones que constituían el *establishment* de la época. Estevill era el representante privilegiado de un clan del que también formaron parte los inspectores corruptos de Hacienda Ernesto Aguiar y Josep Maria Huguet, amigos y hombres de confianza del ex candidato del PSOE a La Moncloa José Borrell, y cuyos tentáculos, a través del eficiente Juan Piqué Vidal, le daban acceso a los partidos políticos a través de personajes tan diversos como los *convergentes* Macià Alavedra, Lluís Prenafeta, Miquel Roca, Jaume Camps o el *popular* Enrique Lacalle; a las empresas, a través de abogados como Juan Vives Rodríguez de Hinojosa o empresarios como Luis Magaña, y a las finanzas a través del omnipresente financiero Javier de la Rosa.

La prensa no es inocente. Contribuyó enormemente al encumbramiento de Pascual Estevill y le facilitó prestar sus impagables –aunque él siempre los cobraba– servicios al Clan de los Mentirosos. Los periodistas de a pie saludaron la llegada del ex magistrado al Juzgado de Instrucción número 26 de Barcelona como la del «Garzón catalán», el juez estrella que Cataluña nunca había tenido, dispuesto a encarcelar a lo más granado de la alta sociedad catalana. Exegetas de Estevill glosaron la vida del hombre hecho a sí mismo que llegó a Barcelona «a pie» desde su localidad natal de Cabacés, en la comarca tarraconense del Priorat, que había ejercido diferentes y humillantes oficios hasta que decidió hacerse abogado. Y un abogado de éxito. Entre 1992 y 1993 llegaron a su Juzgado los grandes casos que le convertirían en el juez estrella que pretendía ser: el caso de los pagarés falsos que acabó con el encarcelamiento del ex consejero de Economía de la Generalitat Jordi Planasdemunt, fallecido en octubre de 1998, el *caso Macosa*, y el *caso Bertrán de Caralt*, un monumental fraude a Hacienda cometido por uno de los más notorios patricios de la alta burguesía barcelonesa.

Una prensa dócil y con pocos escrúpulos convirtió a Estevill en fuente y protagonista de sus grandes historias. El hecho de que otro de los primeros asuntos que llegaron a su juzgado fuera la querella contra el ex secretario general de la Presidencia de la Generalitat, Lluís Prenafeta, por mantener actividades empresariales incompatibles con su cargo, y que acabara inmediatamente archivado sin que se iniciara investigación alguna, no pareció llamar la atención de aquellos reporteros que firmaban exclusivas gracias al que en medios burgueses empezaba a conocerse como «el Juez de la Horca» y el *Lobo*; y, si alguien reparó en ello, calló.

Los periodistas catalanes le presentaron como a un Robin Hood, el «azote de la burguesía»: hasta entonces nadie había tenido el coraje de hacer pagar por sus excesos a los patricios. Hasta que el *Lobo,* como le apodaban los hombres de empresa, llegó a la ciudad. El notorio desprecio con que trataba a las personas que pasaban por su juzgado, los evidentes abusos de poder, una actitud prepotente que a menudo llegaba al insulto, se silenciaron. Casi todos los periodistas que se prestaron a ese juego fueron destinados, cuando cayó Pascual Estevill, a otras áreas informativas. Los que permanecen en sus puestos, simplemente traicionaron al ex magistrado. Las empresas editoras no fueron ajenas al juego al que se prestaron sus reporteros. Estevill mantenía buenas relaciones con la elite periodística de la ciudad y con los editores porque en su época de abogado de la familia Bertrand, llegó a sentarse en el consejo de administración de la empresa editora del desaparecido diario *El Noticiero Universal*, por el que pasaron muchos de los que hoy dirigen medios catalanes. En otros casos fueron sus conexiones con el núcleo corrupto del poder de aquella Barcelona turbia los que le abrieron las puertas de los grandes diarios, cuyos editores coqueteaban a menudo con el Clan de los Mentirosos.

Desde mediados de 1994, empezaba a ser un clamor en los juzgados de Barcelona que el todopoderoso juez Estevill, «el azote de la burguesía», «el Garzón catalán», aceptaba sobornos. Nadie hizo nada por denunciarlo. Más tarde, CiU, en una cínica actitud, explicaría con la boca pequeña que, si había promovido al ex magistrado al Consejo General del Poder Judicial, fue precisamente para apartarlo de su juzgado de instrucción de Barcelona.

Pero fue la insaciable sed de poder y de notoriedad la que acabó con Estevill y con gran parte de la trama a la que pertenecía.

La soberbia del ex magistrado crispó los ánimos de una parte de aquella burguesía a la que tenía atemorizada y creó una extraña alianza para investigar sus actividades en la que participaron abogados, millonarios, algunos periodistas advenedizos apoyados por medios que no se editaban en Barcelona, y unos fiscales con fe de juramentados, encabezados por Carlos Jiménez Villarejo y Carlos Ramos. Buena parte de los miembros de aquella burguesía atemorizada asistía silenciosa a las tribulaciones de Pascual Estevill. Aunque aplaudía, *sotto voce* pero con denodado entusiasmo, cada revelación, cada avance en las causas judiciales que la Justicia seguía contra el *Lobo*.

NOCHES BURGUESAS EN ANDORRA

El notario Enrique Gabarró era un hombre afable. Se había hecho multimillonario ejerciendo como notario de grandes empresas y corporaciones durante más de 40 años. Además, los cargos como consejero o presidente local de algunas de las empresas que habían contratado sus servicios le reportaron interesantes emolumentos, aunque él solía afirmar que no era «ni rico, ni pobre».[8]

Fue uno de los presidentes más longevos del Colegio de Notarios de Barcelona. Durante 25 años representó los intereses del Gremio de Garajes de Barcelona, lo que le permitió ver la oportunidad que suponía tomar una participación significativa en la empresa barcelonesa de aparcamientos Saba, entonces controlada mayoritariamente por el Banco Santander, y hoy en manos de La Caixa. El Santander decidió que nadie mejor que Gabarró podía ocupar el cargo, prácticamente simbólico, de presidente de Saba. Era un patricio conocido por sus buenas maneras y por su afabilidad, lo que le convertía en un excepcional anfitrión a la hora de agasajar a los periodistas de economía en la presentación anual de los resultados de la compañía, que por entonces tenía lugar a mediados del mes de junio. Ocupó el cargo hasta el día de su muerte, el 4 de noviembre de 1996.

La tradición dictaba que cada 15 de junio, Gabarró cenara, acompañado de algunos de los nombres conocidos en Cataluña

8. Feliciano Baratech, *La Vanguardia*, edición del 5 de noviembre de 1994.

del consejo de administración de Saba, como Francisco Mas Sardà o José Luis Garí de Arana, ambos miembros de familias burguesas de raigambre (vinculadas históricamente a la Banca Mas Sardà y a la financiera Arnús Garí, de las que fueron presidentes, respectivamente), junto a los representantes de las secciones de economía de los medios de comunicación. La cita, un día antes de que se celebrara la junta de accionistas de Saba, sólo podía tener lugar en el restaurante Reno de Barcelona.

Habitualmente, Gabarró prestaba poca atención a los números de la compañía, tarea que dejaba a su eficiente director general, Salvador Alemany.[9] El notario dedicaba la cena a dar conversación a los periodistas sobre las más diversas cuestiones, desde la economía internacional, hasta el más reciente conflicto armado en el Cuerno de África.

Pero las conversaciones de la cena del 15 de junio de 1993 tuvieron un protagonista exclusivo: el *Lobo*, el entonces titular del Juzgado de Instrucción número 26 de Barcelona, Lluís Pascual Estevill.[10] Hacía cuatro meses que el nuevo *juez estrella* de Barcelona había iniciado la instrucción de un multimillonario fraude fiscal cometido por el entorno de uno de los más ricos y conocidos patricios de la ciudad, José Felipe Bertrán de Caralt, emparentado con varias de las familias industriales más influyentes de Barcelona.

Era el cuarto gran delito económico que recaía en el juzgado de Estevill en menos de dos años. La Fiscalía, a instancias de Hacienda, acusaba a Bertrán de Caralt y a uno de sus principales colaboradores, Timoteo Ramírez, de haber urdido un plan para ocultar una bolsa de dinero negro próxima a los 2.000 millones

9. Cuando La Caixa tomó el control de Saba no sólo le mantuvo en su puesto, sino que le promocionó como primer ejecutivo de la concesionaria de autopistas Acesa. Alemany preside, desde hace años, la sección de Baloncesto del FC Barcelona.

10. El autor asistió como periodista a la cena de presentación de resultados de Saba el 15 de junio de 1993.

de pesetas (12 millones de euros).[11] Ramírez invertía el dinero negro de Bertrán de Caralt a través de algunas entidades financieras en pagarés del Tesoro o en otros productos financieros pero bajo números de DNI falsos o pertenecientes a otras personas.

Hacienda practicó una inspección rutinaria a un pescador de Huelva cuyo número de DNI coincidía con uno de los utilizados por Ramírez. Y se descubrió el pastel. La Agencia Tributaria presentó una acusación formal contra Bertrán de Caralt y su grupo de colaboradores. «Milagrosamente», la instrucción del caso recayó en el Juzgado de Instrucción número 26 de Barcelona, que ya había tramitado la querella contra Lluís Prenafeta, y las investigaciones del caso de los pagarés falsos, que acabaría llevando a la cárcel al ex *conseller* Jordi Planasdemunt. Y, sobre todo, que había iniciado las investigaciones del *caso Macosa*, que puso en jaque al Banco Central Hispano, a su ex presidente Alfonso Escámez, y estuvo a punto de llevar a la cárcel al ex subsecretario de Industria socialista Eduardo Santos.

Al estallar el escándalo, en febrero de 1997, se le exigieron responsabilidades políticas a Jordi Pujol por haber promocionado al «Juez de la Horca». El *president* intentó zafarse del acoso de la oposición con el argumento de que el único político al que Estevill había enviado a la *trena* fue, precisamente, uno de sus consejeros.

Cuando Estevill tuvo la oportunidad de actuar contra Bertrán de Caralt, no dejó títere con cabeza. Encarceló a Ramírez; a los responsables de diversas entidades bancarias por las que había pasado el dinero negro de Bertrán de Caralt, entre ellos el presidente del Privat Bank Antonio Sagnier; aprovechó que estaba de guardia para encarcelar, con un auto fotocopiado, a uno

11. José Felipe Bertrán de Caralt fue finalmente condenado por el Tribunal Supremo a cuatro años de prisión por delito fiscal en 1998. No llegó a cumplir la pena porque el Gobierno del PP le indultó tras reintegrar a Hacienda la totalidad del dinero defraudado más los intereses y las multas, cerca de 1.200 millones de pesetas (7,2 millones de euros), y por haber sido víctima de las actividades criminales de Lluís Pascual Estevill.

de los administrativos que trabajaban para el grupo, Jaime Parera, a pesar de que era evidente que no tenía ni idea de qué le estaban hablando cuando le llevaron ante la presencia del temido «Juez de la Horca», y, finalmente, el 26 de marzo, ordenó el ingreso en prisión incondicional del propio José Felipe Bertrán de Caralt. El empresario, que sabía lo que le esperaba, acudió al juzgado aquel 26 de marzo con una bolsa que contenía los enseres básicos que iba a necesitar durante su encarcelamiento: ropa de cama, cepillo de dientes y dentífrico, y útiles de afeitar.

Los empresarios que acudieron la noche del 15 de junio a la cena de Saba seguían consternados por el encarcelamiento de Bertrán de Caralt y de algunos de los financieros más prestigiosos de la ciudad. Uno de los congregados se preguntaba cómo Josep Maria Xercavins, a la sazón hombre de Mario Conde en Barcelona como director regional de Banesto y máximo ejecutivo de su filial catalana, el Banc Català de Crèdit (BCC), había logrado eludir la cárcel. Xercavins, que por aquel entonces era un personaje conocido e influyente, había sido citado a declarar en un par de ocasiones por Estevill en el caso de los DNI falsos y había salido bien librado en todas las ocasiones, a pesar de que tanto Banesto como el BCC habían sido dos de las instituciones financieras que habían participado en mayor medida en el montaje de Bertrán de Caralt y de su colaborador Timoteo Ramírez.

No faltó, entre los patricios presentes, quien insinuó que Xercavins había «cantado la gallina» y había traicionado a Bertrán de Caralt para salvar su pellejo y que el hombre de Banesto en Barcelona tenía demasiado que temer del «Juez de la Horca» como para aguantar impasible uno de sus interrogatorios. Por entonces había corrido como la pólvora, especialmente entre la alta sociedad barcelonesa, la crueldad de que hacía gala Estevill durante sus interrogatorios.

Todos los presentes conocían personalmente a los encarcelados y a muchos de los que habían logrado eludir la prisión en el Juzgado 26. Los relatos hablaban de gritos coléricos del juez a un imputado, que se podían oír desde el pasillo, o de la costumbre de citar a un inculpado a las dos de la tarde para, después, irse a comer a La Puñalada, mientras su víctima esperaba hasta tres horas en los calabozos del Palacio de Justicia de Barcelona. El regreso del magistrado, si aparentaba haber acompañado el almuerzo con alguna copa de más, era mucho más temible que la inquietante espera en los calabozos.

También se habían hecho célebres los autos de prisión ciclostilados que el magistrado tenía siempre a punto en el cajón de su mesa y que argumentaban la orden de encarcelamiento en «la alarma social y el riesgo de fuga» y la costumbre de Pascual Estevill de aprovechar sus guardias para practicar diligencias de sus propios asuntos, especialmente detenciones.

Durante aquella cena de Saba, los presentes convinieron que Estevill actuaba de esa manera por resentimiento social, que se estaba vengando de los «niños bien» que habían logrado sin esfuerzo alguno lo que a él le había costado un mundo conseguir. Los congregados sabían que el sobrenombre de «azote de la burguesía» se lo había sugerido el propio Estevill a un periodista poco antes de que el apodo apareciera por primera vez en letras de molde.

Los que habían coincidido con él en alguna ocasión antes de que entrara a formar parte de la carrera judicial, que no eran pocos, porque Estevill hizo fortuna como abogado mercantilista, habían tenido que soportar sus peroratas sobre el «triunfo de la voluntad»[12] que él mismo ejemplificaba. Habían visto cómo,

12. *El triunfo de la voluntad (Triumph des willens)* es el título de la película documental filmada por la realizadora alemana Leni Riefenstahl, considerada la directora de cámara de Hitler, con motivo de la celebración del congreso del Partido Nacional Socialista Alemán en Nuremberg en 1936. El filme está considerado como el documento audiovisual que mejor refleja la ideología nazi.

en ocasiones, asomaban en los ojos del magistrado lágrimas de cocodrilo cuando recordaba el arduo camino que había tenido que recorrer desde su Cabacés natal hasta su actual posición de «jurista de reconocido prestigio».[13] Aún no se había oído hablar claramente de corrupción en relación con Pascual Estevill, y los empresarios atribuían la persecución de burgueses y los brutales métodos utilizados por el magistrado al resentimiento que sentía hacia los *señoritos*. «Si alguien así –sugirió uno de los comensales– sigue teniendo el poder sobre la libertad de los demás, nadie está a salvo.» Y, desde luego, ningún empresario o dirigente empresarial podía dormir tranquilo. Fue entonces cuando intervino el notario Gabarró, que había mantenido hasta el momento una participación ligeramente inferior a la acostumbrada. Con una sonrisa de medio lado afirmó:

–Muchos de mis clientes tienen calendarios con las guardias de los juzgados, de esos que reparten algunas agencias de detectives, y, cuando el 26 está de guardia, cogen los bártulos y se van a dormir a Andorra –aseguró el notario.

A partir de ese momento, Gabarró mantuvo un silencio enigmático y no aclaró si lo que acababa de decir era una broma o no.

Sin embargo, el tiempo ha demostrado que más de un empresario procuraba estar ilocalizable cuando Estevill estaba de guardia o cuando tenía constancia de que el *Lobo* iba a por él. El hombre que se convertiría con el tiempo en la peor pesadilla de Estevill, el empresario Enrique Marugán, es uno de los que se encontraban «de viaje» cuando supo que «el Juez de la Horca» andaba buscándole en octubre de 1994.

Pero había algo que los congregados en torno a la mesa de Gabarró temían incluso más que una orden de prisión de Este-

13. A pesar de ser magistrado, ésa fue la condición con la que ingresó como vocal del Consejo General del Poder Judicial, porque la cuota de jueces estaba cubierta.

vill: el escarnio público, la denominada «pena de banquillo». Temían ser señalados como defraudadores o simples ladrones, aunque finalmente las diligencias de Estevill acabaran archivadas o se demostrara que habían sido absolutamente desproporcionadas. Y eso era algo prácticamente imposible en el caso del «Juez de la Horca». Cada vez que el magistrado ordenaba una diligencia que afectaba a una personalidad del mundo empresarial o de las finanzas aparecía en algún periódico local antes incluso de que se practicase. Los patricios que se sentaban aquel 15 de junio de 1993 en la mesa que presidía Enrique Gabarró en el Reno acusaban veladamente a sus invitados, «los chicos de la prensa»,[14] de estar convirtiendo a Estevill en un héroe y al magistrado de utilizar a los medios de comunicación para dar rienda suelta a su egomanía. Y no andaban desencaminados.

La «garganta profunda» de La Puñalada

¿Simple coincidencia? Posiblemente. Pero que un juez corrupto apodado por sus víctimas el *Lobo* tuviera como restaurante favorito un establecimiento llamado La Puñalada haría las delicias de Sigmund Freud. La Puñalada mantuvo sus puertas abiertas en el 104 del paseo de Gràcia de Barcelona y con ese nombre desde 1927 hasta el 26 de abril de 1998. En realidad abrió en 1916 con el nombre de Taberna dels Bohemis y cambió su nombre en 1924 por el de Olimpic Bar antes de convertirse definitivamente en La Puñalada. El restaurante fue elegido a principios de la década de los noventa como cuartel general por Lluís Pascual Estevill para recibir a los que, consciente o in-

14. Aunque la mayor parte de las informaciones relacionadas con los casos que tramitaba Estevill eran elaboradas por redactores de tribunales, generalmente se publicaban, dada la personalidad de los inculpados, en las secciones de economía de los diarios.

conscientemente, se iban a convertir en sus cómplices en la extorsión a los miembros de la burguesía catalana: periodistas que aireaban las «hazañas» del juez contra los «corruptos» *señoritos*, por si a éstos les quedaba alguna duda de que el *Lobo* pensaba llegar hasta el final.

Fue la familia Martisella, fundadora del restaurante, quien le puso el nombre de La Puñalada. Aunque nadie sabe con certeza por qué. No faltan quienes aseguran que era por el volumen que alcanzaban sus cuentas. Otros afirman que en el local se cometió un asesinato célebre, aunque las crónicas de la época no revelan nada al respecto.

La hipótesis más plausible es la que le otorga al hombre que traspasó el local a la familia Martisella la paternidad del nombre. Aseguran que, en 1927, le tocó la lotería y que, tras constatar que la suma del premio le iba a permitir vivir sin trabajar, cogió un cuchillo de cocina y, tras cerrar el establecimiento, lo clavó en la puerta diciendo *«Això és el que et mereixes, una punyalada»* (esto es lo que te mereces, una puñalada). Los Martisella encontraron la anécdota divertida y decidieron bautizar su restaurante con el nombre de La Puñalada. Durante aquellos confusos 11 años en los que el restaurante tuvo tres nombres y diversos propietarios, nació allí, según algunos, el *pepito*, el bocadillo de carne de vacuno que, en aquella época, en la que el local abría durante las 24 horas, servía de madrugada a los bohemios para recargar energías y proseguir sus francachelas nocturnas.

Estevill, «el azote de la burguesía», fue a elegir su restaurante favorito, otra paradoja, en el mismo lugar en el que el escritor que de forma más certera y crítica ha retratado a los patricios catalanes, Santiago Rusiñol, estableció su cuartel general en 1916. Rusiñol (1861-1931) se trasladó a vivir en 1915 a casa de uno de sus mejores amigos, el pintor Ramón Casas, en el número 96 del paseo de Gràcia, sólo ocho números por debajo de lo que con el tiempo se convertiría en La Puñalada. Cuando el restaurante abrió sus puertas en 1916 bajo el nombre de Taberna dels Bohemis, Rusiñol se convirtió en su *cul de café* (literalmente culo de café, un cliente fijo que pasa la mayor parte del día en el local y alrededor del cual se crea un nutrido grupo de clientes).

La constante presencia de Rusiñol en su mejor momento como escritor –en 1917 estrenó en teatro la reconvertida novela de 1907 *L'auca del senyor Esteve*, la historia de las miserias de una empresa familiar catalana, al tiempo que publicaba en castellano *Gente bien*, en la que describe los esfuerzos de un industrial catalán recién ennoblecido por convertir en aristócratas a los miembros de su familia– convirtió al autor en el pivote de una tertulia literaria y artística por la que desfilaron las principales figuras del modernismo catalán. Además de la presencia de Rusiñol, La Puñalada ofrecía otro atractivo: al parecer servía el mejor bacalao con *xamfaina* de la ciudad.

La muerte de Rusiñol en 1931 y las convulsiones políticas que se iniciaron aquel año con la huida del rey Alfonso XIII al exilio, acabaron con aquella tertulia, pero La Puñalada ya se había convertido en un referente de la ciudad. Su berlina en el chaflán de paseo de Gràcia-Rosselló y su letrero granate lo seguirían siendo durante casi todo lo que quedaba por delante de siglo XX.

Cuando, en 1964, Lluís Pascual Estevill deja atrás 14 años de turbias y nunca aclaradas actividades en Barcelona y empieza a presentarse en sociedad en la ciudad como asesor de empresas, a pesar de que acababa de matricularse como estudiante de Derecho, empezó a frecuentar La Puñalada. De hecho, desde el primer momento se convirtió en un cliente fijo del establecimiento. Una versión apócrifa, nunca probada, posiblemente falsa y alentada por el propio ex magistrado, apunta que Estevill eligió La Puñalada como referente gastronómico y social cuando empezó a presentarse en sociedad en Barcelona como un próspero ciudadano porque en los oscuros años transcurridos entre su llegada a la ciudad en 1950 y su presentación pública en 1964, y sobre cuyas actividades hay muy pocos datos fiables, se ganó la vida durante un tiempo como friegaplatos precisamente en el restaurante que le iba a tener a él también como *cul de café* del establecimiento. Sólo el propio Estevill puede aclarar esa cuestión, porque el empleado más antiguo de La Puñalada, el antiguo *maître* José Sabaté ingresó en el restaurante en 1962 y ya conoció al ex magistrado como cliente.

Con toda probabilidad, cuando Estevill empezó a frecuentar La Puñalada haciendo ostentación de prosperidad económica, con sus trajes a medida y sus Montecristo del número 1, desconocía la cuestión fundamental abordada por el cliente más célebre del restaurante, Santiago Rusiñol. Se puede resumir de manera muy escueta, según el antropólogo norteamericano y especialista en la burguesía catalana Gary Wray McDonogh, en el viejo dicho popular catalán «*de porc i de senyor se n'ha de venir de mena*» (se es cerdo o señor por naturaleza).[15] La llegada de Estevill como cliente a La Puñalada coincidió con la segunda edad dorada del restaurante. En los años sesenta, escritores y pintores volvieron a darle al establecimiento el relumbre que entre 1916 y 1931 le dio Santiago Rusiñol. El escritor Martí Llauradó y el pintor Roger Bosch fundaron la Peña la Puñalada en los primeros años sesenta. La peña, a la que se añadirían más tarde artistas de renombre como Josep Pujol, Humbert Fluvià, Grau Sala o los hermanos Pichot, creó su propio premio pictórico en 1965 y se mantuvo activa prácticamente hasta los primeros años de la década de 1980.

15. Gary Wray McDonogh, *Las buenas familias de Barcelona*, Ediciones Omega, Barcelona, 1989.

Un pintor que frecuentó La Puñalada tan sólo durante dos años, entre 1962 y 1964, el gallego Jorge Castillo, se iba a convertir en uno de los aliados de Estevill en el futuro. Pascual Estevill estaba encarcelado cuando, el 22 de abril de 1998, La Puñalada cerró definitivamente sus puertas a causa de las deudas insalvables de 75 millones de pesetas (450.000 euros) que mantenía con Hacienda, la Seguridad Social y los proveedores. Pero, sobre los manteles granates con sobremantel blanco que cubrían sus mesas, el ex magistrado, durante los 33 años que tenía reserva prácticamente a diario en el restaurante, cerró acuerdos para «arreglar» extrajudicialmente sobornos, presionó a los abogados de las partes contrarias en los litigios que llegaban a los tribunales y llegó incluso a encontrar trabajo para sus hijos abogados.

En los cuatro años que Estevill ejerció como juez, entre julio de 1990 y noviembre de 1994, La Puñalada fue el escenario de acuerdos de otra naturaleza. Allí se pactó, en ocasiones, el rescate que debía pagarse para dejar en libertad a un empresario al que el ex magistrado había encarcelado. Pero, sobre todo, su mesa fija, en el rincón sur de la berlina del restaurante, se convirtió en el lugar donde habitualmente atendía Estevill a los periodistas durante la hora del almuerzo para filtrarles ilegalmente el contenido de las causas cuyas diligencias él mismo había decretado secretas.

Pascual Estevill siempre estuvo fascinado por la prensa, inconsciente de que al final sería uno de los instrumentos que precipitarían su ruina. En la primera entrevista conocida a Lluís Pascual Estevill, publicada en el diario del Movimiento *Nuevo diario*, en 1971, cuando el ex magistrado se presentó a las elecciones a las Cortes franquistas como candidato a procurador por el Tercio Familiar, el autor, Miguel Veyrat, destaca del entonces abogado que «ha ganado el Concurso Periodístico sobre

Asociaciones», y que, cuando enseñó la redacción de su periódico al *Lobo*, a Pascual Estevill «le brillan los ojos. Le gustan los periódicos. Le parece fascinante nuestra profesión, y dice con orgullo que ha luchado con todas sus fuerzas para que adquiera rango universitario»;[16] el autor no aclara qué influencias podía tener Pascual Estevill en aquel momento para influir en las decisiones del Ministerio de Educación.

La primera ocasión en la que Estevill, desde su poltrona de juez, pudo tener conciencia de hasta qué punto podía utilizar la prensa a su servicio y de la expectación que podía generar entre los periodistas la citación como inculpados de personajes célebres de la vida pública, tanto catalana como española, fue el *caso Prenafeta*. Lluís Prenafeta fue la mano derecha de Jordi Pujol en el Gobierno de la Generalitat en su calidad de secretario general de la Presidencia durante 10 años. Desde que Pujol fue nombrado presidente catalán en marzo de 1980, hasta 1990, fecha en la que Prenafeta presentó su dimisión voluntariamente para volver a la empresa privada. Aun así, fue premiado por sus servicios tras abandonar el *Govern* con la presidencia de dos de las empresas públicas de la Generalitat: Petrocat y Túnel del Cadí.[17]

Pero la actividad fundamental de Prenafeta tras abandonar la Generalitat fue la de editor de prensa. En octubre de 1990 empezó a publicarse el diario *El Observador*, un diario nacionalista al servicio de Convergència Democràtica de Catalunya (CDC), editado en castellano e impulsado por una terna de inversores de nombres muy significativos: el ex secretario de la Presidencia de la Generalitat Lluís Prenafeta, el abogado penalista Juan Piqué Vidal y el antiguo asesor de *La Vanguardia* Alberto Ga-

16. Miguel Veyrat, «Hablando de España en voz alta», *Nuevo Diario*, Madrid, 1971.
17. Años más tarde, en 1996, Prenafeta rompió con Pujol temporalmente y fue destituido de ambos cargos.

rrofé. Cuando empezaron a aparecer las primeras dificultades financieras, Prenafeta no tuvo escrúpulo alguno en recurrir al aún todopoderoso Javier de la Rosa, a través de Juan Piqué Vidal, para que contribuyera a financiar el diario. De la Rosa echó mano de la caja de Grand Tibidabo, un holding participado por más de 7.000 accionistas, para desviar dinero de sus arcas hacia *El Observador.* Por esos hechos el Juzgado de Instrucción número 1 de Barcelona, encargado del *caso Grand Tibidabo*, considera a Prenafeta responsable civil de los delitos imputados a Javier de la Rosa.

El Observador llevaba menos de un año editándose cuando, en julio de 1991, un grupo de pequeños accionistas de la aseguradora Iberia de Seguros, controlada por la multimillonaria familia propietaria de Chupa Chups, los Bernat, presentaron una querella contra Lluís Prenafeta. Acusaban al que fue durante años el hombre fuerte de Jordi Pujol de haber incurrido en actividades incompatibles: fue al mismo tiempo secretario general de la Presidencia de la Generalitat y miembro del consejo de administración de Iberia de Seguros.

La querella recayó, por reparto, en el Juzgado de Instrucción número 26 de Barcelona al que se iba a incorporar un nuevo juez, procedente del Juzgado de Instrucción número 5 de la localidad próxima de Terrassa: Lluís Pascual Estevill. Era su primera oportunidad de instruir un caso en el que estaba implicada una destacada personalidad pública. La condición de Prenafeta de editor de prensa advenedizo hizo que la expectación por sus comparecencias ante el juzgado de Estevill fuera doble. Al magistrado, al contrario que al resto de sus compañeros, no le molestaba en absoluto la presencia de redactores, fotógrafos o cámaras de televisión a las puertas de su juzgado. Ver su imagen publicada en los periódicos o aparecer en los informativos de televisión era una experiencia que a Estevill parecía resultarle satisfactoria.

También al contrario que el resto de magistrados de Barcelona que, apercibidos por la obligación legal de mantener el secreto en las actuaciones judiciales, mantenían una relación cortés pero distante con la prensa, Estevill empezó a recibir con frecuencia a los redactores de tribunales de los medios de comunicación. Pero evitaba hacerlo en su Juzgado. Para eso prefería un entorno más íntimo, como el despacho de abogado que aún mantenía abierto en la Diagonal de Barcelona y al que acudía todas las tardes, y, especialmente, un escenario que a él le resultaba más agradable y donde era tratado como una auténtica autoridad: su mesa reservada en La Puñalada.

Tras aquel primer contacto con los medios de comunicación, Estevill fue consciente de que podía convertirse en una celebridad. Todo consistía en agasajar a los «chicos de la prensa» que le otorgaran un trato más favorable. Tratarlos bien significaba, en la psicología del *Lobo*, una buena comida en La Puñalada y abundante información sobre los casos que instruía contra industriales y políticos que le convertían a él en uno de los principales protagonistas de la información divulgada por los medios de comunicación. Desarrolló para eso su propio «olfato periodístico».

En 1992, ya era tradicional que un día antes de que ejecutara una diligencia que iba a resultar espectacular citara a alguno de sus periodistas de cámara a comer en La Puñalada. Los platos llenos de virutas de jamón de Jabugo finamente cortadas y acompañadas de apio, marca de la casa, precedían a los arroces de verduras, de pescado, o al bacalao con *xamfaina*, siempre regados con caldos de Rioja; alguna vez, sin embargo, el juez hacía una concesión a su localidad natal y pedía vino del Priorat. Con los cafés, la copa –en el caso del juez, copas–[18] y el inevi-

18. Según el testimonio de algunos de los periodistas que compartieron mantel con Estevill en aquella época.

table Montecristo del número 1, llegaban las confidencias del magistrado: citaciones de personajes públicos en calidad de inculpados que iban a acabar, con absoluta certeza, en encarcelamiento; informes sobre el patrimonio, las actividades económicas de los principales acusados... Si el magistrado estaba de humor, el periodista le seguía, tras el almuerzo, hasta su despacho, donde Estevill le entregaba copias de la documentación que corroboraba las confidencias que le había hecho entre copa y copa.

Al día siguiente, blandiendo el periódico en el que aparecía la información como evidencia de un delito de lesa traición, Estevill sometía a los abogados de la defensa a sus temibles estallidos de cólera. Dispensándoles un trato humillante, les acusaba de ser los responsables de la filtración periodística, a pesar de que las informaciones fueran absolutamente contrarias a los intereses de sus clientes. Gritaba, golpeaba la mesa con sus puños y les amenazaba con denunciarles ante el Colegio de Abogados al que pertenecieran o con sancionarles él personalmente. En ocasiones, incluso, llegaba a amenazarles con iniciar un procedimiento penal contra ellos por revelación de secreto. La diatriba, con interrogatorios incluidos, podía durar horas. Después, Estevill practicaba una diligencia rutinaria y suspendía la sesión para comer. Las actuaciones quedaban aplazadas hasta la tarde o hasta el día siguiente.

Días más tarde, el magistrado volvía a citar al periodista o los periodistas en cuestión. Esta vez no era para hacerles revelación alguna. Quería celebrar con ellos y detallarles punto por punto su puesta en escena para ocultar que había sido él quien les había entregado la información. Estevill disfrutaba especialmente de estos almuerzos *evocadores* en los que ponía de manifiesto tanto sus cualidades interpretativas como su instinto periodístico. Era en esos encuentros en los que el magistrado rememoraba con una fijación casi obsesiva sus orígenes humildes y la miseria que acompañó los primeros años de su vida. Los periodistas, *motu proprio*, o a sugerencia del magistrado, solían publicar, a los pocos días, reportajes en los que se destacaba la clase social de la que procedía Estevill y la «justicia poética» que había en el hecho de que precisamente él fuera el encargado de procesar a burgueses y capitalistas. Aquellos almuerzos brindaron a Estevill dos de sus principales objetivos: lograr que la amenaza de pasar por la cárcel fuera acompañada del miedo al escarnio público, a la «pena de banquillo», cuando pretendía someter a algún miembro de la elite empresarial a sus extorsiones, y convertirse en una personalidad pública, en el único juez estrella con el que Cataluña jamás había contado. Además engrandecía su leyenda de justiciero, de «azote de la burguesía», el Robin Hood que pintaban sus periodistas de cámara.

La imagen de Estevill, traje cruzado a medida, pañuelo a juego con la corbata, gabardina y puro, era, cuando aparecía en los periódicos, el síntoma de que a algún miembro de la flor y nata de la sociedad catalana le esperaban momentos aciagos.

El hombre del puro y el Jaguar

«¡Salía de mi despacho, de tomarme declaración por el *caso Planasdemunt*!», bramaba Macià Alavedra la noche del 6 de marzo de 1997, cuando se refería a una de las fotografías más célebres de las publicadas por la prensa de Lluís Pascual Estevill. En la imagen, el juez, ataviado con una gabardina y puro en mano cual arma amenazadora, se dirige al Jaguar que conducía en 1992. Aquella noche, el autor, en compañía de uno de los jefes de redacción de *El Mundo* en Barcelona, Antonio Galeote, acudió al despacho del *conseller* de Economía y Finanzas de la Generalitat para recoger su versión de la información que iba a publicar el periódico al día siguiente: Alavedra participó en una reunión en el Hotel Ritz de Barcelona entre Pascual Estevill y Alfonso Escámez, el ex presidente del Banco Central, el 14 de diciembre de 1992; Escámez estaba citado al día siguiente para declarar ante el Juzgado de Instrucción número 26 de Barcelona por el *caso Macosa* y Estevill logró cobrar 53 millones de pesetas (320.000 de euros) a cambio de no incriminar al banquero en la causa contra Eduardo Santos y sus colaboradores.[19]

Alavedra, que nunca ha negado haber participado en la reunión, aunque sí que durante el encuentro se pactara algún soborno, se lamentaba de tener que verse implicado en el *caso Estevill* cuando, en lo relativo al magistrado, él sólo había actuado como un mediador para «solucionar problemas».

Aquella imagen de Estevill tomada el 22 de octubre de 1992, cuando salía de tomar declaración al consejero de Economía, se convertiría en el icono que representaba al magistrado hasta noviembre de 1994, cuando accedió al Consejo General del Poder Judicial a propuesta de Convergència i Unió.

La imagen representaba a un abogado que había hecho fortuna desde la nada y que, tras alcanzar una posición económica y social acomodada, había ingresado en la judicatura nada menos que para hacer justicia. Una imagen creada por los medios de comunicación y alentada por Estevill y por sus socios en el Clan de los Mentirosos.

La apariencia de poder económico que ostentaba el magistrado tenía un doble motivo. El primero, inevitable, radicaba en la soberbia y el carácter egomaníaco de Estevill, que llegó a creer en la falsa imagen que habían fabricado entre él y sus periodistas de cámara. El segundo, más mezquino, era un antídoto contra la sospecha. Al público general, al que se le mostraba esa falsa ima-

19. Félix Martínez y José María Zavala, *El Mundo*, edición del 7 de marzo de 1997.

gen, le resultaría difícil de creer que alguien que ya lo había alcanzado todo en la vida y que había ingresado en la carrera judicial a punto de cumplir los 56 años por amor a la justicia quisiera o necesitara robar a nadie para incrementar su fortuna.

El resto de los jueces de Barcelona, en su mayoría funcionarios vocacionales de carrera, que se habían visto obligados a aceptar destinos nada envidiables y que difícilmente iban a alcanzar un nivel de ingresos superior a las 400.000 pesetas netas mensuales, no veían con tan buenos ojos la conducta de Estevill ni su afán de ostentación y protagonismo. No era estético que alguien que se esforzaba por aparentar ser un patricio fuera el estereotipo del juez de instrucción de Barcelona, una plaza en la que la asociación progresista Jueces por la Democracia es la mayoritaria. Estevill, por su parte, siempre mostró un evidente desprecio por sus colegas de los juzgados barceloneses.

Salió de la carrera judicial como había entrado, con muy pocos amigos entre los magistrados de Barcelona. Su comportamiento, además, despertó enseguida las sospechas de muchos de los miembros del poder judicial y de la Administración de Justicia. La crueldad con los imputados, los gritos, las maneras despóticas, los autos de prisión ciclostilados, no eran del agrado de muchos de sus compañeros de profesión. Ninguno de ellos le denunció. Pero, cuando la fortuna le dio la espalda, el espíritu corporativo de los jueces y magistrados tampoco acudió en ayuda de Estevill.

El conocimiento público de Pascual Estevill, la imagen del hombre del puro y el Jaguar instalada en el inconsciente colectivo de la sociedad catalana y de la española, perdió pronto su pátina de justiciero social desinteresado. A partir de 1995 y con una velocidad inusitada, se convirtió en uno de los estereotipos de la corrupción, del afán desmesurado de poder por cualquier medio y del chantaje despiadado.

La imagen del hombre del puro y el Jaguar nunca ha dejado impasible a nadie. Desde 1992 hasta 1994 era una señal de que los ricos demasiado avispados tenían problemas. De hecho, en aquellos primeros momentos llegó a engañar a los más celosos y juramentados de los fiscales, Carlos Jiménez Villarejo y José María Mena, entonces fiscal jefe y teniente fiscal del Tribunal Superior de Justicia de Cataluña, respectivamente, que vieron en aquel juez dispuesto a todo el más propicio de los instructores para los grandes delitos económicos, para cuya investigación resultaba ideal una persona inasequible a las presiones económicas o políticas.

Hoy aquel icono de la implacabilidad de la Justicia, la imagen de aquel hombre del puro y el Jaguar, es una de las representaciones gráficas de que las aguas del «Oasis Catalán», el eufemismo con el que se conoce la sociedad catalana desde que la gobierna Jordi Pujol, han mantenido a flote siempre algo sucio y maloliente.

2

La venganza del friegaplatos

«El que controla el pasado, controla también el futuro. El que controla el presente, controla también el pasado.» (...) El pasado, pensó Winston, no sólo había sido alterado, sino que había sido destruido. Pues ¿cómo iba usted a establecer el hecho más evidente si no existía más prueba que el recuerdo de su propia memoria?

GEORGE ORWELL, *1984*

La Falange ha sido, es y será la savia de la totalidad de nuestras instituciones; va a ser lo que la sangre al cuerpo humano. La Falange, yo creo que no la podemos definir como asociación, porque la Falange no va a ser parte de nuestro Movimiento, sino que va a ser parte del todo.

LLUÍS PASCUAL ESTEVILL, en una entrevista concedida al diario del Movimiento *Nuevo Diario* en 1971

Cabacés, Tarragona. Población, 350 habitantes. En esa paupérrima y recóndita localidad del interior de Tarragona, vio la luz por primera vez Lluís Pascual Estevill el 27 de agosto de 1934, menos de dos años antes de que estallara la Guerra Civil en España. Un pueblo que se yergue, aislado, a 357 metros de altitud, entre dos barrancos y alejado de todo lo conocido.

Ése era el mísero escenario que auguraba un oscuro futuro a Lluís Pascual Estevill, que, en contra de todo pronóstico, logró abandonar aquel destino de pastor o de labriego para convertirse en uno de los abogados mercantilistas más célebres de Barcelona y, al final de su carrera, en el *juez estrella* que Cataluña nunca había conocido. Los medios por los que consiguió dar ese giro de 180 grados a su destino nunca fueron demasiado ortodoxos.

Sus padres, el matrimonio compuesto por Evaristo Pascual y Josefa Estevill, pertenecían al extracto social más bajo: agricultores que tenían que ganarse la vida como temporeros en campos agrícolas más allá del municipio. Gran parte del término de Cabacés no es apto para el cultivo; está ocupado por rocas, bosques y terrenos improductivos.

Evaristo Pascual se ganaba la vida como jornalero en los escasos cultivos de olivos, almendros, avellanos y en los campos de frutales. Algo que apenas daba para comer durante la primera mitad del siglo XX. Con el estallido de la Guerra Civil, cuando Lluís Pascual Estevill apenas contaba dos años de edad, las condiciones económicas de una comarca paupérrima como la del Priorat –aún no se habían puesto de moda sus vinos– se deterioraron aún más.

El matrimonio Pascual-Estevill se vio obligado a poner a su hijo a trabajar en el campo cuando apenas contaba nueve años, en 1942. Lluís Pascual desempeñaría desde entonces y hasta 1950 ocupaciones diversas: desde temporero a mozo de gallinero y, especialmente, pastor de cabras. Aunque en 1933, al amparo de la política educativa de la Segunda República, se construyeron escuelas públicas en el municipio, Lluís Pascual apenas hizo uso de ellas; sólo, si cabe, para aprender a leer y escribir.

La década de 1940 fue aún más desgraciada para la familia de Lluís Pascual Estevill. El 12 de octubre de 1945, Josefa Estevill daba a luz a su segundo vástago, en este caso una niña, a la que bautizaron con el nombre de Antonia. Un acontecimiento que, en otras circunstancias habría sido causa de celebraciones, pero que en aquel escenario sólo venía a incrementar las preocupaciones de la familia. El nacimiento de Antonia Pascual suponía, sobre todo, una boca más que alimentar con los ya escasos recursos de los que disponía la familia.

Apenas tres años después de que naciera Antonia Pascual, el fallecimiento repentino del cabeza de familia, Evaristo Pascual, sumió a la familia en la desesperación. Además del acontecimiento luctuoso, la muerte de Evaristo Pascual supuso la desaparición de la principal fuente de ingresos de la familia. Josefa Estevill se quedaba sola con dos hijos, de 14 y 3 años de edad. Aunque Lluís trabajaba, los escasos ingresos que aportaba a la casa no eran suficientes.

Josefa Estevill tuvo que endeudarse hasta el extremo de que, después de inútiles pleitos, le ejecutaron «hacienda y enseres».[1]

Uno de los recuerdos más vívidos que guarda Lluís Pascual Estevill de su infancia es la imagen de un procurador que les sacaba de su casa, a él, a su madre y a su hermana, y cómo aquel individuo disponía de todas las pertenencias de la familia para quedarse con lo que quiso y para determinar qué bienes irían a subasta o cuáles tenían que ser enviados a otros vecinos o conocidos. Pascual Estevill se iba a cobrar venganza más de cuatro

1. En mayo de 1996 el abogado Rosendo Sagrera Rando remitió una carta a la redacción de *El Mundo* en Barcelona en la que relataba su relación juvenil con el entonces también abogado Lluís Pascual Estevill. Sagrera insistía especialmente en el relato que le había hecho Estevill de su infancia en Cabacés y de sus primeros años en Barcelona.

décadas después, del ultraje infligido a su familia por los bancos. Presidentes de entidades de crédito como Alfonso Escámez, Antonio Sagnier o José María Amusátegui iban a sufrir en sus carnes humillaciones similares a las que la familia Pascual Estevill padeció en la década de 1940. Las inmensas cantidades de dinero que administraban les librarían del escarnio público, pero no de la angustia de estar en el punto de mira del *Lobo.*

Tras la muerte de su padre, Lluís Pascual Estevill había decidido que aquel mundo no era para él. Consiguió reunir algo de dinero y, en 1950, con apenas 16 años, escapó del monte y, a bordo de un tren borreguero, se plantó en la que él había idealizado como la ciudad de las oportunidades: Barcelona. Para reunir el dinero que le permitiría ir a Barcelona aceptó trabajos de la más variada naturaleza. Fue mozo de carnicería. Pero le despidieron tras acusarle de haber robado 1.000 pesetas. Tras ser despedido de la carnicería estuvo varios días sin atreverse a presentarse en su casa. Durmió en establos y bajo los puentes de Cabacés. Años más tarde, pasaría con satisfacción bajo aquellos puentes a bordo de su Jaguar.[2] Pero cuando se vio obligado a pernoctar a la intempérie su determinación de triunfar en Barcelona se hizo inconmovible.

No pareció importarle demasiado la situación en la que quedaban su madre y su hermana, que apenas contaba cinco años de edad. Las crónicas, la mayor parte de las cuales están basadas en el testimonio del propio Estevill, califican de huida la decisión del *Lobo* de dejar atrás todo lo que había conocido hasta el momento para probar fortuna en «La ciudad de los prodigios».[3] Para reunir el escaso dinero que se llevó en su hégira

2. Lluís Pascual Estevill en declaraciones a la periodista María Mérida, publicadas en *Tiempo* el 24 de febrero de 1997.

3. Título de la novela de Eduardo Mendoza que describe cómo un desarrapado llegado de provincias hace fortuna durante la Exposición Universal de Barcelona en 1898.

hacia la ciudad que le vería llegar a lo más alto, tuvo que escatimarlo a su madre y a su hermana, cuyas circunstancias no eran precisamente envidiables.

Por aquel entonces, el viaje entre Tarragona y Barcelona era largo. Y más si se realizaba en un tren para transporte de ganado. Lluís Pascual Estevill llegó a Barcelona sucio y cansado. Cuando el convoy entró en la estación de Sants, ya era noche cerrada. Estevill aún estaba obnubilado con la estación central de Barcelona, la mayor obra civil que hubiera visto jamás, cuando se le acercó un «buen samaritano», un joven poco mayor que él que le ofreció compartir su habitación en una pensión.

Estevill pensó que, por primera vez, la fortuna le sonreía y decidió aceptar la oferta de su desconocido benefactor. Cuando llegó a la pensión, cayó inmediatamente rendido en la cama que le ofreció su recién adquirido compañero de infortunio. Durmió a pierna suelta. Cuando despertó, sin embargo, fue consciente de que la ciudad de las oportunidades iba a ser mucho más dura de conquistar de lo que él había pensado. El «buen samaritano» que le ofreció una cama caliente había desaparecido.

Con el «benefactor» se habían evaporado la mayor parte de la ropa de Estevill, su cartilla de racionamiento y el poco dinero que había reunido para lanzarse a la conquista de Barcelona. Se había desvanecido, naturalmente, sin satisfacer la cuenta de la pensión. Así que Estevill tenía un problema añadido: el propietario de la pensión no iba a perdonarle la deuda a un desconocido, por mucho que fuera un joven de 16 años recién llegado del sur profundo de Cataluña. Así que Estevill pisó, al día siguiente de llegar a Barcelona, una comisaría.

El relato del joven Estevill, sin embargo, sí enterneció, sorprendentemente, al policía que le tomó declaración. De hecho fue él quien acabó presentando una denuncia por robo contra el «buen samaritano» que le había «levantado» todas las posesiones materiales al joven cabrero recién llegado a Barcelona. En los perfiles periodísticos alentados por el propio Estevill se afirma que fue en ese momento, tras presentar la denuncia, y tras contemplar el ir y venir de letrados y procuradores, cuando decidió estudiar Derecho para hacerse abogado.

Al salir de los juzgados de Barcelona, aquel joven pastor de 16 años constató que su primer intento de conquista de la ciudad que le iba a ver triunfar había sido un fracaso. Tras mendigar unas monedas durante unos días y vivir en la calle, decidió volver a su Cabacés natal. Permanecería tres años más en aquel villorrio que despreciaba. Hasta volver a reunir algún dinero que le permitiera volver de nuevo a Barcelona. Y esta vez nada iba a impedirle hacer fortuna de verdad.

En 1953, un Lluís Pascual Estevill mucho más cauto y desconfiado se plantó de nuevo en la estación de Sants. Ahora no iba a permitir que nadie truncara su proyecto de convertirse en un ciudadano de pro. Llegaba a una ciudad derrotada, en la que el racionamiento y las persecuciones políticas aún eran habituales. Barcelona estaba instalada en una economía de posguerra, en la que, sin embargo empezaban a verse signos de recuperación.

Aquel año de 1953, se firmó en Madrid el convenio de ayuda norteamericana a España a cambio del establecimiento de bases militares estadounidenses en territorio español. En Barcelona, tras los acuerdos entre el Instituto Nacional de Industria (INI) y la italiana Fiat, la factoría de SEAT en la Zona Franca empezó a producir sus primeros coches, e iba a absorber abundante mano de obra procedente del campo catalán; hasta 20.000 obreros iban a formar parte de la plantilla de la compañía automovilística con el tiempo. A pesar de que la ciudad todavía sufría permanentes restricciones eléctricas, una empresa recién constituida que iba a ser importante para Estevill en el futuro, Fuerzas Eléctricas de Cataluña (Fecsa), no tardaría en resolver el problema.

De lo que hiciera Lluís Pascual Estevill entre 1953, el año que llegó por segunda vez a Barcelona, y 1964, el año en el que empezó a presentarse en sociedad como próspero asesor de empresas a pesar de que se acababa de matricular como estudiante de primer curso de Derecho en la facultad de la Universidad de Barcelona, sólo hay algunas pistas confusas; muchas de ellas dejadas intencionadamente por el propio Pascual Estevill.

Logró en ese tiempo desterrar el analfabetismo que le había marcado cuando llegó a Barcelona. En 1964, al menos, ya era bachiller, porque se le permitió ingresar en la Universidad. Pero de aquellos 11 años confusos sólo queda una nebulosa reconstruida a partir de testimonios de tercera mano y de panegíricos fabricados por el propio Pascual Estevill.

La leyenda del cabrero que llegó a codearse con lo más granado de la sociedad catalana y con los representantes de las más altas instituciones españolas ha sido muy útil a Pascual Estevill durante su vida. La ha explotado hasta la náusea. Aunque el recurso a la leyenda no siempre ha sido voluntario. Muchos de los testigos que han escuchado a Estevill explicar la triste historia de su infancia relatan, en realidad, la historia de una obsesión.

La mayor parte de los datos sobre el historial de Estevill fue puesta en circulación en algún momento de su vida por el propio *Lobo*. La sospecha de que sus penurias fueron exageradas a mayor abundamiento de la leyenda del hombre hecho completamente a sí mismo a partir de la nada, como ejemplo incontrovertible de lo que puede conseguir el «triunfo de la voluntad», está demasiado presente en la historia de Pascual Estevill como para desterrarla.

Lo cierto es que, a partir de datos, reales o no, Estevill logró inculcar entre todos los que quisieron escucharle la leyenda del pequeño cabrero que logra los honores de ser recibido en audiencia por el rey como representante de uno de los tres poderes del Estado cuando juró la Constitución, el 7 de noviembre de 1994, como vocal del Consejo General del Poder Judicial, cuya mesa compartió con representantes de familias con larga raigambre en la profesión de jurista. Muchos de sus compañeros de sillón eran hijos de ilustres abogados, contaban con hermanos jueces o fiscales y tenían primos que se habían sentado en esas mismas butacas.

Sin embargo, hay algunas pistas de los años oscuros del periodo 1953-1964 que han escapado al control de Estevill y que son ilustrativos de la naturaleza de sus actividades en aquel tenebroso decenio.

El portero del burdel

Pascual Estevill ejerció diversos oficios desde que llegó a Barcelona en 1953 con el objetivo de obtener el bachillerato y acceder a la Universidad para convertirse en abogado. Fue chico de los recados, portero de noche de una pensión, friegaplatos en algún lujoso restaurante –hay quien insiste en afirmar que el restaurante en cuestión era La Puñalada–, camarero del restaurante Parellada,[1] y, en no pocas ocasiones, entre trabajo y traba-

4. El aristócrata José Luis de Vilallonga eleva el rango de Lluís Pascual Estevill al de *maître* de Can Parellada, aunque al parecer jamás pasó de ayudante de camarero. En el segundo volumen de *Memorias no autorizadas* (Plaza & Janés, Barcelona, abril de 2001) Vilallonga asegura que Estevill le «había agradecido más de una vez de forma servil» sus «generosas propinas». Vilallonga añade sobre Estevill que luego se convertiría en juez y acabaría en la cárcel por extorsionar a muchos de los empresarios a los que había servido en los años cincuenta en Parellada.

jo, llegó a ejercer la mendicidad.[5] Sin embargo, a finales de la década de 1950 logró un trabajo que contribuiría a cambiar definitivamente su destino.

Ejerció durante un tiempo como vigilante-portero de una casa de citas en la carretera de la Arrabassada, una oscura y boscosa vía que une la parte alta de Barcelona con la industriosa comarca del Vallès y que hoy apenas se utiliza para algo más que para carreras suicidas entre motoristas.

En los años cincuenta, sin embargo, era una vía habitual de acceso para los ricos fabricantes barceloneses que poseían factorías en el Vallès, especialmente en Sabadell y en Terrassa. Allí, precisamente, se erigía el burdel cuya encargada decidió contratar a Lluís Pascual Estevill como portero de noche. Para entonces, el *Lobo* ya había logrado empezar los estudios de bachillerato. Estudiaba en su puesto de trabajo, en unas condiciones poco envidiables. Eran años de escasez y la encargada sólo le permitía concentrarse en sus libros iluminado por una bombilla de 25 vatios. Una bombilla de 40 vatios en la recepción no sólo podía resultar ofensiva para la selecta clientela que visitaba el establecimiento; consumía demasiada electricidad.

Fue su último trabajo como apestado, como paria. A partir de su paso por aquella casa de citas, su destino dio un giro radical. El que hace sólo unos años se viera obligado a ejercer la mendicidad, empezó a presentarse en Barcelona como hombre de empresa.

El abogado Rosendo Sagrera Rando, que le conoció en aquella época, no duda de que Estevill «pasó en pocos años de analfabeto a licenciado en Derecho» a base de «seguramente visitar a algún que otro acaudalado personaje barcelonés de la época para recordarle su paso por el hotel de noche».

5. Según aseguran algunos empresarios que le trataron durante su etapa como abogado.

Otros, sin embargo, apuntan que entre las chicas que ofrecían sus servicios en la casa de citas de la carretera de la Arrabassada, una sentía un cariño especial por Pascual Estevill, que siempre ha tenido fama de tener éxito con las mujeres. El *Lobo*, según esta versión, tuvo la suerte de que la chica en cuestión encontró un benefactor que decidió retirarla y ponerle un piso en Barcelona. Estevill sacó provecho de los buenos oficios de la mantenida del «señorito», que convenció a su protector del potencial que aquel joven de 26 años tenía como hombre de empresa.

Favorito de los Bertrand

Un día de 1960, Eusebio Bertrand Mata, patriarca del imperio empresarial Textiles Bertrand Serra, se presentó en las oficinas de la firma acompañado de un joven de unos 26 años. Debía incorporarse inmediatamente a la plantilla de las oficinas de la empresa. Además, el joven estaba estudiando; debían dársele todas las facilidades para que lo hiciera. Eso suponía no sólo permitirle dedicarse a sus libros en horas de oficina, sino sufragar los gastos que generaran las facturas académicas de aquel Lluís Pascual Estevill al que empezaba a sonreírle la fortuna.[6]

Una familia a la que más tarde Estevill traicionó sin demostrar el más mínimo signo de arrepentimiento, los Bertrand, iba a pagarle los estudios y a convertirse en la plataforma desde la que saltaría a la primera línea de los abogados mercantilistas de Barcelona.

Eusebio Bertrand Mata era la cabeza visible de una familia dedicada a la industria textil que ya iba por su sexta generación. Perteneciente a un ala progresista de la burguesía catalana, du-

6. Félix Martínez, *Los Señores de Barcelona*, La Esfera de los Libros, Madrid, marzo de 2002, pp. 44 a 52.

rante la dictadura de Primo de Rivera y durante la Segunda República estuvo vinculado a movimientos catalanistas. Cuando el régimen del general Franco acabó con todo eso, se dedicó intensa y exclusivamente a la empresa.

En aquella época era tanto el prestigio del que gozaba la compañía en Barcelona que los padres decían a sus hijos que si querían tener garantizado el futuro de por vida tenían que ingresar «en La Caixa o en la Bertrand Serra». Lluís Pascual Estevill había logrado entrar en la Bertrand Serra por la puerta grande. La relación con los Bertrand le abriría además la puerta de las otras grandes familias textiles de Barcelona. Algunas de ellas, además, estaban emparentadas con los Bertrand, como los Juncadella, los propietarios de la marca El Burrito Blanco.

Al tiempo que Estevill ingresaba en Textiles Bertrand Serra como protegido de Eusebio Bertrand, el patriarca de la familia decidió adelantarse a su tiempo y confiar la gestión del día a día de la compañía a un gerente profesional. El cántabro José Manuel Prades Sorli recibió patente de corso para hacer y deshacer lo que quisiera con el patrimonio familiar de los Bertrand. Estevill y Prades enseguida fueron conscientes de lo útiles que podían ser el uno para el otro e iniciaron una relación que dura hasta el presente y que, por el camino, acabaría llevándose por delante Textiles Bertrand Serra.

Bajo la protección de Eusebio Bertrand Mata, Pascual Estevill logró terminar el bachillerato y, finalmente, en 1964, matricularse como estudiante de Derecho en la Universidad de Barcelona. No iba a ser un estudiante de Derecho cualquiera. Pronto empezó a destacar por su capacidad académica. De hecho, logró terminar la carrera, de cinco cursos, en sólo tres años.

Pero sus cualidades estudiantiles no eran lo único que llamaba la atención. Entre el alumnado de la Facultad de Derecho de la Universidad de Barcelona no pasaba inadvertido un estudiante de Derecho que no pertenecía a las grandes castas de abogados de la ciudad llegara tan a menudo a clase a bordo de un Citroën Tiburón con chófer. También era célebre en aquella facultad que ya empezaba a estar dominada por los *progres* la querencia de Pascual Estevill por los trajes caros de Vehils o de Gonzalo Comella, o su permanente puro, ya entonces un Montecristo del número 1.

Otro detalle era especialmente llamativo en aquel estudiante de Derecho. Habitualmente se le veía almorzando en La Puñalada –cuyo logotipo LP coincide con las iniciales de Lluís Pascual–, un carísimo restaurante que no estaba al alcance de cualquier bolsillo y que, en aquel momento, era especialmente conocido por un grupo de pintores que lo frecuentaban. Pintores que, sin duda, influyeron en la avidez con la que el futuro abogado Pascual Estevill invertiría en cuadros de cualquier naturaleza si más adelante podía hacer una cuantiosa plusvalía vendiéndolos. Especialmente los del gallego Jorge Castillo.

Aquel año de 1964, otro personaje que se haría célebre en la España convulsa y corrupta de los ochenta y los noventa y con el que Estevill mantendría una relación muy estrecha también se había matriculado como estudiante de Derecho. Francisco Javier de la Rosa Martí, hijo del abogado franquista Antonio de la Rosa Vázquez, y que acababa de concluir el bachillerato en el Colegio del Sagrado Corazón de Jesús, en la calle Caspe de Barcelona, también ingresó aquel año en la Facultad de Derecho barcelonesa. De la Rosa y Estevill no tardaron en perderse la pista. Estevill iba demasiado deprisa para un De la Rosa que no se inscribiría en el Colegio de Abogados de Barcelona hasta 1975. Pero volverían a encontrarse en pocos años: en el consejo de administración de *El Noticiero Universal*, y, más tarde, durante la instrucción del fraude de la Zona Franca, el multimillonario escándalo protagonizado por el padre de Javier de la Rosa.

Estevill se colegió en el Ilustre Colegio de Abogados de Barcelona en julio de 1967 con el número 7.612. Pero mucho antes de colegiarse ya había empezado a hacer sus pinitos como feroz representante de los intereses de los más variopintos clientes.

Un estudiante de Derecho despiadado

Los Bertrand no eran los únicos interesados en proteger a Lluís Pascual Estevill. Ya fuera porque una parte importante de la familia Bertrand pertenecía al entonces pujante Opus Dei, porque Estevill destacaba especialmente como estudiante de Derecho Canónico en la Universidad o por otro tipo de razones más espurio, lo cierto es que fueron varios los representantes de la Curia de Barcelona los que confiaron sus asuntos al *Lobo* a pesar de que no estuviera licenciado todavía en Derecho.

En privado, Estevill solía presumir de que viajó a Roma para acompañar a un conocido cardenal amigo suyo que participaba en el Concilio Vaticano II y asesorarle en algunas cuestiones de Derecho Canónico en las que el purpurado andaba algo verde. La presunción de Estevill, que llegó a ser publicada en periódicos de gran tirada,[7] es falsa. Estevill no se matriculó en la Facultad de Derecho de la Universidad de Barcelona hasta 1964. El papa Roncalli, Juan XXIII, convocó el Concilio Vaticano II en 1962, un año antes de su muerte. El concilio acabó sus trabajos tras la muerte del papa Roncalli, en 1963, un año antes de que Estevill se matriculara como estudiante de Derecho.

7. En mayo de 1994 apareció en la prensa de Barcelona un perfil de Lluís Pascual Estevill en el que se le presentaba como uno de los mejores jueces que hubiera tenido nunca Cataluña. El perfil informaba del supuesto asesoramiento al cardenal en el Concilio Vaticano II en 1964, dos años después de su celebración.

Sean cuales fueren los vínculos que le unían a la Curia de Barcelona, la cuestión es que en 1965 Estevill representó los intereses de una comunidad religiosa en un extraño y sinuoso pleito civil de desahucio. La comunidad en cuestión había adquirido un edificio de viviendas con inquilinos en Barcelona. Pero había decidido que el inmueble era ideal para ampliar las instalaciones de un convento que se estaba quedando pequeño. Encargaron el desalojo de los inquilinos a Estevill, que no se anduvo con chiquitas a la hora de poner de patitas en la calle a los arrendatarios, fuera cual fuese su situación personal. Para tratarse de una comunidad religiosa, los propietarios de la finca, asesorados por el despiadado Estevill, no tuvieron reparo alguno en echar a la calle a una familia el mismo día que sus dos hijos hacían la primera comunión.

Sin embargo, quedaba un inquilino que se resistía con todas sus fuerzas a ser desalojado. El arrendatario irreductible recurrió a los servicios de un recién licenciado en Derecho, el abogado Rosendo Sagrera. El abogado relata así su recuerdo de los acontecimientos:

> Cuando me llegó el caso al despacho, se trataba de un desahucio por falta de pago debido a que el antiguo administrador ya no tenía nada que ver con los dueños de la finca y a que nadie se había querido hacer cargo de los alquileres. Tras pagar los atrasos y las costas, aconsejé a mi cliente que fuera remitiendo cada mes un giro postal al último administrador. Transcurridos tres meses y sin darnos tiempo a efectuar un requerimiento en forma a los propietarios para que nos dijeran dónde, cuándo y cómo querían que se pagara el alquiler, llegó la notificación de un nuevo juicio por falta de pago en el que con mala idea se pedía ya el desahucio definitivo por la reiteración en el incumplimiento de la obligación del pago mensual.
>
> Tras negar la representación de la comunidad el envío de los gi-

ros postales, la Administración de Correos certificó la veracidad del pago efectuado y se les condenó en costas por su mala fe y temeridad. Al cabo de pocos meses, plantearon un nuevo juicio de desahucio por la necesidad de ocupar la finca para ampliar las instalaciones del convento. Tras demostrarse, a través de los planos de solicitud de obra nueva obrantes en el Ayuntamiento, que cocinas y habitaciones de matrimonio no eran áreas apropiadas para cubrir las necesidades de los monjes, gané el pleito tanto en primera como en segunda instancia.

Y fue entonces cuando tuve ocasión de conocer al artífice de las patrañas que bajo cuerda habían tramado contra los vecinos de la finca y que, en el caso de mi cliente, no consiguieron su propósito. Aún no era abogado, pero ya era administrador de los bienes de la comunidad religiosa. Se trataba de un tal Lluís Pascual Estevill.

Nos citamos para un almuerzo de trabajo en el desaparecido Hotel Emperatriz, contiguo a la plaza Lesseps de Barcelona, y del que, a la sazón, Estevill también era administrador.

Llegamos a un acuerdo concreto de indemnización. Mi cliente aceptaba abandonar el inmueble a cambio de la suma nada despreciable de un millón de pesetas de la época en metálico.[8]

Fuera cual fuese el origen de su buena fortuna, está claro que en los primeros años de la década de 1960, Lluís Pascual Estevill había dejado de ser un desgraciado. Su buena estrella, además, tiene poco que ver con sus estudios de Derecho; no finalizaron hasta 1967. Pero Estevill había logrado el favor de la buena sociedad barcelonesa e incluso del régimen para ser considerado toda una autoridad ya a principios de los años setenta.

8. Carta de Rosendo Sagrera Rando a *El Mundo* de mayo de 1996.

Abogado de prestigio

El *Lobo* iba a encarar la década de 1970 convertido en un personaje conocido en el mundo de los negocios y en el del Derecho. En 1971 haría la primera tentativa de entrar en política. El fracaso no le desanimó. Desde su puesto privilegiado de abogado de Textiles Bertrand Serra, con un amplio listado de contactos entre los funcionarios de la Seguridad Social y de Hacienda, su cartera de clientes ilustres y, sobre todo, ricos, no iba a dejar de crecer. Las vinculaciones familiares de los Bertrand le franquearon la entrada en el círculo de algunas familias burguesas del textil catalán como los Juncadella o los Viladomiu, que harían engordar de forma cuantiosa las cuentas corrientes de Lluís Pascual Estevill.

Lluís Pascual Estevill se casó con Núria Franquesa Santaeularia dos años antes de iniciar su carrera de Derecho, en 1962. De su matrimonio nacieron cinco hijos: Javier (1961), Ana (1963), Luis (1965), Helena (1967) y Marcos (1971).

La esposa de Estevill, Núria Franquesa, siempre se ocupó exclusivamente de las tareas de la casa, «que es lo que debe hacer una mujer que se precie»,[9] a pesar de haberse licenciado en Filosofía y Letras. Estevill no tuvo escrúpulo alguno en incriminar a su esposa al utilizar su firma en muchos de los negocios sucios que más tarde descubriría la Justicia.

El año que nació su quinto hijo, Pascual Estevill, a pesar de que apenas llevaba cuatro años colegiado como abogado, ya se presentaba en sociedad como un brillante jurista. Ese mismo año decidió presentarse a las *elecciones* a las Cortes franquistas como candidato a procurador por el Tercio Familiar.

Su hégira desde el pastoreo hasta el mundo del Derecho le convertía en un ejemplo de que el régimen franquista había

9. Declaraciones de Lluís Pascual Estevill a Catalunya Ràdio en mayo de 1996.

convertido a España en un *país de oportunidades*. Estevill empezó a ser considerado, de la noche a la mañana, un abogado de prestigio. Los honores y los títulos no dejaban de lloverle. Además, tras el éxito conseguido en Derecho, se había matriculado en la Facultad de Medicina, aunque nunca concluiría esos estudios.

Animado por el entonces abogado Alberto Oliart, que llegaría a ser ministro de Defensa con la UCD de Adolfo Suárez y al que había conocido en los Juzgados de Barcelona durante la tramitación de algunos asuntos, se presentó a aquella elección a las Cortes franquistas. No logró ser elegido procurador, pero la amistad cada vez más estrecha con Oliart le abrió algunas puertas entre los núcleos de poder del tardofranquismo. Oliart fue quien le presentó a Manuel Fraga, a Laureano López Rodó y al más importante relaciones públicas de aquella época, Rafael Ansón. Hermano del periodista Luis María Anson, Ansón sigue siendo un influyente asesor de imagen que cuenta entre sus clientes nada menos que con Jordi Pujol y Convergència i Unió.

El indiscreto Pascual aprovechó su relación de amistad con Oliart y los contactos que éste le había proporcionado en Madrid para presentarse en Barcelona como un hombre del régimen, estrechamente vinculado a López Rodó y a Fraga, aunque su relación con ellos no hubiera pasado de la simple presentación.

La relación con Oliart también le sirvió para establecer una buena relación durante la transición con algunos de los chicos de la UCD, como el actual dirigente del Partido Popular Jorge Fernández Díaz.

En una de las entrevistas que concedió en 1971 para promocionar su candidatura al diario del Movimiento *Nuevo Diario*, el autor, el periodista Miguel Veyrat, presenta a Estevill como un letrado con una carrera consolidada y, una vez más, como la personificación del «triunfo de la voluntad». Más tarde, Pascual Estevill volvería a intentar ingresar en la política; en 1982 estuvo a punto de presentarse a las elecciones al Parlament de Cataluña de la mano del CDS, y en 1996 en la lista del PP al Senado por Tarragona; algunos dirigentes catalanes del PP le habían prometido nombrarle fiscal general o, incluso, ministro de Justicia.[10]

Veyrat tituló la entrevista «Pascual Estevill, un político del pueblo». La fotografía que ilustró aquella entrevista muestra ya la imagen del Pascual Estevill que se haría célebre como juez en Barcelona, aunque veinte años más joven: traje de buena calidad, pañuelo, aunque aún no hace juego con la corbata y, en la mano izquierda, su perenne puro de la mejor marca. En la introducción, el autor de la entrevista define así al que dos décadas más tarde sería conocido como el *Lobo*:

> Pudo ser una víctima más del subdesarrollo Luis Pascual Estevill [por entonces no había catalanizado oficialmente su nombre de pila].[11] Pero empuñó el alma y se puso en camino desde su pueblo, desde el vacío intelectual –él tenía un oficio viejo como el mundo, el bíblico oficio de pastor–, y marchó a Barcelona, Luis Pascual Estevill, y empezó a trabajar para pagarse los estudios, y logró hacerse abogado, licenciándose, realizando el curso monográfico del doctorado. Ahora tiene treinta y seis años, está casado, es padre de cinco hijos, tiene un porvenir prometedor, y ha ganado el Concurso Periodístico sobre Asociaciones convocado por *Nuevo Diario*. Luis Pascual Estevill tiene una vocación política, nacida de las mismas circunstancias vitales que le han llevado a recorrer el camino duro desde la nada social hasta el lugar en el sol que ha conquistado. *Amunt, ànima forta* [en catalán, arriba, alma fuerte]. Aquí está, alto, fino, de hablar pausado, de pensamiento seguro.[12]

10. Los hermanos Jorge y Alberto Fernández Díaz aseguraban a finales de 1995 y principios de 1996 a sus correligionarios del PP de Cataluña que iban a *fichar* a Estevill para el partido y presumían de que le iban a convertir en fiscal general o, incluso, ministro de Justicia, según afirman la ex concejal *popular* Marta Vila y el ex presidente del PP catalán Aleix Vidal-Quadras.

11. Nota del autor.

12. Miguel Veyrat, obra citada.

En aquella entrevista de 1971, Estevill se presenta como un miembro del *establishment* comprometido con la defensa del *statu quo* de la época. Un *statu quo* apoyado exclusivamente por las instituciones franquistas. El *Lobo* se mostraba entonces como un vehemente abanderado del régimen del general Franco, admirador del almirante Carrero Blanco y defensor a ultranza de Falange.

El joven abogado Pascual Estevill era partidario de que se separara la jefatura del Estado de la del Gobierno. En aquel momento, ambas las detentaba el general Franco. Estevill decía entonces: «Para mí es ya el momento de que se nombre presidente del Gobierno, y a mí me parece que si hubiéramos de hablar de la persona más adecuada en estos momentos, yo no encontraría otra que la de Carrero Blanco».

«Me parece la persona más adecuada, y la que más lo tiene merecido, la persona que puede ostentar (*sic*)[13] con más dignidad y más conocimiento y con más categoría la Presidencia del Gobierno», aseguraba a *Nuevo Diario* aquel joven Estevill. También pretendía ser un firme defensor de Falange: «La Falange ha sido, es y será la savia de la totalidad de nuestras instituciones; va a ser lo que es la sangre al cuerpo humano. La Falange yo creo que no la podemos definir como asociación, porque la Falange no va a ser parte de nuestro Movimiento, sino que va a ser parte del todo».

Al final del texto publicado en *Nuevo Diario*, el periodista narra cómo, al despedirse, Estevill le toma del brazo y le dice: «Insista, insista en dos cosas fundamentales: la necesidad del nombramiento de un jefe del Gobierno, y lo que la Falange ha representado, representa y va a representar aún. Repito que es la savia de todo nuestro sistema. (...) Nunca he sido de Falange, mal podía serlo por los montes y las trochas [nuevamente el

13. Los cargos se detentan por la fuerza y se ostentan por Derecho.

"triunfo de la voluntad"], pero las ideas de su fundador [José Antonio Primo de Rivera] se basan todas en la justicia social, y cómo no he de querer yo la justicia social».

Aquel fervoroso discurso en defensa de las instituciones franquistas no le sirvió para resultar elegido como procurador en Cortes por el Tercio Familiar. Pero revela hasta qué punto Estevill se consideraba ya en 1971 un miembro de la clase dirigente. Y, sobre todo, le sirvió como un nuevo altavoz para darse a conocer a los miembros de la alta burguesía barcelonesa que aún no sabían de su existencia como un abogado bien relacionado y bien considerado por la dictadura.

No tardaría en empezar a colaborar como articulista con el diario *ABC*, en el que abordaba cuestiones tan alejadas del Derecho como «La idea de la muerte en la poesía de Quevedo» (23 de marzo de 1973). A pesar de que lo más probable es que Pascual Estevill se limitara a hacer un resumen de la tesina de licenciatura en Filosofía y Letras de su mujer que, casualmente, llevaba el mismo título, la colaboración le daba aún más renombre entre los abogados de Barcelona.

Por alguna razón, *ABC* siempre sintió un respeto reverencial por la figura de Lluís Pascual Estevill, especialmente desde que fue nombrado director del rotativo Luis María Anson. Durante los tres años que fueron necesarios para desenmascarar a Estevill (desde 1994 hasta 1997), *ABC* siempre apoyó al ex magistrado e intentó desmentir siempre que pudo las informaciones publicadas por rotativos como *El Mundo* o *El País*.

Su prestigio, especialmente entre los empresarios catalanes del textil, empezó a crecer considerablemente. En enero de 1973 asistió al empresario José Viladomiu, patriarca del grupo textil del mismo nombre, cuando un juzgado de Zaragoza ordenó su detención como consecuencia de una demanda de quiebra presentada por un proveedor. Finalmente se probó que se trataba de una denuncia falsa, la quiebra quedó sin efecto y Viladomiu quedó en libertad sin cargos. Pero el empresario, perteneciente a la rama de la burguesía catalana más comprometida con el franquismo, siempre estuvo agradecido a Pascual Estevill. Tanto, que le convirtió en el abogado de la empresa hasta que el propio Estevill contribuyó a cerrarla en 1983.

El *Lobo* también entabló buenas relaciones con la familia Juncadella. Los Juncadella, emparentados familiarmente con los Bertrand, constituyen otra de las grandes dinastías burguesas catalanas dedicadas al textil cuyos mascarones de proa eran Industrias Burés y Sucesora de J. Coma Cros, productoras de la marca El Burrito Blanco.[14] El patriarca de la familia, José María Juncadella Burés, estaba considerado en 1978 uno de los hombres más ricos de España. Se calculaba su fortuna personal en 2.410 millones de pesetas (14,5 millones de euros) de la época. Aunque el principal contacto de Estevill en la familia Juncadella iba a ser el hijo del patrón, José María Juncadella Salisachs, que en aquella época estaba mucho más preocupado por las carreras de automovilismo –fue campeón de España tres veces– que por el negocio familiar.

Mientras tanto, su cliente principal, Textiles Bertrand Serra, seguía encargándole gestiones que le reportaban pingües beneficios. Estevill llegó a cobrar de Bertrand Serra en 1977 hasta siete millones de pesetas (42.000 euros) de la época por una sola gestión en la Seguridad Social. Un organismo donde, al parecer, el entonces abogado tenía mucha influencia. Pero sus relaciones con la familia Bertrand no tardarían en romperse. Fue de repente y para siempre.

14. Las empresas de la familia Juncadella pasaron a la órbita del Grupo Torras de Javier de la Rosa. Presentaron expediente de suspensión de pagos en 1992 con un pasivo de 12.000 millones de pesetas (72 millones de euros). Tras la suspensión de pagos, la marca El Burrito Blanco fue adquirida por un consorcio compuesto por Zara, Industrias Murtra y Manufacturas Antonio Gassol, *Avui, Economies*, del 25 de mayo de 1995.

Empleado desleal

El *Lobo* no podía imaginar hasta qué punto el año de 1981 iba a ser crucial en su vida. Su complicidad con el gerente de Textiles Bertrand Serra, José Manuel Prades Sorli, para imponer a la compañía un plan de diversificación industrial que sólo les beneficiaría a ellos iba a provocar que ambos fueran despedidos. Para poner las malas artes de Estevill y de Prades al descubierto, fue determinante la aportación de dos personajes que acabarían amargándole la vida para siempre al *Lobo*. Eran Enrique Marugán y Lorenzo Rosal Bertrand.

Pascual Estevill había preparado su escenario favorito para los grandes tratos: su rincón en La Puñalada. Su invitado, el perito mercantil Enrique Marugán, acababa de terminar un informe sobre las inversiones realizadas por Textiles Bertrand Serra durante los dos últimos años por recomendación de Estevill y de José Manuel Prades. Se lo había encargado su amigo Lorenzo Rosal, sobrino carnal de Eusebio Bertrand Mata. Rosal había visto como en los últimos años su tío confiaba en Estevill y en Prades decisiones que podían hipotecar el futuro de la compañía. Y no se fiaba en absoluto de ese dúo.

–El viejo no tiene por qué enterarse de nada –le dijo Estevill a Marugán mientras encendía su Montecristo–. Lo podemos arreglar. Podríamos constituir una sociedad que nos permitiría repartirnos al cincuenta por ciento las comisiones de Textiles Bertrand Serra.[15]

Marugán estaba ansioso por ver cómo se concretaba la oferta de Estevill y le siguió el juego.

15. Conversación del autor con el empresario Enrique Marugán y declaración del propio Marugán ante el Tribunal Supremo durante la vista contra Estevill por prevaricación de junio de 1996.

Textiles Bertrand Serra empezaba a sufrir los primeros efectos de una crisis que durante la década de 1980 acabaría enterrando buena parte de las empresas catalanas del sector. La propia Bertrand Serra quebró en 1989 y cerró sus puertas definitivamente en 1990. Estevill y Prades habían aconsejado en 1979 al patriarca de la familia, Eusebio Bertrand –superaba los 70 años de edad– que diversificara las inversiones de la compañía. El mercado ofrecía una serie de oportunidades para entrar en el capital de empresas sin relación alguna con la industria textil. De manera que, si la crisis en el textil se agravaba, Bertrand Serra podría seguir siendo rentable gracias a las nuevas participaciones accionariales.

Estevill y Prades propusieron a Eusebio Bertrand que comprara la compañía de transportes Jorge Juan Internacional, propiedad del fallecido empresario Jorge Juan. El industrial era amigo personal de Estevill y de Prades, con quien jugaba habitualmente al tenis. Además de vecino de Estevill en el número 8 de la calle Emancipación de Barcelona, era cliente de su despacho profesional de abogado.

El mismo día que Comercial Bertrand Serra, una de las empresas del grupo, compró el ciento por ciento del capital de Jorge Juan Internacional, Lluís Pascual Estevill y Jorge Juan constituyeron las sociedades Jorge Juan Tank y Jorge Juan Cargo. Estevill y Juan traspasaron toda la cartera de clientes de Jorge Juan Internacional a las nuevas sociedades sin el conocimiento de la familia Bertrand. Los reyes del textil catalán acababan de comprar un huevo huero.

Y no iba a ser el último. Estevill, con la complicidad de José Manuel Prades, también recomendó a Eusebio Bertrand entrar en el negocio de la prensa. El notario y ex alcalde franquista de Barcelona José María Porcioles tomó el control de Editorial Mencheta, la editora del desaparecido vespertino barcelonés

El Noticiero Universal,[16] en los primeros años setenta. En 1979, Porcioles buscaba nuevos socios. Estevill, obsesionado como estaba por el mundo de la prensa, dijo con entusiasmo a Bertrand Mata que era una oportunidad de oro. Los Bertrand crearon la filial Barcelonesa de Prensa a través de la que suscribieron sucesivas ampliaciones de capital de Editorial Mencheta hasta alcanzar el 25 por ciento del accionariado de la editora. Lo que no sabían era que una parte de las acciones que suscribían pasaban a ser propiedad de Estevill y de Prades.

Estevill representó a la familia Bertrand en el consejo de administración de Editorial Mencheta. Una actividad que le granjearía interesantes contactos como el abogado Juan Vives Rodríguez de Hinojosa, el penalista Juan Piqué Vidal y Javier de la Rosa, que, desde 1983 hasta el cierre definitivo de *El Ciero* en octubre de 1985, se convertiría en el sostén financiero del diario a través de la Banca Garriga Nogués (BGN), de la que era vicepresidente ejecutivo. Su objetivo: tener un periódico al servicio de la campaña electoral del candidato de Alianza Popular (AP) en las elecciones autonómicas de 1984. El candidato *popular* no era otro que el empresario inmobiliario Eduardo Bueno Ferrer, amigo personal de Estevill desde 1964.

Como miembro del consejo de administración de *El Ciero*, Pascual Estevill acudía dos veces al mes a comer con el director del periódico, Jordi Domènech. A aquellos almuerzos acudía habitualmente también Javier de la Rosa, convertido en

16. Fundado por el viejo reportero Peris Mencheta en 1898 después de que su familia emparentara con los Sedó, una dinastía textil de Sabadell, fue monárquico y conservador moderado hasta que en 1939 fue sometido a los dictados de la censura franquista. En los años setenta la familia Peris Mencheta vendió la mayoría del capital al notario y ex alcalde franquista de Barcelona José María Porcioles. Desde entonces y hasta su cierre en 1985 fue dando tumbos. En los ochenta pasó a manos del tándem De la Rosa, como financiador, Domènech, como director, que los pusieron al servicio de los intereses del primero.

auténtico factótum del rotativo. Las constantes aportaciones dinerarias que realizaba la Banca Garriga Nogués, que en muchas ocasiones servían para pagar las nóminas, le otorgaban el derecho de intervenir sobre la línea editorial del periódico e, incluso, publicar artículos firmados con pomposos seudónimos. Tras la desaparición del *Noticiero* en 1985, De la Rosa, Estevill y Domènech siguieron encontrándose para comer dos veces al mes.

Cuando Marugán, a petición de su amigo Lorenzo Rosal, abrió los libros de Textiles Bertrand Serra y de sus filiales, descubrió inmediatamente que Estevill y Prades estaban utilizando el dinero de la compañía en beneficio propio. El perito mercantil elaboró un informe que establecía las pérdidas causadas por los manejos del dúo en 450 millones de pesetas (2,7 millones de euros) de la época. Unas pérdidas que podían hundir definitivamente Textiles Bertrand Serra, que ya empezaba a resentirse de la crisis del sector.

Prades advirtió a Estevill de que había un tipo revisando los libros de las sociedades por orden de Lorenzo Rosal y con la autorización del patrón. Y de que estaba poniendo un interés especial en la evolución de las inversiones que ellos dos habían recomendado a Eusebio Bertrand.

Estevill, convencido de que todo el mundo tiene precio, llamó de inmediato a Marugán y le citó para comer en La Puñalada. Marugán ya tenía concluido su informe, pero acudió a la cita convencido de que el abogado de los Bertrand tenía previsto abrumarle con una serie de justificaciones tan elaboradas como poco creíbles.

No esperaba que Estevill aplazara la conversación para la hora del café. Y lo que menos podía imaginar era que admitiera con claridad meridiana que había estado engañando a los Bertrand para ofrecerle «ir a medias».

–Me lo pensaré –fue la despedida de Marugán cuando estrechó la mano del *Lobo* en La Puñalada.

Pero inmediatamente llamó a Lorenzo Rosal. Marugán y Rosal se presentaron en el despacho de Eusebio Bertrand. El perito presentó su informe. Cuando Eusebio Bertrand lo hubo leído, Marugán puso la guinda:

–Este mediodía me ha ofrecido que vayamos a medias.

Eusebio Bertrand no dijo nada. Se limitó a pedir a su sobrino y a su amigo que abandonaran el despacho. Cuando los dos jóvenes se marcharon, el patriarca de los Bertrand llamó a su despacho a otro de sus sobrinos, Juan Bertrand Vergés. Y le dio instrucciones precisas. A partir de aquel momento, la colaboración entre Textiles Bertrand Serra y Lluís Pascual Estevill había concluido. Juan Bertrand debía pagar las facturas pendientes a Estevill, pero éste no podría volver a poner un pie nunca más –insistió: «Nunca más»– en cualquiera de los inmuebles de Bertrand Serra.

Cuando Estevill, 14 años más tarde, como juez de instrucción en Barcelona vio citados los nombres de Lorenzo Rosal y de Enrique Marugán en calidad de testigos en una querella, no pudo evitar la tentación. Les cambió la condición de testigos por la de imputados y ordenó la detención de Marugán.

Sin embargo, el *Lobo* siempre ha afirmado que su ruptura con la familia Bertrand no fue traumática para él. Los 16 años al servicio de la compañía le habían reportado una cartera de clientes que hacía de Textiles Bertrand Serra una empresa prescindible.

El negocio de las suspensiones de pagos

La década de 1980 se presentaba llena de oportunidades para Lluís Pascual Estevill. Poco importaba que hubiera sido despedido como abogado de Textiles Bertrand Serra. El *Lobo* contaba ya con una abultada cartera de clientes, la mayoría empresas del sector textil, que se iban a ver inmersas en procesos de suspensión de pagos que las condenarían al cierre. Por aquel entonces, la *quota litis*, el que un abogado se llevara hasta el 10 por ciento del volumen de pasivo de la suspensión de pagos, no estaba perseguido. Así que, cuantas más suspensiones de pagos lograra presentar o amañar Lluís Pascual Estevill, más crecían sus cuentas corrientes. Participó en innumerables procesos de suspensión de pagos y en algunos escándalos económicos, aunque los más sonados fueron la suspensión de pagos de Anónima Viladomiu, el caso de la Zona Franca y el fraude de la Seguridad Social de Barcelona.

Pascual Estevill, además, había logrado una serie de contactos en los organismos oficiales que generalmente aparecían como los primeros acreedores en los procesos de suspensión de pagos: la Seguridad Social y Hacienda.

El historiador Francesc Cabana define el proceso de crisis generalizada del sector textil de la siguiente manera:

> Lo que hasta entonces había sido el declive del sector, comprobado por la desaparición de docenas de pequeñas y medianas empresas en la anterior etapa, se convertiría en un hundimiento general. Es cuando empiezan a caer los establecimientos algodoneros y laneros, los que pertenecían a la vieja burguesía catalana. Algunos –pocos– cierran sin ruido. La mayoría lo hacen a través de un proceso judicial de suspensión de pagos, que acostumbra a ser el preludio del inevitable cierre.[17]

Durante la década de los ochenta desaparecieron empresas emblemáticas del textil catalán como La España Industrial, Anó-

17. Francesc Cabana, *La burgesia catalana, una aproximació històrica*, Proa, Barcelona, 1996.

nima Viladomiu, Cotolla, Viuda de J. Tolrá, la propia Textiles Bertrand Serra, Industrial Montalfita o Manufacturas Valls. Un terreno abonado para la caza de un depredador como el entonces abogado Lluís Pascual Estevill.

El *Lobo* tenía clientes y, sobre todo, tenía amigos. En la Delegación de Trabajo de Barcelona, cuyo responsable político era en aquel momento el que acabaría como brazo derecho del vicepresidente del Gobierno Mariano Rajoy, Jorge Fernández Díaz, había más de un funcionario dispuesto a hacerle favores a Estevill. Fernández Díaz, iniciada ya la caída en barrena de Lluís Pascual Estevill, aún intentaría salvarle desde la dirección del PP de Cataluña. Llegó a plantear presentar al *Lobo* en la lista del PP al Senado por Tarragona. Pero la dirección nacional del partido se lo impidió.

En la Delegación de Hacienda, Estevill tenía dos amigos: Antonio Antón y Josep Maria Huguet. El primero haría más tarde carrera como asesor fiscal, aprovechando precisamente su amistad con Estevill y con Huguet. El segundo se convertiría en el jefe regional de la Inspección y acabaría protagonizando, a finales de los noventa uno de los mayores escándalos económicos de la historia de España. Huguet fue acusado de hacer lo mismo que Estevill, extorsionar a los empresarios para que cedieran a sus exigencias económicas, además de dejarse sobornar por Javier de la Rosa.

En 1982, el Gobierno de UCD aprobó lo que se conoció como Decreto Pérez de Bricio, un plan de ayudas al sector textil, especialmente destinado al textil catalán, que preveía la concesión de ayudas, créditos blandos y avales bancarios para que las empresas con dificultades tuvieran instrumentos para superar la crisis. El autor del decreto, Carlos Pérez de Bricio, sería más tarde vicepresidente y consejero delegado de la petrolera del Banco Central, Cepsa, y se vería inesperadamente involucrado en el *caso Pascual Estevill*.

A finales de 1982, Anónima Viladomiu se acogió al Decreto Pérez de Bricio. Solicitó 100 millones de pesetas (600.000 euros) en créditos al Gobierno y 160 millones (960.000 euros) en avales. Le fueron concedidos íntegramente. Para sorpresa del Gobierno y de todo el sector textil, el 29 de septiembre de 1983, Viladomiu presentó, contra todo pronóstico, un expediente de suspensión de pagos en los juzgados con un activo de 1.277 millones de pesetas (7,4 millones de euros) y un pasivo de 1.049 millones (6,3 millones de euros).[18]

El artífice de la suspensión de pagos no fue otro que Lluís Pascual Estevill. Viladomiu, gestionada por José Viladomiu, perteneciente a la cuarta generación de la familia propietaria de la compañía, nunca levantó la suspensión de pagos. Cerró definitivamente sus puertas a finales de 1983. Más de 800 trabajadores, la mayoría habitantes de las comarcas interiores de Girona, perdieron su empleo en uno de los momentos más duros de la historia económica de España para volver a encontrar trabajo. Lluís Pascual Estevill cobró una comisión de no menos de 150 millones de pesetas (900.000 euros) de los de 1983.

Un año más tarde, estallaría un escándalo que removería los cimientos de la clase empresarial catalana. 73 personas, la mayoría empresarios y funcionarios de la Seguridad Social, serían procesadas por el juez Francisco Javier Béjar.[19] Fueron acusadas de un fraude a la Seguridad Social de cerca de 3.500 millones de pesetas (21 millones de euros). Los principales acusados fueron los principales colaboradores de Jorge Fernández Díaz, el delegado de Trabajo: Graciniano Gómez Catón, Ramón Ballesteros y Francisco Gilabert. Entre las empresas que se beneficiaron

18. Varios autores, *Catalunya, 1973-1983. De la dictadura a la Democràcia*, L'Avenç, Barcelona, 1984.

19. Béjar acabaría presidiendo la Audiencia de Barcelona. En 2000 abandonó el cargo tras ser amonestado por el Consejo General del Poder Judicial por permitir que se suspendiera un juicio por violación por falta de jueces.

de aquel fraude destacaban Hilados y Tejidos Puigneró (su propietario, Josep Puigneró sería el primer empresario condenado por un delito ecológico en 1996 que pisara la prisión), Burés (El Burrito Blanco) y Textiles Bertrand Serra. Entre los empresarios acusados destacaba José María Juncadella Burés.

También sería procesado Vicenç Cardellach, recién elegido presidente del Colegio de Graduados Sociales de Cataluña, acusado de encubrir a buena parte de sus clientes. Cardellach, con el tiempo desde la presidencia del Colegio de Graduados Sociales de Cataluña, puesto que aún ostenta,[20] se convertiría en un acérrimo defensor de Juan Piqué Vidal cuando estalló el escándalo de Estevill. Su hija Noemí se casó con el presidente del PP de Cataluña, Alberto Fernández Díaz, hermano pequeño de Jorge Fernández Díaz.

Estevill defendió oficialmente al funcionario de la Seguridad Social Antonio Descartín, uno de los peones fundamentales para el funcionamiento del sistema fraudulento, y colaboró activamente en la defensa de José María Juncadella. El *Lobo* tuvo mucho eco en los medios de la época. Aunque uno de los procesados, que pasó un mes entre rejas, asegura que «era un fantasma; su participación fue menor, pero aprovechó el asunto para hacerse publicidad».

Y es que aquel año de 1983 necesitaba publicidad. Acababa de sufrir una significativa derrota en los tribunales. Su defendido en otro de los grandes casos de la época, el fraude de la Zona Franca, Rafael del Barco, fue condenado en aquella causa y pasó dos años en prisión, mientras el principal procesado, el abogado franquista Antonio de la Rosa Vázquez, padre de Javier de la Rosa, disfrutaba del botín en el extranjero.

20. En enero de 2000 fue elegido por sexta vez para el cargo.

DEFENSOR EN EL CASO *DE LA ZONA FRANCA*

Narcís Serra se convirtió en abril de 1979 en el primer alcalde democrático de Barcelona. Cuando el nuevo equipo socialista del Ayuntamiento de Barcelona empezó a examinar las cuentas del Consorcio de la Zona Franca (CZF), una entidad vinculada al Puerto de Barcelona, pero que administraba fondos del Estado, se dio cuenta de que algo andaba mal. Y encargaron una auditoría.

El secretario general del Consorcio era el franquista abogado del Estado Antonio de la Rosa Vázquez, un personaje estrechamente vinculado al régimen del general Franco y al que se definía como un hombre de «misa diaria». Sin embargo, con el advenimiento de la democracia y la llegada al poder de los *rojos* –para la mentalidad ultracatólica de De la Rosa Vázquez cualquier cosa a la izquierda de la Falange eran peligrosos comunistas– pareció entender que el mundo que había conocido tocaba a su fin y decidió lanzarse a disfrutar de la *dolce vita*.[21]

Cuando De la Rosa Vázquez abandonó clandestinamente España en agosto de 1979 bajo la falsa identidad de Juan Antonio Sáenz, los nuevos responsables del Ayuntamiento socialista de Barcelona se temieron lo peor. Sus sospechas se vieron confirmadas el 18 de octubre, cuando conocieron el contenido de la auditoría que habían encargado. Los responsables del Consorcio eran responsables de un fraude cifrado en 1.250 millones de pesetas (7,5 millones de euros). Durante años habían estado *comprando* con cargo a los fondos públicos que administraban terrenos que simplemente no existían a empresas de su propiedad o de sus amigos.

El dinero, en realidad, lo habían dedicado a las más variadas

21. Manel Pérez y Xavier Horcajo, *J. R. El Tiburón*, Temas de Hoy, Madrid, 1996.

y caras francachelas. De la Rosa Vázquez regalaba lujosos coches a sus amantes (desde Mercedes hasta Rolls Royce) y se regalaba las más espectaculares juergas en compañía de sus amigos Fernando Serena y Rafael del Barco. Serena era un conocido importador de coches que ganó más de 100 millones de pesetas (600.000 euros) con los encargos que le hacía De la Rosa Vázquez para amigos y *señoritas* a cuenta del Consorcio.

Del Barco se benefició ampliamente de la mano *rota* de Antonio De la Rosa. Rolex de oro, prostitutas de lujo, pisos de alto standing, langosta, whisky y champán francés formaban parte del día a día del trío de amigos. Todo ello pagado con dinero del Estado.

Narcís Serra decidió que el Ayuntamiento de Barcelona presentara una querella criminal contra los tres amigotes que habían vaciado las cuentas del Consorcio. El caso llegó a juicio en mayo de 1983. El 25 de mayo, la Audiencia de Barcelona dictó su fallo. De la Rosa Vázquez fue condenado en rebeldía. Del Barco y Serena pasarían dos años en la Modelo de Barcelona como encubridores. El delegado del Estado en el Consorcio, José Luis Bruna de Quixano, fue condenado a cinco años de prisión por malversación, aunque fue indultado en 1984 por el Gobierno.

Rafael del Barco diría años después que el fraude de la Zona Franca «fue urdido en realidad por Javier de la Rosa» desde su oficina de vicepresidente ejecutivo de la Banca Garriga Nogués en la Rambla de Barcelona.

El abogado de confianza de Javier de la Rosa, Juan Piqué Vidal, defendió durante todo el proceso los intereses de Antonio de la Rosa Vázquez. Del Barco corrió peor suerte que el padre de Javier de la Rosa porque tuvo que ingresar en prisión. Su abogado, durante todo el proceso, fue Lluís Pascual Estevill.

Primer encuentro con el Clan de los Mentirosos

Durante la instrucción judicial del fraude de la Zona Franca, Lluís Pascual Estevill tuvo la oportunidad de coincidir con dos personajes a los que ya conocía: el financiero Javier de la Rosa, al que había conocido fugazmente durante los primeros años de Derecho en la Facultad de la Universidad de Barcelona y que ahora se había convertido en el principal financiador de *El Noticiero Universal*, en cuyo consejo se sentaba a menudo el *Lobo*, y el penalista Juan Piqué Vidal.

El cliente de Estevill en aquel procedimiento, en una carta remitida a los medios de comunicación en 1994, aseguraba: «Me di cuenta demasiado tarde de que ya entonces Piqué Vidal y Estevill eran la misma cosa».[22] Del Barco, que volvería a ingresar en la prisión Modelo de Barcelona durante los ochenta por un asunto de pagarés falsos, considera que la estrategia de los dos abogados iba encaminada exclusivamente a proteger los intereses de Antonio de la Rosa Vázquez. Estevill estaba más interesado en que su cliente apareciera como más culpable de lo que era que en defenderle.

Aun así, Estevill no dejó de cobrar los honorarios que, según él, le debía Del Barco por la «extraordinaria» defensa que había realizado de su persona ante el Tribunal. Pascual Estevill aprovechó los plenos poderes sobre el patrimonio de Del Barco que había recibido del preso para vender una casa propiedad del condenado valorada en 50 millones de pesetas (300.000 euros).[23] Eso sí, el Colegio de Abogados le aprobó la minuta y el procedimiento para cobrarla.

Antonio de la Rosa reapareció en Barcelona en junio de 1997, después de que la Audiencia de Barcelona archivara la

22. Entrevista de Gonzalo San Segundo en *Cambio 16*, número 1.118, p. 32.
23. José Martí Gómez, *La Vanguardia*, edición del 23 de febrero de 1997.

causa que había abierta contra él como prófugo de la Justicia, tras la *solemne* declaración pública realizada por su hijo Javier en 1996 de que había fallecido en París. Hoy vive cómodamente en casa de su hijo Antonio, abogado del Ayuntamiento de Barcelona. Paradojas de la vida.

Del algodón al perfume y tiro porque me toca

Estevill logró con esos casos la proyección pública que buscaba. Pero las suspensiones de pagos no iban a durar para siempre. Y, tras los convulsos primeros años ochenta, los escándalos económicos perdían fuelle. Robar a manos llenas, a partir de la segunda mitad de la década, no era algo demasiado mal visto en las altas esferas de Barcelona, como demostraba la posición social de la que gozaban personajes como Javier de la Rosa, resucitado por sus patrones kuwaitíes de KIO tras haber hundido la Banca Garriga Nogués.

Así que Estevill decidió que aunque mantuviera sus actividades como abogado de las empresas textiles del sector del algodón tenía que diversificarse. O, tarde o temprano, la crisis que le estaba enriqueciendo le iba a dejar sin clientes.

Y dio con el cliente perfecto: Myrurgia. La entonces segunda perfumera de España fue fundada en 1916 por Esteban Monegal Prat. No tardaría en convertirse en un jugoso negocio. Durante los años sesenta Esteban y Olegario Monegal Bofill, hijos del fundador, figuraban entre los primeros contribuyentes al erario público de España. Declaraban unos ingresos anuales de 50 millones de pesetas (300.000 euros) de la época cada uno, superiores a los de los banqueros Emilio Botín (Banco Santander), José María Aguirre (Banco de Bilbao), Alfonso Fierro (Sindicato de Banqueros de Barcelona) o Ignacio Villalonga,[24] a los del constructor Juan Entrecanales o a los de la duquesa de Alba.[25]

En 1980 accedió a la gestión de Myrurgia la tercera generación de la familia Monegal. El economista Esteban Monegal Masó, nieto del fundador, se convirtió en el presidente de la firma a la *tierna* edad de 30 años.

En el caso de Esteban Monegal Masó parecía cumplirse la inexorable ley de las tres generaciones de las empresas familiares –la primera la crea, la segunda la expande y la consolida, y la tercera la hunde–. Nada más acceder a la presidencia, Esteban Monegal se encontró con un sombrío panorama para mantener a flote la empresa que habían creado sus antepasados. La nueva política económica de los gobiernos democráticos había suprimido las ayudas a la exportación y decidió mantener muy alta la cotización de la peseta. Además, la demanda interna de perfumes, como consecuencia de la crisis económica por la que atravesaba España, estaba cayendo de forma alarmante.

Se imponía un drástico plan de ajuste. Y Monegal requirió los servicios de un abogado experimentado en crisis sectoriales y lo suficientemente despiadado como para despedir a cuantos trabajadores hiciera falta. El perfil de Lluís Pascual Estevill encajaba perfectamente. Se inició así una provechosa relación tanto para Estevill como para Monegal. El *Lobo* vio además en su trabajo para Myrurgia la posibilidad de convertirse en un hombre de empresa.

Monegal y Estevill practicaron duros ajustes de plantilla, clausuraron el histórico centro de producción de Myrurgia en

24. Predecesor de Alfonso Escámez en la presidencia del Banco Central. La dimisión del hijo de Ignacio Villalonga, José Ignacio, como vicepresidente del banco en 1973 tras ser detenido por un asunto de pederastia, catapultó al de Águilas a la presidencia del banco. Véase capítulo 4.

25. Feliciano Baratech, *La Vanguardia*, edición del 20 de abril de 1997.

la calle Mallorca de Barcelona para trasladarlo a la moderna planta de Mas Cosmetics en la localidad próxima de Sant Just Desvern. La fábrica la había comprado Myrurgia por una peseta en una de las subastas de los bienes expropiados a la Rumasa de José María Ruiz Mateos. Estevill tenía una relación excelente con el inspector de Hacienda que administraba, por orden del Ministerio de Economía, buena parte de las empresas de Rumasa en Cataluña. Era Josep Maria Huguet Torremadé, que con el tiempo se convertiría en jefe regional de la Inspección de Hacienda en Cataluña y entraría *al servicio* de Javier de la Rosa y del Clan de los Mentirosos.

Por el camino, Esteban Monegal, asesorado por Estevill, compró la participación de varios familiares hasta alcanzar una mayoría accionarial abrumadora en la compañía. Estevill fue recompensado con la entrega gratuita de acciones en las compañías matrices de Myrurgia, como Sefige, de la que fue vicepresidente, y en la voluminosa red exterior del grupo perfumero. También se sentaba en el consejo de administración de la compañía.

Era la época en que Myrurgia suscribió contratos para producir perfumes con los nombres de celebridades de la música, el deporte o la moda, como Julio Iglesias, Severiano Ballesteros o Adolfo Domínguez. Myrurgia alcanzó por aquella época unas cifras de facturación astronómicas, que rondaban los 18.000 millones de pesetas (108 millones de euros) y que dejaban a los accionistas unos beneficios anuales de 4.000 millones (24 millones de euros).

Cuando Estevill decidió abandonarlo todo en 1990 para convertirse en juez por el cuarto turno, vendió su participación en las empresas del grupo Myrurgia a Esteban Monegal por una cifra declarada de 83 millones de pesetas (500.000 euros),[26] aun-

26. Sumario de la causa por delito fiscal contra Lluís Pascual Estevill. La información apareció en *El Mundo* del 15 de enero de 1999.

que los responsables de la investigación sobre el patrimonio del *Lobo* aseguran que el dinero pagado por el propietario de la perfumera fue muy superior. El juez, sin embargo, *olvidó* renunciar a sus puestos en los consejos de administración de Myrurgia y de Sefige y, naturalmente, a las remuneraciones que le correspondían por ese concepto. Estevill ingresó en la carrera judicial el 7 de junio de 1990. El juez seguiría siendo vicepresidente de Sefige hasta el 28 de mayo de 1992. Y mantuvo su puesto de consejero en Myrurgia hasta el 26 de febrero de 1991.[27] La ley prohíbe expresamente esas actividades a jueces y magistrados.

JUEZ POR EL CUARTO TURNO

En 1990, Lluís Pascual Estevill decidió ingresar en la carrera judicial por el cuarto turno. Es una vía reservada para los secretarios judiciales, los fiscales y los abogados de reconocido prestigio. El *Lobo* explicó a todos los que le quisieron escuchar que, tras haber hecho una fortuna considerable, había decidido convertirse en magistrado para dedicarse a «hacer justicia». Ya tenía la vida solucionada e iba a ajustar cuentas con el pasado. Renunciaba a los cuantiosos ingresos que le reportaba su bufete de abogado en la Diagonal de Barcelona –aunque su socio, Jaime Piqué Mariné, y su hijo Javier Pascual mantendrían abierto el bufete, en el que el propio Estevill siguió ejerciendo ilegalmente como abogado– para ejercer la noble profesión de la magistratura. De aquellas declaraciones lo único realmente cierto era que Estevill había acumulado un cuantioso patrimonio antes de ingresar en la carrera judicial.

En 1988, Estevill solicitó un préstamo de 80 millones de pesetas (480.000 euros) a la entidad bancaria Isbank, fundada y pre-

27. Registro Mercantil de Barcelona.

sidida por el financiero próximo al *Lobo* Xavier Aguilar, que tres años más tarde acabaría absorbida por La Caixa. Para apoyar su petición de crédito remitió a los responsables de la entidad una declaración de bienes que establecía el patrimonio del magistrado en más de 540 millones de pesetas (3,25 millones de euros).

La declaración de bienes de Estevill a Isbank incluía cinco propiedades inmobiliarias valoradas, según el propio abogado, en 416 millones de pesetas (2,5 millones de euros). Eran el piso de Estevill en el número 8 de la calle Emancipación de Barcelona, en la parte alta de la ciudad; un edificio de viviendas en el número 106 de la calle Bailén de Barcelona valorado en más de 135 millones de pesetas (800.000 euros); un inmueble en la calle Aragón de Barcelona y una casa en la localidad costera de Sitges. No figuraba un edificio de viviendas que Estevill había adquirido en los primeros años ochenta a José María Juncadella Salisachs.

Estevill incluía además en el documento las acciones de sus sociedades patrimoniales, que el propio abogado valoraba en 21 millones de pesetas (130.000 euros). Y también hacía referencia a diversas participaciones accionariales de empresas cotizadas en Bolsa. Entre ellas se encontraban las eléctricas Sevillana de Electricidad, Iberdrola, Unión FENOSA y Fecsa; las químicas Ercros, Carburos Metálicos, Sarrió y La Seda de Barcelona, y el Banco Bilbao Vizcaya y el Central Hispano. En total, la cartera de valores de Pascual Estevill tenía un valor en el mercado que superaba los 100 millones de pesetas (600.000 euros).

Nunca declaró a Hacienda un patrimonio superior a los 200 millones de pesetas (1,2 millones de euros).[28] Aun así proclamaba que decidió hacerse juez para perseguir, esencialmente, a los defraudadores fiscales.

Como juez, sin embargo, siguió haciendo negocios inmobiliarios en Barcelona. Cuando llevaba algo más de un año como

28. *El Mundo* del 25 de marzo de 1996.

magistrado, adquirió, junto a los procuradores de los tribunales de Barcelona Carlos Testor y Ramón Feixó, un edificio de viviendas en el número 514 de la calle Muntaner de Barcelona. Jamás se inhibió de asunto judicial alguno en el que estuviera implicada la pareja de procuradores. En la gestión del inmueble, Estevill era de nuevo el casero implacable que había sido durante los años sesenta. Menos de dos años después de comprar el edificio, Estevill y sus socios desahuciaron a la viuda de Joan Creixell, fundador de Convergència Democràtica de Catalunya (CDC) y primer biógrafo del presidente de la Generalitat Jordi Pujol. Creixell falleció en las Navidades de 1994. En febrero de 1995, ya como miembro del Consejo General del Poder Judicial, Estevill decidió desalojar a la viuda de Creixell[29] por un retraso en los recibos del alquiler.

No tuvo en cuenta que se trataba de la viuda del que fuera editor clandestino, a través de la copistería que regentaba, del movimiento nacionalista que desembocaría durante la transición en CDC. Ni que se trataba de la viuda del autor de libros como *Els fets del Palau de la Música* (Los hechos del Palau de la Música), que relata los acontecimientos que costaron la prisión a Jordi Pujol durante el franquismo. No consta que Jordi Pujol hiciera nada en favor de los intereses de la viuda de Creixell.

Pascual Estevill obtuvo el primer puesto en el concurso oposición para ingresar en la carrera judicial por el cuarto turno. Junto a él se presentaron otros 44 opositores. Sin embargo, sus conocimientos jurídicos no eran tan amplios como parecía en un principio.

29. *El Mundo* del 23 de febrero de 1997.

Consultas a los colegas

«No sabía redactar ni un triste auto de prisión.» Así de rotundo se muestra el que fuera titular del Juzgado de Instrucción número 10 de Barcelona Ramón Maciá. El magistrado y Estevill coincidieron en los juzgados de Barcelona en octubre de 1991, cuando el *Lobo* fue destinado al Juzgado de Instrucción número 26 de la Ciudad Condal. Estevill y Maciá eran sustitutos naturales el uno del otro. Maciá sostiene que, cuando él estaba fuera y Estevill se ocupaba de su juzgado, había llegado a falsificar su firma en algunas resoluciones.[30]

A pesar de los aires de suficiencia de Estevill, de su aparente desprecio por sus colegas pobres –él llegaba a los juzgados a bordo de su Jaguar y entraba al edificio del paseo Lluís Companys de Barcelona vistiendo ropas por valor de casi 200.000 pesetas– y de llevar más de un año ejerciendo como juez en Terrassa –en junio de 1990 fue destinado al Juzgado de Instrucción número 5 de la industriosa ciudad del Vallès– sus conocimientos no parecían demasiado sólidos. Requería de la asistencia de sus colegas de profesión para redactar la más simple providencia de citación o una orden de búsqueda. Tal vez por esa razón decidió crear un modelo de auto de prisión que fotocopiaría sin cesar para enviar a la cárcel a todo el que tuviera suficiente dinero para ser extorsionado y se negaba a ceder a las presiones del *Lobo*. El auto constaba de tan sólo un folio y daba sólo dos razones para el ingreso en prisión del imputado: alarma social y riesgo de fuga. Entonces, un juez aún podía decretar la prisión incondicional de un imputado *motu proprio*, sin que se lo pidiera ni el ministerio fiscal ni alguna de las partes.[31]

30. Conversación del autor con el juez Ramón Maciá.

31. La Ley de Enjuiciamiento Criminal de 1995, que entró en vigor en mayo de 1996, acabó con ese poder omnímodo de los jueces de instrucción. Desde entonces, el

La fragilidad de los conocimientos procesales de Lluís Pascual Estevill no fue un problema insalvable para él. Era rico y poderoso. Y desde esa posición podía iniciar un negocio mucho más rentable que ninguno de los casos que llevó como abogado. Con la instrucción del *caso Prenafeta*, además, llegó la fama a otros miembros de su familia; sin embargo, no les iba, ni de lejos, tan bien como a Lluís Pascual Estevill.

Su hermana del alma

A Antonia Pascual Estevill la fortuna no le había sonreído como a su hermano Lluís. *Clocharde, homeless*, indigente, mendiga, pedigüeña, *pidolaire*. Son muchas las palabras que definen el tipo de vida que le ha tocado en suerte llevar a la hermana pequeña de Lluís Pascual Estevill, nacida en 1945.

La hermana del *Lobo* malvive en Barcelona, en ocasiones gracias a los servicios sociales del Ayuntamiento. Fueron los servicios sociales del Ayuntamiento de Barcelona los que costearon su estancia de apenas un mes y medio en su último domicilio conocido, una pensión regentada por la familia Moreno en la calle Sant Pau de Barcelona, entre noviembre de 1996 y enero de 1997.[32]

Un mes después de que Antonia abandonara su habitación de pensión proporcionada por los servicios de protección social municipales, alguien con los mismos apellidos, Lluís Pascual Estevill, ex abogado mercantilista y hombre de fortuna; ex juez de instrucción en Terrassa y en Barcelona; ex miembro de la Aca-

juez sólo puede dictar un auto de prisión a petición de alguna de las partes. El propio Estevill se habría beneficiado de la reforma de la ley si no hubieran habido tantas partes dispuestas a solicitar su ingreso en prisión en febrero de 1997.

32. *El Mundo* del 23 de febrero de 1998.

demia de Jurisprudencia de Cataluña, y ex miembro del Consejo General del Poder Judicial a propuesta de Convergència i Unió, ingresaba en prisión preventiva acusado de varios delitos de extorsión, soborno y detención ilegal.

Antonia, como Lluís, ha tenido problemas con la Justicia, pero de naturaleza muy distinta a los de su hermano. Dos días después de que los servicios sociales de Barcelona la alojaran en la pensión de la calle Sant Pau, fue detenida y acusada de hurto por el Juzgado de lo Penal número 9 de Barcelona (expediente 538/96).

Era habitual que, entre los vagabundos que habitualmente la acompañaban, Antonia se refiriera a su «hermano juez», que podía librarla de sus frecuentes problemas con la Justicia. De hecho, fue el mismo argumento que utilizó para intentar convencer a los policías que la detuvieron por hurto para que la dejaran marchar. Los agentes, a pesar de la coincidencia de los apellidos, no la creyeron. Además, Antonia no sabía que, por aquel entonces, su hermano juez atravesaba por graves problemas con la Justicia, que, en realidad, ya no era juez, y que, en menos de un mes y medio, iba a ingresar en la prisión.

Antonia Pascual Estevill tiene un largo historial de tribulaciones judiciales. Porque la detención de noviembre de 1996 no había sido la primera. En 1985, un juzgado de Barcelona cursó una orden de busca y presentación contra ella, aunque no consta la razón. La orden no pudo llevarse a cabo porque Antonia había abandonado el que hasta entonces era su domicilio habitual, un piso en un edificio de viviendas de la calle Aragón de Barcelona propiedad de su hermano Lluís.

3

De profesión mentiroso

> El primer ejemplo es el del siciliano Agátocles, quien, habiendo nacido en una condición, no sólo común y ordinaria, más bien baja y vil, llegó a empuñar, sin embargo, el cetro de Siracusa. Hijo de un alfarero, había llevado en todas las circunstancias una conducta reprensible. Pero sus perversas acciones iban acompañadas de tanto vigor de cuerpo, de tanta fortaleza de ánimo, que habiéndose dedicado a la profesión de las armas, ascendió por los diversos grados de la milicia, hasta el de pretor de Siracusa.
>
> NICOLÁS MAQUIAVELO, *El príncipe*

Nadie es quien dice ser. No en la Cataluña de Jordi Pujol. Jueces justicieros que utilizan la prisión para enriquecerse; inspectores de Hacienda, paladines del erario público que acumulan fortunas en sus cuentas suizas; prestigiosos abogados penalistas que traicionan a sus clientes; políticos corruptos que son capaces de mancillar el sistema democrático por cantidades consideradas calderilla; «empresarios modelo» que roban, sobornan, tuercen voluntades y llegan a concebir encargar asesinatos...[1]

Esos personajes se convirtieron en apoyos fundamentales para el poder político en Cataluña desde la segunda mitad de los ochenta hasta mediados de los noventa. Y sacaron partido de la única forma que lo podían sacar: en forma de poder y de dinero. Solos no habrían llegado a ser tan importantes ni tan peligrosos. Pero una forma de organización espontánea, basada en alianzas concretas, les iba a permitir más tarde tejer una telaraña de intereses para extorsionar a políticos y a empresarios. La *Telaraña* les convirtió en uno de los «clubes» criminales más poderosos del momento.

Un «club» cuyo «socio de honor» es, por derecho, Javier de la Rosa, el financiero que apareció en la Cataluña de los ochenta como el hombre capaz de costear parte de la reconstrucción de estamentos sociales que el franquismo, al que su familia había apoyado intensamente, había destruido. Esa telaraña hilvanada alrededor de Javier de la Rosa, llegó a extender sus acerados hilos hacia todas las instituciones que componían el *statu quo* de la época. Topos del Clan de los Mentirosos se situaron en los puestos más importantes del *establishment* para controlar las instituciones. La Telaraña tenía a sus hombres en el Parlament, en el partido que gobernaba Cataluña, en algunos de los partidos de la oposición, en Hacienda, y, con el ingreso de Lluís Pascual Estevill en la carrera judicial en junio de 1990, en el Poder Judicial.

1. En enero de 2000, uno de los escoltas de Javier de la Rosa, que había abandonado al financiero unos meses antes, denunció ante la Fiscalía del Tribunal Superior de Justicia de Cataluña que el financiero había encargado en 1995, tras concluir su primera estancia en la penitenciaría de Can Brians, el asesinato de cinco personas a una misteriosa asociación de disidentes kuwaitíes con sede en París. Las supuestas víctimas iban a ser el diplomático Manuel Prado y Colón de Carvajal; los abogados Juan José Folchi y Javier Nart, y los periodistas Manel Pérez y Xavier Horcajo.

El currículo profesional de Pascual Estevill le había convertido en un excelente candidato a entrar en el club. Durante la década de 1980 su papel como abogado en casos como el escándalo de la Zona Franca o el fraude de la Seguridad Social y su participación en el consejo de administración de *El Noticiero Universal* había brindado al *Lobo* la oportunidad de entrar en contacto con los que más tarde serían los más destacados miembros del Clan de los Mentirosos.

Cuando ingresó en la carrera judicial, esos contactos le permitieron seguir haciendo negocios –prohibidos por la ley a los jueces y magistrados– y, al mismo tiempo, convertirse en uno de los miembros imprescindibles de la Telaraña. Desde su sillón de magistrado podía ayudar a los miembros del club. Si tenían problemas con la Justicia, sólo había que conseguir que la causa fuera a parar al juzgado de Pascual Estevill, como ocurriría con el *caso Prenafeta* o con el intento de que la suspensión de pagos del Grupo Torras acabara controlada por el *Lobo*. Si había que torcer alguna voluntad, nada como una conveniente querella instruida por Pascual Estevill contra el enemigo de turno. La simple citación en el juzgado del *Lobo* servía para aplacar cualquier queja. Y si no que se lo pregunten a los vecinos que se opusieron a la construcción de la clínica Teknon de Barcelona, un proyecto impulsado por Javier de la Rosa para que su mujer, Mercedes Misol, tuviera algo en lo que ocupar su abundante tiempo libre, y que fue costeado por los accionistas de Grand Tibidabo.

El nexo de unión entre todos los «socios» fue el abogado Juan Piqué Vidal. Sus relaciones políticas con Convergència i Unió abrieron al club las puertas del Palau de la Generalitat. Juan Piqué Vidal era el abogado más prestigioso de Barcelona a principios de los ochenta. Cuando, en 1984, la Fiscalía intentó procesar a Jordi Pujol por la supuesta quiebra fraudulenta de Banca Catalana –el negocio bancario fundado por el padre de Pujol y al que el mandatario catalán se dedicó antes de dar el salto definitivo a la política–, el letrado del *president* no fue otro que Juan Piqué Vidal. La querella presentada por el entonces fiscal jefe de Cataluña, Carlos Jiménez Villarejo, fue archivada.

Pujol fue exonerado y todos aquellos que se alinearon con los fiscales y creyeron que en la quiebra de Banca Catalana los gestores, encabezados por el ya presidente de la Generalitat, habían cometido serias irregularidades fueron objeto de una campaña de descrédito organizada desde el poder político catalán a través de los medios de comunicación que estaban a su servicio.[2] Su pecado: atacar las esencias de Cataluña encarnadas en Jordi Pujol.

De la Rosa y Piqué incorporaron a su club a políticos de la derecha *popular* como Eduardo Bueno Ferrer, Jorge Fernández Díaz y Enrique Lacalle, que se haría célebre en 1997 por agradecer por carta las generosas aportaciones que el financiero había realizado a su campaña electoral en las elecciones municipales de 1991.[3] «En aquella época todo el mundo pasaba el platillo», acabaría justificándose Lacalle, que paradójicamente ocupaba el cargo de delegado del Gobierno en el Consorcio de la Zona Franca cuando se descubrió el pastel.

Tampoco le faltaron al Clan de los Mentirosos las relaciones privilegiadas con el partido de Jordi Pujol, Convergència Democràtica de Catalunya. Piqué Vidal mantuvo siempre una entrañable amistad con el que fuera, desde 1980 hasta 1990, secre-

2. Los diarios *El Correo Catalán* y *Avui*, y los medios audiovisuales de la recién constituida Corporació Catalana de Ràdio i Televisió, Catalunya Ràdio y TV3.

3. *El Mundo* publicó en junio de 1998 una serie de cartas dirigidas por Enrique Lacalle a Javier de la Rosa en las que le agradecía el dinero aportado para su campaña electoral y le proponía nuevas entregas en efectivo para proyectos de descrédito de sus adversarios públicos.

tario general de la Presidencia de la Generalitat y brazo derecho del presidente, Lluís Prenafeta. Cuando Prenafeta abandonó la Generalitat en 1990 se embarcó en el ruinoso proyecto que supuso la agónica salida a la calle del diario nacionalista editado en castellano *El Observador*. Su socio en aquel proyecto fue Juan Piqué Vidal. El abogado logró que Javier de la Rosa desviara cantidades millonarias de las arcas de Grand Tibidabo para sufragar los cuantiosos gastos que generaba el periódico, especialmente cuando empezó a manifestar los estertores de la muerte.

Prenafeta no fue el único político convergente que recibió dinero de De la Rosa y de la Telaraña. El entorno de Miquel Roca, secretario general de Convergència Democràtica de Catalunya hasta 1995 y hombre de Pujol en Madrid, también fue generosamente recompensado por De la Rosa con cargo a las cuentas de la todopoderosa Kuwait Investment Office (KIO). Jaume Camps, portavoz adjunto del grupo parlamentario de Convergència i Unió en el Parlament de Catalunya y roquista irreductible, recibió entre 1990 y 1994 más de 180 millones de pesetas (1,1 millones de euros) en sus cuentas suizas procedentes de los depósitos de KIO y de Javier de la Rosa. Camps era el titular nominal de una cuenta en Suiza cuyo nombre en clave, *Espina*, se hizo célebre en las redacciones de toda España. Todos sabían que *Espina* era un influyente político nacionalista próximo a Roca.

Estevill se convirtió en uno de los apoyos fundamentales de la Telaraña. Su posición como juez de instrucción en Barcelona y su creciente influencia en los juzgados le convertían en un instrumento sin par para proteger a los amigos y amedrentar a los enemigos. Además, las relaciones privilegiadas que mantenía, desde su época como abogado, con la dirección de la Inspección de Hacienda en Cataluña, bajo el mando de Josep Maria Huguet, le otorgaban aún más capacidad para influir.

Y, junto a todos ellos, en ocasiones comparsas de lujo, en otras víctimas propiciatorias, banqueros y burgueses pusilánimes, acostumbrados a que su posición social les libre de todo mal, que han contemplado como un grupo de advenedizos les robaban sus bienes más preciados: el dinero y el reconocimiento social.

El franquismo había alejado a los burgueses catalanes de la vida social. Si, antes del alzamiento del 18 de julio de 1936, en Cataluña había sido la burguesía la encargada de capitanear la sociedad civil, durante los 36 años que el dictador gobernó España con mano de hierro, se dedicaron a lo que mejor sabían hacer: ganar dinero.

Sólo una pequeña parte de los hijos de aquella burguesía empezó a reclamar participación política a mediados de los años sesenta con la constitución de foros como el Círculo de Economía de Barcelona o la creación por Carlos Ferrer Salat de la CEOE. Otros empezaron a jugar un juego de «progresía de salón» y constituyeron la *gauche divine*. La llegada de la democracia a partir de 1975 dejó indiferente a buena parte de aquella burguesía. Los que se implicaron en la transición lo hicieron directamente en Madrid.

Muy pocos demostraron interés por el proceso autonomista puesto en marcha por Jordi Pujol. La composición de la burguesía había cambiado profundamente durante los años de la dictadura. El franquismo fue testigo del nacimiento de emporios empresariales como Agrolimen-Gallina Blanca, fundado y dirigido desde su inicio por Lluís Carulla; Roca Radiadores, Nutrexpa, Panrico o Chupa Chups, todos ellos controlados por familias que hicieron de la obsesión por la discreción su signo de distinción. La dictadura también había favorecido el ascenso a la categoría de empresarios de personajes como Jaume Castell Lastortras, Julio Muñoz Ramonet, Andreu Ribera Rovira o

Demetrio Carceller.[4] La transición, además, coincidió con el hundimiento del sector de la burguesía más participativo y más *sociable*, los empresarios del textil.

La burguesía catalana estaba interesada en influir en la política, pero no en la política catalana, sino en la española. Sus *lobbies* estaban diseñados para lograr políticas económicas favorables del Gobierno central.

Apoyaban a Pujol porque las reivindicaciones nacionalistas del presidente de la Generalitat les eran útiles como instrumento de presión, pero, más allá de eso, le consideraban poco más que una excentricidad. Para los burgueses catalanes el papel desempeñado por Miquel Roca en el Congreso de los Diputados era mucho más útil que el de Jordi Pujol en el Palau de la Generalitat.

Los foros burgueses iban a resultar muy poco útiles a Jordi Pujol y al poder político catalán en general para influir en la sociedad civil. El Gobierno de Convergència tuvo que apoyarse en aquella Telaraña tan poderosa como farisaica para obtener el sustento que necesitaba en momentos de crisis. Pujol tenía ade-

4. Los cuatro fueron empresarios que hicieron fortuna gracias al franquismo, aunque de estilos muy diferentes. Castell fue el primer financiero independiente del franquismo. Hijo de una familia industrial fundó el Banco de Madrid y se hizo multimillonario. Con la caída de la dictadura, su emporio entró en declive. Muñoz basó su fortuna en un beneficioso matrimonio. Se casó con la hija del entonces presidente del Banco Central, Ignacio Villalonga, Carmen. Su relación privilegiada con uno de los banqueros del régimen le permitió construir un emporio. Desde la Compañía Internacional de Seguros, hasta el Hotel Ritz de Barcelona, donde, poco más de un año después de su muerte (murió *exiliado* en Suiza en mayo de 1991, prófugo de la Justicia española) Pascual Estevill extorsionaría al sustituto de su suegro en la presidencia del Central, Alfonso Escámez, en compañía del entonces consejero de Economía de la Generalitat, Macià Alavedra. Demetrio Carceller ya era multimillonario cuando Franco le convirtió en ministro de Industria, gracias a su clarividencia con el sector de los carburantes. Tras abandonar la *política*, compró el Banco Comercial Transatlántico de Barcelona, que vendería en los noventa al Deutsche Bank. Su hijo preside hoy la cervecera Damm. Ribera Rovira, afecto al régimen como pocos, fue el presidente de la Cámara de Comercio de Barcelona del franquismo, aunque sus negocios acabaron como el régimen.

más a las personas que podían encargarse de las relaciones con el oscuro *club* de nuevos poderosos: Lluís Prenafeta y Macià Alavedra.

Los miembros del Clan de los Mentirosos fueron plenamente conscientes enseguida de que estaban sustituyendo a la burguesía como referentes de la sociedad civil y que, de hecho, eran el puente que, cada vez con más frecuencia, utilizaba el poder político catalán. Y exigieron lo que la burguesía había exigido al poder político en sus inicios: reconocimiento.

El reconocimiento social fue una de las obsesiones de los burgueses catalanes que protagonizaron la primera revolución industrial. Aquellos que acudían a dirigir sus emporios en metro porque costaba una peseta mientras compraban títulos nobiliarios por cualquier medio: matrimonios de conveniencia de hijos e hijas o la adquisición directa a la Corona a través de generosas donaciones.

Como aquellos burgueses de principios del siglo XX, los miembros del Clan de los Mentirosos también empezaron a exigir reconocimiento social al poder político. Un reconocimiento que ya no podía llegar en forma de títulos nobiliarios. La constante ostentación de su poder que realizaban los pivotes de aquella telaraña de intereses perseguía, en el fondo, que el poder político, tanto el instalado en Cataluña como el que gobernaba los destinos de las Españas les reconociera como sus interlocutores ante la sociedad civil.

De la Rosa consiguió, con la entrada de Grand Tibidabo en el proyecto de parque de atracciones impulsado por la Generalitat en Vila-Seca i Salou que acabaría convertido en Universal Port Aventura, recibir el título de «empresario modelo» de boca del propio presidente de la Generalitat, Jordi Pujol. Pero su mayor momento de gloria llegó cuando en 1991 fue recibido, junto a su familia, en audiencia privada por el rey en el Palacio de la Zarzuela gracias a los buenos oficios de su entonces amigo y socio Manuel Prado y Colón de Carvajal.

Estevill no sería menos. También logró que el *president* le distinguiera con el título de «juez modelo». Aunque no lo hizo públicamente, Jordi Pujol dio las órdenes oportunas al abogado Juan Vives Rodríguez de Hinojosa[5] para que Estevill ingresara en la Academia de Jurisprudencia de Cataluña y, más tarde a Miquel Roca, para que el ex magistrado se convirtiera en vocal del Consejo General del Poder Judicial.

El trabajo «en favor de Cataluña» realizado por ambos no era la única razón, sin embargo, para que el presidente de la Generalitat distinguiera a dos miembros del Clan de los Mentirosos con unos honores que Pujol no acostumbra a otorgar con facilidad. Los nuevos poderosos que tejieron la Telaraña eran un clan de vips muy diferente de las clases dirigentes que habían influido en Cataluña hasta la fecha. El poder, hasta que el Clan de los Mentirosos se convirtió en el *lobby* más importante de la Cataluña de Pujol, se conseguía sólo por dos vías: el dinero, o ser distinguido como representante plenipotenciario del poder político de Madrid.

Los nuevos poderosos catalanes habían descubierto que, incluso por encima de esas dos premisas, había algo que les otorgaba aún más influencia: la información. Especialmente si hay alguien interesado en que esa información no se haga pública.

Al servicio de Juan Piqué Vidal

La historia de Juan Piqué Vidal guarda ciertas similitudes con la de Lluís Pascual Estevill. Tal vez por esa razón ambos abogados

5. Según las declaraciones del propio Vives al Tribunal Superior de Justicia de Cataluña.

sintonizaron cuando empezaron a encontrarse con una relativa asiduidad en algunos de los asuntos en los que participaban a principios de la década de 1980. Piqué Vidal y Pascual Estevill coincidieron, al menos, en el consejo de administración de *El Noticiero Universal*, en el banquillo de los abogados defensores del escándalo de la Zona Franca de Barcelona –aunque, en apariencia, defendían intereses contrapuestos, y, nuevamente como letrados de la defensa, en el fraude de la Seguridad Social. Tampoco es casual que el despacho de abogado que mantuvo abierto Lluís Pascual Estevill hasta 1996 estuviera en el número 407 de la Diagonal de Barcelona, el mismo domicilio que aparece en las tarjetas del notario de cámara de Javier de la Rosa, Miquel Tarragona.

Piqué Vidal, al que en los juzgados de Barcelona se atribuye un estilo florentino de hacer las cosas, nunca ha desdeñado una relación que le pudiera resultar beneficiosa en el futuro. La decisión de Lluís Pascual Estevill representaba una oportunidad de oro para Juan Piqué Vidal: uno de los principales atractivos del abogado para sus clientes era la fama que tenía de mantener una excelente relación con los jueces y los magistrados de Barcelona. Aquellos que se dejaban sobornar, si eran descubiertos, pasaban a integrarse en la plantilla del despacho de abogados de Piqué Vidal.

Hijo de una familia humilde del barrio barcelonés del Poble Sec, Juan Piqué Vidal se licenció en Derecho en 1959. Sus padres poseían una pequeña tienda de ultramarinos en la que Piqué nunca dejó de echar una mano mientras estudiaba en la Facultad de Derecho de Barcelona.

A diferencia de Pascual Estevill, que logró la protección de padrinos de lujo cuando empezó a ejercer como letrado, Piqué Vidal tuvo que trabajar duro y largo tiempo como abogado para hacerse un hueco entre lo más granado de la profesión. Un año antes de licenciarse, en 1958, empezó a trabajar como pasante en el despacho de uno de los abogados más prestigiosos de la época, el desaparecido Cristóbal García Penche.

Al parecer fue durante aquellos duros inicios como pasante, primero, y como abogado del turno de oficio, después, cuando Juan Piqué Vidal perdió la inocencia. Con poco más de 20 años, se encontró con un oficial judicial que le pidió dinero a cambio de tramitar de «manera favorable» el expediente de uno de los clientes del joven letrado.[6] Una práctica habitual en las relaciones judiciales de la época conocida como *astilla*. Estevill podría haber montado una empresa maderera con sus *astillas*.

Sin embargo, Piqué Vidal demostró enseguida que era un buen abogado penalista, con independencia de cuál fuera el poder adquisitivo de su cliente. Uno de sus primeros éxitos como penalista fue lograr la absolución de un ciudadano alemán acusado del asesinato de un tendero en la calle Viladomat de Barcelona. En aquella ocasión, Piqué Vidal actuaba como abogado de oficio.

Los que conocieron a Juan Piqué Vidal en aquella época le describen como un joven atento, siempre respetuosamente pendiente de los consejos de los abogados veteranos. En 1962 empezó a dar clases de Derecho Procesal en la Facultad de Derecho de la Universidad de Barcelona. Todos los abogados que le han tenido como profesor alaban las cualidades docentes de Juan Piqué Vidal. Entre los alumnos que pasaron por sus aulas figuran dos que serían muy importantes en el futuro: Javier de la Rosa y Lluís Pascual Estevill. Pero también figuran los que hoy son los más prestigiosos penalistas de Barcelona, algunos de los cuales se estrenarían también como letrados titulados en el despacho de Piqué Vidal.

6. Revista *El Temps*, edición del 25 de mayo de 1998.

Militante de Acció Catòlica –uno de los movimientos que más tarde se integrarían durante la transición en la Convergència Democràtica de Catalunya de Jordi Pujol– en su juventud, Juan Piqué Vidal accedió, gracias al matrimonio, a los círculos sociales que le estaban vedados hasta su boda. Piqué Vidal se casó con Carmela Hernández, militante supernumeraria del Opus Dei[7] y perteneciente a la alta sociedad barcelonesa. Carmela, con la que Juan Piqué tendría sus primeros siete hijos, fue uno de los principales apoyos para el abogado hasta su muerte en 1990.

A partir de su matrimonio con Carmela Hernández, Piqué Vidal empezó a representar a clientes célebres y a participar en los más famosos procesos de la época. Defendió al escritor, editor y senador Carlos Barral del delito de injurias a la religión. Presentó la primera denuncia contra el grupo Sofico, uno de los escándalos económicos de la época. Se encargó de la acusación particular en el caso del asesino de Pedralbes. Y, cuando el fallecido jugador del Real Madrid Juan Ruiz, *Juanito*, presentó una querella por injurias contra el entonces presidente del Fútbol Club Barcelona, Josep Lluís Núñez, por afirmar que el futbolista «iba dejando mujeres embarazadas por las esquinas», Piqué se encargó de la defensa del dirigente *culé*.

Pero, sin duda, el caso que más prestigio le daría y que le catapultaría al primer puesto entre los abogados de Barcelona fue la defensa del presidente de la Generalitat, Jordi Pujol, en 1984, cuando la Fiscalía de Cataluña intentó procesarle por la quiebra fraudulenta de Banca Catalana. Piqué sabía que Pujol iba a ser exonerado antes incluso de que la Audiencia de Barcelona celebrara la vista.

7. Revista *El Temps*, edición del 25 de mayo de 1998. Los militantes del Opus Dei se dividen en miembros, que viven en comunidad, los numerarios, que viven solos aunque trabajan para la organización y hacen votos de castidad, y los supernumerarios, autorizados a casarse y a tener familia.

A partir de ese momento, el éxito profesional acompañaría a Piqué Vidal hasta que empezó a ser relacionado con el caso Estevill en 1996. En la década de 1980, Piqué Vidal contaba con un despacho profesional en la confluencia de la Diagonal de Barcelona con la calle Bailén –sorprendentemente próximo al despacho de abogado de Lluís Pascual Estevill– en el que trabajaban más de 100 personas y que tenía un total de 20 socios. La sociedad se convirtió en Piqué Abogados en 1988 y se trasladó al número 612 de la Diagonal.

El éxito de Juan Piqué Vidal no le impedía, sin embargo, participar en algunos de los asuntos más turbios de la Barcelona de la época. La ciega confianza que tenía en él Javier de la Rosa le convirtió en secretario del consejo de administración del Grupo Torras, el *buque insignia* de las inversiones de KIO en España, mientras su máximo ejecutivo era el financiero catalán. También sería secretario del consejo de administración de Grand Tibidabo, por cuya descapitalización la Fiscalía Anticorrupción pide más de 14 años de prisión para Javier de la Rosa.

Piqué Vidal también fue el abogado de Ramón Fiter, otro oscuro personaje, representante durante algún tiempo de los intereses del financiero *español* Marc Rich –nacido en Suiza y residente en Estados Unidos, obtuvo la nacionalidad española a finales de la década de 1980–, que también iba a tener una participación destacada en la descapitalización de Grand Tibidabo. Fiter, con la financiación privilegiada de las arcas de Grand Tibidabo gobernadas por Javier de la Rosa, iba a hacer negocios con uno de los mejores amigos de Lluís Pascual Estevill, el antiguo político *popular* y empresario inmobiliario Eduardo Bueno Ferrer.

Sus relaciones con jueces de dudosa catadura moral quedaron en evidencia cuando en 1988 se encargó de la defensa de Carlos Lorenzo Penalva. El magistrado, titular del Juzgado de Primera Instancia número 6 de Barcelona, fue acusado, junto con su colega del Juzgado de Primera Instancia número 2, Joaquín García Lavernia, de aceptar sobornos en la tramitación de suspensiones de pagos y de quiebras entre 1981 y 1983. Los esfuerzos de Piqué no lograron evitar que Lorenzo Penalva y García Lavernia se convirtieran en los primeros jueces condenados por un delito de cohecho en la España democrática.

Carlos Lorenzo Penalva, inhabilitado como magistrado, se incorporó, sin embargo a la plantilla de abogados de Piqué Vidal. Con él también ingresó otra de las personas que resultaron condenadas en aquella causa, la abogada Glòria Viñals, que resultó condenada a un año y ocho meses de prisión y a una multa de ocho millones de pesetas (48.000 euros) por soborno y falsedad en documento mercantil.

Algunos de los abogados del despacho profesional de Piqué Vidal se han visto implicados en algunos procedimientos penales por diferentes delitos. La propia Glòria Viñals, junto al también abogado de Piqué Abogados, estuvo imputada en la investigación del Grupo Athos, una serie de comunidades de bienes que captaban dinero de pequeños inversores que desviaba los fondos a paraísos fiscales como Mónaco. Otros abogados del bufete como Jordi Ribera o José Luis Ortiz se vieron implicados en algunos procedimientos por fraude del IVA.

El *caso Banca Catalana* fue para Piqué Vidal el principio de unas relaciones privilegiadas con lo que en Cataluña se conoce como el *sector negocios* de Convergència Democràtica, del que son miembros destacados personajes como el propio Lluís Prenafeta, Macià Alavedra, Carles Vilarrubí o Carles Sumarroca, este último, por cierto, amigo personal de Pujol y fundador de

CDC en el acto oficial de constitución del partido en 1974 en Montserrat.

Piqué Vidal también se encargó de la defensa de Carlos Fajardo, el que fuera gerente de *La Vanguardia* hasta 1991. Fajardo fue despedido fulminantemente por el propietario del rotativo, Javier Godó, conde de Godó, cuando descubrió que su gerente pasaba información a los impulsores de un diario nacionalista editado en castellano recién nacido que se había fijado como objetivo sustituir a *La Vanguardia* como diario de referencia de la burguesía barcelonesa. El nuevo diario no era otro que el proyecto de Lluís Prenafeta y de Alberto Garrofé, *El Observador*. Piqué Vidal se encargó de llevar al editor de *La Vanguardia* ante los tribunales por despido improcedente en nombre de Carlos Fajardo que, a la sazón, ya se había incorporado a *El Observador*. Por el camino, el penalista se unió a Prenafeta y a Garrofé como tercera pata de la terna de accionistas de la sociedad editora de *El Observador*.

Pero, sobre todo, Piqué ha sido durante los últimos 25 años el hombre de confianza de uno de los máximos representantes del *sector negocios* de CDC, el empresario Artur Suqué, propietario del Inverama Casinos de Cataluña. La empresa de Suqué explota todos los casinos de juego de Cataluña. Entre 1986 y 1993 financió ilegalmente a Convergència a través de un sistema de emisión de facturas falsas por concepto de publicidad elaboradas por empresas controladas por el entorno de Pujol, como las editoras de *El Correo Catalán*, que fue propiedad de la familia del presidente de la Generalitat, y *Avui*, esta última cuando estaba presidida por el primo político de Pujol y consejero de Industria de la Generalitat, Antoni Subirà. Inverama llegó a aportar cerca de 6.000 millones de pesetas (36 millones de euros) a Convergència Democràtica.

No es extraño que resultara la concesionaria de las loterías públicas de la Generalitat cuando éstas salieron a concurso. Tras más de siete años de investigaciones, el titular del Juzgado de Instrucción número 14 de Barcelona, Ramón Gomis, archivó el *caso Casinos*. En su auto de archivo considera probado que las empresas de Suqué financiaron de forma irregular a Convergència, pero afirma que se vio obligado a sobreseer la causa porque en el momento en que sucedieron los hechos, la financiación ilegal de partidos no era un delito tipificado en el Código Penal español.

Tras el estallido del *caso Estevill*, Artur Suqué dividió su confianza entre el propio Piqué y otro de los hombres en los que Jordi Pujol tiene fe ciega, el asesor fiscal Joan Antón Sánchez Carreté. La confianza de Pujol en Sánchez Carreté llega al extremo de que es ese asesor fiscal quien hace y tramita cada año la declaración de renta del *president*. Sánchez Carreté, que conoce las finanzas privadas de Pujol, defiende a ultranza la honestidad del presidente de la Generalitat. «Sólo ha hecho un *pelotazo* en su vida –afirma– cuando vendió sus acciones en el Grupo Prisa.»

Pero cuando Estevill ingresó en la carrera judicial en 1990 Piqué era, junto a Juan José Folchi, el abogado más influyente de Barcelona; ambos eran hombres de confianza, además, de Javier de la Rosa, confianza que hoy han perdido. Con Pascual Estevill convertido en magistrado, Piqué Vidal se dio cuenta de forma inmediata de que contaba con un nuevo aliado en la magistratura, aunque los primeros favores mutuos no llegaron hasta que el *Lobo* se hizo cargo del Juzgado de Instrucción número 26 de Barcelona, procedente del número 5 de Terrassa.

Un cuadro sobrevalorado

Lluís Pascual Estevill se encontró, nada más llegar al Juzgado de Instrucción número 26 de Barcelona como magistrado titular en octubre de 1991, con un asunto peliagudo: la querella que había presentado un grupo de accionistas de Iberia de Seguros contra Lluís Prenafeta por compatibilizar su cargo de secretario general de la Presidencia de la Generalitat con el de miembro del consejo de administración de la aseguradora.

La querella había sido admitida a trámite por el predecesor de Pascual Estevill en el Juzgado de Instrucción número 26, pero ésa había sido la única diligencia que había practicado antes de dejar su puesto al *Lobo*. Así que a Estevill le correspondió citar a declarar en calidad de querellado al ex secretario general de la Presidencia de la Generalitat, Lluís Prenafeta, especialmente conocido en ese momento por ser la cabeza visible de Promotora Europea de Informaciones SA (Predeusa), la empresa editora de *El Observador*. Prenafeta acudió al juzgado de Estevill acompañado de Juan Piqué Vidal como encargado de su defensa.

Aquel mes de octubre iba a ser testigo sin embargo de un curioso episodio en el que se verían implicados Juan Piqué Vidal, Javier de la Rosa y Lluís Pascual Estevill. En uno de sus habituales encuentros, Juan Piqué Vidal le sugirió a Javier de la Rosa la conveniencia de adquirir un cuadro propiedad del entonces juez Lluís Pascual Estevill.

El cuadro, un lienzo de dos metros de ancho por uno y medio de alto firmado por el pintor gallego Jorge Castillo, tenía un valor en el mercado inferior a los tres millones de pesetas (18.000 euros). A pesar de que Castillo es un pintor afamado y cotizado, durante la década de 1980 produjo varias obras cuyo único objetivo era servir como tapadera a oscuras operaciones comerciales. Castillo es además amigo personal de Estevill, según tiene acreditado el juez suizo Daniel Devaud, encargado de tramitar un procedimiento por blanqueo de capitales contra el ex magistrado.[8]

Una tarde de octubre de 1991, a instancias de Piqué Vidal, De la Rosa se desplazó junto al que entonces era su abogado al bufete que Estevill aún mantenía abierto en el número 407 de la Diagonal de Barcelona. Pascual Estevill no estaba, en realidad se encontraba de guardia. Sin embargo, Piqué mostró a De la Rosa el cuadro del que le había hablado, el *Jorge Castillo* de 2 × 1,5 metros que el magistrado tenía en su despacho. De la Rosa se mostró de acuerdo en cerrar la operación de inmediato. Al día siguiente De la Rosa pagó 10 millones de pesetas (60.000 euros) al empresario Luis de Patricio, uno de los testaferros que utilizaba habitualmente Lluís Pascual Estevill, por el lienzo.[9]

Unos meses más tarde, el 2 de abril de 1992, Estevill hizo un corto viaje a Madrid. Sólo pernoctó una noche. Y, como no podía ser de otro modo en el caso de una persona de su rango, se alojó en el Hotel Ritz de la capital española. La factura, propina incluida, ascendió a 45.000 pesetas, íntegramente pagadas por Quail España, la sociedad patrimonial de Javier de la Rosa.

Estevill entretanto había tomado declaración en calidad de querellado a Lluís Prenafeta por la acción de los pequeños ac-

8. El juez federal del cantón suizo de Ginebra Daniel Devaud tiene, en la causa que sigue contra Pascual Estevill por blanqueo de capitales, una pieza dedicada exclusivamente a los cuadros de Jorge Castillo. En la pieza figuran unas fotografías en las que Estevill y Castillo aparecen juntos en una actitud de franca camaradería. Además, Devaud tiene acreditadas las ventas de algunos cuadros firmados por Castillo cuyo importe fue ingresado directamente en una de las cuentas de Pascual Estevill en Suiza.

9. Declaración de Javier de la Rosa ante el Juzgado de Instrucción número 28 de Barcelona, encargado en ese momento de la investigación del *caso Estevill*, el 8 de enero de 2001.

cionistas de Iberia de Seguros. Sería la última diligencia que practicó en ese asunto. Al cabo de unos días de la comparecencia de Prenafeta en el Juzgado, Estevill decidió archivar la querella. La declaración de Prenafeta había sido suficientemente esclarecedora. Para Estevill no había duda alguna: los hechos denunciados en el texto de la querella no eran constitutivos de delito.

Juan Piqué Vidal, abogado y socio de Lluís Prenafeta, obtenía así una resolución doblemente favorable. Su socio en *El Observador* no se vería implicado en un sumario judicial y él se apuntaba un nuevo éxito como abogado penalista. Pero el archivo de la querella contra Prenafeta no iba a ser la última resolución favorable para los intereses de Juan Piqué Vidal que adoptaría Lluís Pascual Estevill desde su sillón de titular del Juzgado de Instrucción número 26 de Barcelona.

La clínica intocable

Mercedes Misol quería una clínica. Su marido, Javier de la Rosa, se lo había prometido. Y lo que promete Javier, tarde o temprano, se cumple. Tenía que ser una clínica de alto nivel, con 188 camas y con 17 suites para parturientas de la alta sociedad. El proyecto de Mercedes Misol, que mientras presidió la sociedad New Teknon se hacía llamar «doctora Misol», a pesar de que en su currículo académico sólo figura un curso de periodismo, iba a otorgarle a ella y a su marido el reconocimiento social que merecían.

De la Rosa compró, a finales de 1990, la finca Torre Villana a la comunidad religiosa Agustinas Misioneras, un terreno en la parte noble de Barcelona de más de 20.000 metros cuadrados. Sobre ese solar, De la Rosa iba a edificar el sueño de su devota esposa. El proyecto, sin embargo, tenía muchos obstáculos por delante: la finca no tenía licencia de parcelación y estaba considerada por el Plan General Metropolitano como «inedificable».

Un De la Rosa acostumbrado a que su propio dinero y el de KIO allanaran cualquier camino, no se dejó arredrar por esas minucias. No había obtenido indicación alguna de que el Ayuntamiento fuera a autorizar su proyecto, cuando ya se había puesto en contacto con la constructora Huarte para que levantara un edificio en lo que había sido Torre Villana de 13.561 metros cuadrados de superficie.

Pero ni los vecinos de lo que habría de ser la clínica, lo más selecto de la burguesía barcelonesa, ni el Ayuntamiento de Barcelona, presidido entonces por el socialista Pasqual Maragall, estaban dispuestos a dar su brazo a torcer.

Maragall se iba a convertir en el segundo alcalde de Barcelona que expulsara de su despacho a Javier de la Rosa; el primero fue Narcís Serra, cuando el financiero intentó que el Ayuntamiento *olvidara* en 1979 el desaguisado que había causado su padre en el Consorcio de la Zona Franca a cambio de reponer hasta «la última peseta» de los más de 1.200 millones (7 millones de euros) que había robado el abogado franquista Antonio de la Rosa Vázquez.

En el invierno de 1991, De la Rosa, acostumbrado a ser bien recibido en el otro lado de la plaza de Sant Jaume de Barcelona, se presentó de improviso en las dependencias del alcalde. Entró sin avisar y le espetó a Maragall que su mujer llevaba meses sin dormir y que la situación sólo podía empeorar si el consistorio barcelonés mantenía su pertinaz oposición a la construcción de la clínica.

El alcalde socialista apenas pudo contenerse. Primero brindó a De la Rosa una lección de educación:

–Cuando entre usted en el despacho del alcalde, lo primero que tiene que hacer es tratarle con el debido respeto. Y, lo segundo, ponerse a sus órdenes. Ahora, ¡fuera![10]

De la Rosa, tan indignado como Maragall, abandonó la estancia con un portazo. Más tarde el financiero explicaría que en ese encuentro el alcalde le había pedido 1.000 millones de pesetas (6 millones de euros) para la olimpiada cultural de Barcelona'92.

Pero De la Rosa contaba con los servicios del Clan de los Mentirosos para lograr sus objetivos. El financiero ya había obtenido parte de la financiación para el proyecto, que alcanzaba los 5.600 millones de pesetas (34 millones de euros). 3.600 millones (22 millones de euros) fueron aportados a través de un crédito hipotecario de La Caixa. El resto lo acabarían costeando los sufridos accionistas de Grand Tibidabo, como tantos otros proyectos personales de Javier de la Rosa o de sus amigos.

La sociedad encargada de la construcción y la explotación posterior de la clínica, Mexans, promovió inmediatamente un Plan Especial Urbanístico para sortear los obstáculos que estaba poniendo el Ayuntamiento de Barcelona al proyecto. Y lo logró; a pesar de que el edificio proyectado duplicaba la altura permitida en la zona y de que se iba a construir sobre unos jardines catalogados como patrimonio municipal, la Comisión de Urbanismo de la Generalitat se subrogó la recalificación del terreno y autorizó la clínica el 1 de julio de 1991. La decisión pasaba por encima del informe negativo del Ayuntamiento de Barcelona y dejaba fuera del beneficio de la reforma al resto del vecindario.

Los vecinos estaban indignados; vieron la mano de Miquel Roca, a la sazón secretario general de Convergència Democràtica de Catalunya, detrás de la fulminante recalificación de los terrenos, y no tardarían en recurrir a los tribunales. Presentaron

10. Manel Pérez y Xavier Horcajo, *J. R. El Tiburón*, Temas de Hoy, Madrid, 1996.

una demanda en noviembre de 1991 que recayó en el Juzgado de Primera Instancia número 5 de Barcelona. Inicialmente, el juzgado atendió las peticiones de los vecinos y a primeros de diciembre decretó la paralización cautelar de las obras.

Algunos de los que habían interpuesto la demanda, como el diseñador y empresario textil Armand Bassi, sufrirían las iras de Javier de la Rosa que no se recataba en amenazarles abiertamente: «No sabéis con quién os la estáis jugando».

Finalmente, las obras se reanudaron el 7 de enero de 1992. Y el juzgado, en una decisión sin precedentes, falló en contra de los vecinos y les condenó por daños y perjuicios por el período durante el que estuvieron paralizadas las obras. El argumento: las obras de un hospital son una obra social, aunque se trate de un hospital privado.

El 17 de enero de 1994, el mismo día que la Audiencia Nacional obligaba al juez Miguel Moreiras a admitir la querella presentada por los nuevos gestores del Grupo Torras y de KIO contra Javier de la Rosa, se inauguró por fin la clínica Teknon. Durante la inauguración, el presidente de la Generalitat, Jordi Pujol, no ahorró públicas muestras de afecto al que meses antes había declarado su «empresario modelo».

Pero De la Rosa no olvidaba las afrentas sufridas a manos del alcalde de Barcelona, Pasqual Maragall, y de los vecinos de la clínica New Teknon. Dos de los socios principales del Clan de los Mentirosos, Juan Piqué Vidal y Lluís Pascual Estevill, se encargarían de que tanto los exquisitos habitantes de la zona como el alcalde de Barcelona pagaran las molestias que le habían causado al patrón.

El secretario personal de Javier de la Rosa, Arturo Piñana, que le sigue como perro fiel desde su época de botones en la Banca Garriga Nogués, presentó una querella criminal contra los «manifestantes exquisitos» por su dura oposición a las obras de la clínica. No se trataba de lograr bloquear su oposición, sino de venganza pura y dura. Piñana logró inicialmente su objetivo.

Los vecinos de la clínica fueron condenados en primera instancia a pagar al financiero 14,3 millones de pesetas (86.000 euros) por los «perjuicios» sufridos como consecuencia de la paralización de las obras. En noviembre de 1994, con Pascual Estevill en el Consejo General del Poder Judicial y Javier de la Rosa en la cárcel Modelo de Barcelona, la Audiencia de Barcelona revocó la sentencia y absolvió a los vecinos.

Pero en 1992, De la Rosa no tenía bastante con la condena de 14,3 millones de pesetas (86.000 euros) a los vecinos. Juan Piqué Vidal, abogado y consejero áulico de De la Rosa, presentó una querella por calumnias e injurias contra los vecinos de la New Teknon. Una vez más, la «casualidad» hizo que la instrucción de la querella de Piqué Vidal recayera en el Juzgado de Instrucción número 26 de Barcelona, el de Lluís Pascual Estevill.

El juez hizo desfilar por las dependencias, uno por uno, a los veintiún vecinos acusados por Piqué en el texto de querella, con la evidente intención de intimidarles antes de archivar las diligencias, como más tarde recordarían José Giner y Eberhard Flamme.

Aquel servicio de Estevill a la Telaraña le fue excelentemente remunerado por los miembros del Clan de los Mentirosos. Algunas fuentes afirman que el *Lobo* percibió 15 millones de pesetas (90.000 euros) por admitir a trámite la querella contra los vecinos de la New Teknon y hacer desfilar por su juzgado a los 21 manifestantes exquisitos.[11]

11. Cuando estalló el caso Estevill, uno de los enemigos declarados del magistrado, el ex subsecretario de Industria socialista y empresario de fortuna Eduardo Santos, creó una página web en Internet en la que se dedicó a recoger algunas de las denuncias contra el ex magistrado. La dirección electrónica de la página es http://www.geocities.com/Athens/Crete/3853.

La venganza del Clan de los Mentirosos por la afrenta sufrida por su cabeza visible, Javier de la Rosa, sería aún más cruda en el caso del alcalde Maragall. Se produjo en la primavera de 1994, cuando Javier de la Rosa y Mercedes Misol aún celebraban la reciente inauguración de la Teknon y cuando Pascual Estevill ya empezaba a prepararse para trasladarse a Madrid como miembro del Consejo General del Poder Judicial. Ya sabía que CiU le iba a proponer en la próxima renovación parcial del CGPJ. Pero eso no sucedería hasta noviembre. Entretanto, permanecería en su sillón del Juzgado de Instrucción número 26 de Barcelona. Aún tenía tiempo de ajustar cuentas. Propias y ajenas.

Una mañana de primavera de 1994, la del 21 de mayo, una patrulla de la Guardia Urbana de Barcelona encontró el cadáver de un hombre muerto por una sobredosis de drogas en un banco al final de las Ramblas de Barcelona, cerca del Centro Perecamps para la desintoxicación de toxicómanos. El fallecido iba indocumentado; más tarde se detuvo al individuo que había robado la cartera del cuerpo sin vida no identificado.

Cuando los agentes se disponían a llamar al Juzgado de Guardia, uno de los agentes observó el parecido que guardaba el fallecido con el entonces alcalde de Barcelona, Pasqual Maragall. Por entonces era un secreto a voces que uno de los hermanos menores del alcalde –los Maragall i Mira eran siete hermanos–, y uno de los más queridos por Pasqual Maragall, Pau Maragall, de 45 años, tenía graves problemas de adicción a las drogas y que hacía tiempo que había encarado la pendiente que le llevaría inexorablemente a la muerte.

Pau Maragall era adicto a la heroína desde los 25 años. Había sido detenido en 1985 en una redada antidroga de la Guardia Civil y fue acusado de traficar con heroína y con cocaína en determinados ambientes de la burguesía barcelonesa.

Sus hermanos Pasqual y Ernest habían logrado convencerle de que se sometiera a un tratamiento de desintoxicación en uno de los centros municipales especializados en drogadicciones, Perecamps. La noche anterior al descubrimiento de sus restos mortales no le acompañaba uno de sus amigos del alma, el cantautor Pau Riba.[12]

Los agentes que encontraron el cadáver decidieron dar aviso a la alcaldía antes que al juez. Ernest Maragall, hermano de Pau y de Pasqual y miembro del equipo de gobierno del Ayuntamiento de Barcelona, se desplazó hasta el punto de las Ramblas donde se encontraba el cadáver. No tardaría en confirmar la luctuosa noticia: el cuerpo era el de su hermano Pau.

Sin pensárselo dos veces, Ernest Maragall ordenó a los agentes que avisaran a una ambulancia del 061 para que condujera el cadáver al Centro Médico Municipal Perecamps, hasta donde se había desplazado el psiquiatra que se encargaba del tratamiento de Pau. El psiquiatra firmó un certificado de defunción que consignaba que el paciente había ingresado con vida en el hospital donde le sobrevino la muerte «a causa de una intoxicación farmacológica».[13]

Cometieron el error de no dar cuenta del suceso al magistrado que se encontraba de guardia en ese momento, Lluís Pascual Estevill. La familia Maragall ya había iniciado los preparativos para el entierro de Pau. Pero alguien informó a Estevill. El *Lobo* no iba dejar pasar la oportunidad de hacer pasar un mal trago al alcalde de Barcelona que no sólo había agraviado al jefe del Clan de los Mentirosos, sino que, en esos días, cuando Estevill promocionaba su candidatura al Consejo

12. Pasqual Maragall, que quedó muy afectado por la muerte de su hermano Pau, repetiría en el futuro, al evocar su muerte, que si le hubiera acompañado Pau Riba, probablemente Pau Maragall no habría muerto la noche del 20 de mayo de 1994.

13. Lluís Uria y Luis Mauri, *La gota malaya*, Editorial Península, Barcelona, 1998.

General del Poder Judicial, se había encargado de recomendar a quien quisiera escucharle que votaran por cualquier otro candidato.

Estevill ordenó detener al psiquiatra de Pau Maragall por haber firmado el certificado de defunción y por no dar parte de la muerte al juzgado. El *Lobo* también exigió que los restos mortales del hermano del alcalde fueran trasladados al Instituto Anatómico Forense de Barcelona, en el Hospital Clínico, para que se le practicara la autopsia. Con ello ganaba tiempo suficiente para dar parte a sus periodistas de cámara, que se encargarían de convencer a sus jefes de la conveniencia de airear la noticia de la muerte del hermano del alcalde en plena calle por sobredosis.

Pasqual Maragall fue informado de los manejos del juez. Inmediatamente intentó ponerse en contacto con Estevill. Llamó reiteradamente al Juzgado de Guardia. Pero Estevill no se dignaba a ponerse al teléfono. Ante las dificultades de comunicación le envió un fax con una sola frase como texto: «Déjenos enterrar a mi hermano en paz».

Tampoco hubo respuesta. Maragall llamó a su amigo Miquel Roca. Lo encontró en plena reunión de la ejecutiva de su partido. El alcalde no sólo estaba preocupado por el destino del cadáver de su hermano. También transmitió a Roca su inquietud por el futuro del psiquiatra que había firmado el certificado de defunción. Roca se comprometió a hacer lo que pudiera. Volvió a la sala donde se celebraba la reunión de la ejecutiva de Convergència e hizo un aparte con Macià Alavedra.

Al cabo de dos minutos de concluir su conversación con Alavedra, Roca volvía a ser requerido al teléfono. Al otro lado de la línea estaba Estevill. El *Lobo* sólo quería saber si dejar correr el asunto iba a ser considerado un favor en el futuro por Roca. El entonces secretario general de CDC se lo confirmó. «Entonces, dalo por hecho», fue la despedida de Pascual Estevill.

Cuando en octubre de 1994, Miquel Roca negociaba con el resto de grupos parlamentarios el nombramiento de Lluís Pascual Estevill como vocal del Consejo General del Poder Judicial a propuesta de CiU, uno de sus interlocutores, el socialista Ramón Jáuregui, que conocía los manejos del *Lobo* con motivo de la muerte de Pau Maragall, le espetó al secretario general de Convergència Democràtica:

–¿Qué creéis que estáis haciendo proponiendo a ese tío? Ese tío es un impresentable.

Las advertencias no sirvieron de nada, y Lluís Pascual Estevill fue designado finalmente vocal del CGPJ como «jurista de reconocido prestigio».

Pero antes de acceder al Consejo, sus relaciones con el Clan de los Mentirosos le iban a permitir hacer unos cuantos negocios muy lucrativos.

Amigos y comisionistas

«Fue un auténtico atraco», asegura desconsolado un pequeño accionista de Grand Tibidabo en referencia a la compra de Urbas por el financiero Ramón Fiter. En el «atraco» participó buena parte del Clan de los Mentirosos: Juan Piqué Vidal, Lluís Pascual Estevill, Eduardo Bueno Ferrer, Ramón Fiter... Casi todos sacaron tajada a costa de los pequeños accionistas de Grand Tibidabo. Actuaron de «forma torticera», según el auto de prisión que dictó el magistrado Joaquín Aguirre, titular del Juzgado de Instrucción número 1 de Barcelona, contra Ramón Fiter en noviembre de 1994 por su participación en la descapitalización de Grand Tibidabo.

El pellizco que logró Lluís Pascual Estevill, todopoderoso titular del Juzgado de Instrucción número 26 de Barcelona, rondó los 100 millones de pesetas (600.000 euros).[14] Mientras Fiter ingresaba en la prisión, Estevill juraba su cargo como vocal del Consejo General del Poder Judicial ajeno a las tribulaciones que sufrían sus socios accidentales en la compraventa de Urbanizaciones y Transportes.

El 13 de junio de 1992, Eduardo Bueno Ferrer abandonaba la presidencia de la inmobiliaria Urbas, uno de los escasos negocios rentables en los que participaba. La venta de su participación en la compañía, un 25 por ciento del capital, aliviaba los graves problemas financieros por los que atravesaba.

Eduardo Bueno estaba arruinado a principios de la década de 1990. Amigo personal de Lluís Pascual Estevill, ex candidato de Alianza Popular a la presidencia de la Generalitat subvencionado por Javier de la Rosa y apoyado por *El Noticiero Universa*l, Bueno también había sido socio del financiero en Tierras de Almería a través del grupo Harry Walker, un proyecto inmobiliario en El Ejido (Almería) promovido por la Banca Garriga Nogués (BGN) durante la primera mitad de los años ochenta que tuvo consecuencias funestas para todos los implicados.

En 1986, los auditores descubrieron que las inversiones en El Ejido habían provocado un agujero a Banesto, matriz de la BGN, de más de 100.000 millones de pesetas (600 millones de euros); Bueno se vio obligado a abandonar la política, y De la Rosa fue *invitado* por el entonces presidente del Español de Crédito, Pablo Garnica, a abandonar todos sus cargos en el banco.

14. En noviembre de 1994, un particular presentó una denuncia ante la Fiscalía del Tribunal Superior de Justicia de Cataluña en la que acusaba al magistrado de muchos de los delitos que más tarde se probarían. La denuncia llevaba adjuntado un documento titulado «Informe Confidencial» en el que se relata el episodio de la comisión percibida por Pascual Estevill por la operación de Urbas. Véase capítulo 5.

En 1992, las empresas de Eduardo Bueno tenían un futuro nada halagüeño. El grupo Harry Walker, con el que había participado en el ruinoso proyecto Tierras de Almería, hacía tiempo que había dejado de ser suyo. De hecho, ya estaba controlado por un grupo de inversores encabezados por el multimillonario vasco afincado en Barcelona Pedro Olabarría –un viejo conocido de Javier de la Rosa, que le dio calabazas cuando el financiero estaba construyendo la matriz de lo que con el tiempo se convertiría en el Grupo Torras– y entre los que destacaban dos personajes: Enrique Marugán y Lorenzo Rosal Bertrand. Los responsables de que Lluís Pascual Estevill fuera despedido como abogado de Textiles Bertrand Serra en 1981.

Bueno no había tenido mejor suerte con la gestión de otra de las compañías que gestionaba, Urbas. La empresa, que cotizaba en Bolsa, tenía un cierto atractivo para los inversores. No estaba demasiado bien gestionada pero contaba con unos activos inmobiliarios que la convertían en presa de caza para las grandes corporaciones del sector. Urbas poseía una cartera de aparcamientos en Barcelona que podía alcanzar en el mercado un precio que rondaba los 11.000 millones de pesetas (66 millones de euros). Pero la compañía gestionada por Bueno se había endeudado hasta el límite de lo razonable.

A Eduardo Bueno, en 1992 sólo le quedaba el refugio de una pequeña agencia inmobiliaria local, Inversiones Barcelonesas Urbanas (Ibusa), de la que aún sigue siendo presidente y que constituye su única fuente de ingresos. La agencia de Bueno tampoco atravesaba por su mejor momento en 1992, a pesar de que la burbuja especulativa creada por el ambiente preolímpico de Barcelona hizo millonarios a muchos API (agentes de la propiedad inmobiliaria).

Pascual Estevill conocía de sobra la difícil situación financiera por la que atravesaba su amigo. Estevill y Bueno intercambiaban confidencias casi a diario, a la hora del desayuno en la cafetería Farga, en la confluencia del paseo de Gràcia con la Diagonal de Barcelona o, directamente, en La Puñalada.

El *Lobo* se puso a trabajar para su amigo. La intensidad adquirida por los contactos que mantenía Pascual Estevill con Juan Piqué Vidal iba a resolver las dificultades económicas por las que atravesaba Eduardo Bueno. Y, de paso, le iban a dejar una sustanciosa comisión al titular del Juzgado de Instrucción número 26 de Barcelona.

Juan Piqué Vidal tenía un cliente rico y sin demasiados escrúpulos. De profesión, la socorrida de financiero, Ramón Fiter había trasladado sus actividades y su domicilio a Madrid hacía mucho tiempo. Después de que un Juzgado de Barcelona le inhabilitara de por vida para el comercio en 1963 como consecuencia de una quiebra fraudulenta presentada por uno de los «brillantes» negocios de construcción que por entonces promovía Fiter en la Ciudad Condal.

Ramón Fiter era el propietario de un holding de inversiones, Fitinvest, que era un *antimidas*, todo lo que tocaba acababa por hundirse. Aunque Fiter siempre hacía negocio. El brillante financiero regresó a Cataluña a finales de los ochenta atraído por el olor del dinero fácil. Fitinvest era el accionista mayoritario de una empresa cárnica en Navarra, Corporación Alimentaria Ibérica (CAI) que fabricaba la popular marca de chorizo Pamplonica. CAI tenía una planta de producción en la localidad barcelonesa de Abrera. En realidad, Fiter volvió a Cataluña como fabricante de chorizos de la mano del conocido financiero Marc Rich. Ambos tomaron el control de una de las empresas cárnicas más conocidas de Cataluña, Explasa, para constituir un gran grupo alimentario. Los activos de Explasa fueron subastados por la Seguridad Social en septiembre de 1998. Nadie pujó por ellos.

En su regreso a Cataluña, Fiter, a través de Fitinvest, también se llevó por delante el Grupo 86, una aseguradora que acabaría en manos de la Comisión Liquidadora de Entidades Aseguradoras (CLEA) del Ministerio de Economía en 1993. Los pequeños accionistas de Grupo 86 siempre acusaron a Fiter de conducir a la aseguradora a la quiebra de forma fraudulenta.

Sus más que evidentes manejos no le impidieron, sin embargo, recibir la Llave de Barcelona de manos de algunos patricios locales. Fiter, que había contratado los servicios de Juan Piqué Vidal, no tardó en echarle el ojo a Urbas. Estevill y Piqué Vidal volvían a tener intereses complementarios. El juez podía echarle una mano a su amigo y Piqué ofrecerle a su cliente la pera en dulce que ambicionaba.

El precio que mejor se adaptaba a los problemas financieros por los que atravesaba Eduardo Bueno era 4.000 millones de pesetas (24 millones de euros). Y ése fue el precio acordado por Estevill y Piqué Vidal para la operación. Fiter tomaría el 25 por ciento de Urbas por 4.000 millones (24 millones de euros). Eran innecesarias auditorías independientes o molestias de semejante naturaleza. Aquello iba a ser un pacto entre caballeros.

La operación sólo presentaba un problema. Fiter no disponía de los 4.000 millones de pesetas que exigía Bueno por desprenderse de su cuarta parte de Urbas. Pero Piqué iba a sortear el obstáculo: los accionistas de Grand Tibidabo estarían encantados de financiar la operación a bajo interés e incluso a interés cero. Ya se encargaría de ello Javier de la Rosa, que para eso era presidente plenipotenciario de la sociedad.

Fiter, Piqué Vidal, Estevill y De la Rosa diseñaron una operación que iba a permitir al primero tomar el control de Urbas sin aportar ni un duro. Grand Tibidabo financiaría íntegramente la operación y el crédito se iba a garantizar con pagarés contra la caja de la propia Urbas.

El 13 de junio de 1992, se oficializó el acuerdo con el abandono de Bueno de la presidencia de Urbas. El nuevo consejo de administración de Urbas, que iba a velar por los intereses de Ramón Fiter en la compañía, lo presidiría José Prior. Junto a Prior se iban a sentar en el consejo de Urbas el entonces director general para el Deporte de la Generalitat, Josep Lluís Villaseca, antiguo jefe de la asesoría jurídica de Banca Catalana cuando la presidía Jordi Pujol, y Juan Piqué Vidal.

Estevill, con la salida de su amigo Bueno del consejo de administración de Urbas y del capital de la compañía, se limitó a cobrar los 100 millones de pesetas (600.000 euros) de comisión y a no preocuparse más por el asunto.

Al final los accionistas de Grand Tibidabo costearon buena parte de los 4.000 millones de pesetas de la operación a fondo perdido. El 13 de marzo de 1993, Ramón Fiter, en compañía del que entonces era uno de los abogados más prestigiosos del bufete de Juan Piqué Vidal, Ginés Marfà, cerró la venta del paquete de aparcamientos de Urbas a la filial inmobiliaria de La Caixa, Inmobiliaria Colonial, por cerca de 7.000 millones de pesetas (42 millones de euros).

Los accionistas de Grand Tibidabo prestaron a Fiter un total de 2.425 millones de pesetas (14,6 millones de euros): 1.698 millones de pesetas (10,2 millones de euros) contra pagarés de Urbas más otros 826 millones (5 millones de euros) contra la propia Fitinvest. Tras la operación de venta de los aparcamientos, Fiter y De la Rosa sustituyeron las garantías, canjearon los pagarés de Urbas y de Fitinvest por pagarés de CAI. En diciembre de 1993, el Juzgado de Primera Instancia número 6 de Pamplona declaró la quiebra de CAI, a instancias de los trabajadores de la compañía, con efectos retroactivos al 1 de abril de 1992. Los accionistas de Grand Tibidabo habían pagado 2.425 millones de pesetas (14,6 millones de euros) por unos papeles que no valían nada.

Pero las lucrativas colaboraciones de Pascual Estevill con el Clan de los Mentirosos no eran la única fuente de ingresos del ya magistrado. Estevill era perfectamente capaz de hacer negocios prohibidos a los jueces a pesar de que ocupara su sillón como magistrado en Terrassa.

Un siniestro «constructor» francés

La toga y el juramento que lleva implícito no hacer negocios, especialmente ejercer como abogado, siempre fueron considerados por Lluís Pascual Estevill una nimiedad. A finales de la década de 1980, con la decisión de abandonar la abogacía por la magistratura, Estevill seguía sin ser demasiado remilgado a la hora de elegir los asuntos en los que participaba o los personajes con los que se asociaba.

Así fue como recaló en su despacho en 1989 un oscuro y misterioso «constructor» francés, de nombre Gerard Diego Gómez, procedente de Tolón, en el departamento francés de Var, especialmente conocido en la zona por sus estrechos vínculos con la trama republicana que controla todas las instituciones de la región francesa desde 1980.

Gómez, que actualmente reside oficialmente en Dakar, la capital senegalesa, es uno de los «padrinos del Var», como se conoce a los miembros de la organización que controla desde hace veinte años el departamento francés. Las principales personalidades políticas de la zona han sido procesadas por importantes casos de corrupción, como el ex ministro de Defensa François Leotard o el hombre fuerte de la UDF-PR en la zona, Maurice Arrecks.

En Francia es especialmente conocido el departamento del Var por la facilidad con la que determinados hombres de negocios consiguen licitaciones para obras civiles de carácter público. De Fréjus a Tolón, prensa y autoridades consideran a los «padrinos del Var» como responsables del asesinato de la diputada conservadora Yann Piat, que pretendía investigar los escándalos del Consejo Regional del departamento.[15]

Gómez está considerado uno de los más eficientes *fontaneros* de los «padrinos del Var». Ya lo era cuando recaló en el despacho de abogado Lluís Pascual Estevill en la Diagonal de Barcelona. No es una casualidad que Gómez resida oficialmente en Dakar, la capital de Senegal y no en Tolón, donde a pesar de todas sus influencias y de las de los «padrinos del Var» estaría bajo la jurisdicción de la Administración francesa. Algo que podría costarle muy caro a un personaje con el historial de Gómez, con causas pendientes por diferentes delitos en buena parte de los municipios del departamento francés cuyos intereses decía defender cuando se presentó ante los responsables del Ayuntamiento de Sant Adrià de Besòs.

El «grupo constructor» al que representaba Gómez había levantado un monumental centro comercial en Tolón, un lucrativo negocio al que las autoridades del Var no habían puesto objeción alguna.

Así que Gómez decidió repetir la operación allende las fronteras francesas. Vio la oportunidad en el municipio limítrofe con Barcelona de Sant Adrià de Besòs. El Ayuntamiento de Sant Adrià se había beneficiado en 1984 de los planes de expansión de Gas Natural, que por aquel entonces, mucho antes de que Repsol y La Caixa se repartieran el capital de la compañía, aún se llamaba Catalana de Gas. La reorganización industrial de Catalana de Gas y la nueva legislación medioambiental

15. *Diario 16*, edición del 10 de julio de 1995.

obligaron a la empresa a abandonar las instalaciones que había ocupado durante cerca de cien años en Sant Adrià de Besòs.

El Ayuntamiento acordó con Catalana de Gas recalificar una parte de los terrenos industriales que habían ocupado los depósitos de gas como edificables, a cambio de la cesión por la compañía de la mayor parte del terreno al municipio. El acuerdo se reflejó en un Plan Especial de Reforma Interior (Peri) que otorgaba al Ayuntamiento la propiedad de los terrenos conocidos como La Catalana, una superficie calificada de equipamientos de servicios de más de 10 hectáreas y que sería administrada por la empresa municipal Regesa.

En enero de 1989 se presentó el francés Gómez con una oferta que el entonces alcalde socialista de Sant Adrià, Antoni Meseguer, no podría rechazar. El grupo de Gómez estaba dispuesto a comprar los terrenos de La Catalana, en los que el Ayuntamiento apenas había podido hacer nada en cinco años por falta de presupuesto, por una cantidad astronómica: 1.137 millones de pesetas (7 millones de euros). Meseguer no se lo pensó dos veces a la hora de estampar su firma –como alcalde era también el presidente de Regesa– en el contrato de compraventa.

Gómez sabía perfectamente que el Peri aprobado para los terrenos de La Catalana en 1984 no le permitía construir el centro comercial que pretendía. Pero el promotor francés no se iba a dejar achicar por una cuestión administrativa tan fútil. El padrino de Tolón estaba convencido de que los 1.137 millones que había pagado por los terrenos justificaban un nuevo plan especial.

Pero nada de eso se había tratado con el alcalde, que no estaba dispuesto a modificar las características urbanísticas de la ciudad por mucho dinero que tuviera el mafioso francés y por muchas promesas de creación de empleo que hiciera.

Gómez estaba fuera de sí y a punto estuvo de echar mano de los expeditivos métodos a los que tenía acostumbrados a los ciudadanos franceses del Var. Pero no era cosa de hacer desaparecer a políticos españoles en un territorio que no era el suyo. Así que intentó disuadir al alcalde de su actitud.

Empezó a aparecer con una frecuencia exasperante por la casa consistorial de Sant Adrià para intentar convencer a Meseguer de la necesidad que tenía la ciudad de su centro comercial. Un año estuvo intentando convencer a Meseguer de buenas maneras. En julio de 1991, se rodeó de una cohorte de asesores para presionar aún más al alcalde socialista. En junio de 1991 Gómez se presentó en el Ayuntamiento acompañado de Lluís Pascual Estevill, a la sazón magistrado-juez del Juzgado de Instrucción número 5 de Terrassa; el ex director general de la Vivienda del Gobierno de UCD y estrecho colaborador de Miquel Roca; el arquitecto Manuel Herte, y el financiero barcelonés Eduard Fontdevila.[16]

Los cuatro asesores habían redactado un nuevo Peri. Meseguer sólo tenía que someterlo al pleno. Su partido, el Partit dels Socialistes de Catalunya (PSC), tenía mayoría absoluta en el consistorio de Sant Adrià, así que ¿cuál era el problema? El problema no era otro que la coherencia de Meseguer.

Ante la falta de acuerdo y la aparente impermeabilidad de Meseguer a las presiones y a los sobornos, Gómez, asesorado por sus cuatro consejeros, presentó una querella por estafa e irregularidades urbanísticas contra el alcalde de Sant Adrià. Uno de los abogados de la acusación era el hijo mayor y cómplice del *Lobo* Javier Pascual Franquesa. Como consecuencia del escándalo, Meseguer presentó su renuncia como alcalde en 1992. En las elecciones municipales de 1995, el ex alcalde volvió a encabezar las listas del PSC al Ayuntamiento de Sant Adrià. Y obtuvo de nuevo la mayoría absoluta.

16. Declaración del entonces secretario general del Ayuntamiento de Sant Adrià de Besòs, Juan Alberto Dalmau, ante el Juzgado de Instrucción número 23 de Barcelona, encargado de la investigación de lo que se conoció como *caso Regesa*, el 21 de octubre de 1993.

Cuando en 1996 el *caso Regesa* llegó a juicio, la Audiencia de Barcelona se vio obligada a sobreseerlo. El querellante, Gerard Diego Gómez, había desaparecido y el ministerio fiscal, que ya conocía las andanzas de Estevill, decidió no acusar al alcalde de Sant Adrià.

Los negocios de Gómez con Estevill no fueron todo lo bien que esperaba el «constructor» francés. Lluís Pascual Estevill y su hijo Javier sí cobraron con creces sus honorarios. Además, al *Lobo* no le iban a faltar los ingresos procedentes de los negocios que constantemente le proponía el Clan de los Mentirosos. Aunque no todos arrojaran resultados satisfactorios.

Una «oportuna» querella contra el Grupo Torras

El año de 1992 empezó con buenos augurios para Javier de la Rosa. El vicepresidente ejecutivo del Grupo Torras vio como el 17 de enero de aquel año se desbloqueaba definitivamente el proyecto de construcción de la clínica Teknon, el lujoso centro de salud que le había prometido a su mujer, Mercedes Misol. Pero los buenos augurios enseguida se convirtieron en negros nubarrones que presagiaban la entrada de Javier de la Rosa en la pendiente. Durante el primer trimestre del año, el emir de Kuwait, el jeque Yaber al Ahmad al Sabah, ordenó a su ministro de Finanzas, jeque Alí Khalifa, que destituyera a los responsables de la dirección de la oficina de KIO en Londres.

El propio primo del emir, el jeque Fahad Mohamed al Sabah, fue destituido fulminantemente de la presidencia de KIO y optaba por *exiliarse* en su lujosa mansión en la urbanización Fairview en Nassau, Bahamas. El vicepresidente y director general de KIO, Fouad Khaled Jaffar, también fue destituido. La caída en desgracia de Fahad al Sabah y de Fouad Jaffar sólo podía presagiar la inmediata destitución de Javier de la Rosa como hombre fuerte de las inversiones públicas kuwaitíes en España.

Al Sabah y Yaffar fueron los protectores de De la Rosa ante la Corte de Kuwait. Los motivos son evidentes: los dos altos cargos kuwaitíes colaboraron y se beneficiaron del desvío ilegal de fondos que había venido practicando Javier de la Rosa en las cuentas del Grupo Torras, el *buque insignia* de las inversiones de KIO en España. Cuando el nuevo presidente de la Kuwait Investment Authority (KIA), la agencia pública kuwaití encargada de custodiar las inversiones de KIO, Alí al Bader, abrió los libros de KIO y de su filial española, el Grupo Torras, descubrió tal número de irregularidades que decidió enviar a España a uno de sus hombres de máxima confianza, Mahmud al Nouri, para realizar una profunda investigación del estado de las cuentas de sus intereses españoles.

Al Nouri, con su aspecto de árabe londinense, con su bigote y sus gafas de culo de vaso, llegó a España el 27 de mayo de 1992. Cuando se disponía a presidir el primer consejo de administración del Grupo Torras, el kuwaití fue informado de que el vicepresidente ejecutivo del portaaviones español de las inversiones de KIO, Javier de la Rosa, había presentado su renuncia irrevocable el día anterior. El enviado especial de KIO tuvo que limitarse a aceptar la renuncia de De la Rosa y a agradecerle los servicios prestados desde 1986.

Pero Al Nouri no había venido a España a hacer amigos, sino a limpiar la casa. Y encontró muchos trapos sucios que lavar. Cerca de 500 millones de dólares (unos 60.000 millones de pesetas al cambio de la época, 361 millones de euros) de las arcas del Grupo Torras se habían volatilizado desde 1988. No había más explicación para la desaparición del dinero que el robo despiadado practicado por los responsables de velar por los intereses de las futuras generaciones kuwaitíes,[17] con Al Sabah, Jaffar y De la Rosa a la cabeza.

El financiero catalán, además, dedicó parte del dinero a comprar la amistad de influyentes personajes de la vida pública española como Enrique Sarasola (3.500 millones de pesetas, 21 millones de euros) o Manuel Prado y Colón de Carvajal (100 millones de dólares, 72 millones de euros). Sin contar el dinero destinado al reconocimiento público en Cataluña.

Al Nouri estaba decidido a limpiar a fondo el Grupo Torras. Primero despidió a todos los paniaguados y tiralevitas que tenía De la Rosa en nómina, y dejó la gestión del día a día en manos de una comisión presidida por el director general del Banco Árabe Español (Aresbank), Luis Vañó. Y, después, decidió dejar caer a todas aquellas empresas que De la Rosa había estado manteniendo a flote artificialmente para ocultar la monumental estafa al KIO que habían cometido él y sus cómplices españoles y kuwaitíes.

El primer síntoma de que Al Nouri y Vañó iban muy en serio llegó el 17 de julio de 1992. Ese día el nuevo presidente de Ercros, la división química de Torras, Josep Piqué,[18] dio órdenes para que los libros de la compañía fueran presentados en el juzgado. Acababa de producirse la mayor suspensión de pagos de la historia económica de España. La compañía química presentó un pasivo al juez de 157.585 millones de pesetas (947 millones de euros).

17. El único accionista de KIO era el Kuwait Next Generations Found, el fondo para las nuevas generaciones de Kuwait.

18. Josep Piqué Camps se incorporó a Ercros en 1989, procedente de la Administración autonómica. Ocupaba el cargo de director general de Industria, bajo el mandato de Macià Alavedra, cuando fue tentado por la empresa privada. En julio de 1992, tras cortar las cabezas de los adláteres de De la Rosa, los kuwaitíes le confiaron la presidencia ejecutiva de la compañía. Abandonó el cargo en marzo de 1996, cuando José María Aznar le nombró ministro de Industria del recién elegido Gobierno del PP.

A los nuevos gestores del Grupo Torras no se les pasó por alto la influencia que tenía Juan Piqué Vidal sobre algunos jueces de Barcelona. Su complicidad con el juez Pascual Estevill era conocida en algunos círculos. Pero Estevill no era el único juez que podía ser tentado por Piqué Vidal.

Así que los hombres de Al Nouri y de Vañó, antes de seguir con el voluminoso trabajo que tenían por delante, decidieron trasladar el domicilio social del Grupo Torras de la Gran Vía de Barcelona a Madrid. Eso hacía que cualquier iniciativa judicial que emprendieran para defender los intereses del Grupo Torras debía presentarse en los juzgados de Madrid. Por si acaso.

De la Rosa tenía razones para estar preocupado. La monumental suspensión de pagos de Ercros se iba a ver superada con creces ese mismo año de 1992. Tras Ercros, empiezan a producirse en cadena las suspensiones de pagos de la mayor parte de las empresas participadas por el Grupo Torras hasta alcanzar pasivos repartidos en diferentes juzgados que superaban los 500.000 millones de pesetas (3.000 millones de euros).

La mañana del 4 de diciembre de 1992, a De la Rosa le temblaban las manos cuando abrió los periódicos del día. Dos informaciones eran especialmente llamativas: KIO iba a anunciar ese día que el Grupo Torras presentaba expediente de suspensión de pagos[19] con un pasivo sin precedentes en España, 243.000 millones de pesetas (1.460 millones de euros); además, los nuevos responsables de la oficina kuwaití de inversiones habían dado instrucciones al bufete del abogado José María Stampa Braun para que presentara una querella contra De la Rosa y sus hombres por una estafa de 120.000 millones de pesetas (721 millones de euros).[20]

19. Manel Pérez, *El País*, edición del 4 de diciembre de 1992.
20. Arsenio Escolar y Félix Martínez, *Cinco Días*, edición del 4 de diciembre de 1992.

Era el momento de que entrara en acción el Clan de los Mentirosos. Había que proteger, una vez más, al patrón.

Los útiles defensores de los accionistas

10 de diciembre de 1992. El abogado Alberto Salazar, vicepresidente de la Asociación para la Defensa del Accionista (ADA), se pasea ostensiblemente por los pasillos de los juzgados de Barcelona. Hay algo de exhibicionista en su actitud. Algunos de los periodistas presentes ese día en los tribunales ya le esperan. Son, curiosamente, los periodistas de cámara del juez Estevill.

Salazar tiene ese día una misión. Para el día siguiente, 11 de diciembre, está previsto que los juzgados de la plaza Castilla de Madrid acepten la suspensión de pagos presentada por el Grupo Torras. El día anterior estaba previsto que José María Stampa Braun presentara la querella contra Javier de la Rosa y su equipo por una estafa de 120.000 millones de pesetas (721 millones de euros) cometida contra el Grupo Torras y sus filiales. Pero se ha retrasado. No se presentará hasta el 10 de enero de 1993.

El abogado Alberto Salazar lleva el 10 de diciembre también una querella en su portafolio. La querellante es la propietaria de cuatro millones de pesetas (24.000 euros) en bonos convertibles en acciones del Grupo Torras. Los querellados, los miembros del nuevo equipo gestor del Grupo Torras.

El día elegido por Salazar para presentar su escrito de acusación parece el idóneo por la cascada de acontecimientos judiciales relacionados con el Grupo Torras que se están sucediendo esos días. Pero, en realidad, la elección de la fecha, que ha sido seleccionada cuidadosamente, no guarda relación alguna con la agenda de los abogados de KIO en España. En realidad, Salazar y sus socios han decidido presentar la querella ese 10 de diciembre para hacerla recaer en el Juzgado de Instrucción número 26 de Barcelona, el del temido juez Lluís Pascual Estevill.

En ese momento, aún es posible «elegir» juez en Barcelona. Las normas del reparto de asuntos lo permiten. Basta con esperar a que tu juez favorito esté de guardia. Esperas hasta las dos de la tarde, cuando el Juzgado decano y el reparto están ya cerrados, y presentas tu querella directamente en la guardia. El juez retendrá el asunto porque cuando concluya la guardia será asignado directamente a su Juzgado.[21]

El 10 de diciembre de 1992, los calendarios de los tribunales de Barcelona indican que el Juzgado de Instrucción número 26 está de guardia. Salazar espera con mal disimulada impaciencia que el reloj dé las dos de la tarde para dirigirse a la guardia.

A la hora señalada, el abogado de la Asociación para la Defensa del Accionista se dirige a las dependencias del Juzgado de Guardia. Entrega el escrito de querella al secretario. Entonces empieza a intuir que algo no funciona, algo ha salido mal. El secretario no es el del Juzgado de Instrucción número 26, sino el del número 7. Ése, el número 7, fue el juzgado encargado de tramitar la querella. Y no tardaría en archivarla.

Salazar había cometido un error de principiante. El Juzgado de Instrucción número 26 de Barcelona estaba de guardia el 10 de diciembre de 1992. Pero en Barcelona se nombran cada día dos juzgados de guardia, uno de incidencias y uno de dete-

21. En 1994, la Junta de Jueces de Instrucción de Barcelona decidió modificar el reglamento del reparto ante las constantes denuncias de vulneración de la equidad, la mayoría de ellas relacionadas con el Juzgado de Instrucción número 26, el de Estevill. Abogados y procuradores se habían dirigido con insistencia al Juzgado decano para preguntar por qué todos los asuntos económicos recaían en el juzgado de Pascual Estevill. Tras aquella junta se decidió que cuando se presentara una querella en la guardia, aunque el juez responsable en ese momento practicara las primeras diligencias, el caso pasaría inmediatamente al reparto cuando el magistrado abandonara el turno. Para entonces, Estevill ya había abandonado su juzgado y se sentaba en el Consejo General del Poder Judicial.

nidos. Estevill ese día se encargaba de los detenidos y el Juzgado de Instrucción número 7 era el encargado de recibir los escritos de denuncia y de querella.

El abogado de los pequeños accionistas no se explicaba cómo podía haber cometido un error semejante. Salazar no había ocultado en ningún momento que su objetivo era conseguir que la querella fuera tramitada por Pascual Estevill.

La iniciativa procesal de ADA no era casual. Respondía a la estrategia defensiva diseñada por Juan Piqué Vidal para Javier de la Rosa y sus chicos. Si Estevill hubiera admitido a trámite la querella de la obligacionista del Grupo Torras, cualquier iniciativa judicial relacionada con la filial española de KIO habría tenido que acumularse en el Juzgado de Instrucción número 26 de Barcelona, cuyo titular ya había demostrado sobradamente que podía tratar con amplia generosidad a los miembros del Clan de los Mentirosos. Pero el plan había fracasado en buena medida por la incompetencia de Alberto Salazar.

Estevill aún estaba a tiempo de arreglarlo. Durante su etapa como juez siempre presumió de mantener excelentes relaciones con el entonces titular del Juzgado Central de Instrucción número 3 de la Audiencia Nacional, Miguel Moreiras, quien sería el encargado de instruir la querella del Grupo Torras contra De la Rosa y sus chicos. Estevill viajó en repetidas ocasiones a Madrid durante la primera mitad de 1993 para encontrarse con Moreiras.

El entonces juez de delitos monetarios estaba empecinado en rechazar la querella presentada por José María Stampa Braun en nombre de Torras contra sus antiguos responsables en España. Hasta cinco veces rechazó Moreiras la admisión a trámite la querella que fue presentada por primera vez el 10 de enero de 1993. Finalmente, en mayo de 1993, la Audiencia Nacional obligó al titular del Juzgado de Instrucción número 3 a admitir el escrito de Stampa y a abrir diligencias. Los viajes de Estevill a Madrid se interrumpieron entonces. El *Lobo* no volvió a frecuentar el puente aéreo hasta noviembre de 1994, cuando CiU lo convirtió en vocal del Consejo General del Poder Judicial.

Y ésos no iban a ser los únicos favores fallidos que Pascual Estevill brindó a los miembros del Clan de los Mentirosos.

Nuestro hombre en el parque

El juez había hecho amistad en el pasado con el fallecido Luis Magaña, un ejecutivo mallorquín, que representaba en Cataluña los intereses del Banco Central y de Alfonso Escámez. Magaña se trasladó a Barcelona cuando la eléctrica Fecsa, participada mayoritariamente por el Central, entró en barrena en 1988 y acabó presentando suspensión de pagos. Se imponía nombrar a un gestor de la confianza de los bancos presentes en el accionariado de la eléctrica, y Magaña fue el hombre elegido.

El mallorquín debía pilotar el proceso que, de forma ordenada, permitiría la salida de los bancos del accionariado de Fecsa para ser sustituidos paulatinamente por la entonces eléctrica pública Endesa. Pascual Estevill conectó inmediatamente con Magaña, que fue uno de los primeros ejecutivos de grandes empresas en contratar al hijo mayor del juez, Javier Pascual Franquesa, como abogado de la compañía.

A finales de 1993, el *caso Torras-KIO* había pasado a ocupar un segundo plano en la lista de preocupaciones de Javier de la Rosa. Su propio proyecto personal, Grand Tibidabo, ya se encontraba en quiebra técnica. Jordi Pujol había declarado a De la Rosa «empresario modelo» porque había acudido en 1990 en ayuda de la Generalitat cuando los norteamericanos de Anheuser Busch decidieron abandonar el proyecto de construcción de un parque temático en Vila-Seca i Salou por las tensiones entre los municipios.

De la Rosa, a cambio de que los norteamericanos mantuvieran un 20 por ciento del capital, se comprometía a asumir el 80 por ciento restante a través de Grand Tibidabo. Nacía así Tibigardens, el segundo de los nombres que ha tenido hasta ahora el parque.[22] Pujol exigió la presencia de un *comisario* de la Generalitat entre los gestores. Fue así como Carles Vilarrubí[23] se convirtió en consejero delegado de Tibigardens.

En 1993, sin embargo, las cosas habían cambiado profundamente en las relaciones entre Pujol y De la Rosa. Vilarrubí había presentado la dimisión como consejero delegado del parque tras negarse a desviar fondos de Tibigardens para pagar el dividendo de Grand Tibidabo como le pedía De la Rosa. Empezaba a resultar evidente que la compañía de De la Rosa no iba a poder concluir el proyecto, así que la Generalitat le retiró su confianza a pesar de la férrea oposición de Macià Alavedra, el consejero de Economía, y empezó a buscar alternativas para Grand Tibidabo.

El parque requería unas inversiones de 45.000 millones de pesetas (270 millones de euros), así que el socio que sustituyera a De la Rosa debía tener mucha capacidad financiera y mucha liquidez. Las candidatas ideales eran las eléctricas. Eran empresas

22. Entre 1988 y 1990, cuando los americanos eran los únicos accionistas, fue el Parque Busch de Tarragona. Desde 1990, hasta que De la Rosa fue apartado por la Generalitat del proyecto a principios de 1994, fue Tibigardens. Tras la entrada de La Caixa y del grupo Pearson en el capital en esa fecha se convirtió en Port Aventura. En 1999, Pearson vendió su participación del 30 por ciento a la norteamericana Universal Studios, con lo que el parque volvió a cambiar de nombre para convertirse en Universal Port Aventura.

23. Hombre de confianza de Jordi Pujol, fue el encargado de crear la radio pública de la Generalitat. Posteriormente se le confió la gestión de las loterías públicas catalanas. En 1990 se había convertido además en el hombre de Manuel Prado en Cataluña. A partir de 1996 asumió varios cargos en Telefónica y creó su propio grupo de intereses en medios de comunicación.

de servicios que buscaban negocios en los que diversificar sus actividades y encajaban con el perfil que buscaba la Generalitat.

Además, Magaña mantenía una excelente relación tanto con Pujol como con Macià Alavedra. El presidente de Fecsa atendió las peticiones de la Generalitat que consistían en que la propia Fecsa, asociada a la que ya era su accionista mayoritario, Endesa, y a Enher, tomaran un 30 por ciento del capital de Tibigardens.

Magaña estaba convencido de que lograría atender las peticiones del Gobierno catalán. Aunque Fecsa estaba participada en un 40 por ciento por Endesa, Magaña gozaba de una autonomía de gestión que se había ganado por reflotar con éxito la compañía. Así que Magaña estaba en condiciones de asegurar que Fecsa tomaría el 10 por ciento que le correspondía en la nueva estructura de capital de Tibigardens diseñada por la Generalitat. Y creía tener suficiente influencia sobre Endesa como para conseguir que tomara su 10 por ciento y autorizara a Enher a elevar la participación de las eléctricas en Tibigardens hasta el 30 por ciento.

Tan convencido estaba Magaña de que lograría el acuerdo, que incluso diseñó un consejo de administración para Tibigardens que reflejara la nueva estructura de capital de la compañía. Tras la entrada de las eléctricas en el capital del parque, el nuevo presidente de la compañía sería el juez Lluís Pascual Estevill. Así se lo comunicó a los directivos de Endesa a los que presentó el proyecto. El juez gozaba en aquel momento de un elevado prestigio social. Además había nacido en la provincia de Tarragona, relativamente cerca de donde se estaba construyendo el parque, y tenía experiencia política en la zona.

Magaña estaba en condiciones de asegurar a sus superiores de Endesa, además, que el juez estaba dispuesto a abandonar la magistratura y a aceptar el nombramiento de presidente de Tibigardens.

Lo que Magaña no explicó a los ejecutivos de Fecsa es que con el nombramiento de Estevill como presidente de Tibigardens mataba en realidad tres pájaros de un tiro: transmitiría la imagen de que había impuesto un nuevo equipo de gestión; nombraba a una persona de su confianza y, al mismo tiempo, permitía que Javier de la Rosa y Juan Piqué Vidal siguieran controlando el proyecto a través de las más que privilegiadas relaciones que seguían manteniendo con el juez.

Con lo que no contaba Magaña era con la frontal oposición que iba a encontrar el proyecto en el Gobierno socialista de la época. Por mucho que las eléctricas se convirtieran en el accionista de referencia del parque, seguirían compartiendo el negocio con Javier de la Rosa. Y eso era algo que el Gobierno del PSOE no estaba dispuesto a permitir. Al fin y al cabo, todas las eléctricas implicadas en el plan tenían, en mayor o menor medida, una participación del Estado. El entonces secretario de Estado de Industria, Luis Atienza, dejó muy claro que ni Endesa ni Enher iban a participar en el capital de Tibigardens. Sólo Fecsa tomó su 10 por ciento del capital. La Generalitat tenía que buscar otros socios para sustituir a De la Rosa en el accionariado del parque. No tardó en encontrarlos. Josep Vilarasau, entonces todopoderoso director general de La Caixa,[24] vio la oportunidad de que el Gobierno catalán, con el que sus relaciones siempre habían sido tensas, tuviera algo que agradecerle. De la mano de la británica Pearson tomó un 60 por ciento del capital del parque. Grand Tibidabo apenas mantenía un 10 por ciento del capital que se iría diluyendo en las sucesivas ampliaciones de capital de la compañía. De la Rosa estaba fuera del proyecto y el sueño de Pascual Estevill de presidir el parque se había esfumado.

La Generalitat encontró enseguida un remedio para consolarle. En mayo de 1994 ya le había prometido nombrarle vocal

24. En enero de 1999 Vilarasau fue nombrado presidente de La Caixa.

del Consejo General del Poder Judicial. Mientras esperaba, Estevill podía dedicarse al negocio más lucrativo de los que había conocido hasta entonces: la extorsión.

Los amigos de Hacienda y Antonio Antón

La extorsión más eficaz es la que se comete desde el poder. Si además se controlan todos los lugares estratégicos de la Administración, el chantaje es doblemente eficaz. La cadena de la extorsión en el caso de los inspectores de Hacienda de Barcelona acusados de corrupción fue un círculo perfecto mientras los hilos de la Telaraña estuvieron conectados a la cabeza. Hasta finales de 1994, Josep Maria Huguet fue el jefe regional de la Inspección de Hacienda en Cataluña. Hasta finales de 1994, Lluís Pascual Estevill fue titular del Juzgado de Instrucción número 26 de Barcelona.

Un inspector corrupto podía extorsionar a los grandes contribuyentes con una doble amenaza. Si la víctima no cedía a las exigencias económicas del inspector corrupto, no sólo corría el riesgo de que le levantaran un acta multimillonaria, sino que si había indicios de delito fiscal, era muy probable que el caso acabara en manos del juez Estevill. En cambio, si el contribuyente cedía al chantaje y pagaba al inspector, el jefe regional de la Inspección no haría nada a pesar de que las actas levantadas al empresario en cuestión estuvieran evidentemente manipuladas.

Josep Maria Huguet y Lluís Pascual Estevill se conocieron en los primeros años ochenta. Les presentó Antonio Antón, un inspector de Hacienda íntimo de Estevill y de Huguet que no tardaría en abandonar la Administración para convertirse en asesor fiscal. Los principales clientes de Antón iban a ser Lluís Pascual Estevill y el grupo Freixenet. El patriarca de la empresa de cava, José Ferrer, considera a Antón una pieza fundamental e intocable de su imperio bodeguero, a pesar de las constantes acusaciones que pesan contra el asesor fiscal.

En 1983, Huguet tuvo una participación decisiva en la administración de los bienes expropiados por el Gobierno a la Rumasa de José María Ruiz Mateos. Estevill logró que la perfumera Myrurgia, de la que era asesor, consejero y accionista, se adjudicara por una peseta unas naves en Sant Just Desvern que habían sido propiedad de Mas Cosmetics, la marca de perfumería de la abeja.

No fue el único que se benefició de la posición privilegiada de Huguet como administrador de las empresas expropiadas a Rumasa. Freixenet adquirió por 350.000 pesetas tres de las bodegas de cava del grupo Rumasa: Segura Viudas, Castellblanch y Canals i Nubiola. El precio de esas empresas en el mercado era de 15.000 millones de pesetas (90 millones de euros),[25] según aseguraría más tarde Zoilo Ruiz Mateos.[26]

Josep Maria Huguet no tardaría en gozar de un elevado prestigio en la Delegación de Hacienda en Cataluña. De ideología filosocialista, sus compañeros le consideraban un *halcón* de la cosa pública. Huguet era contrario a cualquier forma de negociación cuando se descubría a un defraudador fiscal. Presionaba a jefes y compañeros para que firmaran las actas más duras y para que trasladaran los expedientes en los que hubiera el más mínimo indicio de delito tributario a la Fiscalía.

Un historial profesional que le convertía en el candidato idóneo a ocupar el cargo de jefe regional de la Inspección de Hacienda en Cataluña cuando José Borrell se convirtió en el secretario de Estado. Máxime si se tiene en cuenta que Huguet es de la localidad ilerdense de la Pobla de Segur, la misma de la que procedía el secretario de Estado. Borrell y Huguet eran amigos personales.

25. Félix Martínez y Jordi Oliveres, *El Mundo*, edición del 20 de mayo de 1999.
26. Es el hijo mayor de José María Ruiz Mateos.

En julio de 1992, junto al ya ex alto cargo de Hacienda Ernesto Aguiar,[27] Borrell y Huguet compraron tres apartamentos contiguos en una urbanización de Boí-Taüll (Lleida) el mismo día, por el mismo precio y ante el mismo notario, el de la Pobla de Segur. Una relación que sería fatal para José Borrell cuando fue elegido por el PSOE candidato a la presidencia del Gobierno en 1998.

Josep Maria Huguet, para felicidad de personajes como Lluís Pascual Estevill o Antonio Antón, fue nombrado en 1985 inspector jefe regional de Hacienda en Cataluña. La noticia tan bien acogida por Antón y Estevill fue recibida con terror por muchos contribuyentes.

Con Huguet llegaban los peinados fiscales. El inspector jefe, cual Elliot Ness dirigiendo una redada, tomaba con varias unidades de inspectores la principal avenida comercial de una ciudad catalana.[28] Los funcionarios iban avanzando por la avenida solicitando los libros de caja de todos los comercios que iban encontrando a su paso. Sin aviso previo. Por sorpresa.

Pero la dureza inflexible de Huguet ante el fraude fiscal era una de las máscaras que utilizaba el Clan de los Mentirosos, como se encargaría de demostrar el abogado Juan José Folchi ante la Corte Comercial de Londres en 1999. Folchi declaró como acusado en el juicio por la demanda presentada por el Grupo Torras y KIO contra Fahad Mohamed al Sabah, Fouad Khaled Jaffar, Javier de la Rosa y todos aquellos que les ayuda-

27. Fue delegado de Hacienda en Cataluña desde 1985 hasta 1988. En esa fecha fue reclamado por José Borrell a Madrid para ocuparse de la Dirección General de Coordinación en las Haciendas Territoriales. En 1990 abandonó la Administración. Estuvo a punto de incorporarse al despacho del entonces abogado de Javier de la Rosa, Juan José Folchi. Pero finalmente abrió despacho propio, al tiempo que se encargaba de la representación de Repsol en Cataluña.

28. El *peinado fiscal* practicado por los hombres de Huguet en 1988 en la capital del Bages, Manresa, fue especialmente célebre.

ron a apropiarse de más de 500 millones de dólares (361 millones de euros) de las cuentas de la filial española del conglomerado kuwaití o se beneficiaron del reparto del botín.

Cuando Folchi fue interrogado por el juez británico encargado de tramitar la causa contra Al Sabah, De la Rosa y Jaffar, *Lord of Justice* Jonathan Mance, no tuvo más remedio que identificar a algunos de los receptores del dinero desaparecido de las cuentas del Grupo Torras.

Lord of Justice Mance estaba especialmente interesado en 1999 por dos ingresos de 30 millones de pesetas (180.300 euros) cada uno ordenados por Javier de la Rosa en octubre y noviembre de 1990 a las cuentas 064074-A y 064073-G de la Banque Paribas de Ginebra. El juez Mance sabía que Folchi conocía a los titulares de las cuentas y le dio un ultimátum: o identificaba a los propietarios de los depósitos o consideraría que el dinero se lo había quedado él.

Folchi se había encargado de tramitar esos pagos y sabía perfectamente quiénes eran los titulares de las cuentas de Paribas: Ernesto Aguiar y Josep Maria Huguet. El ex abogado de De la Rosa advirtió a los ex altos cargos de Hacienda de que no tenía más remedio que revelar sus nombres ante la Corte Comercial de Londres. Folchi telefoneó a Ernesto Aguiar, con el que había tenido mayor relación en el pasado.

–Ernesto, el juez inglés me está presionando. O doy vuestros nombres o me acusará de haberme apropiado del dinero que os pagamos en 1990 –se justificó Folchi.

–Piensa bien lo que haces, Juanjo –le interrumpió Aguiar.

–No corréis ningún peligro, ya no estáis en la Administración, y aquello fueron honorarios por asesorarnos. Aunque fuera delito, está prescrito [la conversación tuvo lugar en marzo de 1999], no os puede pasar absolutamente nada –tranquilizó Folchi a Aguiar.

–Te repito que te lo pienses, Juanjo –contestó Aguiar–. Si sale mi nombre, nos vamos a cargar a Borrell.[29]

Los pronósticos de Aguiar no tardarían en cumplirse. El 14 de mayo de 1999, José Borrell convocó a la prensa por sorpresa en la sede del PSOE en la calle Ferraz de Madrid para anunciar que acababa de presentar su dimisión como candidato socialista a la presidencia del Gobierno en las elecciones que se iban a celebrar en marzo de 2000.

El descubrimiento de los ingresos realizados por el Grupo Torras en las cuentas suizas de Huguet y de Aguiar animó a la Fiscalía Anticorrupción española a abrir una investigación sobre el patrimonio de los dos ex altos cargos de Hacienda. No tardó en descubrirse que tenían, compinchados con buena parte de los responsables de la Delegación de la Agencia Tributaria en Cataluña, una estructura para utilizar la información privilegiada que obtenían de las empresas que inspeccionaban. El instrumento ideal era el casino de la Bolsa, en la que la mayor parte del personal de la Delegación de Hacienda de Barcelona invertía sin pudor. La primera esposa de José Borrell, la belga Carolina Mayeur, había participado en el Club de Bolsa de los inspectores de Hacienda con un millón de pesetas en 1990.

No fue el único descubrimiento. Cada nueva revelación demostraría hasta qué punto Josep Maria Huguet pertenecía al Clan de los Mentirosos. Enseguida quedó claro que el celo profesional del ex inspector jefe regional de Hacienda en Cataluña estaba en venta. Por su cuenta suiza y por la de Ernesto Aguiar, con quien se asociaría a finales de 1994, cuando Huguet abandonó la Administración tributaria, en un despacho dedicado a la asesoría fiscal, pasaron más de 1.000 millones de pesetas (6 millones de euros) entre 1990 y 1992.

29. Antonio Rubio, Manuel Cerdán y Félix Martínez, *El Mundo*, edición del 6 de mayo de 1999.

De la Rosa y Folchi compraron en repetidas ocasiones el favor de Huguet, según se desprende de las diligencias practicadas por la Fiscalía Anticorrupción.[30]

Pero no fueron los únicos que se beneficiaron del ingreso de Huguet en el Clan de los Mentirosos. Lluís Pascual Estevill fue uno de los principales beneficiados de la excelente relación que unía a Huguet con los diferentes tentáculos del Clan de los Mentirosos y, en especial, con Antonio Antón, el amigo y asesor fiscal del juez.

En febrero de 1991, el inspector encargado de la selección de la lista de contribuyentes catalanes del Plan Nacional de Inspección –las personas que deben ser inspeccionadas cada año– encontró motivos suficientes para incluir al entonces titular del Juzgado de Instrucción número 5 de Terrassa, Lluís Pascual Estevill. El inspector había tenido noticia de que el juez era titular de transmisiones de crédito por valor de 70 millones de pesetas (421.000 euros) que no había declarado al fisco.

A Estevill no le tocó el turno de ser inspeccionado hasta julio de 1991. El día 17 de ese mes, el inspector jefe adjunto de Selección y Comprobación cursó las órdenes oportunas para asignar la inspección de las actividades económicas de Lluís Pascual Estevill desde 1986 a una inspectora.

Tras la diligencia de inspección inicial, los responsables de la Inspección Regional de Hacienda en Cataluña ordenaron la «baja absoluta» de Pascual Estevill del Plan Nacional de Inspección. La inspectora debía archivar inmediatamente las diligencias sobre el juez.[31] La orden se produjo el 19 de noviembre, cuando hacía sólo un mes que Estevill había sido asignado al

30. Las sociedades vinculadas a De la Rosa Aciesa, Beaming e Instituto de Estudios Contables, y la vinculada a Juan José Folchi Piñer, recibieron trato de favor según la querella que presentó la Fiscalía Anticorrupción contra los inspectores de Hacienda.

31. Lluís Pascual Estevill fue condenado en febrero de 1999 a siete años de prisión por varios delitos fiscales. La paralización de su expediente de inspección en 1991 su-

Juzgado de Instrucción número 26 de Barcelona. El motivo alegado por el inspector jefe adjunto que firmó la baja de Estevill fue el «exceso de competencias». En el documento sólo figura la firma del adjunto a Huguet que tramitó la baja de Estevill del Plan Nacional de Inspección, no la de su jefe.

Estevill no sólo logró, a través de Antonio Antón, que la Delegación de la Agencia Tributaria inscribiera su nombre en la lista de intocables. Su amigo del alma, el empresario inmobiliario Eduardo Bueno Ferrer, también se benefició de la *flexibilidad* de los hombres de Josep Maria Huguet.

Dos empresas controladas por Bueno, su agencia inmobiliaria, Ibusa, y una compañía instrumental, Lodeve, figuran en la lista de inspecciones irregularmente favorables incluidas por el Servicio de Auditoría Interna (SAI) de la Agencia Tributaria sobre Josep Maria Huguet y sus chicos.

El SAI también realizó un informe especial sobre las inspecciones practicadas a varias de las empresas del grupo Freixenet, todas ellas irregularmente favorables y todas ellas autorizadas por Josep Maria Huguet. El representante de Freixenet ante la Agencia Tributaria era Antonio Antón.

Por aquellas fechas, Lluís Pascual Estevill recibió un *crédito* de seis millones de pesetas de Freixenet (36.000 euros). El préstamo no fijaba intereses ni fecha de devolución. José Ferrer, el patriarca de Freixenet, explicó ante el Tribunal Superior de Justicia de Cataluña que el crédito fue concedido a Estevill porque, antes de ser juez, realizó para Freixenet una gestión fallida ante la Seguridad Social.[32] Como el trámite había fracasado, Estevill no le quiso cobrar la minuta a los Ferrer. Cuando, años

puso un retraso considerable en la investigación judicial que en 1994 se inició sobre el patrimonio oculto de Estevill.

32. Declaración de José Ferrer ante el juez de la Sala Civil y Penal del Tribunal Superior de Justicia de Cataluña, Antoni Bruguera, el 6 de mayo de 1999.

más tarde, el ya juez pidió dinero a los dueños de Freixenet, éstos se sintieron obligados a concedérselo en las mejores condiciones posibles.

El principal competidor de Freixenet en el mercado del cava, Codorníu, no tuvo tanta suerte como la empresa de los Ferrer. En 1991, Codorníu y su filial Raimat sufrieron una durísima inspección de Hacienda. El encargado de aquellas actas fue el inspector de Hacienda Fernando García Berros. Cuando García Berros se jubiló y abandonó la Administración tributaria, se incorporó a la nómina de técnicos del despacho de asesoría fiscal de Antonio Antón. Los amigos de Hacienda, Antonio Antón, Lluís Pascual Estevill y los dueños de las cavas Freixenet se entendían tan bien que decidieron hacer negocios más allá de la Administración.

Un restaurante de lujo en el Puerto Olímpico

El 10 de febrero de 1994 se constituyó ante el notario de Barcelona Eduardo Tarragona la sociedad Mirador Port SA. La sociedad fue creada para instalar y gestionar un restaurante de lujo en el Puerto Olímpico de Barcelona: el Talaia Dreams. Desde su nacimiento, el restaurante se ha convertido en referencia de autoridades y políticos de distinto signo de Barcelona.

Los principales impulsores del restaurante fueron el entonces jefe regional de la Inspección de Hacienda en Cataluña, Josep Maria Huguet, y su esposa, Rosa Guasch, que se encargó inicialmente de la gestión del restaurante. Se convirtieron en los mayores accionistas de la sociedad, con un 12 por ciento del capital social.

El Talaia cuenta con un *socio industrial* de lujo, el propietario de uno de los restaurantes españoles con una estrella en la Guía Michelín, el Bulli de Rosas (Girona), Ferran Adrià.

Pero tenía garantizado el éxito a la vista de quienes componían el resto del accionariado: José Ferrer, presidente de Freixenet suscribió un seis por ciento de las acciones y Antonio Antón otro seis por ciento.[33] Los responsables de las investigaciones de Estevill no descartan que Antón fuera un hombre de paja de Estevill en el capital del restaurante Talaia Dreams. Al fin y al cabo, cuando se constituyó la sociedad gestora, Estevill aún ocupaba el Juzgado de Instrucción número 26 de Barcelona.

Desde allí seguía dedicado en cuerpo y alma a la principal de sus actividades: la extorsión a empresarios, banqueros y burgueses. Pero de forma organizada.

Un sólido círculo de amistades

Hacia mediados de 1992, el juez Estevill había agrupado en torno a su persona un sólido círculo de amistades y de alianzas que le iban a permitir desarrollar sus actividades criminales y le iban a proteger en el momento que su fortuna se torciera.

Algunos de los amigos, cómplices y aliados de Pascual Estevill establecieron su relación con el *Lobo* durante la década de 1980. Otros acudieron al reclamo del poder cuando Estevill empezó a convertirse en uno de los jueces más temidos e influyentes de Barcelona.

Pascual Estevill tenía conexiones en los estamentos sociales y administrativos más importantes de la época. En la abogacía contaba con la sociedad criminal que constituiría con Juan Piqué Vidal. Pero el prestigioso penalista no iba a ser el único abogado que hiciera negocios con Estevill. También formaron parte de su círculo de amistades algunos de los letrados más cotizados como Juan Vives Rodríguez de Hinojosa y su hijo Nitus, o Rafael Ji-

33. Félix Martínez y Jordi Oliveres, *El Mundo* del 12 de mayo de 1999.

ménez de Parga y su hijo Andrés. Todos ellos colaborarían de una manera u otra en los casos de chantaje a empresarios, banqueros y burgueses protagonizados por el juez Estevill.

El *Lobo* siguió haciendo negocios con sus procuradores favoritos, Carlos Testor y Ramón Feixó, que en ningún momento dejaron de tramitar asuntos en el Juzgado de Instrucción número 26 de Barcelona.

En la Administración de Justicia, era conocida la relación de Pascual Estevill con el juez de delitos monetarios de la Audiencia Nacional, Miguel Moreiras.[34] Un atípico magistrado que hacía apología del delito fiscal en las conferencias que pronunciaba para completar su salario de juez.[35]

El ámbito del Derecho y de la Administración de Justicia no era el único en el que Estevill mantenía una lista privilegiada de contactos. En la Agencia Tributaria, a través de su amigo Antonio Antón, mantenía una relación excelente con el jefe regional de la Inspección de Hacienda en Cataluña, el temido Josep Maria Huguet.

Y entre burgueses y hombres de empresa, el *Lobo* también tenía buenos amigos. La lista la encabezaba Javier de la Rosa, por supuesto. Y no era el único financiero; a través de Juan Piqué Vidal, Estevill pudo incorporar a su lista a un oscuro personaje como Ramón Fiter Autet. De su época como abogado mantenía una excelente relación con Xavier Aguilar, fundador y presidente del Banco de las Islas Canarias (Isbank) y a uno de los mejores amigos de Aguilar, el financiero hispanosuizo Francisco Salsas.

34. A mediados de 1993, en virtud de la nueva legislación sobre la Administración de Justicia, desaparecieron los juzgados especializados y Moreiras se convirtió en uno más de los jueces de instrucción de la Audiencia Nacional.

35. El autor asistió durante aquellos años a diversas conferencias del juez Moreiras en las que el magistrado aseguraba que el delito fiscal no podía perseguirse con el mismo celo que el resto de delitos porque se trata de un «delito natural».

Pero la lista se completaba con personajes como José María Juncadella Salisachs, con quien el juez haría negocios inmobiliarios;[36] Esteban Monegal, que mantuvo al *Lobo* como consejero de Myrurgia y vicepresidente de Sefige después de que ingresara en la carrera judicial; el patriarca de la familia propietaria de Freixenet, José Ferrer, que no sólo ofreció ayuda económica a Estevill, sino que se asoció con su amigo Antonio Antón y con Josep Maria Huguet en el restaurante Talaia del Puerto Olímpico de Barcelona; uno de los amigos del alma de Estevill, el ex candidato de Alianza Popular a la presidencia de la Generalitat y empresario inmobiliario Eduardo Bueno Ferrer; su compinche de juventud José Manuel Prades Sorli o el oscuro financiero Luis de Patricio Sala, que actuaría como testaferro del magistrado en las operaciones en las que Pascual Estevill no podía aparecer directamente por su condición de juez.

Los políticos tampoco escapaban a la influencia de Pascual Estevill. Con el *popular* Jorge Fernández Díaz le unía una excelente relación desde que el dirigente del PP era delegado de Trabajo en Cataluña a principios de la década de los ochenta. Lluís Prenafeta, hombre de confianza de Jordi Pujol desde 1980 hasta 1990, fue uno de los primeros en beneficiarse de la buena relación entre Pascual Estevill y Piqué Vidal. Macià Alavedra no tardó en superar la humillación de que el juez se presentara en su despacho de consejero para interrogarle e inició una beneficiosa relación para ambos con Pascual Estevill. Igual que Miquel Roca. Los teléfonos de Alavedra y de Roca estaban también en la agenda diaria de Javier de la Rosa.

Muchos de los personajes que formaron parte de la lista de contactos de Pascual Estevill demostraron una fidelidad inusitada al ex magistrado cuando éste empezó a tener problemas con

36. Estevill compró a Juncadella en 1986 el edificio de viviendas que posee en el número 106 de la calle Bailén de Barcelona.

la Justicia. No tuvieron reparo alguno en mentir a diferentes tribunales para ofrecer coartadas inverosímiles al ex magistrado.

Oficialmente mentirosos

En mayo de 2000, Javier de la Rosa y Lluís Pascual Estevill se reunieron en casa de un amigo común para intentar encontrar una solución común para sus cuitas con la Justicia. De aquella reunión salió una alianza. De la Rosa y Estevill aunarían esfuerzos para intentar desacreditar por cualquier medio a su principal enemigo: la Fiscalía Especial para la Represión de los Delitos Económicos relacionados con la Corrupción.

El primer fruto que dio el pacto entre De la Rosa y Estevill se produjo el 8 de febrero de 2001. El financiero compareció voluntariamente a testificar ante la titular del Juzgado de Instrucción número 28 de Barcelona, Remei Bona, encargada entonces de la investigación del *caso Estevill*. De la Rosa le contó una milonga[37] a la juez para intentar dejar en evidencia a la Fiscalía y exonerar al hijo de Pascual Estevill, Javier Pascual Franquesa.

Pero De la Rosa no es el único mentiroso de esta historia. El compinche de Estevill en el hundimiento del grupo Textiles Bertrand Serra, José Manuel Prades, también mintió, en su caso ante el Tribunal Superior de Justicia de Cataluña, para ocultar que él mismo y Javier Pascual Franquesa se habían dedicado desde febrero de 1997 a vaciar las cuentas de Estevill en España y en el extranjero para que la Justicia no pudiera bloquear los fondos.

En enero de 1999, la Audiencia de Barcelona sometió a Estevill a juicio por varios delitos contra la Hacienda pública. El

37. El fiscal Carlos Ramos tardó menos de dos semanas en desmontar la falsa versión de los acontecimientos que había ofrecido De la Rosa ante el Juzgado.

ex magistrado justificó los abundantes incrementos de patrimonio que había registrado y que había ocultado a Hacienda a créditos de amigos o a devoluciones de préstamos que él había hecho a sus amigos. La defensa del ex magistrado citó como testigos a Antonio Antón, Luis de Patricio, Eduardo Bueno Ferrer, Esteban Monegal, Carlos Testor y Ramón Feixó.

Todos ellos, a excepción de Monegal, corroboraron la versión de los créditos no documentados que Estevill ofreció al tribunal. La Audiencia de Barcelona condenó a Estevill. En el texto de la sentencia fechada en enero de 1997, los magistrados calificaban de increíble el testimonio de los amigos de Estevill que habían declarado a favor del ex magistrado.[38] Varios de los miembros del Clan fueron declarados oficialmente mentirosos.

38. Sentencia de la Sección Tercera de la Audiencia Provincial de Barcelona de fecha 22 de enero de 1999.

4

Multinacionales catalanas y banqueros

> *Art. 449.* La autoridad o funcionario público que, en provecho propio o de un tercero, solicitare o recibiere, por sí o por persona interpuesta, dádiva o presente o aceptare ofrecimiento o promesa para realizar en el ejercicio de su cargo una acción u omisión constitutivas de delito, incurrirá en la pena de prisión de dos a seis años, multa del tanto al triplo del valor de la dádiva e inhabilitación especial para empleo o cargo público por tiempo de siete a doce años, sin perjuicio de la pena correspondiente al delito cometido en razón de la dádiva o promesa.
>
> Código Penal Español

La Justicia española recordará el 7 de junio de 1990 como una fecha triste. Ese día, Lluís Pascual Estevill, a punto de cumplir 54 años, se hacía cargo del Juzgado de Instrucción número 5 de Terrassa. Desde ese día y hasta el 7 de noviembre de 1994 ejercería un reinado de terror como monarca absoluto de los juzgados de Terrassa, primero, y de Barcelona, después.

Gobernó sus juzgados con mano de hierro. Su crueldad con

inculpados y testigos no conocía límites y no tardó en hacerse célebre. En especial desde que el 11 de octubre de 1991 tomó posesión como magistrado titular del Juzgado de Instrucción número 26 de Barcelona y empezó a hacerse cargo de la investigación de los grandes delitos económicos supuestamente cometidos en la Ciudad Condal.

Un brillante trabajo interpretativo al servicio del auténtico negocio que Estevill iba a desarrollar en sus juzgados: la extorsión y el secuestro judicial de ejecutivos, empresarios, banqueros y burgueses. Si el *Lobo* hacía gala de que no le temblaba el pulso a la hora de ordenar el ingreso en prisión de quien fuera, sus víctimas sabían que tenían que ceder a las exigencias económicas del magistrado corrupto si no querían pasar una temporadita a la sombra.

Sólo el propio Estevill puede aclarar si ya tenía planeado convertir el poder que le otorgaba su cargo de magistrado sobre la libertad de cualquiera en un negocio cuando decidió ingresar en la carrera judicial. Y eso es algo que el *Lobo* nunca confesará.

Pero las investigaciones han demostrado que las extorsiones a los empresarios empezaron casi inmediatamente después de que Estevill tomara posesión como titular del Juzgado de Instrucción número 5 de Terrassa y que prosiguieron hasta que juró su cargo de consejero del Poder Judicial el 7 de noviembre de 1994.

Estevill no era un experto en Derecho procesal. Como abogado, lo suyo era llevar casos civiles y, sobre todo, lograr soluciones extrajudiciales de los procedimientos. Cuando llegó a la carrera judicial, sabía perfectamente el pánico que tenían aquellos que habían sido sus clientes a la prisión. Pero, al principio, debía esperar a que los casos llegaran a su juzgado para poder chantajear a los empresarios que quedaban a su merced. Necesitaba que la Fiscalía, Hacienda o algún particular presentaran una querella contra los candidatos a ser extorsionados para poder someterles a la presión de verse encarcelados. Pronto descubriría, sin embargo, que, gracias a sus contactos en el Clan de los Mentirosos, existían fórmulas para fabricar los casos judiciales que le iban a permitir tener bajo su bota a quien le viniera en gana.

Con Piqué Vidal, la Asociación para la Defensa de los Accionistas, sus amigos de Hacienda y algunos de los abogados sin escrúpulos que se prestaban a su juego, el Clan podría fabricar querellas contra quien quisiera con la garantía de que Estevill las admitiría a trámite. Sobre el *Lobo* cabían pocas dudas. Encontraría la manera de obtener beneficios de la admisión a trámite de la querella en cuestión y de atemorizar al enemigo del Clan.

De esa manera no tenía que esperar que la casualidad o la Fiscalía le pusieran a tiro una víctima propiciatoria de la que obtener jugosos beneficios económicos o sociales. El magistrado Antoni Bruguera, instructor de la mayor parte de la causa contra el *Lobo* por extorsión, soborno y detención ilegal llegó a investigar hasta 44 posibles casos de chantaje judicial supuestamente cometidos durante la breve etapa de Pascual Estevill como magistrado en Terrassa.

En Terrassa, Estevill logró hacerse con la instrucción de un caso promovido por la Delegación de Hacienda en Cataluña, a cuyos inspectores gobernaba su amigo Josep Maria Huguet. Un fraude del IVA en el que se acusaba a varias empresas de comprar facturas falsas para justificar devoluciones del impuesto sobre el valor añadido que nunca habían pagado.

El *Lobo* fue en primer lugar a por los empresarios con aspiraciones políticas. Imputó en la causa al que resultaría ser cabeza de lista por CiU en las elecciones municipales a la alcaldía de

Sabadell en 1991. Se trataba del empresario Joan Grau Tarruell, propietario de la empresa SA de Tintes y Acabados de Castellar del Vallès. Las elecciones municipales de 1991 fueron en el mes de abril. Estevill pronto iba a abandonar su juzgado de Terrassa para ser destinado en Barcelona.

Grau no fue el único empresario político que se vio afectado por ese caso. El propietario de la empresa corsetera Vives Vidal, Josep Maria Vives Vidal, que se presentaba en las listas de CiU a las elecciones municipales en el municipio de Igualada, también fue imputado en el procedimiento. Junto a su hermano Jaume. Josep Maria y Jaume Vives Vidal se resistieron tanto como pudieron al pago de sobornos si es que los hubo. Porque Estevill ordenó su ingreso en prisión durante cinco días para ablandarles.

Tanto Grau como los hermanos Vives Vidal[1] han reconocido en privado ante otros empresarios que emisarios de Estevill les exigieron dinero a cambio de que el juez les exonerara y se olvidara de ellos en la causa. No sería necesario. La juez que sustituyó a Estevill en el Juzgado de Instrucción número 5 de Terrassa el 7 de octubre de 1991 decretó que los tres empresarios perdieran su condición de imputados a los pocos días de tomar posesión del cargo.

No iba a ser el primer caso en el que su sustituto le enmendaba la plana a Estevill. Cuando le tocó el turno de resolver los desaguisados de Estevill al magistrado Ramón Maciá, la cosa iba a resultar fatal para el *Lobo*. Pero eso no sucedería hasta octubre de 1994.

Pascual Estevill eligió a sus primeras víctimas políticas de entre las filas de Convergència i Unió para llamar la atención de

1. En 1993, los Vives Vidal dieron un monumental *pelotazo* cuando vendieron la mayor parte de las acciones de Vivesa a la multinacional norteamericana Sara Lee, propietaria, entre otras, de las marcas Warner's y Belcor.

la coalición nacionalista. Pujol supo enseguida, al poco de que Estevill tomara posesión del Juzgado de Instrucción número 5 de Terrassa, que había un nuevo miembro del Clan de los Mentirosos en su territorio. Y que más valía tenerlo de su parte que como enemigo.

A través de su enviado especial, Macià Alavedra, el *president* también supo que la lealtad del *Lobo* estaba en venta. Y a un precio que Pujol y sus hombres podían y estaban dispuestos a pagar.

La decisión del presidente de la Generalitat de hacerse con los servicios del que iba a ser uno de los más destacados miembros del Clan de los Mentirosos no fue del todo voluntaria. El investigador Ricardo Stockdale está convencido de que si Estevill eligió sus primeras víctimas políticas entre los miembros de CiU fue precisamente para obtener información comprometida sobre la coalición de Pujol con la que garantizarse los loores que tanto ansiaba.

Los honores, sin embargo, no hacen crecer las cuentas bancarias. Y el caso de las facturas falsas por el que Estevill inculpó a Josep Grau y a los hermanos Vives Vidal también le iba a brindar la oportunidad de hacer un lucrativo negocio a costa de una de las empresas catalanas de más solera y más conocidas en los mercados internacionales.

La primera víctima conocida: Nutrexpa

El primer gran caso de delito fiscal que llegó a manos de Estevill en el Juzgado de Instrucción número 5 de Terrassa no sólo le dio la oportunidad de enviar sus avisos a navegantes, especialmente dirigidos a Convergència i Unió. Le puso en bandeja a su primera presa de caza mayor. Una de las escasas multinacionales de capital íntegramente español: Nutrexpa, la fabricante del popular Cola-Cao.

José Ignacio Ferrero Cabanach y su cuñado José María Ventura Mallofré tuvieron una idea. Habían empezado a producir un cacao en polvo soluble en leche en 1947. El cacao les llegaba de los territorios españoles del golfo de Guinea y, por esa razón, era uno de los pocos productos al por mayor que no estaba contingentado. Pero el mercado no parecía responder como ellos esperaban a un producto tan innovador en aquella España de posguerra. Conscientes de la importancia que tenía la radio como único medio de comunicación de masas, decidieron que el Cola-Cao se convirtiera en el patrocinador de una popular radionovela.[2]

Ferrero y Ventura habían emprendido su aventura empresarial comercializando la miel de la Granja San Francisco en 1941.

El nacimiento del Cola-Cao en 1947 coincidió en el tiempo con la muerte de Evaristo Pascual, el padre campesino de Lluís Pascual Estevill.

Y, en 1950, gracias a la radio, nació «aquel negrito del África tropical» que ha pasado a formar parte del imaginario colectivo de los españoles. En 1995, el hijo mayor de José Ignacio Ferrero, Ignacio Ferrero Jordi, junto a sus hermanos Javier y Antonio, decidió recuperar la imagen del *negrito* para celebrar que Nutrexpa, la empresa de la familia, se había convertido en el cuarto grupo español de alimentación por volumen de facturación y en el primero integrado únicamente por capital autóctono.

Aquel año de 1950, en el que el padre de los Ferrero creaba el *negrito*, el mismo año que Lluís Pascual Estevill llegaba por pri-

2. Félix Martínez, *Los Señores de Barcelona*, La Esfera de los Libros, Madrid, marzo de 2002, pp. 149 a 153.

mera vez a Barcelona desde su Cabacés natal, nadie podía imaginar que la familia propietaria de Cola-Cao crearía un emporio con ramificaciones en América Latina, Rusia, China y toda Europa del Este. El *negrito* no sólo ha ayudado «a los futbolistas españoles a hacer goles o al ciclista a hacerse el amo de la pista», como rezaba la popular canción publicitaria. Fue la piedra angular sobre la que los Ferrero edificaron un grupo que factura más de 100.000 millones de pesetas (600 millones de euros) al año.

En 1950, nadie podía imaginar tampoco que el hijo mayor del fundador de Nutrexpa, Ignacio Ferrero Jordi, acabaría incluido en las listas de los objetivos de ETA. Ni que serían uno de los primeros grupos empresariales en ceder a las extorsiones del *Lobo* Estevill en los inicios de la década de 1990.

El fundador de Nutrexpa dejó el control de la gestión de la compañía en la década de los setenta a sus hijos y a los hijos de su hermana. Antes, en 1961, había absorbido al único competidor que tenía en el mercado, la marca francesa Phoscao.

Cuando Ignacio Ferrero y sus hermanos se hicieron cargo de la gestión del imperio que había levantado su padre, Lluís Pascual Estevill ya era un conocido abogado de Barcelona, a pesar de su reciente licenciatura, y ya se postulaba como candidato a procurador en las Cortes franquistas por el Tercio Familiar.

Ignacio Ferrero y sus hermanos Javier y Antonio controlan el consejo de administración de Nutrexpa. Sus primos, Javier y José María Ventura Ferrero, aparecen en la mayor parte de los consejos de administración de las grandes divisiones del grupo: Granja San Francisco; Laboratorios Ordesa, que se dedica a la alimentación infantil, y La Piara, que incluye entre sus filiales a Jamones Aneto.

Una de las primeras decisiones que tomó Ignacio Ferrero Jordi como nuevo presidente de Nutrexpa fue comprar Galletas Plaja, una pequeña empresa dedicada a la pastelería industrial que fabricaba un producto muy interesante bajo licencia de la antigua competidora francesa adquirida por el fundador de Cola-Cao Phoscao: Phoskitos. El pastelito, en manos de los Ferrero se iba a convertir en líder indiscutible del mercado español y Galletas Plaja se convertiría en Idapsa-Phoscao, filial ciento por ciento de Nutrexpa. Ferrero pagaría un alto precio en 1990, cuando sus ejecutivos cayeron en manos del implacable Pascual Estevill. Tal vez por esa razón la disolvieron apenas un par de años más tarde e incorporaron sus actividades directamente a la matriz del grupo.

La primera vez que Lluís Pascual Estevill se despertó en el catre de una prisión, en la Modelo de Barcelona, el 14 de febrero de 1997, y fue conducido al comedor comunal para disfrutar de su primer desayuno de preso, la oferta tenía algo de justicia poética. El *Lobo* tuvo que elegir para la comida más importante de su primer día completo entre rejas, el desayuno, entre un tazón de Cola-Cao y un tazón de Cola-Cao.

Los Ferrero habían sido educados por su padre en los principios fundamentales del empresariado industrial catalán que tan buenos resultados habían dado a las familias tradicionales desde la primera revolución industrial. Para ellos, el secreto del éxito está en tres normas básicas: trabajo, trabajo y trabajo. Ellos añadieron una cuarta indispensable e inflexible: discreción a rajatabla.

Resulta muy difícil, si no imposible, encontrar una sola fotografía de los miembros de la familia Ferrero en los archivos de los periódicos de Barcelona ni en los del resto de España. En julio de 1997, *El Mundo*, que por entonces publicaba en sus páginas de Economía una sección fija titulada «Empresas y empresarios», una suerte de historias de éxito de emporios familiares, se encontró con una sorpresa mayúscula. Nutrexpa fue la elegida para aparecer en la sección la primera semana de julio. El periódico se puso en contacto con los portavoces del grupo para obtener la información oficial. Los representantes de Nutrexpa se dirigieron al periodista encargado de redactar la historia para hacerle un encarecido ruego: «Debo pediros que no hagáis referencia alguna a la familia propietaria».[3]

Discreción, discreción y discreción

La obsesión de los Ferrero Jordi por no aparecer en los medios de comunicación y por que su participación en Nutrexpa pase desapercibida alcanza límites inverosímiles. En el consejo de administración de Nutrexpa no aparece ni una sola persona física. Los hermanos Ferrero ejercen sus cargos en el consejo de administración de la matriz del grupo familiar a través de sociedades interpuestas: Eseo 20 (Ignacio), que ejerce la presidencia; Eseo 21 (Javier), que ocupa la vicepresidencia, y Eseo 22 (Antonio), consejero.

Pero seguirles el rastro a los Ferrero no es ni de lejos tan sencillo como parece. Cada una de esas empresas instrumentales está, a su vez, participada al ciento por ciento, por otra sociedad, en este caso patrimonial, que sí pertenece a cada uno de los hermanos Ferrero Jordi.

Para llegar al presidente de Nutrexpa hay que pasar por dos sociedades. El presidente de Nutrexpa es la sociedad Eseo 20. Esa compañía pertenece en un ciento por ciento a la sociedad 15 Uno Cinco, cuyo accionista mayoritario es el propio Ignacio Ferrero Jordi, con un 51 por ciento del capital. El resto del capital de la patrimonial está repartido entre los hijos del presidente de Nutrexpa. Los hermanos de Ignacio Ferrero, Javier y Antonio, han seguido el mismo procedimiento. Eseo 21 y Eseo 22 están participadas a su vez, respectivamente, por las sociedades 16 Uno Seis y 33 Tres Tres.[4]

3. *El Mundo*, edición del 7 de julio de 1997.
4. Registro Mercantil de Barcelona.

Ninguno de los hermanos Ferrero Jordi han concedido jamás una entrevista a un medio de comunicación, a pesar de que Nutrexpa es, junto a Agrolimen, el primer grupo español de alimentación.

A finales de la década de 1980 y a principios de la de 1990, la burbuja especulativa en la que se había convertido toda España con la ascensión al poder de personajes como Mario Conde y, en particular, la Barcelona de Javier de la Rosa y su Clan de los Mentirosos, despertaron el interés del público en general y especialmente de los editores de prensa. Inundaron el mercado con diarios y semanarios de información económica, de los que sólo sobreviven algunos.

Las familias industriales catalanas siempre han ejercido una particular fascinación para la prensa económica y, sobre todo, para aquellos que entran en contacto con la burguesía catalana desde fuera de Barcelona.

Algunos de los grupos industriales de más solera, por propia evolución y, en parte, para evitar que las familias propietarias se convirtieran en la cara visible de las empresas, empezaron a confiar la gestión diaria en ejecutivos profesionales sin vinculaciones familiares con los propietarios.

A la familia propietaria de Roca Radiadores, el negocio le había salido redondo cuando confiaron la gestión diaria de la compañía en Salvador Gabarró. La familia Camp, propietaria de Jabones Camp, cuyo producto estrella era el jabón para lavadora Colón, había encontrado al salvador de la compañía en Manuel Luque. Y los Ferrero decidieron hacer lo mismo. Eligieron a un ejecutivo italiano, procedente de la multinacional de la auditoría Arthur Andersen, Gianfranco Santoni.[5]

5. Finalmente, en 1996, los Ferrero decidieron prescindir de los servicios de Santoni. El ejecutivo era demasiado profesional y no siempre tenía en cuenta las cuestiones de consanguinidad.

La aventura del «busque, compare...»

El valenciano Manuel Luque había reflotado Jabones Camp a mediados de los ochenta. El secreto consistió en el popular anuncio de televisión en el que el taimado Luque aparecía con su cargo de director general de Jabones Camp sobreimpreso y retaba a las amas de casa a encontrar un jabón mejor que Colón con aquel popular «busque, compare y, si encuentra algo mejor, ¡cómprelo!».

La aventura convirtió a Jabones Camp en una pera en dulce codiciada por las multinacionales del sector. Josep Camp, el fundador, estaba negociando la venta de la compañía a la multinacional británica Benckiser, cuando descubrió que Manuel Luque se había aliado con sus sobrinos y ya había firmado un protocolo de venta con la norteamericana Procter & Gamble.

Al final, el asunto tuvo que dirimirse en los tribunales. Ganaron Josep Camp y Benckiser. Pero el conflicto había puesto en evidencia que la confianza depositada por Camp en Luque para gestionar un imperio valorado en 50.000 millones de pesetas (300 millones de euros) había convertido al fundador de la compañía en poco más que un pelele en manos de su primer empleado.

El asunto de la familia Camp no pasó inadvertido a algunos de los más influyentes patrones de empresas familiares. Poco tiempo después, Josep Esteve, el patrón del imperio farmacéutico Laboratorios Esteve, e Ignacio Ferrero Jordi encargaron un estudio a Arthur Andersen del que nació el primer borrador del Instituto de la Empresa Familiar (IEF). El IEF acabaría convirtiéndose en uno de los *lobbies* económicos más influyentes en la política española. En la última remodelación del Gobierno socialista, consiguió nombrar al secretario de Estado de Economía, que no sería otro que Alfredo Pastor, el primer director general del Instituto.

Ignacio Ferrero, además, para proteger su empresa de episodios como el del aventurero Luque, creó, junto con sus hermanos y sus primos, el que sería uno de los primeros consejos de familia de las empresas familiares españolas.

Mientras tanto, el nuevo patriarca de los Ferrero se embarcaba junto a otras familias industriales catalanas de solera como los Esteve, los Raventós de Codorníu, los Ferrer de Freixenet o los Godó de *La Vanguardia* en la creación de Privat Bank, un banco de administración de fortunas que les permitiría controlar directamente a los ejecutivos bancarios encargados de gestionar los más de 30.000 millones de pesetas (180 millones de euros) que pondrían en sus manos.

Ferrero tomó una de las mayores participaciones en el nuevo banco, un 14 por ciento. El elegido para dirigir la nueva entidad financiera fue Antonio Sagnier, que no tardaría en tener un encontronazo con el *Lobo* Estevill que costaría al banquero dar con sus huesos en la cárcel.

En ese ritmo frenético de actividades andaban Ignacio Ferrero Jordi y sus hermanos cuando recibieron el zarpazo del *Lobo*.

Un lobo que come Phoskitos

Julio de 1991. Lluís Pascual Estevill ya sabe que dentro de unos meses, en octubre, le espera un juzgado en Barcelona. Aun así, tiene que instruir en el Juzgado de Instrucción número 5 de Terrassa un caso de fraude del IVA instado por la Delegación de Hacienda de Cataluña cuyo inspector jefe regional es su amigo Josep Maria Huguet.

Ya ha imputado en el procedimiento al candidato de CiU a la alcaldía de Sabadell, y a los hermanos Vives Vidal. Pero ni uno ni los otros le reportan suficientes beneficios. Estevill sabe, por su constante contacto con algunos miembros destacados de la burguesía catalana, de la obsesión de la familia Ferrero por la discreción. También sabe que Ignacio Ferrero está en negociaciones de asuntos delicados que, por nada del mundo, quisiera que se difundieran.

La simple mención de la posibilidad de que los Ferrero desfilaran ante un juzgado de instrucción, con los fotógrafos de prensa a la puerta, es algo que no conciben. Les aterroriza más que el hecho inevitable de que sus fortunas aparezcan entre las cien primeras de España en los listados oficiosos y que, por ese motivo, figuren entre los empresarios elegidos como objetivos por ETA.

El caso del fraude del IVA por facturas falsas ha nacido a finales de junio de 1991. El Grupo de Delitos Económicos de la Guardia Civil ha detenido a Pedro Amat Fontanals, un «curioso» empresario de Terrassa. Amat tiene varias sociedades que se dedican a una única actividad: emitir facturas falsas por importes astronómicos para *colocarlas* entre las empresas con pocos escrúpulos que las utilizan para reclamar a Hacienda la devolución de un IVA que jamás han pagado.

Amat es conducido a los juzgados de Terrassa. Ese día, el juez de guardia es Lluís Pascual Estevill. Fontanals confiesa tener un almacén lleno a rebosar de facturas falsas. El juez aún no goza del *prestigio* de justiciero implacable que está dispuesto a ganarse a partir de octubre de ese año, cuando sea destinado a un juzgado de Barcelona.

Pedro Amat Fontanals cree que podrá presionar al magistrado. Le sugiere que debe andar con cuidado. Si el *facturero* tira de la manta muchas empresas de renombre se pueden ver implicadas en un procedimiento penal por delito fiscal. Y eso es algo que nadie desea, sugiere Amat.

Pero Estevill ya ha visto la oportunidad de hacer favores que cobrarse más adelante. Y la de hacer negocio a costa de la amenaza de la prisión a los empresarios célebres cuyo nombre estuviera dispuesto a pronunciar Amat ante el juzgado. Y el *facturero* empieza a cantar la gallina. Al tuntún, sin reparar en si los empresarios que cita han cometido delito fiscal o no. Estevill se frota las manos.

Tres empresas llaman la atención del magistrado novel: Tintes y Acabados, Vives Vidal (Vivesa) y, sobre todo, Idapsa-Phoscao, la filial de Nutrexpa que se dedica a la producción de los populares pastelitos Phoskitos. La primera diligencia, solicitar la relación de administradores al Registro Mercantil de Barcelona, confirma que Estevill está a punto de hacer un gran negocio a costa de la filial de Nutrexpa. En el consejo de administración de Idapsa figuran el presidente de Nutrexpa, Ignacio Ferrero Jordi, su hermano, Javier Ferrero Jordi, y su primo, José María Ventura Ferrero.

Estevill sabe de antemano el efecto que tendrá una citación judicial en calidad de inculpados de los tres miembros de la familia Ferrero-Ventura sobre su obsesión por la discreción rayana en la paranoia. Eso les convierte en candidatos perfectos para hacerlos caer en la Telaraña de Pascual Estevill.

El 10 de julio de 1991, llegan las tres citaciones del Juzgado de Instrucción número 5 de Terrassa a la sede de Nutrexpa, en la calle Lepanto de Barcelona. La primera notificación, para el 12 de julio a las 10 de la mañana lleva el nombre de Ignacio Ferrero Jordi.

El día de la declaración, Ignacio Ferrero comparece ante el juzgado acompañado de dos de los abogados de mayor prestigio en Barcelona, los letrados Joan Córdoba y Juan Velayos.

Ferrero es conducido inmediatamente al interior del Juzgado de Instrucción número 5 de Terrassa. Estevill no le recibe en su despacho, sino en la sala de vistas. El empresario niega tener conocimiento alguno de Amat, de su empresa o de sus facturas falsas. Si alguien sabe algo, afirma el patriarca de Nutrexpa, son los servicios de contabilidad de la compañía. Pero jura y perjura que jamás se han utilizado métodos de esas características en la matriz española de Nutrexpa ni en ninguna de sus filiales.

Cuando termina la declaración, para sorpresa de los presentes, Estevill comunica al presidente de Nutrexpa que se tomará un tiempo para decidir si ordena su ingreso en prisión. Por cortesía y dada la personalidad y relevancia social del inculpado, Estevill permite que espere su decisión junto a sus abogados en los pasillos de los juzgados, en lugar de en el calabozo, como sería preceptivo.

Mientras esperan en los juzgados, un individuo[6] aborda a los letrados de Ignacio Ferrero Jordi. Tiene una información muy relevante para la situación que está atravesando en esos momentos su cliente. Pero ése no es el lugar para tratarlo. El misterioso sujeto sugiere que uno de los abogados le acompañe a una cafetería próxima a los juzgados de Terrassa. Tras una breve consulta con Ferrero, deciden que sea Velayos quien acompañe al oscuro personaje mientras Córdoba se queda junto al presidente de Nutrexpa.

Velayos pide una botella de agua mineral sin gas. Su interlocutor, un café. Cuando el camarero ha servido las bebidas se produce la confidencia:[7]

–El juez va a dictar un auto de prisión incondicional contra su cliente –afirma el intermediario–. Su hermano y su primo correrán la misma suerte. Pero hay una forma de evitarlo.

6. Tanto Córdoba como Velayos admitieron ante el juez Antoni Bruguera la extorsión sufrida por su cliente y el pago realizado. Ni Ignacio Ferrero ni sus abogados han querido revelar nunca la personalidad del individuo que actuó en aquella ocasión como intermediario de la extorsión de Pascual Estevill.

7. Conversación del autor con un empresario amigo de Ignacio Ferrero Jordi que prefiere mantener el anonimato.

–Le escucho –contesta Velayos.

Mister X se sirve del servilletero de la mesa de la cafetería que comparte con Velayos. Toma una servilleta de papel y extrae un bolígrafo Montblanc del bolsillo interior de su americana.

–Un ingreso de 25 millones de pesetas [150.000 euros] en esta cuenta suiza resolverá todos los problemas de sus clientes –afirma mientras le entrega la servilleta de papel garabateada a Velayos.

El abogado de Ignacio Ferrero desdobla la servilleta. Lee un texto mínimo pero detallado:

25 millones
clave Thierry Kern
cuenta RAJ-15.157
Banque Darier, Hentz et Cie.
rue de Saussure
Ginebra[8]

–Comprenderá que esta decisión no me corresponde a mí tomarla –responde Velayos tras volver a doblar el papel e introducírselo en el bolsillo de la camisa–. Tengo que consultarlo con mi colega y con mi cliente. En última instancia es él quien debe tomar la decisión.

–Lo comprendo –afirma el intermediario–. Pero usted también entenderá que yo necesito garantías de que se transmite la oferta a su cliente y de que éste acepta el acuerdo. De hecho –afirma el misterioso personaje– si accede ahora y se realiza el ingreso en un par de días, su cliente y sus parientes no tendrán nada que temer.

8. La nota manuscrita en la servilleta de papel figura en el sumario del *caso Estevill.*

Velayos se compromete a transmitir la oferta a Ferrero y a Córdoba en ese mismo instante, en los pasillos de los juzgados. Su interlocutor, si así lo desea, puede asistir, a una distancia prudencial, a la conversación. Cuando Ignacio Ferrero tome una decisión, el mismo Velayos le transmitirá la respuesta del presidente de Nutrexpa.

Velayos y el *agente secreto* pagan sus consumiciones y se dirigen de nuevo a los juzgados. Córdoba y Ferrero siguen sentados en el pasillo, a la puerta del juzgado de Estevill. Un funcionario ha salido hace escasos minutos y les ha informado de que el magistrado tardará aún algún tiempo en declarar.

El misterioso intermediario se sienta en un banco próximo al que aloja a Córdoba y a Ferrero, mientras Velayos se dirige al encuentro de su cliente y de su colega. El intermediario puede observar cómo Velayos informa a sus dos interlocutores, saca del bolsillo de la camisa la servilleta del bar doblada en cuatro, la despliega, se la muestra a Córdoba y a Ferrero y la vuelve a guardar.

Ignacio Ferrero está acostumbrado a transacciones de esa naturaleza. China, Rusia y los países del Este de Europa en general no se caracterizan por la seguridad jurídica de las transacciones. El presidente de Nutrexpa está acostumbrado a que le exijan sobornos, le secuestren mercancías e incluso a ejecutivos en los países en vías de desarrollo en los que su grupo empresarial viene invirtiendo desde hace tiempo.

Lo que le cuesta trabajo imaginar es que eso le ocurra a él en su propio país. La amenaza es demasiado concreta. O accede en ese mismo momento o Estevill ordenará al cabo de unos minutos su ingreso incondicional en prisión. Y Ferrero no está en absoluto preparado para eso. Quizás sí para pasar por el presidio, pero no para el escándalo. Sin dedicar demasiado tiempo a pensarlo el empresario cede a la extorsión.

Velayos abandona un instante a Córdoba y a Ferrero y se dirige al banco contiguo, donde el mediador espera tranquilo. Sólo le dirige una frase:

–Ha dicho que sí.

El mediador le asegura que no se arrepentirán de su decisión y desaparece por los pasillos de los juzgados con el mismo sigilo con el que ha aparecido.

Al cabo de unos minutos, Estevill hace entrar a Ignacio Ferrero y a sus dos abogados. Les comunica que ha decidido aplazar su decisión sobre el eventual ingreso en prisión de Ferrero hasta el día 16 de julio. Ya ha retrasado las citaciones de su hermano y de su primo. Ferrero deberá comparecer de nuevo el 16 de julio a las 10 de la mañana acompañado de sus abogados. Mientras tanto, advierte Estevill a Ferrero, no deberá abandonar el país sin solicitar permiso al juzgado u ordenará inmediatamente su detención.

El 13 de julio, los servicios financieros de Idapsa-Phoscao encargan un cheque a la entidad británica Lloyd's Bank por un importe de 25 millones de pesetas (150.000 euros). El cheque es transferido al día siguiente, el 14 de julio, a la filial holandesa de Nutrexpa Maynarco Food Trading. El 15 de julio, la filial holandesa de Nutrexpa ingresa el cheque en la cuenta con clave Thierry Kern, número RAJ-15.157, de la sede de la Banque Darier Hentz et Cie. en la calle de Saussure de Ginebra, cuyo único titular es Lluís Pascual Estevill.[9]

A las 10 de la mañana del 16 de julio, Ferrero, Córdoba y Velayos vuelven a presentarse en el Juzgado de Instrucción número 5 de Terrassa. Tendrán que esperar. El juez no hace acto de presencia hasta las 10.45. A las 11 les hace pasar. En esta ocasión, el encuentro no tiene lugar en la sala de vistas sino en el despa-

9. El magistrado suizo Daniel Devaud lo confirmó en una de las primeras respuestas a las comisiones rogatorias de Bruguera.

cho del magistrado. Un Estevill sonriente tranquiliza a Ferrero. Tras estudiar detenidamente el asunto, ha llegado a la conclusión de que su eventual participación en el fraude del IVA con las facturas falsas emitidas por Pedro Amat Fontanals es marginal. Debe mantener su imputación, pero no tiene nada que temer. Transcurrido un tiempo, perderá su condición de imputado. En los siguientes días, las declaraciones de Javier Ferrero y de José María Ventura Ferrero transcurren sin incidentes.

Estevill no volverá a ocuparse de los Ferrero. Durante el mes de agosto hay vacaciones judiciales y el *Lobo* se tomará todo el mes de septiembre de asueto para preparar su traslado al Juzgado de Instrucción número 26 de Barcelona que se producirá el 11 de octubre de 1991.

Una de las primeras decisiones que tomará la magistrada que sustituirá a Estevill como titular del Juzgado de Instrucción número 5 de Terrassa será levantar la condición de imputados a los tres miembros de la familia Ferrero que el *Lobo* había encausado en el caso de las facturas falsas de Amat Fontanals.

Comportamiento despótico

El 7 de octubre de 1991, el Jaguar de Lluís Pascual Estevill salió del aparcamiento propiedad del magistrado en el número 8 de la calle Emancipación de Barcelona a las nueve de la mañana. El recorrido hasta los juzgados de Barcelona es largo, no menos de media hora a esas horas de la mañana. Ese día había decidido que no iba a desayunar en La Puñalada o en Farga con su amigo Eduardo Bueno Ferrer, como solía hacer cada día. Tras media hora de tráfico intenso, Estevill llega al paseo de Lluís Companys.

Podría haber dejado el coche en el aparcamiento subterráneo que hay bajo el Arco de Triunfo que preside el paseo más judicial de Barcelona –a un lado está el Palacio de Justicia, al otro, el edificio que alberga los juzgados de lo Penal y los de Instrucción– pero Estevill quiere que sus nuevos compañeros jueces de Barcelona, unos desarrapados en la psicología del *Lobo*, le vean llegar en su coche de lujo. Aparca el vehículo en la misma puerta de los juzgados y se identifica ante el guardia civil que la custodia como magistrado, el nuevo titular del Juzgado de Instrucción número 26 de Barcelona. Más tarde, cuando se haya presentado ante el personal de su juzgado y se haya hecho una idea de las causas pendientes de tramitar que ha dejado su predecesor en el cargo, bajará y meterá el coche en el aparcamiento de Saba para sacar un abono que le permita aparcar su Jaguar a diario, después de desayunar en compañía de Eduardo Bueno en la confluencia del paseo de Gràcia, la calle Rosselló y la Diagonal de Barcelona.

Pero cuando empieza a revisar las carpetas pendientes del Juzgado se encuentra una sorpresa. Una de las causas que va a tener que tramitar será una querella presentada por un grupo de pequeños accionistas de Iberia de Seguros contra el ex secretario general de la Presidencia de la Generalitat, Lluís Prenafeta, por haber incurrido en incompatibilidades durante el ejercicio de su cargo. El estudio de la querella, que su antecesor ya había admitido a trámite, le consume toda la mañana. El abono del aparcamiento de Saba tendrá que esperar al día siguiente.

Lluís Pascual Estevill llega a los juzgados de Barcelona henchido de orgullo. En un juzgado de segunda fila, en una ciudad mediana e intrascendente como Terrassa ha conseguido hacer doblar la rodilla no sólo a los caciques locales de Convergència i Unió, sino a uno de los hombres más ricos de España, Ignacio Ferrero Jordi, el patrón de una de las escasas multinacionales españolas, Nutrexpa, que no ha dudado en ceder a su extorsión a la primera. Si Terrassa le ha brindado oportunidades como ésa, qué no hará Barcelona por él.

El *caso Prenafeta*, con el que se encuentra prácticamente sin bajar del coche, sugiere infinitas posibilidades. Pero no cuenta con la más importante. Le va a acercar y le va a convertir en un miembro de pleno derecho del Clan de los Mentirosos. El único inculpado que aparece en la querella es Lluís Prenafeta. Pascual Estevill sabe perfectamente que el abogado de Prenafeta es Juan Piqué Vidal, un viejo conocido y centro neurálgico del Clan de los Mentirosos.

La instrucción de la querella contra Prenafeta tiene un doble efecto. El Clan tiene ya plena conciencia de que Pascual Estevill es un hombre de confianza y de que tiene un brazo en el Poder Judicial. Y Estevill consigue cobrar dos veces por archivar la querella: los 10 millones (60.000 euros) que paga De la Rosa en forma de compraventa de un cuadro del pintor Jorge Castillo[10] y el hecho de que Convergència le deba un favor.

Además, la expectación que levanta ante los medios de comunicación la comparecencia de Prenafeta ante el Juzgado de Instrucción número 26 hace que Estevill conciba esperanzas de convertirse en una auténtica estrella mediática.

Pero, inmediatamente después de archivar la querella contra Lluís Prenafeta, parecen haberse terminado los grandes casos. Sólo llegan al juzgado cuestiones menores de delincuencia común que no ofrecen posibilidad alguna de convertirle en el protagonista de los noticiarios de televisión o de las primeras páginas de los periódicos.

Desde octubre de 1991 hasta junio de 1992, Estevill combatirá el aburrimiento que le produce su función como juez de

10. Véase capítulo 3, apartado «Un cuadro sobrevalorado», p. 124.

instrucción en Barcelona con los trabajos que realiza desde su poltrona para el Clan de los Mentirosos.

Pero en julio de 1992, en plena fiebre olímpica en Barcelona –los Juegos Olímpicos de Barcelona se inauguraron el 25 de julio– empiezan a llegar las primeras denuncias de lo que será el primer gran caso de delincuencia económica instruido por Estevill en Barcelona.

El caso Planasdemunt

Jordi Planasdemunt (Barcelona, 1928-1998) fue una de las primeras presas que, públicamente, cayó en la Telaraña de Pascual Estevill. Planasdemunt siempre fue un segundón. Era un economista de prestigio, sí. Pero su nombre nunca era el primero en ser pronunciado cuando se planteaba la necesidad de cubrir un puesto vacante. Fue síndico de la Bolsa de Barcelona durante casi toda su vida y, en la transición, ingresó en el partido de Joaquim Molins, Centre Català, uno de tantos movimientos secundarios que serían absorbidos por Convèrgencia Democràtica de Catalunya, el movimiento encabezado por Jordi Pujol.

Fue consejero de Economía y Finanzas de la Generalitat, sí. Pero por casualidad. Cuando en marzo de 1980, Jordi Pujol se convirtió en presidente de la Generalitat gracias al apoyo de la Esquerra Republicana de Catalunya (ERC) de Heribert Barrera, no tuvo duda alguna a la hora de decidir quién tenía que ser su consejero de Economía. Ramon Trias Fargas era un político liberal tan prestigioso como honesto y la decisión de incorporar su Esquerra Catalana en CDC dio el impulso definitivo al movimiento que encabezaba Pujol.

Trias Fargas, además, era un miembro reconocido de la Internacional Liberal. El reconocimiento internacional no era algo que le sobrara a la Convergència de Pujol. Cuando Trias, con sus hombres –entre ellos Macià Alavedra–, decidió fusionar su formación con la de Pujol, éste le nombró presidente del partido y reservó para sí la secretaría general.

Descontado el propio Pujol, que ya había logrado su objetivo de convertirse en presidente de la Generalitat, Ramon Trias Fargas era, en los primeros años de la década de 1980, la mejor baza electoral con la que contaba Convergència i Unió. Pujol y su equipo ya habían decidido que el profesor –como conocían los militantes de Esquerra Democràtica a Trias– era el mejor candidato para conquistar una plaza que en 1979 se había mostrado inexpugnable: el Ayuntamiento de Barcelona.

El socialista Narcís Serra había arrasado en las primeras elecciones a los ayuntamientos democráticos. En 1982, el PSOE decidió que Serra encabezara la lista electoral por Barcelona a las elecciones generales que se celebraban el 28 de octubre de ese año. Si los socialistas, como apuntaban todos los indicios, ganaban aquellas elecciones, Serra tendría que abandonar la alcaldía de Barcelona. Con Serra fuera de la circulación existían posibilidades reales de que Trias ganara las elecciones municipales de 1983 en Barcelona.

Con esa intención, Pujol decidió que Trias y no otro encabezara también la candidatura de CiU a las Cortes generales de octubre de 1982. Así conseguiría la proyección pública que pretendía la coalición para Trias como precandidato a la alcaldía de Barcelona contra un joven y desconocido Pasqual Maragall.

Las elecciones de 1982 superaron las previsiones. El PSOE logró una mayoría absoluta que aún no ha sido superada: 201 escaños. También Ramon Trias Fargas fue elegido diputado.

Pero la oposición socialista en el Parlament de Catalunya tenía preparada una maniobra que podía dar al traste con los planes de Pujol y de Trias Fargas. Aprovechando que CiU gobernaba en minoría en Cataluña, promovió una reforma de la Ley de Régimen Interior que hacía incompatibles el cargo de *conseller* de la Generalitat con el de diputado en el Congreso. Trias tuvo que elegir. El proyecto de Convergència era convertirle en alcalde de Barcelona, así que el cargo que mayor proyección pública le iba a otorgar sería el de diputado en las Cortes. En aquel momento, el Departamento de Economía de la Generalitat tenía muy pocas competencias y, además, Trias se iba a ver obligado a abandonarlo en menos de un año para concurrir a las elecciones municipales en Barcelona.

Pero la sustitución de un personaje como Trias en el Gobierno de la Generalitat suponía un problema. No sólo por su prestigio, sino porque él había creado el Departamento de Economía hacía menos de dos años, y sólo él lo tenía en la cabeza. Cuando tras las elecciones de marzo de 1980, Trias recibió el encargo de crear *ex novo*, un Departamento de Economía para sustituir a la *conselleria* de la Generalitat provisional que Josep Tarradellas había encomendado al joven abogado del Estado y militante de UCD Juan José Folchi, decidió fichar a un economista al que conocía por su cargo de síndico de la Bolsa de Barcelona: Jordi Planasdemunt. A los 52 años, Jordi Planasdemunt, que era consejero nacional de Convergència Democràtica,[11] fue nombrado por Ramon Trias Fargas director general de Tesoro y Patrimonio. El Departamento, que estaba en fase de gestación, estaba sometido a cambios constantes, así que Planasdemunt apenas duró unos meses en ese cargo. Trias le convirtió 60 días después de su incorporación en director general de Política Financiera de la Generalitat.

11. A pesar de ser un partido burgués de corte conservador, Convergència Democràtica tiene una estructura de partido marxista leninista. El máximo órgano de decisión entre congresos es el consejo nacional, el equivalente del comité central de los partidos comunistas tradicionales.

Pujol sabía, cuando decidió que Trias fuera candidato a la alcaldía de Barcelona, que tendría que buscar un hombre para sustituirle en el Departamento de Economía. Pero no esperaba que fuera tan pronto.

El *president* y Trias tuvieron que recurrir a la persona que tenían más a mano. En contra del criterio del propio Pujol, Jordi Planasdemunt se convirtió en consejero de Economía de la Generalitat en noviembre de 1982. Pero ya en 1982, Pujol era poseedor de una de las más apreciadas intuiciones políticas del país. Planasdemunt podía ser un alto funcionario respetable y eficiente, pero no daba la talla como consejero de Economía. A pesar de las escasas competencias de las que disfrutaba el departamento en aquella época, muy pronto el consejero se iba a tener que enfrentar con los «pérfidos» responsables de las finanzas públicas del Gobierno central, en manos del jacobino Felipe González. A finales de mayo de 1983, Pujol decidió darle más empaque a las áreas económicas de su Gobierno autonómico. Nombró a una figura consolidada en su partido y en su Ejecutivo a pesar de su juventud. Josep Maria Cullell, fundador de Convergència Democràtica, de la de verdad, la que se fundó en Montserrat en 1974, y, a la sazón, consejero de Política Territorial y Obras Públicas de la Generalitat, fue nombrado coordinador de asuntos económicos del Ejecutivo catalán.

Planasdemunt no se lo podía creer. Herido en su orgullo y convencido ya del desprecio que sentía Jordi Pujol por su persona, protagonizó uno de los primeros escándalos políticos del pujolismo. Fue el primer consejero del Gobierno de Jordi Pujol que presentó la dimisión porque no estaba de acuerdo con una decisión del *president*.

El antiguo síndico de la Bolsa de Barcelona decidió volver al parqué y a sus propios negocios. Era mucho mejor eso que ser un consejero decorativo, o un simple secretario de Cullell. Y era mejor que soportar las frases displicentes del presidente de la Generalitat durante las reuniones del Consell Executiu.

Despechado y ofendido, Jordi Planasdemunt volvió a su cargo de siempre, el de secretario general de la Bolsa de Barcelona. Planasdemunt volvió al parqué, un lugar donde se sentía cómodo, como en casa. Un cargo que, además, le permitía desarrollar negocios personales al margen de su ocupación principal.

El 12 de abril de 1984, Planasdemunt fundó junto a otros dos socios, el empresario inmobiliario Salvador Forcadell, propietario de Fincas Forcadell, y el financiero Joan Bassols, la sociedad BFP (Bassols, Forcadell, Planasdemunt). Forcadell introdujo entre los socios fundadores a su yerno, el industrial Carlos Vila Polls.[12] BFP nació como una sociedad de gestión de patrimonios alrededor de la cual se constituyó un grupo de servicios financieros. La compañía se dedicaba a lo que con los años se ha conocido como *factoring*: compraba a pequeñas compañías proveedoras de grandes corporaciones pagarés de empresas como Repsol, Telefónica, o SEAT, con dinero que captaban entre los inversores. BFP pagaba un precio inferior al del pagaré en cuestión. De esa manera el proveedor obtenía liquidez inmediata y los inversores de BFP se beneficiaban del diferencial entre el precio pagado por el pagaré y el dinero que finalmente pagaba la gran corporación contra la entrega del documento.

Durante la segunda mitad de la década de 1980, BFP paga intereses superiores de los de la banca, que llegan a oscilar entre el 8 y el 16 por ciento. La empresa llegó a captar hasta 1992 cerca de 6.000 millones de pesetas (36 millones de euros) entre pequeños y no tan pequeños inversores. BFP era, además, un excelente instrumento para blanquear las abundantes bolsas de

12. Registro Mercantil de Barcelona.

dinero negro que se ocultaban en la convulsa Barcelona financiera de aquella época.

BFP era un buen negocio. Los inversores acudían en masa a la llamada del dinero fácil. En aquella época había muchos fondos que blanquear. El cerebro de toda la operación era el financiero Joan Bassols, apodado en los medios financieros de Barcelona como el Taumaturgo. Bassols era quien controlaba la mayor parte de las operaciones. En 1988, Salvador Forcadell decidió abandonar, por razones de edad, todos sus cargos en su grupo inmobiliario, Fincas Forcadell. También se apartó del día a día de BFP. Una decisión que dejaba el camino expedito a Planasdemunt y a Bassols para administrar a su voluntad las enormes sumas de dinero que entraban en la caja de BFP.

Un año después, Ramon Trias Fargas, que volvía a ocupar el Departamento de Economía de la Generalitat, sufrió una pérdida importante. En 1988, el Gobierno autonómico de Pujol había creado un instituto de crédito oficial, el Institut Català de Finances (ICF). Trias había puesto al frente del ICF a un economista de prestigio con fama de honesto, Josep Maria Muntané Pasqual. Demasiado honesto. El director general del ICF no veía con buenos ojos las órdenes arbitrarias de concesión de créditos y avales a empresas que no eran merecedoras de ello. Un detalle sin importancia que se obviaba cuando la orden venía del consejo de administración del ICF, presidido por el secretario general de la Presidencia, en aquella época nada menos que Lluís Prenafeta.

Muntané se hartó de protestar y en junio de 1989 presentó su dimisión irrevocable. Trias tenía un problema. Y recurrió a un viejo conocido: Jordi Planasdemunt. El entonces síndico de la Bolsa de Barcelona estaba encantado de que la Administración autonómica decidiera reparar la ofensa que le había infligido en 1983. Para mayor satisfacción, Planasdemunt iba a ver como el hombre que había provocado su dimisión como consejero, Josep Maria Cullell, intentaba aliviar la profunda depresión en la que había caído tras perder por segunda vez las elecciones municipales, en 1991, contra Pasqual Maragall trabajando en el despacho personal de Javier de la Rosa.

Planasdemunt no tomó posesión del cargo de director general del Institut Català de Finances hasta el 12 de enero de 1990. Para entonces, su principal avalista en el Gobierno de la Generalitat había fallecido. Trias Fargas cayó fulminado por un infarto durante un mitin electoral de Convergència i Unió para las generales de octubre de 1989 en Mataró.

El sustituto de Trias en el Departamento de Economía de la Generalitat iba a ser el polivalente y omnipresente Macià Alavedra. Planasdemunt tenía muchos menos escrúpulos que Muntané. De hecho, bajo su mandato el volumen de créditos y de avales concedidos por el Institut Català de Finances no dejaron de multiplicarse. De los 1.879 millones de pesetas (11,3 millones de euros) concedidos, entre créditos y avales, durante todo el ejercicio de 1989, el último de Muntané Pascual al frente del instituto, el ICF pasó a conceder, en 1990, el primer ejercicio completo de Planasdemunt al frente del instituto, 6.772 millones de pesetas (40,7 millones de euros). Y, en 1991, la cifra ascendió a 9.863 millones de pesetas (60 millones de euros). Ese año, las cifras de morosidad se dispararon hasta incrementarse en un 188 por ciento.[13] Algo que no parecía preocupar demasiado al nuevo consejero de Economía de la Generalitat, Macià Alavedra.

Su cargo como director general del ICF, además, servía como garantía a los inversores que acudían a depositar sus aho-

13. Memorias de actividad del Institut Català de Finances de los ejercicios de 1989, 1990 y 1991.

rros en BFP de que las operaciones eran legales y estaban respaldadas por la Generalitat. Aunque no fuera así. Planasdemunt *había olvidado* dimitir como miembro del consejo de administración de BFP cuando asumió la dirección general del ICF. De hecho no lo haría hasta el mes de febrero de 1992. Cuando empezaron a complicarse las cosas para la compañía financiera.

Entre mayo y junio de 1992, algunos de los inversores de BFP empezaron a preocuparse por la evolución de sus cuentas en la sociedad. Las rentabilidades habían caído en picado y todo parecía indicar que algunos de los pagarés de las grandes corporaciones que respaldaban las operaciones eran falsos.

Dos de las principales empresas de las que procedían los pagarés, Dinamyc y Anglo Naval Industrial (Anisa), habían empezado a resentirse de la crisis industrial que los fastos de 1992 estaban disimulando y presentaron expediente de suspensión de pagos. Y, sin embargo, seguían emitiendo pagarés de supuestos trabajos encargados por las grandes corporaciones industriales al mismo ritmo de siempre. Algo olía a podrido en aquellas operaciones.

Finalmente, en julio de ese año, cuando toda Barcelona estaba pendiente de las dos semanas que iban a colocar a la ciudad en las televisiones de todo el mundo gracias a los Juegos Olímpicos, un grupo de inversores presentó una denuncia en la Jefatura Superior de Policía de la capital catalana. Uno de los denunciantes era Enric Triay, un ex inspector de Hacienda que había servido a las órdenes de un viejo conocido de Pascual Estevill, el jefe regional de la Inspección en Cataluña Josep Maria Huguet.

La denuncia fue a parar al Juzgado de Instrucción número 26 de Barcelona, el de Lluís Pascual Estevill. El magistrado, que no veía en aquella denuncia posibilidad alguna de sacar partido, la dejó de lado.

Hasta septiembre de 1992. Fueron los propios responsables de BFP los que se anudaron la soga al cuello. Para contrarrestar el efecto de las denuncias, presentaron una querella contra una de las empresas que les suministraban los pagarés: Anisa. La querella no fue al reparto. Se acumuló en el Juzgado de Instrucción de Estevill porque ya estaba investigando la denuncia de los inversores contra la propia BFP y una querella de los trabajadores de Anisa contra los gestores de la compañía. El 15 de septiembre de 1992, Estevill citó a declarar a los administradores de Anisa, Francisco Esteve Corbella y su hijo Francisco Esteve Head. Las declaraciones de ambos inculpados se prolongaron durante más de siete horas. Al parecer, alguien les había advertido sobre la ferocidad del juez Estevill. Porque se presentaron a declarar asistidos por el abogado Jaime Piqué Mariné, uno de los socios del bufete del propio Estevill. Sin embargo, los Esteve no entendieron el mensaje que habían recibido de boca del juez y de sus socios. El asunto se podía arreglar por una módica cantidad.[14] El *Lobo* fue cortés con los Esteve. Pero al término de sus respectivas declaraciones ordenó que padre e hijo ingresaran en la prisión, de forma incondicional, sin posibilidad alguna de eludir el encarcelamiento bajo fianza.

Los Esteve estaban convencidos de que el trabajo que hacían para BFP era algo más que simples operaciones financieras y se sintieron profundamente traicionados. Llevaban años trabajando para Planasdemunt y Bassols y ahora les entregaban. Había llegado el momento de cantar la gallina.

Hicieron caer a Jordi Planasdemunt en el centro de la Telaraña del *Lobo*. Sí, habían emitido pagarés incobrables. Sí, Planasdemunt estaba al tanto de todo. Sí, Bassols era el cerebro financiero, pero Planasdemunt era el jefe de la trama. No, no sabían

14. Declaración de Francisco Esteve Head ante la Sala Civil y Penal del Tribunal Superior de Justicia de Cataluña.

qué habían hecho con el dinero que los inversores les habían entregado a cambio de los pagarés. Ellos no lo habían recibido.

Las declaraciones de los Esteve llegaron a oídos de Macià Alavedra, que, inmediatamente, exigió a Planasdemunt su carta de dimisión. Alavedra sabía que el caso estaba en manos del implacable Lluís Pascual Estevill. También conocía su obsesión por inculpar a miembros destacados de Convergència i Unió.

Ya lo había hecho durante su breve etapa como titular del Juzgado de Instrucción número 5 de Terrassa. Alavedra conocía además a Salvador Forcadell y sabía que ya en mayo había denunciado a sus socios porque no veía claro qué demonios estaban haciendo con el dinero que captaban. Fueran auténticos o no los pagarés, el dinero que entraba en la caja de BFP entregado por los inversores debía de estar en alguna parte. Y, desde luego, él no había visto ni un duro. Pero Planasdemunt debía de tener alguna baza. Se negó a firmar su carta de dimisión en todas las ocasiones en las que se lo pidió Alavedra. Si querían que abandonara el cargo tendrían que destituirle. Y atenerse a las consecuencias. Alavedra decidió jugársela. No sabía exactamente cuál era el as en la manga que pudiera tener Planasdemunt. Pero había que arriesgarse. Y le entregó. Al fin y al cabo, afirmaría años más tarde, «era un hombre de Trias Fargas», no uno de los suyos.

29 de septiembre de 1992. El *Lobo* empieza a preparar uno de sus momentos de gloria. Tiene un suculento insecto atrapado en la Telaraña y no va a dejarlo escapar. Ese día, Estevill ordena a la policía judicial que detenga a Jordi Planasdemunt en la sede del Institut Català de Finances.

El ex *conseller* fue conducido a las dependencias del Juzgado de Instrucción número 26 de Barcelona donde le esperaba un auténtico calvario. Planasdemunt requirió los servicios de uno de los abogados más conocidos y prestigiosos de la ciudad, Juan José Folchi, por entonces uno de los hombres de confianza de Javier de la Rosa. Pero no le serviría de nada. Se había equivocado de abogado. Debía elegir a uno próximo a De la Rosa, pero no precisamente a Folchi.

La presa valía más detenida y en el Juzgado que en libertad, por mucho dinero que pudiera ingresar en las cuentas suizas del juez Estevill. El *Lobo* iba a atornillar a Planasdemunt hasta que confesara adónde habían ido a parar los casi 6.000 millones de pesetas que BFP había captado de los inversores y que no aparecían por ninguna parte. Estevill había exprimido tanto como pudo a Joan Bassols y había llegado a la conclusión de que aunque el financiero dominaba todos los mecanismos de la compañía para conseguir el dinero, sólo Planasdemunt conocía el destino de los fondos.[15]

En cuanto Estevill tuvo a Planasdemunt en su poder, no mostró piedad. A pesar de sus 64 años, el director general del Institut Català de Finances fue tratado como un auténtico delincuente. Folchi no daba crédito a lo que estaba viendo. Hacía muchos años que no había visto a un juez dispensar un trato como aquél a un detenido. El abogado protestó enérgicamente, pero, tras la advertencia del juez de que si seguía por ese camino su cliente lo iba a pasar mucho peor, decidió hacer todo lo que pudiera fuera de los juzgados.

Estevill mantuvo detenido a Planasdemunt hasta el límite legal, 72 horas. Cumplidos los tres días entre los calabozos y el

15. Bassols aseguró en una entrevista mantenida con el autor en abril de 1997 en la prisión de Can Brians que Jordi Planasdemunt era la única persona que sabía cuál había sido el destino final del dinero. Aunque compartieron prisión, el ex consejero jamás confesó a su antiguo colaborador qué había hecho con aquellos casi 6.000 millones de pesetas. Cuando pregunté al financiero si se trataba de un mecanismo de financiación irregular de Convergència Democràtica se encogió de hombros y aseguró: «Sólo Jordi lo sabe y, por alguna razón, guarda silencio».

Juzgado de Instrucción número 26 de Barcelona, el *Lobo* encarceló al ex consejero de la Generalitat. Nadie sabe si finalmente Estevill logró en algún momento que Planasdemunt le confesara adónde habían ido a parar los 6.000 millones de pesetas o si una parte del dinero había ido a financiar gastos electorales de Convergència i Unió. Oficialmente, Planasdemunt no soltó prenda.

La instrucción prosiguió, pero por muy poco tiempo. Estevill encarceló durante unos días, tres semanas concretamente, a Salvador Forcadell. Pero su corazón no lo resistió y apenas un año más tarde murió como consecuencia de una crisis coronaria.

La mujer de Forcadell, Carmen Company, que fue inculpada en el procedimiento, fue una de las que se llevaron la peor parte. Carmen Company sufre una pequeña disminución de oído. Estevill se desgañitó el día que interrogó a la mujer de Forcadell. Los gritos, los insultos y las amenazas se oían no sólo desde el pasillo, sino desde la planta baja de los juzgados (el Juzgado 26 está en la tercera). Al concluir su declaración, la esposa de Salvador Forcadell también fue conducida a la prisión.

Sin embargo, la investigación concluyó después de uno de los encuentros más importantes que mantendría Estevill en su carrera como juez de instrucción. El 22 de octubre, Estevill, acompañado del fiscal adscrito al Juzgado de Instrucción número 26, Xavier Balaguer, acudió al edificio de la Rambla de Catalunya que alberga las dependencias del Departamento de Economía de la Generalitat. El *Lobo* iba a interrogar a Macià Alavedra, uno de los consejeros de mayor peso del Gobierno de Jordi Pujol. Había llegado el momento de comprobar si la Telaraña resistiría el peso de Alavedra. El *conseller* se dejó atrapar, pero, mientras estuvo preso de los acerados pero viscosos hilos de la tela de araña, siempre estuvo bien alimentado.

El principio de una gran relación

La cosa no podía haber empezado peor. El despacho del *conseller* de Economía de la Generalitat, en la octava planta del edificio del número 12 de la Rambla de Catalunya de Barcelona, está primorosamente decorado. Carísimos muebles de estilo parisino llaman poderosamente la atención en el despacho personal del consejero. La sala de juntas es más amplia, más funcional. Sirve tanto para reuniones con múltiples asistentes como para ofrecer almuerzos o cenas. En esa sala, presidiendo la mesa de juntas esperaba Macià Alavedra la visita de Lluís Pascual Estevill y del fiscal Xavier Balaguer, para ser interrogado sobre las actividades de su subordinado Jordi Planasdemunt. Los consejeros de la Generalitat tienen el privilegio de ser interrogados en su propio despacho oficial cuando son citados a declarar por un magistrado.

Puntuales como un reloj, juez y fiscal se presentaron en la *conselleria* a las 13 horas del 22 de octubre de 1992. Fueron acompañados por el propio jefe de gabinete de Alavedra, un siniestro y autoritario ex periodista llamado Xavier Valls, y por un ujier. El ujier y Valls llamaron a la puerta del consejero y anunciaron a los esperados e incómodos visitantes.

Alavedra los hizo pasar e hizo un gesto a Valls para que le dejaran a solas con sus dos *invitados*. Sin levantarse, tal como marca el protocolo, el consejero, máxima autoridad entre las tres personas que se encontraban en la habitación utilizó una fórmula cortés para invitar al juez y al fiscal a tomar asiento:

–Por favor –dijo Alavedra–, tomen asiento, están ustedes en su casa.

–Ya que lo menciona –le contestó con un punto de soberbia Estevill–, le rogaría que puesto que soy yo el magistrado y usted la persona que va a ser interrogada, me cediera su silla en la presidencia de la mesa. ¡Ah! Y me gustaría que me sirvieran un whisky en copa y sin hielo, por favor. Xavier, ¿tú quieres algo? –preguntó Estevill al fiscal.[16]

El fiscal, avergonzado por la actitud del magistrado, se limitó a negar con la cabeza. Mientras tanto, Alavedra, rojo de cólera y apenas sin poder contener su indignación, se levantó de su asiento para que tomara posesión de él Lluís Pascual Estevill.

Él mismo se dirigió a la puerta para pedir a su secretaria que alguien sirviera la copa que había pedido el juez. El magistrado no le gustaba nada. Por su culpa, la oposición había exigido la dimisión de Alavedra en repetidas ocasiones en las últimas semanas. Además, puesto que Planasdemunt había incurrido en actividades incompatibles al permanecer en el consejo de administración de BFP mientras ejercía como director general del ICF, algunos periodistas habían estado indagando si otros miembros de la Administración autonómica habían incurrido en incompatibilidades. ¡Por el amor de Dios! Si hasta la agencia Efe se había permitido el lujo de investigarle a él, Macià Alavedra. Y lo que es peor, los reporteros de la agencia oficial de noticias habían descubierto que el consejero de Economía también había incurrido en incompatibilidades al alternar su cargo en el Gobierno catalán con su pertenencia a los consejos de administración de las compañías Metrelec y Metrega, dedicadas a la fabricación de contadores de gas y electricidad para consumo doméstico.[17]

Alavedra era fundador de ambas compañías y siguió siendo accionista de Metrelec y Metrega hasta septiembre de 1995. El consejero atribuyó que el Registro Mercantil de Barcelona no

16. Conversación del autor con fuentes de la Fiscalía de Cataluña.

17. El 8 de octubre de 1992, los periodistas de la agencia Efe Leandro Lamor y Marcos Lamelas enviaron por la red un despacho en el que informaban de las incompatibilidades en las que había incurrido el consejero de Economía.

hubiera anotado su dimisión como administrador de las empresas a un «error mecanográfico». Los informes de los juristas del Gobierno de la Generalitat y el público apoyo expresado a Alavedra por Jordi Pujol en aquellas semanas habían aliviado la presión. Pero el consejero no estaba demasiado satisfecho con los resultados del trabajo de Pascual Estevill.

El interrogatorio, sin embargo, fue un camino de rosas. Apenas duró media hora. Alavedra se limitó a afirmar que desconocía los negocios privados de Planasdemunt, que a su juicio la gestión del ex consejero al frente del Institut Català de Finances era irreprochable y que no tenía noticia de que las empresas vinculadas a BFP hubieran recibido trato de favor del instituto de crédito oficial de la Generalitat catalana.

Estevill dio por buena la declaración del consejero, se despidió cordialmente y se dispuso a dar carpetazo definitivo al asunto. La escasa media hora del interrogatorio de Estevill a Alavedra, sin embargo, a pesar del mal pie con el que había empezado, fue el origen de una larga y fructífera relación que perseguiría a ambos personajes hasta el final de sus respectivas carreras. Ambos finales se fraguaron probablemente aquella mañana. Los dos vieron como se esfumaban sus días de gloria por su relación con el Clan de los Mentirosos; por haber contribuido a tejer la telaraña de corrupción que dominó Barcelona e influyó poderosamente en España hasta 1995.

Por lo que respecta al sumario de BFP, tras la declaración de Alavedra, Estevill había reunido pruebas más que suficientes para someter a Planasdemunt y a Bassols a un juicio por una estafa multimillonaria. ¿Para qué investigar más?

Al *Lobo*, el caso, sin embargo, aún le reservaba un placer que no iba a rechazar. Salvador Forcadell era un destacado accionista del Banco Popular y el magistrado había citado a declarar a uno de los dos copresidentes de la entidad financiera Luis Valls

Taberner para el 27 de octubre. Ésa sería una de las últimas diligencias que Estevill practicaría en el *caso Planasdemunt*.

Valls Taberner acudió a la llamada de Estevill. Su declaración fue totalmente exculpatoria para Forcadell y para su mujer, Carmen Company. Ese mismo día, fueron puestos en libertad.

Y, prácticamente, se acabó el caso. En 1994 la Audiencia de Barcelona condenó a Planasdemunt y a otras nueve personas por estafa. Salvador Forcadell había fallecido antes de que se celebrara la vista oral. El ex consejero apenas cumplió dos años de confinamiento y murió de cáncer el 6 de octubre de 1998. Carmen Company fue exonerada.

La instrucción del *caso Planasdemunt* se realizó a una velocidad de vértigo. Tan deprisa que nadie ha aclarado adónde fueron a parar los 6.000 millones de pesetas propiedad de los inversores que habían desaparecido misteriosamente de las cuentas de BFP sin que hubiera el más mínimo indicio de qué camino habían recorrido. Y sin que el magistrado encargado de la investigación demostrara interés alguno por esclarecerlo.

Lluís Pascual Estevill tenía mucha prisa a finales de octubre de 1992 por quitarse de encima cuanto antes la instrucción del *caso Planasdemunt*. A esas alturas, Juan Piqué Vidal, los directivos de la Asociación para la Defensa del Accionista Enric Casany y Alberto Salazar, el abogado de Fecsa Juan Vives Rodríguez de Hinojosa y el presidente de la eléctrica, Luis Magaña, ya estaban negociando con el titular del Juzgado de Instrucción número 26 de Barcelona los pormenores del escándalo que iban a hacer estallar menos de un mes después. El *caso Macosa*, en el que se verían implicados el ex subsecretario de Industria socialista Eduardo Santos y el banquero Alfonso Escámez.

Un investigador peronista

Ricardo Stockdale es un curioso personaje. Tiene ese encanto meloso de los argentinos y es un gran conversador. Puede resultar tan encantador como sinuoso; tan buen conversador como oscuro es su pasado. Tal vez sea cierto que en algún momento haya trabajado para la prestigiosa agencia de investigación norteamericana Kroll, aunque resulte difícil imaginar a la prestigiosa corporación estadounidense confiando sus asuntos a un personaje que trabaja en un sótano sin luz ni apenas ventilación en la calle Nilo Fabra de Barcelona. Pero con Stockdale uno nunca sabe hasta qué punto no está fabulando para concentrar la atención de su interlocutor en el asunto que le interesa y hasta qué punto está diciendo la verdad.

Peronista hasta la médula –con un pasado montonero[18] tan difícil de probar como de poner en duda–, lo que sí es absolutamente cierto es que Stockdale fue contratado por Carmen Company, la esposa de Salvador Forcadell, en abril de 1993 para intentar limpiar el buen nombre de su marido.

De los informes que Stockdale envió a su cliente aquel mes de abril se desprenden dos conclusiones fundamentales. La primera es que Forcadell fue traicionado por su hija y entregado a las garras del *Lobo* con el único objetivo de debilitarle y apartarlo definitivamente de la gestión de Fincas Forcadell, a pesar de que Carmen Forcadell Company, la *pubilla*, ya era la primera ejecutiva del grupo Forcadell en 1988.

La segunda de las conclusiones de Stockdale es mucho más jugosa. BFP no era sólo una gestora de patrimonios; era la ta-

18. Los montoneros fueron los componentes del movimiento juvenil que apoyó el regreso de Perón a Buenos Aires en 1970 y que pronto se vieron decepcionados por la debilidad del carácter que había sufrido el general, ya anciano y en manos de su segunda esposa, Isabel Martínez, y de la ultraderecha militar representada por el general Jorge Viola.

padera para obtener abundante liquidez con la que financiar actividades cuyo secreto Jordi Planasdemunt se llevó a la tumba en 1998.

¿Financiación irregular de Convergència Democràtica? Tal vez. A esas alturas ya se había descubierto el *caso Casinos*, el mecanismo por el que el partido de Jordi Pujol obtenía fondos irregularmente de Inverama-Casinos de Catalunya, el emporio liderado por Artur Suqué –cuyo abogado y hombre de confianza ha sido y sigue siendo Juan Piqué Vidal– que gestiona todos los casinos de Cataluña. Y BFP era una buena alternativa.

Sin embargo, cuando Dinamyc[19] y Anisa suspendieron pagos y empezaron a no responder a los pagarés que habían emitido contra las facturas de las grandes corporaciones, el entramado podía ver la luz en cualquier momento. Stockdale sostiene que nunca hubo pagarés falsos. Toda la documentación era auténtica. Simplemente, las empresas dejaron de responder a los pagos. Y amenazaban el verdadero objeto social de BFP. Un trabajo que ni siquiera el cerebro financiero de la compañía, Joan Bassols, conoce.

En los años ochenta BFP generaba suficiente rentabilidad como para pagar elevados intereses a los inversores y alimentar alguna maquinaria electoral. A principios de los años noventa, la crisis económica alteró profundamente esas circunstancias.

Stockdale sigue defendiendo hoy en día la honestidad y honorabilidad de sus clientes, el desaparecido Salvador Forcadell y su viuda Carmen Company. El investigador argentino siempre ha hecho responsable de las tropelías supuestamente

19. Durante su primera época, esta empresa dedicada a la fabricación de lubricantes y líquido de frenos que trabajaba prácticamente en exclusiva para SEAT estuvo administrada por Enrique Lacalle, el padre del dirigente *popular* vinculado a Javier de la Rosa que acabó presidiendo el Consorcio de la Zona Franca de Barcelona. Cuando se convirtió en proveedora de papel bancario de BFP estaba administrada por Francisco Pujadas, que ha cumplido condena por estafa por el *caso Planasdemunt*.

cometidas en BFP a Jordi Planasdemunt y, sobre todo, a Joan Bassols.

Sin embargo, su versión coincide, casi punto por punto, con la que ofreció al autor el propio Joan Bassols en el módulo de visitas de la prisión de Can Brians el 13 de abril de 1997.

La prisión de Can Brians es uno de los orgullos del Departamento de Justicia de la Generalitat catalana. Y no es para menos. Desde fuera cumple todos los requisitos de un modelo penitenciario pensado para la reinserción de los reclusos, no para su castigo. De hecho, si uno no sabe que el recinto alberga un penal, al verlo por fuera llegaría a la conclusión de que se trata de las instalaciones de un colegio. La cosa cambia sustancialmente cuando uno traspone la puerta principal.

Anna Bassols, hija del financiero Joan Bassols, tenía 19 años cuando, por indicación de su padre, se puso en contacto conmigo a primeros de abril de 1997. El 13 de febrero de ese año, Estevill había sido encarcelado por el juez Antoni Bruguera acusado de prevaricación, cohecho y detención ilegal. Joan Bassols quería conocerme y explicarme su versión del *caso Planasdemunt*. Todo el mundo hablaba de los delitos cometidos por el *Lobo* durante la instrucción del *caso Macosa*, del *caso Bertrán de Caralt* o de la querella contra el grupo Olabarría. Pero nadie hablaba de los pagarés falsos del *caso Planasdemunt*.

La joven hija del financiero me trajo una carta de Joan Bassols cuando nos vimos. El *taumaturgo* me adelantaba en la misiva que tenía intención de revelarme las supuestas irregularidades cometidas por Estevill y su banda durante la instrucción del *caso Planasdemunt*. El sumario del caso había sido manipulado por Estevill. El caso, conocido de antemano por el magistrado, se había convertido en sus manos en una pantomima de investigación judicial.

Bassols me rogaba que el próximo domingo acompañara a su mujer y a su hija a visitarle al penal. Allí, durante la breve media hora que dura la visita semanal, me contaría detalles que no podía adelantarme por carta.

Así que el domingo 13 de abril de 1997, exactamente dos meses después de que el temido Estevill ingresara en prisión, fui a la prisión de Can Brians para escuchar el testimonio de una de las pocas personas que habían sido condenadas a raíz de un caso instruido por el *Lobo.*

La prisión, en un domingo por la mañana, está a menos de 20 minutos de Barcelona en coche. La familia de Bassols había decidido que entrara en el centro penitenciario como amigo del financiero, a pesar de que no nos habíamos visto jamás. Una entrevista formal como periodista habría requerido, al menos, el conocimiento previo de la Dirección General de Instituciones Penitenciarias de la Generalitat, controlada por uno de los funcionarios más vicarios de Convergència i Unió de toda la Administración autonómica, Ignasi García Clavel. Y Bassols no quería arriesgarse.

El *mosso d'esquadra* de la puerta de la prisión tenía mi nombre en la lista de visitas y pude franquear el umbral sin problema alguno. En la sala de espera coincidí con las hermanas del industrial textil Josep Puigneró, que cumplía una pena de cuatro años de prisión por delito ecológico desde hacía tan sólo unos meses.

También estaban allí la mujer y la hija de Bassols. Cuando nos tocó el turno, fuimos conducidos al módulo de comunicaciones. Del otro lado de una cabina blanca, inmaculada, pero separado por un grueso cristal me esperaba Joan Bassols.

Me entregó una nueva carta, en esta ocasión fechada el 25 de marzo, con el ruego de que publicara su contenido en *El Mundo.*[20] Pero durante la escasa media hora que duró la visita me adelantó el contenido de la misiva:

20. *El Mundo* del 16 y 17 de abril de 1997.

–Estevill conocía de antemano todos los pormenores del caso. De hecho, con la complicidad de Juan Piqué Vidal, se había fijado como objetivo, ya en marzo de 1992, procesar a Jordi Planasdemunt por estafa en relación con el asunto de los pagarés de BFP.

–Pero, ¿por qué Planasdemunt? –repliqué–. No parece especialmente rico. Además, Piqué nunca intervino en el procedimiento.

–Directamente, no –me atajó Bassols–, lo hizo a través de Sebastià Sastre, el jefe de los servicios jurídicos de La Caixa. Es un secreto a voces que Sastre es un hombre de Piqué.

–Tal vez –insistí–, pero ¿qué interés podían tener Piqué Vidal y Pascual Estevill en procesar a un alto funcionario del Gobierno de la Generalitat, ex consejero para más inri? No parece que sus relaciones con los socialistas hayan sido buenas jamás. De hecho, ambos son hombres de Convergència.

–Para hacer méritos ante la Generalitat.

Para mí era difícil de imaginar cómo procesar a un ex consejero del Gobierno de Pujol podía ser considerado meritorio por el Ejecutivo catalán.

–Las denuncias ya habían sido presentadas –continuó Bassols–, la cosa se nos estaba escapando de las manos. Para ellos [la Generalitat y Convergència] era vital que la instrucción fuera a parar a Estevill y no a otro juez. Sólo él dejaría de lado algunos aspectos de la investigación que cualquier otro juez habría escudriñado hasta la extenuación. Todos obtuvieron lo que quisieron. Fue una explosión controlada. A pesar de la imagen de dureza que ofreció Estevill, todo estaba amañado. Los Esteve nos incriminaron a Jordi [Planasdemunt] y a mí, pero sólo hasta cierto punto. Sólo en el aspecto financiero. Y le puedo asegurar que BFP era un asunto político. Estevill estaba haciendo méritos ante la Generalitat. Se garantizó así que dos años más tarde le propondrían como vocal del Consejo General del Poder Judicial. A mí ya me da igual. Yo ya he sido condenado y he cumplido buena parte de la pena. Pero fuimos cabezas de turco. Especialmente Jordi.

Cuando le pregunté a Bassols si BFP había estado financiando ilegalmente a Convergència, eludió darme una respuesta directa.

–Sólo lo sabe Jordi.

–Pero Planasdemunt está en esta misma prisión, tienen ustedes forzosamente que coincidir, aunque sea en el patio. ¿Nunca han hablado del asunto? –inquirí de nuevo.

–Se lo he preguntado cientos de veces –contestó Bassols–. Nunca responde. La verdad es que está muy deprimido. Pero o realmente no sabe nada, o no quiere incriminarse en un nuevo asunto, ahora que la Fiscalía está revisando los casos que fueron instruidos por Estevill.

Los funcionarios penitenciarios dieron la entrevista por concluida. Se había cumplido la media hora reglamentaria. Publiqué el contenido de las misivas de Bassols en el periódico. Nunca he vuelto a saber del financiero.

El *caso Macosa*. Asalto al Banco Central

El viejo banquero Alfonso Escámez tiene un concepto casi divino de la Justicia. De la misma forma que «lo que el Cielo te da, el Cielo te puede quitar», lo que te brinda la Justicia te lo puede arrebatar la ciega dama de la balanza de un plumazo.

El marqués de Águilas, banquero del rey[21] desde los años se-

21. Alfonso Escámez fue nombrado en 1976 senador por designación real en la primera Cámara Alta que se constituyó durante el período constituyente de la actual democracia española.

tenta hasta la sustitución en enero de 1992 del secretario general de la Casa Real, el teniente general Sabino Fernández Campos, por el civil vinculado a Mario Conde Fernando de Almansa, había hecho un largo camino para convertirse en presidente del Banco Central.

Había ingresado como botones a los 12 años en la oficina de una de las filiales del banco, el Internacional de Industria y Comercio, en su localidad natal de Águilas (Murcia). En los primeros años setenta ya era uno de los ejecutivos imprescindibles del banco, pero ni soñaba con la presidencia de la entidad. El viejo e histórico presidente del Central, Ignacio Villalonga, iba a ser sustituido, como no podía ser de otra manera, por su hijo José Ignacio, vicepresidente de la entidad financiera. En aquella época, una designación de esas características se consideraba prácticamente vitalicia.

De no haber sido por la policía. Una mañana de 1973, durante una redada en un conocido local madrileño de homosexuales donde los *grises* sospechaban que se practicaban abusos de menores, fue detenido José Ignacio Villalonga de Jáudenes.[22] Su padre aún vivía y presidía el banco. Pero aquel suceso no sólo frustró la carrera bancaria del hijo de uno de los banqueros más legendarios del país, sino que acabó con su matrimonio con Gloria March y con la posibilidad de que ambos iniciaran una estirpe financiera que hoy sería la más poderosa de España.

Ignacio Villalonga falleció ese año. Y Alfonso Escámez se convirtió en el presidente del Banco Central y, durante los siguientes 20 años, en el banquero más poderoso de España.

Casi dos décadas después, cuando Escámez había completado el proceso de fusión del Central con el Banco Hispano Americano y su cargo de presidente era poco más que honorí-

22. José María Zavala y Juan José Morodo, *El último magnate. Alfonso Escámez, de botones a presidente*, Pirámide, Madrid, 1990.

fico, un escándalo, en esta ocasión económico, amenazaba con mancillar su larguísima trayectoria profesional e incluso con poner en peligro el puesto que había mantenido para sí como retiro, la presidencia de la petrolera de la entidad, Cepsa. Un grupo de pequeños accionistas había presentado una querella en noviembre de 1992 contra el equipo directivo de una de las empresas vinculadas al banco, Macosa. La instrucción había recaído –una nueva casualidad– en el juzgado del temido e implacable Lluís Pascual Estevill. En manos del *Lobo*, un caso como aquél podía acabar por incriminar a Escámez en un escandaloso procedimiento judicial que haría correr ríos de tinta.

Maquinaria y Construcciones SA (Macosa) fue un quebradero de cabeza para Alfonso Escámez y para el Banco Central desde que, a petición del ministro de Industria de la época, Carlos Solchaga, la entidad se comprometió en 1985 a entrar en el capital de la empresa de construcción de material ferroviario y a contribuir financieramente a reflotarla.[23]

Para 1987, el Central había enterrado 10.000 millones de pesetas (60 millones de euros) en créditos ventajosos a Macosa. La compañía estaba en quiebra técnica y al borde de la suspensión de pagos. El compromiso del Banco Central con Solchaga le estaba costando ya demasiado caro al banquero de Águilas. Además, el consejo de administración del banco en el que se estaban preparando para desembarcar personajes como *los Albertos*,[24] acompañados del siniestro Javier de la Rosa, representante de KIO, el socio de los primos en Cartera Central, la sociedad patrimonial que alcanzaría el 12,5 por ciento de las acciones del

23. Félix Martínez, *Los Señores de Barcelona*, La Esfera de los Libros, Madrid, marzo de 2002, pp. 167 a 177.

24. Alberto Cortina y Alberto Alcocer.

Central,[25] le estaban complicando la vida al viejo banquero murciano.

A Escámez le habían hablado de un buen amigo de Solchaga, su ex subsecretario de Industria Eduardo Santos, que se había pasado al sector privado y estaba haciendo maravillas reflotando otra empresa emblemática del sector metalúrgico español que había entrado en barrena en una crisis colosal, la cántabra Nueva Montaña Quijano.

El banquero pidió al consejero delegado de la entonces Fomento de Obras y Contratas (Focsa),[26] Guillermo Visedo, que le organizara un encuentro con Santos. A finales de mayo de 1987, el ex subsecretario socialista de Industria acude a la Moraleja, a la mansión de Alfonso Escámez. El objeto de la invitación es jugar un partido de frontón y almorzar para conocerse.

Durante el aperitivo posterior al partido, Escámez le plantea a Santos su propuesta a tumba abierta. Quiere que el ex alto cargo socialista metido a empresario se ocupe de reflotar Macosa. El banco no iba a mostrar prisa alguna por recuperar los 10.000 millones de pesetas en créditos que había enterrado en la compañía. Pero se habían acabado los préstamos.

El murciano confesó a Santos que muy a su pesar se veía obligado a *cerrar el grifo*. Macosa contaría con el apoyo del Central para lo que fuera, menos para obtener nuevos préstamos. Ni un duro más. Por eso necesitaba a un personaje como Eduardo Santos, muy bien relacionado con las autoridades del Ministerio

25. El 1 de enero de 1988 se constituyó Cartera Central, una compañía participada al 50 por ciento por los Albertos, en representación de los intereses de sus respectivas esposas, las hermanas Alicia y Esther Koplowitz y por el Grupo Torras, el *buque insignia* de las inversiones de la Kuwait Investment Office (KIO) en España, dirigido con plenos poderes por Javier de la Rosa.

26. Las hermanas Koplowitz, tras separarse de sus respectivos maridos, los Albertos, concentraron sus actividades de construcción y servicios bajo el paraguas del grupo Fomento de Construcciones y Contratas (FCC).

de Industria, que por aquel entonces ya estaba dirigido por Luis Carlos Croissier. A partir de ese momento debían ser las subvenciones y la imaginación de Santos las que soportaran la frágil estructura de Macosa.

Un Eduardo Santos reticente aceptó estudiar la oferta del que con el tiempo se convertiría por decisión del rey Juan Carlos I en marqués de Águilas. Tras echar un somero vistazo a los libros de la compañía, Santos telefoneó a Escámez y le dio el sí quiero. No sólo era posible resolver el problema; se podía hacer negocio con Macosa. La empresa cotizaba en Bolsa. Y, en contra de lo que pudiera parecer, eso era una ventaja. El viejo banquero no daba crédito a lo que oía a través de la línea telefónica. Pero Santos, conocido entre otras cosas por su cociente intelectual de 150 puntos y con excelentes relaciones con el ya ministro de Economía, Carlos Solchaga, parecía saber perfectamente de qué hablaba.

En menos de cinco años, Eduardo Santos había solventado el problema de Macosa para el Central. La compañía no era ni mucho menos la misma. Pero los 10.000 millones de pesetas habían sido devueltos al banco y Santos y su mano derecha en Macosa, Federico Albiñana, se habían hecho milmillonarios con la gestión de la empresa.

Bajo la batuta de Santos y de Albiñana, Macosa se convirtió en otra empresa. Los nuevos ejecutivos de la compañía tenían carta blanca del presidente del Banco Central y del Gobierno socialista de la época para hacer y deshacer a su antojo con los activos de la compañía. Y vaya si lo hicieron.

Ya lo habían hecho con Nueva Montaña Quijano. A pesar de que en un principio reflotar la compañía productora de acero parecía una misión imposible, Santos se benefició de sus buenas relaciones con el equipo económico del Gobierno socialista de Felipe González. Antes de aceptar la oferta de Alfonso Escámez para presidir Macosa, de hecho, ya había resuelto el problema de la empresa cántabra. A Santos nunca le ha temblado el pulso a la hora de poner en práctica reconversiones industriales, o, lo que es lo mismo, su formación marxista leninista no le impidió nunca firmar los documentos que ratificaban los despidos masivos de trabajadores. Si lo había hecho desde la Administración con escasas justificaciones, desde el sector privado no había motivo alguno para pensárselo dos veces.

Y aún menos si el elevado precio de los recortes de plantilla corría a cargo de los presupuestos del Ministerio de Industria en el que Santos se había formado como avezado gestor y cuya dirección tenía plena confianza en sus capacidades. Tanta era la confianza que no le pusieron problema alguno para otorgarle 3.000 millones de pesetas (18 millones de euros) en subvenciones para reflotar el paquebote en el que se había convertido NMQ.

La compañía estuvo envuelta para regalo en un abrir y cerrar de ojos. Los hermanos catalanes Rubiralta, a través de su compañía metalúrgica CELSA, vieron enseguida la oportunidad de negocio y compraron NMQ. Una operación que convertiría a Santos en millonario.

Macosa parecía una misión más complicada. Iba a resultar más difícil obtener subvenciones y el viejo Escámez había dejado perfectamente clara cuál iba a ser la actitud del Central: todo el apoyo moral, ni un solo crédito más.

Santos y Albiñana, sin embargo, se llevaron una agradable sorpresa cuando examinaron los libros de la compañía. Parecía que eran los únicos que habían reparado en la cantidad de activos inmobiliarios inutilizados que tenía Macosa en las zonas de

Barcelona y de Madrid más cotizadas y que valían en el mercado un potosí, siempre que fueran convenientemente recalificados. Algo que en aquel momento parecía no suponer un problema insalvable. Los ayuntamientos de Madrid y de Barcelona eran del mismo color que el Gobierno que le había puesto, con la complicidad de Alfonso Escámez, al frente de Macosa: un rojo cada vez más suave, el del PSOE.

Santos y Albiñana se pusieron inmediatamente manos a la obra. Sólo tienen que aplicar el bisturí para partir en dos la compañía. De un lado, la maquinaria de producción de componentes ferroviarios, todo lo industrial. Del otro lado, las propiedades inmobiliarias, hermosas fincas en Sotogrande, el Beverly Hills español,[27] y magníficos terrenos cerca de la futura Villa Olímpica de Barcelona.

Estamos en 1987. El ministro de Economía, Carlos Solchaga, ha proclamado que España «es uno de los países del mundo donde más fácil es ganar dinero». Mario Conde no tardará en entrar en la escena pública. Y Javier de la Rosa hace tiempo que campa a sus anchas con los dineros de KIO. Son los nuevos modelos de empresario, aunque, en el caso del financiero catalán, no sea visto con buenos ojos por los miembros del Gobierno socialista.

De manera mucho más discreta, sin aspavientos, sin apariciones públicas en lujosos coches o incluso en helicóptero, la pareja Santos-Albiñana fue llevando a cabo su proyecto en Macosa. Gracias a sus buenas relaciones con el Gobierno de la rosa, vuelve a conseguir un contingente de ayudas públicas a fondo perdido para contribuir a reflotar la compañía. No son los 3.000 millones de pesetas que había conseguido para la reconversión de Nueva Montaña Quijano, pero son nada menos que 1.000 millones (6 millones de euros) de los de finales de los ochenta. Suficiente para empezar.

27. Carlos Salas, *El Mundo* del 19 de abril de 1996.

Los 1.000 millones sirven a Santos para pagar la factura del expediente de regulación de empleo que le permite poner en la calle ni más ni menos que a 400 trabajadores de Macosa. El *genio* socialista tiene en mente volver a empaquetar la empresa para regalo, a la espera de que aparezca un comprador dispuesto a aprovecharse de unos activos a bajo precio sin la molesta presencia de plantillas con demasiados trienios a sus espaldas.

Pero Macosa sigue siendo un problema para el Banco Central de Alfonso Escámez. Le sigue debiendo a la entidad que preside el banquero murciano 10.000 millones de pesetas más los intereses.

Santos tiene una solución pensada, sin embargo. Va a ser algo más compleja que la reconversión y venta posterior de Nueva Montaña Quijano. Los orígenes de Macosa se remontan a 1859, cuando Ignacio y Casimiro Girona, hermanos del conocido banquero Manuel Girona, crean en el barcelonés barrio del Poblenou Herrería Barcelonesa, conocida también como Can Girona. De la Macosa original procedieron los primeros vagones y coches de los trenes españoles.

Tras sucesivas ampliaciones, Herrería Barcelonesa se convirtió en 1891 en Material para Ferrocarriles y Construcción y se hacía cargo de los pedidos ferroviarios más importantes del país, como el de 800 coches y vagones para la Compañía de Barcelona a Tarragona y Francia. La compañía no paraba de crecer y, el 31 de diciembre de 1947, se fusiona con Construcciones Devis, otra importante empresa ferroviaria con factorías en Valencia y en Alcázar de San Juan, fundada en 1897 por el empresario Miquel Devis. La compañía resultante de la fusión adquirió el nombre definitivo de Macosa. El carácter valenciano-catalán de la compañía le hizo contar siempre con el apoyo del Banco Central cuando éste estaba presidido por Ignacio Villalonga, el predecesor de Escámez en la presidencia de la entidad.

Con el tiempo acabó convertida en un auténtico gigante de la industria metalúrgica pesada. Trasladó su sede a Barcelona. Renfe siempre iba a necesitar trenes nuevos para renovar su flota, así que los pedidos estaban garantizados. Diversificó sus actividades. La experiencia en la construcción de maquinaria pesada para los servicios era un aval para que Macosa entrara en el sector de los ascensores y de las escaleras mecánicas.

Hasta los primeros años ochenta, las acciones de Maquinaria y Construcciones SA eran valores seguros en los que refugiar el dinero de los inversores en las Bolsas de Madrid, Barcelona, Bilbao y Valencia.

Pero la crisis europea del sector de la metalurgia de los años ochenta afectó especialmente a Macosa. Además, las redes ferroviarias europeas estaban cambiando profundamente. Los franceses habían empezado a implantar su red de trenes de alta velocidad, el TGV. Y muy pronto les secundarían buena parte de los países con compañías ferroviarias clientes de Macosa.

La tecnología era demasiado nueva. En sus 140 años de vida, Macosa había pasado de ser un gigante a convertirse en un dinosaurio lento de reflejos y pasado de moda. Mantenía una estructura de empresa única. Con los años había acumulado un ingente patrimonio inmobiliario para la instalación de fábricas que nunca se realizó y que era un lastre a pesar de su incalculable valor en el mercado. Las tensiones de tesorería eran graves. Y la cosa no se iba a solucionar sólo a base de despedir a 400 trabajadores.

Santos sabe que con esa estructura nadie se va a interesar por la compañía. Hay que desmembrarla y venderla por partes. Tras aligerar a Macosa de peso laboral, la primera medida consiste en aplicar el cuchillo y dividir la empresa en tres partes: la producción de material ferroviario; los ascensores y las escaleras mecánicas, y, lo único que de verdad valía dinero de la empresa, los activos inmobiliarios.

Además había que impedir que los mercados interpretaran sus maniobras como el anuncio del futuro cierre de la compañía. Había que transmitir valor y confianza a las bolsas españolas. Para ello, Santos se dotó de un consejo de administración compuesto por notables catalanes de reconocido prestigio en el mundo industrial: el profesor del IESE Pedro Nueno; uno de los herederos de la dinastía financiera García Nieto, Ignacio; el financiero Nicolás Garrido Berasategui o el abogado Jorge Linati, con excelentes relaciones con algunas de las familias que sí tenían acceso al Palau de la Generalitat por su condición de secretario de la junta de gobierno del elitista Círculo del Liceo. Y el inevitable Juan Vives Rodríguez de Hinojosa, uno de los abogados de la confianza del hombre de Alfonso Escámez en Barcelona, el mallorquín Luis Magaña. Ambos amigos personales de una figura que muy pronto daría que hablar, el futuro juez de instrucción Lluís Pascual Estevill. Pero ése era un detalle que Santos desconocía y que poco podía importarle en aquellos tiempos. Craso error.

Los primeros en entrar a formar parte de la estrategia diseñada por Santos fueron los alemanes de Thyssen Boetticher. Compraron una de las nuevas divisiones de la Macosa creadas por el equipo de Santos: Macosa Elevación. Tras la compra por los alemanes, la nueva compañía se convirtió en uno de los líderes del mercado español de ascensores y de escaleras mecánicas.

La segunda parte del plan es una cuestión de Estado. No sólo por el carácter industrial de las decisiones, sino por la colaboración con Francia en la lucha antiterrorista. Los técnicos del Ministerio de Obras Públicas y Urbanismo estaban diseñando el proyecto del AVE Madrid-Sevilla. Ya se habían decantado por el tipo de máquinas que pretendían que rodaran por las vías del tendido de alta velocidad, las de la alemana Siemens. Para eso la corporación alemana había abonado cuantiosas cantidades de dinero en las cuentas suizas del consorcio de financiación ilegal del PSOE y controladas por uno de los condenados por el *caso Filesa*, el catalán Lluís Oliveró.

El proyecto del AVE rezumaba dinero por todas partes. En aquel momento la colaboración entre los gobiernos socialistas de François Mitterrand y Felipe González no atravesaba por su mejor momento. El AVE podía ser una buena excusa para comprar la colaboración de los franceses en la lucha policial contra los activistas de ETA.

Y, ahí, Macosa podía jugar un papel fundamental. En una operación coordinada de todo el Gobierno, pero liderada por el entonces ministro del Interior, José Luis Corcuera, otro de los amigos personales de Eduardo Santos en el Gobierno de Felipe González –de forma incomprensible, porque se conocieron durante la reconversión industrial, cuando Santos era el encargado de despedir a los trabajadores de las empresas públicas, y Corcuera uno de los dirigentes del sindicato UGT que más problemas dio al subsecretario de Industria.

Renfe compraría las locomotoras del AVE a Siemens. No sólo eran las mejores del mercado, sino que habían comprado la concesión con sus sobornos al PSOE. Pero los franceses también iban a recibir su parte del botín. Macosa sería la elegida por el Gobierno para construir los vagones de los nuevos convoyes del tren de alta velocidad.

Con la concesión en la mano, Eduardo Santos sólo tenía que vender la división de producción de material ferroviario a la empresa francesa semipública Alstom por un precio más que aceptable, simbólico. En 1988, Santos segrega de Macosa la división ferroviaria. La bautiza Meinfesa y la vende al consorcio francobritánico Gec Alstom.

En 1989, unos meses después de cerrarse la operación, la Gendarmería francesa detiene al que hasta entonces era considerado el número uno de ETA, José Antonio Uruticoetxea, *Josu Ternera*. En 1990, se confirma el contrato para los vagones del AVE.

Cuando el tren está a punto de entrar en circulación, el 29 de marzo de 1992 cae la dirección etarra en Bidart fruto de una operación de colaboración entre las fuerzas de seguridad españolas, dirigidas personalmente por el entonces director general de la Guardia Civil, Luis Roldán, y el Raid, el cuerpo de elite de la Gendarmería francesa. En la operación son detenidos los miembros más importantes del colectivo Artapalo, el órgano colegiado encargado de la dirección política y militar de ETA: Francisco Múgica Garmendia, *Pakito*; José Luis Álvarez Santacristina, *Txelis*, y Joseba Arregui Erostabe, *Fitipaldi*.

El plan de Santos está casi concluido. Macosa ya no tiene ni un solo activo industrial. Sólo posee terrenos. Con los ingresos por las ventas de las divisiones de elevación y ferroviaria, además, ha podido devolver los 10.000 millones de pesetas al Banco Central que no dejaban dormir a Alfonso Escámez.

El banquero murciano no cabe en sí de gozo. Sabía que Santos era bueno, pero hacía tiempo que había perdido la confianza en recuperar íntegramente el dinero que le había prestado el banco a Macosa. Se siente tan aliviado cuando Santos le anuncia antes de lo previsto, en 1991, que está en condiciones de amortizar el principal de la deuda que decide perdonar a Macosa los intereses, una cantidad nada baladí: 1.500 millones (9 millones de euros) de pesetas de los primeros noventa.

No se trata de una expresión senil de gratitud. Escámez lleva años mesándose los cabellos por el asunto de Macosa. Recuperados los 10.000 millones, suprimidos de la lista de activos dudosos del banco, no quiere que el nombre de Macosa vuelva a aparecer en un solo documento oficial del Central.

Santos ha cumplido la difícil misión que le habían encomendado Solchaga y Escámez. Ha llegado el momento de cobrarse su parte. Macosa se ha convertido en una inmobiliaria. No tiene activos industriales, ni trabajadores. Ahora ya está envuelta para regalo, sólo tiene que conseguir que los tiburones se fijen en lo infravalorados que están los activos inmobiliarios de la compañía en Sotogrande y en las proximidades de la futura Villa Olímpica de Barcelona.

Para eso, nada mejor que la Bolsa vaya emitiendo periódicamente veredictos favorables a la gestión de Santos y de Albiñana al frente de la sociedad. Las acciones no paran de subir.

Los que muerden el anzuelo son los Albertos. Los primos Alberto Cortina y Alberto Alcocer eran dos mediocres financieros, accionistas mayoritarios, eso sí, de un banco mediano pero rentable: el Zaragozano. Pero sus respectivos matrimonios con las hermanas Alicia y Esther Koplowitz y los poderes plenipotenciarios que les otorgan sus esposas para administrar el imperio constructor que les dejó su padre, Ernesto Koplowitz, Construcciones y Contratas (Conycon) y Fomento de Obras y Construcciones, les convierten en personajes que aparecen a diario en las publicaciones económicas, especialmente después de tomar, junto a Javier de la Rosa y KIO, más del 12 por ciento de las acciones del Banco Central.

Los Albertos acaban de constituir Corporación Financiera Reunida (Cofir), un holding dedicado a tomar participaciones en empresas emergentes. En el consejo de Cofir está lo más granado de las finanzas españolas: lo preside el propio presidente del Zaragozano, José Ramón Álvarez Rendueles, y, junto a él, en la mesa de juntas, se sientan los Albertos, Carlo Benedetti, José Lladó y una nutrida representación de los banqueros de Neguri,[28] como Emilio Ybarra, Javier Gúrpide o Juan Luis Arrieta. Al frente de la gestión han puesto a un joven gestor catalán de reconocida solvencia, Juan Llopart, bien relacionado tanto con la Generalitat catalana como con los hombres del todopoderoso director general de La Caixa, Josep Vilarasau, un equilibrio poco habitual en la Barcelona de la época.

Cofir toma el control de los restos de Macosa y de su tesoro inmobiliario. La corporación financiera absorbe la disminuida Macosa. Apenas tomado el control, Santos y Albiñana abandonan la compañía. Días después de la *jubilación* de los artífices de la transformación del dinosaurio en un negocio redondo, Cofir hace su primer *pelotazo* con los terrenos de la antigua Macosa.

Llopart sólo tiene que seguir las instrucciones que le ha dejado Santos en la agenda antes de recoger sus trofeos y sus fotos familiares del despacho. A cambio de la cesión de una parte de los terrenos al Comité Organizador Olímpico Barcelona'92 (COOB'92) a través de una pequeña inmobiliaria creada al efecto, bautizada Macosa Inmobiliaria y presidida por el director de operaciones del comité que prepara los Juegos Olímpicos de Barcelona, Pedro Fontana,[29] Macosa y, por lo tanto Cofir, logran que los terrenos en primera línea de mar calificados como industriales pasen a ser considerados suelo urbano.

Antes de marcharse, Santos ya ha contactado con un comprador, la multinacional norteamericana Kepro, que pretende construir un macroproyecto inmobiliario junto a la Villa Olímpica de

28. Se trata de la población bilbaína, de la que procede buena parte de la burguesía industrial y financiera vasca, especialmente la que dirigió los Bancos de Bilbao y de Vizcaya (hoy fusionados entre sí, y posteriormente con Argentaria bajo la marca BBVA) y de la eléctrica Iberdrola.

29. Tras abandonar el COOB'92, se incorporó como presidente a Banca Catalana. Tras la absorción por el BBVA de sus segundas marcas regionales, entre las que se contaba Catalana, fue nombrado director general del banco para Cataluña y Baleares. Sustituyó a Josep Piqué en la presidencia del Círculo de Economía cuando fue nombrado ministro en 1996.

Barcelona llamado Diagonal Mar. Kepro está representada en España por un curioso empresario hispanotexano llamado John Rosillo, extravagante y heterodoxo, pero con excelentes relaciones con uno de los hijos de Jordi Pujol, Josep, y con el consejero de Economía de la Generalitat, Macià Alavedra.

Ya está todo hablado. Llopart sólo tiene que repasar los detalles de la operación y, si está de acuerdo, firmar. El precio que pagará la Kepro de Rosillo será de 12.000 millones de pesetas (72 millones de euros). Santos había logrado la hazaña. Naturalmente, no lo había hecho gratis. Su gestión al frente de Macosa seguiría reportándole beneficios algún tiempo después de abandonar la compañía, cuando gozaba de su *retiro* en el lujoso complejo para millonarios de Fisher Island, una isla privada que alberga un club para millonarios situada frente a las costas de Miami Beach y que, por aquel entonces, era muy frecuentada por uno de los políticos de moda en Estados Unidos, el joven gobernador demócrata del estado de Arkansas, Bill Clinton.

Una sociedad que Santos compartía al 50 por ciento con Federico Albiñana, Ingesa, cobró una comisión de 500 millones de pesetas (3 millones de euros) de los 12.000 millones (72 millones de euros) que Macosa ingresó por la venta de los terrenos de la Villa Olímpica.

Otra sociedad, en este caso propiedad de su esposa, Mercedes Puelles, y de su hija, había ganado 950 millones de pesetas (5,7 millones de euros) comprando y vendiendo, en los momentos oportunos, acciones de Macosa. La operación era redonda, porque las primeras compras se efectuaron con un crédito del Banco Central al escandaloso interés del 3 por ciento, una bicoca en una época en la que los tipos oficiales del Banco de España habitualmente superaban de largo el 12 por ciento.

Santos siempre ha sostenido que la comisión que cobró en su momento por la venta de los terrenos a Kepro era perfectamente legal. De hecho era una práctica habitual entre los gestores de las grandes corporaciones. Además, cuando se produjo, él ya no ostentaba cargo alguno en Macosa ni en Cofir.

En cuanto a los beneficios que obtuvo la sociedad de su mujer y de su hija especulando en Bolsa con las acciones de Macosa gracias a la información privilegiada que les brindaba Santos, la cuestión es algo más delicada. Desde 1991, el uso de información privilegiada, lo que en los países anglosajones se conoce como *insider trading*, está penado por la Ley. Pero cuando la mujer y la hija de Santos lograron sus 950 millones de pesetas (5,7 millones de euros), ni siquiera existía la Comisión Nacional del Mercado de Valores (CNMV) y este tipo de actividades era, en la práctica, absolutamente legal.

En un principio, la primera operación de Cofir-Macosa con los terrenos de la antigua empresa ferroviaria en Barcelona convenció a los Albertos de que eran unos auténticos genios de las finanzas. Tiburones financieros que no tenían nada que envidiar ni a Mario Conde, ni a Javier de la Rosa.

Santos, todo un experto en cálculo, no ha tenido en cuenta, sin embargo, las últimas tendencias en matemática abstracta: la matemática del caos, cuyo axioma es «cuanto más complejo es un sistema, más tiende a desmoronarse». Y la verdad es que en el descuartizamiento de Macosa intervinieron demasiados factores incontrolables.

Tras el entusiasmo inicial, cuando los Albertos analizaron las operaciones con más detenimiento montaron en cólera. El negocio había sido bueno, pero no tanto. La Macosa que les había endosado Santos tenía 3.000 millones de pesetas (18 millones de euros) en pérdidas ocultas. Los 12.000 millones (72 millones de euros) de la operación Kepro eran en realidad 11.500 (69 millones de euros) porque Santos y Albiñana se habían cobrado su comisión y, para colmo, ellos eran los propietarios del 12 por ciento de un banco que había perdonado a la compañía 1.500 millones de pesetas (9 millones de euros) en intereses. Ellos eran demasiado listos como para que les colaran esos goles.

Para colmo, el gestor por el que bebían los vientos, Juan Llopart, y al que ahora responsabilizaban del supuesto engaño del que habían sido víctimas, les había abandonado al primer canto de sirena de Josep Vilarasau. Se despidió como consejero de Macosa para dirigir Caixabank, un proyecto que nació después de que la entidad dirigida por Vilarasau se viera obligada por el Banco de España a rescatar de la quiebra al Isbank de Xavier Aguilar y al Banco de Europa de Carlos Ferrer Salat. Y empezaron las presiones.

El doble juego de Piqué Vidal

Los Albertos estaban indignados. Se sentían engañados por Santos, despreciados por Escámez y traicionados por Llopart. Ellos eran mucho más importantes que cualquiera de ellos como para que se les tomara el pelo de esa manera.

Contactaron con Santos a través de un amigo común, el ex ministro de Economía Miguel Boyer. Y concertaron un encuentro. Fue mucho más violento de lo que Santos esperaba. Les importaba «una mierda» lo bien relacionado que pudiera estar Santos con Economía o con Interior. Si no solucionaba el problema lo iba a pagar muy caro les costase lo que les costase. Y si se tenían que llevar por delante a Llopart, se lo llevarían; al fin y al cabo, él también les había traicionado.

Era tal el enojo de los consortes de las Koplowitz, que el 26 de octubre de 1992, un par de meses antes de que se precipitara en los juzgados el *caso Macosa*, disolvieron y liquidaron Cofir.

A Santos no le preocupaban demasiado las presiones sobre su persona. Él ya tenía su residencia fijada en Florida y su dinero a buen recaudo. Pero temía que se investigara la participación de José Luis Corcuera en el asunto. Era una cuestión de Estado, pero Macosa había sufragado algunos gastos familiares del responsable socialista de Interior.[30]

Eduardo Santos se desplaza a Barcelona y reúne a los que habían sido sus hombres en el consejo de Macosa: Albiñana, Nueno, García Nieto, Garrido, Linati y, por supuesto, el gran *conseguidor*, el abogado Juan Vives. Será en el despacho de este último donde tendrá lugar la arenga de Santos a sus hombres de confianza.

Vives es el objetivo de todas las miradas. Santos los ha reunido a todos con un solo motivo. Quiere saber si hay alguna forma de aplacar a los Albertos, si se puede negociar una solución extrajudicial con ellos, ofrecerles algo... No quiere complicaciones, está convencido de haber actuado correctamente en todo momento, pero en la gestión de Macosa no sólo hay cuestiones económicas. La empresa ha sido utilizada para resolver asuntos de Estado, dice Santos a los congregados en el despacho de Juan Vives. Casi todos guardan silencio. Es el viejo abogado el encargado de romper el hielo.

–Yo sólo soy un abogado de empresa –dice Vives a la concurrencia–, y además estoy demasiado viejo. Mi hijo, que podría sustituirme, es demasiado joven y no tiene experiencia en cuestiones como ésta. Lo que necesitas, Eduardo, es un penalista acostumbrado a llevar asuntos económicos. Y, por lo que pueda suceder, necesitas al mejor. Contrata a Piqué Vidal. Nosotros ya haremos lo que podamos.

30. En uno de los interrogatorios a Eduardo Santos por el *caso Macosa*, cuando ya se instruía en la Audiencia Nacional, el fiscal Ignacio Gordillo le preguntó si la empresa se había hecho cargo de gastos de la familia Corcuera, Santos se limitó a contestar que no lo recordaba.

El viejo abogado es también el secretario del consejo de administración de la eléctrica Fecsa y uno de los hombres de confianza del presidente de la compañía, Luis Magaña. El mallorquín representa en Cataluña los intereses del presidente del Banco Central, Alfonso Escámez. También debe ser informado porque los Albertos están presionando a su patrón una vez más, aprovechando el asunto de Macosa.

Vives se encarga de organizar la primera reunión entre el antiguo consejo de administración de Macosa y el penalista Juan Piqué Vidal. Es noviembre de 1992, la ciudad aún vive la resaca de los Juegos Olímpicos. Los empresarios la del más reciente escándalo económico que ha estallado en la ciudad, el *caso Planasdemunt*.

Por Macosa acuden todos. Les acompañan Vives y Luis Magaña. Piqué Vidal acude acompañado de uno de los abogados de su bufete, José Luis Ortiz. Si llegan a un acuerdo, será Ortiz quien llevará nominalmente la defensa de los hombres de Macosa.

En la reunión, bajo la experta dirección de Piqué Vidal, se analizan las posibles consecuencias de una acción civil o penal en los tribunales por Cofir o alguna de las empresas que controlan los Albertos.

Santos ataja las discusiones:

–Sólo quieren dinero –dice el ex alto cargo socialista–. Usted, Piqué, póngase en contacto con ellos, averigüe cuánto quieren y negociemos. En los tribunales no obtendrán nada porque aquí nadie ha vulnerado la ley.

Piqué sugiere que la parte contraria puede estar trabajando una *querella catalana*, una acción penal sin posibilidades de prosperar pero que presentada en el juzgado adecuado puede ocasionar muchos inconvenientes a los querellados.

Santos sigue mostrándose tajante. Hay que negociar. Los tribunales no forman parte de la historia porque no hay delito alguno. El empresario concluye bruscamente la reunión. Está a punto de perder su vuelo a Miami, se disculpa.

Al día siguiente, aún afectado por el *jet lag*, Santos coge el teléfono que suena insistentemente en el estudio de su lujosa mansión de Fisher Island. Son las 9 de la mañana en la costa Este estadounidense, las 3 de la tarde en España. Al otro lado de la línea está Juan Piqué Vidal.

–Buenos días, Eduardo –saluda el abogado–, espero no haberte despertado.

–No te preocupes, Juan –contesta Santos–. ¿Ha ocurrido algo? ¿Han dado señales de vida los de Cofir?

–No, no, no te preocupes, aún no hay novedades –contesta Piqué–. Pero es que hay un detalle que no quise comentarte ayer delante de todos los demás y que podría aligerar considerablemente el asunto.

–Te escucho –dice Santos desconfiado.

–Supongo que has oído hablar del juez Pascual Estevill... Mi propuesta es la siguiente: pasar directamente al ataque. Presentamos una querella contra ellos por cualquier delito, ya se nos ocurrirá. No hay ningún problema en que la querella recaiga en el juzgado de Estevill. Seguro que la admitirá a trámite y les quitará las ganas de seguir dando guerra. Luego sólo tendríamos que hacerle un regalo al juez, un cuadro o algo así.

–Juan –contesta Santos–, te agradezco tu preocupación, pero me parece que ya quedó suficientemente claro ayer que no tengo intención de que este asunto se resuelva en los tribunales. No es mi estilo. Yo ya tengo mi vida montada aquí y no tengo ningunas ganas de pasar por tribulaciones judiciales, aunque sea en calidad de acusador.

–Tú verás lo que haces, Eduardo, pero te advierto que los de Cofir no son los únicos que van detrás de vosotros. Aquí hay una pequeña asociación de defensa de los accionistas que es muy activa y tengo información de que pretenden iniciar acciones penales contra vosotros.

–¿Se han puesto en contacto contigo? –pregunta Santos.

–Aún no –contesta Piqué–, pero no te quepa duda de que lo harán.

–Pues no dejes de informarnos a mí y a mi gente cuando lo hagan –contesta Santos antes de colgar.[31]

Pero lo cierto es que Piqué y la Asociación para la Defensa del Accionista que preside aún Enric Casany sí que han hablado de la cuestión. De hecho, hace mucho tiempo que están en contacto permanente. Desde que el cliente principal de Piqué Vidal, Javier de la Rosa, entró como un elefante en una cacharrería en el capital del Consorcio Nacional del Leasing (CNL), la corporación que daría origen a Grand Tibidabo, el gran negocio personal de Javier de la Rosa que llevó a la ruina a más de 7.000 pequeños accionistas.

En abril de 1991, el gran financiero, el hombre de los inagotables petrodólares kuwaitíes en España, Javier de la Rosa, había decidido iniciar su propia singladura personal. Un día no muy lejano acabaría por separarse de los kuwaitíes y De la Rosa estaba llamado a hacer grandes cosas por su cuenta en el mundo de las finanzas en España.

Hacía un año que el Banco de España había intervenido el Consorcio Nacional del Leasing (CNL), un experimento de capitalismo popular ideado por Florencio Cerdá y dirigido por un despiadado José Ruiz. Cerdá y Ruiz crearon un mecanismo de colocación de acciones similar al de la venta casa por casa de los productos Tupperware. Vendedoras con una escasa –cuando no nula– formación financiera, vendían a pequeños inversores

31. Conversación entre el autor y Eduardo Santos en diciembre de 1996.

los títulos de CNL como si se tratara de un producto financiero con unas rentabilidades garantizadas.

Cuando la pelota se hizo demasiado grande y empezaron a venderse más títulos de los emitidos por la compañía, el Banco de España tomó cartas en el asunto, forzó la dimisión de Ruiz y puso los destinos de la compañía en manos de uno de los hombres de confianza del banco emisor: José María Martín Oviedo.

A pesar de los problemas, CNL era una bicoca. Tenía una cartera de *leasing* superior a los 30.000 millones de pesetas (180 millones de euros) y unos accionistas que no tenían ni idea de lo que se llevaban entre manos los que administraban su patrimonio. Tras una breve pero intensa batalla por intentar hacerse con el control de CNL entre el Banesto de Mario Conde y una alianza entre Lluís Prenafeta y Enric Bernat, propietario de Chupa-Chups y de Iberia de Seguros, que proponían fusionar la corporación con su ya languideciente aseguradora, apareció De la Rosa como el caballero blanco que iba a salvar la compañía.

Prenafeta había sido derrotado pero brindó su apoyo a De la Rosa. Y con él Macià Alavedra, que tras la entrada de De la Rosa en CNL declararía al diario económico *Cinco Días*, que, con JR al frente de la corporación, «Cataluña podría tener al fin el gran banco del que carecía».

De la Rosa presentó una OPA a título personal por el 30 por ciento del capital de CNL a un precio nada desdeñable: 1.925 pesetas por acción.[32] No iba solo, en la operación le acompañaba Manuel Prado y Colón de Carvajal. De la Rosa y Prado contaban con un crédito de más de 8.000 millones de pesetas (48 millones de euros) del Banco Hispano Americano.

A regañadientes, conociendo como conocía el pasado como banquero de De la Rosa al frente de la Banca Garriga Nogués,

32. Fue la primera vez que un particular presentaba una OPA en el mercado de capitales español.

el Banco de España autorizó la operación con una sola condición: en cuanto entrara en la compañía De la Rosa debía vender la cartera de *leasing*. El banco emisor no quería que De la Rosa volviera a gestionar nada que se pareciera en lo más mínimo a un banco, en contra de los deseos del consejero de Economía de la Generalitat, Macià Alavedra.

El financiero cumplió los deseos del Banco de España que, sin saberlo, le acababa de hacer un inmenso favor. Vendió la cartera de *leasing* a la filial del Hispano Hispamer. Y, sin comerlo ni beberlo, se encontró con una caja de 30.000 millones de pesetas (180 millones de euros) líquidos en las manos sobre la que tenía el control absoluto. Todo un peligro. Cuando De la Rosa abandonó la compañía, tras convertirla en Grand Tibidabo, en 1994, las 1.925 pesetas (11,57 euros) que valían las acciones en 1991 fluctuaban entre las 75 (0,45 euros) y las 150 pesetas (0,90 euros).

Todo iba como la seda. El Banco de España estaba tranquilo. La Generalitat encantada. Los primeros accionistas habían empezado a acudir en masa a la OPA cuando, de repente, apareció una sombra que hacía peligrar los intereses de Javier de la Rosa.

La Asociación para la Defensa del Accionista había conseguido la representación de un 5 por ciento del capital de CNL. Entonces Casany tenía un socio, el heterodoxo abogado mercantilista Jacinto Soler Padró, que más tarde se haría célebre por su escandalosa actuación como representante de los intereses de la holandesa Akzo en La Seda de Barcelona.[33]

Con su 5 por ciento, Soler Padró amenazó a De la Rosa con bloquearle la OPA recomendando a los accionistas que no acu-

33. En julio de 1991, tras un intento fracasado de tomar el control de La Seda por un grupo liderado por Juan Vives, Luis Magaña y José Zaforteza, Akzo vendió el 55 por ciento del capital de la compañía a Soler Padró por una peseta. Desde entonces, el abogado se dedicó a cualquier intento de reflotar la compañía.

dieran y reteniendo el porcentaje que ya representaba. Pero Soler Padró tenía un precio: un puesto en el consejo de administración que nombrara De la Rosa tras hacerse con el control de la mayoría del capital de la compañía.

De la Rosa cedió al chantaje y el asunto se solucionó. Pero Soler Padró pagó su osadía. Piqué Vidal se encargó de que Casany y Salazar, sus colegas en la Asociación para la Defensa del Accionista, le expulsaran de la entidad. Se inició así una colaboración que se extendería en el tiempo entre Piqué Vidal y los hombres de ADA.

Mientras Piqué Vidal alertaba a Eduardo Santos de la posibilidad de que Casany y sus amigos presentaran una querella contra el antiguo consejo de Macosa, los hombres de ADA acometían su último intento para intentar que el juez Estevill se encargara de instruir el caso Torras-KIO.[34]

A finales de 1992, la relación entre Piqué Vidal, la Asociación para la Defensa del Accionista y el juez Lluís Pascual Estevill era muy intensa. El vaticinio (o la amenaza, según se mire) que le hiciera Piqué Vidal a Santos por teléfono no iba a tardar en cumplirse.

Un almuerzo en el restaurante Quo Vadis, en plenas Ramblas barcelonesas, al que acudieron Piqué Vidal, Casany y Salazar, acabó de precipitar los acontecimientos. Los chicos de ADA presentarían una querella por estafa y maquinación para alterar el precio de las cosas contra Santos, Albiñana, todo el antiguo consejo de administración de Macosa y contra el ya ex consejero delegado de Cofir, Juan Llopart. Una querella que se podría evitar, en el más puro estilo de la Asociación para la Defensa del Accionista, si Santos y sus amigos se avenían a pagar

34. Véase capítulo 3, apartado *Una «oportuna» querella contra el Grupo Torras.*

60 millones de pesetas (360.000 euros) a los paladines de los pequeños inversores. Si se negaban a pagar, por supuesto, la querella recaería en el Juzgado de Instrucción número 26 de Barcelona, el de Lluís Pascual Estevill.

Piqué Vidal vuelve a marcar el teléfono de Santos en Miami a las tres de la tarde, hora española, para darle el desayuno al empresario. Y Santos que no, que se niega a ceder a cualquier chantaje de esa naturaleza, que quiénes coño son esos tíos de la Asociación para la Defensa del Accionista.

El penalista hace un último intento. Vuelve a marcar el teléfono de Santos en Florida y comunica al ex alto cargo socialista que los chicos de ADA están dispuestos a conformarse con 30 millones (180.300 euros).

Y Santos que «ni cincuenta ni treinta ni un duro», que «a mí nadie me chantajea ni en nombre del juez Estevill ni en nombre del Papa de Roma». En unos días se daría cuenta de lo equivocado que estaba.

Piqué, por su parte, con la respuesta de Santos acaba de recibir el plácet para que los chicos de ADA actúen como estaba previsto. Como habían previsto el propio Piqué Vidal, Casany y Salazar durante su almuerzo en el Quo Vadis.

La trampa de Piqué y de los defensores de los accionistas estaba preparada desde hacía meses, cuando empezó el cruce de hostilidades entre los propietarios de Cofir y los antiguos administradores de Macosa.

ADA tenía al hombre de paja ideal, un ciudadano alemán afincado en Castelldefels llamado Werner Richard Lumb, dispuesto a prestar su firma por una módica cantidad. El 27 de abril de 1992, alguien en nombre de Lumb compró 500.000 pesetas en acciones de Macosa en la Bolsa de Barcelona.

Al día siguiente, el alemán acudió con mucha premura al despacho de su abogado en Barcelona, el civilista Modesto García.

Lumb le urgió a que redactara una querella contra Eduardo Santos, Federico Albiñana y todo el antiguo consejo de administración de Macosa. El letrado le advirtió que él no era penalista, que quizá debería acudir a otro abogado. Pero Lumb no admitía excusas, la querella debía ser redactada antes del mediodía y ser presentada en el Juzgado de Guardia esa misma tarde.[35]

El juez de guardia de incidencias en Barcelona el 28 de abril de 1992 no era otro que Lluís Pascual Estevill. Posteriormente, el alemán cambió de abogado y se dirigió, esta vez sí, a un penalista, Francesc Jufresa.

Estevill registró la entrada de la querella y la dejó *durmiendo* entre sus asuntos pendientes hasta noviembre de 1992. Al fin y al cabo, el de 1992 iba a ser un año muy ajetreado a causa del *caso Planasdemunt*. Cuando empezaron las negociaciones entre Piqué Vidal y los representantes de los pequeños accionistas, se limitó a admitirla a trámite, sin practicar diligencia alguna. Era la garantía de que, si alguien presentaba alguna otra acción penal contra el consejo de administración de Macosa, se acumularía inmediatamente en el Juzgado de Instrucción número 26 de Barcelona.

Cuando Piqué Vidal recibió el «no» definitivo de Santos a realizar una generosa aportación de 30 millones de pesetas (180.300 euros) a la Asociación para la Defensa de los Accionistas, la maquinaria de la extorsión se puso en marcha.

El abogado Alberto Salazar se dirigió al día siguiente, el martes 17 de noviembre de 1992, a los juzgados de Barcelona a presentar su querella contra Santos y sus hombres. Esta vez no tenía que preocuparse de quién estuviera de guardia. Tenía la garantía, gracias a la previsión del amigo Lumb, de que el asunto recaería en el juzgado de Pascual Estevill, que hacía apenas dos semanas que había admitido a trámite la querella del alemán.

35. Declaración de Modesto García ante el juez Bruguera de marzo de 1997.

El escrito de Salazar despertó a Estevill de su aparente letargo en el *caso Macosa*. Admitió sin dilación la querella y la acumuló a la de Lumb. A diferencia de la querella presentada por el alemán, el escrito de Salazar incluía entre los querellados al ex presidente del Banco Central, Alfonso Escámez, y al ex consejero delegado del banco, Luis Blázquez.[36] Otra vez caza mayor al alcance del *Lobo*.

Para el 20 de diciembre ya había dictado una citación, en calidad de inculpados, para Federico Albiñana y Eduardo Santos. Debían acudir, acompañados de sus respectivos abogados el 1 de diciembre de 1992, al Juzgado de Instrucción número 26 de Barcelona. Las luces de alarma en todos los despachos de los ex consejeros de Macosa y, especialmente, en la mansión de Santos en Fisher Island, empezaron a parpadear con insistencia.

Las llamadas a Miami se sucedieron. Todos, Vives, Nueno, Garrido, García Nieto y el propio Albiñana, aconsejaron lo mismo a Santos. Debía permanecer en Estados Unidos mientras aclaraban qué estaba pasando. Piqué Vidal les había asegurado que podía negociar tanto con la gente de ADA como con el juez, y que todo estaba aparentemente bajo control.

El día D, a la hora H, Albiñana acudió puntualmente al juzgado de Estevill acompañado de la mayor parte de los ex consejeros de Macosa y de los abogados Juan Piqué Vidal y José Luis Ortiz. A la comitiva se habían sumado Luis Magaña, presidente de Fecsa y hombre de Alfonso Escámez en Barcelona, y el letrado de la compañía eléctrica, Juan Vives Rodríguez de Hinojosa.

Magaña y Vives, antiguos conocidos de Estevill, serían los

36. Blázquez abandonó la plantilla del Banco Central para convertirse en el primer consejero de Economía del Gobierno autonómico de Madrid encabezado por el *popular* Alberto Ruiz Gallardón cuando éste derrotó al socialista Joaquín Leguina en las elecciones de 1991.

encargados de disculpar la ausencia de Santos en el juzgado. Asuntos de negocios inaplazables le retenían en la que era su residencia habitual desde hacía algo más de un año, Miami, en el estado norteamericano de Florida.

La espera de la comitiva se hizo interminable. La declaración de Albiñana duró más de seis horas. Los representantes del Central y de Macosa que habían acudido a la declaración vieron atónitos como, a las cuatro de la tarde, Albiñana era conducido por agentes de la Guardia Civil adscritos a los juzgados de Barcelona, a los calabozos.

Luego salieron Piqué Vidal y Ortiz. Piqué, en un ejercicio de interpretación insuperable, no sabía cómo excusarse. Todo había salido mal. El juez había decretado orden de prisión incondicional contra Federico Albiñana. Ahora lo trasladaban a los calabozos a la espera de que Estevill acabara de redactar el auto. Y no valía la pena que entraran Magaña y Vives; Estevill acababa de dictar una orden de busca y captura internacional contra Eduardo Santos y tenía intención de encarcelarle en cuanto pusiera un pie en España. Lo que Estevill había visto en las querellas de Lumb y de Salazar le había sacado de sus casillas. El *Lobo* se había tomado un interés personal en el asunto. Generalmente el juez era un hombre razonable, pero, a veces, podía resultar imprevisible.

Lo mejor era que se marcharan a casa. Al fin y al cabo, Estevill tenía previsto citarles a todos en calidad de inculpados y no era prudente que andaran por allí. Él intentaría resolver el asunto con el juez, pero no en el juzgado. Iría a verle personalmente al despacho de abogado que aún mantenía abierto en la Diagonal y al que Estevill acudía casi todas las tardes.

Piqué se comprometió a mantener a Vives informado puntualmente de cada novedad en el desarrollo de los acontecimientos. Era mejor hablar con un solo interlocutor. El viejo abogado se encargaría de ofrecer todos los detalles a los hombres de Eduardo Santos.

La comedia estaba funcionando. Albiñana era la víctima propiciatoria. Íntimo amigo de Santos, Piqué y los hombres de ADA sabían que el ex subsecretario de Industria no dejaría a su hombre en la estacada. Santos estableció su base de operaciones en Miami y los que habían sido sus consejeros en Macosa no daban un paso sin contar con su aprobación. Cualquier novedad le tenía que ser comunicada al *ovejo*, sobrenombre con el que su amigo José Luis Corcuera había bautizado a Eduardo Santos cuando se sentaban en lados opuestos de la mesa de negociación durante la reconversión industrial, por su pelo recio y ensortijado. Otra paradoja: el *Lobo*, el antiguo pastor, a la caza del ovejo.[37]

No bastaba con que sus colaboradores reportaran diariamente a Miami el estado de la cuestión. Santos exigía que Juan Vives o su hijo Nitus le informaran personalmente de sus conversaciones con Piqué Vidal, del que ya había empezado a sospechar que estaba jugando un doble juego, que era en realidad el cerebro de la operación que había llevado a Federico Albiñana a la cárcel y había provocado que sobre la cabeza del propio ex presidente de Macosa pesara una orden internacional de busca y captura.

Por esa razón empezó a grabar todas las conversaciones telefónicas que mantenía sobre el asunto Macosa con cualquiera que le llamara desde España. Grabó a Vives, a su hijo, a Piqué Vidal, a sus propios colaboradores, a Magaña y al vicepresidente de Fecsa, José Zaforteza, que también telefoneó a Santos durante aquellos días en nombre de su patrón.

Los Vives, padre e hijo, se autoinculpan en las cintas grabadas en noviembre y diciembre de 1992, que fueron entregadas por Santos cuatro años más tarde, en diciembre de 1996, al Tri-

37. Pedro J. Ramírez, *El Mundo*, edición del 21 de abril de 1996.

bunal Superior de Justicia de Cataluña (TSJC), de un delito de cooperación necesaria en las extorsiones y sobornos del juez Estevill. También lo hace Piqué Vidal y el entonces vicepresidente de Fecsa Zaforteza. Todos transmiten el mismo mensaje. Piqué ha estado negociando con Estevill. El juez está dispuesto a poner en libertad a Albiñana bajo una fianza de 10 millones de pesetas (60.000 euros) y anular el auto de prisión contra Santos para dejarle en libertad bajo las mismas condiciones que a su ex consejero delegado. A cambio, exige que se le ingresen 300 millones de pesetas (1,8 millones de euros) en una de sus cuentas suizas: 150 millones de pesetas (900.000 euros) por dejar en paz a los hombres de Macosa y otros 150 millones de pesetas (900.000 euros) por no incriminar en la causa al ex presidente del Central Alfonso Escámez.

En una de las conversaciones, Juan Vives Rodríguez de Hinojosa hijo intenta tranquilizar a Santos:

–No te preocupes por la parte de Escámez, Eduardo; mi padre y Magaña se encargan del asunto. Ya tienen preparada la mitad del dinero. Lo han sacado con un vale de caja de Fecsa. Pero tu gente tiene que reunir tu parte y la de Federico.

En el mismo sentido se expresan Magaña y Zaforteza cuando hablan por teléfono con Santos. Ellos se ocupan de que Escámez quede incólume en el procedimiento, pero él y sus hombres tendrán que reunir la cantidad que ha fijado el juez Estevill tras la negociación con Juan Piqué Vidal por liberar a Albiñana, no encarcelar a Santos y dejar tranquilos al resto de los ex miembros del consejo de administración de Macosa. Los «buenos oficios» de Piqué Vidal han conseguido rebajar la cifra por liberar a los hombres de Macosa de las garras del *Lobo* a una tercera parte, 50 millones de pesetas (300.000 euros).

Cuando se produce la última conversación es domingo 6 de diciembre, un día aparentemente festivo para todo el mundo porque, además del descanso semanal, se celebra el día de la Constitución. Pero los ex consejeros de Macosa no pueden descansar, ya han acordado con Santos que cederán al chantaje de Estevill. Piqué Vidal ha sido taxativo. Si quieren que Albiñana salga en libertad el miércoles 9 de diciembre, tendrán que hacer el ingreso en Suiza o entregar el dinero en efectivo el lunes 7 de diciembre. Si ocurre así, el 9 de diciembre, Albiñana quedará en libertad bajo fianza de 10 millones de pesetas (60.000 euros) y Santos podrá comparecer voluntariamente ante Estevill seguro de que también quedará en libertad bajo fianza de 10 millones de pesetas (60.000 euros).

«Bon voyage»

No había tiempo ni medios materiales para hacer un ingreso en Suiza el 7 de diciembre de 1992. Hacía tiempo que los ex consejeros de Macosa no trabajaban para esa empresa y tendrían que reunir el dinero por su cuenta. Santos estaba inmovilizado en Miami hasta que se realizara el pago. Así que aquella mañana fue frenética para Pedro Nueno, Nicolás Garrido, e Ignacio García Nieto, que serían los encargados de reunir una suma que se aproximara lo máximo posible a los 50 millones (300.000 euros) que había exigido Estevill a través de Piqué Vidal para liberar a Albiñana y anular la orden de prisión contra Santos.

La mañana del 7 de diciembre de 1992, Pedro Nueno, profesor del IESE en Barcelona y consejero de varias empresas y corporaciones, hace una ronda por sus bancos. Retira de sus cuentas personales todo el efectivo disponible en ventanilla ese mismo día: 4.800.000 pesetas (29.000 euros). No es mucho, pero contribuirá a llegar a los 50 millones (300.000 euros) que han exigido Piqué Vidal y Estevill.

Nicolás Garrido tiene más suerte. Ha conseguido reunir 14 millones de pesetas (84.000 euros). Siete millones y medio (45.000 euros) adelantados por su banco a cuenta de la venta de sus acciones en la sociedad Estacionamientos Palma y otros seis millones y medio (39.000 euros) que logra que le liquiden en ventanilla en una sucursal del Citibank.

Ignacio García Nieto ha logrado una cifra similar: 12,2 millones (73.300 euros). Los doce millones (72.120 euros) los ha conseguido a través de un crédito de la sociedad Georgetown Investment LT, de la que es accionista. Las otras 200.000 pesetas (1.200 euros) las ha retirado de sus cuentas personales.

En total, la cifra suma sólo 31 millones de pesetas (186.300 euros). Pero tienen que probar suerte. En medio de un puente (el de la Constitución o el de la Inmaculada, según la militancia) y con Santos en Miami no les es posible reunir más dinero en efectivo. Tampoco tienen medios para realizar esa misma tarde el ingreso en Suiza que con tanta insistencia, asegura Piqué Vidal, exige el magistrado.

Los tres ex consejeros de Macosa acuden con su parte respectiva del *rescate*, acompañados del abogado Jorge Linati a las cuatro y media de la tarde al despacho de los abogados Vives Rodríguez de Hinojosa. Allí les esperan, en la sala de reuniones Juan Vives padre y Nitus Vives.

El viejo Vives intenta quitarle hierro al asunto. Pretende que el acto de entrega del dinero para sobornar al juez que ha encarcelado a su antiguo socio carezca de cualquier ceremonia que lo asemeje a una escena de una película de mafiosos. Pero, con su actitud, consigue todo lo contrario.

Nueno, que fue el primero en llegar a la reunión, recibió de manos del anciano abogado, entre sorprendido e indignado, un obsequio. Vives pretendía con ese acto restarle dramatismo al episodio. Pedro Nueno comunicó a Vives que él sólo había conseguido reunir algo menos de cinco millones de pesetas (29.000 euros). Para tranquilizarle, Vives, mientras aseguraba al profesor que todo iría bien, le regaló una corbata. Una corbata que tiempo más tarde ironizaría con amargura Pedro Nueno: «Me costó nada menos que cinco millones [30.000 euros]».

Inmediatamente llegaron el resto de los asistentes a la reunión. Nueno, Garrido y García Nieto pusieron su dinero encima de la mesa de juntas del bufete de abogados y constataron preocupados que sólo habían logrado reunir 31 millones (186.000 euros). El viejo Vives tranquilizó a los presentes:

–Creo que será suficiente.

Mientras decía esa frase colocaba una gran bolsa de viaje sobre la mesa que llevaba impresa la frase *Bon Voyage* («buen viaje», en francés). Cuando la abrió, los congregados pudieron ver que el macuto contenía una cantidad de dinero similar o superior a la que ellos habían llevado allí esa tarde. Todos entendieron que se trataba del primer pago por la tranquilidad de Escámez, los 50 millones de pesetas (300.000 euros) que Vives había compensado a Fecsa con un vale de caja firmado por el presidente de la eléctrica, Luis Magaña.[38]

El viejo Vives desapareció por la puerta tras afirmar que iba

38. Declaraciones de Eduardo Santos, Pedro Nueno, Nicolás Garrido e Ignacio García Nieto ante el fiscal jefe anticorrupción, Carlos Jiménez Villarejo, el 18 de abril de 1996 y ratificadas posteriormente por todos ellos ante el entonces titular del Juzgado Central de Instrucción número 3 de la Audiencia Nacional, Miguel Moreiras, y ante el magistrado del Tribunal Superior de Justicia de Cataluña Antoni Bruguera, instructor del *caso Estevill*. Todos ellos aportaron pruebas documentales de las retiradas de efectivo realizadas el 7 de diciembre de 1992. En 1996 Santos aportó hasta seis cintas magnetofónicas con las grabaciones de las conversaciones que había mantenido a finales de 1992 con la mayor parte de los implicados en la extorsión de Estevill. El *caso Macosa* fue archivado en 1997 por la sustituta de Moreiras en el Juzgado número 3 de la Audiencia Nacional, Teresa Palacios, porque los hechos denunciados en las querellas no constituían delito, y decretó el libre sobreseimiento de la causa. Tanto ADA como Cofir habían retirado para entonces sus acusaciones como consecuencia del escándalo Estevill.

a poner la «maleta» en lugar seguro hasta que vinieran a buscarla desde el despacho de Juan Piqué Vidal.

El segundo pago a cambio de no incriminar a Escámez en la causa no llegaría hasta el 21 de diciembre, cuando Fecsa transfirió desde las cuentas de una de sus filiales en Suiza 634.000 francos suizos (unos 53 millones de pesetas, 318.500 euros, al cambio de la época) a la cuenta RAJ-15.157 clave THIERRY KERN de la oficina de la Banque Darier Hentz et Cie. en la rue de Saussure de Ginebra, propiedad de Lluís Pascual Estevill. En total, Estevill recibió sobornos por valor de, al menos, 134 millones de pesetas (805.300 euros) por su breve participación en el *caso Macosa*.

Durante aquellos días, además, algunas de las cuentas de Lluís Pascual Estevill en España recibieron ingresos millonarios. El 11 de diciembre de 1992, la cuenta 110.603 del Banco Pastor, a nombre de Lluís Pascual Estevill, recibió un ingreso de seis millones de pesetas (36.000 euros). Un mes más tarde, el 16 de enero de 1993, una cuenta de Estevill en el BBV, el depósito número 62354, computó un ingreso de otros tres millones de pesetas (18.000 euros).[39]

El 9 de diciembre de 1992, acompañado de los consejeros de Macosa que habían participado en cónclave dos días antes en el despacho de los Vives, de Luis Magaña, de sus abogados, Juan Piqué Vidal y José Luis Ortiz, y del antiguo abogado de Macosa Jorge Linati, Santos se presentó en la sede de los juzgados de Barcelona. Había volado junto a la que entonces era su esposa, Mercedes Puelles, desde Miami hasta el aeropuerto Charles de Gaulle de París. Allí cogieron el TGV hasta Perpiñán, donde les esperaba el profesor Pedro Nueno, acompañado de su hija Christina, que iban a conducirles en coche hasta Barcelona. Santos logró cruzar la frontera hispanofrancesa –eran

39. *El Mundo*, 15 de enero de 1997.

tiempos previos al acuerdo de Schengen– sin llamar la atención de los guardias civiles del puesto.[40]

El empresario llevaba en el bolsillo dos cheques preparados, fechados el 7 de diciembre de 1992, por un valor de 10 millones de pesetas (60.000 euros) cada uno. Uno por su libertad y el otro por la de Albiñana. Tuvieron que esperar. Aquella mañana, el juez Estevill había tenido una revelación y había pensado en revisar, sin que nadie se lo pidiera, el auto de prisión que había dictado contra el empresario Federico Albiñana el 1 de diciembre. Decidió *motu proprio* cambiar la medida de prisión incondicional por una más suave: prisión eludible bajo fianza de 10 millones de pesetas (60.000 euros). Si se depositaba el dinero en el juzgado antes de las dos de la tarde, Albiñana podría abandonar la cárcel Modelo de Barcelona antes de la hora de comer.

Piqué Vidal salió del juzgado con una expresión sonriente y comunicó a la comitiva la buena nueva. El juez Estevill había cumplido la primera parte de lo acordado y dejaba a Albiñana en libertad bajo fianza de 10 millones. Santos, que seguía sin tenerlas todas consigo, le entregó uno de los dos cheques que llevaba en el bolsillo con fecha del 7 de diciembre. Ni Piqué Vidal ni Pascual Estevill repararon en el detalle.

El secretario del juzgado estaba enviando a la Modelo el fax con la orden de libertad de Albiñana, cuando Estevill llamó a declarar a Eduardo Santos.

Santos entró acompañado de Piqué Vidal y de José Luis Ortiz. El juez parecía no tener interés alguno en el interrogatorio del ex presidente de Macosa. Primero le amonestó por no haberse presentado a la primera citación que había dictado el juez para el 2 de diciembre. Luego le tranquilizó al comunicarle que su comparecencia voluntaria dejaba sin efecto la orden de bús-

40. Conversación del autor con Pedro Nueno.

queda y captura internacional que había decretado contra el ex presidente de Macosa.

Acto seguido decidió interrogarle él mismo. No dejó hacer preguntas al fiscal ni a los abogados de la acusación. El interrogatorio apenas duró veinte minutos. Estevill se limitó a preguntar a Santos si había presidido Macosa entre 1987 y enero de 1992, y si había participado en las operaciones que figuraban en el texto de la querella. Tras contestar Santos afirmativamente a todas las preguntas, el juez Estevill le comunicó que había decidido dejarle en libertad bajo fianza de 10 millones de pesetas, que si las depositaba antes de las dos de la tarde no tendría que ingresar en prisión y que debía esperar en la antesala del despacho a que estuvieran redactadas su declaración y el auto de prisión eludible bajo fianza.

En menos de tres cuartos de hora la presión judicial que pesaba sobre Santos se había evaporado. Era evidente que, una vez torcida su voluntad, una vez pagado el chantaje, Estevill no tenía el menor interés por su presa. Pensaba inhibirse en favor de la Audiencia Nacional al día siguiente de la mayor parte de las diligencias relacionadas con el *caso Macosa*, pero ahora lo que le provocaba mayor placer era la proximidad de la comparecencia del ex presidente del Banco Central Alfonso Escámez, al que había citado para el 15 de diciembre. Ésa sí que era una presa como Dios manda.

Santos, sin embargo, no estaba dispuesto a olvidar tan fácilmente las afrentas sufridas a manos de Estevill y de las que considera igualmente responsable a Juan Piqué Vidal. Y a Fecsa. Porque transcurridos unos meses de los sucesos judiciales, el presidente de la eléctrica catalana, Luis Magaña, y el vicepresidente, José Zaforteza, empezaron a llamar insistentemente a Eduardo Santos. Pretendían que el empresario madrileño reembolsara a la caja de Fecsa los 100 millones de pesetas que había pagado la eléctrica a cambio de que no se incriminara a Alfonso Escámez en el asunto. Santos también grabó buena parte de aquellas llamadas.

Eduardo Santos mantiene desde entonces que él y los que fueron sus hombres en Macosa fueron víctimas de una «organización criminal» constituida con el único fin de someter a través de la extorsión a empresarios y banqueros. Las víctimas de esa red de extorsión caían o bien porque la casualidad hacía que asuntos en los que estaban involucrados recayeran en el Juzgado de Instrucción número 26 de Barcelona, el de Lluís Pascual Estevill, o, lo que era más habitual, porque el grupo fabricaba querellas para desplumar a los incautos que caían en sus manos.[41]

De la organización criminal denunciada por Santos habrían formado parte el propio juez Lluís Pascual Estevill, que ejercía el papel de ogro, el *rompepiernas* de la organización; el abogado Juan Vives Rodríguez de Hinojosa, encargado del papel de hombre bueno; la Asociación para la Defensa de los Accionistas (ADA), encargada de la redacción de las querellas e incluso de la extorsión prejudicial; algunos de los directivos de Fecsa, en especial el fallecido Luis Magaña y el ex vicepresidente José Zaforteza, que se encargaban de adelantar el dinero a algunos de los empresarios

41. La tesis de la conspiración para delinquir fue expuesta por el propio Eduardo Santos al autor en el despacho del empresario Enrique Marugán en Barcelona en noviembre de 1996. Santos dio forma a esa tesis y presentó en mayo de 1998 una demanda ante un juzgado de distrito en Miami en la que acusaba a Estevill, Piqué, Vives y a los directivos de Fecsa de formar parte de una organización criminal (*El Mundo*, edición del 18 de mayo de 1998). El empresario español, que ya estaba afincado en Estados Unidos cuando se produjo el chantaje del clan de Estevill, se acogió para presentar la demanda a una norma estadounidense conocida como RICO *law*, es decir, la *Racketeer Influenced and Corrupt Organizations* (Ley sobre Organizaciones corruptas o influidas por estafadores) que permite a la Justicia estadounidense intervenir en cualquier lugar del mundo.

que se veían atrapados en la red, y, sobre todo, el cerebro de la supuesta trama, el abogado penalista Juan Piqué Vidal.

Santos considera a Piqué Vidal el responsable último de la organización criminal que viene denunciando desde que en 1996 se decidió a hacer pública la extorsión de la que habían sido objeto él y sus colaboradores en Macosa en noviembre y diciembre de 1992.

Pero por aquel entonces, Santos y su equipo habían dejado de ser una preocupación para Lluís Pascual Estevill. Habían cumplido su parte al pagar las cantidades exigidas (o casi) y el juez se disponía a dar carpetazo al asunto por la vía de enviar el sumario a la Audiencia Nacional. Pero aún faltaba la mayor pieza del pastel. Había recibido sus primeros 50 millones de pesetas (300.000 euros) por no incriminar a Alfonso Escámez en el *caso Macosa.* Los banqueros suizos de Pascual Estevill no le habían confirmado que la segunda parte del pago había llegado a su cuenta. Así que, a pesar de que ya no era el instructor del caso, citó a Alfonso Escámez a declarar, en calidad de testigo, para el 15 de diciembre de 1992.

Una cena «casual» en el Ritz

Todo el mundo financiero andaba revolucionado en diciembre de 1992 con las citaciones de Alfonso Escámez y de Luis Blázquez. Escámez acababa de abandonar la presidencia ejecutiva del Banco Central tras completar la fusión con el Hispano Americano que daría lugar al Banco Central Hispano (BCH). El nuevo hombre fuerte del banco era José María Amusátegui. Pero a nadie se le escapaba que el viejo banquero murciano conservaba una notable influencia en las decisiones sobre el banco resultante de la fusión. Además, había reservado para sí, como un tesoro, la presidencia de la primera petrolera española, Cepsa, participada mayoritariamente por BCH.

Aunque el marqués de Águilas no estuviera formalmente en activo, su imputación en un escándalo económico como el *caso Macosa*, en el que se acusaba a un ex alto cargo socialista de haberse enriquecido habiendo aprovechado sus relaciones privilegiadas con Carlos Solchaga, Miguel Boyer, José Luis Corcuera, el Banco Central y, concretamente, con Alfonso Escámez, era un lujo que ni la entidad ni el viejo banquero podían permitirse.

Y menos después de que entre los compradores de los falsos informes de Filesa, la tapadera que había permitido al PSOE embolsarse ilegalmente más de 1.000 millones de pesetas procedentes de generosos donativos de grandes corporaciones, apareciera el Central en un lugar destacado.

Escámez y Magaña acudieron a la Generalitat catalana para que intentara echarles una mano en la difícil situación por la que atravesaba el banco. No tuvieron que recordarle ni a Jordi Pujol ni a su consejero de Economía, Macià Alavedra, que en aquel momento ejercía como número dos *de facto* del Gobierno de la Generalitat, que una de las dos entidades que formaban el nuevo BCH, el Hispano, había posibilitado la entrada de Javier de la Rosa en el Consorcio Nacional del Leasing (CNL, la sociedad que dio origen a Grand Tibidabo).

Y que, gracias a eso, el financiero se había podido ofrecer como el salvador del parque temático que se estaba construyendo en Vila-Seca i Salou, en Tarragona, cuando los americanos de la Busch recogieron los trastos para volverse a administrar sus estadios y sus Cipres Gardens en Florida.

Alavedra recibió el encargo de Pujol de ocuparse del asunto. Al fin y al cabo, el *conseller* de Economía se había convertido en el especialista del Gobierno catalán en asuntos turbios desde que entró en contacto con Javier de la Rosa para que éste se hiciera cargo de la construcción del parque de atracciones de Tarragona. Además, Alavedra tenía una ventaja: conocía a Estevill.

Aunque oficialmente su primer encuentro se había producido hacía dos meses con motivo del interrogatorio de Alavedra por el *caso Planasdemunt* y la reunión no fuera precisamente un plato de gusto para el soberbio *conseller* de Economía catalán.

Escámez recibió, entre el 1 de diciembre –el día que Estevill ordenó el ingreso incondicional en prisión de Federico Albiñana y dictó orden de busca y captura internacional contra Eduardo Santos– y el décimo día del mismo mes, diversas llamadas tranquilizadoras realizadas desde el despacho del *conseller* en la octava planta del Departamento de Economía de la Generalitat, en la confluencia de la Rambla de Catalunya con la Gran Via de Barcelona. Además, Alavedra y Magaña, cuya fluida relación con el juez Estevill era conocida, mantenían un contacto prácticamente diario. El *caso Macosa* se convirtió durante aquellos días en un asunto fijo de la agenda diaria del consejero de Economía catalán.

La entrega de 31 millones de pesetas (186.300 euros) por los ex consejeros de Macosa en el despacho del abogado Juan Vives y la de los primeros 50 millones de pesetas (300.000 euros) a cambio de no mancillar la honorabilidad del que durante cerca de veinte años había sido el banquero del rey sirvieron para tranquilizar, en parte, los ánimos de las futuras víctimas del *Lobo*, entre las que nadie dudaba ya que se encontraba Alfonso Escámez.

Especialmente después de que el 9 de diciembre Estevill dejara en libertad bajo fianza de 10 millones a Albiñana e hiciera otro tanto con Santos cuando el ex presidente de Macosa se presentó «voluntariamente» en su juzgado. Tanto Magaña como Alavedra llamaron el 9 de diciembre a Alfonso Escámez al despacho del presidente de Cepsa para que el viejo banquero afrontara con mayor presencia de ánimo la citación que le esperaba el día 15. Los ánimos de Pascual Estevill parecían, de momento, haberse calmado.

Pero Estevill no estaba dispuesto a renunciar a que Escámez declarara en su juzgado. Primero por la gloria de verse aparecer en los informativos de televisión y en los diarios del día siguiente interrogando al que durante dos décadas había sido uno de los hombres más poderosos de España.

Y, segundo, y más importante, aún no había recibido la segunda parte del pago acordado. Su banquero de confianza en Suiza, Thierry Kern, cuyo nombre era la clave de la cuenta de Estevill en la banca Darier y que administraba personalmente el patrimonio del juez en la entidad helvética, tenía instrucciones de avisarle en cuanto se produjera el ingreso que esperaba. Y, de momento, el amigo Kern no había dado señales de vida. Si Estevill renunciaba a tomar declaración a Alfonso Escámez, los encargados de realizar el ingreso en Suiza podían echarse atrás pensando que se daba por satisfecho con lo que había recibido. En realidad, Estevill tendría que esperar hasta el 21 de diciembre para recibir la llamada de su amigo Thierry que le informaba de que el botín estaba a buen recaudo.

Pero Pascual Estevill tenía plena confianza en Luis Magaña. Por alguna razón sabía que el mallorquín no iba a jugársela. Magaña también confiaba plenamente en las garantías que le había ofrecido Estevill. Y el consejero Alavedra estaba igualmente tranquilo.

El único que no lograba conciliar el sueño pensando en las posibles consecuencias del *caso Macosa* sobre el retiro dorado que se había preparado era Alfonso Escámez. Cada vez que alguien le mencionaba el asunto, daba un respingo en su sillón. Cada vez que África, su fiel secretaria, le pasaba una llamada por la línea privada procedente de Barcelona, el viejo banquero murciano se mesaba los cabellos, mientras recibía los informes de Magaña o del propio Alavedra.

Su citación para declarar como testigo el 15 de diciembre en el Juzgado de Instrucción número 26 de Barcelona era su peor pesadilla. Sabía que vería, como un enjambre de abejas colgado de una colmena, a un montón de periodistas, fotógrafos y cámaras de televisión en cuanto se asomara al pasillo de los juzgados de Barcelona. Y no quería ni pensar en las pretensiones del despiadado juez Estevill, enemigo declarado de burgueses y banqueros. La árnica telefónica que Alavedra y Magaña le enviaban desde Barcelona le servía de muy poco a Escámez, que estaba próximo a cumplir los 76 años.

Tan preocupado veían los de su entorno al viejo banquero, que su mujer, Aurelia Torres, pidió a África, su secretaria de toda la vida, que viajara con él a Barcelona cuando tuviera que acudir a declarar al juzgado de Estevill. Aure también transmitió su preocupación a Luis Magaña, a quien consideraba un amigo de su marido.

Magaña, Alavedra y Estevill prepararían entonces el más tranquilizador de los encuentros para el viejo banquero de Águilas.

La excusa es perfecta. El Banco Central acaba de concluir su proceso de fusión con el Banco Hispano Americano. Escámez ha dejado de ser el número uno de la institución a favor de José María Amusátegui. Es lógico, por tanto, que, ya que Escámez ha pilotado uno de los procesos de fusión bancaria más importantes de España –antes sólo se había producido una fusión de similares características, la del Banco de Bilbao con el Banco de Vizcaya, tras fracasar el primero en su intento de tomar el control de Banesto–, aproveche su corta estancia en Barcelona para informar de cómo quedará configurado el nuevo banco en Cataluña al consejero catalán de Economía, Macià Alavedra.

Una vez más, es Magaña quien se ocupa de ultimar todos los detalles. El gabinete del consejero de Economía no va a intervenir en la organización de la reunión entre Macià Alavedra y Alfonso Escámez. Será el departamento de presidencia de Fecsa el encargado de reservar las habitaciones para el banquero y para su secretaria en el Hotel Ritz de Barcelona para la noche del 14 al 15 de diciembre de 1992.

Escámez llegó a Barcelona desde Madrid junto a su secretaria, África, a media tarde. En el aeropuerto del Prat pudo abandonar la terminal del Puente Aéreo por la puerta de autoridades. Le esperaba un coche de Fecsa con chófer para conducirle al Ritz.

No deja de ser sorprendente que uno de los hombres de confianza de Alavedra en aquella época, un jefe de gabinete *sui generis* llamado Xavier Valls, no interviniera en la organización de la reunión. Valls, acostumbrado a entrar personalmente en las redacciones de algunos diarios de Barcelona para exigir que se publicara la fotografía de su jefe acompañada de una información sobre el acto del día del *conseller*, o para recomendar que no se publicara alguna información poco beneficiosa para su patrón,[42] permaneció en esta ocasión al margen.

La reunión debía pasar inadvertida. Alavedra debió de lamentar no poder aparecer al día siguiente en las secciones de economía de los diarios de la ciudad junto a alguien que había sido tan influyente como Escámez. En otras circunstancias, a buen seguro que habría organizado un encuentro público en el

42. En noviembre de 1994, cuando el titular del Juzgado de Instrucción número 1 de Barcelona, Joaquín Aguirre, encargado de la investigación del *caso Grand Tibidabo*, decidió revisar la actuación de la Generalitat en la concesión de una serie de avales para la construcción del parque de atracciones de Tarragona, algo que concernía directamente a Alavedra, Valls se personó en la redacción del diario *Avui* para exigir a su director, en aquella época, Vicenç Villatoro (actualmente director general de la Corporació Catalana de Ràdio i Televisió), que no se publicara ni una línea sobre el asunto. Valls logró lo que esperaba de Villatoro. Con el tiempo, éste abandonó el periodismo, se convirtió en militante de Convergència Democràtica de Catalunya y fue elegido diputado autonómico. El autor formaba parte de la plantilla del diario *Avui* en noviembre de 1994.

Pati dels Tarongers (Patio de los Naranjos), un espacio central al aire libre en el Palau de la Generalitat donde se realizan buena parte de las recepciones oficiales. Pero ése no era el verdadero objetivo del encuentro.

La cena empezó a las nueve de la noche en uno de los restaurantes del propio Hotel Ritz de Barcelona. Al día siguiente, a las 10 de la mañana, Escámez debía comparecer en calidad de testigo ante el titular de juzgado de Instrucción número 26 de Barcelona, Lluís Pascual Estevill, para declarar sobre lo que ya se conocía como el *caso Macosa*. Inicialmente sólo estaban convocados tres comensales: Alfonso Escámez, Macià Alavedra, y el hombre de Escámez en Barcelona, Luis Magaña.

En su relato de la cena ante el Tribunal Superior de Justicia de Cataluña, Escámez fue muy escueto: «Estando cenando con Macià Alavedra, recuerdo que pasó por allí Pascual Estevill, a quien Macià Alavedra invitó a que se sentara en compañía de nosotros, permaneciendo Estevill una media hora, tiempo durante el cual no hablamos del *caso Macosa*».[43] En su declaración ante el juez Bruguera, Escámez aseguró que no recordaba en qué fecha se había producido aquel «encuentro accidental».

Sin embargo, el Hotel Ritz tenía registrada la estancia de Escámez en el establecimiento y pudo confirmar que el encuentro se produjo la noche del 14 al 15 de diciembre de 1992. También confirmó que fue Fecsa quien se hizo cargo de la factura tanto de la estancia de Escámez y de su secretaria como de la cena, un total de 350.000 pesetas que le serían restituidas con cargo a las cuentas de Cepsa. Escámez estaba pues sentado a la mesa junto a Pascual Estevill, Luis Magaña, y el consejero de Economía de la Generalitat apenas 12 horas antes de prestar de-

43. Declaración de Alfonso Escámez ante la Sala Civil y Penal del Tribunal Superior de Cataluña del 19 de diciembre de 1996 que consta en el folio 517 del tomo II del sumario del *caso Estevill*.

claración por el *caso Macosa* ante el Juzgado de Instrucción número 26 de Barcelona.

En su declaración, Escámez insistió en dos cuestiones que para él resultaban fundamentales: había sido Alavedra quien había invitado a Pascual Estevill a tomar asiento junto a ellos en la mesa y, durante los 30 minutos que duró la improvisada reunión, nadie sacó a relucir el *caso Macosa.*

Alavedra, para quien la trascendencia pública de aquella cena supuso la puntilla que acabó con su carrera política, siempre ha argumentado que fue invitado por Escámez aquella noche a cenar porque el banquero quería darle algunos detalles del reciente proceso de fusión entre el Banco Central y el Banco Hispano Americano y que el encuentro con Pascual Estevill fue absolutamente accidental.

Según las primeras versiones de Estevill y de Alavedra, el juez había acudido al Hotel Ritz a recoger al más pequeño de sus hijos, Marcos, que trabajaba en el hotel. Sin embargo, Marcos Pascual Franquesa tenía ese día turno de mañana.

Aunque sus versiones difieren y se contradicen en muchos aspectos, los testimonios de Alavedra –el consejero aseguró primero que el encuentro duró tan sólo un par de minutos y que se produjo a la entrada del hotel para reconocer más tarde que habían compartido mesa– y de Escámez coinciden en un punto en el que siempre han insistido con vehemencia: durante el tiempo en el que estuvieron sentados a la mesa Alavedra, Escámez, Magaña y Estevill, en ningún momento se habló ni del *caso Macosa* ni de la declaración que iba a prestar al día siguiente el banquero murciano ante el titular del Juzgado de Instrucción número 26 de Barcelona, y, por supuesto, mucho menos, de sobornos.

Es cierto que los sobornos que recibió Estevill por dejar tranquilo a Escámez ya habían sido pactados de antemano, en una negociación en la que había intervenido de forma destacada Luis Magaña, antes de que se produjera la tremenda coincidencia de que Estevill «pasara por allí» mientras el ex presidente del Central cenaba en compañía del consejero de Economía catalán y del propio Magaña.

Fue Magaña quien autorizó que el 8 de diciembre de 1992 se extrajeran 50 millones de pesetas con cargo a un vale de caja de Fecsa para ser introducidos en la bolsa *Bon voyage* que tenía preparada el abogado Juan Vives en su despacho y en la que después los ex consejeros de Macosa introdujeron su parte del rescate. Y sería Magaña quien ordenaría que se realizara un ingreso por valor de 634.000 francos suizos en la cuenta de Estevill en la Banca Darier Hentz et Cie. de Ginebra.

Precisamente por esa razón es poco creíble que mientras coincidieron en la mesa Estevill y Escámez no se mencionara que el primero debía comparecer ante el segundo al día siguiente. Al menos Magaña y Estevill sabían que el juez se iba a embolsar más de 130 millones de pesetas (781.300 euros) a cambio de olvidarse del *caso Macosa*. Y Escámez estaba aquellos días obsesionado con la lacra que podía significar para su excelente currículo su inculpación en un sumario judicial como aquél. Eduardo Santos y algunos de los que se vieron involucrados en aquel episodio sostienen que el encuentro fue organizado por Magaña y por Alavedra para tranquilizar a Escámez, para dejarle claro que su comparecencia ante Estevill era un mero formulismo. Todos los directivos y empleados de Fecsa que participaron en la operación de extracción de fondos de la eléctrica catalana para sobornar a Estevill señalan a Magaña como la persona que ordenó y autorizó los pagos.

El propio Escámez, acosado por el juez Antoni Bruguera y el fiscal Carlos Ramos, se vio obligado a reconocer finalmente que, con posterioridad, había sido informado de que Magaña había cedido al chantaje de Estevill sin su conocimiento para evitar males mayores.

El hecho de que Escámez insistiera tanto en señalar a Macià Alavedra como la persona que llamó la atención de Estevill cuando «pasaba por allí» la noche del 14 de diciembre de 1992 en el comedor del Hotel Ritz de Barcelona situó al consejero de Economía en el disparadero en 1997, cuando se descubrió el pastel.[44]

Es posible que Alavedra no estuviera informado de que Estevill había estado extorsionando a Escámez y a los hombres de Santos en Macosa. Pero fue testigo de cómo Estevill informaba previamente a Escámez de lo que le iba a preguntar al día siguiente y de cuál iba a ser su resolución al término de la declaración.

A pesar de las vehementes negativas de tres de los implicados. Magaña no pudo aportar su testimonio porque falleció antes de que se descubrieran las tropelías que se atribuyen a Pascual Estevill. Magaña es el muerto de esta historia, el personaje al que todos señalan como la persona que autorizó los sobornos. No sólo no se puede defender, además el único peligro que corre es ver manchada su honorabilidad.

Santos y su equipo, por otra parte, aseguran que el fallecido presidente de Fecsa sí tuvo una participación activa en las extorsiones de Estevill. El empresario afincado en Miami señalaba a Magaña como el prestamista que adelantaba el dinero que Estevill se embolsaba a cambio de no encarcelar a los empresarios, si las víctimas no disponían en ese momento de liquidez suficiente. Más tarde Fecsa reclamaba la devolución del dinero al infortunado empresario. Así fue como ocurrió, al menos, en el *caso Macosa*.

44. El 7 de marzo de 1997, *El Mundo* publicó una información en la que daba cuenta de la reunión que había tenido lugar entre Escámez, Magaña, Alavedra y Estevill la noche del 14 de diciembre de 1992.

El 15 de diciembre de 1992, como estaba previsto, Alfonso Escámez acudió a declarar en calidad de testigo al Juzgado de Instrucción número 26 de Barcelona. Allí le esperaba un Pascual Estevill amabilísimo que encaró el interrogatorio como si se tratara de un molesto trámite que quisiera quitarse de encima cuanto antes.

La comparecencia de Escámez ante Estevill de aquel día no pudo ser más decepcionante para las decenas de periodistas que se habían congregado a la puerta del Juzgado de Instrucción número 26. Apenas duró 20 minutos. Los periodistas, que tuvieron acceso al acta de la declaración después de que los abogados de la Asociación para la Defensa de los Accionistas repartieran copias, comprobaron atónitos que el juez no había permitido realizar preguntas ni al fiscal ni a la acusación particular. Sólo pudieron intervenir el propio Estevill y la defensa de Escámez. El banquero apenas tuvo que responder a una docena de preguntas, la mayoría de ellas con una relación nula con el caso.

Cuando Escámez abandonó el juzgado, su cara era el reflejo de un tremendo alivio. Ni él ni ningún otro de los implicados sabían que el interrogatorio había sido completamente innecesario, además de irregular. El *caso Macosa* ya había sido remitido por Pascual Estevill a la Audiencia Nacional cuando interrogó a Escámez. En realidad, no tenía derecho alguno a interrogar al anciano ex presidente del Central. Pero quería asegurarse el cobro en Suiza de la segunda parte del soborno que había pactado con Luis Magaña.

Seis días después de tomar declaración a Escámez, el 21 de diciembre de 1992 el banquero suizo de Estevill, Thierry Kern, estuvo en condiciones de informar al *Lobo* de que, al igual que él, Magaña había cumplido con su parte del acuerdo y la cuenta del juez en la Banca Darier de Ginebra ya había registrado el ingreso de 634.000 francos suizos.

Todos habían cumplido su parte, incluso el consejero de Economía catalán, Macià Alavedra, que fue el encargado de presentar a Estevill a Escámez la noche antes de que prestara declaración para que el viejo banquero murciano acudiera a su cita en los tribunales con la mayor de las tranquilidades.

Pero si Escámez y Magaña se pudieron olvidar del *caso Macosa* después de que Fecsa realizara el ingreso de 53 millones de pesetas (318.500 euros) en la cuenta de Estevill en la Banca Darier el 21 de diciembre de 1992, a Alavedra le quedaba mucho trabajo por delante. Estevill había retenido una parte del sumario y estaba decidido a molestar a unos cuantos empresarios considerados intocables por el Gobierno de la Generalitat.

Los «trabajos» de Macià Alavedra

Charmant. Es la palabra que mejor define a Macià Alavedra, uno de los hombres fuertes de Jordi Pujol desde que éste fue elegido presidente de la Generalitat en marzo de 1980 hasta julio de 1997. Hijo del escritor y político nacionalista Joan Alavedra, Macià, que fue bautizado con ese nombre como homenaje al primer presidente de la Generalitat republicana, Francesc Macià, se educó siempre en un entorno parisino.

Nació en 1934, igual que Lluís Pascual Estevill, pero a diferencia del *Lobo*, pertenecía a una familia distinguida y apreciada de Barcelona. La militancia nacionalista de Joan Alavedra llevó a la familia al exilio en París en 1939, cuando Macià tan sólo contaba cinco años. No volvería a Barcelona hasta nueve años después, en 1948, cuando él contaba 14.

A su regreso a Barcelona se matriculó en el Liceo Francés, una de las escuelas que contribuyeron a formar a los hijos de la burguesía catalana más progresista durante el franquismo. Por el

Liceo Francés pasaron también, tan sólo unos años después, Pasqual Maragall y buena parte de sus hermanos. Acabó licenciándose en Derecho por la Universidad de Barcelona. Pero su actividad política se había iniciado mucho antes. Con tan sólo 18 años, cuatro años después de su regreso a España, se afilió en el clandestino Front Nacional de Catalunya.

Cuando cumplió los 30 años, en 1974, el perfil político de Macià Alavedra estaba perfectamente definido. Heredero del fondo ideológico de su padre, era un nacionalista moderado y, políticamente, un demócrata liberal. Por esa razón participó como figura destacada en 1974 en la fundación de Esquerra Democràtica de Catalunya, el partido nacionalista liberal que Ramon Trias Fargas fundó al mismo tiempo que Jordi Pujol fundaba su Convergència Democràtica de Catalunya, que aspiraba a ser más que un partido, un movimiento nacional.

En 1976 la Esquerra Democràtica de Trias Fargas se fusionó con la Convergència de Pujol y Alavedra se convirtió en un enlace de lujo entre los dos líderes del partido, que siempre desconfiaron el uno del otro.

En 1977, Macià Alavedra fue elegido diputado en el Congreso, en las primeras elecciones libres a Cortes de España desde hacía más de 40 años y que tenían la misión de redactar y consensuar la Constitución que se aprobaría en referéndum el 6 de diciembre de 1978. Volvió a ser elegido diputado en 1979, en las primeras elecciones constitucionales de la monarquía parlamentaria. Pero en 1980 fue llamado por Jordi Pujol a Barcelona para presentarse como candidato a diputado en el Parlament de Catalunya en las primeras elecciones autonómicas catalanas desde la Segunda República.

Pujol ganó aquellas elecciones pero no obtuvo mayoría absoluta. Tras la negativa de los socialistas, dirigidos entonces por Joan Raventós, a formar gobierno con CiU, Pujol pactó con los independentistas de l'Esquerra Republicana de Catalunya de Heribert Barrera. El papel de Alavedra como portavoz del grupo parlamentario de una CiU que gobernaba en minoría fue fundamental.

En 1984, tras las segundas elecciones autonómicas, Alavedra recibe de Pujol su primer encargo en el Ejecutivo y es nombrado *conseller* de Gobernación. Durante su breve paso por ese departamento perfila el proyecto de lo que deberá ser a partir de entonces el cuerpo de los Mossos d'Esquadra, la policía autonómica catalana, que hasta entonces era poco más que un corpúsculo de ex militares franquistas destinado a funciones protocolarias.

Pero Alavedra apenas permanece dos años en el cargo. En 1986 Pujol le pide que vuelva de nuevo a Madrid. En mayo de ese año se convocan elecciones generales y Trias Fargas, jefe de la oposición en el Ayuntamiento de Barcelona en ese momento, no puede ocuparse de controlar a un Miquel Roca Junyent, jefe de filas de la entonces minoría catalana en la cámara baja española, del que Pujol jamás se ha fiado.

Alavedra es elegido, pero apenas nueve meses después tiene que volver a Barcelona. Un cisma en ERC, el socio de Gobierno de CiU en Catalunya, provoca la dimisión de Joan Hortalà, consejero de Industria de la Generalitat y uno de los dirigentes de Esquerra que deciden abandonar el partido.

La segunda cartera de peso espera a Alavedra en Barcelona. En el departamento de Industria, Alavedra se encuentra con una serie de directores generales nombrados por Hortalà con los que desde el primer momento se encuentra a gusto: Josep Piqué y Anna Birulés.[45]

45. El primero ha ocupado diversas carteras en el gabinete de José María Aznar desde que éste llegó a La Moncloa en marzo de 1996. La segunda fue nombrada ministra de Ciencia y Tecnología por Aznar tras las elecciones generales de marzo de 2000, en las que el PP obtuvo mayoría absoluta.

Pero una vez más tiene que hacer de bombero político de Pujol. La repentina muerte de Ramon Trias Fargas durante un mitin en Mataró en la campaña para las elecciones generales de octubre de 1989 catapulta a Alavedra a la titularidad del segundo cargo en importancia en el Gobierno de la Generalitat, la cartera de Economía, que había ocupado hasta ese momento su mentor, Ramon Trias Fargas. Para entonces, Macià Alavedra ya forma parte del más íntimo sanedrín político de Pujol, el reducido comité ejecutivo de CDC y cuenta con toda la confianza del presidente de la Generalitat.

Es en la cartera de Economía donde Alavedra encuentra definitivamente el lugar político que le corresponde después de andar deambulando de misión imposible en misión imposible, siempre solícito a cumplir los encargos del *president*. Permanecería como consejero de Economía y número *dos* del Gobierno de Pujol hasta julio de 1997, después de que su nombre se relacionara reiteradamente con dos de los escándalos económicos que más han salpicado a los gobiernos de CiU, el *caso De la Rosa* y el *caso Estevill*.

Casado con la pintora Doris Malfeito, cuyo éxito comercial ha despertado no pocas sospechas sobre la relación entre la venta de sus cuadros y los asuntos en los que andaba metido Alavedra,[46] el matrimonio no ha tenido hijos.

Alavedra es uno de los personajes vinculados a Estevill con mayor encanto. Encantador y culto, es un excelente conversador que sabe estar a la altura de cualquier interlocutor. Amante de la buena mesa y de los buenos caldos, su carácter hedonista hizo que Pujol viera en él a uno de los más hábiles negociadores con los que ha contado en los equipos que ha ido quemando desde 1980.

46. La propia Fiscalía Anticorrupción ha investigado la relación entre la venta de cuadros de Doris Malfeito y la participación de Alavedra en las negociaciones entre Estevill y sus víctimas. Véanse capítulo 5 y capítulo 9, *Los cuadros de Doris Malfeito.*

En los cenáculos políticos se considera a Alavedra uno de los más destacados miembros del *sector negocios* de Convergència Democràtica. Los hombres de Pujol encargados de que los empresarios próximos al partido hagan buenos negocios gracias a la Administración catalana o con su apoyo. Poco después de tomar posesión del cargo de consejero de Economía, en 1990, tuvo que asumir automáticamente una parte importante de las funciones que hasta entonces había desempeñado Lluís Prenafeta en el Gobierno de Pujol. Prenafeta abandonó ese año su cargo de secretario general de la Presidencia de la Generalitat.

Con Prenafeta, el *sector negocios* perdía a su interlocutor en el Gobierno y Pujol perdía al que durante 10 años había sido su *fontanero*, su *alter ego*, el encargado de hacer en nombre del *president* aquello en lo que Pujol no podía involucrarse públicamente. Las relaciones con personajes como Javier de la Rosa y Manuel Prado y, en general, con lo más desprestigiado de la economía financiera española recayeron, a partir de la dimisión de Prenafeta, sobre las espaldas de Macià Alavedra. El carácter hedonista de Alavedra hizo que esa misión se convirtiera en un placer más que en una pesada carga. Además, Alavedra era un patricio, un personaje bien visto por la burguesía catalana, de los que no habían abundado en los diferentes gobiernos de Pujol hasta que él se convirtió en titular de la cartera de Economía y virtual número dos del *Govern*.

Otra diferencia fundamental entre Prenafeta y Alavedra es que mientras el primero siempre ha mantenido una relación privilegiada con el entorno familiar de Jordi Pujol, especialmente con los hijos del *president* que se han dedicado al mundo de los negocios al amparo de su apellido, las relaciones del consejero de Economía siempre fueron ambivalentes. Alavedra nunca tuvo un no cuando uno de los hijos de Pujol necesitaba un favor, pero le molestaban profundamente sus intromisiones en las cuestiones políticas e ideológicas y su creciente influencia sobre las decisiones del *president*.

Los primeros trabajos delicados que Alavedra heredó de Prenafeta fueron las relaciones oficiosas de la Generalitat con Javier de la Rosa y encargarse de garantizar la construcción de uno de los proyectos emblemáticos de la política de inversiones extranjeras de CiU, el parque temático de Tarragona que el antiguo secretario de Pujol había logrado que los americanos de Busch se comprometieran a construir.

Alavedra bendijo en nombre del Gobierno catalán la entrada de Javier de la Rosa en CNL en 1990 y su transformación en Grand Tibidabo. Gracias a eso lograría casar las dos grandes misiones heredadas de Prenafeta en 1990 cuando en 1992, tras la espantada de Busch, De la Rosa aceptó encargarse de la construcción del parque de atracciones de Tarragona.

Ese mismo año llegaría el primer gran escándalo que amenazaba la imagen y la carrera política de Macià Alavedra, el caso Planasdemunt, de la mano de alguien con quien mantendría una intensa y estrecha relación pero que acabaría destrozando su vida pública: el juez Lluís Pascual Estevill.

Apenas dos meses después de que Alavedra se viera envuelto en el *caso Planasdemunt*, el consejero de Economía compartía mantel con el juez corrupto y con una de sus presas, el banquero Alfonso Escámez, a causa del *caso Macosa* en una escenificación que garantizaba a Estevill el cobro de sus sobornos.

Pero ése no fue el primer «trabajo» en el que Alavedra negociaba con Estevill la liberación de una de las presas del *Lobo* ni iba a ser el último.

El 1 de diciembre de 1992, el mismo día que Estevill encarceló a Federico Albiñana, ex consejero delegado de Macosa por la venta de los terrenos de la Villa Olímpica de Barcelona a la multinacional norteamericana Kepro, el juez decidió citar a declarar al ex consejero delegado de Cofir, Juan Llopart, la corporación financiera que compró los restos de la compañía ferroviaria y que autorizó la operación inmobiliaria que generó unas comisiones de 500 millones de pesetas (30 millones de euros). Cofir estaba capitaneada por los Albertos, que se sentían especialmente perjudicados porque los 500 millones (30 millones de euros) habían ido a parar a los bolsillos de Federico Albiñana y del ex presidente de la compañía Eduardo Santos. Los intereses de Estevill se centraban en obtener sobornos de tantos empresarios como pudiera extorsionar, pero oficialmente estaba instruyendo una investigación judicial de uno más de los escándalos económicos generados y consentidos por el *felipismo*.

Tras encarcelar a Albiñana, Estevill hizo saber a todo el que quiso escucharle que tenía intención de citar a declarar a Juan Llopart y, fuera cual fuera el sentido de su declaración, le encarcelaría. La noticia, que corrió como la pólvora entre la clase financiera de Barcelona, era especialmente preocupante.

Llopart acababa de dejar Cofir para fichar por La Caixa del todopoderoso Josep Vilarasau. El ejecutivo se iba a encargar de gestionar un proyecto de grupo bancario que Vilarasau pretendía crear con las fichas de dos bancos que La Caixa había tenido que rescatar: el Banco de Europa y el Banco de las Islas Canarias (Isbank). La quiebra del Banco de Europa era una preocupación para la Generalitat. Fundado y presidido por Carlos Ferrer Salat, uno de los empresarios más importantes de la transición, fundador de la CEOE y presidente del Comité Olímpico Español. Pero también era una preocupación para Josep Vilarasau Salat, primo carnal de Carlos Ferrer.

El rescate de Isbank hundido por la propia mala gestión de su presidente, Xavier Aguilar, un personaje que aparecería más tarde íntimamente vinculado a Lluís Pascual Estevill y a sus amigos de Hacienda, le fue impuesto a La Caixa por el gobernador del Banco de España, que por entonces era Mariano Rubio.

La eventual imputación de Juan Llopart en el *caso Macosa* y su posible encarcelamiento encendieron las luces de alarma en el cuartel general de Vilarasau en la planta 20 de la más alta de las dos torres negras de La Caixa en la Diagonal de Barcelona. La entidad ya había hecho pública la contratación de Llopart para convertirle en el hombre fuerte de Caixabank, el embrión de un grupo bancario participado por La Caixa que le iba a permitir entrar en el negocio bancario puro y duro sin tener que compensar los beneficios con enormes gastos en obra social.

Fuera a petición de Vilarasau o *motu proprio*, Alavedra, cuando conoció las intenciones de Estevill de imputar y encarcelar a Llopart, hizo llamar al juez. Era 2 de diciembre de 1992. Estevill estaba de guardia y Alavedra concluía una cena privada en el restaurante Quo Vadis de las Ramblas de Barcelona.

Se citaron a medio camino, a última hora de la noche. Quien viera a tan singular pareja dando un paseo por las Ramblas se habría hecho, de reconocerles, muchas preguntas. Las fuentes de Alavedra le habían informado que ese día había salido del Juzgado de Instrucción número 26 de Barcelona la citación de Juan Llopart en calidad de imputado para el día 11 de diciembre y que ese mismo día el magistrado ya había redactado el auto de prisión del financiero.

El contenido de la conversación que mantuvieron Alavedra y Estevill durante aquel paseo nocturno por las Ramblas sólo lo conocen ellos. Pero lo cierto es que el auto de prisión de Llopart desapareció para siempre y que su declaración ante Estevill por el *caso Macosa* fue un trámite intrascendente.

Tras dejar en libertad a Santos y a Albiñana y tomar declaración a Alfonso Escámez, Estevill se inhibió de la instrucción del *caso Macosa* y se la remitió a su colega Miguel Moreiras, titular del Juzgado Central de Instrucción número 3 de la Audiencia Nacional. Pero Estevill había descubierto una serie de irregularidades cometidas en la compra de los terrenos de Kepro cerca de la Villa Olímpica para la construcción de Diagonal Mar que le iban a dar pie para amedrentar a unos cuantos patricios más. E iban a obligar a intervenir de nuevo a Macià Alavedra.

A Jon Lee Anderson, el prestigioso periodista norteamericano afincado en Málaga que logró encontrar los restos mortales del dirigente argentino de la revolución cubana Ernesto Che Guevara durante la elaboración de su biografía *Che Guevara, una vida revolucionaria* y que logró entrevistar al dictador chileno Augusto Pinochet en Londres días antes de su detención, su revista, el semanario neoyorquino *The New Yorker*, le encargó en 1999 la elaboración de un extenso reportaje sobre el futuro económico de Panamá tras la recuperación del canal.[47]

Anderson se desplazó a Panamá y logró todas las facilidades de las autoridades del istmo para la elaboración del reportaje. El responsable de la Autoridad de la Región Interoceánica, Nicolás Barletta, antiguo funcionario del Banco Mundial, resultó ser un excelente cicerone. Le brindó incluso la posibilidad de recorrer la Región Interoceánica para que se hiciera una idea de las posibilidades de inversión que ofrecería una vez completamente reintegrado el canal a Panamá. En una de las paradas realizadas para mostrarle a Anderson una de las zonas de mayor atractivo para los inversores de la región, Barletta anunció al periodista norteamericano que iban a recoger a dos personas, «dos

47. Félix Martínez, *Los Señores de Barcelona,* La Esfera de los Libros, Madrid, marzo de 2002, pp. 61 a 63.

hombres» a los que describió como «importantes inversores españoles».[48]

Según Anderson, «uno de los españoles, Rosillo, era un hombre obeso e impetuoso con una chillona chaqueta deportiva dorada». El segundo español, «Pujol era bajo, nervioso y vestía con colores más apagados. Barletta les estaba dando tratamiento de VIP, lo que incluía un helicóptero privado para observar las propiedades disponibles». Anderson asegura que los dos hombres de negocios estaban muy inquietos por la presencia del periodista. Cuando despidió a los «importantes inversores españoles», Barletta explicó a Anderson que «Rosillo era un hombre de negocios hispanoamericano increíblemente rico, un financiero internacional muy interesado en invertir en Panamá». En cuanto a Pujol, Barletta explicó que se trataba de una «figura principal» del sector español de la construcción que trabajaba a menudo con Rosillo en «proyectos internacionales a gran escala».

Las investigaciones posteriores que realizó Anderson tras su visita a Panamá le revelaron por qué los «dos españoles [catalanes en realidad] estaban tan nerviosos» cuando se encontraron con él. «Pujol era en realidad Josep Pujol, uno de los varios hijos de Jordi Pujol, el presidente de Cataluña, y Rosillo no era otro que Juan [John] Manuel Rosillo, que estaba entonces en libertad bajo fianza y esperando sentencia en un caso de fraude fiscal inmobiliario.»

El personaje de la chillona chaqueta deportiva amarilla, John Rosillo, se había presentado en Barcelona a finales de la década de 1980 dispuesto a realizar el último de los grandes proyectos inmobiliarios relacionados con los Juegos Olímpicos de 1992, una monumental urbanización junto al mar y la Villa Olímpica

48. Jon Lee Anderson, *The New Yorker*, edición del 29 de noviembre de 1999.

que se iba a llamar Diagonal Mar y que supondría unas inversiones de no menos de 100.000 millones de pesetas (600 millones de euros).

Rosillo, vinculado a la familia fundadora de La Equitativa, nació en España pero se educó en Houston (Texas), donde ha vivido la mayor parte de su vida. Se había presentado en Barcelona como representante del fondo de inversiones norteamericano Kemper dispuesto a pagar lo que hiciera falta para hacerse con los terrenos que necesitaba para la construcción de su faraónico proyecto inmobiliario.

El fraude inmobiliario del que habla Anderson en su reportaje del *New Yorker* lo descubrió, casualmente, Lluís Pascual Estevill mientras extorsionaba a los antiguos directivos de Macosa aprovechando la venta de los terrenos de la Villa Olímpica de la antigua empresa ferroviaria precisamente a la empresa que entonces presidía Rosillo, Kepro, encargada del proyecto Diagonal Mar.[49] Los terrenos que había adquirido Rosillo a Macosa-Cofir no eran suficientes para el proyecto monumental que tenía en mente y aún tuvo que comprar dos fincas adyacentes, propiedad de una familia de conocidos patricios de Barcelona, los Vidal-Folch, que no tenían intención de declarar al Fisco la

49. El complejo urbanístico de Diagonal Mar no pudo estar concluido para los Juegos Olímpicos de Barcelona, de hecho, no empezó a edificarse hasta 1998. Los 100.000 millones anunciados por Rosillo iban a ser aportados por el fondo asegurador norteamericano Kemper, matriz de la española Kepro. Los problemas judiciales en España y la desintegración de Kemper en Estados Unidos llevaron a Diagonal Mar a la suspensión de pagos en 1997. Kemper fue objeto de una OPA hostil de una competidora en 1994. La actitud de sus ejecutivos impidió que la operación tuviera éxito. Eso llevó a la compañía a la bancarrota y a sus directivos, los principales apoyos de Rosillo, al paro. En 1995 la suiza Zurich compró los restos de Kemper y no tenía intención alguna de seguir con el proyecto faraónico en el que los antiguos ejecutivos de la aseguradora se habían embarcado en España. Así que dejaron caer Diagonal Mar. Poco después de la suspensión de pagos, Rosillo, en esta ocasión de la mano de la multinacional inmobiliaria texana Hines, volvió a tomar el control del proyecto.

totalidad de las enormes plusvalías que iban a realizar gracias al recién llegado hispanotexano.

Una de las hermanas propietarias de las fincas encomendó a su marido, Santiago Sardà, que buscara comprador. A través de la firma Cedes, Sardà se puso en contacto con Rosillo.

Sardà y Rosillo acordaron que la venta se realizaría a través de una empresa interpuesta que evitaría a los Vidal-Folch el pago de buena parte del impuesto de sociedades. El abogado Ricardo Saenger y su hermano Alfredo se encargaron de la creación de una empresa a tal efecto: Profimar. La empresa fue constituida por Juan F., un deficiente mental y Tula, una inmigrante peruana en situación irregular que habitualmente cuidaba de Juan.

El 22 de marzo de 1990, se escrituró ante notario la operación de compraventa de las dos fincas. Sobre el papel, Profimar compró a los Vidal-Folch los terrenos por un total de 590 millones de pesetas (3,55 millones de euros). El mismo día, y ante el mismo notario, Profimar vendió nuevamente los terrenos a Kepro por 1.188 millones de pesetas (7,1 millones de euros). En realidad, los 1.188 millones (7,1 millones de euros) se entregaron directamente a la familia Vidal-Folch por los representantes de Kepro, excepto una pequeña parte, los 120 millones de pesetas (721.000 euros) que se embolsaron los Saenger en concepto de comisión. De esa manera, los Vidal-Folch consiguieron casi «600 millones de pesetas [6,6 millones de euros] opacos fiscalmente».[50]

50. Según la sentencia de 22 de marzo de 1999 de la audiencia de Barcelona que condenó a Rosillo a seis años de prisión, a los Saenger a cinco años y a Santiago Sardà a dos años de cárcel. Ninguno de los miembros de la familia Vidal-Folch implicados en el asunto llegó a sentarse en el banquillo porque regularizaron su situación fiscal al iniciarse las diligencias judiciales y toda la responsabilidad penal recayó sobre Santiago Sardà. Juan F. no pudo declarar en el juicio porque falleció unas semanas antes, a los 53 años.

A principios de 1993, cuando Lluís Pascual Estevill se había embolsado ya el botín del rescate por excarcelar a Federico Albiñana, dejar a Eduardo Santos en libertad y no molestar a Alfonso Escámez, empezó a interesarse por la parte del sumario del *caso Macosa* que no había enviado a la Audiencia Nacional y por todo lo que tuviera que ver con el proyecto de Diagonal Mar.

Después de que Estevill practicara las primeras diligencias, todos los implicados en la operación se alarmaron. Los Vidal-Folch decidieron regularizar su situación fiscal, lo que les eximía del delito. Pero para los otros, Rosillo, los hermanos Saenger y Sardà, la cosa no era tan fácil.

Utilizar una empresa constituida por un deficiente y una inmigrante *sin papeles*, pareció inicialmente una buena idea. Pero si la Justicia localizaba a Juan, sin duda cantaría la gallina con el mayor candor del mundo. Y lo haría ante el temible juez Lluís Pascual Estevill.

Se imponía una actuación inmediata. Ricardo Saenger localizó a Juan F. y le pidió que le acompañara. Le iba a hacer un regalo. Lo vistió como un *dandy* y le compró un reloj de oro. Acto seguido se lo llevó al aeropuerto y lo embarcó en el primer vuelo con destino a Caracas, Venezuela, donde, le aseguró Saenger, le esperaban unos amigos que se harían cargo de él.

Tras un vuelo de cerca de 9 horas, Juan llegó al aeropuerto de Caracas. Como era de prever no había nadie esperándole allí. El pobre hombre solo y perdido deambuló por los alrededores del aeropuerto sin encontrar a nadie que le asistiera.

Aparentemente, las cosas habían salido como había previsto Saenger. Pero, 25 días después, un individuo en paños menores entró en la oficina principal del Banco Exterior de España en Caracas al grito de «¡España, España!». Era Juan que, milagrosamente había logrado sobrevivir en las calles de la capital venezolana a pesar de ser presa de los salteadores, que le robaron el traje, el reloj, los documentos y le pegaron una paliza de muerte. El responsable de la oficina se apiadó de Juan y lo llevó a la embajada española, desde donde fue repatriado a Barcelona.

Las cosas no podían haber salido peor para los implicados en lo que se conoció como el *caso Diagonal Mar*. Rosillo intentó contratar a los mejores agentes de prensa, pero, tras ser timado por el desalmado Juan Soriano, acabó contratando los servicios del ex director del *Noticiero Universal*, Jordi Domènech, asesor de Javier de la Rosa, del hotelero y directivo del Barça Joan Gaspart y, con el tiempo, tras su salida de la política, del ex consejero de Economía catalán Macià Alavedra.

Sin embargo, era poco menos que imposible evitar que la prensa no hiciera referencia a la historia de Juan F. y que la relacionara con John Rosillo. Amigos comunes del magnate inmobiliario y del juez Estevill hicieron llegar a Rosillo un mensaje muy claro del *Lobo*: «Estaba perdido y en manos del temido juez Estevill».

Rosillo, sin embargo, tiene el carácter bravucón y temerario de algunos empresarios norteamericanos. Responde muy bien a la descripción que hizo de él Jon Lee Anderson después de que se lo presentaran en Panamá. Una noche, después de recibir el aviso de Estevill, el empresario acudió a la despedida de soltero de un amigo, a la que también estaban invitados los financieros Alberto Salsas y Xavier Aguilar, ex presidente del Banco de las Islas Canarias.

Rosillo abusó del alcohol que se sirvió allí en abundancia y empezó con sus bravatas: Estevill no tenía nada que hacer con él, si pensaba que podía amedrentarle como había hecho con esos *cagaos* de Macosa andaba muy equivocado; más le valía al *Lobo* no tocarle un pelo, porque él, John Rosillo, había hablado ya con unos «amigos» de Texas para que se desplazaran a Barcelona y, si era necesario, le dejaran claro al juez que con Rosillo no se juega.

El empresario hispanotexano estaba convencido de que estaba entre amigos fieles cuando hizo esa declaración de principios, pero no era así. Alguno de los asistentes a la despedida de soltero tenía estrechos vínculos con Estevill y sentía una lealtad muy voluble hacia Rosillo. Así que, a la mañana siguiente, no dudó en coger el teléfono para informar al juez Estevill del episodio protagonizado por Rosillo la noche anterior.

Sin pensárselo dos veces, Estevill redactó una orden de detención contra Rosillo y mandó llamar a dos agentes de la brigada judicial de la Guardia Civil. Debían detener al empresario en su despacho en la Rambla de Catalunya, pero, a ser posible, debían brindarle un trato exquisito, así que nada de uniformes ni de esposas.

A las 12 del mediodía, los dos agentes de paisano se presentaron en el cuartel general de Percier Group, la empresa patrimonial de Rosillo, en la Rambla de Catalunya de Barcelona. Con la mayor discreción comunicaron al empresario que debía acompañarles, estaba detenido y tenían que presentarle ante el juez.[51]

–¿Qué juez? –preguntó un Rosillo que conocía la respuesta perfectamente.

–El del Juzgado de Instrucción 26, don Luis Pascual Estevill –contestó uno de los agentes de la Guardia Civil.

Cuando Rosillo fue presentado ante Estevill, que le esperaba en la sala de vistas, para el texano resultó evidente que el juez estaba disfrutando con aquello.

–Aún no he encontrado suficientes pruebas sobre Diagonal Mar, pero no dude que lo haré –le espetó Estevill a Rosillo–. Si mientras tanto vuelve usted a protagonizar un numerito como

51. Xavier Horcajo, *Economics*, edición de febrero de 1994, y conversaciones del autor con amigos comunes de Alavedra y de Rosillo a los que ambos refirieron la *anécdota*.

el de anoche, no dude que ocurrirá lo mismo que hoy pero con algunas diferencias: los agentes irán de uniforme, usted saldrá de su despacho esposado y, cuando abandone mi juzgado, será para ingresar en la Modelo. ¿Le ha quedado claro? Ahora largo de aquí.

Toda la bravuconería de Rosillo se había esfumado. Tembloroso, tomó un taxi a la salida de los juzgados y se fue directamente a su casa. Una vez allí, marcó un número de teléfono que conocía de memoria. Lo marcaba casi a diario. Era el teléfono directo del consejero de Economía de la Generalitat, Macià Alavedra. Rosillo explicó a Alavedra lo sucedido. «Tienes que hacer algo, Matías. Este tío va a por mí», le dijo Rosillo al consejero. Alavedra escuchaba atentamente. Aquellos días disfrutaba de su condición de número dos del Gobierno de la Generalitat más que nunca. Pujol se encontraba de viaje oficial y Alavedra ejercía de presidente en funciones, algo que le encantaba. Incluso renunciaba a su coche oficial y utilizaba el del *president*. La llamada de Rosillo le intranquilizó más de lo que aparentaba.

–Piensa, Matías –amenazó Rosillo–, que si a este tío se le ocurre meterme en la cárcel, ya podéis iros olvidando de Diagonal Mar.

–No te preocupes, John –le tranquilizó Alavedra–, hablaré con él. Seguro que atiende a razones. Pero tú deja de hacer estupideces, ¿de acuerdo?

–OK –dijo Rosillo antes de colgar.

Esa tarde, el coche oficial del presidente de la Generalitat aparcó en el lateral de la Diagonal de Barcelona, ante la puerta de la finca donde Lluís Pascual Estevill aún mantenía abierto su despacho de abogado. Del Audi 100 con la banderola de Cataluña descendió Macià Alavedra. El consejero subió al despacho del juez y lo encontró trabajando.

–Sé para qué vienes a verme –fue el recibimiento de Estevill a Alavedra.

–Tienes que dejar en paz a Rosillo –contestó Alavedra–. No te lo pido como un favor. Es algo que debes hacer por Cataluña.

Tras esa breve conversación, se despidieron. Estevill, en la práctica, no volvería a ocuparse del *caso Diagonal Mar* oficialmente. La mayor parte de la instrucción la realizó la juez que sustituyó al *Lobo* en el Juzgado de Instrucción número 26 de Barcelona, Roser Aixandrí. Alavedra había cumplido una vez más un papel que se estaba haciendo cada vez más habitual, mediar entre Pascual Estevill y sus víctimas. El *caso Diagonal Mar* no iba a ser el último. El futuro deparaba al consejero de Economía catalán misiones más elevadas relacionadas con su recién adquirido amigo, Lluís Pascual Estevill.

5

Del patricio de patricios a la Familia Real

La absolución del culpable es la condena del juez.

PUBLIO SIRO (s. I a.C.)

Poderoso, invulnerable, respetado y temido. Así debía sentirse Lluís Pascual Estevill al cerrar el año de 1992. En apenas 14 meses como magistrado de instrucción en Barcelona había logrado convertirse en el «juez estrella» de Cataluña, una figura que hasta entonces no había existido jamás. Todo el protagonismo, hasta que él llegó a la ciudad para desempeñar su papel de «Juez de la Horca» había sido, en el mejor de los casos, para los fiscales.

En el año largo que llevaba ejerciendo como juez había puesto en su sitio a aquellos personajes que de niño miraba con una mezcla de devoción, envidia y rencor y, como adulto, soportó como clientes caprichosos que, por mucho que él se esforzara, le seguían mirando por encima del hombro: burgueses, políticos, empresarios, banqueros, nuevos ricos que contaban con todo el apoyo de las instituciones... Nadie se le había resistido. Ni siquiera los insobornables hombres que gobernaban entonces la Fiscalía de Cataluña, el fiscal jefe, Carlos Jiménez Villarejo, y el teniente fiscal, José María Mena. Precisamente esos dos enemigos declarados de la corrupción y de la delincuencia económica se habían tragado el anzuelo y estaban convencidos de que contaban con un colaborador de excepción en aquel Pascual Estevill implacable con los *señoritos*, los banqueros y los burgueses. No sospechaban nada.

Había doblegado al mitificado presidente de la multinacional catalana Nutrexpa, que en menos de cinco minutos cedió a la extorsión a la que le sometió el enviado de Estevill. Había encarcelado a un ex consejero de la Generalitat y, sin embargo, el Gobierno de Jordi Pujol le consideraba ya uno de los personajes más importantes de la ciudad. Cada vez eran más constantes las peticiones de favores que le llegaban del Palacio de la Generalitat por boca del plenipotenciario titular de Economía catalán, Macià Alavedra.

Dos de los presidentes de los Siete Grandes, el club formado por los mayores bancos de España, Luis Valls Taberner y Alfonso Escámez, habían desfilado por su juzgado preocupados, cabizbajos y respetuosos. Escámez, además, había visto desfilar ante sus ojos toda su vida de servicio al banco y llegó a temer que acabara mancillada con una acusación de estafa y maquinación para alterar el precio de las cosas en el *caso Macosa*. Y así habría sido, si su hombre en Cataluña, Luis Magaña, no hubiera pagado a Estevill los 100 millones de pesetas (600.000 euros) que había exigido a cambio de no incriminar al anciano presidente del Banco Central.

Millonarios como Eduardo Santos y Federico Albiñana, que contaban con todo el respaldo de la Administración socialista instalada en Madrid con una cómoda mayoría absoluta en el Congreso, habían hincado la rodilla ante el todopoderoso Estevill. Como John Rosillo, el heterodoxo empresario texano, amigo de Josep Pujol Ferrusola y de Macià Alavedra, que se quedó pálido cuando le hizo llevar a su presencia.

Todos esos logros, además, le habían permitido cumplir con las peticiones del Clan de los Mentirosos, y quedar como un príncipe ante sus dos principales miembros: Juan Piqué Vidal y Javier de la Rosa. Eso sin contar con los millones que se había embolsado como producto de la extorsión a los pusilánimes empresarios que habían cedido a su chantaje y le habían entregado sumas multimillonarias a cambio de no ingresar en la prisión o de ser puestos en libertad.

Pero a principios de 1993, Estevill empezaba a aburrirse en su juzgado. Iban llegando casos, sí, pero de menor importancia. Ninguna presa de caza mayor a la vista. Además, tantas negociaciones, tantas instrucciones judiciales le habían acostumbrado mal. Él necesitaba acción, y durante el primer trimestre de 1993 no parecía que hubiera escándalos a la vista con implicados de suficiente relevancia como para hincarles el diente.

El *Lobo* andaba inquieto con poco que hacer en su juzgado. Tal vez por esa razón se tomaba como auténticos escándalos hasta los casos más nimios que llegaban a su mesa de magistrado. Ya había empezado a pensar en la posibilidad de abandonar la judicatura. Le había pedido a su amigo Luis Magaña que empezara a buscarle alguna presidencia de alguna empresa que le permitiera retirarse con la gloria que se había ganado.

Magaña no tardaría en intentarlo cuando quiso que Pascual Estevill fuera el presidente del parque de atracciones de Vila-Seca i Salou, lo que hoy es Universal's Port Aventura, si el Ministerio de Industria aprobaba que Fecsa, Enher y Endesa se repartieran un 30 por ciento del capital del parque. Pero el PSOE se negó y sólo Fecsa pudo entrar en el capital del entonces Tibigardens con un 10 por ciento que no le permitía decidir nada.

Pascual Estevill también había empezado a acariciar la idea de ser nombrado vocal del Consejo General del Poder Judicial. Su estrecha relación con Macià Alavedra y sus favores al Gobierno de la Generalitat le garantizarían la candidatura. Pero el Consejo no se renovaría hasta finales del año siguiente. Una promesa ahora no le garantizaba que, llegado el momento del nombramiento, sus amigos de CiU no se echaran atrás. Debía permanecer en su puesto, por aburrido que se presentara el año.

La apatía empezaba a hacer presa del *Lobo* cuando la suerte, la Inspección de Hacienda y la ingenuidad de la Fiscalía de Cataluña, que se había tragado toda la propaganda puesta en circulación por Estevill y sus voceros en los medios de comunicación catalanes sobre su carácter justiciero, implacable e incorruptible, vinieron a sacarle de su aburrimiento.

La Inspección de Hacienda, durante unas diligencias rutinarias en Huelva, había descubierto un monumental fraude al Erario Público cometido por una de las figuras más destacadas de la burguesía barcelonesa. Un solo contribuyente había ocultado al Fisco al menos 1.800 millones de pesetas (10,8 millones de euros) con la colaboración de varios de sus empleados. Rápidamente la Agencia Tributaria pidió la intervención de Carlos Jiménez Villarejo, por entonces fiscal jefe del Tribunal Superior de Justicia de Cataluña. Villarejo estaba convencido de que el hombre más apropiado para encargarse de la instrucción de aquel caso no era otro que el temido y respetado titular del Juzgado de Instrucción número 26 de Barcelona, Lluís Pascual Estevill.

EL *CASO DE LOS DNI FALSOS*

José Felipe Bertrán de Caralt (Barcelona, noviembre de 1926) es uno de los últimos patricios catalanes a la antigua usanza, si no el último. Representa a la burguesía aristocrática como nadie. Por sus venas fluyen combinadas las sangres de las familias más célebres de la historia industrial y financiera de Cataluña y sus hermanos y primos coleccionan títulos nobiliarios otorgados por los reyes Alfonso XII y Alfonso XIII.[1]

Es, además, un miembro destacado de todos los foros en los que en el último siglo se ha venido exhibiendo la burguesía de todos los tipos, desde la más rancia hasta la compuesta por nuevos ricos que pretenden ennoblecerse.

De mentalidad aperturista, formó parte, por voluntad propia, del grupo de economistas, financieros y empresarios que fundaron el Círculo de Economía de Barcelona. Por nacimiento, forma parte de instituciones como el Círculo del Liceo, el Real Club de Polo, el Círculo Ecuestre, e incluso la Cámara de Comercio de Barcelona y la Feria de Barcelona. A principios de los noventa, también formó parte, aunque no del núcleo duro, del primer *lobby* burgués que se fundaba en España, el Instituto de la Empresa Familiar (IEF). Y como muchos de los hijos de la gran burguesía barcelonesa, a pesar de su licenciatura en Derecho, pasó por las aulas del prestigioso Instituto de Estudios Superiores de la Empresa (IESE), la escuela de negocios filial de la Universidad de Navarra de la avenida Pearson de Barcelona.

Hasta tal punto llega la identificación de José Felipe Bertrán con la figura del burgués aristocrático que se ha convertido en un icono. Una leyenda política que explica la aproximación entre la alta burguesía barcelonesa y el Gobierno autonómico de Jordi Pujol y la capacidad de éste para convertir Convergència i Unió en un movimiento social más allá de la división entre clases sociales tiene a José Felipe Bertrán de Caralt como protagonista. A

1. Félix Martínez, *Los Señores de Barcelona*, La Esfera de los Libros, Madrid, marzo de 2002, pp. 126 a 132.

partir de 1993, cuando la coalición nacionalista perdió el favor de la burguesía por apoyar al PSOE en los estertores de la muerte de un Gobierno cuya inestabilidad había puesto el MIBOR al 10,8 por ciento y cuando la radicalización de los sectores más ultranacionalistas le hicieron perder el favor de los inmigrantes de los cinturones industriales de Barcelona, no faltó quien afirmó que «el fenómeno de 1988, cuando personajes tan dispares como el industrial José Felipe Bertrán de Caralt y su propio chófer, que vive en Cornellà, votaron la lista de CiU a las autonómicas, no se volverá a repetir». La leyenda aún circula por las redacciones de Barcelona cuando se comenta el final del reinado de Pujol como monarca absoluto del nacionalismo catalán moderado.

A diferencia de muchos de los burgueses catalanes que coinciden con el perfil de José Felipe Bertrán de Caralt, el empresario no se ha limitado durante su vida a gestionar, con mejor o peor suerte, la fortuna familiar o el grupo heredado de sus ancestros. Bertrán de Caralt desarrolló sus propios negocios, especialmente inmobiliarios y agropecuarios y se cuenta entre las diez mayores fortunas personales de España.

El más destacado historiador de la burguesía catalana, Francesc Cabana, que curiosamente es cuñado de Jordi Pujol, recupera en su libro *La burgesia catalana, una aproximació històrica* (*La burguesía catalana, una aproximación histórica*) un listado de los 50 catalanes más significativos por su poder económico elaborado por el periodista Andreu Claret y publicado en *Cambio 16* en marzo de 1973. El propio Cabana asegura que la lista «no tiene ningún valor absoluto, pero recoge 50 nombres, que permiten, al menos, una aproximación a la fuerza y la composición de la burguesía catalana».[2]

En la lista de Claret revisada por Cabana, José Felipe Bertrán de Caralt aparece inmediatamente por debajo de Lluís Carulla,

2. Francesc Cabana, obra citada.

fundador y presidente, hasta su muerte, de Agrolimen-Gallina Blanca y de otras empresas.

Sobre Bertrán de Caralt, el texto sostiene que es «biznieto de Eusebio Güell y Bacigaluppi, primer conde de Güell, nieto de Josep Bertrán y Mussitu, fundador de la Lliga Regionalista y ministro con la monarquía [de Alfonso XIII]. Biznieto de Delmiro de Caralt,[3] industrial del cáñamo. Presidente de Pirelli, vocal de Asland y de la Sociedad General de Aguas de Barcelona. A través de la empresa Industrial y Comercial Agropecuaria SA encabezará enseguida el primer grupo avícola del Estado».[4] Es decir, que José Felipe Bertrán es patricio por los cuatro costados y su pertenencia a la flor y nata de la alta burguesía barcelonesa, ennoblecida además por las monarquías, tiene una antigüedad de cuatro generaciones.

Desde 1973, José Felipe Bertrán ha abandonado algunos de los puestos directivos que mantenía entonces. Pirelli controla directamente su filial española desde Italia y ya no necesita a nobles locales para representarla. Aunque llegó a ser vicepresidente de Aguas de Barcelona, los acuerdos entre La Caixa y Lyonnaisse des Eaux para tomar el control total de la compañía dejó sin sentido que la empresa mantuviera consejeros ajenos a sus dos principales accionistas. Aunque la presencia de Bertrán de Caralt en el capital de Aguas de Barcelona se debía precisamente a su condición de accionista, perdió esa posición a cambio de una generosa compensación económica que acrecentó aún más su fortuna.

En cuanto a la cementera Asland, que estuvo presidida por

3. No explica que Delmiro de Caralt era, a su vez, hijo de Josep de Caralt, primer conde de Caralt. Los de Caralt además emparentaron de forma lejana con los Borbón durante el reinado de Alfonso XIII. Además de los negocios de cáñamo, Delmiro de Caralt es conocido como mecenas del incipiente arte cinematográfico durante el primer cuarto del siglo XX. De hecho, el museo cinematográfico municipal de Barcelona lleva su nombre.

4. Francesc Cabana, *ibid.*

su hermano Joaquín y por su primo Carlos Güell de Senmenat, las diferentes ramas de descendientes del primer conde Güell decidieron en 1990 ceder el control al grupo francés Lafarge Copée. José Felipe Bertrán no estuvo de acuerdo con aquella operación, pero estaba en minoría y las plusvalías que obtuvo por sus acciones de Asland compensaban cualquier berrinche.

Pero si José Felipe Bertrán de Caralt es el patricio de patricios, probablemente el último de los representantes de la antigua burguesía barcelonesa, es porque durante su vida ha hecho con su dinero lo contrario que sus hermanos o sus primos. A pesar de que, como ellos, vendió buena parte del patrimonio familiar, él hizo gala del espíritu emprendedor de sus ancestros y con su fortuna creó una corporación, Agrovic, que le haría aún más rico, en lugar de dedicarse a disfrutar de las rentas procedentes de la buena gestión del dinero heredado como sus familiares.

Agrovic es el primer grupo avícola de España. En la actualidad está controlado por una sociedad suiza y de su gestión se encarga Gianfranco Santoni, el antiguo director general de la Nutrexpa de los Ferrero. Sin embargo todo apunta a que el único accionista de la sociedad suiza en cuestión sigue siendo José Felipe Bertrán de Caralt, entre otras cosas porque uno de los consejeros de la compañía es su hijo mayor, Felipe Bertrán Márquez, y no se toma ni una sola decisión empresarial en la sociedad sin que él lo sepa.

Alto y delgado como un junco, a sus 75 años, José Felipe Bertrán posee esa elegancia que sólo se adquiere si has crecido entre burgueses de cuna. Jamás viste de forma ostentosa, algo que debió de ser un curioso contraste cuando se enfrentaba a Pascual Estevill, obsesionado por parecer siempre un *dandy*. Pero nunca desentona y pocas veces pierde el rictus flemático que caracteriza su gesto.

Los que le conocen bien aseguran que el carácter emprendedor no es lo único que José Felipe Bertrán de Caralt ha heredado de sus nobles antepasados. Afirman que uno de los rasgos distintivos de su personalidad es una tacañería inexplicable en el propietario de una de las primeras fortunas del país.

Bertrán de Caralt parece impelido por el espíritu de una de las figuras claves de la burguesía financiera de Cataluña, Manuel Girona, fundador del Banco de Barcelona, promotor de la Exposición Universal de 1888 y presidente de la Junta Directiva del Liceo y de la Cámara de Comercio de Barcelona. De Girona, a su muerte, sus críticos dijeron que su lema era «trabajar mucho, fuera vicios e interés compuesto». La leyenda afirma que, a pesar de ser uno de los hombres más ricos de la Europa de su época –el Banco de Barcelona llegó a ser la primera institución financiera del país y sus hermanos Ignacio y Casimiro fueron los fundadores en el barrio barcelonés del Poblenou de Herrería Girona, el origen de Macosa–,[5] jamás iba a trabajar en otro medio de transporte que no fuera el metro. Si por alguna razón se veía obligado a tomar un coche alquilado perdía los estribos porque iba a invertir más de una peseta en un gasto superfluo.

Defecto o virtud, esa característica de los primeros burgueses catalanes, la tacañería que se ha hecho célebre como caricatura de los catalanes en general, fue, en el caso de José Felipe Bertrán de Caralt, una de las razones que provocó lo que se conoció como el *caso de los DNI falsos* y le acabó poniendo a merced de las garras de Lluís Pascual Estevill. Uno de sus abogados, en privado, ha llegado a comentar que la misma tacañería que le llevó a cometer un monumental fraude fiscal, le impedía ceder a la extorsión de Estevill y que, si hubiera pagado, jamás habría pisado la cárcel ni habría sido condenado.

5. Véase capítulo 4, apartado *El* caso Macosa. *Asalto al Banco Central.*

Timoteo Ramírez y Jaime Parera eran los hombres para todo de José Felipe Bertrán de Caralt. Ramírez ejercía como asesor financiero y tributario del viejo industrial, mientras Parera era una suerte de secretario particular de Bertrán de Caralt. José Felipe Bertrán de Caralt llevaba años quejándose de la excesiva presión fiscal que sufrían los empresarios, que pagaban impuestos por partida triple, si, como en su caso, eran propietarios al ciento por ciento de las compañías: un 35 por ciento de la facturación en concepto de impuesto de sociedades, un 56 por ciento de sus ingresos brutos[6] y, para colmo, el impuesto sobre el patrimonio que, en su caso, es abultadísimo. Así que Bertrán de Caralt encargó a su hombre de confianza en cuestiones financieras que ideara un sistema para pagar menos impuestos.

La respuesta de Ramírez fue automática: la única posibilidad que alguien como él tenía de pagar menos impuestos era ocultando parte del dinero a Hacienda, es decir, crear una bolsa de dinero negro. En cuanto a la fórmula, había varias alternativas, ninguna de ellas segura al cien por cien. La tacañería del viejo patricio hizo su aparición y ordenó a Ramírez que buscara la fórmula más segura para defraudar a la Hacienda Pública y se pusiera a trabajar inmediatamente para evitar «que esos *buitres*» se llevaran «la mayor parte de su dinero».

Así fue como Timoteo Ramírez empezó a trabajar en 1988 en un sistema que le permitiera evadir del Fisco tanto dinero como pudiera de su jefe sin sacarlo de España. No tardó en encontrarlo y, desde luego, no se puede decir que la solución no fuera imaginativa.

Ramírez tenía una asesoría fiscal que le daba acceso a fotocopias de DNI de ciudadanos de toda España, especialmente en

6. La reforma fiscal del Gobierno del PP rebajó en 1997 el tipo marginal del 56 por ciento al 48 por ciento, con el apoyo parlamentario de los grupos de CiU, del PNV y de Coalición Canaria.

Andalucía, donde tenía abierta una delegación y gestionaba algunas inmobiliarias que promovían viviendas baratas para familias con pocos recursos. Las fotocopias de los documentos de identidad, que, además, podían ser manipuladas, le permitían crear un sinfín de inversores ficticios a los que imputarles buena parte del dinero negro de su *señorito*.

Los inversores ficticios que ocultaban en realidad la identidad de José Felipe Bertrán de Caralt empezaron a comprar letras del Tesoro y otros productos financieros fiscalmente opacos a través de un entramado de unas 40 sociedades creado al efecto por Timoteo Ramírez con buena parte de las compañías sin actividad que en algún momento había poseído Bertrán de Caralt o algunos miembros de su familia como su hija, Cristina Bertrán Márquez, y el marido de ésta, Miguel Morenés. Más de la mitad de las sociedades pertenecían al sector agropecuario. Entre las sociedades utilizadas por Ramírez figuraba la propia cabecera del grupo avícola de Bertrán de Caralt, que por entonces aún se llamaba Industrial y Comercial Agropecuaria; Sociedad Cooperativa de Compras; Gabimer; Ausich; Avinor; Agrovic Sur; Masa Proavic; Beral; Prodigest... y hasta 30 compañías más.

Las empresas cursaban las órdenes a los bancos para que invirtieran determinadas cantidades de dinero a nombre de los titulares de los DNI de los que Ramírez tenía fotocopia o había duplicado y manipulado. Ramírez concentró las operaciones en cuatro entidades financieras: Privat Bank, Benkers, Banco Santander y Banc Català de Crèdit.

En 1989 empezó Ramírez a desviar el dinero negro de Bertrán de Caralt a través del sistema de DNI falsos. En apenas dos años, 1989 y 1990, logró ocultar del Fisco 2.000 millones de pesetas (12 millones de euros) propiedad de José Felipe Bertrán de Caralt.

Pero en 1991, una fatalidad dio al traste con el montaje. El Banc Català de Crèdit remitió a un pescador de Huelva un extracto de operaciones bancarias que no había realizado nunca. El buen hombre guardó el documento, a pesar de que era evidente que se trataba de un error. Ni él había estado nunca en Cataluña, única comunidad en la que el BCC tenía sucursales, ni su escaso millón de pesetas anuales de ingresos daba para realizar las inversiones financieras de las que hablaba el documento. Pero el asunto no pasó por alto a Hacienda. El pescador se había convertido en sospechoso: apenas un millón de ingresos brutos en Huelva y titular de cuentas en Barcelona que invertían en letras y pagarés del Tesoro por importes millonarios.

La delegación de la Agencia Tributaria incluyó al pescador en el Plan Nacional de Inspección de 1992. Cuando los inspectores revisaron la documentación del pescador se percataron de que algo no funcionaba. Siguieron el rastro al dinero y dieron con los DNI falsos del Català de Crèdit. Para noviembre de 1992, ya habían localizado a algunos de los inversores ficticios en las cuatro entidades bancarias con las que operaba Timoteo Ramírez. Así que el Delegado de la Agencia Tributaria en Barcelona, Miguel García Hoffman, remitió el expediente a la Fiscalía del Tribunal Superior de Justicia de Cataluña.

Los chicos de Villarejo habían identificado a Ramírez y a Bertrán de Caralt a mediados de febrero de 1993. A finales de mes Villarejo y Mena ya tenían redactada una querella del ministerio público por delito fiscal contra el multimillonario industrial, contra Ramírez, Parera y contra los responsables de las cuatro entidades financieras a través de las cuales se realizó el fraude de José Felipe Bertrán.

Cuando Villarejo concluyó la redacción de la querella contra José Felipe Bertrán de Caralt, de acuerdo con su teniente fiscal, tomó una decisión que iba a resultar crítica para el caso. No se trataba de una acusación cualquiera. La querella iba dirigida contra una de las personalidades más destacadas de la burguesía catalana. Y, en el epígrafe de querellados, figuraban los representantes de las entidades financieras utilizadas por Timoteo Ramírez para escamotear a Hacienda el dinero de su *señorito*. Personajes como Antonio Sagnier, presidente de Privat Bank; Manuel Carreras, vicepresidente de Benkers; José Antonio Giribert, subdirector del Banco Santander en Cataluña, y Josep Maria Xercavins y Francisco Soler, consejero delegado y director general, respectivamente, del Banc Català de Crèdit.

Además, el texto de la querella fiscal implicaba, aunque de forma indirecta, a personajes del mundo financiero como Ignacio Bañares, ex síndico de la Bolsa de Barcelona; Ricardo Tejero, hijo del director general del Banco Central asesinado por ETA y socio de Bañares en la agencia de valores B&T; Fernando Pérez Valls Taberner, directivo del Banco Popular, o Javier Rodríguez Elola, de Ahorro Corporación.

Villarejo y Mena llegaron a la conclusión de que no se podían arriesgar a que la instrucción de la querella recayera en un juzgado cualquiera. Necesitaban a un juez inasequible a las presiones y que no tuviera problema alguno a la hora de encarcelar y acusar a los más significados personajes del mundo empresarial y financiero de Barcelona. Y no podían confiar en que el reparto, que se decide por sorteo, asignara la causa a una persona de esas características. Especialmente cuando ellos ya habían decidido quién era la persona idónea: el titular del Juzgado de Instrucción número 26 de Barcelona, Lluís Pascual Estevill.

Estevill había demostrado que no le temblaba el pulso a la hora de enviar a la cárcel a personajes como Jordi Planasdemunt,

Salvador Forcadell, Federico Albiñana o Eduardo Santos. Así que Villarejo decidió utilizar los mismos métodos que en otras ocasiones había utilizado el Clan de los Mentirosos. Esperó a finales de febrero, a un día que Estevill estuviera de guardia de incidencias para presentar la querella contra Bertrán de Caralt y asegurarse así de que fuera el *Lobo* el encargado de instruirla. En aquel momento, el que luego sería fiscal jefe anticorrupción era incapaz de prever el error que estaba cometiendo.

Tras el encarcelamiento de Estevill el 13 de febrero de 1997 acusado de extorsión, soborno y detención ilegal, aquella decisión de Villarejo sirvió como excusa a un Jordi Pujol acorralado para afirmar que la Fiscalía no siempre había tenido la misma actitud con el ex magistrado. «Los fiscales –afirmó Pujol– no tuvieron ningún problema a principios de los noventa en colaborar con Estevill e incluso vulnerar las normas del reparto para que los grandes delitos económicos recayeran en su juzgado.»

Cuando Estevill recibió la querella contra Bertrán de Caralt no se lo podía creer. Dio un respingo en el sillón de su despacho de magistrado en el Juzgado de Guardia y decidió conservar el texto de acusación de la Fiscalía de Cataluña como oro en paño. Por nada del mundo iba a permitir que la querella fuera al reparto. Había demasiado en juego. El *caso de los DNI falsos* le permitiría reafirmar su imagen de justiciero y de «azote de la burguesía» y, además, le ofrecía un listado de víctimas potenciales a las que exigir dinero por no ingresar en prisión como nunca había tenido a su disposición. Y se lo habían puesto en bandeja nada menos que la Fiscalía del Tribunal Superior de Justicia de Cataluña y el intachable Villarejo.

Como venía siendo habitual en los grandes casos de delincuencia económica que recaían en el juzgado de Lluís Pascual Estevill, la prensa se enteró de la presentación de la querella contra José Felipe Bertrán de Caralt mucho antes que cualquiera de los inculpados.

Tan pronto como el funcionario de la Fiscalía de Cataluña entregó la querella en el Juzgado de Guardia de Barcelona, Estevill se apresuró a admitirla a trámite. Dos días más tarde, sus periodistas de cámara ya habían difundido la historia, sin que la Fiscalía interviniera para nada. Mientras los voceros de Estevill hacían saber a toda España que el último patricio catalán era un defraudador fiscal, el juez declaraba las diligencias secretas con un único objetivo: que los inculpados no tuvieran conocimiento de la instrucción hasta que comparecieran ante él o hasta que sus emisarios les transmitieran a cuánto ascendían sus exigencias económicas a cambio de olvidarse del asunto.

En casa de José Felipe Bertrán de Caralt cundió entonces la preocupación. El viejo patricio ya se veía como una más de las presas del *Lobo*. Inmediatamente, a través de su hijo Felipe y de su abogado mercantilista, Xavier Arraut, empezaron a recoger el máximo de información y a preparar una estrategia defensiva para intentar evitar que Bertrán de Caralt ingresara en prisión.

Durante la primera semana de marzo, Arraut intentó comparecer ante el Juzgado de Instrucción número 26 de Barcelona en representación de Bertrán de Caralt. Pero fue informado por los oficiales y funcionarios de que no podía personarse en una causa que acababa de ser declarada secreta por el magistrado. Tendría que esperar a que Estevill citara a declarar a su cliente, si es que lo hacía.

Ante la imposibilidad de conocer el contenido de la querella ni lo que estaba haciendo Estevill con ella, los Bertrán y Arraut acordaron contratar los servicios de un bufete de abogados especializado en Derecho penal. Arraut y Felipe Bertrán acudieron a uno de los despachos más cotizados de la época, el de Francesc Jufresa y Cristóbal Martell, para que se encargaran de la defensa de José Felipe Bertrán de Caralt. Jufresa y Martell aceptaron inmediatamente el caso, a pesar de que, de momento, debido al secreto que Estevill había decretado sobre las actuaciones, no parecía haber mucho que hacer.

Durante las siguientes dos semanas, José Felipe Bertrán de Caralt vivió enclaustrado en su palacete. No se atrevía a moverse de su casa. Esperaba la inminente citación del juzgado y, en caso de que Estevill ordenara su detención, prefería que ésta tuviera lugar en su domicilio y no en plena calle, donde podía ser captada por la cámara de cualquier periodista.

Arraut y Felipe Bertrán desarrollan esos días una actividad frenética. Intentan por todos los medios tener acceso a las diligencias que estaba llevando a cabo Estevill. Felipe Bertrán estaba en contacto permanente con Jufresa y con Martell a cuyo despacho acude prácticamente a diario. Xavier Arraut llama a casi todos los abogados que conoce que en algún momento hayan llevado un asunto instruido por Estevill.

Las primeras novedades se producen el 23 de marzo. Durante una reunión entre Felipe Bertrán y los abogados penalistas de su padre. En un momento determinado de la sesión de trabajo, una secretaria interrumpe la reunión y anuncia que Juan Vives Rodríguez de Hinojosa hijo, conocido como *Nitus*, se acaba de presentar en el despacho y quiere hablar con Jufresa, con Martell y, especialmente, con Felipe Bertrán. Sorprendidos por el hecho de que conozca la existencia de la reunión, le hacen pasar.

El joven hijo de Juan Vives anuncia que sólo ha acudido a expresar su apoyo moral a Felipe Bertrán y a ofrecer su ayuda en lo que pueda ser necesaria. Pero inmediatamente pide al hijo de José Felipe Bertrán que haga un aparte para poder hablar sin la presencia de Jufresa y de Martell. Felipe Bertrán se disculpa con los abogados de su padre y les pide que le dejen a solas con

Nitus Vives. Apenas han traspuesto la puerta de su sala de juntas Jufresa y Martell, Vives baja la voz y le dice a Bertrán:

–Felipe, Jufresa no es la persona adecuada para llevar la asistencia jurídica de tu padre porque no tiene influencia sobre el juez.[7]

–¿A qué te refieres cuando hablas de influencia sobre el juez? –pregunta Felipe Bertrán.

–A que el asunto se puede arreglar con dinero. Lo sé por experiencia –contesta Vives–. En el *caso Macosa* las cosas no fueron a mayores porque Piqué Vidal era el abogado de la defensa y hubo dinero de por medio.

Entre indignado y sorprendido, Felipe Bertrán toma nota mental de lo que acaba de comunicarle Nitus Vives, le agradece el consejo y le pide que le deje proseguir con la reunión que estaba manteniendo con Jufresa y con Martell. De momento decide no comentar nada con su padre. Prefiere esperar a que Arraut esté presente y pueda aconsejarles.

Al día siguiente, por la mañana, una de las compañeras de despacho de Arraut, Marta Vila, se encuentra en los juzgados con el abogado Jorge Linati, que ha participado recientemente en las negociaciones entre Piqué Vidal y los consejeros de Macosa. Linati comunica a Vila que es vital que vea a Xavi Arraut inmediatamente; sabe que anda buscándole y sabe por qué. Marta Vila le informa de que Arraut se encuentra en el despacho Jufresa-Martell.

Linati coge su moto y se desplaza inmediatamente a la confluencia del paseo de Gràcia con la calle Consell de Cent, donde se encuentra el bufete Jufresa-Martell. Y se repite la escena del día anterior. Cuando Linati y Arraut se encuentran a solas, el primero le refiere los pormenores de la negociación del *caso*

7. Declaración de Felipe Bertrán Márquez ante la Fiscalía Anticorrupción del 12 de abril de 1996.

Macosa. Es 24 de marzo y la querella de Villarejo lleva demasiado tiempo en manos de Estevill sin que se haya producido novedad alguna. Es urgente que transmita el relato de Linati a su cliente.

Esa tarde se reúnen en casa de Bertrán de Caralt el viejo patricio, su hijo Felipe y Xavier Arraut. Felipe Bertrán explica la extraña aparición de Nitus Vives. Arraut le encuentra sentido enseguida, cuando relata punto por punto su encuentro con Jorge Linati.

José Felipe Bertrán ordena a Arraut que se ponga en contacto inmediatamente con Piqué Vidal y averigüe de qué va todo eso. Arraut no espera al día siguiente. A través de un par de amigos abogados a los que localiza por medio del teléfono móvil, concierta una cita con Piqué Vidal para la tarde del día siguiente, 25 de marzo de 1993.

El 25 de marzo de 1993, Xavier Arraut pide a Marta Vila, a las cinco de la tarde, que le acompañe con su moto al despacho de Juan Piqué Vidal. El conocido penalista le espera. Arraut quiere que haya un testigo que le vea entrar en el despacho de Piqué, del que no se fía en absoluto.

Cuando llega al despacho del penalista, Arraut es conducido inmediatamente a presencia de Piqué. El experimentado abogado contempla de pie y ausente el atardecer sobre la ciudad desde la ventana de su despacho en la Diagonal. Invita a Arraut a que tome asiento y en cuanto están frente a frente le dice:

–Yo ya sabía que Estevill andaba tras tu cliente. Me lo contó el propio Estevill hace un par de semanas. Coincidimos en una conferencia del juez Miguel Moreiras en el auditorio de la mutua Fiatc y después le acompañé a pie hasta su casa. Como sabes vive en la calle Emancipación. Por el camino me dijo que no iba a tardar en ordenar el ingreso en prisión de José Felipe Bertrán. Sólo estaba esperando las transcripciones de unas intervenciones telefónicas que había ordenado.

–Joder, Juan –le reprocha Arraut–, y ¿cómo no se te ocurrió decirme nada?

–Qué quieres que te diga chico –se defiende Piqué–, no sabía quién era el abogado de Bertrán. El otro día comiendo en el Via Veneto me encontré con Emilio Cuatrecasas e intenté explicárselo, pero él me cortó y me dijo que hace tres o cuatro años que no lleva a José Felipe.

Se produce un silencio. Arraut sabe que Piqué Vidal está interpretando su papel. Porque Estevill sí sabe que el joven abogado representa los intereses de José Felipe Bertrán de Caralt. Pero él también está interpretando. No necesita que Piqué Vidal le diga que Estevill tiene intención de encarcelar a su cliente. Se lo ha oído decir al propio magistrado. Hace sólo unos días juez y letrado han coincidido en la barra del Mesón Castellano, el bar oficioso de los juzgados, justo al lado del Palacio de Justicia, donde suelen coincidir magistrados, abogados, policías, acusados y periodistas. Cuando Estevill ve entrar a Arraut le espeta:

–Arraut, dígale a su cliente que se vaya del país. Lo voy a citar dentro de una semana y puede tener la seguridad de que irá «pa dentro».

Arraut se queda pálido cuando oye el anuncio que hace Estevill en voz alta y en presencia de otros magistrados. Se repone y decide plantar cara al *Lobo*.

–Si quiere, Señoría, le llamo por teléfono desde aquí y se lo dice usted mismo –Arraut sabe que acaba de cometer una imprudencia; sólo tiene que ver la expresión iracunda que forman los afilados rasgos de Estevill, pero ya es demasiado tarde para solucionarlo.

Estevill le da la espalda y no vuelve a dirigirle la palabra. Ha decidido ignorarle. Arraut también ha tomado una decisión. Él ya no puede representar a José Felipe ante el Juzgado. Tendrán que recurrir a los servicios de Jufresa.

El ex abogado del Estado rememora su encuentro con Estevill en el Mesón Castellano cuando Piqué le insinúa la estrecha relación que le une con el magistrado y afirma segundos después que desconocía quién era el defensor de José Felipe Bertrán. Pero decide callar. Al fin y al cabo ha ido a escuchar.

Piqué Vidal sabe perfectamente qué es lo que ha ido a escuchar Arraut y es evidente que éste no quiere dar el primer paso. Así que es Piqué quien rompe el hielo.

–No te preocupes, yo podría arreglar el caso. Traedme el expediente y en cuanto me haga cargo de la defensa, la cosa puede quedar en nada con una pequeña inversión de 300 millones (1,8 millones de euros). Me los entregáis y yo se los hago llegar al juez.

–Creo que mi cliente no está en disposición de reunir tanto dinero de forma inmediata, si, como dices, su detención es tan inminente –contesta Arraut.

–Está bien, pero ¿podríais hacer ahora un ingreso de 50 millones [300.000 euros] en Suiza? –tercia Piqué.

Arraut, prudente, sigue sin fiarse del astuto penalista y le pregunta, como de pasada:

–Y ¿cómo sabremos que no estamos siendo víctimas de una estafa?

–Porque el dinero se lo entregaréis al hijo del juez –zanja Piqué.

–Está bien –concluye Arraut–. La cosa está clara. Gracias por todo, Juan. Te diré algo inmediatamente. Voy a consultarlo con mi cliente.[8]

Esa misma noche se produce una nueva reunión en la residencia de José Felipe Bertrán de Caralt. Los asistentes vuelven a ser el propietario de la casa, su hijo Felipe y Xavier Arraut. Y

8. Declaración de Xavier Arraut ante la Fiscalía Anticorrupción el 26 de abril de 1996.

Arraut vuelve a ser el centro de atención cuando relata su encuentro con Juan Piqué Vidal.

–José Felipe –prosigue el abogado–, creo que con los indicios que tenemos sólo hay una forma de evitar que el juez Estevill te encarcele: pagar.

–De momento –asegura el viejo patricio–. ¿Quién nos garantiza que el caso no cae luego en manos de otro juez? ¿O que la Audiencia le va a permitir que se olvide alegremente de todo? Si Villarejo está detrás de la historia, no admitirá que me exculpen con tanta facilidad. Además 300 millones... No estoy seguro de que en el fondo todo esto no sea una trampa. No me fío de esos dos [se refiere a Estevill y a Piqué]. Habría que ver a qué me condenan si me juzgan. Javier, Felipe, creo que no pagaremos.

Es evidente que José Felipe Bertrán ha tomado una decisión. Si tiene que ingresar en prisión, sea. Pero no quiere tener nada que ver con nuevos delitos. Una cosa es defraudar al fisco, y otra muy distinta andar comprando jueces. Además todo el mundo sabe quién es Piqué y quiénes son sus socios y sus clientes.

Arraut debe encargarse de que José Felipe pueda presentarse ante Estevill con el máximo de garantías. El contenido de la conversación que han mantenido no debe conocerlo nadie más que los tres presentes. La situación ha alcanzado un punto crítico en el que José Felipe se siente más seguro si ingresa en prisión que en libertad a expensas del poder de Estevill y de su gente.

–Hay una solución. Pero debes estar preparado, José Felipe. Si lo hacemos, lo más probable es que mañana mismo ingreses en prisión –dice Arraut.

–Te escucho –dice el viejo patricio.

–Bien, se trata de evitar que Estevill y Piqué Vidal puedan hablar de mi visita de hoy antes de que tú declares, ¿verdad?

Bueno, pues Estevill está mañana de guardia. Lo mejor es que nos presentemos a primera hora en el juzgado y pidamos tu comparecencia voluntaria. Si estás de acuerdo, llamaré a Jufresa ahora mismo para que lo prepare todo.

Bertrán de Caralt asiente. De hecho, hace días que ha tomado una decisión.

–Llévate una bolsa de viaje con lo imprescindible –remata Arraut–. Es muy probable que del juzgado vayas directamente a la Modelo.

José Felipe Bertrán ha seguido al pie de la letra las instrucciones de Xavier Arraut. A las 10 de la mañana del 26 de marzo de 1993 está en la puerta del Juzgado de Guardia esperando a su abogado, Francesc Jufresa, en compañía de su hijo Felipe y de Xavier Arraut. En la mano derecha lleva una bolsa de deporte con lo imprescindible para una temporada en la Modelo, como le ha indicado Arraut la noche anterior. Cuando llega Jufresa los acontecimientos se precipitan. El abogado penalista y su cliente entran en el Juzgado de Guardia donde Estevill no los espera. Arraut y el hijo de José Felipe esperan fuera. Es más prudente. Especialmente después del encuentro que han mantenido unos días antes Arraut y Estevill a escasos metros de donde se encuentran ahora, en el Mesón Castellano.

Una vez en el Juzgado de Guardia, Jufresa y su cliente tienen que soportar las iras de Pascual Estevill. La comparecencia voluntaria del industrial no entraba en sus planes. Primero, cuando el secretario del Juzgado le comunica la presencia de los dos visitantes estalla en un ataque de cólera. Grita lo suficientemente alto para que lo oigan Jufresa y su cliente que no piensa recibirles, que José Felipe recibirá su merecido pero cuando él lo decida, que para eso es el juez, es quien manda en el juzgado.

Ya recompuesto, Estevill recapacita. Recibe primero a Jufresa y accede a tomar declaración a José Felipe Bertrán. Mientras Jufresa aún está en su despacho, puede ver cómo el juez ya ha sacado del primer cajón de su mesa uno de sus célebres autos de prisión ciclostilados. Estevill ordena a Jufresa que conduzca a su cliente a la sala de vistas y al secretario que busque al fiscal Xavier Balaguer.

Desde el primer momento es el propio Estevill quien se hace cargo del interrogatorio, que apenas dura dos horas. José Felipe se limita, como tenía previsto, a contestar afirmativamente a todas las preguntas del magistrado. Sí, es propietario del grupo de más de 20 empresas que han sido investigadas por la Fiscalía a petición de la Agencia Tributaria. Sí, Timoteo Ramírez siempre ha actuado con su consentimiento y siguiendo sus órdenes. Sí, Jaime Parera trabaja para él y se ha limitado siempre a cumplir los encargos que le hacían Ramírez o el propio José Felipe. Sí, conoce personalmente a los representantes de las entidades bancarias que le va citando una por una el juez. «Y, una cosa señor juez, antes de que tome una decisión, me gustaría que el secretario tomara nota de que, a efectos de fianza, me declaro insolvente», concluye el viejo patricio.

Estevill vuelve a montar en cólera y, antes de que el secretario acabe de escribir las últimas palabras de José Felipe, firma el auto de prisión incondicional que ya tiene sobre la mesa.

El secretario tiende su declaración a José Felipe Bertrán, que no la lee, se limita a firmarla. Sabe que tiene que limitarse a esperar en el pasillo a que vayan a buscarle los guardias civiles encargados de trasladarle a la Modelo.

–Acabo de decretar su ingreso en prisión de forma incondicional –le dice Estevill a José Felipe–. Y dígales a sus amigos que vayan preparándose porque a ellos les va a pasar lo mismo.

Más enemigos: Marta Vila, Xavier Arraut y Alberto Sala

Una de las cualidades que hacían más temible al *Lobo* es que nunca hablaba de balde. Nunca incumplía una promesa, especialmente si se trataba de una amenaza. Tal y como le había pronosticado a José Felipe Bertrán de Caralt, Estevill hizo desfilar por su juzgado a todos los que tenían algo que ver con la trama de defraudación fiscal que había organizado el viejo patricio. Durante las tres semanas que José Felipe estuvo en la Modelo, del viernes 26 de marzo al viernes 16 de abril de 1993, Estevill encarceló a siete personas relacionadas con el *caso de los DNI falsos*. Cuatro eran ejecutivos bancarios de renombre en la ciudad.

Los primeros en desfilar fueron los empleados y los miembros del entorno íntimo de José Felipe Bertrán de Caralt. Sólo unos días después que José Felipe, el lunes 29 de marzo, ingresaban en prisión Timoteo Ramírez, Jaime Parera y el yerno de Bertrán de Caralt, Miguel Morenés. El caso de Parera era especialmente sangrante para Bertrán de Caralt. Jaime Parera era su secretario particular desde hacía décadas. En los últimos tiempos, con la irrupción de Timoteo Ramírez en su vida, Bertrán había dejado de necesitar los servicios de Parera, ya mayor y enfermo de cáncer. Aun así le mantuvo a su lado para encargarle trabajos menores, era una especie de avejentado chico de los recados de lujo. Bertrán exigió a sus abogados que se encargaran de la defensa de Parera como si se tratara de su padre. Pero no serviría de nada. El juez estaba decidido a que todos aquellos defraudadores pasaran por la prisión y le encarceló también.

Después le tocó el turno a los bancos. La entidad que más dinero negro administró procedente de las empresas de José Felipe Bertrán de Caralt era el Banc Català de Crèdit. Estevill citó en la misma mañana al director general, Francisco Soler, y al consejero delegado, Josep Maria Xercavins, a la sazón hombre de Mario Conde en Barcelona.

Soler apenas estuvo una hora declarando antes de ser conducido a la Modelo. Cuando Xercavins vio que su número dos en el banco salía hacia la cárcel custodiado por dos guardias civiles decidió que ni el secreto profesional ni ningún cliente valían su libertad. A pesar de que Ramírez había señalado a Xercavins como una de las piezas fundamentales en el diseño del fraude, el consejero delegado del Banc Català de Crèdit fue el único de los querellados por el fiscal que no pisó la prisión. Su declaración, naturalmente, se prolongó mucho más que la de cualquier otro imputado, casi seis horas, tras las cuales, aliviado, pudo marcharse a su casa. Xercavins cantó la gallina y entregó a todos los que habían participado en el fraude, algo que parte de la burguesía catalana no le perdonaría nunca.

Quien sí pisó la prisión fue Antonio Sagnier, presidente de Privat Bank, el banco de gestión de fortunas participado por buena parte de las grandes familias industriales de Barcelona –los Ferrero de Nutrexpa, los Godó de *La Vanguardia*, los Molins de Cementos Molins, los Esteve de Laboratorios Esteve, los Garrido de Almirall, los Raventós de Codorníu o los Ferrer de Freixenet–. Y no fue el único. Como él, pasaron diez días en la Modelo Manuel Carreras, vicepresidente de Benkers, y José Antonio Giribert, subdirector del Banco Santander para Cataluña.

Un trámite absolutamente innecesario. Las confesiones de Bertrán de Caralt y de Timoteo Ramírez y el testimonio de Xercavins permitieron a Estevill concluir la instrucción en un tiempo récord. A finales de julio ya había remitido la causa a la Audiencia de Barcelona para que señalara la fecha del juicio. Pero entre el 25 y el 26 de mayo de 1993 Estevill ingresó en ventanilla en una de sus cuentas de Caixa de Catalunya 50 millones de pesetas (300.000 euros). La procedencia de ese dinero nunca se ha aclarado.

El juicio contra José Felipe Bertrán de Caralt no se celebraría hasta 1994. Pero la velocidad de la instrucción y la eficiencia a la hora de convertir en una causa judicial las acusaciones de la Fiscalía y de la Agencia Tributaria suponían un nuevo éxito del «azote de la burguesía». Poco podía imaginar que durante aquella veloz instrucción iba a provocar que algunos de los personajes más importantes a la hora de destruirle se pusieran a trabajar en su contra.

José Felipe Bertrán de Caralt era y sigue siendo uno de los principales clientes del bufete Arraut y Asociados. A pesar de que no son especialistas en Derecho penal, sino fiscalistas y civilistas, y de que Xavier Arraut tuvo que retirarse de la primera línea de la defensa del viejo patricio, los socios del bufete se tomaron la defensa del secretario de José Felipe, Jaime Parera, como algo personal.

El hecho de que el cáncer que padecía Parera estuviera a punto de entrar en su fase terminal y su evidente ignorancia del significado de las operaciones que le encargaban Bertrán de Caralt y Timoteo Ramírez, le convertían en el eslabón más débil de la cadena, en la única persona que había que proteger a cualquier precio.

Arraut no podía encargarse de la defensa de Parera. El simple hecho de que le representara podía ser interpretado por el irascible Pascual Estevill como una provocación que supondría el ingreso inmediato de Parera en prisión. Arraut y su socia, Marta Vila, una joven militante y dirigente del Partido Popular de Barcelona, decidieron que fuera ella la que se encargara de defender a Parera.

No iba a servir de nada. Estevill tenía muy claro que todo el entorno de José Felipe Bertrán iba a pagar el atrevimiento del viejo burgués de pretender decidir cuándo ingresar en prisión. También Parera, para quien el fiscal Balaguer no pidió medida cautelar alguna.

Marta Vila, acostumbrada a los interrogatorios por escrito a través de jueces de primera instancia razonables, no podía entender «cómo aquel energúmeno procuraba aquel trato casi militar» a su defendido, al que gritaba e insultaba cuando afirmaba que no sabía más de la cuestión que lo que estaba declarando: que firmaba algún que otro documento cuando se lo pedía su patrón, que llevaba algunos papeles a los bancos, pero que no conocía el contenido de aquellos legajos que transportaba.

Sin comerlo ni beberlo, Parera se encontró con una orden de prisión incondicional que el juez había decidido por su cuenta; sin que nadie se lo pidiera. Marta Vila estaba fuera de sí. Rogó y suplicó al magistrado que reconsiderara su decisión en atención a las circunstancias personales de su cliente. Sólo obtuvo un no rotundo y un gesto de desprecio de Pascual Estevill.

Marta Vila había incumplido su compromiso. No había podido evitar que el «pobre Parera» acabara dando con sus huesos en la prisión. Estaba indignada, así que decidió recurrir la decisión del magistrado. Pero no con un recurso de reforma que debía resolver personalmente el propio Estevill. Estaba meridianamente claro que no tenía intención alguna de replantearse su decisión. La abogada presentó un recurso de apelación directamente a la sala de la Sección Novena de la Audiencia de Barcelona.

En el escrito, Vila no pudo contener sus amargas críticas contra aquel magistrado que, en la sala de vistas de su juzgado, con todo el poder para decidir sobre la libertad de la persona que tenía delante, se comportaba más como un torturador que como un magistrado. La abogada afirmaba en su recurso que el magistrado «actúa como si se creyera Dios».

Cuando Estevill tuvo conocimiento del recurso que había interpuesto Marta Vila ante la Sala, volvió a tener un estallido de cólera. Dictó una orden por la que sancionaba a la letrada a una multa de 100.000 pesetas (600 euros) por falta de respeto al magistrado, a pesar de que el máximo previsto por la Ley para esos casos es de 90.000 pesetas. En el escrito, denigrante en cada línea con la letrada, ironizaba sobre la ignorancia de Marta Vila, que se permitía cometer la herejía de recurrir a la Sala sin poner su decisión en conocimiento del juez de instrucción. La Ley de Enjuiciamiento Criminal deja por ignorante a Pascual Estevill y no a Marta Vila, porque el abogado puede recurrir a la instancia que crea oportuno para conseguir la libertad de su cliente.

Así lo consideró la propia Sección Novena, que rechazó el insultante escrito que Estevill había remitido al tribunal contra Marta Vila y descalificaba el exceso de latinajos («más Derecho y menos latín» venía a ser la conclusión) que utilizaba Estevill cuando decidió poner en libertad a Parera en contra del criterio del instructor, 42 días después de su ingreso en prisión.

También lo consideraron así los 900 abogados de Barcelona que se encargaron de poner poco más de 100 pesetas cada uno para pagar la injusta multa que Estevill había impuesto a Marta Vila. Todo un síntoma de que la actuación del soberbio magistrado no era en absoluto del agrado de la profesión en Barcelona. Algo de lo que la soberbia del *Lobo* le impidió tomar nota.

Una soberbia que se vería refrendada por la Sala de gobierno del Tribunal Superior de Justicia de Cataluña. Los magistrados del TSJC dieron la razón a Estevill cuando Marta Vila elevó su protesta ante ellos. Craso error por el que serían severamente reprendidos cuando el Tribunal Constitucional falló a favor de la abogada el 26 de marzo de 1998.

Claro que para entonces, para Marta Vila, el mal ya estaba hecho. Jaime Parera falleció apenas transcurridos seis meses de su ingreso en prisión por orden del implacable Pascual Estevill. La abogada siempre ha considerado al juez Pascual Estevill responsable directo de la muerte de su cliente. El injusto paso por la cárcel de Jaime Parera –así lo calificó la Sección Novena de la Audiencia de Barcelona por dos veces: cuando decidió que debía abandonar la prisión y cuando en el juicio que se celebró el 10 de marzo de 1994 le exoneró– fue lo que provocó que su enfermedad se agravara y que el cáncer entrara definitivamente en situación terminal.[9]

El episodio protagonizado por Marta Vila iba a costarle, con el tiempo, la libertad a Lluís Pascual Estevill. Del *caso de los DNI falsos* salieron los primeros enemigos declarados del ex magistrado. Arraut, ex abogado del Estado, con clientes importantes, con contactos en Hacienda tras su paso por la Delegación de Barcelona y un auténtico sabueso a la hora de recopilar información *confidencial*, ya había decidido empezar a preparar el camino para acabar con el juez corrupto cuando Piqué Vidal fijó el precio del magistrado por liberar a José Felipe Bertrán de Caralt. El trato dispensado por Estevill a su socia le ratificó aún más. Así se lo transmitió Arraut a su cuñado el entonces ascendente consejero Xavier Trias –casado con la hermana de Arraut, Purificación–, que con su voz gangosa siempre le contestaba: «No es cosa mía, esto es cosa de Roca y de Alavedra, tú verás lo que haces». «Yo les voto, pobres, ¿qué voy a hacer?», suele decir Arraut cuando se le pregunta por sus relaciones con CiU, y de ahí no baja. Pero si ya tenía a Arraut en contra y por extensión a su socia Marta Vila, el trato ultrajante que Estevill brindó a la abogada le granjearía otro enemigo. Vila acababa de contraer matrimonio. Su marido, el abogado Alberto Sala Rei-

9. Conversaciones del autor con la abogada Marta Vila.

xachs, uno de los principales expertos en suspensiones de pagos y quiebras, también se tomó los insultos recibidos por su segunda esposa como algo personal. Y Sala se define como un *safareig* –en catalán un chismoso– que es capaz de sacar información de debajo de las piedras, especialmente si está personalmente implicado. Ese trío le iba a amargar la vida a Pascual Estevill a partir de 1994. Pero desde marzo de 1993 habían empezado a recoger rumores –y eran muchos los que corrían– sobre la dudosa moralidad del titular del Juzgado 26 y evidencias de su comportamiento corrupto.

El 10 de febrero de 1994 se celebró el juicio contra José Felipe Bertrán de Caralt. Sólo hubo dos condenados, el propio José Felipe, con seis años de prisión, y su hombre, Timoteo Ramírez, con cuatro. Todos los fuegos de artificio y las prisiones provisionales exhibidas por Estevill durante la instrucción de la causa se probaron excesivas, aunque en aquel momento nadie protestó.

En 1997, el Tribunal Supremo rebajó a dos penas de dos años de prisión la condena para José Felipe Bertrán y *congeló* su ingreso en la cárcel para cumplirla después de que abonara a Hacienda la cantidad defraudada, unos 750 millones de pesetas (4,5 millones de euros), más una multa por el mismo importe. Nunca llegó a cumplir condena. El Gobierno de José María Aznar le indultó, entre otras razones, porque había sido víctima de los intentos de extorsión de Lluís Pascual Estevill. Una vez más quedaba probada la frase que les graban a fuego sus profesores a los alumnos de la Escuela Judicial de Barcelona: «La absolución del culpable es la condena del juez».

Otra vez el Central

El encarcelamiento preventivo de José Felipe Bertrán de Caralt y la celeridad de la instrucción de la causa que siguió Pascual Estevill contra el viejo patricio ratificó a la Fiscalía en su falsa convicción de que el «Juez de la Horca» era su hombre. Sin ir más lejos, mientras Estevill instruía en Barcelona el *caso de los DNI falsos*, en Madrid estallaba el escándalo de las cesiones de crédito del Banco Santander. El caso fue a parar nada menos que al Juzgado Central de Instrucción número 3 de la Audiencia Nacional.

Estevill había demostrado sobradamente que ese tipo de cosas no sólo no le impresionaba. Veía en ellas, según parecían entender los cruzados de la Fiscalía que se negaban a admitir la realidad, la posibilidad de ejemplificar la imparcialidad de la Justicia. «El criminal recibe siempre su castigo, sea de la clase social que sea y tenga el dinero que tenga», parecía ser el lema de Pascual Estevill. Un lema que abanderaban desde siempre Carlos Jiménez Villarejo y José María Mena. Sólo así se explica la indignación que sintieron cuando descubrieron la verdad.

Pero en julio de 1993 aún estaban convencidos de que el «azote de la burguesía» estaba en el mismo bando que ellos. Por esa razón volvieron a *elegir* a Lluís Pascual Estevill como instructor de un monumental y escandaloso delito económico. Un nuevo caso de venta de facturas falsas para cometer fraudes en la liquidación del IVA que afectaba a buena parte de las primeras empresas del país.

La Fiscalía volvía a dejar en manos de Estevill un caso de corrupción económica en el que parecían estar implicadas algunas de las personalidades más destacadas del mundo económico y financiero español. Dos oscuros personajes, Miguel Pros y Antonio Pi, parecían haber fabricado facturas falsas que se vendieron a 350 compañías para que éstas pudieran defraudar a la Hacienda Pública. Nacía así el *caso Indelso*, uno de los últimos que instruiría Pascual Estevill antes de hacer las maletas para trasladarse a Madrid a ocupar su plaza de vocal en el Consejo General del Poder Judicial.

El caso Indelso

Según las primeras versiones, las investigaciones de Pascual Estevill habían permitido a la Fiscalía y a la policía judicial llegar a la conclusión de que Miguel Pros y Antonio Pi, a través de varias sociedades entre las que destacaba Indelso, habían «colocado» facturas falsas a 350 compañías para que pudieran exigir devoluciones de IVA que nunca habían pagado. Pros y Pi tenían un comercial de lujo para colocar aquellas facturas falsas, el ex jugador de fútbol Cayetano Re.

Los voceros de Estevill no tardaron en airear la nueva hazaña del «azote de la burguesía». Los periodistas de cámara del «Juez de la Horca» no se andaban con chiquitas. Cifraron el fraude descubierto por su amigo justiciero en más de 20.000 millones de pesetas (120 millones de euros).

Las correcciones de la Fiscalía no tardarían en rebajar la cifra hasta los 10.000 millones de pesetas (60 millones de euros). Una cantidad de dinero que siguió consumiéndose casi hasta desaparecer. Tanto menguó que la Audiencia de Barcelona se vio finalmente obligada a archivar el *caso Indelso* en 1997.

Pero, a finales de julio de 1993, recuperada su fe en sí mismo tras la rauda instrucción del *caso Bertrán de Caralt*, la investigación del conjunto de delitos fiscales que aparentemente se escondían detrás de la tapadera de Indelso suponían para Estevill un nuevo reto.

Sobre todo porque entre las 350 compañías que supuestamente habían comprado facturas falsas al entramado de Pros y Pi figuraban algunas de las grandes empresas nacionales, muchas de ellas, además, participadas por la gran banca. Y Estevill ya había podido comprobar a finales de 1992, durante la instrucción del *caso Macosa*, que cuanto más influyente es un banquero más vulnerable se vuelve a la extorsión. Sobre todo si la amenaza consiste en ensuciar su prestigio con imputaciones judiciales o, incluso, en pasar unos días a la sombra. Si no, que se lo pregunten a Alfonso Escámez.

Una vez más la ingenuidad de la Fiscalía había puesto en bandeja de plata víctimas de lujo para que fueran devoradas por Estevill y su clan de chantajistas, aunque los responsables de la investigación nunca han descartado que el Clan de los Mentirosos hubiera participado en la gestación del caso, no han podido probarlo. Lo más importante del *caso Indelso* para Estevill y su cuadrilla, sin embargo, era que le iba a permitir dar el paso que le convertiría en una de las piezas clave de la corporación oculta que gobernaba los negocios de corrupción en Barcelona, el Clan de los Mentirosos.

Con las investigaciones sobre Indelso sobre la mesa, Pascual Estevill podía brindarle un gran favor a los otros dos ejes del clan, Juan Piqué Vidal y Javier de la Rosa, que andaban muy interesados en aquellas fechas en comprometer como fuera a la Corona en sus negocios sucios para blindarse. La casualidad hizo que el *caso Indelso* permitiera a Estevill y a Piqué Vidal aumentar su presión sobre el entorno del rey Juan Carlos sometiendo a su tradicional chantaje judicial a un conocido miembro de la Familia Real como el doctor Carlos Zurita, cuñado del monarca y duque consorte de Soria por su matrimonio con la infanta Margarita.

Pero la panoplia de grandes corporaciones a las que someter a su chantaje que le brindaba la lista de supuestos compradores de facturas falsas a Indelso le ofrecía también la posibilidad de hacer desfilar por su juzgado a lo más granado de la clase empresarial española. Cataluña se le había quedado pequeña al *Lobo* y, además, algunos burgueses catalanes preferían ir a la cárcel a abonar las elevadas cifras por las que Estevill vendía su toga, como había demostrado José Felipe Bertrán de Caralt. Como asegura habitualmente uno de sus abogados, «la moral fue algo secundario en la decisión de José Felipe, lo importante era la *pela*; aquello fue, fundamentalmente, un acto de tacañería».

Ahora, la investigación sobre Indelso ponía directamente bajo su bota a los directivos de empresas como Cahispa, Reinhold, Santa Lucía, Dragados y Construcciones o Pryca, filial de la multinacional francesa Carrefour y participada accionarialmente por la Corporación Financiera Alba, el grupo financiero de la familia March.

Desde que se reincorporó a su juzgado tras unas «merecidísimas» vacaciones en septiembre de 1993, Estevill se dedicó a amargar la vida de buena parte de la clase dirigente empresarial española con la excusa del *caso Indelso*. Desfilaron en calidad de imputados ante su juzgado personajes de la talla del director general de Dragados, Enrique Durán; el presidente de Pryca, Juan Antonio García Díez, y su referente francés, el presidente de Carrefour, Jean-François Pontal, o el representante en España de los intereses de la holandesa Reinhold, José Manuel Ramírez.

Es imposible determinar cuántos de ellos se *retrataron* y pasaron por ventanilla para hacer el correspondiente ingreso en las cuentas del juez Estevill. Sí se sabe quién no cedió al chantaje: José Manuel Ramírez, uno de los muchos particulares que ejercen la acusación particular contra Estevill en la investigación por extorsión y soborno. Su abogado no se tomó en serio la advertencia que le hizo Juan Piqué Vidal en los pasillos de los juzgados cuando le dijo: «Si quieres que tu cliente no pase una temporada en la sombra, tendrás que sobornar al juez». Y Ramírez pasó dos semanas en la Modelo.

Otros pagaron en especie. Como los March. Así lo atestiguó el jefe de la asesoría jurídica de la Banca March, Enrique Piñel, ante el Tribunal Superior de Justicia de Cataluña. Pryca era desde luego muy vulnerable a Estevill. Una empresa radicada en Madrid, cuyos principales accionistas son los franceses de Carrefour y que no conocían las peculiaridades del territorio judicial catalán. Sólo los March, socios de los franceses en España, podían actuar. Y lo hicieron.

Estevill había hecho declarar como imputado a Juan Antonio García Díez. El tono del interrogatorio y la despedida de Estevill le dejaron muy mal cuerpo al ex ministro de Industria de UCD. Estaba muy claro que el juez podía decretar su ingreso en prisión en cualquier momento, «en función de su estado de ánimo», dice una persona próxima a García Díez.

Pero el *Lobo* no se iba a conformar con García Díez cuando podía imputar en el procedimiento nada menos que al presidente de una multinacional. El francés Jean-François Pontal acudió a declarar en enero de 1994 a los juzgados de Barcelona convencido de que se trataba de una cuestión de puro trámite. Cuando abandonó el Juzgado de Instrucción número 26 de Barcelona, la desproporción de las medidas cautelares que Estevill había decretado contra él le dejaron sin habla. El *Lobo* había ordenado el ingreso en prisión de Pontal eludible bajo fianza de 25 millones de pesetas (150.000 euros) y estableció que el empresario francés debía presentarse en el Juzgado de Instrucción número 26 de Barcelona cada 15 días.

Sólo unos días más tarde un nuevo enviado de Estevill, un *agente secreto* como el que intervino en el caso de Nutrexpa, se puso en contacto con Enrique Piñel. El mensaje era muy escueto: el juez Pascual Estevill quería verle para mantener un encuentro con él. Piñel, preocupado como toda la dirección del Grupo March, por las medidas cautelares que Estevill había impuesto a su socio francés, llamó de inmediato a su señoría. Y concertaron un encuentro en el cuartel general de Estevill para asuntos extrajudiciales: La Puñalada.

Piñel acudió al almuerzo a la expectativa y se quedó desconcertado cuando el magistrado llevó la conversación por un único derrotero: la dificultad de encontrar trabajo que tienen los jóvenes recién licenciados en la Universidad.

–Piñel, la cuestión del trabajo se está poniendo realmente difícil. No sabe usted cuántos jóvenes licenciados en Derecho tienen que ejercer trabajos que no tienen nada que ver con su profesión. No es como en mi época. Entonces sólo con esfuerzo podías lograr lo que te propusieras. ¡Míreme a mí! Pastor de cabras en mi niñez y hoy soy uno de los jueces más reputados de España.

Piñel, que esperaba poder hablar del problema de sus jefes a causa de la situación de Jean-François Pontal, esperaba que Estevill le permitiera introducir el asunto en algún momento del almuerzo. Pero fue el magistrado quien le brindó la oportunidad.

–Por cierto, Piñel, ¿cómo andan ustedes de personal en los servicios jurídicos de Banca March? Porque yo tengo una hija, mi pobre Elena, licenciada en Derecho, estoy convencido de que será una buena abogada. Pero no hay forma de que encuentre trabajo. ¿No tendría usted algo para ella? –inquirió Estevill al abogado que tenía delante–. Mi bufete no da para mantener a tantos abogados, por mucho que sean hijos míos. Además la chica se sentirá frustrada si el único puesto de trabajo que encuentra es el que pueda ofrecerle su padre.

Piñel entendió a la primera cuál era el objeto del encuentro. Si la Banca March contrataba a Elena Pascual Franquesa como abogada de los servicios jurídicos, los problemas de Pontal adquirirían inmediatamente mejores perspectivas.

–Por supuesto –contestó inmediatamente Piñel–. Dígale a su hija que me llame. Seguro que tenemos algo para ella. Por cierto señoría, la cuestión de la implicación de Pryca en el *caso Indelso*... La verdad es que nos tiene muy preocupados, especialmente por las medidas cautelares que ha decretado usted contra el presidente de Carrefour, Jean-François Pontal...

–¡Ah!, eso –contesta Estevill como si estuviera realmente sorprendido–. No tienen de qué preocuparse, es una cuestión de formas. Tenía que hacerlo, pero en unos días las dejaré sin efecto. Así, ¿dice usted que le puedo decir a mi hija que le llame? Estupendo entonces, no sabe la alegría que nos da a su madre y a mí.

Efectivamente, al cabo de unos días, Elena Pascual Franquesa se incorporó como abogada de los servicios jurídicos de la Banca March. Sólo dos días después, Pascual Estevill dejaba sin efecto las medidas cautelares que había dictado contra el presidente de la multinacional francesa Carrefour.[10]

El puesto de trabajo que logró Elena Pascual en el departamento jurídico de la Banca March no iba a ser la única dádiva que recibiría Lluís Pascual Estevill por sus actuaciones irregulares durante la instrucción del *caso Indelso*.

La investigación se inició en septiembre de 1993. El 23 de septiembre, Estevill ordenó la detención del empresario Josep Jové Andreu. Sin embargo, después de tomarle declaración Estevill decidió dejar en libertad a Jové. Dos días antes de ordenar la detención del empresario, una cuenta del magistrado en el BBV, la 62.354, registró un ingreso de un millón de pesetas (6.000 euros). Y exactamente un mes después, otro ingreso de un millón.

10. Declaración de Enrique Piñel ante el magistrado del Tribunal Superior de Justicia de Cataluña Antoni Bruguera del 7 de mayo de 1999.

Pero los mayores ingresos que registraron sus cuentas españolas se produjeron durante el mes de noviembre, cuando Estevill estaba acorralando a las que consideraba las presas más preciadas que le brindaba el *caso Indelso*, las aseguradoras del Banco Central Hispano Seguros La Estrella y Banco Vitalicio. El 25 de noviembre de 1993, una cuenta de Estevill en Caixa Catalunya recibió un ingreso de 18.750.000 pesetas (113.000 euros). Al día siguiente la cantidad fue retirada íntegramente también en efectivo de la cuenta.[11]

Encarcelados los ejecutivos de Vitalicio y de La Estrella

El 4 de noviembre de 1993, Lluís Pascual Estevill abría de nuevo las secciones de economía de todos los diarios nacionales de España. El día había empezado con mucha expectación en el Juzgado de Instrucción número 26 de Barcelona, pero parecía desarrollarse con más normalidad de la esperada por los innumerables reporteros que esperaban a la puerta.

Ese día, Estevill había concentrado nada menos que cinco citaciones de personajes célebres en su juzgado en relación con el *caso Indelso*. El primero en declarar fue el presidente de Pryca, Juan Antonio García Díez, que, para sorpresa de algunos de los reporteros presentes en los pasillos de los juzgados, abandonó la sede judicial sin que el magistrado del 26 hubiera dictado medida cautelar alguna contra él.

Pero el gran espectáculo estaba aún por venir. Tras García Díez, estaba previsto que declararan los principales ejecutivos del grupo asegurador del Banco Central Hispano: el presidente de Seguros La Estrella, Miguel de los Santos Geijo; el consejero delegado de la firma, Jaime Varela; un antiguo director ge-

11. *El Mundo* del 25 de enero de 1997.

neral de la aseguradora, Adolfo Barón, y el director general de Banco Vitalicio, una de las compañías del antiguo Central con sede en Barcelona, José Luis Pérez Torres. Para sorpresa de muchos, Estevill había citado al presidente de La Estrella, pero no al de Vitalicio, que no era otro que el viejo banquero de Águilas Alfonso Escámez. Y es que, en aquella época, Estevill aún le estaba sacando partido al encuentro que había mantenido el 15 de diciembre de 1992 con Alfonso Escámez. Uno de los amigos personales de Pascual Estevill, el joyero Rogelio Roca, lo sabe perfectamente, porque se benefició de las relaciones privilegiadas que mantenía el magistrado con la dirección del Banco Central Hispano. «Tengo mucha mano en el BCH», le dijo Estevill a Rogelio Roca en una ocasión en la que el joyero se lamentaba de las dificultades que tenía para hacer frente a las cuotas de un crédito de la entidad.

–No te preocupes, Rogelio –le dijo Pascual Estevill–, haré una llamada personal y ya verás cómo todo se soluciona.

Efectivamente, Pascual Estevill hizo la llamada y el 28 de octubre de 1993, el BCH modificó la escritura del crédito y concedió al joyero Roca un aplazamiento de pago de seis meses. A cambio, Pascual Estevill empezó a acudir a la joyería de Roca y, siempre que se encaprichaba de un Rolex, se lo llevaba sin tener que pagar nada.[12]

Pero eso no parecía ya importar a Pascual Estevill la mañana del 4 de noviembre de 1993, una semana después de que el BCH resolviera los problemas financieros de su amigo Rogelio Roca. El primero en declarar aquella mañana fue el prepotente y seguro presidente de La Estrella Miguel de los Santos Geijo. El interrogatorio duró muy poco, apenas tres horas. Y Geijo salió por la puerta del 26 escoltado por dos guardias civiles cami-

12. Declaración de Rogelio Roca ante el Tribunal Superior de Justicia de Cataluña del 22 de agosto de 1997.

no de Alcalá-Meco, la prisión de preventivos más próxima a su domicilio en Madrid. Los otros dos directivos de La Estrella, que esperaban su turno para declarar en el pasillo, entre los grupos de reporteros, se pusieron lívidos, lo mismo que José Luis Pérez Torres, el director general de Vitalicio.

Uno por uno fueron desfilando ante Estevill. Y todos corrieron la misma suerte. Varela y Barón fueron conducidos a Alcalá-Meco tras declaraciones de la misma extensión que Geijo. A las siete de la tarde, el último de los ejecutivos del grupo asegurador del Central Hispano, Pérez Torres, era conducido a la Modelo.

Las luces de alarma saltaron en la última planta de la sede central del BCH, en el número 49 de la madrileña calle de Alcalá, frente a la Cibeles. José María Amusátegui se enteró porque una de sus secretarias había oído la noticia del encarcelamiento de Geijo por la radio.

Otra vez Estevill había tomado como rehenes a significativas personalidades del banco para extorsionar al BCH. Y ni siquiera había transcurrido un año desde «lo de Macosa». Las primeras llamadas que hizo Amusátegui fueron para sus hombres en Barcelona, heredados del viejo presidente del Central, Alfonso Escámez. Luis Magaña y Juan Vives Rodríguez de Hinojosa esperaban que sonara el teléfono y que al otro lado de la línea estuviera José María Amusátegui desde primeras horas de la mañana.

El siguiente movimiento del flamante presidente del Central Hispano fue ponerse al habla con el consejero de Economía de la Generalitat, Macià Alavedra, que había jugado un papel determinante en la resolución de la crisis abierta con motivo de la implicación de Alfonso Escámez en el *caso Macosa*.

Sin embargo, cuatro días más tarde, la secretaria del presidente del BCH tuvo que marcar un teléfono mucho más comprometido, el del Palacio de la Zarzuela. Amusátegui debía hablar urgentemente con Fernando Almansa, jefe de la Casa Real desde que en enero sustituyera al teniente general Sabino Fernández Campos como encargado de los asuntos de Su Majestad.

Cuando Almansa cogió el teléfono, Amusátegui tuvo que excusarse.

–Perdona, Fernando, no me gusta ser portador de malas noticias, pero tenemos aquí un problema bastante grave –decía Amusátegui para encarar la conversación.

–Lo sé –contesta Almansa–, he oído lo de Geijo, pero no veo en qué podemos ayudarte desde aquí.

–No, no lo estás entendiendo, Fernando –insiste Amusátegui–. El problema os afecta directamente a vosotros. Te llamo para pedirte tu consentimiento y para comunicarte que voy a hacer todo lo que esté en mis manos para resolver el problema.

–Mira, José María –contesta Almansa–, creo que estás sacando un poco las cosas de madre. Ya sé que Carlos Zurita es miembro del consejo de administración del Banco Vitalicio, pero es muy difícil que tenga problemas por eso...

–No, Fernando –le corta Amusátegui–, te llamo precisamente para decirte que Carlos ya tiene problemas con ese juez de Barcelona, Estevill. Hoy acaba de dictar un auto en el que imputa a todos los miembros de la comisión ejecutiva del Vitalicio. Lo acaban de recibir nuestros abogados. El cuñado del rey está imputado en un procedimiento por delito fiscal de miles de millones de pesetas.

Almansa, práctico, cambia inmediatamente de actitud. Ya está en posición de intentar resolver la crisis.

–¿Ha trascendido? ¿Existe la posibilidad de que la prensa lo airee? –pregunta el jefe de la Casa Real a Amusátegui.

–De momento, no. Parece que pasado mañana podremos negociar directamente con el tal Estevill. Hasta entonces nadie sabrá nada. Pero debo advertírtelo, ese sujeto no es trigo limpio, lo sé por experiencia. Y, además, le encanta utilizar a la prensa en su beneficio. Así que intenta hacer tú todo lo que puedas también desde ahí. Desde luego, si el asunto se puede arreglar con dinero corre de mi cuenta. Pero no estoy seguro de que la cosa vaya sólo por ahí.

Cuando se despiden, Amusátegui da instrucciones para que dentro de dos días el avión privado del banco esté listo para despegar a las seis de la tarde. Tiene que estar en Barcelona antes de las nueve de la noche para intentar convencer al juez de lo insensato de su actitud. Pero, como le ha dicho a Almansa, no está seguro de que sólo sea una cuestión de dinero. Y está en lo cierto.

Chantaje a la Familia Real

Si una desafortunada decisión de la Fiscalía de Cataluña había permitido que el *Lobo* tuviera a su merced a buena parte de las principales corporaciones industriales españolas y, de nuevo, a las más destacadas entidades financieras del país, fueron los manejos y las necesidades del Clan de los Mentirosos los que fabricaron una excusa para que el «Juez de la Horca» y el cerebro del oscuro sindicato al que representaban, Juan Piqué Vidal, pusieran contra las cuerdas a un destacado miembro de la Familia Real española.

En manos de Estevill estaba garantizado que el *caso Indelso* se convertiría, como la mayoría de los casos que pasaban por su juzgado, en un circo mediático. El espectáculo formaba una parte indisoluble de la amenaza a sus víctimas: los influyentes potentados no sólo temían la cárcel, sino el estigma indeleble que suponía el hecho de que su estancia en las penitenciarías del Estado fuera aireada por los medios de comunicación para mayor gloria del «azote de la burguesía» y para vergüenza de los industriales y banqueros que caían en sus manos.

Los magnates que pasaban por el Juzgado de Instrucción número 26 de Barcelona temían más que a la propia prisión al «algo habrá hecho» que acompaña el paso por el presidio de una importante personalidad.

La Fiscalía facilitó a Estevill la lista de los posibles implicados en aquella maraña de empresas que supuestamente emitían facturas falsas para obtener devoluciones fraudulentas del IVA del erario público. Pero fueron Estevill, Piqué Vidal y el resto del Clan de los Mentirosos los que eligieron de entre la panoplia de nombres aquellos que podían reportar mayores beneficios a su propia corporación corrupta.

Estevill seleccionó de entre la lista aquellas empresas más preocupadas por la imagen y cuyos directivos parecían más dispuestos a ceder al chantaje de pagar los sobornos que exigía el juez a cambio de no encarcelarles o a aquellos que pudieran hacerle favores de otra naturaleza, como los March, que brindaron una oportunidad profesional a la «pobre Elena», la mayor de las hijas del magistrado.

Así es como fueron desfilando, en calidad de imputados, por el Juzgado de Instrucción número 26 de Barcelona los máximos ejecutivos de Pryca, de Dragados o el propio Antoni Vila Casas, patrón de los laboratorios farmacéuticos Prodesfarma y amigo personal del entonces consejero de Economía de la Generalitat, Macià Alavedra. Los investigadores siempre han sospechado que Vila Casas fue víctima de la extorsión de Estevill y que cedió al chantaje, pero no han podido probarlo nunca.

Pero en la selección del grupo asegurador del Banco Central Hispano intervinieron otros factores, no sólo la voracidad de billetes de banco del *Lobo*. Volver a chantajear al BCH, cuyo ex presidente, Alfonso Escámez, ya había sido acorralado por Pascual Estevill y por su clan, para que cediera a las exigencias económicas del magistrado, era peligroso. Estevill había obtenido en diciembre de 1992 más de 130 millones de pesetas (780.000 euros) a cambio de liberar al ex consejero delegado de Macosa Federico Abiñana, anular la orden de prisión que había emitido contra el ex presidente de la compañía, Eduardo Santos, y no incriminar en el caso a Alfonso Escámez. Corría mucho riesgo al volver a elegir a la misma entidad financiera como víctima de sus manejos. El propio Escámez era el presidente del Banco Vitalicio, la aseguradora del grupo radicada en Barcelona. El recién fusionado Central Hispano, además, estaba negociando fusionar, a su vez, su negocio asegurador con el grupo italiano Asicurazzioni Generalli para constituir una de las primeras corporaciones europeas del ramo.

Sin embargo, había buenas razones para correr el riesgo de volver a someter al Central a su chantaje: en primer lugar, uno de los amigos de Estevill, Luis Magaña, seguía siendo uno de los hombres fuertes de la entidad en Cataluña y, sobre todo, sus socios en el Clan de los Mentirosos le presionaban para que atrapara a los miembros de la comisión ejecutiva del grupo asegurador del BCH.

Un simple vistazo a los seis nombres que componían entonces la comisión ejecutiva de Banco Vitalicio permite hacerse una idea de hasta qué punto los hacía atractivos para Pascual Estevill, pero, sobre todo, para el Clan de los Mentirosos.

El cuarto día tras el encarcelamiento de los principales directivos del grupo asegurador del Central Hispano contra el criterio del fiscal de su juzgado, Xavier Balaguer, Estevill volvía a dictar una medida a la que se oponía el representante del ministerio público: citar a declarar en calidad de imputados a los seis miembros de la comisión ejecutiva de Banco Vitalicio. El auto rezaba así:

Barcelona, ocho de noviembre de mil novecientos noventa y tres

Visto el estado de las presentes diligencias cítense para ser oídos en declaración, en calidad de imputados, para el próximo 1 de diciembre de 1993 y a las 10 horas de su mañana, a los siguientes señores:

– CARLOS ZURITA
– ENRICO RANDONE SENTI
– FRANCISCO DAURELLA FRANCO
– MIGUEL ANCHUSTEGUI GORROÑO
– FRANCISCO TEROL HERNANDO
– JOSÉ VILA MARANTE

Todos ellos deberán ser citados en la sede social del Banco Vitalicio, en Paseo de Gracia número 1 de Barcelona.

Así lo acuerda, manda y firma S. Sª., doy fe

DILIGENCIA. – Cúmplase lo acordado, doy fe.

El auto, transcurridas algo más de 36 horas desde el encarcelamiento preventivo e incondicional de Miguel de los Santos Geijo, Jaime Varela, Adolfo Barón y José Luis Pérez Torres, añadía presión sobre la dirección del BCH que no sólo tenía a los primeros ejecutivos de sus aseguradoras en la cárcel, sino que veía muy próxima la implicación de las distinguidas personalidades que formaban parte del consejo de administración del Vitalicio precisamente por lo notable de sus apellidos. Los dos personajes que se encontraban en ese caso eran nada menos que el doctor Carlos Zurita, duque consorte de Soria y cuñado del rey por su matrimonio con la infanta doña Margarita de Borbón y Borbón, hermana de don Juan Carlos, y Francisco Daurella, el influyente concesionario de Coca-Cola en España.

Daurella, sin embargo, era un objetivo secundario. La verdadera presa de caza del *Lobo* Estevill era el duque de Soria. Una jugada maestra de Pascual Estevill diseñada por Piqué Vidal para favorecer un juego en el que estaban inmersos los más significados miembros del Clan de los Mentirosos desde enero de 1993 y cuya verdadera presa no era otra que el senador vitalicio y amigo personal del monarca Manuel Prado y Colón de Carvajal.

Juan Piqué Vidal asedia a Manuel Prado

El año de 1993 no podía haber empezado peor para Javier de la Rosa. El 10 de enero la Sala de la Audiencia Nacional obligó al entonces titular del Juzgado Central de Instrucción, Miguel Moreiras, a admitir a trámite el escrito de querella que había presentado el abogado José María Stampa Braun en representación de los nuevos gestores del Grupo Torras y de su principal accionista, la Kuwait Investment Office (KIO). Entre los principales querellados figuraban Javier de la Rosa y su abogado y hombre de confianza Juan Piqué Vidal.

Algo de lo que Pascual Estevill estaba perfectamente al corriente porque era una de las piezas fundamentales de una maniobra fallida que habían intentado el propio Piqué Vidal y la Asociación para la Defensa del Accionista (ADA) para intentar que las causas penales relacionadas con el Grupo Torras se quedaran en Barcelona y, en concreto, en el Juzgado de Instrucción número 26.[13]

13. Véase capítulo 3, apartado *Una «oportuna» querella contra el Grupo Torras.*

Ni Javier de la Rosa ni sus chicos esperaban que KIO, al fin y al cabo un «problema doméstico» en un condominio de la familia real kuwaití, llegara a los tribunales. Pero, por si finalmente los amigos kuwaitíes decidían llevar ante la Justicia a los que durante años fueron sus principales ejecutivos, JR, Piqué Vidal y Juanjo Folchi tenían preparado un *plan B*. Una maniobra de blindaje que habían empezado a desarrollar nada menos que en 1988. Para los miembros del Clan de los Mentirosos, todo el mundo tiene un precio, sólo que en algunos casos era muy elevado.

La imputación del cuñado del rey en un escándalo de facturas falsas instruido nada menos que por el temido Lluís Pascual Estevill suponía un nuevo paso en la estrategia del Clan de los Mentirosos de implicar a las instituciones en sus propias tribulaciones judiciales. Casual o no, la decisión de Estevill de involucrar a don Carlos Zurita en el escándalo Indelso completaba uno de los trabajos que sólo unos meses antes había estado haciendo Juan Piqué Vidal para Javier de la Rosa: acosar a Manuel Prado para recordarle los favores que el diplomático había recibido del financiero y lo difícil que resultaría para la opinión pública separar la figura del descendiente de Cristóbal Colón de la del monarca. Porque la avaricia de Manuel Prado le había puesto en manos de Javier de la Rosa. Aunque no fue el único notable seducido por los petrodólares que manejaba el financiero.

Eran los años del «todo vale», especialmente si había dinero de por medio. De la Rosa y sus chicos utilizaron los mecanismos de la mafia italiana: hacer *favores* y regalos multimillonarios a las más importantes personalidades con el fin de que si, en el futuro, venían mal dadas, hubiera alguien a quien reclamarle la deuda; y confundir las esferas de lo público y de lo privado. En su megalomanía, De la Rosa entendió que la mejor manera de blindar sus más que dudosas operaciones financieras era implicar a los poderes del Estado o, en su defecto, a aquellas personas que los representaban.

En cada una de las operaciones en las que De la Rosa se apropiaba de ingentes cantidades de dinero de sus patrones kuwaitíes, procuraba que una parte importante del dinero fuera a parar a las cuentas de personalidades próximas al gabinete de Felipe González o, para rizar definitivamente el rizo, a amigos personales de Su Majestad el rey don Juan Carlos.

Para un De la Rosa mal visto por el Gobierno socialista, la primera de sus operaciones de acercamiento tenía que ser forzosamente el intermediario Enrique Sarasola, amigo personal del presidente del Ejecutivo socialista desde 1982 hasta 1996, Felipe González. Sarasola representaba a la *beautiful people*, los sectores del socialismo español que hicieron grandes negocios a la sombra del Gobierno del PSOE. En 1988, Enrique Sarasola fue la persona elegida para mediar en una operación inmobiliaria que no le suponía ningún riesgo y que le reportaría unos beneficios de más de 10.000 millones de pesetas (60 millones de euros).

Sarasola fue el gran beneficiario de una de las primeras operaciones oscuras protagonizadas por De la Rosa, conocida como operación Croessus. Sarasola recibió por partida triple el pago de sus honorarios como mediador en la compraventa de los terrenos de la Plaza de Castilla de Madrid en los que se construyeron las Torres KIO. 3.500 de esos millones (21 millones de euros), libres de impuestos, salieron de forma no autorizada de las cuentas de KIO en Londres para ir a parar a las cuentas de Enrique Sarasola en una sucursal de Merril Lynch de Ginebra, previo paso por una sociedad panameña, Bigley, controlada también por el intermediario socialista.

El juez británico que se encargó de la investigación del *caso Torras-KIO*, *Lord of Justice* Jonathan Mance, llegó a la conclusión de que Sarasola, con la complicidad de De la Rosa, estafó esos 3.500 millones de pesetas (21 millones de euros) al conglomerado kuwaití: «La explicación más probable del pago de 27,4 millones de dólares [a Enrique Sarasola] a mediados de 1988 –dice lord Mance en su sentencia de 24 de junio de 1999– implica una apropiación indebida. El señor Sarasola es un conocido hombre de negocios español con conexiones en la alta política. La naturaleza de los tratos con el señor Sarasola por los cuales se le pagaron 27,4 millones de dólares a mediados de 1988, de los que seis millones de dólares fueron inmediatamente recibidos por el señor De la Rosa, permanece oscura. Pero concluyo, a la vista del material precedente, que el total del pago de 27,4 millones de dólares a mediados de 1988 implica una malversación de dinero por motivos que nada tienen que ver con el Grupo Torras».[14]

Ésa no es la única referencia que hace lord Mance al pago recibido por Sarasola. En otro punto de la sentencia afirma que el pago realizado «en mayo de 1988 puede ser contemplado como un primer ejemplo, en el contexto de este caso de desvío fraudulento de dinero». Enrique Sarasola también está imputado en el procedimiento penal que sigue la Audiencia Nacional contra Javier de la Rosa y sus antiguos jefes de KIO por la apropiación de 500 millones de dólares entre 1988 y 1992, unos 60.000 millones de pesetas (361 millones de euros) al cambio de la época. Sarasola recibió además un pago adicional de 1,1 millones de dólares en octubre de 1990 procedentes de las cuentas de Torras en lo que se conoce como la operación Pincinco

14. Sentencia de la Corte Comercial de Londres, redactada por lord Mance, de 24 de junio de 1999. Los extractos del texto fueron publicados en *El Mundo* el 4 de julio de 1999.

y que elevó los ingresos percibidos por Sarasola de KIO a 28,5 millones de dólares. Una operación que De la Rosa aprovechó para implicar a la Corona en su asalto a las cuentas de los kuwaitíes en Europa.

Sarasola no fue el único ni el más beneficiado del expolio al que Javier de la Rosa sometió a sus *hermanos* kuwaitíes. En realidad el gran beneficiario fue el diplomático Manuel Prado y Colón de Carvajal, por aquella época amigo íntimo de Su Majestad el rey don Juan Carlos. Prado era por aquel entonces la única vía para acceder al Palacio de la Zarzuela. Senador por designación real, embajador permanente sin destino, su única aportación como presidente de Iberia fue la incorporación de la corona real en el logotipo de la compañía aérea. Manco de un brazo como consecuencia de un accidente de automóvil, Prado se convirtió en un auténtico icono del poder para Javier de la Rosa.

Tanto es así que llegó a ser consejero de Grand Tibidabo, el fallido y multimillonario proyecto personal de De la Rosa. El juez instructor del *caso Grand Tibidabo* considera que Prado estafó más de 1.000 millones de pesetas (6 millones de euros) a la compañía. Por esa razón, el fiscal pide cuatro años y medio de prisión para el embajador vitalicio.

La proximidad de Prado al Palacio de la Zarzuela le convirtió en uno de los máximos beneficiarios de la megalomanía de Javier de la Rosa y de sus planes de blindaje a la hora de expoliar los fondos de KIO. En 1990, tras la invasión de Kuwait por las tropas iraquíes de Saddam Hussein, De la Rosa y sus patrones kuwaitíes de KIO llegaron a la conclusión de que el pequeño país árabe no sobreviviría al ataque de los ejércitos de su vecino. Y decidieron repartirse el botín de guerra antes de que el dictador iraquí diera con él.

En la operación Pincinco, un alambicado montaje para ocultar a los destinatarios finales del dinero, el jeque Mohamed Fahad al Sabah, Fouad Khaled Jaffar, Javier de la Rosa y Manuel Prado expoliaron nada menos que 300 millones de dólares de las cuentas de KIO.

El propio De la Rosa fue el principal beneficiario de la operación; se embolsó 106 millones de dólares. Pero el siguiente en la lista no era otro que Manuel Prado: 80 millones de dólares (unos 9.600 millones de pesetas, 57,7 millones de euros, al cambio de la época) libres de impuestos que fueron a parar directamente a la cuenta ADHNIL en la Société Genérale de Banque de Ginebra administrada por el suizo Norbert Hassler, un hombre de paja del diplomático español.

Prado recibió otros 20 millones de dólares (unos 2.400 millones de pesetas, 14,4 millones de euros) el primero de junio de 1992, el mismo día que De la Rosa y sus hombres abandonaban la dirección del Grupo Torras a requerimiento de los nuevos gestores de KIO nombrados por el emir de Kuwait, jeque Yaber al Ahmad al Sabah, al parecer harto de que sus primos Fahad y Khaled al Sabah administraran los fondos del pequeño emirato como si se tratara de su finca.

La urgencia y el empeño que puso De la Rosa en que se le pagaran los 20 millones de dólares finales a Manuel Prado revelan, según una fuente muy próxima al ex vicepresidente ejecutivo del Grupo Torras, que «estaba convencido de que el destinatario final del dinero no era el embajador permanente, sino el que éste denominaba eufemísticamente *mon patron* [en francés, mi señor]». El último pago de De la Rosa a Prado se conoce como operación Wardbase, a causa de la sociedad que daba cobertura al ingreso, una supuesta intermediaria en la compra de la belga Celulosa de las Ardenas por la filial papelera del Grupo Torras, Torraspapel.

Y es que, en la operación Pincinco, Prado no fue la única personalidad próxima a la Casa Real española que recibió dinero sin que mediara explicación alguna. El príncipe búlgaro Zouab Txocotua, conocido amigo personal y socio en algunos negocios internacionales del rey don Juan Carlos, también recibió 300.000 dólares en una cuenta de la Société Genérale de Banque de Ginebra en octubre de 1992.

Sin embargo, es el caso de Manuel Prado y Colón de Carvajal el que más llamó la atención de lord Mance, el juez británico que se encargó de tramitar la demanda del Grupo Torras contra sus ex directivos y que condenó a los Al Sabah, a Jaffar, a De la Rosa y a Folchi al pago de 175.000 millones de pesetas (1.052 millones de euros) por conspiración para defraudar. En su sentencia del *caso Torras-KIO*, que se siguió en la Corte Comercial de Londres, lord Mance dice de Manuel Prado que «es un hombre de negocios con conexiones con el Palacio Real español y ha actuado en ocasiones como enviado especial de España, incluso ante el emir de Kuwait».

Mance recuerda que Prado «reconoció en un procedimiento judicial que se sigue en España, que había recibido 80 millones de dólares pagados por orden del señor De la Rosa». El diplomático siempre ha sostenido que esos pagos respondían a negocios privados entre De la Rosa y él. Sin embargo, lord Mance considera que las explicaciones de Prado son «extremadamente vagas y ambiguas».

Claro que el hecho de que Prado fuera el destinatario de esos 100 millones de dólares no se conoció con certeza hasta 1996. Antes, sin embargo, los hombres de De la Rosa ya habían empezado su campaña de amenazas. El primero fue el mercantilista Juan José Folchi, que a primeros de 1993, poco después de que se admitiera a trámite la querella del Grupo Torras contra De la Rosa en la Audiencia Nacional, se reunió en Londres con el fiscal general de Kuwait y le entregó un conocido memorando.

El documento, conocido como *memorando Folchi*, ofrecía una coartada perfecta para la desaparición de los 500 millones de dólares del Grupo Torras de la que los kuwaitíes les acusaban: al menos 300 (1,8 millones de euros) de esos 500 millones de pesetas (3 millones de euros) se habían dedicado a pagos políticos, para comprar apoyos en 1990 a la intervención aliada contra la invasión de Kuwait por los ejércitos de Irak.

Por aquellas fechas, Folchi, que siempre ha sido un experto en cubrirse las espaldas, se reunió también con el entonces director general del CESID, teniente general Emilio Alonso Manglano. El responsable de los servicios secretos españoles recibió cumplida información de los pagos realizados por Torras a las cuentas de Manuel Prado, pero no hizo nada, ni siquiera advertir a la Casa Real.

Mientras el *memorando Folchi* recorría los despachos de influencias más conocidos de España y llegaba a las redacciones de los periódicos *Expansión* y *El País*, que publicaron su contenido en julio de 1993, Juan Piqué Vidal ejercitaba la presión sobre Manuel Prado de una manera mucho menos sutil.

El asedio de Piqué Vidal a Prado empezó a mediados de 1993, concretamente en el mes de mayo. Tras ser alertado por Juan José Folchi de la existencia de unas cartas supuestamente falsas que el propio abogado mercantilista había llevado a la sede de KIO en Londres en octubre de 1990, durante la invasión de Kuwait y en el transcurso de la operación Pincinco, Manuel Prado llegó a la conclusión de que sus relaciones con Javier de la Rosa y con su entorno podían llegar a comprometer a la Corona. Los documentos llevaban el membrete de la Casa del Rey, estaban fechados en octubre de 1990 y firmados por alguien que había simulado la firma de Manuel Prado.

La primera de las cartas, fechada el 10 de octubre de 1990, es un texto de agradecimiento del falso Manuel Prado en el que agradece en nombre del rey don Juan Carlos la supuesta ayuda recibida del emir de Kuwait. El texto de la misiva reza de la siguiente manera:

> Siguiendo instrucciones de Su Majestad, me dirijo a Su Excelencia de manera estrictamente confidencial para, en este momento de gran preocupación en su país, agradecerle su ayuda.[15]

El epígono de Manuel Prado –la Audiencia de Barcelona en una sentencia de febrero de 2000 atribuye la autoría de otras cartas con firmas falsificadas al propio De la Rosa– aclara en una segunda carta fechada apenas una semana después y remitida a Javier de la Rosa en qué había consistido la misteriosa ayuda:

> Te adjunto carta dirigida a Su Excelencia jeque Ali Khalifa al Athbi al Sabah, ministro de finanzas de Kuwait [y primo de su alteza real como indican sus apellidos] para su entrega, dado que, por razones de Estado, sólo puedo enviarla a través tuyo. La carta, como verás, se refiere a los 129 millones de dólares del año 1989 y a los 300 millones de dólares de hace pocas semanas.[16]

El anzuelo estaba echado. Y Prado, temeroso de la reacción de *son patron* se sintió inmediatamente intimidado. Hasta el punto de poner la existencia de las cartas en conocimiento del monarca. De don Juan Carlos el embajador sólo obtuvo un consejo, de hecho, una orden:

15. Manel Pérez, *El País* del 6 de octubre de 1995; y Manel Pérez y Xavier Horcajo, obra citada.
16. *Ibid.*

–Manolo, lleva inmediatamente esas cartas al despacho del fiscal general del Estado, es lo mejor para ti y para todos.

Pero en esta ocasión el embajador permanente no estaba dispuesto a cumplir con las exigencias del monarca. Acudir con las cartas al despacho del fiscal general del Estado, en aquella época Carlos Granados, implicaba demasiados riesgos. Por falsos que fueran los documentos, podían desencadenar una investigación en la que Prado se podía ver obligado a dar demasiadas explicaciones sobre el dinero que realmente había recibido de KIO por orden expresa de su ahora enemigo Javier de la Rosa.

Prado decidió aprovechar la situación de privilegio que le daba su estatus de amigo del rey para ser recibido por tres personas: el entonces presidente del Gobierno, Felipe González; el jefe de la oposición y presidente del Partido Popular, José María Aznar, y el director general del CESID, los servicios secretos españoles, teniente general Emilio Alonso Manglano. Pero en ningún momento se acercó al despacho del fiscal general.

A pesar de que las presiones de Javier de la Rosa, que ya estaba en el punto de mira de los nuevos gestores kuwaitíes de KIO como responsable de la desaparición de 500 millones de dólares, empezaban a hacerse ostensibles. De repente, el abogado y hombre de confianza de Javier de la Rosa, Juan Piqué Vidal, empezó a convertirse en una molesta e inesperada presencia para Prado. Al menos una vez a la semana, Piqué Vidal lograba hacerse el encontradizo y aparecer como un oscuro designio ante la presencia del embajador. En su visita a Felipe González, Prado había conseguido que el presidente del Gobierno aceptara que el «amigo del rey» formara parte de una comisión mediadora que debía arbitrar una serie de encuentros entre los nuevos gestores de KIO y sus predecesores para encontrar una solución negociada al conflicto. Aquel primer semestre de 1993,

Prado, acompañado por el secretario de Estado de Hacienda de Felipe González, Antonio Zabalza, acudió por lo menos a dos de esos encuentros, uno en Londres y otro en Ginebra.

Piqué Vidal le vigilaba de cerca para recordarle que los hombres del emir de Kuwait habían recibido las cartas falsas y que sabían que Prado había sido el receptor de al menos 100 millones de dólares del dinero desaparecido de las cuentas del Grupo Torras. Prado se encontraba con Piqué en las entradas de los aeropuertos, en los ascensores y en plena calle cada vez que se acercaba la fecha de alguna de las reuniones.

Hasta que el embajador perdió los nervios. Contrató a una legión de abogados que presionaron a Piqué y a De la Rosa apelando a la estabilidad de las más altas instituciones del Estado.

El embajador consiguió, gracias a su influencia, movilizar a algunos de los máximos responsables policiales y judiciales para que pagaran a Piqué Vidal y a Javier de la Rosa con la misma moneda. Financiero y abogado empezaron a sentirse presionados y amenazados por poderosos personajes. Unas presiones que ellos atribuían directamente al Palacio Real.

Finalmente, y no sin una cierta renuencia, De la Rosa y Piqué Vidal accedieron a poner fin a las presiones sobre Prado de forma momentánea. El financiero se avino a firmar una carta para Prado que, en apariencia, le eximía de sus responsabilidades. En la misiva, fechada el 17 de mayo de 1993, De la Rosa se dirigía a Prado de la siguiente manera:

> Jamás he conocido la existencia de ninguna carta o fotocopia de carta que, con tu membrete, más símbolos institucionales y con tu firma, se haya dirigido a mí y/o a los señores Ali Khalifa al Sabah o Fahad al Sabah, haciendo referencia a temas políticos, de contribución generosa, de Defensa o de cualquier otra índole

> con Kuwait, que de existir se trataría de burdas falsificaciones. (...) Que nuestras relaciones han sido siempre de carácter amistoso, empresarial y financiero, y que jamás en mi conocimiento, yo personalmente o a través de ninguna sociedad directa o indirectamente vinculada con KIO, durante el mandato profesional de esas empresas, se te han abonado sumas dinerarias, ni en España, ni en el extranjero para atender a pagos políticos a personalidades o instituciones.[17]

Ni De la Rosa ni Piqué Vidal concedieron demasiada importancia a la carta que se vieron obligados a remitirle a Prado. Entre otras cosas porque la documentación bancaria de KIO probaba que el embajador sí había recibido 100 millones de dólares procedentes de las cuentas del conglomerado kuwaití. Pero Prado pudo dormir tranquilo, aunque sólo por unos meses, cada vez que De la Rosa atribuía la desaparición de los 500 millones de dólares de las arcas del Grupo Torras a pagos políticos a un *lobby* de personalidades públicas que garantizaron la intervención de la OTAN en la invasión iraquí de Kuwait en 1990.

Pero Piqué Vidal se sintió especialmente agraviado. Entendió la carta, a cuya redacción contribuyó de forma activa, como una derrota sufrida a manos de la Casa Real. Por eso, en cuanto su amigo Pascual Estevill tuvo en el punto de mira a un miembro de la familia del monarca en octubre de 1993, decidió que el aparato judicial que él controlaba a través del *Lobo* le podía servir para recordar en la Zarzuela que Piqué Vidal seguía vivo y dispuesto a dar guerra.

17. *Ibid.*

Vilaplana sirve canapés en casa de Macià Alavedra

Codicia y vanidad: las armas que el Clan de los Mentirosos con Javier de la Rosa a la cabeza utilizaba para recabar adhesiones. De la Rosa, Mefistófeles transmutado en taquillero de un viaje sin retorno que se paga en el destino. Los aprendices de Fausto esperaban que el financiero no se cobrara los regalos, la vida de lujosos coches, elegantes yates y exhibicionismo en los locales de moda entre los miembros del *gotha* barcelonés y del madrileño.

Manuel Prado cayó en las redes tejidas por De la Rosa y sus correligionarios del Clan de los Mentirosos por codicia. Tomó los 12.000 millones de pesetas (72 millones de euros) que le ofreció el financiero; su vanidad sin límites se saciaba con que su presencia se asociara inmediatamente a la Casa Real española y con ser conocido como el *amigo* del monarca. Unas satisfacciones que, en realidad iban a constituir el precio exigido por De la Rosa por sus atenciones con el diplomático sevillano. De la Rosa compraba amigos importantes. Cuando cayó en desgracia intentaría cobrarse sus favores simplemente con el chantaje. Prado debía presionar a las autoridades o se arriesgaba a poner en evidencia a Su Majestad y a perder su condición de favorito del monarca si el escándalo del dinero recibido por De la Rosa salpicaba en exceso a las grandes instituciones del país.

Tras remitirle la carta que le exoneraba en mayo, Piqué Vidal, que tenía entrada franca en el despacho de Lluís Pascual Estevill, a buen seguro vio la posibilidad de imputar en un procedimiento por un monumental delito fiscal al cuñado de don Juan Carlos, el doctor Carlos Zurita, como un excelente recordatorio para el bueno de Manolo Prado, que parecía haberse tranquilizado en exceso tras recibir la misiva de De la Rosa.

La vanidad fue lo que perdió a Macià Alavedra. Aunque no son pocos los que están convencidos de que la codicia del otrora todopoderoso consejero de Economía de la Generalitat también jugó un papel importante. Tras el fallecimiento de Ramon Trias Fargas en octubre de 1989, Alavedra asumió la cartera de Economía en el Gobierno catalán y *número dos* de Jordi Pujol. Con la dimisión del otrora omnímodo Lluís Prenafeta como secretario general de la Presidencia de la Generalitat, Alavedra se convirtió en el referente en el Gobierno catalán de lo que en círculos empresariales se conocía como el *sector negocios* de Convergència Democràtica de Catalunya: los *industriales* que formaban parte de la red de clientelismo político creado por la Administración de Jordi Pujol en sus primeros 10 años de Gobierno.

Pero lo más importante, lo que más halagaba el ego de Alavedra era que con su cargo se convertía en el único interlocutor de la burguesía catalana en el Ejecutivo autonómico catalán. Tanto las más rancias familias de industriales como los nuevos ricos que habían amasado sus fortunas al calor de la corrupción que reinaba en la Cataluña de los años ochenta sólo tenían acceso franco al Palau de la Generalitat si previamente habían establecido una relación de privilegio con Macià Alavedra y habían adulado al pomposo consejero de Economía.

Por eso, cuando su secretaria le pasó la llamada de José María Amusátegui el 8 de noviembre de 1993, Alavedra dio un respingo en su sillón y se puso al teléfono de forma inmediata. El consejero estaba al tanto de la última trapisonda de Pascual Estevill, el encarcelamiento incondicional hacía dos días de los principales ejecutivos del grupo asegurador del Banco Central Hispano. Alavedra y Amusátegui ya se habían visto en circunstancias similares, cuando, en plena instrucción del caso Macosa, Estevill encarceló al ex presidente y al ex consejero delegado de la compañía, Eduardo Santos y Federico Albiñana, y amenazaba con incriminar en el procedimiento al ex presidente del Banco Central Alfonso Escámez.

Sin embargo, el consejero aún no sabía que el *Lobo* había dictado un auto en el que imputaba en el caso Indelso a la totalidad de los miembros de la comisión ejecutiva del Banco Vitalicio, entre los que se contaba el duque de Soria.

Cuando Alavedra fue informado por Amusátegui de que la principal preocupación del banquero, al margen del estado de los directivos del grupo asegurador del BCH, era la imputación en el procedimiento del doctor Zurita, se puso inmediatamente manos a la obra. Llamó al entonces hombre para todo del BCH en Cataluña, el presidente de Fecsa, Luis Magaña, para organizar un encuentro entre una comisión de altos ejecutivos y consejeros del banco, encabezada por el propio Amusátegui, y el temido Lluís Pascual Estevill.

El 8 de noviembre por la tarde están dispuestos casi todos los preparativos para que el encuentro entre la dirección del BCH y el juez Estevill tenga lugar en la tarde del día siguiente en Barcelona. Magaña ha informado a Alavedra de que los representantes del Central Hispano están en disposición de llegar a la terminal C del aeropuerto del Prat a las siete de la tarde del 9 de noviembre.

Ahora sólo falta encontrar un lugar discreto en el que mantener la reunión. Es de vital importancia que el encuentro no trascienda, que sólo lo conozcan las personas que van a participar en él. Alavedra, temerario, ofrece su propio domicilio, en el número 6 de la barcelonesa calle del Río de Oro, para que se pueda celebrar la cumbre. Años más tarde, obligado a dimitir como consejero en julio de 1997 por sus relaciones con Pascual Estevill, Alavedra se arrepentirá de la mala jugada que le gastaron su vanidad y su osadía.

Es martes 9 de noviembre de 1993 y son las ocho de la tarde. En el domicilio del consejero de Economía de la Generalitat, Macià Alavedra, un lujoso dúplex en el selecto barrio barcelonés de Pedralbes, está todo a punto. El jefe de gabinete de Alavedra, el siniestro Xavier Valls, se ha ocupado de los detalles. El catering ha sido encargado a la firma Vilaplana, proveedora habitual del Departamento de Economía y Finanzas del Gobierno catalán. Un aperitivo compuesto de canapés fríos y calientes y una surtida barra de bebidas servirán como agasajo a los invitados. Valls ha insistido en que no falten los montaditos favoritos del consejero, unas mini hamburguesas con cebolla que la empresa de comida a domicilio hace años que prepara especialmente para los actos en los que está presente Macià Alavedra.

Los primeros invitados no tardan en hacer acto de presencia en el salón de la lujosa casa de Macià Alavedra. Los más puntuales son Luis Magaña y el abogado penalista Juan Piqué Vidal. El penalista acaba de ser contratado como abogado del Banco Vitalicio, pero su presencia sólo se explica por una razón: el encarcelamiento de los directivos del grupo asegurador del BCH y la imputación de la comisión ejecutiva del Banco Vitalicio es una maniobra del Clan de los Mentirosos.

Llegan más invitados catalanes: uno de los más destacados miembros del consejo de administración regional del banco, Manuel Gari de Arana, y el abogado de Fecsa y hombre para todo del Central en Barcelona, Juan Vives Rodríguez de Hinojosa.

Pasan unos minutos de las 20.30 horas cuando llegan los invitados procedentes de Madrid: el presidente ejecutivo del Banco Central Hispano, José María Amusátegui, y uno de sus hombres de confianza, el catalán Juan María Nin. Un coche del banco los ha recogido en la terminal C del aeropuerto del Prat, tras 50 minutos en el avión privado de la entidad de crédito.

Macià Alavedra[18] ejerce de anfitrión y procede a las presentaciones de rigor. En realidad sólo tiene que presentar a Juan Piqué Vidal. El resto de los invitados se conocen perfectamente. Todos ellos están vinculados a la estructura directiva del Banco Central Hispano.

Inmediatamente se abre el debate. Casi nadie toca la comida. Amusátegui se apresura a transmitir a los presentes la gravedad de la situación. No sólo están encarcelados desde hace cinco días los cuatro principales ejecutivos del grupo asegurador del banco, sino que el juez Estevill ha decidido imputar en el procedimiento a los miembros de la comisión ejecutiva del Banco Vitalicio, entre los que se encuentra el duque de Soria, don Carlos Zurita. Es una situación que requiere una solución inmediata, sean cuales sean los medios que haya que utilizar.

Ahora es Luis Magaña quien toma la palabra. Sostiene que a pesar de la fama de implacable que tiene, el juez es una persona razonable. Está seguro de que si es advertido de la gravedad de la situación que han provocado sus actuaciones, entrará en razón y hará todo lo posible para corregirla.

En la mente de todos los presentes están los acontecimientos de hace apenas un año, cuando Alavedra, Magaña, y especialmente Vives y Piqué Vidal, participaron en cónclaves de la misma naturaleza para resolver la crisis provocada por las actuaciones de Estevill durante la instrucción del *caso Macosa*. En aquella ocasión *bastó* con pagar 130 millones de pesetas (781.300 euros) al juez Estevill para que desapareciera el problema. Todos los reunidos esa noche en el salón de la casa de Macià Alavedra lo saben.

18. En sus declaraciones ante el Tribunal Superior de Justicia, el consejero admitió la celebración de la reunión en su domicilio particular, pero afirmó que se encontraba indispuesto a causa de la gripe y que, tras las presentaciones, se retiró a sus habitaciones.

También saben que cuando Magaña dice que el juez es razonable, lo que en realidad quiere decir es que es sobornable. En realidad, por penoso que resulte estar en sus manos, todos saben que sólo tienen que esperar a que se fije el precio de Estevill.

Las dudas no tardarán en despejarse. Pasadas las diez de la noche vuelve a sonar el timbre en casa de los Alavedra. Pocos segundos después entra en el salón el protagonista absoluto de todas las conversaciones: el propio juez Lluís Pascual Estevill en persona. En esta ocasión, los intermediarios van a tener poco trabajo. Será el *Lobo*, directamente, quien fije el precio del rescate de sus presas.

Un pacto de silencio protege el resto de los contenidos de aquella reunión. Sólo Juan Vives Rodríguez de Hinojosa y Manuel Garí se han atrevido a romperlo ante el juez Antoni Brunguera, designado por el Tribunal Superior de Justicia de Cataluña para investigar el *caso Estevill*.

Vives y Garí declararon ante el TSJC que en aquella reunión se pactaron sobornos. Unos 300 millones de pesetas (1,8 millones de euros) a ingresar en las cuentas del juez Estevill a cambio de la liberación de los ejecutivos del grupo asegurador del Banco Central Hispano y de olvidarse del doctor Zurita.

La mañana siguiente a la reunión en casa de Macià Alavedra, la del 10 de diciembre de 1993, fue de intenso trabajo en el Juzgado de Instrucción numero 26 de Barcelona. El titular del juzgado, Lluís Pascual Estevill ha tomado una insólita decisión. Por su cuenta, sin que ninguna de las partes personadas en el *caso Indelso* lo haya pedido todavía, Estevill decide alinearse con la posición del fiscal Xavier Balaguer, que se oponía al encarcelamiento de los directivos del grupo asegurador del Banco Central Hispano y a la imputación de la comisión ejecutiva del

Banco Vitalicio. Esa mañana, Estevill tiene que cambiar los cuatro autos de prisión incondicional que contra Miguel de los Santos Geijo, Jaime Varela, Adolfo Barón y José Luis Pérez Torres por sendos autos de prisión eludible bajo fianza. La cantidad es la misma para los cuatro: 10 millones de pesetas (60.000 euros). Una vez más, un representante del BCH ya está en la puerta del juzgado con los cuatro cheques de 10 millones de pesetas (60.000 euros) cada uno para que los cuatro ejecutivos puedan comer ese día en su casa.

Pero lo más importante para Pascual Estevill esa mañana es dejar sin efecto el auto dictado el 8 de noviembre por el que imputaba en el procedimiento a todos los miembros de la comisión ejecutiva del Banco Vitalicio, empezando, por supuesto, por don Carlos Zurita. Sin pudor alguno rompe el auto y emite uno nuevo que lo deja sin efecto.

A pesar de que la mayoría de los participantes lo niegan, tanto el aristócrata Manuel Garí de Arana como el abogado Juan Vives Rodríguez de Hinojosa aseguran que el único objeto de la reunión que mantuvieron los representantes del Banco Central Hispano, encabezados por el presidente de la entidad, José María Amusátegui, con Lluís Pascual Estevill y con Joan Piqué Vidal, no fue otro que acordar el importe de los sobornos que debía recibir el «Juez de la Horca» a cambio de la liberación de los ejecutivos del grupo asegurador del banco y de la destrucción del auto que imputaba a la comisión ejecutiva de Vitalicio en el *caso Indelso*.

Garí y Vives ratificaron que habían sido informados de que en la reunión que tuvo lugar el 9 de noviembre de 1993 en el domicilio particular de Macià Alavedra en Barcelona se pactaron sobornos. Garí fue menos concreto, pero Vives aseguró que el precio de partida establecido por Estevill y por Piqué Vidal fue de 300 millones de pesetas (1,8 millones de euros), aunque finalmente juez y abogado aceptaron la liberación de los ejecutivos del BCH y la exoneración de los miembros de la comisión ejecutiva del Banco Vitalicio por 100 millones de pesetas.

Los responsables de la investigación, con el juez Antoni Bruguera a la cabeza, no han cejado en sus intentos de localizar el supuesto soborno en las cuentas de Pascual Estevill y en las del abogado Juan Piqué Vidal, pero no han conseguido encontrar la pista del dinero. A pesar de que el propio José María Amusátegui reconoció implícitamente el pago del soborno cuando decidió contratar los servicios del ex decano del Colegio de Abogados de Barcelona Eugeni Gay[19] para que representara al Banco Central Hispano en el Tribunal Superior de Justicia de Cataluña en calidad de víctima de las extorsiones del «Juez de la Horca».

En aquellos días, el Central Hispano encargó a la delegación española del norteamericano First Boston National Bank, dirigida por un aún desconocido Juan Villalonga, que más tarde se haría célebre por su paso por la presidencia de Telefónica, sobre la madurez del mercado de las aseguradoras con motivo de la fusión del grupo del BCH con la italiana Assicurazzionni Generalli. En la delegación española de la compañía norteamericana también había trabajado un hijo del presidente de la Generalitat, Josep Pujol Ferrusola. El First Boston se embolsó 128 millones de pesetas por aquel informe.

Más tarde, en 1999, el banquero suizo de Estevill, Thierry Kern, fue uno de los máximos beneficiarios de la salida a Bolsa de la filial de Internet de Telefónica, Terra, asociado a uno de los hombres de Villalonga en Telefónica, el consejero Martín Velasco.

19. *El Mundo* de 1997.

Pero, a pesar de las dificultades para hallar el botín, no resulta difícil hacerse una idea de lo que pensaban obtener aquellos que acudieron a la casa de Macià Alavedra la noche del 9 de noviembre de 1993: Amusátegui, Nin, Garí, Vives y Magaña pretendían la liberación de los empleados del banco y la exoneración del cuñado de Su Majestad; Pascual Estevill y Piqué Vidal tenían también un doble objetivo, presionar a Manuel Prado a través de la Familia Real y obtener una sustanciosa cantidad de dinero con uno de sus negocios más rentables, la extorsión.

De hecho, Piqué Vidal facturó al Central Hispano una minuta de escándalo. Nada menos que 45 millones de pesetas. A cambio había leído un expediente y había ordenado a una de las abogadas de su despacho, Carmen Figueras, que asistiera a José Luis Pérez Torres en la declaración ante Estevill del 4 de noviembre de 1993. La abogada recibió 10 millones de pesetas por esa tarea. Piqué Vidal se embolsó el resto.

Pero ¿qué obtenía Macià Alavedra con la organización de aquel conciliábulo de chantajistas en el mismísimo salón de su casa? ¿Más inyecciones de autoestima? ¿Sentirse como el imprescindible consejero de Economía catalán, capaz de resolver los problemas más acuciantes de la gran banca española y, por ende, de la Familia Real? O ¿es que el consejero Alavedra, además de consolidar su imagen de gran *conseguidor* del Gobierno catalán, esperaba obtener alguna cosa más? Tanto el juez Bruguera como el delegado de la Fiscalía Anticorrupción en Cataluña, Carlos Ramos, sospechaban que el ex consejero plenipotenciario de la Generalitat no sólo sació su vanidad en aquella operación. ¿Pudo la codicia de Alavedra verse gratificada? No ha aparecido ni una sola prueba de ello.

A pesar de que era la idea que parece haber guiado una parte de las investigaciones llevadas a cabo a propuesta del fiscal Ramos y por orden del juez Bruguera. Los empresarios que han ejercido la acusación particular contra Pascual Estevill en el procedimiento por extorsión y soborno del Tribunal Superior catalán son de la misma opinión.

Así lo demuestran las comisiones rogatorias remitidas por Bruguera a su colega suizo, el juez de instrucción del cantón de Ginebra Daniel Devaud. El juez catalán solicitó a Devaud que investigara las posibles transferencias de capitales entre las cuentas suizas de Pascual Estevill y de Piqué Vidal y eventuales depósitos en entidades transalpinas que pudieran ser propiedad de Macià Alavedra. O de alguna de las empresas de las que hubiera sido accionista en el pasado el ex consejero de Jordi Pujol. Como la compañía de material eléctrico Metrega, de la que se declaró un accionista orgulloso en 1992, durante la instrucción por Estevill del *caso Planasdemunt*.[20]

Los responsables de la investigación de las actividades criminales del juez Pascual Estevill también creyeron durante un tiempo que José María Amusátegui y el Banco Central Hispano tuvieron un *gesto* de agradecimiento a Alavedra. Para recompensarle por su mediación en la liberación de los ejecutivos del grupo asegurador del banco y la exoneración de la comisión ejecutiva del Banco Vitalicio, el BCH pudo, según las indagaciones de Bruguera y de Ramos, realizar una compra masiva de lienzos firmados por la pintora Doris Malfeito,[21] esposa de Macià Alavedra, durante una exposición celebrada en los primeros días de diciembre de 1993 en los salones del lujoso Hotel Juan Carlos I de Barcelona y organizada por una pequeña galería de arte de una localidad de la Costa Brava. Pero, de haber tenido lugar realmente, toda la documentación relativa a la exposición ha desaparecido.

20. Véase capítulo 4.

21. Doris Malfeito fue citada a declarar en calidad de testigo en dos ocasiones ante el Tribunal Superior de Justicia de Cataluña por el juez Bruguera en septiembre de 1999. Véase capítulo 9.

Hubo, sin embargo, gratificaciones para otras personas por su participación en la reunión entre Estevill y Piqué Vidal y el comité de crisis del BCH. El propio Lluís Pascual Estevill recibiría la recompensa política que llevaba casi un año exigiendo a la coalición nacionalista que gobernaba en aquel momento Cataluña con mayoría absoluta: Convergència i Unió.

A la Academia de Jurisprudencia de Cataluña

Contra todo pronóstico, quien sí fue premiado por la Generalitat de Jordi Pujol por sus actuaciones en el Juzgado de Instrucción número 26 de Barcelona fue Lluís Pascual Estevill. El Gobierno catalán, que conocía los manejos del magistrado, parecía decidido a promocionar la carrera del *Lobo* a pesar de que había puesto en jaque a la burguesía catalana, a la gran banca española, a algunos de los empresarios de la *beautiful people* socialista e incluso a la Familia Real.

El Ejecutivo de Convergència i Unió pareció despejar a finales de 1993 las dudas que hubiera podido albergar sobre quién debía ser el representante de la coalición nacionalista en el Consejo General del Poder Judicial. Tras la actuación de Estevill en el *caso Indelso* y su participación en la extorsión al Banco Central Hispano, CiU tuvo claro que el «Juez de la Horca» debía ser destacado en Madrid para contribuir a dirigir los destinos de la magistratura española.

La renovación del Consejo General del Poder Judicial no iba a tener lugar hasta mayo de 1994. Pero CiU ya había decidido en diciembre de 1993 que Pascual Estevill iba a ser su candidato. Por esa razón, la *intelligentsia* de los nacionalistas catalanes se puso a trabajar en las cuestiones que podían allanar el camino para que la designación del *Lobo* como miembro del órgano de gobierno de los jueces y magistrados españoles no encontrara oposición en los órganos encargados de aprobarla: el Congreso de los Diputados y el Senado.

Estevill gozaba en aquel momento de prestigio social gracias al trabajo de su gabinete de periodistas afines. Pero había pisado demasiados callos entre personalidades que podían hacer llegar sus influencias a los grupos parlamentarios mayoritarios, el PSOE y el PP. La buena imagen que Estevill aún tenía en la Fiscalía no suponía en realidad ninguna garantía. Por esa razón, los dirigentes de CiU tenían que dotar a Pascual Estevill del perfil de jurista de reconocido prestigio del que carecía para poder presentarlo como una opción sin alternativas en las negociaciones con el PSOE y con el PP de mayo de 1994.

Uno de los elementos que podía dotar a Lluís Pascual Estevill de esa aureola de indiscutible autoridad jurídica: su elección como miembro de la Academia de Jurisprudencia de Cataluña.

El testimonio de Juan Vives y el papel de Jordi Pujol

Para lograr su objetivo de dotar a Lluís Pascual Estevill del reconocimiento académico que justificara su designación como miembro del Consejo General del Poder Judicial, el presidente catalán, Jordi Pujol, no tuvo demasiados reparos a la hora de recurrir a algunos de los personajes que habían sido cómplices del «Juez de la Horca». El abogado Juan Vives Rodríguez de Hinojosa fue uno de los elegidos.

El 24 de febrero de 1997, 11 días después de que Lluís Pascual Estevill ingresara en prisión preventiva acusado de extorsión y soborno por el juez Antoni Bruguera, Juan Vives se descolgó con unas declaraciones públicas en las que admitía que en 1994 el presidente de la Generalitat, Jordi Pujol, le había hecho llegar «un encargo»[22] para que ayudase a Lluís Pascual Estevill a ingresar en la Academia de Jurisprudencia de Cataluña. Vives, que cuando hizo las declaraciones –el 24 de febrero de 1997– ya llevaba unos meses imputado en el sumario del *caso Estevill* y actuaba como *arrepentido*, aseguró en aquella improvisada rueda de prensa que cuando le transmitieron el encargo del presidente catalán, Pujol ya había decidido que «lo designaría [a Pascual Estevill] para algo del Consejo del Poder Judicial».

Pascual Estevill tendría que esperar hasta el 23 de marzo de 1994 para ingresar oficialmente en la Academia de Jurisprudencia y Legislación de Cataluña. Pero los buenos oficios de Juan Vives convirtieron el acto de ingreso en un auténtico homenaje de la sociedad civil y jurídica de Cataluña al implacable juez Estevill.

El presidente de la Academia, Federico Villavicencio, ex presidente del Consejo Consultivo de la Generalitat de Cataluña, fue el encargado de proponer el nombramiento de Pascual Estevill como académico de número. Según las normas de la institución, dos académicos tenían que avalar el ingreso de un nuevo miembro. En el caso de Pascual, los encargados de respaldar la candidatura fueron José Juan Pintó Ruiz, catedrático de Derecho Civil en la Universidad de Barcelona, presidente de la Fundación La Caixa y ex presidente de La Caixa de Barcelona, que sería absorbida en 1990 por La Caixa, y el catedrático de penal y antiguo profesor del nuevo miembro Octavio Pérez Vitoria.

No fueron los únicos respaldos. En la ceremonia de ingreso de Pascual Estevill en la Academia, el entonces titular del Juzgado de Instrucción número 26 de Barcelona pronunció un discurso sobre «La culpa in contrahendo». El encargado de dar la réplica al nuevo académico fue otro antiguo profesor de Pas-

22. *El Mundo* del 25 de febrero de 1997.

cual Estevill, Lluís Puig Ferriol, que en aquel momento era magistrado de la Sala Civil y Penal del Tribunal Superior de Justicia de Cataluña y que, unos años más tarde, acabaría instruyendo un sumario por delito fiscal contra su antiguo alumno.

Vives recordaría en 1997 que Convergència Democràtica había esgrimido la pertenencia de Pascual Estevill a la Academia de Jurisprudencia como uno de los argumentos que respaldaban la categoría de «jurista de reconocido prestigio» a la que se acogieron para proponerle más tarde como vocal del Consejo General del Poder Judicial. El veterano abogado lamentó en aquella ocasión que Pascual Estevill hubiera contado con el apoyo y la confianza de dos hombres importantes y queridos para él: el presidente de la Generalitat, Jordi Pujol, y el académico Josep Puig Brutau. «Aunque no soy *pujolista* –aclaró Vives–, le ayudo [a Pujol] en todo lo que puedo.»

En aquella ceremonia del 23 de marzo de 1994, Pascual Estevill también recibió el respaldo de los que durante un tiempo fueron sus máximos admiradores: el fiscal jefe y el teniente fiscal del Tribunal Superior de Justicia de Cataluña, Carlos Jiménez Villarejo y José María Mena, respectivamente. Un apoyo que apenas duraría ocho meses más. Porque cuando Estevill ingresó en la Academia de Jurisprudencia, preparando su inminente ascenso al Consejo General del Poder Judicial, el órgano de gobierno de los jueces y de los magistrados, se gestaba el caso que le iba a costar la carrera, la libertad y el repudio social.

SEGUNDA PARTE

Exquisita vindicta
(La captura)

6

La horma de su zapato

> En parte me hice juez para evitar las tropelías de los más pudientes, aunque ahora tenga que pagar un alto precio por ello. Pero no ha sido ni por afán de venganza ni por desquite. Es cierto que no olvido ni perdono, pero nunca he ido ni voy en busca de mi enemigo, aunque, si me lo encuentro, desde luego que le paso factura.
>
> LLUÍS PASCUAL ESTEVILL, entrevista de María Mérida para el semanario *Tiempo*, publicada el 24 de febrero de 1997

Los que le conocen bien aseguran que no les gustaría tenerle como enemigo. Enrique Marugán Giró, empresario catalán afincado en São Paulo, con propiedades en Francia, Canadá, Estados Unidos y Brasil, se convirtió, por casualidad pero voluntariamente, en la pesadilla que destrozó la vida de Lluís Pascual Estevill. Cada vez que los destinos de Enrique Marugán Giró y de Lluís Pascual Estevill han cruzado sus caminos, ha sido el *Lobo* quien ha salido trasquilado, a pesar de que fuera él quien planteara los enfrentamientos y de que, a primera vista, en cada una de las ocasiones, tuviera todas las de ganar.

La primera vez que los acontecimientos colocaron a Estevill y a Marugán en frentes contrarios de la batalla fue en 1979. Entonces, Marugán era un joven perito mercantil que, por hacerle un favor a su amigo Lorenzo Rosal, hijo del prestigioso médico barcelonés Luis Rosal y de una de las herederas de la dinastía de los Bertrand Serra, Flora Bertrand, se avino a realizar una investigación de los libros de contabilidad de lo que entonces era uno de los mayores emporios textiles de España.

Por aquel entonces, el abogado Lluís Pascual Estevill, como asesor áulico del presidente de la compañía, Eusebio Bertrand Mata, y el gerente de Bertrand Serra, José Manuel Prades Sorli, controlaban los destinos de la empresa a su antojo. Marugán no tardaría en descubrir que Estevill y Prades estaban robando al viejo Eusebio Bertrand. Recomendaban al patriarca de Bertrand Serra inversiones ruinosas con el único fin de embolsarse las suculentas comisiones que generaban las operaciones de compraventa.[1]

Estevill y Marugán tardarían 15 años en volver a encontrarse en lados opuestos de la partida. Era septiembre de 1994 y, en esta ocasión, Estevill quiso cobrarse venganza en la cabeza de Marugán por la humillación que sufrió en 1979, cuando el anciano Eusebio Bertrand Mata prohibió que el entonces abogado volviera a poner los pies en inmueble alguno de su propiedad.

El delegado del Banco Español de Crédito (Banesto) en 1994, Miguel Ángel Calama, y uno de los abogados de la entidad, el prestigioso catedrático de Derecho Civil Rafael Jiménez de Parga –hermano del actual presidente del Tribunal Constitucional y ex ministro de Trabajo con la UCD Manuel Jiménez de Parga– posibilitaron que el *Lobo* se encontrara con algunos

1. Véase el apartado titulado *Empleado desleal* en el capítulo 2, «La venganza del friegaplatos».

de los enemigos del pasado a los que les tenía más ganas y les pudiera «pasar factura».

Y, si a Estevill la vida le había brindado oportunidades que había sabido aprovechar, hasta convertirle en el juez más famoso de Barcelona, a tan sólo unos meses de jurar su cargo como consejero del Poder Judicial, Marugán tampoco podía quejarse de cómo le había tratado el destino. Hijo de unos pequeños comerciantes del barrio de Gràcia de Barcelona, propietarios de la pañería El León, para 1994, Enrique Marugán poseía, junto a sus socios Pedro Olabarría y los hermanos Luis Fernando y José Ignacio Romero, la empresa ECA (Empresa Concesionaria de la Administración) que controlaba más del 50 por ciento de las estaciones de Inspección Técnica de vehículos de Cataluña, además de otras licencias administrativas del Departamento de Industria de la Generalitat catalana.

Además se habían convertido en unos avispados empresarios inmobiliarios. Poseían propiedades en Canadá –aún son propietarios de dos hoteles para ejecutivos en Montreal–, en Estados Unidos –sobre todo en los estados de Nueva York y Florida– y en el sur de Francia.

Marugán, por su cuenta, era también miembro del consejo de administración de la filial brasileña de la multinacional química alemana Solvay, radicada en São Paulo, cargo que le permitía mantener su domicilio fiscal en el país sudamericano. El grupo Olabarría, como Estevill había insistido en referirse a Marugán y a sus socios, tendría serias dificultades para solicitar su ingreso en la comunidad de los Misioneros de Cristo de la Madre Teresa de Calcuta. Debía su fortuna en buena medida, además de a su propia pericia como hombres de negocios, a las relaciones que mantuvo durante la década de 1980 con los más destacados miembros del Clan de los Mentirosos: Juan Piqué Vidal y, sobre todo, Javier de la Rosa.

La diferencia de Marugán y sus socios con los miembros del Clan de los Mentirosos es que saben perfectamente que no son santos y que no pretenden serlo. Uno de los negocios que reportó mayores beneficios al grupo Olabarría fue su participación indirecta en el primer escándalo económico que afectó a Javier de la Rosa, el *caso Tierras de Almería*, que acabó costándole al financiero su cargo de vicepresidente ejecutivo de la Banca Garriga Nogués, referente catalán de Banesto, y un agujero de 100.000 millones de pesetas (600 millones de euros) a la entidad bancaria radicada en las Ramblas de Barcelona.

El nexo de unión entre Javier de la Rosa y Enrique Marugán fue su amigo común Lorenzo Rosal Bertrand. El sobrino de Eusebio Bertrand Mata era consejero de la Banca Garriga Nogués en los primeros años ochenta gracias a su estrecha amistad con Javier de la Rosa. Por aquel entonces, De la Rosa ya había iniciado las ruinosas operaciones que iban a significar la quiebra del banco. El asunto de Tierras de Almería consistió en un chiringuito inmobiliario en los terrenos de El Ejido que se financiaron por valores muy superiores a los que tenían y a los que tendrían durante los siguientes 50 años en el mercado.

En aquella época, la banca resolvía esos escandalosos errores en el control de los créditos que concedían con nuevos préstamos con intereses superiores al 20 por ciento anual. De esa manera, en poco tiempo el banco se convertía en propietario de compañías ruinosas que había pagado a precio de oro. Uno de los artífices de la *brillante* operación Tierras de Almería no sería otro que uno de los mejores amigos de Lluís Pascual Estevill, el empresario inmobiliario y en aquel momento dirigente de Alianza Popular en Cataluña Eduardo Bueno Ferrer.

La otra gran causa de la ruina de la Banca Garriga Nogués

fue la financiación imprudente y temeraria que De la Rosa concedió a uno de los grupos de empresas del entonces presidente de la Cámara de Comercio, Industria y Navegación de Barcelona (COCINB) y presidente del Consejo Superior de Cámaras de Comercio, el constructor José María Figueras Bassols.

Los préstamos a Figueras Bassols se concedieron a través de una de las compañías propiedad del constructor, la empresa dedicada a la distribución y venta de motores náuticos Harry Walker. Eran tan cuantiosos los préstamos concedidos por la Banca Garriga Nogués a Harry Walker, que llegó un momento en el que el mecanismo de financiar la deuda con nueva deuda habría llamado la atención de los auditores de Banesto y de los inspectores del Banco de España. Así que De la Rosa decidió que seguiría financiando al presidente de la Cámara de Comercio de Barcelona sin que los funcionarios del banco ni los del instituto emisor pudieran darse cuenta. Fue entonces cuando entraron en juego Rosal, Marugán y sus socios Olabarría y los hermanos Romero.

Los créditos al grupo Harry Walker se concedieron a partir de 1984 a través de la sociedad Cominser, de la que eran propietarios Rosal, Marugán, Olabarría y los hermanos Romero. En teoría Cominser sólo ejercía como un puente: recibía créditos de BGN y los concedía nuevamente al grupo Harry Walker. Pero, ante la ley, Cominser era titular de una parte considerable del pasivo de la compañía de motores náuticos.

Cuando a principios de 1985 Harry Walker alcanzó el colapso financiero por el desequilibrio entre el abultadísimo pasivo y el escuálido activo, tanto la Garriga Nogués como Cominser tuvieron que capitalizar los créditos que habían concedido a la compañía y se convirtieron en sus propietarios. Sin embargo, tuvieron que hacer una operación acordeón (reducir el capital social hasta cero para absorber el pasivo y volverlo a ampliar con nuevos recursos).

A la ampliación de capital sólo acudieron los miembros del grupo Olabarría, de manera que BGN perdió todo el dinero que había enterrado en Harry Walker. Con el tiempo, Harry Walker se convertiría en una de las cabeceras del grupo Olabarría y en uno de los mayores quebraderos de cabeza para sus miembros. Harry Walker, sin embargo, no iba a ser el único punto de contacto entre Pedro Olabarría, los hermanos Romero y Enrique Marugán con Javier de la Rosa y el resto de miembros del Clan de los Mentirosos.

Pedro Olabarría, ingeniero de Baracaldo, se convirtió en custodio de los destinos de Torras Hostench en 1982, tras abandonar Motor Ibérica a causa de su enfrentamiento con el ultraconservador presidente de la compañía automovilística, Juan Echevarría Puig, por su decisión de dar entrada en el capital a los japoneses de Nissan.

Olabarría llegó a una empresa que había protagonizado una espectacular suspensión de pagos ese mismo año: nada menos que 17.000 millones de pesetas de la época (102 millones de euros). El responsable de la desastrosa situación de la compañía no fue otro que el empresario catalán Higinio Torras Magem, fundador de Torras Hostench, del Banco de los Pirineos y de su grupo industrial. El banco y su corporación industrial se declararía en quiebra a los pocos meses de que la papelera Torras Hostench presentara en el juzgado el expediente de suspensión de pagos.

La quiebra del Banco de los Pirineos fue calificada de fraudulenta por el fiscal y tras varios años de trámites judiciales fue declarada delictiva por el Tribunal Supremo en 1988. En septiembre de 1998 se sentaron en el banquillo los consejeros del Banco de los Pirineos, entre los que se encontraba Tomás Feliu de Cendra, el padre de la farmacéutica de Olot, Mariàngels Feliu, conocida por ser la víctima del secuestro común más largo de la historia de España. El juicio se saldó con penas menores fundamentalmente porque el principal procesado, Higini Torras Magem, había muerto huido en Brasil sólo unos años después de dejar a su grupo en la quiebra y darse a la fuga.

Pedro Olabarría se encontró con ese escenario cuando decidió aceptar la oferta de dirigir Torras Hostench en 1982. El ingeniero vasco se encontró no sólo con un pasivo suspenso de 17.000 millones de pesetas sino que, tras estudiar los números de la compañía, se encontró con un agujero en las cuentas de 5.000 millones de pesetas (30 millones de euros).

Olabarría, que llegó a Torras con un sólido plan de reestructuración para la compañía, puso en escena una apuesta por la futura estabilidad y rentabilidad de la papelera. Junto al resto de directivos compró cerca de 20.000 millones de pesetas (120 millones de euros) de Torras Hostench a los acreedores antes de poner en marcha su plan de reflotamiento.

Cuatro años después de su desembarco en Torras, Pedro Olabarría hacía públicos en 1986 los resultados de la firma correspondientes al ejercicio anterior: 1.650 millones de pesetas (casi 10 millones de euros) de beneficios. Con anterioridad, en mayo de 1985, Olabarría y su equipo habían logrado que la asamblea de acreedores y el Juzgado de Primera Instancia aceptaran el levantamiento de la suspensión de pagos de Torras Hostench. En 1986 la compañía papelera estaba salvada y envuelta para regalo; lista para su venta al mejor postor. Olabarría y su gente se habían convertido en accionistas de referencia de la empresa y en multimillonarios gracias al uso de información privilegiada, algo que no estaba legislado en aquel momento. Habían comprado ingentes cantidades de títulos de Torras en la Bolsa a 50 pesetas por acción cuando las acciones estaban a punto de superar las 75 pesetas gracias al anuncio de beneficios realizado por Olabarría y por las cifras de liquidez de la empresa, que el sector cifraba en unos 20.000 millones de pesetas (120 millones de euros). Los hermanos Romero participaron activamente en la compra de acciones de Torras Hostench. Fue entonces cuando Javier de la Rosa, recién salido de la órbita de Banesto por el descalabro de la Banca Garriga Nogués, consiguió convertirse en el hombre de confianza en España de una gente con un fondo sin límite de miles de millones de petrodólares, los kuwaitíes de KIO. Los hombres de KIO, asesorados por De la Rosa, andaban buscando una compañía sólida que pudiera convertirse en la cabecera de sus inversiones en España. El avispado De la Rosa, que conocía de sobra a Olabarría y había visto las evoluciones en Bolsa de Torras Hostench, no tardó en hacerle una oferta al ingeniero vasco.

Las conversaciones se precipitaron, aunque la operación estuvo a punto de no cerrarse por un desplante de Olabarría a De la Rosa. El ingeniero había decidido abandonar la compañía en cuanto se cerrara la operación de compraventa. Algo que De la Rosa no estaba dispuesto a admitir. Había sido la gestión de Olabarría la que había logrado que los auditores de KIO cifraran el valor de Torras Hostench en 42.000 millones de pesetas (252 millones de euros).

Pero finalmente el financiero accedió. La posición de Olabarría era lógica. Al fin y al cabo la operación valoró las acciones de Torras nada menos que a 12.500 pesetas por título y Olabarría y sus socios, los hermanos Romero, ingresaron en sus cuentas corrientes particulares más de 5.000 millones de pesetas (60 millones de euros) de la época,[2] un importante colchón de seguridad con el que hacer negocios por su propia cuenta a partir de aquel momento y que, por cierto, nunca declararon

2. Manel Pérez y Xavier Horcajo, *J. R. El Tiburón*, Temas de Hoy, Madrid, 1996.

a Hacienda. De la Rosa convirtió en poco tiempo Torras Hostench en el Grupo Torras, tras segregar los activos papeleros para constituir Torraspapel.

Pero Pedro Olabarría y sus socios aún tendrían que encontrarse con Javier de la Rosa y con Juan Piqué Vidal en alguna otra ocasión, y, en ese caso, los resultados no fueron tan favorables, especialmente para la pareja compuesta por Enrique Marugán y Lorenzo Rosal Bertrand.

Los beneficios de Cominser, la empresa que Rosal, Olabarría y Marugán pusieron al servicio de Javier de la Rosa para que siguiera financiando a José María Figueras Bassols, acabarían pasando factura a los tres empresarios después de que Pedro Olabarría obtuviera su *pelotazo* gracias a las acciones de Torras Hostench. En 1987, el titular del Juzgado de Instrucción número 3 de la Audiencia Nacional, especializado entonces en delitos económicos monetarios, Jaime Soto Vázquez, ordenó la detención de Lorenzo Rosal y de Enrique Marugán acusados de evasión de divisas a través de su sociedad Cominser. Marugán y Rosal pasaron una semana en la cárcel de Carabanchel. El juez se había apoyado para ordenar su ingreso en prisión en unas escuchas telefónicas que había ordenado realizar en los teléfonos de Javier de la Rosa.

Algunas de las conversaciones registradas entre Marugán y De la Rosa demostraban, no sólo la evasión de divisas camuflada como inversiones extranjeras a través del Principado de Andorra, sino que el financiero andaba recabando información perjudicial contra el ex gobernador del Banco de España y consejero delegado de Banesto José María López de Letona, a quien responsabilizaba de su despido de la Banca Garriga Nogués.

Los responsables de la investigación pretendían en realidad demostrar que Javier de la Rosa y Juan Piqué Vidal habían organizado un entramado de evasión de capitales desde la sede central de la Banca Garriga Nogués en las Ramblas de Barcelona. Pero al final tuvieron que conformarse con el procesamiento de Rosal, Marugán y Olabarría. Los tres empresarios sólo tuvieron que hacer frente a unas multas.

Marugán asegura que la experiencia de pasar una semana en el centro penitenciario de Carabanchel, en Madrid, no supuso en absoluto un trauma para él. «Como tenía dinero, en ningún momento tuve problemas; de hecho, incluso había un travestí que se dedicaba exclusivamente a hacerme café», afirma el empresario. Por sorprendente que parezca, Marugán asegura que no guarda rencor al juez Soto Vázquez. Incluso afirma que, a principios de los años noventa, coincidió con él en un céntrico hotel madrileño e invitó a cenar al magistrado.

Sin embargo, a partir de aquel momento, los negocios con Javier de la Rosa del grupo Olabarría fueron muy escasos. Sólo Lorenzo Rosal, en virtud de su amistad personal, mantenía relaciones sociales con el financiero. Con quien sí mantendrían más contactos desagradables fue con los representantes de la Administración de Justicia.

Una extraña querella contra el grupo Olabarría

En julio de 1994 conocí al que entonces era el representante de Banesto en Cataluña y Baleares y subdirector general de la entidad, Miguel Ángel Calama. Hacía tan sólo siete meses que el banco había sido intervenido por el Banco de España y el consejo de administración en funciones estaba presidido por Alfredo Sáenz, ex vicepresidente del Banco Bilbao Vizcaya y ex presidente de Banca Catalana, la segunda marca del BBV en Cataluña. Sáenz y su director general, también procedente del Banco de Vizcaya y de Banca Catalana, José Ángel Merodio, habían decidido prescindir de los servicios del hasta entonces delegado de Banesto en Cataluña Josep María Xercavins. Y enviaron a Calama a ocupar su sillón en la plaza Catalunya de Barcelona.

Miguel Ángel Calama había sido promocionado en Banesto por el equipo de Mario Conde. Haría denodados esfuerzos para ganarse la confianza de los nuevos gestores del banco, Alfredo Sáenz y José Ángel Merodio. Para empezar, se convirtió en uno de los abanderados de la estrategia bancaria diseñada por los nuevos directivos de Banesto para recuperar los innumerables créditos dudosos que habían concedido los hombres de Mario Conde durante su paso por la dirección del Español de Crédito.

Calama también intentó ganarse el favor de los periodistas locales de la nueva plaza a la que acudía como delegado de Sáenz y Merodio. Me citó a comer la primera vez que hablamos por teléfono. Debía acudir a su despacho en la sede principal del banco en la plaza Catalunya de Barcelona y desde allí nos conduciría su chófer, en el coche oficial del banco, a un coqueto restaurante en el Puerto Olímpico, el desaparecido Tik Tak Toe.

A pesar de que yo intentaba centrar la conversación en la situación de Banesto tras la intervención el anterior 28 de diciembre por el Banco de España, Calama se resistió tanto como pudo y, finalmente, me informó del motivo de su interés por mantener el encuentro conmigo:

–¿Conoces al industrial Pedro Olabarría? –preguntó Calama ante mi desconcierto; me limité a asentir y el directivo de Banesto prosiguió–: Él y sus socios, los hermanos Romero, son multimillonarios. Nuestro nuevo director, José Ángel Merodio los conoce muy bien. Como sabes, hasta hace poco era director general de Banca Catalana, que es el banco de Olabarría y los

Romero. Tienen fondos de inversión allí que, como mínimo, ascienden a 5.000 millones de pesetas [60 millones de euros] de patrimonio. Yo en tu lugar estaría muy pendiente de ellos. Nos han estafado 600 millones de pesetas [3,6 millones de euros] a través de su grupo de empresas Harry Walker. ¿Conoces a Andrés Jiménez de Parga? Es nuestro asesor jurídico. Vamos a presentar una querella contra ellos. La llevará Pascual Estevill y los va a meter en la cárcel si se niegan a devolvernos los 600 millones de pesetas.

Como yo le confesé que no conocía a Andrés Jiménez de Parga, Calama se comprometió a organizar un nuevo almuerzo, en esta ocasión con la presencia del hijo del catedrático de Derecho Civil Rafael Jiménez de Parga. Calama se comprometió a entregarme una copia de la querella de Banesto contra Olabarría y los Romero en el próximo encuentro, que quedó fijado para los primeros días de septiembre. Para cuando mantuvimos el siguiente encuentro, la semana del 11 de septiembre, Pascual Estevill ya había encarcelado a Pedro Olabarría, a Luis Fernando Romero y a uno de los empleados de su grupo, el perito industrial Modesto González Mestre. También había cambiado la condición de testigos a dos de las personas que aparecían citadas en la querella, los empresarios Enrique Marugán Giró y Lorenzo Rosal Bertrand, por la condición de imputados.

El magistrado sabía que eran los mismos Enrique Marugán y Lorenzo Rosal que en 1979 habían recomendado a Eusebio Bertrand Mata que despidiera al entonces abogado. Y el *Lobo* no estaba dispuesto a que sus viejos enemigos se salieran de rositas después de tener sus nombres en documentos oficiales de un juzgado a su cargo. Le dejaron sin trabajo en 1979 y, hasta ese momento, no habían pagado la afrenta. En septiembre de 1994, un Estevill soberbio y orgulloso de sí mismo por su condición de juez estrella de Barcelona y con el nombramiento a propuesta de Convergència i Unió para el Consejo General del Poder Judicial estaba en condiciones de pasar factura a los adversarios del pasado.

«¡Dile al niño que me traiga un puro!»

Parecía imposible que la querella de Banesto contra Pedro Olabarría y los hermanos Romero pudiera ser instruida por el juez Lluís Pascual Estevill. El texto de la querella recayó por reparto en el Juzgado de Instrucción número 10 de Barcelona, cuyo titular era el magistrado Ramón Maciá Gómez, que había decidido admitirla a trámite el 3 de agosto. El magistrado no practicó ni una sola diligencia desde que emitió el auto de admisión a trámite de la querella y el día que se marchó de vacaciones, el 20 de agosto de 1994.

Sin embargo, Calama y Jiménez de Parga tenían un as escondido en la manga. El juez Maciá y Pascual Estevill eran sustitutos naturales. Es decir, durante las vacaciones de uno, el otro asumía los casos del otro. Entre el 1 y el 20 de septiembre de 1994, el titular del Juzgado de Instrucción número 10 de Barcelona era también Lluís Pascual Estevill. Tenía tiempo suficiente para cumplir sus eventuales compromisos con Banesto. Pascual Estevill citó al jefe de los servicios jurídicos de Banesto, el abogado Carlos Ruiz, para que se personara en el Juzgado de Instrucción número 10 de Barcelona el 7 de septiembre a las 10 de la mañana. El motivo: debía ratificarse en la presentación de la querella del banco contra Pedro Olabarría y contra los hermanos Luis Fernando y José Ignacio Romero.

Ruiz se ratificó en la presentación de la querella que acusaba a los empresarios de haber solicitado créditos a Banesto para las empresas del grupo Harry Walker por valor de 600 millones de pesetas con la intención de no devolverlos, para no comprometer su patrimonio personal. Pero el *Lobo* aún hizo algo más aquel día: citar a declarar a Pedro Olabarría, a Luis Fernando y a José Ignacio Romero en calidad de imputados para el 9 de septiembre, un viernes, y cambiar la condición de testigos por la de imputados a Enrique Marugán y a Lorenzo Rosal y llamarlos al juzgado para el 12 de septiembre, el lunes siguiente.

El 7 de septiembre de 1994 tuvieron lugar en el Juzgado de Instrucción número 10 de Barcelona algunos de los sucesos que le costarían más tarde la libertad, buena parte de su patrimonio y su prestigio social a Lluís Pascual Estevill. Pedro Olabarría, Luis Fernando y José Ignacio Romero y su empleado Modesto González Mestre acudieron al Jugado de Instrucción número 10 de Barcelona tal y como había dispuesto el magistrado Lluís Pascual Estevill. La citación les había llegado durante la mañana del día anterior, 8 de septiembre de 1994. Tuvieron menos de 24 horas para encontrar un abogado que les asistiera en sus declaraciones como inculpados ante el temible Lluís Pascual Estevill.

Sin embargo, Olabarría ya había tenido noticia de la querella que habían interpuesto los abogados de Banesto contra él y contra sus socios. El lunes 5 de septiembre de 1994 el ingeniero vasco recibió una llamada en su despacho de la calle Pedro y Pons de Barcelona. Al otro lado de la línea telefónica estaba José Ángel Merodio, flamante consejero director general de Banesto, que durante años había gestionado los cerca de 5.000 millones de pesetas (30 millones de euros) que tenían depositados en Banca Catalana Olabarría y los hermanos Romero en su calidad de director general de la filial catalana del Bilbao Vizcaya. Fue un diálogo entre vascos, próximo al tópico, sin insinuaciones, ni indirectas ni sugerencias. Al grano como en un mal chiste de bilbaínos:

–Mira, Pedro –dijo Merodio en cuanto Olabarría descolgó el teléfono–, te llamo para advertirte de que en Banesto hemos decidido presentar una querella por estafa contra ti y contra tus socios, los Romero. Sé razonable. Evítate problemas. Páganos los 600 millones de pesetas que nos debe el grupo Harry Walker y desistiremos, no tendrás que volver a preocuparte del tema. Si no, mi gente en Barcelona asegura que te lo puede hacer pasar muy mal.

–Oye, José Ángel –contesta Olabarría–, a ver si nos aclaramos y nos miramos bien la legislación. Que yo sepa, el dinero te lo debe Harry Walker, no yo ni mis socios, que somos accionistas minoritarios y, además, de forma indirecta.[3] No entiendo esta manera de proceder vuestra. Haced lo que tengáis que hacer pero nosotros no somos responsables de esas deudas.

Ahí se terminó la comunicación entre el banquero y su antiguo cliente. Al cabo de dos días, un agente de policía se presentó en el despacho de Olabarría con cuatro citaciones: una para él, una para cada uno de los hermanos Romero y una para el empleado de los tres Modesto González Mestre, que ejercía como presidente de la sociedad Harry Walker. El documento precisaba que los cuatro citados debían presentarse al día siguiente a las ocho de la mañana en el Juzgado de Guardia de detenidos de Barcelona, el número 10 de los de Instrucción de la capital catalana.

Tal y como estaban las cosas sólo pudieron recurrir a los servicios de los abogados laboralistas que habitualmente trabajaban para las empresas del grupo Olabarría-Romero: Josep López Sánchez y José Manuel Valadés. El tiempo les demostraría lo acertado de su decisión, a pesar de que inicialmente ellos habrían

3. Olabarría y los hermanos Romero poseían en aquel momento un tercio cada uno de la sociedad Crefica SA. Esta última compañía era la que poseía un 21 por ciento del capital de la empresa matriz del grupo Harry Walker.

preferido contar con los servicios de Juan Piqué Vidal. El tiempo les demostraría que estaban equivocados, aunque a buen seguro Piqué les habría ahorrado «la peor experiencia» de su vida.

Los cuatro empresarios citados por Pascual Estevill acudieron el 9 de septiembre de 1994 a las ocho de la mañana. Les acompañaban sus abogados y otro personaje que iba a interpretar un papel fundamental en los acontecimientos que se iban a desarrollar aquel día: Lorenzo Rosal. El sobrino de Eusebio Bertrand Mata acudió por pura solidaridad. Él también había recibido una citación para acudir a declarar al Juzgado de Instrucción número 10 de Barcelona en calidad de imputado. Pero su declaración estaba fijada para el lunes 12 de septiembre.

El viernes 9 de septiembre, Pedro Olabarría fue el primero en declarar. Antes de las nueve de la mañana estaba prestando testimonio ante Lluís Pascual Estevill, en presencia de su abogado y de los abogados de Banesto Rafael Jiménez de Parga y su hijo Andrés, que ejercían la acusación particular. Al iniciarse el interrogatorio, ni Olabarría ni sus abogados pudieron tener ni un atisbo de sospecha del giro que iban a tomar los acontecimientos. Fue Estevill personalmente quien llevó la iniciativa del interrogatorio, aunque ocasionalmente consultaba con el abogado de la acusación, Rafael Jiménez de Parga.

Sí les sorprendió, aunque inicialmente no les pareció alarmante, la sospechosa camaradería que parecía existir entre el juez instructor y los abogados de la acusación particular. Pascual Estevill y los Jiménez de Parga, en particular Rafael, el padre, parecían demasiado amigos. Sin embargo, el talante del propio Estevill durante el interrogatorio del industrial vasco no hacía temer un desenlace inesperado del paso de Pedro Olabarría por el Juzgado de Instrucción número 26 de Barcelona.

El juez interrogó a Olabarría, de forma superficial, sobre sus participaciones accionariales en determinadas empresas, en especial en las relacionadas con el grupo Harry Walker. Pero ni una sola pregunta que relacionara a Pedro Olabarría con los supuestos delitos de estafa y de alzamiento de bienes que le atribuía la dirección de Banesto en Barcelona.

Los funcionarios del juzgado «olvidaron» remitir una copia de la querella junto con las citaciones de Pedro Olabarría, Luis Fernando y José Ignacio Romero y Modesto González Mestre. De manera que Olabarría aprovechó el aparente buen humor de Pascual Estevill para solicitar el ejemplar del escrito de acusación presentado por el banco que debe ser entregado a los querellados según la Ley de Enjuiciamiento Criminal.

El secretario del juzgado no entregó al abogado de Olabarría, Josep López Sánchez, la copia del texto de la querella hasta que el empresario acabó de declarar. A pesar de la aparente intrascendencia de las preguntas del magistrado, el interrogatorio de Olabarría se prolongó por más de tres horas. No concluyó su testimonio hasta pasadas las 11 de la mañana.

El «Juez de la Horca» ordenó a Pedro Olabarría que esperara en el interior de las dependencias del Juzgado de Guardia mientras prestaban declaración sus socios. El siguiente en ser conducido frente a Pascual Estevill fue el mayor de los hermanos Romero, Luis Fernando. Y, de nuevo, el mismo ritual: preguntas aparentemente intrascendentes sobre sus relaciones con las empresas del grupo Harry Walker, pero sin entrar en el fondo de la acusación de estafa y alzamiento de bienes que los directivos de Banesto habían consignado en el texto de la querella.

Para cuando Luis Fernando Romero acabó de declarar eran ya las dos y media de la tarde. Y el juez, que parecía estar de buen humor, estaba decidido a ir a almorzar a su restaurante favorito, La Puñalada. Así que Lluís Pascual Estevill, en un ejercicio de magnanimidad, dio permiso a Pedro Olabarría y a Luis Fernando Romero para ausentarse del juzgado. Aunque les ordenó que volvieran a la sede judicial a las cuatro y media de la tarde.

Los dos empresarios empezaban a estar preocupados por el extraño comportamiento del magistrado. De modo que decidieron comer algo en las proximidades de los juzgados de Barcelona y personarse puntualmente ante el magistrado a la hora señalada. Estevill llegó puntual de su almuerzo: a las cuatro y media de la tarde. Llegó acompañado de los abogados de la acusación y de un humor aún mejor que el que le había acompañado cuando abandonó el juzgado. Para los presentes resultaba evidente que el almuerzo del magistrado había estado regado por buenos vinos y que Estevill no se había limitado a tomar sólo una copa.

El siguiente en prestar declaración, mientras sus compañeros esperaban pacientemente en el pasillo, fue José Ignacio Romero, el pequeño de los hermanos Romero. Pero en este caso los comportamientos sospechosos de Pascual Estevill se multiplicaron. Con José Ignacio Romero, la complicidad entre el juez y los abogados de la acusación era mucho más evidente. El magistrado, tras la comida, parecía haber perdido el interés por la querella. Era Rafael Jiménez de Parga quien se encargaba del interrogatorio con apenas unas cuantas intervenciones de Pascual Estevill.

El magistrado iba poco a poco perdiendo las formas. Se refería públicamente al letrado de Banesto con el nombre familiar de Rafa. Estevill estuvo a punto de perder los papeles cuando el puro –un Montecristo del número 1, por supuesto– que había venido fumándose desde el restaurante, se le apagó poco antes de consumirse. Pero inmediatamente halló la solución:

–¡Rafa! –gritó Estevill–. ¡Dile al niño que me traiga un puro![4]

Resultaba evidente que Estevill se refería al hijo abogado de Rafael Jiménez de Parga, Andrés. Su padre no tuvo que decir-

4. Declaración de José Ignacio Romero ante el Tribunal Supremo del 27 de junio de 1996.

le nada. El propio Andrés Jiménez de Parga se ausentó unos minutos de la sala y regresó con un nuevo Montecristo del número 1 para complacer a Pascual Estevill.

Una vez el magistrado tuvo su nuevo puro, los interrogatorios se aceleraron. A las siete de la tarde, José Ignacio Romero concluía su deposición ante el juez y era llamado inmediatamente Modesto González Mestre. El presidente del grupo Harry Walker, como su predecesor ante el juez, apenas estuvo dos horas contestando las preguntas del magistrado siempre sobre la composición del accionariado del grupo empresarial.

A las nueve de la noche, los cuatro empresarios que habían acudido al juzgado a las ocho de la mañana citados por el juez Pascual Estevill esperaban en el pasillo que el magistrado les comunicara que podían marcharse a casa, después de que Modesto González Mestre leyera y firmara su declaración. Pero sólo uno de ellos, José Ignacio Romero, podría marcharse a casa.

El secretario judicial comunicó a los otros tres, Pedro Olabarría, Luis Fernando Romero y Modesto González, que el juez había ordenado que fueran detenidos durante 72 horas. Además, el secretario les comunicó que Pascual Estevill había decretado que fueran conducidos a la prisión Modelo de Barcelona.

Empezaba para los tres empresarios «el peor momento»[5] de sus vidas. Aún tardarían unas horas en ingresar en la Modelo. Hasta las doce de la noche no traspusieron el tétrico umbral del centro penitenciario de preventivos de Barcelona. Una vez allí se les ordenó que se ducharan, les dieron un chándal a cada uno y un par de zapatos en una bolsa. Los tres empresarios permanecieron en la Modelo hasta las dos de la madrugada del lunes 12 de septiembre de 1994. Apenas algo más de dos días. Pero fue una experiencia traumática para ellos.

5. Declaración de Pedro Olabarría ante la Fiscalía Anticorrupción del 25 de abril de 1996.

Lo que no podían imaginar era que mientras ellos estaban siendo interrogados por Lluís Pascual Estevill y por Rafael y Andrés Jiménez de Parga, uno de sus socios, Lorenzo Rosal, se enfrentaba también a una desagradable experiencia.

Una bolsa de El Corte Inglés con 25 millones

Lorenzo Rosal padeció entre 1992 y 1996 una grave insuficiencia renal que le obligaba a someterse a diálisis cada dos días. El empresario conocía la prisión. En 1987 había sido encarcelado junto a Enrique Marugán en la prisión de Carabanchel acusado de un delito cambiario relacionado con la empresa Cominser. Pero su estado de salud le hacía temer un eventual ingreso en prisión como si se tratara de una condena a muerte.

Cuando Lorenzo Rosal recibió la citación de Pascual Estevill el 8 de septiembre de 1994 para presentarse en el Juzgado de Guardia en calidad de imputado, se temió lo peor. A pesar de que él no estaba citado hasta el día 12 de septiembre, acudió a las dependencias judiciales el viernes 9 para acompañar a sus socios Pedro Olabarría, los hermanos Romero y a Modesto González. No sólo por un ejercicio de solidaridad. También para constatar de primera mano si sus temores estaban justificados. Su enfermedad renal y el hecho de haber pasado por la cárcel no eran las únicas cosas que le distinguían de los otros cuatro empresarios que acudieron el 9 de septiembre al juzgado de Lluís Pascual Estevill. Además, Rosal conocía a Pascual Estevill. Se habían conocido en 1979 y Rosal estaba convencido de que el personaje que se iba a encontrar como juez no guardaba demasiado buen recuerdo de su persona.

Por esa razón acudió el 9 de septiembre de 1994 al juzgado de Lluís Pascual Estevill acompañado de una abogada del despacho de Juan Piqué Vidal, Carmen Figueras. Quería estar preparado si el magistrado tomaba una decisión extemporánea y le hacía declarar el mismo día que a sus socios. Tendría que esperar hasta las nueve de la noche de ese día, pero Lorenzo Rosal iba a ver confirmados sus peores presagios.

Tras una espera prudente de más de 12 horas, la abogada de Lorenzo Rosal comunicó a su cliente que el magistrado había ordenado que se encarcelara a Pedro Olabarría, a Luis Fernando Romero y a Modesto González Mestre.

Su abogada entró entonces en las dependencias del juzgado para cambiar impresiones con los otros letrados e informarse de si a su cliente podía esperarle la misma suerte. No tardaría en descubrir que Banesto jamás había pedido la imputación de Rosal. Había sido una decisión unilateral de Pascual Estevill la que transformó la condición de testigo del sobrino de Eusebio Bertrand Mata por la de imputado.

Mientras Lorenzo Rosal esperaba a que Carmen Figueras saliera del interior del juzgado para informarle de cuáles eran las posibilidades del empresario de correr la misma suerte que sus compañeros que iban a ser conducidos a la Modelo, se le «acercó un señor que dijo llamarse Robles, de complexión gruesa, bajo, calvo y con bigote»[6] que le iba a dar las claves para resolver el asunto y no temer por su eventual encarcelamiento:

–Señor Rosal –le dijo el personaje que se había identificado como Robles–, se le ve muy alterado. No se preocupe usted tanto. Este asunto se puede resolver correctamente abonando 25 millones de pesetas [150.250 euros]. Si sigue mis instrucciones, el asunto se archivará y sus amigos, los que están a punto de ingresar en prisión, quedarán en libertad. La prueba de que

6. Declaración de Lorenzo Rosal ante la Fiscalía Anticorrupción del 12 de abril de 1996.

lo que digo es cierto la tendrá usted la noche del próximo domingo. Ya verá cómo sus amigos quedan entonces en libertad.

Rosal balbució alguna respuesta convencional para pedirle a su interlocutor que le diera más detalles y Robles prosiguió:

–Bien, recuerde exactamente lo que le voy a decir. Debe usted presentarse el próximo lunes a las seis de la tarde en el aparcamiento de la plaza Francesc Macià con los 25 millones que le he indicado. Diríjase a la plaza 2275 de la segunda planta. Allí habrá una persona esperándole. Limítese a entregarle el dinero y no tendrá usted problema alguno.

Por si había pocas dudas, Rosal vio confirmadas las palabras de su desconocido informador cuando, al cabo de unos minutos, su abogada salió del interior del juzgado para comunicarle que la declaración que debía prestar el lunes había sido suspendida y que el magistrado aún no había señalado nueva fecha.

A las dos de la madrugada del lunes 12 de septiembre de 1994 sonó el teléfono en el domicilio de Lorenzo Rosal. Cuando el empresario, totalmente despejado porque no lograba conciliar el sueño, descolgó el aparato oyó al otro lado de la línea telefónica la voz de su socio Pedro Olabarría. El empresario vasco había sido puesto en libertad. No cabía en sí de gozo después de abandonar la prisión y así se lo hizo saber a Lorenzo Rosal. Pero éste no estaba tan contento como su amigo:

–Pedro –interrumpió Rosal–, es vital que nos veamos mañana a las nueve en tu despacho. Mientras estabais declarando el viernes, me abordó un tipo que aseguró que venía en nombre del juez. Me dijo que si quería evitar la prisión debía pagar 25 millones de pesetas [150.250 euros] y, como muestra de que hablaba realmente en nombre de Estevill, me anunció que vosotros quedaríais en libertad...

–Ya me esperaba yo algo así –contestó Olabarría–. Está bien, ven a las nueve y discutiremos qué es lo que podemos hacer.

Como había anunciado, Lorenzo Rosal se presentó en el despacho de Pedro Olabarría a las nueve de la mañana del 12 de septiembre de 1994. Rosal informó a Olabarría de su decisión de abonar la suma que se le había exigido en nombre del juez. Su estado de salud le hacía temer por su vida si Pascual Estevill decidía encarcelarle. Era mucho mejor no correr riesgos.

Tras comunicar su decisión a su socio, Rosal se dirigió a su propio despacho profesional en el número 103 de la barcelonesa calle Mallorca. Allí explicó la situación por la que atravesaba al administrador de su fortuna –y de la de toda la familia Bertrand–, Jorge Baulenas. El administrador entregó a Lorenzo Rosal todo el dinero en efectivo del que disponía en el despacho, cuatro millones de pesetas (24.000 euros) después de que el empresario firmara un vale de caja.

De allí se dirigió al despacho de Eduardo Puignou, el administrador de la empresa ECA, de la que eran accionistas tanto Rosal como Olabarría y como Marugán. De nuevo repitió la historia del misterioso personaje que, identificándose como Robles, le había abordado en los pasillos de los juzgados el viernes anterior para exigirle 25 millones de pesetas en nombre del juez Estevill. Nuevamente, el administrador le entregó todo el dinero en efectivo del que disponía en el despacho, que, en esta ocasión fueron 10 millones de pesetas, a cambio de su firma en un vale de caja. Rosal volvía a estar de nuevo en el despacho de Pedro Olabarría en la calle Pedro y Pons de Barcelona a la una del mediodía. Allí recogió de su socio los 15 millones de pesetas que le faltaban para completar la suma de 25 millones que había exigido el oscuro señor Robles en nombre de Pascual Estevill. Rosal envolvió todos los billetes en las páginas de un ejemplar atrasado de *La Vanguardia* e introdujo el paquete en una bolsa de El Corte Inglés.

Nervioso e intranquilo, Rosal se dirigió a su propio domicilio hacia las dos de la tarde. Allí le esperaba su esposa, Inmaculada Fontana, que estaba completamente al tanto de las tribulaciones de su marido. Inmaculada Fontana guardó el paquete en un lugar seguro y se quedó en la casa esperando junto a su marido hasta las 17.30. A esa hora, Lorenzo Rosal abandonó su domicilio. Cogió su coche y se dirigió al aparcamiento de la plaza Francesc Macià siguiendo las instrucciones del personaje que se había presentado como el enviado de Pascual Estevill.

Cuando llegó al aparcamiento se dirigió a la segunda planta y allí empezó a buscar la plaza 2275. No tardó en encontrarla. En la plaza encontró «un vehículo aparcado y en su interior una persona joven, de unos 30 años, moreno y más bien alto, de complexión delgada». Rosal se aproximó al vehículo aparcado en la plaza 2275 con la bolsa de El Corte Inglés que contenía el paquete con los 25 millones de pesetas en la mano. En ese momento, el ocupante del vehículo se apeó y se presentó como Javier Pascual. Rosal le tendió la bolsa de plástico y el enviado del juez volvió a subir al coche, lo puso en marcha y desapareció.

Rosal descubriría años más tarde, en mayo de 1996, tras ver publicada una fotografía en *El Mundo* del personaje que había recogido la bolsa de El Corte Inglés con los 25 millones de pesetas, que efectivamente era Javier Pascual y que su segundo apellido era Franquesa. Se trataba del hijo mayor del juez Lluís Pascual Estevill.

Rosal pudo, gracias a esa «gestión», prestar declaración al cabo de unos días sin temer por su libertad personal. Olabarría, sin embargo, no estaba convencido de que con el pago de 25 millones de pesetas se hubieran satisfecho todas las pretensiones de Lluís Pascual Estevill.

El empresario vasco estaba en lo cierto. El martes 13 de septiembre de 1994, Pedro Olabarría fue citado nuevamente por el secretario del juzgado de Pascual Estevill. En esta ocasión la citación se produjo de forma telefónica. Debía presentarse al día siguiente, 14 de septiembre, en el Juzgado de Guardia de Detenidos acompañado por su abogado. Estaba tan preocupado que, antes de comparecer ante el juzgado, Olabarría se despidió de su esposa por si Estevill decidía nuevamente encarcelarle.

Pero no fue eso lo que sucedió. El juez se limitó a comunicarle su decisión de embargar todos sus bienes y los de sus socios si, en el plazo de 24 horas no depositaban en el Juzgado una fianza de responsabilidad civil de 750 millones de pesetas (4,5 millones de euros). Un aval inmediato de Banca Catalana resolvió sus cuitas. Estevill apenas estuvo diez días más ejerciendo como titular sustituto del Juzgado de Instrucción número 10 de Barcelona. El juez Ramón Maciá se reincorporó a su puesto el 22 de septiembre de 1994. Al cabo de unos días la mayoría de las medidas que Estevill había adoptado contra Pedro Olabarría y contra sus socios quedarían sin efecto. Maciá archivó las actuaciones definitivamente el 25 de enero de 1995. Pero antes de devolver el Juzgado número 10 a su titular, Estevill aún tendría tiempo de cobrarse venganza del miembro del clan Olabarría al que le tenía más ganas: Enrique Marugán.

Un viejo conocido, Enrique Marugán

El perito mercantil que había conocido Lluís Pascual Estevill en el grupo Bertrand Serra y que con su informe fue el causante del despido del entonces abogado mercantil de la compañía se había convertido en un próspero hombre de negocios en 1994, cuando el *Lobo* llevaba ya tres años ejerciendo como magistrado y estaba a punto de alcanzar la cúspide de su carrera cuando fuera nombrado vocal del Consejo General del Poder Judicial.

De entre todos los miembros del grupo Olabarría, Marugán es el más activo y el que se encarga de supervisar el estado de las inversiones de los empresarios más allá de las fronteras españolas. Es Marugán quien visita periódicamente las propiedades del grupo en el continente americano, fundamentalmente en la canadiense ciudad de Montreal y en Nueva York. Estaba cumpliendo ese cometido cuando la citación del Juzgado de Instrucción número 10 de Barcelona, del que Lluís Pascual Estevill era titular en funciones, llegó al despacho profesional de Enrique Marugán en la calle Valencia de Barcelona.

Era el 8 de septiembre de 1994. En la citación, Estevill ordenaba a Marugán que se presentara en el juzgado el 12 de septiembre. El juez mantuvo la citación a pesar de que la secretaria personal de Marugán, Montse, informó a los funcionarios de la policía que se encargaron de entregar la providencia de que su jefe se encontraba de viaje fuera del país. Cuando llegó el día 12 de septiembre y Marugán no compareció ante el juzgado, Estevill dictó una orden de detención contra él. Al día siguiente, Estevill cursó una orden internacional de búsqueda y captura contra Enrique Marugán. El magistrado decidió ignorar los documentos acreditativos de que Marugán se encontraba de viaje por negocios que le presentaron sucesivamente el administrador del grupo ECA, Eduardo Puignou, y una de las hijas del empresario catalán, Mireia. Esta última tuvo que soportar, el lunes 12 de septiembre, los malos modos de Lluís Pascual Estevill cuando, desde el pasillo del juzgado, oyó cómo el juez contestaba al secretario que le había informado de la presencia de Mireia Marugán para acreditar que su padre estaba de viaje:

–Aquí no aceptamos papelitos –fue la respuesta de Estevill al secretario.

Mireia Marugán se fue por donde había venido. Y tanto ella

como los socios de su padre recomendaron a Enrique Marugán que no apareciera por España hasta que el verdadero titular del Juzgado de Instrucción número 10 de Barcelona se hubiera reincorporado a su puesto.

Marugán actuó de acuerdo con las recomendaciones de sus socios y no apareció hasta pasado el 22 de septiembre de 1994 por el Juzgado de Instrucción número 10 de Barcelona. Para entonces ya se había reincorporado el juez Ramón Maciá, que dejó sin efecto la orden internacional de búsqueda y captura que Estevill había dictado contra Enrique Marugán.

No era el primer caso en el que Estevill aprovechaba su situación de sustituto en el Juzgado del magistrado Ramón Maciá para cobrarse venganza contra antiguos enemigos del pasado. El empresario Juan Sansalvador Lacomba también pagó caro en 1994 el hecho de haberse enfrentado a Pascual Estevill en su época de abogado mercantilista. En 1994 el empresario fue acusado de mediar en una operación mercantil entre Inmobiliaria Lemos y Muebles Tarragona, en la que presuntamente se generó dinero negro.

Sansalvador había conocido a Pascual Estevill antes de que accediera a la judicatura. Según el texto de la querella, Sansalvador fue propietario de la empresa de cisternas Indox y produjo un perjuicio económico a Estevill en 1985, que en aquel momento era asesor de la firma de transportes Jorge Juan.

Estevill aprovechaba su condición de abogado de Jorge Juan, la empresa con la que le había levantado unos cuantos millones a la familia Bertrand, para cobrar comisiones a los proveedores de la empresa, entre los que se encontraba Indox, sin el conocimiento de su cliente. Sansalvador se negó a seguir pagando las comisiones a Estevill.

El empresario asegura que el juez «prometió venganza, costase lo que costase». En julio de 1994 Estevill llamó a declarar a

Sansalvador como imputado. El propio Sansalvador asegura que en aquel momento se encontraba convaleciente de un infarto en la clínica Puerta de Hierro de Madrid.

Al conocer la citación, según el relato que hizo el empresario a este diario, un familiar suyo se dirigió al juzgado a informar al juez de que su delicado estado de salud le impedía ir a declarar. La operación mercantil estaba siendo investigada por el Juzgado número 3 de la Audiencia Nacional, cuyo titular era Miguel Moreiras. A pesar de que la causa estaba reclamada por Moreiras, Estevill siguió practicando diligencias.

Pascual Estevill llamó a declarar a los responsables de Inmobiliaria Lemos –cuyo abogado era Juan Piqué Vidal– y Muebles Tarragona y les dejó en libertad con fianzas de 5 y 15 millones de pesetas.

Sansalvador asegura que el juez ignoró su estado de salud. Decretó su busca y captura y ordenó a la policía que le trasladara al Hospital Penitenciario de Carabanchel. Hasta dos semanas después, el forense no autorizó su traslado en ambulancia a Barcelona para que declarara.

Tras tomar declaración a Sansalvador, Estevill abandonó el juzgado para irse de vacaciones. Dos horas después el secretario comunicó al empresario que el juez había decretado su ingreso en prisión. Sansalvador recurrió el auto de prisión ante el juez sustituto, Ramón Maciá. Este juez no pudo modificar el auto de prisión del empresario porque, según Sansalvador, en el juzgado se ocultaron los documentos que acreditaban su estado de salud y la instrucción de Moreiras.

Algunas providencias firmadas por Maciá parecen redactadas por Estevill y no por su sustituto. El propio Ramón Maciá no tiene reparo alguno en sostener que Estevill falsificó su firma para atribuirle algunas de sus actuaciones contra Sansalvador. Cuando Estevill accedió al Consejo General del Poder Judicial en noviembre de 1994, la magistrada que ocupó su puesto, Roser Aixandrí, dejó en libertad sin fianza a Sansalvador.

Pero Sansalvador, a pesar de que los abusos que Estevill cometió contra él eran muy superiores a los que había infligido a Enrique Marugán, estaba muy lejos de tener el poder, el dinero y las influencias del antiguo perito mercantil. Estevill decidió despedirse de su puesto como juez de instrucción tomando venganza de uno de los personajes que le habían causado perjuicio en el pasado antes de abandonar los juzgados para ocupar su plaza como miembro del Consejo General del Poder Judicial a propuesta de CiU. No sabía que se había creado el peor de sus enemigos.

Desde que el 22 de septiembre de 1994 Enrique Marugán regresó a España tras abandonar Estevill el Juzgado de Instrucción, el empresario no ha descansado un solo momento en su empeño de hundir personal y profesionalmente al magistrado. Marugán no ha dejado piedra sobre piedra en la vida de Estevill, aunque fueran los propios delitos del magistrado los que le condenaron.

Pero aún no sabía que había borrado de un plumazo el futuro de poder y gloria que creía haberse procurado con el nombramiento como consejero del Poder Judicial. Aún tendría tiempo de jurar su cargo ante el rey y de sumir a la institución en la peor crisis de su historia al salpicarla con todos los casos de corrupción que iban a acabar por terminar con Estevill.

CiU lleva al *lobo* al Consejo del Poder Judicial

Jordi Pujol tenía, a finales de 1993, un candidato para ocupar la plaza que había dejado vacante al fallecer Fernando Jiménez Lablanca en el Consejo General del Poder Judicial. Era el ex magistrado del Tribunal Supremo Antoni Bruguera, un catalán que había abandonado el Alto Tribunal para hacer una clara apuesta por el Tribunal Superior de Justicia de Cataluña al aceptar un puesto en su Sala Civil y Penal del tribunal autonómico.

Bruguera era el candidato de Jordi Pujol cuando, en los últimos meses de 1993, el presidente catalán buscaba una persona a la que designar para el Consejo General del Poder Judicial. Pero el magistrado se negó, de manera que tanto Pujol como sus colaboradores de CiU tuvieron que buscar una alternativa. Y la verdad es que no buscaron demasiado. Pujol tuvo muy claro desde el principio que su hombre era Lluís Pascual Estevill.

Precisamente por esa razón, Pujol se puso en contacto con el abogado Juan Vives Rodríguez de Hinojosa para que introdujera a Pascual Estevill en la Academia de Jurisprudencia y Legislación de Cataluña, el paso que necesitaba el fiero magistrado para dotarse del «reconocido prestigio» para vencer los eventuales obstáculos que pudieran surgir a su nombramiento como vocal del Consejo General del Poder Judicial. La promoción de Estevill no iba a resultar fácil. El magistrado, aunque tenía influyentes amigos en CiU, se había granjeado poderosas enemistades entre los dos grupos políticos mayoritarios en el Parlamento español, el PSOE y el Partido Popular.

Los dirigentes socialistas, influidos por personajes próximos a la dirección del partido de muy diversas procedencias, como Eduardo Santos o como Pasqual Maragall, no tenían en muy alta estima la figura de Lluís Pascual Estevill. La influencia de José Felipe Bertrán de Caralt sobre los sectores más burgueses del PP sería también una baza negativa en contra del nombramiento de Estevill para el Consejo del Poder Judicial.

Pujol tomó sin embargo su decisión definitiva precisamente durante la primavera de 1994. La actuación de Lluís Pascual Estevill tras la aparición del cadáver del hermano del entonces alcalde de Barcelona, Pasqual Maragall, Pau Maragall, pareció confirmar al presidente catalán en su decisión de nombrar al magistrado para el Consejo del Poder Judicial. Necesitaba a un hombre de trato difícil y próximo a los postulados del Partido Popular y a su beligerante representante en el CGPJ José Luis Manzanares para poder ejercer su presión sobre los socialistas que estaban gobernando España exclusivamente gracias al apoyo parlamentario que los hombres de Pujol les daban en el Congreso de los Diputados.

Pujol necesitaba tener controlado al órgano responsable de nombrar a la sala del Tribunal Supremo encargada de juzgar el primer sumario sobre los GAL instruido por el magistrado de la Audiencia Nacional Baltasar Garzón, el secuestro del ciudadano francés Segundo Marey por el que con el tiempo serían condenados a penas de prisión, entre otros, el ex ministro del Interior José Barrionuevo y el ex secretario de Estado para la Seguridad Rafael Vera.

La conversación que mantuvieron Miquel Roca y Macià Alavedra con Lluís Pascual Estevill el 24 de mayo de 1994 para pedirle que intercediera ante el magistrado para que le permitiera enterrar dignamente a su hermano Pau, fallecido de una sobredosis de heroína el 21 de mayo anterior en plena calle, fue decisiva.[7] Pujol y Roca tomaron entonces la decisión de promover a Pascual Estevill para el Consejo General del Poder Judicial. El mediador iba a ser el propio secretario general de Convergència Democràtica, Miquel Roca, a quien Estevill le «hizo el favor» de permitir el entierro de Pau Maragall i Mira.

Una semana después de su conversación telefónica sobre el futuro del cadáver del hermano del entonces alcalde de Barcelona, Lluís Pascual Estevill se plantó en la entrada de la entonces sede de Convergència Democràtica de Catalunya en la esquina de la barcelonesa calle Valencia con el paseo de Gràcia.

7. Véase capítulo 3, apartado *La clínica intocable.*

Allí esperó a Miquel Roca. Cuando el secretario general de CDC se encontró con Estevill, ambos dieron un corto paseo hasta el local favorito del magistrado: el restaurante La Puñalada. Allí, en uno de los escenarios predilectos del «Juez de la Horca», el presidente del grupo parlamentario catalán en el Congreso de los Diputados pronunció las palabras que Lluís Pascual Estevill esperaba oír desde hacía meses:

–Hemos pensado en proponerte como vocal del Consejo General del Poder Judicial, Lluís, ¿estarías dispuesto? –preguntó cínicamente Roca.

El magistrado, sonriendo satisfecho, se limitó a contestar:

–Será un placer para mí.

El resto del almuerzo sirvió para que Roca y Estevill acabaran de discutir los detalles del nombramiento. Lo único que Convergència esperaba de él es que mantuviera informada a la dirección del partido –un eufemismo para referirse a la persona de Jordi Pujol, y sólo a él– de los debates que se mantuvieran en el seno del Consejo y que pudieran afectar a la gobernabilidad de España.

Naturalmente, Estevill estaba dispuesto a aceptar las condiciones de los nacionalistas catalanes con tal de culminar su carrera profesional con un triunfo de esa naturaleza. Además, si jugaba bien sus cartas ante el sector más conservador de la magistratura, con el que, además, Pujol le estaba indicando que se alineara, los beneficios podrían ser incluso superiores en el caso de que el Partido Popular ganara las próximas elecciones generales. Las negociaciones mantenidas con los grupos políticos en Madrid por Miquel Roca empezaron mal. El negociador por el PP, Federico Trillo, dejó claro a Roca que no iba a defender con vehemencia la candidatura de Pascual Estevill. Debía ser Convergència quien recabara el apoyo del PSOE. Si lo conseguía, el PP no iba a poner problema alguno.

Los socialistas, sin embargo, sí iban a poner obstáculos. Los negociadores, en este caso, procedían de la carrera judicial. Eran el biministro –titular de Justicia y de Interior– Juan Alberto Belloch y el presidente del Tribunal Supremo y del Consejo del Poder Judicial, Pascual Sala. Ninguno de los dos tenía un buen concepto de Pascual Estevill e, inicialmente, se negaron a su nombramiento.

La negativa de los socialistas, en la que tuvo un papel significado el vasco Ramón Jáuregui, amigo personal de Pasqual Maragall, produjo un tira y afloja entre el PSOE y Convergència que se prolongó hasta bien entrado el mes de septiembre de 1994.

Cuando se inició el nuevo periodo de sesiones, Miquel Roca planteó un órdago a los socialistas: o aceptaban a Pascual Estevill o Convergència no presentaría un candidato alternativo. Era una amenaza de bloquear la renovación del Consejo y de hacer pasar por serios apuros al débil gobierno de Felipe González. Tan dura fue la posición de Roca y tan frágil la posición del PSOE, que finalmente Jáuregui, Belloch y Sala tuvieron que tragar con el nombramiento de Pascual Estevill.

El 3 de octubre, PSOE, PP, CiU e Izquierda Unida anunciaban públicamente que habían alcanzado un acuerdo institucional para renovar el Consejo del Poder Judicial. Los nuevos miembros iban a ser por el PSOE, Gregorio García Ancos y Ana María Pérez Tórtola; por el PP, José Antonio García Caridad y Antonio Robles Acera; por Izquierda Unida Rafael Sarazá y por CiU, Lluís Pascual Estevill.

El *Lobo* no podía imaginar en aquel momento que algunos de sus compañeros de promoción se convertirían en virulentos opositores suyos cuando empezaron a ser denunciados sus desmanes como juez.

Finalmente, junto a sus compañeros, y tras ajustar algunas cuentas del pasado en su propio juzgado y en el del juez Ramón Maciá mientras ejercía de titular en funciones del Juzgado de Instrucción número 10 de Barcelona, Lluís Pascual Estevill juró su cargo como vocal del Consejo General del Poder Judicial ante el rey y propuesto de forma unánime por el Senado como «jurista de reconocido prestigio» el 7 de noviembre de 1994. Estevill juraba el cargo ante el monarca español don Juan Carlos I, el mismo monarca cuyo entorno personal y familiar había sido puesto contra la pared por el chantaje realizado por Juan Piqué Vidal y por Javier de la Rosa en la persona del embajador Manuel Prado y Colón de Carvajal y por el propio magistrado en la persona del cuñado de don Juan Carlos, el duque de Soria, Carlos Zurita.

Para Jordi Pujol y para Convergència se iniciaba una difícil etapa. Especialmente cuando la sociedad catalana en general y la burguesía en particular interrogaban a los dirigentes del partido nacionalista sobre el porqué de la promoción de un magistrado cuyos métodos brutales no habían dejado de denunciar ante los gobernantes catalanes cada vez que tenían oportunidad.

Pujol y sus hombres estaban preparados. Tenían la respuesta a punto. La misma respuesta que se encargarían de hacer circular los miembros del Clan de los Mentirosos.

La versión del Clan de los Mentirosos

«Una patada hacia arriba.» Ésa fue la explicación que pergeñaron los dirigentes de Convergència Democràtica de Catalunya, con Miquel Roca y Macià Alavedra a la cabeza, para justificar el nombramiento de Pascual Estevill como vocal del Consejo General del Poder Judicial. Tanto Miquel Roca como Macià Alavedra se prodigaron en los días que precedieron el nombramiento de Pascual Estevill para el Poder Judicial y en los días que le sucedieron en actos sociales en los que estaba presente la flor y nata de la burguesía industrial y financiera de Barcelona.

Roca y Alavedra debían explicar a los más importantes empresarios familiares de Cataluña, a los patronos de las grandes multinacionales en Barcelona y a los delegados de las principales entidades financieras destacadas en la capital catalana que, en realidad, con la promoción de Pascual Estevill como representante de Convergència i Unió en el órgano de gobierno de los jueces y los magistrados españoles habían hecho un favor a los miembros de las buenas familias de Barcelona.

Según la versión de Macià Alavedra, de Miquel Roca y, menos habitualmente, del propio Jordi Pujol, si Convergència había enviado al «azote de la burguesía» a recibir honores y distinciones a la madrileña calle del Marqués de la Ensenada, era, en realidad, para apartarle de su Juzgado de Instrucción en Barcelona.

La mejor manera de evitar que Estevill siguiera ejerciendo de «martillo de herejes» con los miembros de las grandes dinastías industriales de Cataluña era conseguir que abandonara su puesto al frente del Juzgado de Instrucción número 26 de Barcelona.

De hecho, aseguraban Roca y Alavedra ante los burgueses que quisieran escucharles, sólo había una forma de apartar a Estevill del Juzgado de Instrucción sin que fuera más peligroso todavía si ascendía a magistrado de la Audiencia de Barcelona: nombrarle para un puesto de gran responsabilidad en Madrid desde el que, sin embargo, no tuviera capacidad para decidir sobre la libertad de las personas. Y la mejor manera de lograrlo, en ese momento, era su promoción a vocal del Consejo General del Poder Judicial.

Los dirigentes políticos de Convergència Democràtica de Catalunya no eran los únicos que se atribuían el dudoso honor de haber logrado llevarse a Lluís Pascual Estevill a Madrid. Algunos miembros distinguidos del Clan de los Mentirosos también se atribuyeron el nombramiento.

Sin embargo, los mandatarios del nacionalismo catalán no sabían hasta qué punto el nombramiento de Estevill como consejero del Poder Judicial suponía una herida casi mortal para el selecto club de corruptos que había gobernado en la sombra la Cataluña de los años ochenta y de la primera mitad de los noventa. Con Estevill en Madrid sin mando sobre el aparato judicial del que había dispuesto libremente en los cuatro años anteriores el «Juez de la Horca» perdía casi todo el poder del que había disfrutado.

Además, sus socios en el Clan de los Mentirosos atravesaban por problemas tan graves que iban a destruir por completo sus logros de los últimos años.

Desactivado

La gloria tuvo un elevado coste para los miembros del Clan de los Mentirosos. El otoño de 1994 empezó la agonía del club sin que algunos de sus miembros advirtieran los claros presagios de su próxima caída en desgracia no ya ante la opinión pública catalana que, gracias a la hábil manipulación de los medios de comunicación y de los periodistas que se habían entregado a la fácil y rentable adulación de los prebostes del gobierno oculto de Cataluña, los había idolatrado, sino ante la Administración de Justicia.

Una Administración de Justicia que se había hartado de los excesos cometidos por aquel grupo de poderosos al amparo de la impunidad que les brindaban sus alianzas. Incluso dentro de la propia Administración de Justicia.

En el otoño de 1994, una burguesía hastiada de que nuevos ricos advenedizos ejercieran la influencia que correspondía a los *señoritos*, una Fiscalía que se sentía engañada por algunos de los más célebres personajes y la sensación cíclica y falaz de que entraba aire fresco en algunos medios de comunicación crearon un hambre de catarsis en la sociedad catalana que se iba a llevar por delante al Clan de los Mentirosos.

El clan, además, hacía tiempo que había empezado a mostrar claros síntomas de una pronta e inexorable muerte de éxito. El primero en caer fue Javier de la Rosa. Tan sólo 15 días después de que los grupos políticos del Parlamento español alcanzaran el acuerdo que posibilitó el nombramiento de Lluís Pascual Estevill, el titular del Juzgado de Instrucción número 1 de Barcelona, Joaquín Aguirre, ordenaba el ingreso incondicional en prisión de Javier de la Rosa, acusado por los pequeños accionistas del holding Grand Tibidabo de ser el responsable de la desaparición de 30.000 millones de pesetas (180 millones de euros) de las arcas de la compañía.

Aunque, en primera instancia, el financiero logró burlar la acción de la Justicia, a los tres días de que el juez Aguirre ordenara su detención, la policía prendió a Javier de la Rosa en un aparcamiento próximo a los juzgados de Barcelona mientras su abogado, el omnipresente y todopoderoso Juan Piqué Vidal, intentaba negociar con el juez la posible entrega de su cliente a cambio de que su cliente quedara en libertad.

La detención de Javier de la Rosa y los meses que el financiero pasó en la prisión –del 21 de octubre de 1994 al 5 de febrero de 1995– también fueron un duro golpe para Juan Piqué Vidal. Era la primera vez en su larga carrera como abogado penalista que no lograba impedir el ingreso en prisión del más importante de sus clientes sin que él lo hubiera previsto.

Para colmo de males, en los mentideros de Barcelona no faltaron quienes, alentados por comentarios del propio Javier de la Rosa, acusaron a Piqué Vidal de haber vendido a su cliente para evitar que la Justicia actuara contra el propio abogado penalista. Las implicaciones de Piqué Vidal en algunos de los negocios más ruinosos de Grand Tibidabo, como las relaciones con el financiero Ramón Fiter, eran una evidencia clamorosa para los miembros del *gotha* barcelonés.

En octubre de 1994 también abandonó su puesto como jefe regional de la Inspección de Hacienda Josep Maria Huguet, el amigo de José Borrell y de Lluís Pascual Estevill. Huguet en realidad fue invitado por la entonces directora general de Inspección de la Agencia Tributaria, Magdalena Álvarez, después de que el Servicio de Auditoría Interna descubriera algunas de las actividades extraprofesionales del funcionario de Hacienda.[8] Tampoco iban demasiado bien las cosas para el protector político de Javier de la Rosa y de los miembros del Clan de los Mentirosos, Macià Alavedra. Desde que De la Rosa ingresó en la prisión, Alavedra se convirtió en el muñeco de pim, pam, pum de la oposición. Sus relaciones privilegiadas con De la Rosa y la concesión, en diciembre de 1993, de un aval de 10.000 millones de pesetas (60 millones de euros) del Gobierno de la Generalitat a Grand Tibidabo para iniciar las obras del parque de atracciones de Vila-seca i Salou iban a amargar la vida parlamentaria del consejero de más peso de Jordi Pujol.

Aunque Alavedra demostró tener la piel de un rinoceronte. Consiguió sobrevivir casi tres años la caída en barrena del Clan de los Mentirosos. Hasta julio de 1997, cuando el juez Antoni Bruguera le citó a declarar como testigo en el *caso Estevill* para que aclarara cuál había sido su papel en las reuniones en las que había participado entre el magistrado y las víctimas de sus chantajes, Alavedra no presentó su carta de dimisión a Jordi Pujol.

8. Manuel Cerdán, Antonio Rubio y Félix Martínez, *El Mundo*, edición del 24 de mayo de 1999.

Mientras tanto, el *conseller* hizo un auténtico ejercicio de sacrificio personal y de entrega a su patrón al convertirse en el único objetivo de los certeros disparos de la oposición mientras los grandes escándalos relacionados con la corrupción apenas salpicaban a Jordi Pujol.

La vanidad y la soberbia, por mucho que más tarde asegurara que ya contaba con ello, impidieron que el 7 de noviembre de 1994, cuando juraba el cargo como vocal del Consejo General del Poder Judicial, Lluís Pascual Estevill viera como su estatus cambiaba de cazador a presa.

Él había renunciado al poder que le otorgaba el cargo de magistrado con su capacidad para encarcelar a quien le viniera en gana. Y sus amigos y aliados tenían demasiadas dificultades como para ocuparse de las tribulaciones de Pascual Estevill que, al principio, parecían inofensivas y sólo atribuibles a la rabieta de unos cuantos *señoritos*.

La gran coalición

Enrique Marugán trabaja deprisa. Especialmente cuando se divierte. Y, cuando supo que Pascual Estevill iba a abandonar su puesto como juez de instrucción para ocupar una plaza de vocal en el Consejo General del Poder Judicial, que estaba completamente desactivado, decidió que iba a divertirse. Mucho.

A diferencia de la mayoría de los empresarios y banqueros que habían sido víctimas de las extorsiones de Lluís Pascual Estevill, ni Marugán ni sus socios ocultaron jamás que el proceso judicial al que les sometió Estevill fue absolutamente ilegal ni que mediaran sobornos en la liberación de algunos de los empresarios atrapados en las redes del Clan de los Mentirosos.

Además, cuando Marugán se divierte, no repara en gastos. De manera que el empresario se instaló en Barcelona para realizar una auténtica campaña entre el empresariado catalán para recoger tanta información referente a Lluís Pascual Estevill como fuera posible.

Sobre todo aquella que fuera perjudicial para el magistrado. Marugán y sus socios, Pedro Olabarría y Lorenzo Rosal, no tardarían en descubrir que no estaban solos. Estevill había convertido el abuso de poder y el chantaje en prácticas habituales en su juzgado. Y no faltaron quienes se mostraron dispuestos a denunciar ante la Administración de Justicia al *Lobo*.

Aunque inicialmente sólo eran empleados que habían sido protegidos por sus patrones, que estaban cerrados en banda a aparecer como denunciantes contra alguien tan poderoso como Pascual Estevill. La percepción general era que Pascual Estevill gozaba además de la protección de la coalición que gobernaba Cataluña, Convergència i Unió.

La mayor parte de los apoyos que recogió Enrique Marugán en la particular guerra que acababa de iniciar contra Lluís Pascual Estevill en noviembre de 1994 fue de profesionales, especialmente abogados, que habían aguantado sin rechistar el comportamiento despótico del magistrado pero que ahora estaban dispuestos a hacérselo pagar.

De entre todos esos abogados, el que más inquina sentía hacia Lluís Pascual Estevill era, sorprendentemente, un mercantilista que apenas se acercaba jamás a los juzgados de instrucción. Pero su segunda esposa, también abogada, había sufrido en carne propia los desmanes de Pascual Estevill. Ella era Marta Vila. Y su marido, Alberto Sala Reixachs, estaba determinado a que Estevill pagara por sus excesos y por sus delitos.

Marugán y Sala Reixachs suman esfuerzos

Un día de octubre de 1994, un individuo alto, corpulento y de cejas gruesas se presentó en el despacho que Alberto Sala tiene abierto en la confluencia de la Via Augusta con la Travessera de Gràcia de Barcelona. El visitante no era otro que Enrique Marugán Giró.

Hacía un mes que el empresario sólo hablaba con amigos y conocidos y con todo aquel que le quisiera escuchar de la perversidad de Lluís Pascual Estevill y de lo increíble que le resultaba que Convergència i Unió protegiera y promocionara a un oscuro personaje como el *Lobo*.

Los nacionalistas catalanes, que negaban con la boca pequeña y henchidos de orgullo cuando les atribuían ser el brazo político de la burguesía catalana, estaban apoyando de forma activa y pública al que en los últimos años había presumido de ser «martillo de herejes» y «azote» de la clase empresarial catalana. Y lo peor de todo era que eran precisamente los dirigentes de Convergència mejor vistos por la burguesía catalana, Miquel Roca y Macià Alavedra, los que más se habían significado en la promoción pública del «Juez de la Horca».

Las reacciones de sus interlocutores ante ese apasionado e implacable discurso de Marugán fueron un sinnúmero de adhesiones secretas, o discretas, de otros tantos hombres de negocios que habían sufrido los abusos del *Lobo* y que iban entregando al empresario afincado en São Paulo pequeñas pero útiles dosis de información para que se hiciera una idea de cuáles eran las debilidades de Pascual Estevill y de cómo diseñar el ataque contra él.

Aquellas pistas fueron las mismas que le condujeron al despacho de Alberto Sala una mañana de octubre de 1994. Marugán había oído con demasiada insistencia que él no era el primero que recogía informaciones delicadas y potencialmente peligrosas para Lluís Pascual Estevill.

Un amigo común de Marugán y de Sala, el abogado Jaime Martínez Marí, había insistido además al empresario para que se pusiera en contacto con el concursalista.

Marugán y Sala conectaron inmediatamente. El abogado tenía mucho más sistematizada la información que había ido recibiendo sobre las tropelías de Pascual Estevill. Un amplio dossier confeccionado en su despacho las recogía. Estaba segregado en carpetas de manera que cada una de ellas era susceptible de presentar una denuncia o una querella independiente contra Lluís Pascual Estevill.

Sin embargo, lo que más llamó la atención de Marugán fue un documento que no había sido elaborado por Alberto Sala. A pesar de que era un documento anónimo, había sido elaborado al alimón por la esposa de Sala, Marta Vila, y por su socio, Xavier Arraut.

Un informe confidencial

Xavier Arraut es un auténtico experto en recoger información confidencial. Tiene fama entre los abogados de Barcelona por su capacidad de elaborar auténticos dossieres de información desconocida para todo el mundo y fiable en un 98 por ciento sobre cualquier persona que le interese investigar.

Sus enemigos atribuyen esa capacidad a su parentesco con el dirigente de CDC Xavier Trias que, mientras fue consejero de la Generalitat, especialmente en el periodo que lo fue de la Presidencia, tenía acceso a un grupo de elite de los Mossos d'Esquadra, la policía autonómica catalana, especializado en información sensible y conocido como *los Mortadelos*.

También atribuyen los éxitos de Arraut en la consecución de información sensible a su paso por la Delegación de Hacienda como abogado del Estado.

Sus amigos, sin embargo, aseguran que la capacidad de Arraut para obtener informaciones confidenciales sobre sus enemigos se debe simplemente a su carácter y a su facilidad para establecer contactos útiles en esa materia. Sea como fuere, lo cierto es que Arraut y su socia Marta Vila habían resultado especialmente afectados por la actuación de Lluís Pascual Estevill durante la instrucción de lo que se conoció como el *caso de los DNI falsos* o el *caso Bertrán de Caralt*. Y no estaban dispuestos a olvidarlo. Arraut, como Sala y como Marugán, había recogido toda la información que le había sido posible sobre Lluís Pascual Estevill.

Con la diferencia de que Arraut es mucho más concienzudo y mucho más eficiente. Cuando Alberto Sala pidió a su mujer una relación por escrito de la información que había encontrado Arraut, la propia Marta Vila tuvo que mecanografiarla. Xavier Arraut es tan bueno recopilando información como malo escribiendo a máquina.

Sin embargo, el resultado fue un completo y detallado informe sobre el patrimonio y las actividades de Lluís Pascual Estevill que Sala entregó a Marugán en noviembre de 1994 y que se reproduce a continuación.

INFORME CONFIDENCIAL[9]

PASFRANC SA

Sociedad inmobiliaria constituida en octubre de 1979 junto con su esposa. En la semana del 22 al 28 de septiembre de 1988

9. El Informe Confidencial figura en el sumario de la causa por delito fiscal que le costó a Pascual Estevill una condena de siete años de prisión.

vende sus acciones a RAFAEL SÁNCHEZ SAMPER por su valor nominal, 500.000 pesetas (falta comprobación). La finalidad era la venta de la casa sita en Sitges, calle Roig i Soler n.° 1 que figuraba registralmente a nombre de dicha sociedad. El precio de mercado de la casa se estima en 80.000.000 pesetas que se pagaron en dinero negro.

LAFOYA SA

El inmueble de la calle Bruch n.° 65 de Barcelona propiedad de D. JOSÉ MARÍA JUNCADELLA BURÉS es vendido el 28 de noviembre de 1979 por LLUÍS PASCUAL ESTEVILL y un compañero de su despacho, EDUARDO SOLER FISAS, actuando ambos en nombre y representación del Sr. Juncadella, según una escritura de poder de 6 de diciembre de 1977, a una sociedad denominada LAFOYA SA por el precio de 10.000.000 de pesetas, que se declaran recibidos con anterioridad.

LAFOYA SA es una sociedad en la que figura LLUÍS PASCUAL ESTEVILL como secretario de la junta general de accionistas celebrada el 15 de junio de 1989 en la que se nombra administrador único de la misma a su esposa D.ª NURIA FRANQUESA SANTAEULARIA, que ya venía ostentando el cargo desde 1983.

PAGARÉS DEL TESORO

Adquirió pagarés del Tesoro con dinero negro por un importe estimado de alrededor de 70 millones de pesetas durante los años 1987, 88 y 89 a través del Banco de Bilbao, sucursal urbana Pompeya, agencia n° 7068, Diagonal 468 de Barcelona. Se cree que tuvo una importante cuenta corriente en este banco nunca declarada a la Hacienda Pública.

URBAS

Lluís Pascual Estevill cobró una importante comisión (200 millones de pesetas al cincuenta por ciento con el abogado Juan Piqué Vidal) por intervenir en la venta de acciones de URBAS a

Javier de la Rosa Martí, quien compró a través de fiduciario a D. Ramón Fiter.

El vendedor fue D. Eduardo Bueno, amigo de Lluís Pascual y de Javier de la Rosa. Bueno convenció a De la Rosa que, al igual que su dueño, estaba en una pésima situación económica. La razón esgrimida para que se realizara la operación de compraventa fue que era la mejor manera de tener a su favor a Lluís Pascual Estevill en el caso de que sobre él recayese la querella que presumiblemente iba a presentar KIO en aquellas fechas. El procedimiento para que le tocase a Pascual Estevill la instrucción de la posible querella era un tanto sofisticado y consistía en la presentación periódica de querellas falsas a través de testaferros contra De la Rosa o empresas relacionadas con el mismo. Las mencionadas querellas eran presentadas en el Juzgado de Guardia exactamente los días en que Lluís Pascual Estevill estaba allí. De esa manera, al haber siempre algún asunto en marcha relacionado con De la Rosa en el Juzgado n.° 26, la aplicación de las normas de reparto haría que la posible querella de KIO hubiese ido a parar al mencionado Juzgado.

La operación de compraventa se financió mediante la concesión de un crédito a FITINVEST (controlada por Ramón Fiter) por Grand Tibidabo SA (controlada por De la Rosa). El importe aproximado de la operación era de 4.000 millones de pesetas que se irían librando contra la entrega de pagarés de URBAS. Cuando iban librados aproximadamente 2.000 millones de pesetas, se interrumpieron los pagos y Ramón Fiter cambió los pagarés de URBAS por otros de CAI (Corporación Alimentaria Ibérica). Poco tiempo después, CAI presentó la solicitud de quiebra en el juzgado.

La comisión fue abonada en metálico en la banca privada Bordier et Cie. De Ginebra (Suiza).

COLEGIO SUIZO

Su hijo estudió en el College du Léman-International School, 74 Route de Sauvery, 1.290 Versoix (Ginebra), tfno. 44 (22)

7552555, en 1988. El pago del colegio nunca se realizó a través de un banco español. Es presumible que se hiciese desde un banco suizo. Sería muy importante conocer los datos así como los de la cuenta utilizada para dicho fin.

EDIFICIO ISBANC

Por la intermediación en la venta de dicho inmueble, propiedad del Banco de las Islas Canarias, al Fondo de Garantía de Depósitos, D. José Neiras le pagó importantes cantidades en concepto de comisión a Lluís Pascual Estevill y a su amigo Luis Patricio. Parece ser que existe alguna relación entre este edificio y la empresa de perfumería MYRURGIA.

MYRURGIA Y LA FAMILIA MONEGAL

Es vox populi, incluso él mismo lo ha afirmado en círculos de amigos, que Lluís Pascual Estevill es propietario de un paquete accionarial de la empresa MYRURGIA (10-20%) sin haber pagado ni una peseta por él. Dicho paquete no consta en sus declaraciones del Impuesto sobre el Patrimonio.

RELACIÓN CON JUAN PIQUE VIDAL

Es conocida su connivencia con el abogado Juan Piqué Vidal en base a la cual se le han hecho grandes favores a clientes de éste. De alguno de estos asuntos bastaría con mirar en el Juzgado de Instrucción nº 26 de Barcelona y comprobar las irregularidades cometidas.

Sirvan a título de ejemplo los siguientes:

– Auto de archivo del expediente de Construcciones y Contratas en relación con la compra, por importe de aproximadamente 1.000 millones de pesetas, de facturas falsas. Dicho asunto estuvo inicialmente incluido en el sumario de INDELSO.

– Autos de libertad e inhibición a favor de la Audiencia Nacional en el llamado «CASO MACOSA». Los implicados, excepto el Sr. Parpal, pagaron por el servicio la nada despreciable cifra de 125 millones de pesetas.

– Caso Olabarría. En este asunto, del cual se hizo cargo temporalmente por sustitución del juez titular del Juzgado n° 10, se cobraron 25 millones de pesetas para dictar un auto de libertad de uno de los inculpados, el cual se encontraba en prisión por orden de Lluís Pascual Estevill. De la mencionada cantidad, 2,5 millones los cobró por su intervención Juan Piqué Vidal y el resto se dividió en tres partes iguales de 7,5 millones de pesetas y se ingresó en tres cuentas corrientes bancarias cuyos titulares eran (o son) sus hijos y la empresa de su propiedad LAFOYA SA.

HIJOS

– A los pocos días de venir a Barcelona a declarar el ex presidente del Banco Central Hispanoamericano D. Alfonso Escámez en relación al asunto MACOSA, se produjo la curiosa coincidencia de que uno de los hijos de Lluís Pascual Estevill entró a prestar sus servicios en la asesoría jurídica de la empresa FECSA.

– John Rosillo, consejero delegado de Kepro, dueña de Diagonal Mar y por lo tanto relacionado con el asunto MACOSA, le ha hecho encargos profesionales al bufete del hijo de Lluís Pascual Estevill.

– También le ha hecho encargos profesionales al hijo de Lluís Pascual la empresa FREIXENET en relación con un posible delito ecológico.

– El grupo March también ha contratado los servicios del hijo de Lluís Pascual Estevill.

Resulta curiosa la coincidencia de gente que contrata los servicios de los hijos de Lluís Pascual Estevill y a su vez tienen asuntos que tienen o que pueden tener trascendencia penal y están a su vez en el Juzgado de Instrucción n.° 26 de Barcelona.

LUIS PATRICIO

Es el mejor, y muchos creen que el único, amigo de Lluís Pascual Estevill. Han hecho negocios juntos y son compañeros de juergas nocturnas, a las que ambos son aficionados, sobre todo a los prostíbulos que han visitado juntos en muchas ocasiones. Que se conozca, Lluís Pascual Estevill le ha sacado de apuros en, por lo menos, dos ocasiones. La primera de ellas fue cuando no lo citó ni siquiera a declarar en el sumario de facturas falsas del IVA conocido como el caso INDELSO que instruía él mismo. Luis Patricio tenía una factura de ocho millones de pesetas. La segunda vez fue cuando consiguió, a través de Antonio Antón, interceder ante el ex inspector regional jefe de Cataluña José María Huguet e interrumpir las investigaciones tributarias de las compañías MONTCLOR y GOLF INTERNACIONAL IBIZA.

VENTA DE CUADROS

La mayoría de los cuadros que tenía en su despacho en la Diagonal de Barcelona han sido vendidos a precios muy superiores y absolutamente desproporcionados con su valor real. Concretamente se conoce la venta de un cuadro del pintor ampurdanés Castillo, cuyo valor en el mercado no supera los dos millones de pesetas, que fue vendido por cuarenta millones a través del abogado Juan Piqué Vidal. Obviamente la operación no fue declarada a efectos de impuestos y aunque no se conoce la identidad del comprador parece ser que ayudó a arreglar un asunto judicial, probablemente MACOSA.

ANTONIO ANTÓN

Es el asesor fiscal de Lluís Pascual Estevill. Este intenta colocarlo de perito en todos los asuntos que puede en el Juzgado. Antón es el que ha conseguido que a Lluís Pascual Estevill no se le haya efectuado nunca una inspección de Hacienda real y en profundidad, sino vulgares pantomimas para cubrir el expediente.

JAVIER PASCUAL FRANQUESA

Hijo de Lluís Pascual Estevill, abogado de profesión con despacho abierto en la calle Pau Claris, 172, 3°-3° de Barcelona. Controla las cuentas de su padre en Suiza (Bordier et Cie., Ginebra), le hace los trabajos de máxima confianza y es un buen vehículo para comprarle favores a base de encargarle trabajos profesionales.

JAVIER DE LA ROSA MARTÍ

Ha sido comprador de muchos cuadros propiedad de Lluís Pascual Estevill.

El informe confidencial confeccionado por Xavier Arraut con la ayuda de su socia Marta Vila ha constituido el punto de partida de la mayoría de las investigaciones sobre las actividades corruptas de Lluís Pascual Estevill.

A partir de la estructura determinada por Arraut en su informe se han realizado la mayor parte de las investigaciones tanto judiciales como periodísticas que han probado hasta qué punto estaba corrompido el ex magistrado del Juzgado de Instrucción número 26 de Barcelona.

Todos los hechos que se denuncian en el informe han acabado probándose como ciertos o como muy aproximados a la realidad.

Pero, aunque con el informe en la mano sólo había que encontrar pruebas o afectados por los comportamientos corruptos de Estevill dispuestos a denunciarle públicamente y, además, era necesario diseñar una estrategia jurídica y procesal para administrar los *tempos* de las revelaciones que acabarían con Lluís Pascual Estevill, Enrique Marugán no estaba dispuesto a esperar tanto tiempo. Con un entusiasmo casi infantil, el empresario se lanzó inmediatamente al ataque. El informe sirvió a Marugán para presentar dos de las primeras denuncias contra Lluís Pascual Estevill que servirían para desenmascarar al *Lobo*.

Los datos recogidos en el informe confidencial sobre la operación de compraventa de la casa que poseía Pascual Estevill en Suiza habían salido, en realidad, de lugares tan públicos como los registros de la propiedad y el Registro Mercantil de Barcelona. Así que el 16 de noviembre, apenas una semana después de que Pascual Estevill jurara su cargo de vocal del Consejo General del Poder Judicial, Marugán, a través del abogado Jaime Martínez Marí, remitió una denuncia con una copia del Informe Confidencial a la Fiscalía del Tribunal Superior de Justicia de Cataluña. El fiscal jefe, que aún era Carlos Jiménez Villarejo, sorprendido e indignado, reenvió la denuncia al fiscal general Carlos Granados.

Carlos Granados decidió presentar la denuncia ante la Sala Segunda del Tribunal Supremo que, el 28 de noviembre de 1994, transcurridas tres semanas exactas del acto de jura del cargo de Lluís Pascual Estevill, abrió diligencias contra el ya vocal del Consejo General del Poder Judicial.

Marugán estaba decidido a acabar con Lluís Pascual Estevill. Y eso iba a requerir algo más que unas denuncias formuladas con precipitación –aunque las que presentó Marugán en noviembre de 1994 acabarían con una condena de la Audiencia de Barcelona de siete años de prisión para Estevill por delito fiscal, ratificada en octubre de 2001 por el Tribunal Supremo.

El empresario debía investigar las tropelías del vocal del Poder Judicial asesorado por un estratega jurídico que le garantizara resultados. Pero eso Marugán no tenía que buscarlo. Ya trabajaba para él.

De hecho, Pep López había redactado la querella que presentó en nombre de Marugán ante el Tribunal Superior de Justicia de Cataluña por prevaricación (adoptar una resolución a sabiendas de que es injusta) contra el magistrado juez Lluís Pascual Estevill nada menos que el 28 de octubre de 1994, antes de que el *Lobo* jurara su cargo. Una querella que en apenas año y medio iba a provocar la primera condena de Lluís Pascual Estevill y su expulsión deshonrosa del Consejo General del Poder Judicial.

Una extraña «casualidad» quiso que el mismo día que Marugán presentaba su querella por prevaricación contra el *Lobo*, el 28 de octubre de 1994, un «anónimo» y responsable ciudadano remitiera a la directora general de Inspección, Magdalena Álvarez, una denuncia en la que se detallaba la operación de compraventa de la finca de Sitges que Pascual Estevill había vendido en 1988. La Agencia Tributaria también abrió inmediatamente unas diligencias contra el «Juez de la Horca», que se sumarían a la investigación por delito fiscal que la Sala Segunda del Supremo inició tras recibir su copia del Informe Confidencial.

Un abogado laboralista

Josep López Sánchez tenía 35 años cuando Lluís Pascual Estevill envió por primera vez a uno de sus clientes a la cárcel casi por capricho. López era –y sigue siendo– el abogado de empresa del grupo Olabarría y se encargaba fundamentalmente de las negociaciones laborales con los representantes de los trabajadores del grupo.

Originalmente, Pep López se había especializado en Derecho laboral. Y el encontronazo con Pascual Estevill el 9 de septiembre de 1994 a causa de la querella de Banesto contra Pedro Olabarría, los hermanos Romero y Modesto González Mestre no era la primera ocasión que tenía López de ver actuar en su escenario al magistrado.

Ya se habían visto, más de un año antes, con motivo de las denuncias y querellas presentadas contra las empresas que habían emitido los pagarés que BFP, la empresa del ex consejero de Economía Jordi Planasdemunt, comercializaba, y que le acabarían costando la libertad. Claro que, en aquella ocasión, Estevill y López tenían los mismos enemigos.

El abogado representaba en aquel procedimiento a los trabajadores de la empresa Anglo Naval Industrial (Anisa), que habían presentado una querella contra los accionistas y gestores de la compañía por apropiación indebida.

Desde que Pascual Estevill decidió encarcelar a Pedro Olabarría, Luis Fernando Romero y Modesto González, López iba a dedicar la mayor parte de su tiempo a investigar las actividades corruptas de Lluís Pascual Estevill, a colaborar estrechamente con la Fiscalía Anticorrupción y a separar el grano de la paja en las múltiples denuncias que recibiría Marugán de supuestos perjudicados por las actividades del «Juez de la Horca». Hasta el punto de tener que oír, en enero de 2001, a Javier de la Rosa acusar a López Sánchez ante el Juzgado de Instrucción número 28 de Barcelona de ser un «esbirro de la Fiscalía».

También se vio obligado a tratar con las autoridades judiciales suizas y a ejercer de coordinador entre los diferentes grupos que recogían información sobre las actividades delictivas de Estevill: el propio Marugán, Alberto Sala, la familia de José Felipe Bertrán de Caralt, algunos periodistas y, enseguida, las de un nuevo millonario dispuesto a llegar hasta el final en las denuncias contra el magistrado.

Eduardo Santos entra en escena

Marugán no iba a tardar en entrar en contacto con uno de los máximos perjudicados por el chantaje de Lluís Pascual Estevill. El ex presidente de Macosa y ex subsecretario de Industria,

Eduardo Santos, vivía retirado del mundo disfrutando de su fortuna en el complejo para millonarios de Fisher Island, frente a las costas de Miami Beach.

Cuando los ex consejeros de Macosa que habían sufrido con él las extorsiones de Pascual Estevill le informaron de que el magistrado había jurado su cargo como miembro del Consejo General del Poder Judicial a propuesta de CiU pero con el apoyo unánime de todos los senadores, incluidos los de su propio partido, el PSOE, estalló en cólera.

La votación coincidió en el tiempo con varias llamadas que Santos recibió en su mansión de Florida del entonces director general de Fecsa, José Zaforteza. El máximo ejecutivo de la eléctrica pretendía que Santos *devolviera* a la compañía los 100 millones de pesetas que había pagado a Pascual Estevill a cambio de que no incriminara en el *caso Macosa* al ex presidente del Banco Central Alfonso Escámez. Algo que también había crispado los nervios del ex alto cargo socialista.

Sus ex socios también informaron a Santos de que había un «francotirador» que había empezado una campaña en solitario en Barcelona contra Lluís Pascual Estevill. Se referían a Enrique Marugán.

En enero de 1995, Eduardo Santos se presentó en Barcelona para pedirle una entrevista al empresario catalán. Marugán aceptó encantado y le recibió en su despacho profesional de la calle Valencia. Santos no acudió solo. Se hizo acompañar por el abogado penalista José Manuel Gómez Benítez, conocido, entre otras cosas, por la relación de amistad que le une con el entonces jefe de la Fiscalía de Cataluña, Carlos Jiménez Villarejo, que, en unos meses, iba a ser designado jefe de la recién creada Fiscalía Anticorrupción.

Tampoco Marugán esperaba solo. Pep López le acompañaba. Marugán y López informaron a Santos de que no eran los únicos que habían empezado a denunciar las actividades delictivas de Pascual Estevill. Le hablaron de Alberto Sala, de su mujer, Marta Vila, de Xavier Arraut y de José Felipe Bertrán de Caralt.

Algo especialmente atractivo para Eduardo Santos. Porque su objetivo no era tanto Pascual Estevill como el que él consideraba su cómplice, el abogado Juan Piqué Vidal, letrado del propio Eduardo Santos durante la instrucción del *caso Macosa* en Barcelona.

Se completó así la coalición de intereses que acabarían por desenmascarar a Lluís Pascual Estevill y por convertir su paso por el Consejo General del Poder Judicial en uno de los episodios más bochornosos de la democracia.

7

Acosado

> El déspota está convencido de que el hombre es un ser abyecto. Gente abyecta llena su corte, lo rodea por todas partes. La sociedad aterrorizada se comporta como chusma sumisa e incapaz de pensar. (...) A pesar de carecer de fundamento legal alguno o, tal vez precisamente por el hecho de carecer de él, cuida mucho las apariencias de la legalidad. Es su punto débil, en el que se muestra inusitadamente sensible, de una susceptibilidad enfermiza.
>
> RYSZARD KAPUSCINSKI,
> *El Sha o la desmesura del poder*

No podía sospechar que uno de los momentos de mayor gloria de su carrera y de su vida iba a ser en realidad el principio de su caída y del proceso de destrucción de todo lo que había conseguido en sus 62 años de vida. Cuando Lluís Pascual Estevill juró sobre la Constitución española y en presencia del rey don Juan Carlos su cargo como uno de los máximos representantes de uno de los tres poderes del Estado, el judicial, no podía sospechar que Enrique Marugán estaba en su despacho de la calle Valencia de Barcelona redactando una denuncia contra él que iba a presentar una semana después ante el fiscal general del Estado.

Una denuncia que no tardaría en convertirse en un procedimiento penal por delito fiscal contra Lluís Pascual Estevill y que le iba a suponer en un escaso margen de tiempo el embargo de todos sus bienes conocidos en España y la destrucción del prestigio social que el *Lobo* tanto se había esforzado en conseguir.

Tampoco imaginaba Pascual Estevill que, mientras él juraba su cargo como vocal del CGPJ, los magistrados de la Sala Segunda del Tribunal Supremo estaban discutiendo la admisión a trámite de la querella por prevaricación que había presentado Marugán contra él el 28 de octubre de 1994.

Y, aunque Lluís Pascual Estevill hubiera conocido el 7 de noviembre de 1994 los planes de Marugán y de Sala Reixachs, inicialmente sin más apoyos, para destruirle, no se habría inquietado.

El *Lobo*, de mendigo a vocal del Consejo General del Poder Judicial, estaba entonces encantado de conocerse. La soberbia de Lluís Pascual Estevill tras ascender a miembro del órgano de gobierno de uno de los poderes del Estado no tenía límites.

Las fantasías en las que se veía como fiscal general del Estado o, incluso, como ministro de Justicia en un próximo Gobierno *popular* eran demasiado atractivas como para preocuparse de un par de descontentos que planeaban poner en conocimiento de los tribunales sus excesos y sus delitos. Además, estaba la cuestión del fuero.

Si como juez estaba protegido contra los delincuentes vengativos por una norma que obligaba a cualquiera que quisiera presentar una querella criminal contra un juez a dirigirse al Tribunal Superior de Justicia, como vocal del Consejo era el Tribunal Supremo la única instancia judicial autorizada para perseguir sus comportamientos dudosos.

Para cuando Pascual Estevill acudió a su primera sesión plenaria como miembro de pleno derecho del Consejo General del Poder Judicial, el Tribunal Supremo ya tenía dos causas abiertas contra él. Una por prevaricación y otra por delito fiscal. En ambos casos, estaban detrás de la maniobra Enrique Marugán y el abogado concursalista Alberto Sala Reixachs. Y la justificada operación de acoso y derribo contra Lluís Pascual Estevill no había hecho más que empezar.

LLUVIA DE QUERELLAS

Entre finales de octubre de 1994 y marzo de 1995, Enrique Marugán organizó un ataque jurídico masivo contra Lluís Pascual Estevill. El empresario patrocinó un sinfín de querellas y denuncias penales contra el «Juez de la Horca» desde su despacho en Barcelona con la colaboración de abogados afines como Alberto Sala Reixachs y Jaime Martínez Marí y con la de los letrados que ya trabajaban casi de forma exclusiva para la consecución de los fines de Enrique Marugán: demostrar que Pascual Estevill era un juez corrupto y llevarle ante los tribunales para que éstos obraran en consecuencia.

Para cargarse de razón, Enrique Marugán se convirtió en la primera persona que presentaba una querella por prevaricación contra Lluís Pascual Estevill. El magistrado inicialmente despreció el trabajo que estaban haciendo Enrique Marugán, Pep López y Alberto Sala.

El 28 de octubre de 1994, el texto de la querella de Enrique Marugán contra Lluís Pascual Estevill fue registrado como documento entrante en el registro del Tribunal Superior de Justicia de Cataluña. Iba a ser la primera de un goteo constante de acusaciones de prevaricación contra Lluís Pascual Estevill que se prolongaría durante todo el año de 1995.

De momento, sólo prevaricación

En 11 meses, entre el 28 de octubre de 1994 y el 25 de septiembre de 1995, se presentaron contra Lluís Pascual Estevill hasta seis querellas criminales por prevaricación. Algunas de las denuncias le acusaban, además, de detención ilegal. También se presentaron contra Pascual Estevill diversas denuncias que le acusaban de prácticas irregulares en el ejercicio de la judicatura. Desde la destrucción de pruebas al intrusismo profesional por haber ejercido como abogado mientras ocupaba su plaza de magistrado en el Juzgado de Instrucción número 5 de Terrassa, primero, y en el número 26 de Barcelona, después. Pero, inicialmente, ni una sola de las denuncias presentadas contra el «Juez de la Horca» le acusaban de los más graves y clamorosos de los delitos en los que había incurrido: la extorsión y el soborno.

Respondía a una estrategia planificada por Enrique Marugán, Alberto Sala y Pep López. Al inicio de la campaña para denunciar los delitos de Lluís Pascual Estevill sólo contaban con dos delitos de cohecho probados: el de Lorenzo Rosal y el intento de extorsión cometido contra la persona de José Felipe Bertrán de Caralt. Eran acusaciones aún demasiado débiles para lanzarse con ellas al cuello del *Lobo*. Los tribunales tenían que limitarse de momento a investigar las arbitrariedades de Pascual Estevill como juez de instrucción.

En la que denunciaba Marugán figuraba no sólo la caprichosa decisión de cambiar su condición de testigo por la de imputado, sino los motivos ocultos de Pascual Estevill, las tensas relaciones que el empresario y el entonces abogado habían mantenido en 1979, cuando ambos trabajaban para la textil Bertrand Serra. Pero del soborno de 25 millones de pesetas (150.250 euros) que había pagado Lorenzo Rosal a cambio de no ingresar en prisión, ni una sola palabra.

Antes de la aprobación del Código Penal de 1995, la ley penalizaba tanto al funcionario corrupto que exigiera sobornos como a aquellos que cedieran a la extorsión. Lorenzo Rosal era una pieza demasiado débil como para apoyar en él toda la acusación de extorsión contra Pascual Estevill. Especialmente si se tiene en cuenta que el empresario, de haber denunciado al magistrado en los meses inmediatamente posteriores a su paso por el Juzgado de Instrucción número 26 de Barcelona, se habría visto sometido él mismo a una acusación por soborno.

La baza más importante la tenían Eduardo Santos y sus antiguos colaboradores en Macosa. De hecho, Santos y sus hombres estaban dispuestos a hacer públicas las presiones de las que fueron objeto por Pascual Estevill durante la instrucción del *caso Macosa*. Y las cantidades que abonaron a los enviados del *Lobo*, los abogados Juan Piqué Vidal y Juan Vives Rodríguez de Hinojosa, a cambio de la liberación del ex consejero delegado de Macosa, Federico Albiñana, de que el ex presidente de la compañía, Eduardo Santos, no tuviera que ingresar en prisión y de que Pascual Estevill exonerara al ex presidente del Central Hispano Alfonso Escámez.

Pero aún era demasiado pronto. El *caso Macosa* aún estaba abierto en la Audiencia Nacional y estaba en manos del entonces titular del Juzgado Central de Instrucción número 3, Miguel Moreiras, un hombre considerado próximo al «Juez de la Horca». De manera que para denunciar ante los tribunales a Pascual Estevill tendrían que esperar a que el ex magistrado estuviera tan acorralado que ni siquiera sus amigos se atrevieran a cometer irregularidades para defenderle. Y eso pasaba por debilitar al máximo su posición en el Consejo General del Poder Judicial a través de las acusaciones de prevaricación y de las denuncias por su abultado y sospechoso patrimonio. Si la Fiscalía y los jueces estaban dispuestos a llegar hasta el final en sus investigaciones sólo tenían que relacionar las prevaricaciones con los incrementos injustificados del patrimonio del *Lobo*.

Animados por el entusiasmo de Enrique Marugán y de Alberto Sala Reixachs, al menos tres personas presentaron sendas querellas por prevaricación contra Lluís Pascual Estevill inmediatamente después de que lo hiciera el empresario catalán. Por desgracia para ellos, no tenían ni la financiación sin límite de la que disponía Enrique Marugán ni la presencia de ánimo necesaria para soportar las presiones inherentes a su posición como denunciantes de una personalidad tan destacada como un miembro del Consejo General del Poder Judicial que contaba, además, con el respaldo de Convergència i Unió.

En el momento procesal en el que se presentaron las querellas de Luis García Reina, Jaime Paloma y Sol Monge eran muy pocos los que realmente creían que Lluís Pascual Estevill era un juez corrupto. La mayor parte de los que no conocían personalmente a los perjudicados atribuían las denuncias contra Lluís Pascual Estevill a una pueril venganza de un grupo de burgueses despechados por las consecuencias que habían tenido para ellos las actuaciones del «Juez de la Horca».

Luis García Reina fue la primera persona que secundó la acusación de prevaricación que Marugán había presentado contra Lluís Pascual Estevill. García Reina presentó su escrito de querella el 3 de noviembre de 1994. Acusaba a Estevill de haberle encarcelado de forma arbitraria entre el 2 y el 12 de septiembre de ese mismo año. García Reina fue nombrado responsable del departamento de patrimonio de La Caixa d'Estalvis i Pensions de Barcelona en 1988, un año antes de que La Caixa absorbiera La Caixa de Barcelona.

A finales de 1993, 206 propietarios de pisos del barrio barcelonés de Sant Martí que habían adquirido sus viviendas a la caja de ahorros presentaron una querella criminal contra La Caixa. Acusaban a la entidad de haber manipulado las escrituras para declarar a Hacienda y al Registro de la Propiedad que había vendido una superficie superior a la que en realidad tenían los pisos que los vecinos de Sant Martí habían adquirido. La querella recayó por reparto en el Juzgado de Instrucción número 16 de Barcelona y la magistrada titular la admitió a trámite el 13 de enero de 1993.

En su calidad de representante legal de La Caixa, Luis García Reina prestó declaración en calidad de imputado el 29 de enero. El ejecutivo bancario explicó a la magistrada que él no había participado en la operación de compraventa de los pisos porque no se incorporó al departamento de patrimonio de La Caixa hasta tres años más tarde.

Tras la declaración de García Reina, la magistrada pareció perder interés por la querella y apenas practicó diligencia alguna. A pesar de que la acusación particular solicitó diversas pruebas e incluso que encarcelara de forma preventiva a García Reina –el 12 de marzo de 1994, más de un año después de que se admitiera a trámite la querella–, la magistrada fue rechazando los escritos de los querellantes sucesivamente. En ese estado se encontraba la instrucción de la querella cuando en agosto de 1994, Lluís Pascual Estevill se ocupó accidentalmente del Juzgado de Instrucción número 16 de Barcelona.

El 2 de septiembre, por su cuenta y sin que mediara solicitud alguna, el juez Lluís Pascual Estevill ordenó la detención y el encarcelamiento de Luis García Reina por su participación en la operación de venta de las viviendas de La Caixa en Sant Martí.[1]

El fiscal asignado al Juzgado de Instrucción número 16 de Barcelona no se lo podía creer. Y, finalmente, presentó un re-

1. Texto de la querella de Luis García Reina contra Lluís Pascual Estevill.

curso de reforma el 8 de septiembre contra la decisión de Pascual Estevill de encarcelar a Luis García Reina.

De la misma forma arbitraria que había ordenado el encarcelamiento de Luis García Reina, el juez Estevill le puso en libertad el 12 de septiembre de 1994 sin ni siquiera haber llegado a leerse el recurso presentado por el fiscal. Tras solicitar a los acusadores que presentaran las escrituras de compraventa de los pisos, Estevill hizo un silencioso mutis en el Juzgado de Instrucción número 16 de Barcelona.

El magistrado encargado de sustituirle, Pablo Llerena Conde, tampoco dio crédito a lo que leía cuando revisó las actuaciones de Estevill. Porque el 10 de octubre decidió dar un sonoro carpetazo a la absurda querella presentada contra Luis García Reina y dictar el libre sobreseimiento del directivo de La Caixa y el archivo de las actuaciones.

A pesar de la evidente arbitrariedad con la que había actuado Lluís Pascual Estevill en el encarcelamiento de Luis García Reina, los magistrados de la Sala Segunda del Tribunal Supremo decidieron actuar con prudencia y archivar la querella del directivo bancario. Tenían miedo de que Marugán hubiera abierto la veda de los jueces de instrucción y, aunque la prevaricación en el *caso García Reina* era más que evidente, archivaron las diligencias para concentrarse en la instrucción de la primera de las querellas por prevaricación presentada por el empresario catalán y en las investigaciones de los supuestos delitos fiscales cometidos por Pascual Estevill.

Pascual Estevill tenía debilidad por cometer la mayor parte de sus tropelías cuando ejercía como juez sustituto. Otra de las personas que presentaron un escrito de querella por prevaricación contra el *Lobo,* inmediatamente después de que Estevill accediera al Consejo General del Poder Judicial, el procurador de los tribunales de Terrassa Jaime Paloma, denunció al magistrado ante el Tribunal Supremo el 24 de enero de 1995 por un caso similar al que había denunciado Enrique Marugán, aunque bastante anterior.

El *Lobo* ejerció como titular accidental del Juzgado de Instrucción número 1 de Terrassa en agosto y septiembre de 1991, cuando ocupaba la plaza de juez del Juzgado de Instrucción número 5 de la ciudad. El procurador Jaime Paloma figuraba citado como testigo en una querella contra el empresario Josep Puigbó en la que le acusaba de maquinación para alterar el precio de las cosas, cohecho y falso testimonio.

Cuando Pascual Estevill se hizo cargo del Juzgado de Instrucción número 1 de Terrassa, cambió la condición de testigo de Paloma por la de imputado y, el 10 de septiembre de 1991, ordenó el ingreso incondicional del procurador en prisión, para dejarlo en libertad al cabo de dos días. En marzo de 1993, la Audiencia determinó que Jaime Paloma nunca debió ser encarcelado porque no había cometido delito alguno.

La Sala Segunda del Tribunal Supremo, sin embargo, acabó por archivar también la querella de Jaime Paloma contra Lluís Pascual Estevill por prevaricación el 25 de julio de 1995. En esa ocasión, Pascual Estevill se libró de una nueva acusación porque sus decisiones sobre Jaime Paloma habían contado con el acuerdo del fiscal. Algo que no siempre iba a salvarle.

A pesar de las dificultades con las que se encontraban algunas de las personas que decidían denunciar ante los tribunales los comportamientos delictivos de Lluís Pascual Estevill, las cosas iban bien para los promotores de la campaña para desenmascarar al *Lobo*. La querella presentada por Enrique Marugán se había convertido en una causa penal contra Lluís Pascual Estevill, la 2830/94, en la Sala Segunda del Tribunal Supremo. Y los *socios* del empresario seguían acumulando datos sobre la carrera delictiva de Pascual Estevill.

Los propios testimonios de los compañeros de Marugán en el grupo Harry Walker, Pedro Olabarría, los hermanos Luis Fernando y José Ignacio Romero, Modesto González y Lorenzo Rosal constituían acusaciones al menos de prevaricación contra Lluís Pascual Estevill.

Pero, además, Marugán y Sala Reixachs iban a dedicar buena parte del año 1995 a hacer llegar al fiscal general del Estado y a la Sala Segunda del Tribunal Supremo todos los datos que iban acumulando sobre los abusos cometidos por Pascual Estevill y sobre sus abultados e inexplicables incrementos de patrimonio. El 27 de enero de 1995, Enrique Marugán presentó un escrito ante la Fiscalía del Tribunal Superior de Justicia de Cataluña en el que aportaba nuevos datos sobre las cuentas suizas de Estevill a las que hacía referencia el informe confidencial remitido por él mismo a la Fiscalía el 16 de noviembre de 1994. La Fiscalía de Cataluña remitió el escrito al fiscal general del Estado, Carlos Granados. El fiscal general reenvió el escrito a la Sala Segunda del Tribunal Supremo, que había abierto diligencias por delito fiscal contra Pascual Estevill en noviembre de 1994.

Otra denuncia con nuevos datos sobre el patrimonio oculto de Estevill remitida por Marugán llegó directamente a la Sala Segunda del Supremo para que la incorporara en la causa especial 2980/94, en la que se investigaban los supuestos delitos fiscales cometidos por Pascual Estevill.

El 21 de marzo de 1995, Enrique Marugán recibió un anónimo en su despacho de la calle Valencia de Barcelona en el que sus corresponsales se identificaban como «empleados del Banco

Central Hispano». Los comunicantes anónimos de Enrique Marugán informaban al empresario de las negociaciones que se produjeron entre el presidente del Banco Central Hispano, José María Amusátegui, y Lluís Pascual Estevill durante los primeros días de noviembre de 1993 para que el magistrado liberara a los ejecutivos del grupo asegurador del banco y dejara sin efecto las citaciones como imputados de los miembros de la comisión ejecutiva del Banco Vitalicio, entre los que se encontraba el cuñado del rey, don Carlos Zurita.

Marugán metió el anónimo en un sobre y, junto con nuevos datos sobre la connivencia en los negocios de Lluís Pascual Estevill y su amigo y socio Luis de Patricio, lo remitió nuevamente al fiscal general del Estado.

El empresario enviaba casi semanalmente denuncias contra Lluís Pascual Estevill al Tribunal Supremo, al fiscal general del Estado, al presidente del Consejo General del Poder Judicial, por aquel entonces Pascual Sala, y, en general, a quien considerara que podía remover al magistrado de su puesto.

El ritmo de presentación de querellas, además, no descendió. Y las promovidas por los socios de Marugán sí iban a ser admitidas a trámite. El 26 de junio de 1995, Pedro Olabarría y Luis Fernando Romero presentaron ante el Tribunal Supremo una querella por prevaricación por los mismos hechos que ya había denunciado Enrique Marugán. Aquella querella iba firmada por el socio de despacho de Pep López, José Manuel Valadés. El 25 de septiembre de 1995, se sumaba Lorenzo Rosal a la acusación particular, con una querella redactada y firmada por el abogado Alberto Sala Reixachs. Ambas querellas fueron admitidas a trámite e instruidas con una celeridad sin precedentes.

Tan sólo unos días después de que Lorenzo Rosal presentara su querella por prevaricación, el 5 de octubre de 1995, el excelentísimo señor don Lluís Pascual Estevill, vocal del Consejo

General del Poder Judicial, prestaba declaración en calidad de inculpado de varios delitos de prevaricación ante la Sala Segunda del Tribunal Supremo, encargada de la instrucción de la causa especial 2830/94. Por primera vez, Pascual Estevill se iba a ver las caras con tres de los responsables de sus tribulaciones: Pep López, José Manuel Valadés y Alberto Sala. Sin embargo, se negó a contestar sus preguntas.

Además, para cuando Pascual Estevill prestó declaración ante el Tribunal Supremo en calidad de inculpado, asistido por el siniestro abogado Manuel Cobo del Rosal, algo había empezado a cambiar en Barcelona. De repente, actuar contra Estevill no parecía una locura y algunos periódicos empezaban a apoyar las iniciativas de Enrique Marugán y de sus socios con investigaciones propias.

Chantaje a la prensa

Le protegieron hasta el punto de negar la evidencia. La corriente de simpatía que Lluís Pascual Estevill había despertado entre los periodistas que durante cuatro años encubrieron los excesos del *Lobo* e, involuntariamente, cooperaron en las extorsiones del magistrado a los empresarios y banqueros que pasaban por su juzgado, parecía ir más allá de la relación propia de un informador con su fuente. Contribuyeron a consolidar su imagen de juez incorruptible con la que Estevill abordaba a sus víctimas desde una posición más cómoda y que le blindaba ante las eventuales denuncias de los empresarios extorsionados y ahora intentaban evitar que trascendiera que aquel al que habían encumbrado como héroe era en realidad un villano.

Durante meses, los periodistas que habían firmado las grandes exclusivas relacionadas con el juez Pascual Estevill en los cuatro años que ejerció como magistrado lograron evitar que las acusaciones contra el nuevo vocal del Consejo General del Poder Judicial se convirtieran en informaciones de calado.

En realidad, entre noviembre de 1994 y septiembre de 1995, sólo los periódicos con la redacción central en Madrid se ocuparon de las múltiples denuncias que se presentaron ante el Tribunal Supremo, ante el fiscal general del Estado o ante el Tribunal Superior de Justicia de Cataluña contra Lluís Pascual Estevill. Las escasas informaciones que se publicaron durante ese periodo referentes a las tropelías de Pascual Estevill iban firmadas por Bonifacio de la Cuadra o por Julio Martínez Lázaro cuando aparecían en *El País* y por Agustín Yanel cuando era *El Mundo* el diario que se hacía eco de una denuncia contra el *Lobo*. Sólo un periodista de Barcelona se atrevió en aquellos diez primeros meses de Lluís Pascual Estevill como vocal del Consejo General del Poder Judicial a publicar que había un nutrido grupo de empresarios catalanes presentando denuncias por hechos muy graves contra el ex magistrado. El entonces delegado de *Diario 16* en Barcelona, Xavier Horcajo, uno de los periodistas más solventes de Barcelona, estaba solo en sus denuncias periodísticas sobre la verdadera naturaleza de los comportamientos de Lluís Pascual Estevill.

Horcajo se incorporó a la redacción de *El País* en Barcelona el 1 de septiembre de 1995. Días después, el 20 de septiembre, hacía su aparición la edición catalana de *El Mundo*, de cuyo equipo fundacional formaba parte el autor de este libro. Las informaciones publicadas por ambos periódicos a partir de aquel momento cambiaron diametralmente la posición de la prensa sobre el vocal del Poder Judicial a propuesta de Convergència i Unió Lluís Pascual Estevill.

Los diarios *madrileños* iniciaron un pulso por demostrar cuál de ellos era capaz de publicar más revelaciones sobre el oscuro pasado de Lluís Pascual Estevill. Una carrera que obligó al resto de los medios a variar también su propia actitud hacia el que hasta hacía escasos meses había sido su «juez amigo».

Para el primero de octubre de 1995, las informaciones sobre los abusos cometidos por Pascual Estevill ocupaban ya las primeras páginas de los periódicos. Cuando el magistrado prestó declaración por primera vez ante el Tribunal Supremo en calidad de inculpado de un delito de prevaricación cometido en la persona del empresario Enrique Marugán, el 5 de octubre de 1995, la expectación en los medios de comunicación era máxima.

Algunos de aquellos que se habían alimentado periodísticamente de la mano de Lluís Pascual Estevill cambiaron sin pudor alguno de bando y se subieron al carro de los que creían que las denuncias contra el magistrado tenían realmente fundamento. El soberbio Lluís Pascual Estevill, acostumbrado a recibir tratamiento de estrella heroica en los medios de comunicación, no digirió bien que la prensa hubiera cambiado de actitud y denunciara ahora sus abusos de poder. El magistrado acusó a los dos primeros diarios de España de formar parte de una conspiración contra su persona.

Finalmente, el 22 de diciembre de 1995, los dos periódicos se hacían eco en grandes informaciones de una iniciativa de la acción popular particular en la causa especial 2980/94, la referente a los delitos fiscales de Estevill, de la Sala Segunda del Tribunal Supremo, el caso de delito fiscal en el que Enrique Marugán ejercía la acusación a través de Luis García Reina, para solicitar medidas cautelares contra el magistrado. Tras descubrir que por las cuentas de Lluís Pascual Estevill habían pasado en los cuatro años anteriores no menos de 1.000 millones de pesetas (6 millones de euros), solicitaban a la sala que acordara una orden de prisión incondicional contra el representante de CiU en el Consejo General del Poder Judicial.

Aquello era ir demasiado lejos contra un Pascual Estevill que se creía intocable. A través de un comunicado remitido a la agencia Efe, el magistrado anunció su intención de llevar ante los tribunales a los periodistas que habían perpetrado semejante ofensa contra él: Xavier Horcajo por *El País*, Jordi Oliveres y Félix Martínez por *El Mundo* y un periodista de *El Periódico*. En los tres casos presentó, el 8 de enero de 1996, una querella criminal contra los profesionales que se hicieron cargo de las informaciones. Las querellas o no se admitieron a trámite o fueron archivadas tras la práctica de algunas diligencias de trámite. En todos los casos, el Ministerio Fiscal se pronunció en contra de que los tribunales actuaran contra los periodistas.

Lejos de conseguir su objetivo de amordazar a los medios, Estevill hizo públicos su prepotencia y su desprecio más absoluto por aquellos que pudieran pensar de forma diferente a la de sus aliados. Y animó aún más a los periódicos a perseguir sus comportamientos delictivos. Y, como no tardaría en comprobar, ése era un lujo que no se podía permitir.

Aún intentaría Pascual Estevill una nueva treta para acallar a los medios que estaban denunciando sus conductas delictivas: las demandas civiles por atentado contra el honor. Unas demandas que, en el caso de *El Mundo*, en el que el magistrado exigía una indemnización de 20 millones de pesetas (120.000 euros), iban a costar al hijo mayor del magistrado, Javier Pascual Franquesa, su inculpación en las futuras causas por soborno que investigaría la Fiscalía Anticorrupción.

El 6 de abril de 1996, la titular del Juzgado de Primera Instancia número 20 de Barcelona, Elisabet Castlelló, citó a declarar al entonces director de *El Mundo* en Cataluña, Albert Montagut.

El abogado de Estevill en aquel procedimiento, que acabaría en una sentencia desestimatoria de la demanda, era su propio hijo Javier. El autor de este libro acudió al juzgado en compañía del fotógrafo Quique García. A la salida del juzgado, Quique García intentó fotografiar a Pascual Estevill. La reacción del hijo del magistrado fue encararse con el fotógrafo, que se limitó a obtener varias imágenes de Estevill en las que, además, aparecía su hijo Javier en primer plano.

Las fotografías se publicaron en la edición del día siguiente, 7 de abril de 1996, para ilustrar una información en la que se revelaban los negocios que había mantenido Pascual Estevill con los procuradores de los tribunales de Barcelona Ramon Feixó y Carlos Testor.

Cuando el empresario Lorenzo Rosal, que como todos los miembros del grupo Olabarría, estaba aquellos días muy pendiente de lo que publicaba la prensa sobre Pascual Estevill, vio la fotografía en la que aparecía Javier Pascual Franquesa, no tuvo duda alguna. Aquel individuo era el mismo que el 12 de septiembre de 1994 había tomado de las manos del empresario los 25 millones de pesetas que había llevado en una bolsa de El Corte Inglés para evitar que le encarcelaran por la querella que había presentado Banesto contra los empresarios del grupo Olabarría. Un inoportuno descubrimiento para Javier Pascual Franquesa días antes de que Lorenzo Rosal se decidiera a denunciar ante la Fiscalía Anticorrupción la extorsión de la que había sido objeto por Pascual Estevill.

Antes, sin embargo, Estevill y sus cómplices intentarían blindarse contra las iniciativas judiciales que se estaban siguiendo para desenmascararles.

Aferrado a su sillón

El 27 de noviembre de 1995 Lluís Pascual Estevill supo que las dos causas que estaba instruyendo el Tribunal Supremo contra él por varios delitos de prevaricación y por delito fiscal iban a complicarle la vida. Ese día, se celebró en la Sala Segunda del Alto Tribunal Español la vista del antejuicio por las querellas por prevaricación que habían presentado contra él de forma consecutiva Enrique Marugán, Pedro Olabarría, Luis Fernando Romero y Lorenzo Rosal.

Los magistrados del Supremo tomaron una decisión que Lluís Pascual Estevill no esperaba. Estimaron que las denuncias presentadas por los cuatro empresarios tenían base suficiente para proseguir con la instrucción de la causa por prevaricación y detención ilegal contra el «Juez de la Horca». En la decisión de los magistrados había resultado determinante la posición del fiscal del Supremo asignado al caso, José María Luzón.

Desde aquel día, todos los esfuerzos de Pascual Estevill y de su hijo Javier Pascual se iban a encaminar a intentar amedrentar a acusadores, testigos, periodistas... Por lo que pudiera pasar, el magistrado estaba resuelto a conservar su puesto del Consejo General del Poder Judicial a cualquier precio.

Era la mejor manera de mantener centralizadas las diferentes actuaciones judiciales que se pudieran iniciar contra él. Como magistrado y como miembro del Consejo, Pascual Estevill gozaba de dos privilegios: que cualquier instrucción penal contra él, antes de convertirse en sumario judicial, debía ser sometida a un antejuicio y que sólo los jueces del Tribunal Supremo podían abrir diligencias contra su persona.

Desde esa posición privilegiada el magistrado y los miembros de su entorno se iban a dedicar fundamentalmente a descubrir quiénes eran los promotores de las denuncias que se estaban tramitando contra él.

Sin embargo, Estevill había perdido uno de los privilegios más importantes para preservar su posición de intocable. Como vocal del Consejo del Poder Judicial ya no podía encarcelar a nadie. Quizás por esa razón tuvo tanto éxito una de las iniciativas de Alberto Sala para denunciar las tropelías del magistrado, sus relaciones con el dudoso empresario Gèrard Diego Gómez. Un grupo de un centenar de abogados catalanes presentó un escrito ante la Junta de Gobierno del Colegio de Abogados de Barcelona en diciembre de 1995 en el que solicitaba que se abriera un expediente a Pascual Estevill para confirmar que ejercía como abogado mientras era juez y procediera a su expulsión si se demostraban los hechos.

Con posterioridad, el 20 de enero, un abogado remitió el escrito de los abogados a la comisión permanente del CGPJ. La comisión, en una resolución del 9 de enero de 1996 decidió, además de acusar recibo del escrito, considerar que «procede tomar conocimiento del mencionado escrito, dando cuenta al pleno de este Consejo de este acuerdo».

El jefe del servicio central de la comisión permanente del CGPJ aseguraba que tomaba conocimiento del escrito de denuncia, porque «los hechos relatados» se referían «a una época anterior a la de ser nombrado el interesado como vocal de este Consejo».

El grupo de abogados catalanes aseguraba en su escrito que las declaraciones de uno de los testigos del *caso Regesa* revelaba que «en el año 91, cuando era titular del juzgado número 5 de Terrassa, compatibilizaba sus funciones de magistrado con el ejercicio de la abogacía».

El texto de la denuncia consideraba que, de confirmarse los hechos, el juez Estevill habría incurrido en una falta muy grave. El texto del escrito aseguraba que «el ejercicio de la abogacía es absolutamente incompatible con los cargos judiciales y fiscales» y que, según el Estatuto General de la Abogacía, el ejercicio de esta incompatibilidad está considerado una «falta muy grave» y sancionado «con la expulsión del Colegio».

La razón que provocó en su día la denuncia de los abogados es el *caso Regesa*, un escándalo inmobiliario que le costó el cargo al alcalde socialista de la localidad de Sant Adrià de Besòs, Antoni Meseguer, aunque volvió a ser elegido en las elecciones municipales de 1995.

El promotor francés Gèrard Diego Gómez inició conversaciones con el ayuntamiento para adquirir los terrenos que Catalana de Gas había cedido al municipio en 1989. La intención de Gómez era construir un gran centro comercial en los terrenos, aunque la calificación sólo permitía la promoción de viviendas. La calificación se recurrió, y antes de que se dictaminara la definitiva, se firmó el contrato de compraventa. Cuando la calificación definitiva ratificó que sólo se podían construir viviendas, Gómez presentó una querella contra el ayuntamiento y contra la sociedad municipal propietaria de los terrenos: Regesa.

Durante la instrucción de la querella, el jefe del gabinete del alcalde, Juan Alberto Dalmau, aseguró que uno de los asesores legales de Gómez era Pascual Estevill, que en aquel momento ya era titular del Juzgado número 5 de Terrassa.

El juicio de Regesa debía celebrarse el 13 de diciembre de 1995. Sin embargo, la inexplicable incomparecencia del propio Gómez, junto con la renuncia de su abogado, el penalista Emilio Zegrí, provocó la suspensión de la vista.

De haberse celebrado el juicio, Dalmau habría tenido la oportunidad de ratificar la declaración que realizó ante el Juzgado de Instrucción número 23 de Barcelona: «Comenzaron a mantener reuniones con asesores que buscó el señor Gómez en España, que estos asesores eran el señor Pascual Estevill...».

En el caso de que Dalmau se hubiera ratificado en el juicio, el fiscal se habría visto obligado a iniciar, de oficio, diligencias de carácter penal contra Pascual Estevill por haber incurrido en irregularidades previstas en la Ley Orgánica del Poder Judicial que podrían llegar a invalidar parte de sus actuaciones como juez.

En esa ocasión le libró su propia relación con Gómez. Pero le quedaban aún bastantes enemigos por identificar.

Identificando enemigos

El 7 de junio de 1996, el fiscal anticorrupción, Carlos Jiménez Villarejo, abrió una investigación de las denuncias presentadas por algunos de los acusadores del vocal del Consejo General del Poder Judicial Lluís Pascual Estevill. Los denunciantes acusaban al juez y a su hijo, Javier Pascual Franquesa, de amenazarles a través del intermediario Josep Maria Trullàs. Según las denuncias, el fin de estas supuestas amenazas era que los acusadores cambiaran sus declaraciones.

Estevill y su hijo utilizaron los servicios de Josep Maria Trullàs, que en el pasado había estado vinculado al despacho del abogado Alberto Sala Reixachs para transmitir, según las denuncias, sus amenazas a varios de los empresarios que habían testificado contra el magistrado.

Alberto Sala y el empresario Enrique Marugán presentaron sendas denuncias ante la Fiscalía Anticorrupción a finales del mes de mayo de 1996, en las que aseguraban haber sido objeto de amenazas por Trullàs, quien decía actuar en nombre de Estevill y del hijo del «Juez de la Horca».

Marugán relataba en su denuncia que recibió varias llamadas telefónicas de Trullàs en las que le advertía que debían «ir con cuidado con las acciones que emprendiéramos contra Estevill, en especial don Lorenzo Rosal».

Sala, por su parte, afirmaba en su denuncia que Trullàs dijo al abogado Sebastián Martínez de Sas, amigo personal del concursalista, «que se había puesto al servicio de Pascual Estevill con el objetivo de acabar profesionalmente con el bufete Sala Reixachs y que pensaba presentar diversas denuncias y querellas falsas». Posteriormente, Trullàs, según la denuncia de Sala, volvió a dirigirse a Martínez de Sas para que enviara un mensaje: «Exigió que el letrado suscribiente cesase en la dirección letrada de las querellas contra Estevill y convenciese a don Lorenzo Rosal para que cambiara su declaración».

Trullàs, cuando trabajaba para el despacho de Sala, asistió a reuniones relativas a las iniciativas jurídicas contra Estevill. Sala aseguraba en su denuncia que Trullàs cuestionaba la estrategia de los denunciantes. Era más partidario de chantajear a Estevill que de presentar denuncias.[2]

Sala se distanció de Trullàs al saber que estuvo relacionado con ciertas irregularidades del casino de Perelada. El hermano del intermediario, Pedro Trullàs, fue condenado en el primer caso de corrupción judicial de Cataluña, en el que también fueron condenados los jueces Carlos Lorenzo Penalba y Joaquín García Lavernia, que, tras ser destituidos como jueces, pasaron a formar parte del equipo jurídico del penalista Juan Piqué Vidal.

No era la primera vez que *enviados* de Pascual Estevill se ponían en contacto con los responsables de las denuncias presentadas contra el *Lobo* para presionarles e intentar que depusieran su actitud hostil hacia el magistrado. El propio Javier de la Rosa presionó a Enrique Marugán y a Lorenzo Rosal para que dejaran de acusar a Pascual Estevill.

A pesar de haber comprado los servicios de Josep Maria Trullàs, Estevill y sus compinches seguían intentando identificar a los promotores de las denuncias contra el magistrado. De hecho, uno de los objetivos de las querellas por calumnias presentadas contra varios periodistas de Barcelona tenían por obje-

2. *El Mundo* del 8 de junio de 1996.

to que el juez interrogara a los reporteros para que éstos revelaran quiénes eran sus fuentes.

Sin embargo, los periodistas se acogieron al secreto profesional para evitar revelar la personalidad de sus informadores y los instructores de las querellas presentadas contra ellos les dieron la razón.

La paranoia de Pascual Estevill durante la primera mitad de 1996 no conoció límites. Su obsesión por encontrar a los responsables de sus tribulaciones judiciales le llevó también a acusar a los magistrados que habían sido sus propios compañeros en Barcelona y logró superar la división del Consejo General del Poder Judicial entre vocales del PSOE y vocales del PP para imponer dos nuevos frentes: los partidarios de destituir a Estevill y aquellos que querían que el magistrado catalán permaneciera en su puesto.

La indignación de los jueces catalanes

El 19 de febrero de 1996, Lluís Pascual Estevill decidió ejercer su cargo de vocal del Consejo General del Poder Judicial delegado para Cataluña. Había recibido el nombramiento de delegado territorial el 17 de mayo de 1995. Pero no adoptó resolución alguna hasta el 19 de febrero siguiente. Ese día, por su cuenta, sin que mediara decisión alguna del pleno del Consejo y sin haberse puesto en contacto con juez alguno de Barcelona, decidió iniciar una inspección masiva e indiscriminada de los juzgados de instrucción de Barcelona, especialmente de aquellos que habían tenido algo que ver con las tribulaciones judiciales del propio «Juez de la Horca».

Pascual Estevill seguía actuando en el Consejo General del Poder Judicial de la misma manera que había actuado en sus juzgados de Terrassa y de Barcelona: utilizando el terror y la extorsión para someter a aquellos cuya voluntad quería torcer. Pero en el Consejo Estevill carecía del poder que había disfrutado desde su poltrona de magistrado de instrucción. Ya no era el todopoderoso individuo que podía decidir sobre la libertad de las víctimas que quedaban a su merced. Y lo más grave, veía a los jueces catalanes de la misma manera que se veía a sí mismo: seres sin escrúpulos que a buen seguro tenían algo que ocultar. Esperaba, pues, que reaccionaran con temor y que aplacaran a los enfurecidos fiscales que pretendían sentarle en el banquillo de los acusados.

Lo único que logró Pascual Estevill con su iniciativa fue la indignación de la judicatura catalana con su pretensión de investigar a sus antiguos compañeros, titulares de varios juzgados de instrucción de Barcelona e incluso al Tribunal Superior de Justicia de Cataluña. Algunos de los juzgados que pretendía investigar Estevill habían llevado casos que le afectaban personalmente.

El presidente del Tribunal Superior de Justicia de Cataluña, Guillem Vidal, fue uno de los primeros en reaccionar y transmitió al Consejo la «sorpresa, malestar y preocupación» de varios jueces por la decisión del *Lobo* de investigar posibles anomalías en juzgados barceloneses. El presidente del Tribunal Superior destacó que los otros dos vocales de la representación catalana del CGPJ, Ana María Pérez Tórtola, y Joan Antoni Xiol, «que se han dedicado intensivamente a Cataluña», no habían apoyado la iniciativa del «Juez de la Horca».

Estevill solicitó al servicio de inspección del máximo órgano de los jueces información sobre presuntas anomalías contables en los juzgados de instrucción números 3, 7, 9, 10, 12, 15, 19, 28 y 30, y sobre supuestos retrasos y paralizaciones en los juzgados números 1, 4, 7, 10, 15, 21 y 28. Al menos dos de los juzgados, el 1 y el 10, habían tramitado causas que afectaban personalmente a Estevill.

La mayoría de titulares de estos juzgados reaccionaron con «malestar e indignación» ante la iniciativa del ex juez y convocaron para el día siguiente a la junta de jueces de instrucción de Barcelona con carácter extraordinario con el fin de que el órgano elevara una propuesta formal al Consejo General del Poder Judicial.

El también vocal del consejo y delegado del servicio de inspección, Ignacio Sierra, dirigió un escrito al pleno de la institución en el que calificaba la iniciativa de «inspección extraordinaria», lo que sólo puede autorizar el pleno o su presidente. En los juzgados afectados entendieron que la iniciativa de Estevill obedecía a «una venganza». También causó preocupación en el seno del Tribunal Superior la petición a la inspección del Consejo del Poder Judicial por parte del *Lobo* de información sobre las salas de lo contencioso-administrativo, en las que se acumulaban unos 25.000 asuntos pendientes de resolver.

Para colmar la indignación de los jueces de Barcelona, el propio Tribunal Superior catalán filtró el mismo 19 de febrero que los juzgados de instrucción que Estevill pretendía investigar por su cuenta habían sido sometidos a inspección ordinaria entre 1994 y 1995 y no se detectaron anomalías ni contables ni de dilaciones.

Los juzgados de instrucción número 1 y número 10 de Barcelona estaban incluidos en la lista de los que Lluís Pascual Estevill pretendía investigar. Los dos juzgados habían tramitado causas en las que Pascual Estevill está implicado personalmente. El Juzgado de Instrucción número 1, cuyo titular era Joaquín Aguirre, el instructor del *caso Grand Tibidabo*, tramitó al menos dos casos en los que Estevill aparecía implicado directamente. Durante los registros de los domicilios de Javier de la Rosa practicados por el juez Aguirre, se encontró la factura de una estancia de Estevill, que en aquel momento era juez de instrucción en Barcelona, en el Hotel Ritz de Madrid abonada por el financiero.

Además, Aguirre había archivado en enero de 1996 una denuncia presentada por el hijo de Pascual Estevill, Javier Pascual Franquesa, contra Enrique Marugán. Los hechos que denunciaba el hijo de Estevill tenían relación con las causas que se seguían en el Supremo contra su padre. Se trataba de una acusación de denuncia falsa contra Enrique Marugán por las actuaciones judiciales que había promovido el empresario contra Lluís Pascual Estevill.

En el Juzgado de Instrucción número 10 de Barcelona, cuyo titular era Ramón Maciá, se había originado buena parte de las preocupaciones de Pascual Estevill. El *Lobo* actuaba contra Ramón Maciá a pesar de que el titular del Juzgado número 10 había sido uno de los organizadores de la cena de despedida que algunos magistrados dieron a Estevill cuando accedió al Consejo del Poder Judicial.

Estevill ejercía como magistrado suplente en el Juzgado de Instrucción número 10 de Barcelona cuando dictó las actuaciones contra el grupo Olabarría. Cuando Maciá se reincorporó anuló las actuaciones de Estevill.

La indignación de los jueces de Barcelona contra Lluís Pascual Estevill se plasmó finalmente en un comunicado de la junta de jueces de instrucción de Barcelona, reunida con carácter extraordinario el 20 de febrero de 1996, que solicitaba al máximo órgano de la judicatura el cese inmediato del magistrado como vocal delegado territorial para Cataluña del Consejo.

La junta de jueces iba más allá en su comunicado. Aseguraba en su comunicado: «Llama la atención que, de forma no casual, el vocal delegado territorial para toda Cataluña solamente se interese por juzgados de ámbito jurisdiccional y territorial donde él ejerció como magistrado. En alguno de estos juzgados se tramitan causas que, de forma directa o indirecta, le afectan o le pueden afectar en el futuro».

Por esa razón los jueces de instrucción de Barcelona entendieron que la iniciativa del vocal de investigar varios juzgados de instrucción de Barcelona «constituye una medida de presión atentatoria a la independencia de los jueces de los juzgados de instrucción de Barcelona». La junta de jueces de instrucción consideraba que «esta actuación, así como la existencia de las citadas causas [las que se seguían contra Estevill], le inhabilitan, cuando menos, para seguir como vocal delegado territorial para Cataluña, razón por la que la junta pide su cese como tal».

La mala situación por la que atravesaba Lluís Pascual Estevill aún era susceptible de empeorar. Las causas judiciales que seguía contra él el Tribunal Supremo no dejaban de avanzar y cada vez resultaba más evidente que el *Lobo* tenía muchos cadáveres en el armario. Pero Pascual Estevill no estaba dispuesto a renunciar así como así a su puesto en el Consejo del Poder Judicial que tanto le había costado conseguir y que le protegía con su fuero de algunas de las iniciativas judiciales que se tramitaban contra él. Con esa decisión arrastró con él al Consejo General del Poder Judicial.

Crisis en el Consejo General del Poder Judicial

El enfrentamiento con los jueces de Barcelona fue la gota que colmó el vaso. El presidente del Consejo General del Poder Judicial y del Tribunal Supremo, Pascual Sala, se decidió el 28 de febrero de 1996 a proponer al pleno del órgano de gobierno de la judicatura la destitución de Lluís Pascual Estevill.

Estevill, que estaba en ese momento inculpado ante la Sala Segunda del Supremo por cuatro delitos de prevaricación y por un supuesto delito fiscal, había sufrido ese día otro revés judicial cuando el instructor de la causa por fraude a la Hacienda Pública, Joaquín Martín Canivell, decidió citar como imputados al propio magistrado, a su mujer y a dos de sus hijos, para el siguiente 7 de marzo.

Carlos Jiménez Villarejo había sido nombrado fiscal jefe de la nueva Fiscalía Especial para la Represión de los Delitos Económicos relacionados con la Corrupción en enero de 1996. Durante el mes de febrero de ese año, Jiménez Villarejo se hizo cargo de las acusaciones por delito fiscal que pesaban contra Lluís Pascual Estevill. Centralizó las acusaciones, las sistematizó y, el 21 de febrero, presentó un informe ante Martín Canivell en el que imputaba a Pascual Estevill un delito fiscal por importe de 160 millones de pesetas, y aseguraba que había indicios suficientes de que podría haber incurrido en incompatibilidades punibles penalmente durante su etapa de juez de instrucción en Barcelona contemplados por los artículos 198 y 404 del antiguo Código Penal, el antiguo delito de negociaciones prohibidas a funcionarios.

Además la acusación particular personada en la causa atribuía a Estevill ingresos por valor de 750 millones de pesetas cuando era juez. Villarejo consideraba poco explicables los ingresos del magistrado. Y pedía una serie de diligencias a Martín Canivell para esclarecer los hechos.

Aquel 28 de febrero, el magistrado de la Sala Segunda del Tribunal Supremo Martín Canivell autorizó todas las pretensiones de Jiménez Villarejo: citar como inculpados al propio Estevill; a su mujer, Nuria Franquesa, y a los hijos del matrimonio Elena y Javier Pascual Franquesa, todos ellos para el 7 de marzo de 1996; y, como testigos, a los empresarios Esteban

Monegal, Eduardo Bueno Ferrer y Antonio Antón, y dos empleados del BBV.

Estevill estuvo vinculado al grupo Myrurgia durante algún tiempo. Es accionista del grupo. Según el informe de Villarejo, la sociedad Liedin, controlada por el magistrado y «aparentemente sin actividad societaria», recibió *créditos* por importe de 41 millones de pesetas del grupo Monegal.

En el caso de Eduardo Bueno Ferrer, ex propietario de la inmobiliaria Urbas y candidato a la presidencia de la Generalitat por la lista de Alianza Popular, el *crédito* fue de 18 millones de pesetas y se formalizó en 1993, año en que el magistrado ya ejercía como titular del Juzgado de Instrucción número 26 de Barcelona.

Sala comunicó a Estevill su decisión de pedir su cese al pleno del Consejo que se iba a reunir el miércoles siguiente, 6 de marzo de 1996, un día antes de que el ex magistrado catalán prestara declaración como inculpado por varios delitos fiscales ante Joaquín Martín Canivell.

Sala y Estevill estuvieron reunidos durante buena parte de la mañana del 28 de febrero de 1996. Sala no se anduvo con rodeos. Fue al grano:

–Mira, Luis –dijo el presidente del Supremo y del Consejo a Estevill–, yo en tu lugar presentaría inmediatamente la dimisión. Estás colocándonos al borde del colapso. El desprestigio del Consejo no puede ser más grave. Si no pones tu cargo inmediatamente a disposición del próximo plenario, me veré obligado a pedir que seas destituido por incumplimiento grave de los deberes del cargo.[3]

–Pascual –contestó airado Estevill–, haz lo que tengas que hacer. Veremos quién de los dos tiene más apoyos en el Consejo, tú o yo.

3. *El Mundo* del 1 de marzo de 1996.

En los despachos del Consejo del Poder Judicial se vivió el 28 de febrero un día de intensas reuniones que no concluyeron hasta bien entrada la tarde. El objeto de las reuniones fue siempre la solicitud del cese de Estevill. Diversos vocales del Consejo se dirigieron a Estevill para sugerirle que dimitiera antes de la siguiente reunión del pleno, al igual que había hecho Pascual Sala.

Pascual Estevill, sin embargo, no estaba en absoluto dispuesto a presentar su dimisión como vocal del Consejo del Poder Judicial. El 1 de marzo, remitió un escrito a todos los miembros del Poder Judicial en el que comunicaba a sus compañeros que no estaba dispuesto a renunciar y conminaba a los vocales que pretendían su destitución a presentar una moción ante la reunión plenaria y se sometiera a votación.[4]

Para que se aprobara el cese, eran necesarias tres quintas partes de los votos del pleno del Consejo, lo que suponía 11 de los 17 votos que componían entonces el quórum de la institución. Pascual Sala lo sabía muy bien porque él mismo había impedido la destitución de Pascual Estevill en julio de 1995 cuando, después de que se admitiera a trámite la segunda querella por prevaricación contra el *Lobo*, la de Pedro Olabarría y Luis Fernando Romero, el vocal propuesto por Izquierda Unida, Rafael Sarazá, y uno de los del PSOE, Ignacio Sierra, solicitaron la expulsión del magistrado catalán. En aquel pleno sólo votaron a favor Sarazá, Sierra y el *popular* José Antonio Zarzalejos.

El bloque progresista poseía nueve votos, a los que habría que sumar el del conservador Javier Gómez de Liaño, que en otras ocasiones se había alineado con el bloque progresista. Un total de 10 votos a favor de la destitución de Pascual Estevill. Sala sólo tenía que convencer a otro de los vocales del bloque del PP para lograr destituir al «Juez de la Horca». José Antonio Zarzalejos parecía estar predispuesto para ello.

4. *El Mundo* del 2 de marzo de 1996.

Pero Estevill también tenía sus propios planes para romper la unidad de voto del bloque progresista.

Intento de soborno en el Consejo con La Caixa de por medio

Lluís Pascual Estevill volvió a intentar instrumentalizar a la opinión pública a su favor a través de los medios de comunicación durante la crisis del Consejo General del Poder Judicial. El mismo día que remitía el escrito en el que retaba a los miembros del Consejo a destituirle, el 1 de marzo de 1996, concedía una entrevista a Radio Barcelona. Ese mismo día, la Sala Segunda del Tribunal Supremo concluyó la instrucción de las cuatro querellas por prevaricación que se seguían contra el magistrado y solicitó a las partes sus escritos de calificación para la apertura de juicio oral.

Ante los micrófonos de la emisora de la Cadena Ser, Estevill atribuyó las causas judiciales que seguían contra él a que tenía «encima una campaña de prensa instrumentalizada». Estevill aseguró que las causas judiciales, así como los medios de comunicación, estaban «instrumentalizados por un grupo reducido de gente de Barcelona que no digirió nunca que yo dijera públicamente que todo el mundo es igual ante la Ley».

El magistrado defendió su inocencia y descartó la posibilidad de que las causas que tiene abiertas le puedan llevar a la cárcel. «Hablar de prisión es una barbaridad, eso es propaganda de la parte contraria, las querellas no tienen ninguna base como para hablar de prisión.»

Estevill también descalificó ante los micrófonos de Radio Barcelona a los jueces de Barcelona que solicitaron su cese como delegado territorial en Cataluña del Consejo. El magistrado aseguró que «la junta de jueces era ilegal y además los jueces que estaban en la junta no pintan nada en esta cuestión; lo que digan no importa». Cuando realizó estas declaraciones la Sala Segunda del Supremo ya había solicitado a las acusaciones en la causa por prevaricación sus escritos.

El «Juez de la Horca» trató de comprar con favores el voto de su compañero a propuesta del PSOE Gregorio García Ancos. El día 21 de febrero se celebró un pleno en el que se discutía si Pascual Estevill tenía facultades para provocar una inspección de varios juzgados de instrucción de Barcelona. Sala aplazó el pleno. Ya había decidido que pediría en la próxima reunión la destitución del vocal Lluís Pascual Estevill.

Por esa razón, el *Lobo* actuó deprisa. Días más tarde García Ancos relataría los pormenores. «Me fui al despacho, no había secretarias, 3 o 4 minutos antes de la continuación del pleno me abordó en el pasillo el señor Estevill, diciéndome que quería hablar conmigo; yo le pasé al despacho.» «Me dijo: "Mira, tengo entendido que un hijo tuyo tiene problemas de colocación, te ofrezco colocarle en La Caixa en 48 horas y para siempre".»[5]

García Ancos le respondió que su hijo no necesitaba colocarse porque «está en el escalafón del Estado». Un «ya hablaremos» de Estevill terminó la conversación. Conforme García Ancos se dirigía al pleno iba subiendo su grado de indignación. Empezaba a comprender que los favores de Estevill, no ofrecidos expresamente, eran a cambio de su apoyo futuro.

La víctima se lo comentó a José Antonio Zarzalejos, amigo y vocal elegido por el PP, que «me vio agobiado y con mala cara»; ya en el pleno también se lo dijo a otro vocal, José Juan Dávila; más tarde a Pascual Sala en presencia de otros vocales, y en el garaje a Javier Gómez de Liaño.

5. *Diario 16* del 7 de marzo de 1996.

Cuando se celebró el siguiente pleno del Consejo General del Poder Judicial, en el que el principal punto del orden del día era la destitución de Lluís Pascual Estevill como miembro del órgano de gobierno de los jueces, todos los vocales estaban informados del intento del «Juez de la Horca» de comprar el voto de Gregorio García Ancos.

El Consejo General del Poder Judicial llegó el 7 de marzo de 1996 a una crisis sin precedentes en su historia: la mayoría de sus miembros votaron a favor de que fuera destituido Lluís Pascual Estevill, pero no lograron los votos necesarios y el *Lobo* decidió seguir en su puesto. Ante esa situación, tres vocales de los nombrados a propuesta del PSOE presentaron su dimisión.

Pascual Estevill fue el protagonista de uno de los plenos más tensos del Consejo del Poder Judicial. El presidente del órgano, Pascual Sala, había pedido al pleno que estudiase la posibilidad de destituirle, porque consideraba que el vocal catalán había incumplido gravemente los deberes de su cargo, entre otras cosas por filtrar a un medio de comunicación el resultado de una inspección en un juzgado de Barcelona.

En presencia de Pascual Estevill, que no se ausentó del pleno mientras se debatía su caso, el resultado de la votación fue de ocho votos a favor de la destitución –los del presidente, Pascual Sala; cinco vocales nombrados a propuesta del PSOE; Javier Gómez de Liaño, procedente del PP, y Rafael Sarazá, de IU–; siete en contra del cese –cinco procedentes del PP, uno del PNV y el propio Estevill– y dos abstenciones –José Antonio Zarzalejos, procedente del PP, y José Juan Dávila, del CDS.

Tras la votación, los vocales Ana María Pérez Tórtola y Juan Antonio Xiol dimitieron como encargados de las relaciones con Cataluña. El propio Estevill, que compartía con ellos ese cometido, también dimitió.

A la vista de que el pleno aceptó mayoritariamente la destitución de Estevill pero que no hubo los diez votos necesarios para que fuera realidad, tres vocales presentaron su dimisión: Ignacio Sierra y Soledad Mestre, de procedencia socialista, y Rafael Sarazá, al que en su día llevó al CGPJ Izquierda Unida.

Estos tres vocales argumentaron que ellos no podían sentarse junto a una persona «del estilo» de Estevill, que estaba imputado en cinco causas penales en el Tribunal Supremo y que había sido rechazado por la mayoría del propio CGPJ.

Pascual Sala se vio obligado a aceptar las tres dimisiones y la de Javier Gómez de Liaño, que había sido nombrado juez de instrucción número 1 de la Audiencia Nacional en sustitución de Carlos Bueren.

El Consejo se quedó con trece miembros de los veintiuno que lo componen. El pleno del órgano de gobierno de los jueces no podía reunirse a partir de aquel momento. La Ley exige al menos la asistencia de catorce de sus miembros.

Para colmo de males, el día siguiente del pleno que no logró destituir a Lluís Pascual Estevill, José Luis Manzanares, vicepresidente del Consejo General del Poder Judicial, renunció a llevar las relaciones con Cataluña, tarea para la que fue elegido en el pleno tras la dimisión de los tres vocales que tenían ese cometido. En una carta que envió al presidente del CGPJ, Manzanares afirmaba que no tendría tiempo para esa tarea y que no se consideraba la persona adecuada, porque un hijo suyo era juez de vigilancia penitenciaria en Barcelona.

El siguiente pleno del Consejo General del Poder Judicial iba a ser especialmente amargo para Lluís Pascual Estevill. Se celebró el 21 de marzo de 1996 y el *Lobo* volvía a ser el principal protagonista de los acontecimientos que se iban a desarrollar.

El Consejo General del Poder Judicial (CGPJ) acordó en el pleno del 21 de marzo de 1996 por mayoría simple de ocho votos que Lluís Pascual Estevill tenía «la obligación» de no votar cuando el órgano de gobierno de los jueces nombrara algún magistrado de la Sala Segunda del Tribunal Supremo. La Sala Segunda era la que tramitaba las querellas presentadas contra Pascual Estevill.

Ocho de los quince miembros presentes estimaron que, mientras Estevill tuviera querellas en la Sala Segunda del Supremo, no debía votar. En aquel pleno también se estudió la denuncia de Gregorio García Ancos contra Pascual Estevill. Por una amplia mayoría de trece de los diecisiete miembros del CGPJ, el pleno acordó enviar al fiscal general del Estado el acta de la reunión en la parte referida a Estevill, para que la Fiscalía estudiara si éste había cometido o no un delito de cohecho con su oferta a García Ancos. Los miembros del CGPJ aceptaron que los hechos ocurrieron como los había contado García Ancos, excepto Estevill. No obstante, el *Lobo* reconoció que hubo tal conversación pero que no quería «comprar» su voto.

La mayoría de las ventajas que le reportaba formar parte del Consejo General del Poder Judicial desaparecieron el 21 de marzo de 1996. Pero las cosas se iban a poner aún más feas para Lluís Pascual Estevill. Sería a partir de entonces el Tribunal Supremo el encargado de amargarle la vida.

Condenado y expulsado

El 15 de marzo de 1996, seis días antes de que el pleno del Consejo del Poder Judicial discutiera por tercera vez la destitución de Lluís Pascual Estevill, el fiscal entregó su escrito de acusación contra el magistrado ante la Sala Segunda del Tribunal

Supremo contra el magistrado catalán en la causa 2830/94 en la que se le atribuían varios delitos de prevaricación contra los empresarios Enrique Marugán, Pedro Olabarría, Luis Fernando Romero, Modesto González y Lorenzo Rosal.

El fiscal del Tribunal Supremo José María Luzón pedía en su escrito que el juez Lluís Pascual Estevill, miembro en aquel momento del Consejo General del Poder Judicial, fuera condenado a seis años de suspensión de cargo público y de derecho de sufragio, por un delito continuado de prevaricación.

Le acusaba de haber encarcelado sin motivos a tres de los empresarios que le acusaban de prevaricación –Olabarría, Romero y González– y de cambiar de testigos a imputados a Marugán y a Rosal, también sin justificación y por razones únicamente personales.

Menos de dos semanas después, el Tribunal Supremo tomaba la decisión de sentar en el banquillo a Pascual Estevill. El 28 de marzo de 1996, el magistrado de la Sala Segunda del Tribunal Supremo Luis Román Puerta, instructor de las querellas contra Estevill, notificó el auto por el que acordaba abrir juicio oral contra el ex juez. Además, le exigía que depositara una fianza de 135 millones de pesetas para hacer frente a las posibles indemnizaciones a las que pudiera ser condenado; si no lo hacía en quince días, le embargarían sus bienes hasta cubrir esa cantidad.

Era la primera vez en la democracia española que un miembro del CGPJ, el órgano de gobierno de los jueces españoles, era acusado de prevaricación, uno de los delitos más graves del que puede ser acusado un juez: dictar una resolución injusta a sabiendas de que lo es.

Pascual Estevill no tendría oportunidad de volver a refugiarse en el pleno del Consejo General del Poder Judicial porque no podía volver a reunirse. La Sala Segunda del Tribunal Supremo fijó finalmente el 26 de junio como fecha final para celebrar la vista del juicio por prevaricación contra Lluís Pascual Estevill.

Los meses transcurridos entre la decisión del Supremo de juzgar a Estevill por prevaricación, el 28 de marzo de 1996, y la celebración de la vista el 26 de junio iban a ser un auténtico suplicio para el magistrado. Para cuando llegó el juicio, varios empresarios habían denunciado que fueron víctimas de la extorsión de Estevill y que habían sobornado al magistrado; Jiménez Villarejo había presentado una querella por cohecho contra él y la causa por delito fiscal avanzaba sin pausa. Cuando se sentó en el banquillo del Supremo, Lluís Pascual Estevill era un hombre hundido.

El Supremo sentó en el banquillo por primera vez a un miembro del órgano de gobierno de los jueces el 26 de junio de 1996. La Sala Segunda del Alto Tribunal celebró ese día la primera jornada de la vista del juicio por prevaricación contra Lluís Pascual Estevill.

El *Lobo* se mostró por primera vez vulnerable ante el público aquel día. Estevill dio muestras de cansancio a su llegada a la Sala en la que se celebraba la vista. La declaración del magistrado se prolongó durante toda la mañana. El ex juez tuvo que hacer frente a los interrogatorios del fiscal y de las cinco acusaciones particulares personadas en la causa. Se mostró sereno durante el interrogatorio, aunque dio muestras de fatiga e incurrió en diversas contradicciones a la hora de relatar los hechos por los que se le juzgaba.

El magistrado no consiguió justificar varios de los autos de prisión que había dictado cuando era juez de instrucción en Barcelona y reconoció haber fundamentado órdenes de ingreso en prisión con hechos que no conoció hasta días después de dictar las resoluciones.

El fiscal José María Luzón acusaba al magistrado de un delito de prevaricación continuada cometido cuando ejercía como juez de instrucción en Barcelona y pedía que se le condenara a seis años de suspensión de todo cargo público y de derecho de sufragio.

La vista se tuvo que suspender a las 19.40 horas por una amenaza de bomba y seguiría durante todo el día siguiente. Antes de la suspensión, declaró el principal testigo de cargo contra el magistrado, el empresario Enrique Marugán, que reiteró sus acusaciones contra Estevill.

El magistrado, a preguntas del fiscal Luzón, no pudo establecer por qué decretó el ingreso en prisión de tres de los empresarios a los que Banesto acusaba de estafa y alzamiento de bienes. Estevill contestó que no apreció que pensaran eludir la acción de la Justicia o cometer delito alguno, tal como establece la Ley de Enjuiciamiento Criminal para justificar un auto de prisión preventiva.

El fiscal Luzón intentó establecer durante el interrogatorio que Estevill tenía un interés personal en la querella de Banesto. Estevill aseguró que Banesto acusaba a Olabarría, González Mestres y a los hermanos Romero de un delito de estafa por valor de 600 millones de pesetas (600.000 euros) y de varios delitos de alzamiento de bienes. Pero reconoció que el juez titular ya había establecido un calendario para las diligencias cuando él se hizo cargo temporalmente del Juzgado de Instrucción número 10 de Barcelona y que él lo alteró.

También reconoció que justificó los autos de prisión de Olabarría y de Romero con hechos que no conoció oficialmente hasta que los abogados de Banesto presentaron un escrito en el juzgado. Eso ocurrió cinco días después de que Estevill ordenara el ingreso en prisión de los empresarios.

Por su parte, Enrique Marugán reiteró ante el tribunal que

Estevill cambió su condición de testigo por la de imputado por animadversión personal. Marugán relató que Estevill era abogado de la familia Bertrand, cuando uno de los miembros del clan, Lorenzo Rosal Bertrand, le pidió consejo sobre la situación financiera del grupo. Tras analizar las inversiones que había efectuado la empresa por consejo de Estevill, detectó que eran el origen de los males del grupo.

Antes de proponer que se cesara a Estevill, Marugán asegura que se reunió con él y que el entonces abogado le ofreció «ir a medias». Marugán, según su declaración, puso el hecho en conocimiento del patriarca de los Bertrand, Eusebio Bertrand, que decidió cesar a Estevill.

Varios testigos declararon que el juez había recomendado a la familia Bertrand inversiones en la empresa de transportes Jorge Juan y en la editora del desaparecido rotativo barcelonés *El Noticiero Universal* que supusieron al grupo pérdidas de 450 millones de pesetas a finales de los años setenta y que, posteriormente, el patriarca de la familia, Eusebio Bertrand, despidió a Pascual Estevill por consejo de Marugán.

La línea defensiva del abogado de Estevill, el siniestro y taimado Manuel Cobo del Rosal, se basaba en probar que los empresarios a los que Estevill ordenó encarcelar habían destacado como autores de delitos monetarios en el pasado y que las acusaciones contra su patrocinado se debían a una campaña orquestada por estos empresarios. Cobo manifestó ante la sala que Marugán había presentado al menos cuatro denuncias contra Estevill ante la Fiscalía y ante la Agencia Tributaria por distintos hechos.

Al día siguiente, el fiscal José María Luzón mantuvo en sus conclusiones la petición de seis años de suspensión de todo cargo público para el vocal del Consejo General del Poder Judicial en el juicio. Luzón, en un informe contundente, elevó a definitivas las calificaciones que realizó en su día.

La relación de Estevill con la familia Bertrand ocupó tres cuartas partes de la vista oral. Sin embargo, el fiscal, en su informe final, consideró que esas pruebas no eran necesarias porque había quedado meridianamente demostrado que los autos dictados por Estevill eran manifiestamente injustos y que el juez lo sabía.

Desde la «sorprendente celeridad» con la que admitió a trámite la querella calificada de inconsistente por el fiscal, pasando por las citaciones irregulares, las diligencias en el Juzgado de guardia, o los autos de prisión justificados con conocimientos extraprocesales –informaciones de prensa anteriores en siete años a los hechos denunciados–, constituían un delito palmario de prevaricación que vulneraba el artículo 356 del nuevo Código Penal.

Las acusaciones particulares, ejercidas por los abogados Pep López, en nombre de Enrique Marugán; José Manuel Valadés, en nombre de Pedro Olabarría y de Luis Fernando Romero, y el ex fiscal Luis Jordana de Pozas, en representación de Lorenzo Rosal –sustituyó a Alberto Sala después de que el letrado catalán sufriera un infarto de miocardio– añadieron un nuevo delito a las conclusiones del fiscal: detención ilegal.

El 4 de julio de 1996, el Tribunal Supremo dictó la primera sentencia contra un vocal del Consejo General del Poder Judicial en la persona de Lluís Pascual Estevill. La Sala Segunda del Tribunal Supremo dictó una sentencia que condenaba al *Lobo* a seis años de suspensión «relativa al ejercicio de juez o magistrado y cualquier otro de funciones análogas».

El Tribunal consideró al ex juez «autor de un delito continuado de prevaricación en concurso ideal con dos delitos de detención ilegal».

El Tribunal, compuesto por los magistrados José Augusto de Vega –presidente–, Joaquín Delgado García –ponente– y José Manuel Martínez-Pereda, consideró probado que Estevill, durante la instrucción de una querella de Banesto contra los empresarios a los que el banco acusaba de estafa y alzamiento de bienes –los miembros del grupo Olabarría–, cometió un delito de prevaricación continuada, «en concurso ideal» con delitos de detención ilegal.

La sentencia también consideraba probado que Estevill, durante la instrucción de la querella, ordenó, a sabiendas de que obraba injustamente, el ingreso en prisión de tres de los querellados –razón por la que se le considera autor de detención ilegal–, cambió sin pruebas la condición de dos de los testigos por la de imputados y también ordenó encarcelar a uno de ellos.

El Supremo también condenó a Estevill a pagar indemnizaciones por un total de 11 millones de pesetas a los perjudicados por sus actuaciones, a excepción de Marugán, que se reservó el ejercicio de acciones civiles.

El hecho de que el Tribunal encontrara culpable de prevaricación a Estevill por sus actuaciones sobre Lorenzo Rosal era de capital importancia para el avance de la causa por cohecho que ya instruía el Supremo contra el magistrado. Rosal denunció el 12 de abril de 1996 que pagó 25 millones de pesetas al hijo del juez para que el magistrado no decretara su ingreso en prisión.

Cuando Estevill decidió admitir a trámite la querella de Banesto contra el grupo Olabarría, lo hizo, según la sentencia del Supremo, «con la expresa salvedad de que Enrique Marugán y Lorenzo Rosal, "por entender que pueden tener relación con los hechos citados", "en lugar de citarles como testigos deberá citárseles como imputados", sin que en el escrito de querella, ni tampoco en los documentos que con la misma se adjuntaron, apareciera algún dato del cual pudiera deducirse que los tales Enrique o Lorenzo habrían podido tener alguna participación en los hechos que se reputaban delictivos».

El Tribunal también consideró probado que «tanto el presidente de ECA, empresa de la que era secretario del consejo Enrique Marugán, como una hija suya, Mireia Marugán Carnicer, quisieron justificar ante dicho Juzgado de Instrucción número 10 la falta de comparecencia de éste, y para ello trataron de presentar sendos escritos con documentos que acreditaban su estancia en el extranjero, lo que no les fue admitido».

Como consecuencia, Estevill «dictó auto de detención e ingreso en prisión de Enrique Marugán, pese a que en todo lo actuado, particularmente en las declaraciones que se habían prestado tanto el día 9 como ese mismo día 11 de septiembre, nada había que pudiera revelar circunstancia alguna que sirviera para relacionar a Enrique Marugán con los delitos objeto de tal procedimiento».

Según la sentencia, el Tribunal consideraba que «en realidad ni los documentos aportados con la querella ni las declaraciones posteriores, únicas pruebas existentes al respecto, aparecía ni el más leve indicio de que alguno de tales tres detenidos hubiera actuado en la forma que se decía en el escrito de querella de Banesto». «Cualesquiera que fueran sus motivos», concluía la sentencia, «hubo un comportamiento arbitrario, absolutamente injustificado del señor Pascual Estevill».

La misma tarde del 4 de julio, el Consejo General del Poder Judicial decidía acatar la sentencia que acababa de dictar el Tribunal Supremo. El presidente del Consejo convocó a los medios de comunicación para informarles de su decisión de expulsar del órgano a Lluís Pascual Estevill.

El presidente del Consejo General del Poder Judicial, Pascual Sala, confirmó la suspensión de Lluís Pascual Estevill como vocal del máximo órgano de gobierno de los jueces, al tiempo que lamentó «la defensa numantina» protagonizada por el sector conservador del CGPJ que impidió que prosperara la petición del propio Sala de apartar a Estevill de la institución. Para Sala, esa defensa fue la causa principal de la crisis del Consejo.

La comisión permanente del Poder Judicial resolvió «por unanimidad» la suspensión de Estevill y así lo notificó al Tribunal Supremo, al interesado y al presidente del Senado, ya que Estevill fue nombrado vocal del Consejo a propuesta de CiU en la Cámara alta.

Aunque Estevill no era vocal en su condición de juez, sino como jurista de reconocido prestigio, Sala justificó la decisión de destituirle en la frase de la condena del Supremo que impone una pena de seis años de suspensión del ejercicio del cargo de juez, magistrado «y cualquier otro de funciones análogas», entre las que se decidió incluir la de miembro del CGPJ.

Sala rehusó nombrar a quienes mantuvieron su apoyo a Estevill, pero les culpó de haber «causado daño al CGPJ al negarse a apartar al vocal condenado». Aunque mantuvo que Estevill «nunca debió venir a la institución», aseguró que no se alegraba «en absoluto» de la suerte del ex juez y que no esperaba «ningún gesto» de quienes provocaron la crisis del CGPJ, derivada de la actuación de Estevill y las posteriores dimisiones de otros vocales. Se refería sin embargo a José Luis Manzanares, a Andrés de la Oliva y a la vocal que había abandonado el Consejo en mayo de 1996 para tomar posesión de la cartera de Justicia del nuevo Gobierno del PP, Margarita Mariscal de Gante.

Además de las consecuencias políticas, que iban a resultar especialmente desagradables para Jordi Pujol y para su consejero de Economía, Macià Alavedra, la condena de Lluís Pascual Estevill por prevaricación fue decisiva para intensificar precisamente las otras causas penales que se seguían contra él. Los sumarios por cohecho y por delito fiscal viajaron a Barcelona y fueron asignados al Tribunal Superior de Justicia de Cataluña. Con ello, entraban en escena dos de los personajes que más influencia iban a tener en el infortunio de Lluís Pascual Estevill: el juez Antoni Bruguera y el delegado de Jiménez Villarejo en Cataluña, Carlos Ramos.

8

La hora de la verdad

> *Art. 427.* Quedará exento de pena por el delito de cohecho el particular que haya accedido ocasionalmente a la solicitud de dádiva o presente realizada por una autoridad o funcionario público y denunciase el hecho a la autoridad que tenga el deber de proceder a su averiguación, antes de la apertura del correspondiente procedimiento, siempre que no hayan transcurrido más de diez días desde la fecha de los hechos.
>
> Código Penal Español

Baltasar Garzón, ex secretario de Estado para el Plan Nacional contra las Drogas en la última legislatura del PSOE; titular del Juzgado Central de Instrucción número 5 de la Audiencia Nacional y uno de los responsables de las investigaciones sobre los GAL tras romper relaciones con Felipe González; el *juez estrella* por excelencia. El modelo en el que se miraba en sus espectaculares actuaciones como magistrado de instrucción Lluís Pascual Estevill iba a contribuir de manera determinante a la ruina del *Lobo* y de una forma prácticamente casual.

El Ministerio de Justicia dirigido aún por Juan Alberto Belloch[1] decidió el 27 de marzo de 1996 tramitar una comisión rogatoria para investigar unas cuentas bancarias en Suiza propiedad del vocal del CGPJ a propuesta de Convergència i Unió. Las cuentas fueron localizadas de manera casi accidental por el titular del Juzgado Central de Instrucción número 5 de la Audiencia Nacional, Baltasar Garzón, en el transcurso de una investigación que inicialmente no tenía ninguna vinculación con Estevill. Garzón en realidad había pedido a la Justicia suiza que investigara en su nombre a los titulares españoles de cuentas en la Banca Darier Hentz et Cie. de Ginebra, porque sospechaba que entre ellos se encontraban los socios del traficante de armas sirio afincado en Marbella Mosser Al Kassar.

En la respuesta de las autoridades suizas a Garzón figuraba la cuenta de Lluís Pascual Estevill administrada por su amigo Thierry Kern en la Darier. Baltasar Garzón se limitó a remitir una copia del escrito a la Sala Segunda del Tribunal Supremo, encargada en aquel momento de las investigaciones sobre el ex juez catalán.

A la vista de estos hechos, el magistrado de la Sala Segunda del Tribunal Supremo responsable de la causa por delito fiscal contra Pascual Estevill, Joaquín Martín Canivell, decidió abrir una pieza separada del sumario con las diligencias practicadas por Garzón y declarar secretas las actuaciones.

No era la primera vez que se atribuye a Estevill la titularidad de cuentas bancarias en Suiza. En la causa que seguía contra él Martín Canivell figuraban denuncias por el cobro de comisiones en operaciones mercantiles por parte de Estevill en la banca helvética Bordier et Cie. cuando ejercía como magistra-

1. Era ministro de Interior y de Justicia en funciones; las elecciones generales celebradas el 3 de marzo otorgaron la victoria al PP, pero José María Aznar no pudo formar Gobierno hasta mayo, tras alcanzar un pacto de legislatura con CiU.

do. El fiscal jefe anticorrupción, Carlos Jiménez Villarejo, acababa de atribuir a Pascual Estevill un delito fiscal de 160 millones de pesetas por varias partidas de ingresos no declaradas durante su etapa de juez en Barcelona y en ejercicios anteriores. Entre las diferentes partidas que Villarejo pretendía investigar figuraba una aparente deuda de 80 millones de pesetas con la familia Monegal, ex propietaria de Myrurgia y un supuesto crédito de 10 millones de pesetas otorgado por su amigo el agente inmobiliario y ex dirigente de Alianza Popular en Cataluña, Eduardo Bueno Ferrer. Los responsables de la Fiscalía Anticorrupción sospechaban que los documentos que acreditaban los préstamos eran falsos y que, en realidad, los 90 millones de pesetas se correspondían con ingresos irregulares de Lluís Pascual Estevill. Además, pesaba sobre Estevill la denuncia original: haber vendido en 1988 una casa en Sitges valorada en 80 millones de pesetas. El ex magistrado que realizó la venta a través de la sociedad patrimonial Pasfranc, propietaria del inmueble, declaró que la operación de compraventa de la compañía propietaria de la vivienda se había saldado por 500.000 pesetas.

La acusación popular ya había solicitado en diciembre de 1995 el ingreso en prisión de Estevill tras descubrir en la propia documentación del sumario ingresos no justificados por valor de 750 millones de pesetas coincidiendo con su ejercicio como magistrado.

Villarejo también acababa de iniciar una investigación para confirmar la existencia de una relación de bienes firmada por Estevill en la que el magistrado admitía poseer un patrimonio de más de 500 millones de pesetas. El hallazgo casual de Baltasar Garzón en la Banca Darier, Hentz et Cie. aportaba una nueva perspectiva a las investigaciones sobre el patrimonio del magistrado corrupto. No sólo porque permitía descubrir nuevas bolsas de dinero defraudado al Fisco, sino porque permitiría corroborar algunas de las futuras acusaciones de extorsión y soborno que un grupo de empresarios y abogados, entre los que destacaban Enrique Marugán y Eduardo Santos como industriales, y Alberto Sala y Josep López Sánchez como letrados, estaba promoviendo, pero que aún no había encontrado la forma idónea para plantearlo.

La gran coalición prepara su estrategia

El antiguo Código Penal, vigente en marzo de 1996, consideraba igualmente responsables del delito de cohecho tanto al funcionario que exigía y recibía el soborno, como al particular que accedía al chantaje. Pero había una novedad. El nuevo Código Penal, aprobado por las Cortes en 1995, dejaba un resquicio para que los particulares denunciaran sin sufrir la persecución de la Justicia a los funcionarios corruptos. El actual Código Penal exonera a aquellos particulares que sobornen a un funcionario si lo denuncian ante las autoridades en un plazo de diez días a partir de la transacción irregular.

El problema para la gran coalición que se preparaba para desenmascarar y destruir a Lluís Pascual Estevill es que, a partir del descubrimiento casual de Baltasar Garzón de la cuenta suiza del *Lobo* en marzo de 1996, consideraban que había llegado el momento de poner en conocimiento de la Fiscalía Anticorrupción que el principal delito del magistrado lo constituían la extorsión y el soborno. Pero el Código Penal de 1995, en realidad no iba a entrar en vigor hasta mayo de 1996. Además, los abogados que trabajaban para la alianza contra Estevill no estaban seguros de que la moratoria de diez días establecida por el nuevo Código Penal exonerara a sus clientes, que tenían la intención de denunciar delitos que se remontaban a dos, tres y hasta cuatro años antes de la entrada en vigor de la nueva norma.

La ventaja y el obstáculo que tenían las víctimas de Estevill dispuestas a denunciar al magistrado era que el descubrimiento de Garzón se produjo en pleno interregno, en el traspaso entre las administraciones socialista y *popular*. Aunque José María Aznar se alzó con la victoria en las elecciones generales del 3 de marzo de 1996, en realidad no pudo formar su nuevo Gobierno hasta el 5 de mayo del mismo año. El Partido Popular había obtenido una mayoría relativa y necesitaba pactar con los nacionalistas canarios, con los vascos del PNV, y, sobre todo, con los hombres de Pujol en el Congreso de los Diputados para tener garantías de que sería investido presidente del Gobierno en la primera votación. Las negociaciones con CiU no cristalizaron hasta mayo, en lo que se denominó el Pacto del Majestic.

Mientras tanto, alrededor de la Fiscalía Anticorrupción se desarrollaba una intensa actividad. A pesar de que Carlos Granados seguía ocupando la Fiscalía General del Estado, ostentaba el cargo en funciones, a la espera de que el nuevo Gobierno *popular* le relevara del mando. Un problema que, en apariencia, no tenía su subordinado, el fiscal jefe de la Fiscalía Especial para la Represión de los Delitos Económicos relacionados con la Corrupción, Carlos Jiménez Villarejo. Aunque su nombramiento había sido auspiciado por el último ministro de Justicia e Interior socialista, Juan Alberto Belloch, tanto la creación de la Fiscalía Especial como el nombramiento de Jiménez Villarejo para ocupar la jefatura habían surgido del consenso entre las dos grandes fuerzas políticas españolas, el PSOE y el PP, a finales de 1995. Era, pues, prácticamente inabordable la sustitución de Villarejo como jefe de la Fiscalía Anticorrupción a medio plazo, por mucho que cambiara el Gobierno, y por mucho que el relevo hubiera hecho las delicias del principal socio parlamentario del PP, CiU.[2]

Entre marzo y mayo de 1996, Carlos Jiménez Villarejo y su delegado en Cataluña, Carlos Ramos, por la Fiscalía Anticorrupción, y Enrique Marugán y Eduardo Santos, Josep López, Alberto Sala y José Manuel Gómez Benítez por la acusación particular, diseñaron la estrategia que iba a acabar de una manera definitiva con el *Lobo*. Las denuncias y las investigaciones sobre los delitos de extorsión y soborno de Lluís Pascual Estevill debían desarrollarse en paralelo a los procedimientos que el representante de CiU en el Consejo General del Poder Judicial tenía abiertos por diferentes jueces en el Tribunal Supremo: la causa por prevaricación, encargada al magistrado Luis Román Puerta Luis, y el sumario por delito fiscal continuado, del que se encargaba el magistrado José Antonio Martín Pallín.

Las denuncias por soborno

Tras meses de negociaciones entre ellos y con los representantes de la Fiscalía Anticorrupción, tres fueron los grupos y los casos que los aliados decidieron denunciar ante el ministerio público: el *caso de los DNI falsos*, en el que el denunciante iba a ser el hijo mayor de José Felipe Bertrán de Caralt, Felipe Bertrán; el *caso Olabarría*, en el que Pedro Olabarría, los hermanos Romero y Enrique Marugán decidieron que el denunciante fuera Lorenzo Rosal, el empresario que entregó 25 millones de

2. Carlos Jiménez Villarejo, como fiscal jefe de la Audiencia de Barcelona, fue el encargado de promover la querella del ministerio público contra Jordi Pujol en 1986 cuando el *president* disfrutaba de su segundo mandato al frente de la Generalitat. Algo que Pujol no ha perdonado ni perdonará nunca.

pesetas (150.000 euros) al hijo de Pascual Estevill en un aparcamiento de la Diagonal de Barcelona, y el *caso Macosa*, en el que el propio Eduardo Santos iba a capitanear a los antiguos consejeros de la compañía a la hora de arrojar luz sobre los acontecimientos de diciembre de 1992. De todo ello fueron informados previamente el jefe de la Fiscalía Anticorrupción, Carlos Jiménez Villarejo, su teniente fiscal, Vicente González Mota, y el delegado de Villarejo en Cataluña, Carlos Ramos. La presencia de Ramos estaba plenamente justificada no sólo porque las primeras denuncias se producirían en Cataluña, concretamente en Barcelona, sino porque todas las tropelías de Pascual Estevill tuvieron lugar en Barcelona. Además, aunque Estevill aún mantenía la situación de aforado en tanto que miembro del Consejo General del Poder Judicial y correspondía al Tribunal Supremo la instrucción de los sumarios contra él, lo avanzado de la causa por prevaricación que instruía el magistrado Luis Román Puerta hacía prever que antes del verano de 1996 el *Lobo* perdería sus privilegios y los sumarios viajarían de inmediato al Tribunal Superior de Justicia de Cataluña, territorio del fiscal Carlos Ramos. La Sala Segunda del Tribunal Supremo había decidido el 28 de marzo que Pascual Estevill se sentaría en el banquillo del Alto Tribunal en junio de 1996 para responder de las acusaciones de prevaricación que habían presentado contra él Lorenzo Rosal, Enrique Marugán, Pedro Olabarría, los hermanos Luis Fernando y José Ignacio Romero y Modesto González Mestres.

Los responsables de la operación de acoso y derribo contra Lluís Pascual Estevill decidieron que las primeras denuncias por extorsión y soborno se presentarían ante el jefe de la Fiscalía Anticorrupción el 12 de abril de 1996. El ministerio público, dada la colaboración que estaban dispuestos a prestar los denunciantes, decidió dar un ritmo vertiginoso a las investigaciones. Antes de que concluyera el mes de abril, la Fiscalía contaba con la parte fundamental de los testimonios que acusaban a Pascual Estevill de extorsión y soborno. El 30 de abril de 1996, la Fiscalía Anticorrupción presentaba el texto original de su querella por cohecho contra Pascual Estevill. El 8 de mayo, la Sala Segunda del Tribunal Supremo admitía a trámite la querella del fiscal. Tan sólo 10 meses y un día después de que se presentaran las primeras denuncias por extorsión, soborno y detención ilegal, Lluís Pascual Estevill ingresaba en prisión preventiva por orden del nuevo instructor de la causa, el magistrado del Tribunal Superior de Justicia de Cataluña Antoni Bruguera a petición del fiscal Carlos Ramos y de la acusación particular que representaba los intereses de los empresarios del grupo Olabarría, encargada al abogado Josep López.

El 12 de abril de 1996 dos empresarios comparecieron ante el fiscal anticorrupción Carlos Jiménez Villarejo, que se había trasladado a la sede de la Fiscalía del Tribunal Superior de Justicia de Cataluña, para denunciar que el magistrado, cuando era juez en Barcelona, les exigió cantidades millonarias a cambio de no dictar autos de prisión contra ellos. Según uno de los testigos, el hijo mayor de Estevill, Javier Pascual, fue quien recibió el dinero.

Villarejo recibió la declaración de Lorenzo Rosal y Felipe Bertrán –hijo de José Felipe Bertrán de Caralt, condenado por estafa por el fraude de los DNI falsos– en la Fiscalía del Tribunal Superior de Justicia de Cataluña. Tras ello se limitó a afirmar que había recibido dos nuevas denuncias contra Estevill y que estudiaría los hechos denunciados.

Rosal relató que aparecía citado como testigo en una querella que presentó Banesto contra los empresarios Pedro Olabarría y Luis Fernando Romero. Estevill era juez sustituto en el

Juzgado de Instrucción número 10 de Barcelona cuando se presentó la citada querella y fue el encargado de instruirla.

Rosal conocía a Estevill, cuando el juez aún ejercía como abogado, y fue una de las personas que forzó su despido de la textil Bertrand Serra. Por esa razón, el fiscal del Supremo considera que Estevill cambió a Rosal la condición de testigo por la de imputado por animadversión.

Rosal relató cómo cuando se presentó en el juzgado a declarar se le acercó una persona a la que no conocía y que le dijo que si pagaba 25 millones de pesetas su problema judicial se solucionaría. El intermediario le indicó, según declaró Rosal, que acudiera con el dinero a una plaza determinada de un aparcamiento en la calle Pau Casals de Barcelona, según el testigo. Tras reunir el dinero, el empresario acudió a la hora pactada al aparcamiento. La persona que le esperaba en el interior de un coche era el hijo mayor de Pascual Estevill, Javier Pascual. Rosal dijo a Villarejo que entregó el dinero y no volvió a ser citado.

Felipe Bertrán también aseguró ante Villarejo que fue objeto de extorsión por parte del entorno de Estevill. Bertrán relató que en dos ocasiones se dirigieron a él distintos emisarios que dijeron actuar en nombre de Estevill y que aseguraron que el problema de la detención de su padre se podía evitar con dinero.

El primer emisario insistió en que sabía cómo se resolvió el *caso Macosa*, en el que estaba imputado el ex subsecretario de Industria Eduardo Santos. Según el relato de Bertrán, el intermediario aseguró que «Santos pagó y el asunto se arregló sin más problemas». El segundo intermediario fijó la cantidad: 300 millones. Los Bertrán decidieron no pagar.

El ex subsecretario de Industria y ex presidente de Materiales y Construcciones SA (Macosa), Eduardo Santos, denunció el 18 de abril, junto a otros ex consejeros de la firma, que el entonces juez Lluís Pascual Estevill le exigió 50 millones de pesetas a cambio de revocar la orden de prisión incondicional que había dictado contra él con motivo del *caso Macosa*.

Santos, que tenía su residencia fijada en Miami, se personó ante el fiscal anticorrupción, Carlos Jiménez Villarejo, para afirmar que Estevill, entonces vocal del Consejo General del Poder Judicial (CGPJ) a propuesta de Convergència i Unió (CiU), es responsable de los supuestos delitos de cohecho y extorsión.

Estevill inició la instrucción del *caso Macosa* en diciembre de 1992. Un grupo de pequeños accionistas de Macosa, una empresa participada por el Banco Central, presentaron una querella por estafa contra Santos y algunos de sus socios. Los inversores denunciaban que el presidente ejecutivo de la sociedad había hecho un *pelotazo* a costa de la empresa.

La querella aseguraba que Santos, junto a otro directivo de la empresa, Federico Albiñana, revalorizaron artificialmente la compañía para especular con las acciones en Bolsa. Estevill imputó una estafa de 1.250 millones de pesetas a Santos y dictó orden de prisión incondicional para Albiñana. Santos ya residía en Estados Unidos y Estevill dictó una orden de búsqueda y captura internacional contra él y su ingreso incondicional en prisión.

Santos relató que personas próximas al juez se dirigieron a sus representantes para, según el relato del financiero, «extorsionarles». Santos aseguró a Villarejo que se les exigió una suma de 50 millones para devolver la libertad a Albiñana y revocar el auto de prisión contra el ex subsecretario.

Según el relato de Santos, los mismos intermediarios, concretamente los abogados Juan Vives Rodríguez de Hinojosa y Juan Piqué Vidal, exigieron una cantidad similar para no implicar en el caso al entonces presidente del Banco Central, Alfonso Escámez. Los ex directivos de Macosa aseguraron al fiscal anticorrupción que se les dio un plazo muy limitado para reunir el dinero y sólo pudieron realizar un pago de 30 millones de pesetas.

Sin embargo, los denunciantes consideran que el pago surtió efecto. Efectivamente, Estevill excarceló a Albiñana después de que el empresario pasara cinco días en prisión. Santos, por su parte, compareció ante Estevill días después, una noche en que el magistrado estaba en funciones de guardia. Sorprendentemente, el magistrado revocó el auto de prisión incondicional y dejó libre a Santos con una fianza de 10 millones de pesetas.

Santos y los ex directivos de Macosa atribuyen al pago que realizaron las rectificaciones del juez Estevill. Tras la comparecencia de Santos, Estevill sólo practicó una diligencia más: citar a Alfonso Escámez como testigo, para inhibirse inmediatamente en favor del Juzgado número 3 de la Audiencia Nacional, el de Miguel Moreiras.

La presentación de la querella de Villarejo contra Lluís Pascual Estevill por varios delitos de extorsión y cohecho el 30 de abril de 1996 sorprendió al aún magistrado y aún vocal del Consejo General del Poder Judicial en la habitación 304 de la exclusiva clínica Teknon de Barcelona, un centro que había contribuido de manera considerable a que se construyera.[3]

El *Lobo* estaba llevando mal la ofensiva del fiscal anticorrupción y de los empresarios a los que había extorsionado y se internó en la clínica para hacer una cura antiestrés. En el momento en el que conoció la noticia de la querella presentada contra él por el fiscal anticorrupción se encontraba disfrutando de uno de sus clásicos Montecristo del número 1,[4] y acompa-

3. Véase capítulo 3, apartado *La clínica intocable.*
4. *El Mundo*, edición del 1 de mayo de 1996.

ñado por uno de sus mejores amigos y colaboradores, el asesor fiscal Antonio Antón Vicente.

Pero Estevill no fue el único sorprendido por el texto de la querella que Villarejo había presentado ante la Sala Segunda del Tribunal Supremo. Algunos de los denunciantes se vieron incluidos en la lista de querellados por el fiscal anticorrupción: los ex consejeros de Macosa Pedro Nueno, Ignacio García Nieto y Nicolás Garrido Berasategui, que habían confirmado y ampliado ante el ministerio público el relato del chantaje a Eduardo Santos, Federico Albiñana y Alfonso Escámez; y Lorenzo Rosal y su amigo y socio Pedro Olabarría. Este último, que sería uno de los primeros en declarar ante el Supremo después de que la querella del fiscal anticorrupción contra Estevill fuera admitida a trámite, expresó su enérgica protesta por ser llamado en condición de imputado en lo que entendía una contravención del pacto al que habían llegado los denunciantes con el ministerio público antes de materializar sus acusaciones. Olabarría y el resto de las víctimas imputadas en la querella contra Pascual Estevill no tardarían en recibir una satisfacción.

La moratoria del fiscal anticorrupción

La entrada en vigor del nuevo Código Penal, que se produjo el 25 de mayo de 1996, debía permitir que salieran a la luz numerosos casos de delitos de cohecho en los que habrían incurrido funcionarios públicos durante los últimos años. La clave para que se produjera esta «revolución» desde el punto de vista penal estaba en el artículo 427 del nuevo Código, que exime del delito de cohecho al «particular que haya accedido ocasionalmente a la solicitud de dádiva o presente realizada por autoridad o funcionario público y denunciare el hecho a la autoridad que tenga el deber de proceder a su averiguación, antes de la apertura del correspondiente procedimiento, siempre que no hayan transcurrido más de diez días desde la fecha de los hechos».

Es decir, que el nuevo Código despenaliza a las «víctimas» del cohecho –el viejo Código no hacía discriminación en cuanto al delito entre las personas que pagaban y las que recibían el dinero o la dádiva, salvo en la pena de inhabilitación, que sólo se imponía al funcionario–, siempre y cuando lo denuncien en un plazo de diez días. Por lo tanto, desde mayo de 1996, la persona que sea inducida a pagar algún tipo de comisión ilegal a un funcionario no será acusada del delito de cohecho si denuncia lo que le ha ocurrido en un plazo de diez días.

El problema surgía cuando se planteaba la situación de los cientos de ciudadanos que hasta ahora habían tenido que «pasar por taquilla» (pagar comisiones ilegales) y que no lo habían denunciado porque, si lo hubieran hecho, ellos también habrían sido acusados de cometer un delito igual que la persona que les exigía dicho pago. Este problema, y otros que plantea la inminente aplicación del llamado Código Penal de la Democracia, fueron estudiados cuatro días antes de la entrada en vigor del Código Penal de 1995, el 4 de mayo de 1996, por la Junta de Fiscales de Sala.

El entonces fiscal general del Estado, Carlos Granados, sometió a la consideración de todos los miembros de la Junta de Fiscales de Sala un borrador de circular, en donde mantenía el criterio de que los particulares que denunciaran en los diez días siguientes a la entrada en vigor del Código Penal haber cometido esos cohechos no deben ser acusados del delito y, por consiguiente, quedarían exentos de la pena. En la Fiscalía Anticorrupción, el órgano al que corresponde investigar estos delitos cometidos por funcionarios públicos, también eran partidarios de que, tras la entrada en vigor del nuevo Código Penal, se considerara que los ciudadanos que denunciaran casos de corrupción de los que hubieran sido víctimas quedaran eximidos de toda condena si lo hacen en ese plazo de diez días, aunque los hechos hubieran sucedido hace varios años.

Juan Ortiz Úrculo, que iba a sustituir en breve a Carlos Granados como fiscal general del Estado y, a la sazón, era miembro de la Fiscalía ante el Tribunal Constitucional y portavoz de la mayoritaria Asociación de Fiscales, señalaba en una ponencia sobre retroactividad en las sentencias: «Parece que una denuncia tras la vigencia del nuevo Código Penal, si no han transcurrido los diez días que se señalan, debería admitirse como causa de exención».

El criterio de Ortiz Úrculo era compartido por la mayoría de los fiscales adscritos a la Fiscalía Anticorrupción, incluido su máximo responsable, el fiscal Carlos Jiménez Villarejo. De hecho, en los próximos días se iba a poner a prueba la aplicación de dicho criterio en una de las causas que instruye la citada Fiscalía. Se trata de una denuncia realizada por Jesús Gil (presidente del Atlético de Madrid) por el pago de unas presuntas comisiones ilegales a cambio de la obtención de licencias para construir en la Costa del Sol.

Por supuesto, la medida que adoptaría la Junta de Fiscales de Sala no provocó la aparición masiva de denuncias de cohecho, y no sirvió para dar respaldo alguno a las denuncias de Jesús Gil. La medida beneficiaba de forma exclusiva a los denunciantes del *caso Estevill*. El 26 de mayo de 1996, al día siguiente de que entrara en vigor el nuevo Código Penal, Villarejo solicitó al Tribunal Supremo que cambiara la condición de imputados por la de testigos a los empresarios que habían denunciado a Estevill. La petición fue atendida inmediatamente.

Cae la máscara

Las denuncias y las declaraciones de los empresarios que habían sido víctimas de las extorsiones del juez Lluís Pascual Estevill, que se concentraron en una sola semana y en días casi consecutivos, el 12 de abril y el 18 de abril de 1996, contribuyeron de manera significativa a cambiar completamente la percepción de la opinión pública sobre la personalidad del «Juez de la Horca». Si hasta entonces la mayor parte del público le percibía como un juez honesto y duro que había metido en vereda a lo más granado y a lo más corrupto de la burguesía catalana, las denuncias por cohecho le situaron en la principal candidatura a la imagen de la corrupción judicial. Las actuaciones por soborno que acometió la Fiscalía Anticorrupción contra Estevill fueron prácticamente públicas. Pero los responsables del ministerio público, conscientes de las repercusiones mediáticas de sus actuaciones contra el «azote de la burguesía» reservaban una sorpresa al *Lobo* para unos días antes de la presentación de su querella por extorsión y soborno.

En el marco de sus actuaciones en la querella por delito fiscal contra Pascual Estevill, la Fiscalía Anticorrupción llevó a cabo una espectacular actuación el 19 de abril de 1996, al día siguiente de que Eduardo Santos y sus hombres presentaran sus denuncias contra el *Lobo*.

DNI falsos y un patrimonio de 500 millones de pesetas

La Policía Judicial registró el 19 de abril de 1996 seis bancos en Barcelona. Y descubrió que Pascual Estevill utilizó números falsos de DNI para ocultar a Hacienda sus millonarias inversiones en pagarés del Tesoro y otros activos. Una de las comisiones judiciales enviada por el Supremo, a petición del jefe de la Fiscalía Anticorrupción, Carlos Jiménez Villarejo, halló una declaración de bienes de puño y letra de Estevill en la que valoraba en 100 millones la finca de Sitges que supuestamente transmitió a un tercero por sólo 500.000 pesetas, según su declaración de Hacienda. Mientras, en otro banco aparecieron pruebas de que cobró 65 millones por esa compraventa.

La comisión judicial, dirigida por el fiscal Víctor Morena, se llevó unas 40 cajas de documentación de la oficina del Banco Bilbao Vizcaya (BBV) sita en el número 468 de la Diagonal. El registro se operó a instancias del fiscal, y la acusación particular requirió si en los archivos del banco figuraban las inversiones opacas a nombre del juez con su correspondiente DNI. El número de este documento, que aparece referenciado en las piezas judiciales como 37.525.708, no era el que figura junto al titular en tres inversiones a nombre del vocal del CGPJ Pascual Estevill.

En uno de esos casos, el juez utilizó el DNI 3.752.578 (es decir, que omitía uno de los números del propio). Otra de sus inversiones opacas aparecía con el número de DNI 666.666, y una tercera inversión encubierta llevaba el número 46.122.922. Paradójicamente, Pascual Estevill fue el juez que instruyó el famoso *caso de los DNI falsos* en los que se emplearon documentos de identidad de pescadores onubenses utilizados como tapadera de inversiones del empresario Bertrán de Caralt en junio de 1993.

También se localizó una cuenta del juez que había negado en sus declaraciones ante la Sala Segunda del Supremo. El BBV ha certificado en autos que abonó en cuentas de Estevill unos 100 millones correspondientes a activos opacos, como pagarés del Tesoro, cesión de créditos y efectos.

En el BCH de Sant Feliu de Llobregat Pascual Estevill tenía en 1993 saldos de 130 millones. En otro de los seis bancos investigados, Caixabank, la comisión judicial halló una declaración de bienes de puño y letra del juez en la que él mismo valoraba en 100 millones de pesetas la finca de Sitges que transmitió como principal activo de la sociedad Pasfranc al matrimonio Rafael Sánchez Samper y Concepción Seguí. En las declaraciones de éstos ante el Supremo, reconocieron que asumieron deudas del juez de las que no conservan comprobantes entre 9 y 11 millones. Otra comisión judicial halló pagarés forales de Estevill en la Caja de Navarra y conminó a sus directivos, que llevaban un año sin atender los requerimientos del Supremo, a entregar otra relación de bienes del juez en diez días.

También en esa entidad se hallaron los comprobantes de pago de 65 millones por la finca de Sitges. Y en el Banco Pastor se encontraron pagarés del Tesoro a nombre de Pascual Estevill. Una de las comisiones se incautó de varios diarios de caja de Lloyds Bank, entidad que afirmó al Supremo que no tiene como cliente al vocal del CGPJ. Otra comisión recabó información sobre cuentas corrientes de Estevill en el Banco Central Hispano.

La comisión que entró en la oficina principal en Caixabank tenía por objeto localizar una declaración de bienes que había remitido de su puño y letra Estevill a la entidad para negociar un cuantioso crédito. Y la localizó. En la declaración «privada» el magistrado reconocía que poseía bienes inmobiliarios por valor de 416 millones de pesetas y acciones por valor de otros 100 millones. Estevill nunca declaró a Hacienda posesiones superiores a los 200 millones de pesetas durante su ejercicio como juez. Además, la declaración no incluía un edificio en la calle Muntaner que adquirió en 1993 junto a procuradores de su juzgado: otros 150 millones. La declaración de bienes fue remitida por Estevill a Caixabank cuando la entidad aún era el Banco de las Islas Canarias (Isbank) y estaba presidida por el financiero Xavier Aguilar, cuyas relaciones con el *Lobo* le iban a causar problemas en el futuro.

El informe que halló el fiscal anticorrupción situaba a Estevill en una más que sólida posición económica. A los bienes valorados en más de 500 millones de pesetas habría que sumar los ingresos por valor de 750 millones que registraron las cuentas del vocal del CGPJ a propuesta de CiU durante su época como juez en Barcelona, según las investigaciones de las acusaciones populares personadas en la causa. La existencia de la relación de bienes llegó por primera vez a los juzgados a través de una denuncia del empresario Enrique Marugán, que presentó una denuncia ante el fiscal general del Estado en la que ponía en conocimiento de Carlos Granados la supuesta declaración patrimonial de Estevill a Caixabank.

Marugán aportaba al fiscal general una copia de la declaración. El documento incluía cinco propiedades inmobiliarias valoradas en su conjunto en 416 millones de pesetas. Además incluía las acciones de sus sociedades patrimoniales, que según la denuncia de Marugán, el propio Estevill valoraba en 21 millones de pesetas. Pero la declaración hacía referencia a diversas participaciones accionariales que cotizan en Bolsa. Entre ellas se encuentran las eléctricas Sevillana de Electricidad, Iberdrola, Unión FENOSA y Fecsa; las químicas Ercros, Carburos Metálicos, Sarrió y La Seda de Barcelona, y el Banco Bilbao Vizcaya y el Central Hispano.

El valor de mercado de esa cartera de participaciones está próximo a los 100 millones de pesetas (600.000 euros). En total, el patrimonio que Estevill declaraba supuestamente a Caixabank en la relación de bienes a la que se refiere Marugán en su denuncia está próximo a los 540 millones de pesetas. En total, aquella comisión judicial no hizo sino confirmar todas las sospechas y las denuncias que se habían presentado por el escandaloso patrimonio del juez Lluís Pascual Estevill.

La destitución provoca el envío de los sumarios a Barcelona

La sentencia emitida por la Sala Segunda del Tribunal Supremo contra Lluís Pascual Estevill el 4 de julio de 1996 en la que le condenaba a una pena de seis años de inhabilitación como juez o magistrado por un delito de «prevaricación continuada en concurso ideal con dos delitos de detención ilegal» fue el último y el más importante de los éxitos que obtuvo durante ese año la *Gran Alianza* (Marugán y su grupo, Eduardo Santos, Alberto Sala y José Felipe Bertrán de Caralt) que se había organizado contra el «Juez de la Horca».

El mismo 4 de julio, el pleno del Consejo General del Poder Judicial aprobó por unanimidad destituir a Pascual Estevill como miembro del órgano de Gobierno de jueces y magistrados. Con ello perdía el fuero especial del que disfrutaba y los otros dos sumarios que se seguían contra él en el Tribunal Supremo, la acusación de extorsión y cohecho y la de delito fiscal, serían enviados a Barcelona, al Tribunal Superior de Justicia de Cataluña –aún gozaba del fuero de magistrado y las causas debían verse en el Tribunal Superior de la comunidad en la que las había cometido, un fuero que no perdería aunque hubiera sido inhabilitado como juez.

La llegada de los sumarios a Barcelona en el mes de septiembre de 1996 centralizó las causas en un solo instructor, el magistrado del Tribunal Superior de Justicia de Cataluña Antoni Bruguera, que iba a trabajar a partir de entonces codo con codo con el delegado de la Fiscalía Anticorrupción en la comunidad catalana, Carlos Ramos. La Sala Civil y Penal del Tribunal Superior de Justicia de Cataluña, a diferencia de la Sala de lo Contencioso, o de las salas homónimas del Tribunal Supremo, se encargaba –y se sigue encargando– de muy pocos asuntos. De manera que el juez Bruguera se iba a poder dedicar de forma exclusiva a la tramitación de los dos sumarios contra su antiguo colega Lluís Pascual Estevill.

Pero la llegada de los sumarios a Barcelona significaba muchas más cosas. Y casi todas ellas negativas para Lluís Pascual Estevill. En Madrid, mientras era miembro del Consejo General del Poder Judicial, gozaba de un cierto anonimato. Ni en la judicatura, ni en la abogacía, ni en los medios de comunicación era especialmente conocido. Algo que en la mayor parte de los casos le beneficiaba.

Sin embargo, en Barcelona era «el juez» por excelencia. Y ahora había quedado al descubierto que sus esfuerzos por aparecer como un justiciero no tenían otro fin que ocultar sus tropelías. Veía como cada mañana le señalaban mientras desayunaba con su amigo Eduardo Bueno en la cafetería Farga, pero ya no con admiración, sino con desprecio. Sus víctimas, con las que coincidía ocasionalmente en la Diagonal de Barcelona, donde mantenía su despacho de abogado, ya no le temían, y le mantenían la mirada cuando se cruzaban con él. Y Villarejo había estrechado el cerco sobre su patrimonio hasta poner en riesgo todo lo que había conseguido en su vida.

Esta vez, la prensa no iba a estar de su parte. Los que en el pasado habían actuado como voceros del *Lobo* habían sido apartados de las informaciones referentes a Lluís Pascual Estevill, o lo que aún era peor para el magistrado, se veían en la obligación de ser más agresivos en las informaciones sobre el «Juez de la Horca», para intentar hacer olvidar su connivencia del pasado. Los diarios de Madrid con ediciones en Barcelona seguían empeñados en desvelar todas las mentiras que ocultaba la toga del *Lobo*.

Además, con el trasiego de las causas entre Madrid y Barcelona, Estevill desatendió la primera comisión rogatoria que había enviado el Tribunal Supremo, a través del magistrado Martín Canivell a Suiza y que se refería sólo a sus eventuales ingresos en el país helvético durante el año de 1990, como consecuencia del «inoportuno» hallazgo realizado por el juez Baltasar Garzón en marzo de 1996. Estevill, que había decidido prescindir de los servicios del siniestro Manuel Cobo del Rosal para dirigir personalmente su propia defensa a través del joven socio de su hijo Javier Manuel Troyano, no recurrió a tiempo al Tribunal Cantonal de Ginebra la solicitud de información realizada por el Supremo español. De manera que, cuando el juez Bruguera, tras hacerse cargo completamente de las dos causas fundamentales del *caso Estevill*, encontró un formidable aliado en el juez de instrucción del cantón de Ginebra (Suiza), que, desde aquel momento se iba a encargar de atender las diferentes peticiones de información de la Justicia española sobre las actividades en el país helvético de Lluís Pascual Estevill y de sus socios y familiares. Ese juez no era otro que Daniel Devaud.

Daniel el Rojo

El magistrado Devaud, conocido en Suiza como Daniel el Rojo por su proximidad a postulados izquierdistas –de extrema izquierda dicen sus enemigos–, ha sido y sigue siendo el encargado de las investigaciones del *caso Estevill* en el país helvético a petición de la Justicia española y de un grupo de particulares que instaron una querella por blanqueo de capitales contra Estevill. Nacido el 31 de octubre de 1952, este barbudo inflexible conocido en Ginebra como Daniel el Rojo, se ha convertido en una de las peores pesadillas de Lluís Pascual Estevill. Accedió a la judicatura en representación de la Alliance de Gauche, los poscomunistas suizos, el 1 de junio de 1996. Ha sido el encargado de tramitar todas las rogatorias que le han enviado el magistrado del

Tribunal Superior de Justicia de Cataluña Antoni Bruguera y el fiscal anticorrupción de Cataluña, Carlos Ramos, sobre Estevill.

Devaud fue una pieza fundamental en el desarrollo de las investigaciones que desenmascararon las actividades de Estevill: desde su puesto de juez de instrucción fabricaba querellas contra empresarios para, una vez admitidas a trámite, extorsionarles con la amenaza de encarcelarles si no hacían millonarios ingresos en sus cuentas suizas. Así, Devaud tomaba la misma senda que ya había emprendido en 1996 su colega suizo Laurent Kasper-Enserment. Enserment aún no había sido elegido juez por los liberales suizos en febrero de 1996. Kasper-Enserment es fiscal de carrera y, por entonces, trabajaba para el *procureur géneral* (fiscal general) Bernard Bertosa. Había sido asignado a la comisión rogatoria que había remitido el titular del Juzgado Central de Instrucción número 5 de la Audiencia Nacional española, Baltasar Garzón. El juez Garzón estaba investigando unas inversiones irregulares del traficante internacional de armas Mosser Al Kassar en un casino de Marbella. Garzón sospechaba que se trataba de una operación de blanqueo de dinero procedente de la venta de armas a Serbia, una actividad expresamente prohibida por la ONU.

Garzón remitió una lista de entidades ginebrinas a Kasper-Enserment y le pidió que identificara a ciudadanos españoles o afincados en España con cuentas en ellas. El entonces fiscal suizo cumplió con su trabajo y remitió una lista de ciudadanos españoles. Entre los titulares de cuentas, concretamente una en la Banque Darier Hentz et Cie. de Ginebra, figuraba un tal Lluís Pascual Estevill.

Pero fue el trabajo de Devaud, en respuesta a la comisión rogatoria enviada por el juez del Tribunal Superior de Justicia de

Cataluña Antoni Bruguera, el que confirmó que los directivos de Idapsa-Phoscao, del grupo Nutrexpa, habían realizado un ingreso de 25 millones de pesetas en la cuenta que Estevill posee en la Banca Darier Hentz et Cie. de Ginebra a cambio de que el ex magistrado no les encarcelara por un caso de fraude fiscal que acabó archivado. La misma cuenta en la Darier recibió un ingreso de 54 millones de pesetas procedente de la eléctrica Fecsa el día que Estevill se comprometía a no incriminar en el *caso Macosa* al ex presidente del Banco Central Alfonso Escámez. Pero eso no se conocería hasta mucho más tarde, durante la semana santa de 1998, porque Estevill ya estaba sobre aviso y, tras el patinazo de Nutrexpa, agotó todas las vías de recurso que ponía a su disposición la jurisdicción suiza.

Esos descubrimientos, con la excepción del primero, llegaron a España tras un penoso y prolongado proceso de recursos: primero ante el propio Devaud, luego ante el Tribunal Cantonal de Ginebra y, finalmente, ante el Tribunal Federal suizo. La legislación suiza protege celosamente el secreto bancario cuando otras jurisdicciones solicitan su colaboración. A pesar de la buena predisposición de Devaud, sus hallazgos tardaron más de un año en llegar a Barcelona.

La imagen de Suiza como santuario de los implicados en los grandes casos de corrupción está empezando a tambalearse. Los responsables: el bufete británico Backer & McEnzie. Los abogados de esa firma encontraron una fisura en el inaccesible sistema judicial suizo para tener acceso a todos los movimientos bancarios de Javier de la Rosa y de KIO. La fórmula, una querella por blanqueo de capitales presentada directamente ante los jueces suizos.

A la vista del éxito, los acusadores del ex juez Lluís Pascual Estevill decidieron copiar la estrategia de los abogados británi cos. Los ingleses lograron la condena del financiero en la Corte Comercial de Londres.

En 1992 se produjo el relevo al frente de la gestión de la Kuwait Investment Office (KIO). Los nuevos gestores no tardaron en darse cuenta de que el que habían designado como «su hermano», su gran apuesta, su hombre en España, era el responsable de la desaparición de cerca de 60.000 millones de pesetas de las arcas del *buque insignia* español de KIO: el Grupo Torras.

Pero cómo probarlo. Era imposible seguirle la pista al dinero cuando atravesaba las fronteras de Suiza. Las investigaciones siempre se encontraban con una pared. Los kuwaitíes apelaron a las diferentes administraciones de Justicia que les amparaban. En España presentaron una querella en la Audiencia Nacional, en diciembre de 1992. Poco después, acudían a la Corte Comercial británica.

Las fórmulas ordinarias, enviar comisiones rogatorias a la Justicia suiza para romper el bloqueo informativo que celosamente establecían las entidades bancarias suizas, eran, en el mejor de los casos, lentas hasta el hastío. La juez Teresa Palacios, titular del Juzgado Central de Instrucción número 3 de la Audiencia Nacional, no recibió los primeros datos de la operación más antigua hasta octubre de 1998, seis años después.

Nick Pearson, el coordinador designado por Backer & McEnzie para la querella de KIO contra De la Rosa y sus antiguos jefes, se encontraba con el mismo problema a primeros de 1998. La vista contra De la Rosa estaba prevista para el último trimestre de ese año. Y los jueces suizos no habían remitido más que una pequeña parte de la información que se les había solicitado.

Ésa continuaba siendo la situación en noviembre de 1998, cuando el juez *Lord of Justice* Jonathan Mance ya había dado comienzo a la vista del juicio civil contra De la Rosa. Sólo unas semanas después, Pearson compareció ante el juez inglés para comunicarle que estaba en posesión de información de sumo interés para el desarrollo del juicio. Había recibido de la Justicia suiza todos y cada uno de los movimientos de las cuentas suizas de De la Rosa y de las cuentas de KIO que controlaba.

Pearson había encontrado la puerta para acceder a la información. Se encargó de presentar una querella por blanqueo de capitales contra el banquero de De la Rosa en Suiza, Yves Byrde, un antiguo empleado de Bankers Trust que más tarde constituyó su propia gestora de fortunas, Gesfinance, básicamente para encargarse de las operaciones del financiero español. Además fue a encontrar un juez en Ginebra que no se iba dejar amilanar por la personalidad de los acusados: Marc Tappolet.

A partir de ahí todo fue rodado. Los principales impulsores de los procedimientos judiciales contra el ex juez Lluís Pascual Estevill, los empresarios Enrique Marugán y Eduardo Santos, vieron cómo se puede desbloquear la información que lleva encallada en Suiza desde 1996, cuando los jueces españoles empezaron a pedir datos sobre el ex magistrado a la Justicia suiza.

Las denuncias de los empresarios ante la judicatura suiza lograron que el fiscal general del cantón de Ginebra, Bernard Bertosa, iniciara un procedimiento criminal contra Estevill por blanqueo de capitales. Bertosa es el *procureur géneral* de la República y del cantón de Ginebra. Nacido el 12 de septiembre de 1942, fue elegido para el cargo por el Partido Socialista el 1 de junio de 1990. Su gestión al frente de la Fiscalía ha contribuido a acabar con el secreto bancario en Suiza en los casos de corrupción y de blanqueo de dinero procedente del tráfico de drogas o de armas.

El juez que entiende del caso es nada menos que el magistrado Daniel Devaud, el mismo que se ha encargado durante los últimos años de investigar por encargo de los jueces españoles los movimientos de las cuentas de Lluís Pascual Estevill en Suiza. Unos datos que hasta ahora no ha podido enviar por las complicaciones del propio sistema judicial suizo.

Pero las partes personadas en la causa por blanqueo de capitales como acusación sí han tenido acceso a buena parte de las informaciones que habían solicitado directamente en el Palacio de Justicia de Ginebra. Enrique Marugán, Eduardo Santos y el abogado Josep López han conseguido descubrir la mayor parte de las cuentas que poseían tanto Lluís Pascual Estevill en el país helvético como las del abogado Juan Piqué Vidal, al que el ministerio fiscal y las acusaciones consideran su principal cómplice, y las innumerables transacciones entre las cuentas del ex juez y del letrado.

También han tenido acceso a la información referente a una cuenta abierta en el Crèdit Suisse de Ginebra en la que figura como titular fiduciario la empresa Vulcano y como titular real el ex *conseller* de Economía y Finanzas de la Generalitat Macià Alavedra. La cuenta fue abierta en 1992 y no ha registrado movimientos significativos. Ninguno vinculado con Estevill. El único movimiento importante que registró fue un ingreso de 11 millones de pesetas en diciembre de 1995, que inmediatamente fue expedido a una cuenta a nombre de la misma sociedad en una entidad de Vaduz, Liechtenstein. Sin embargo, todos los movimientos se produjeron mientras Macià Alavedra era *conseller* del Gobierno de Jordi Pujol.

Pero ya en enero de 1997 la actuación del juez ginebrino Daniel Devaud resultó absolutamente decisiva para la evolución del caso Estevill. El magistrado contaba con que su amistad personal con el propietario del banco suizo Darier, Hentz et Cie., Thierry Kern, le protegería de las exigencias de información que estaba haciendo Devaud sobre los movimientos de su cuenta en la entidad durante el año de 1990. Además estaba preocupado por la posibilidad de que el Juzgado Federal del Distrito Sur de Manhattan admitiera a trámite una demanda por daños morales que había interpuesto contra él Enrique Marugán. De hecho, el *Lobo* centró sus actuaciones en el segundo semestre de 1996 en contratar a los abogados norteamericanos que debían encargarse de su defensa y que le exigían un depósito de 250.000 dólares (unos 60 millones de pesetas de la época). Reunir el dinero a sabiendas de que su patrimonio estaba siendo monitorizado por la Justicia española y por la suiza resultaba un trabajo harto complicado.

Sin embargo, la Banca Darier sí atendió la petición del juez Devaud. Y le confirmó que el 14 de julio de 1990, la compañía holandesa Nutrexpa Maynarco Food Trading realizó un ingreso de 25 millones de pesetas (150.000 euros) en la cuenta RAJ-15.157, con la clave Thierry Kern, de la Banca Darier de la rue de Saussure de Ginebra. El ingreso se produjo dos días después de que Estevill, como titular del Juzgado de Instrucción número 5 de Terrassa, interrogara al patriarca de Nutrexpa, Ignacio Ferrero. Era enero de 1997 y, ante la falta de oposición, Devaud remitió la información a su colega de Barcelona Antoni Bruguera.

¡A LA CÁRCEL!

El 1 de enero de 1996, al menos 18 testigos habían declarado ante diferentes instancias judiciales que el juez Lluís Pascual Estevill exigía y aceptaba sobornos a los empresarios que pasaban por su juzgado a cambio de no encarcelarles. La causa que entonces tramitaba el Tribunal Superior de Justicia de Cataluña

(TSJC) contra el ex juez Lluís Pascual Estevill, por los presuntos delitos de extorsión y soborno, también hizo declarar en diferentes instancias a seis imputados, desde que el Tribunal Supremo admitió a trámite la querella que presentó el fiscal jefe anticorrupción, Carlos Jiménez Villarejo.

Entre esas personas figuraban los principales imputados: el propio Estevill, el abogado penalista Joan Piqué Vidal y los también abogados Juan Vives, padre e hijo. De entre los acusados sólo faltaba por declarar Javier Pascual Franquesa, hijo del ex juez y ex vocal del Consejo General del Poder Judicial.

Al menos 16 de los testigos declararon que Estevill utilizó su posición de juez de instrucción para extorsionar a varios empresarios, con la amenaza de enviarles a prisión si no accedían a sus pretensiones económicas. También dos de los imputados, Juan Vives y su hijo, confirmaron las acusaciones contra Estevill. El ex subsecretario del Ministerio de Industria y ex presidente de Macosa denunció en abril de 1996 ante el fiscal anticorrupción que Estevill les extorsionó a él y a varios consejeros de la empresa. Aseguró que durante la instrucción del *caso Macosa* Estevill encarceló al consejero delegado, Federico Albiñana, y dictó orden de prisión contra Santos, que estaba en Estados Unidos.

Santos aportó varias cintas con conversaciones telefónicas mantenidas por él con los dos Vives, y copias de los cheques que empleó para pagar la fianza de 10 millones que le impuso Estevill. Llevaban una fecha anterior en cuatro días a su personación en el juzgado.

Tres colaboradores de Santos –Nicolás Garrido, Ignacio García Nieto y Pedro Nueno, consejeros de Macosa en aquel momento– y el abogado Jorge Linati confirmaron las acusaciones. Esos ex consejeros aseguraron haber pagado 30 millones de pesetas en el despacho de Juan Vives, siguiendo instrucciones de Piqué Vidal. También dijeron que el juez les había exigido 50 millones más por dejar fuera del caso al ex presidente del Banco Central, Alfonso Escámez. El abogado Juan Vives Rodríguez y su hijo, ambos imputados, reconocieron haber mediado en el pago de las cantidades exigidas a esos consejeros de Macosa por Estevill. Vives admitió haber mantenido reuniones en su despacho con ellos para informarles de la negociación entre Piqué y Estevill. Admitió haberse reunido con Piqué y Estevill en un restaurante de Barcelona para tratar sobre los sobornos. El hijo de Vives reconoció su voz en una de las cintas, en la que él transmitía a Santos las exigencias de Estevill.

Un testigo secreto confirmó buena parte del contenido de las cintas de Santos y la existencia de cheques «anticipados». Con su declaración forzó la citación de Escámez y de Piqué.

El ex presidente del Central siempre negó haber pagado a Estevill. Pero declaró como imputado por garantía procesal. En una de las cintas, Vives padre afirmaba que el fallecido presidente de Fecsa, Luis Magaña, adelantó 50 millones en nombre de Escámez. El instructor del TSJC quería saber si Estevill, Piqué y Escámez se reunieron antes de que este último declarase ante Estevill para preparar su testimonio.

Lorenzo Rosal denunció haber pagado 25 millones al hijo de Estevill para evitar ser encarcelado por el ex juez. Rosal estaba citado como testigo en una querella contra varios empresarios. Estevill le cambió esa condición por la de imputado. En el juzgado alguien le dijo que debía pagar 25 millones en un aparcamiento de Barcelona. Rosal dice que dio el dinero a Javier Pascual. El hermano de Rosal y dos de sus socios, Eduardo Puignou y Pedro Olabarria, confirmaron esas afirmaciones.

El hijo del empresario José Felipe Bertrán de Caralt, condenado por el *caso de los DNI falsos*, Felipe Bertrán, denunció que diferentes emisarios de Estevill le exigieron 300 millones a cambio de no incriminar a su padre, aunque finalmente decidieron no pagar. Un abogado del empresario, Xavier Arraut, aseguró haber sido citado por Piqué en su despacho donde le exigió que pagara esos millones en Suiza al hijo de Estevill. Una abogada compañera de Arraut confirmó esa cita.

Uno de los abogados de Lorenzo Rosal y cuatro de sus compañeros de despacho denunciaron que el intermediario Josep Maria Trullàs les amenazó en nombre de Estevill para que dejaran este caso y convencieran a su cliente de que cambiara sus declaraciones.

El 8 de enero de 1997, prestó declaración en el Tribunal Superior de Cataluña, ante el juez Antoni Bruguera, Javier Pascual Franquesa, el último de los imputados en dar testimonio ante el magistrado instructor. Pero algo más de un mes antes, la familia de Lluís Pascual Estevill cometió un terrible error.

El papel de la familia Pascual

Tras condenar a Pascual Estevill a seis años de inhabilitación por prevaricación continuada en concurso ideal con dos delitos de detención ilegal el 4 de julio de 1996, la Sala Segunda del Tribunal Supremo embargó un edificio de viviendas propiedad del magistrado en el número 106 de la calle Bailén de Barcelona, para responder a las indemnizaciones de carácter civil que el tribunal había otorgado a las víctimas, valoradas en 135 millones de pesetas (810.000 euros).

Sin embargo, como el empresario Enrique Marugán renunció a sus posibles indemnizaciones civiles porque había presentado una demanda por daños morales contra Estevill en Nueva York, las indemnizaciones se vieron sustancialmente reducidas: sólo 11 millones de pesetas. El 27 de noviembre de 1996, Lluís Pascual

Estevill depositó los 11 millones de pesetas en la Sala Segunda del Tribunal Supremo, con lo que los magistrados que le habían condenado levantaron el embargo que pesaba sobre el edificio de viviendas de la calle Bailén de Barcelona propiedad del *Lobo.*

Sólo 16 días más tarde, el 13 de diciembre, el edificio fue vendido a la sociedad Loufa, domiciliada en el número 53 del paseo de Gràcia de Barcelona por 140 millones. La sociedad compradora, que no era otra cosa que una sociedad pantalla del propio Lluís Pascual Estevill, estuvo representada en la operación por su administrador único, Vicente Vidal Jiménez.

La operación de compraventa del edificio de la calle Bailén quedó registrada en el Registro de la Propiedad Inmobiliaria de Barcelona el 27 de enero de 1997. Por esas mismas fechas llegaba al Tribunal Superior de Justicia de Cataluña la primera de las respuestas del magistrado suizo Daniel Devaud: la que confirmaba que la cuenta de Pascual Estevill en la Banca Darier de Ginebra había recibido un ingreso de 25 millones de pesetas el 15 de julio de 1990 en forma de cheque realizado por la filial holandesa de Nutrexpa, Nutrexpa Maynarco Food Trading.

En los días siguientes, y bajo secreto sumarial, el juez Bruguera y el fiscal Carlos Ramos interrogaron a las personas que intervinieron en aquella operación en nombre de Nutrexpa: el patrón, Ignacio Ferrero, y los abogados Juan Córdoba y Juan Velayos. Los testigos confirmaron que se trataba de un soborno a cambio de que Estevill no ingresara en prisión ni a Ferrero ni a otros miembros de su familia. Era el primer cohecho en estado puro que Bruguera y Ramos habían conseguido probar de principio a fin, con pruebas documentales y testificales. Ferrero también confirmó que, por las mismas fechas, había satisfecho una factura de 30 millones de pesetas correspondientes a una minuta del despacho del abogado penalista Juan Piqué Vidal «por una cuestión de marcas».

La acumulación de testimonios que acusaban a Lluís Pascual Estevill, la evidencia de que se estaba desprendiendo de parte de su patrimonio para ocultarlo de la Justicia y la aparición de las primeras pruebas documentales de los sobornos que había recibido Estevill decidieron a Bruguera a convocar la vista del 13 de enero de 1997 en la que se decidió que el *Lobo* ingresara en prisión para pasar 22 meses en el penal y que el abogado Juan Piqué Vidal quedara en una situación de prisión eludible bajo una fianza de 30 millones de pesetas. Pero los restantes miembros de la familia Pascual estaban libres y siguieron actuando por su cuenta para proteger su patrimonio de los jueces.

La mayor parte de los hijos del juez corrupto Lluís Pascual Estevill, que cumple condena en Quatre Camins por delito fiscal, han colaborado en la ocultación del patrimonio del ex magistrado de la Justicia española y de la suiza.

Además del mayor de los vástagos de Pascual Estevill, Javier Pascual Franquesa, que desvió más de 100 millones de pesetas (600.000 euros) desde la cuenta del juez acusado de extorsión y soborno en la Banque Darier Hentz et Cie. de Ginebra a la sucursal de la entidad bancaria en Nassau, la capital de Bahamas, otro de sus hijos, Lluís Pascual Franquesa, también hizo lo propio. Aunque en esta ocasión el lugar de destino no fue el paraíso fiscal caribeño sino el Principado de Andorra.

Según fuentes de la investigación del procedimiento por blanqueo de capitales que se sigue en el cantón de Ginebra contra Lluís Pascual Estevill, antiguo miembro del Consejo General del Poder Judicial a propuesta de Convergència i Unió, Lluís Pascual Franquesa, que como su hermano Javier tenía poderes para extraer dinero de la cuenta Thierry Kern de Estevill en la Banque Darier de Ginebra, ingresó siete millones de pesetas en la cuenta de su padre el 29 de diciembre de 1994, justo un mes después de que su progenitor accediera al Poder Judicial.

Menos de dos años más tarde, cuando los problemas de Lluís Pascual Estevill con la Justicia española empezaban a ser evidentes, su hijo Lluís contribuyó al vaciado de las cuentas suizas del magistrado corrupto. Retiró los siete millones de pesetas y los envió a la cuenta 412926215 de la Banca Mora de Andorra.

Hacía tiempo que los responsables de la investigación sobre el patrimonio de Lluís Pascual Estevill, obtenido en su mayor parte a través de la extorsión a los empresarios que pasaban por su juzgado a los que les exigía cifras millonarias a ingresar en sus cuentas suizas a cambio de no encarcelarles, sospechaban que una parte importante del patrimonio que en su día Estevill había acumulado en Suiza había sido evadido con la colaboración de sus hijos. Contaban con que los destinos del dinero habían sido Nassau y Andorra.

Los datos conseguidos de las entidades suizas por el juez del cantón de Ginebra Daniel Devaud, a instancia de una de las más célebres víctimas de las extorsiones de Estevill, el ex subsecretario de Industria socialista y ex presidente de Macosa, Eduardo Santos, confirman las sospechas de las acusaciones particulares en el *caso Estevill* y del fiscal anticorrupción encargado del caso, Carlos Ramos.

No siempre les resultó tan fácil, y en ocasiones se vieron sorprendidos por la Justicia española. Los responsables de la investigación sobre el patrimonio del ex juez Lluís Pascual Estevill identificaron a uno de los testaferros que utilizó para ocultar su dinero de la Justicia. Estevill se declaró insolvente para no responder a responsabilidades civiles de más de 700 millones fijadas por los tribunales.

El juez Antoni Bruguera tomó declaración al supuesto testaferro que utilizaron el amigo de Estevill José Manuel Prades y el hijo del ex magistrado, Javier Pascual, para ocultar 25 millones de pesetas.

El ciudadano hispanoargentino Miguel Ángel Nelson Falcione se autoinculpó. Y volvió a declarar en calidad de imputado. Nelson afirmó que fue requerido por Prades en Argentina para que volara a Barcelona para hacer un trabajo.

El supuesto testaferro declaró que, llegado a Barcelona, descubrió que el trabajo consistía en abrir cuentas a su nombre en diversas cajas de ahorro, donde se ingresaron cheques del Banco Pastor firmados por Estevill por valor de 25 millones.

El imputado afirmó que cada vez que cobraba los cheques entregaba el dinero a Prades. También afirmó que acompañó a Prades y a Javier Pascual en un viaje a Suiza, donde el hijo de Estevill realizó gestiones bancarias. Prades, que declaró tras Falcione, aseguró que los cheques respondían a una antigua deuda de Estevill con él y negó las afirmaciones del supuesto testaferro sobre el viaje a Suiza. Pascual, que también prestó declaración, fue fiel a la versión de Prades.

Curiosos compañeros de celda

Lluís Pascual Estevill pasó su primera noche en prisión, la del 13 al 14 de febrero de 1997, en la cárcel Modelo de Barcelona. El 14 de febrero, cuando el juez Antoni Bruguera confirmó el encarcelamiento comunicado y sin fianza de Pascual Estevill, el magistrado fue trasladado a la prisión de Quatre Camins, en La Roca del Vallès, en la provincia de Barcelona. Se trata del centro penitenciario más próximo al domicilio de Estevill que cuenta con un módulo de ingresos habilitado para albergar de forma permanente a antiguos miembros de los cuerpos y fuerzas de seguridad del Estado de forma permanente, para evitar que tengan que convivir con presos a los que hubieran perseguido en el pasado. Para, en fin, garantizar su propia seguridad.

Los sindicatos penitenciarios han denunciado que durante su encarcelamiento, Pascual Estevill gozó de varios privilegios que estaban vedados a la mayor parte de los internos. El más importante de ellos: el acceso libre al uso del teléfono. Sin embargo, durante su primer año de encarcelamiento en La Roca del Vallès, Pascual Estevill gozó aún de otro privilegio que fue casual. Su compañero de celda no era otro que el ex inspector de policía Juan José Serantes, antiguo número tres del Grupo de Atracos de Barcelona, tercero en el escalafón detrás del condenado por la primera acción de los GAL, el secuestro del ciudadano francés Segundo Marey, Francisco Álvarez, y de Juan José Argüelles, que abandonó la Policía para fundar la empresa de seguridad Check In, que prestaría lucrativos y abundantes servicios a Javier de la Rosa cuando el financiero se encontraba en la cresta de la ola. Serantes se encontraba encarcelado por un delito continuado de detención ilegal en la persona de su ex esposa y por sus múltiples agresiones a su familia. De carácter violento, Serantes es un individuo que infunde miedo. Sin embargo, con Estevill entabló una amistosa relación que le llevó a ser su protector mientras coincidieron en el mismo centro penitenciario. De hecho, mientras Estevill compartió celda con Serantes, mantuvo el ánimo firme y no dio muestras del comportamiento depresivo que había tenido en algunos momentos de la operación judicial puesta en marcha para cazarle. Sin embargo, cuando Serantes dejó de ser su compañero, Estevill se hundió, y empezó a abandonarse a la depresión. A pesar de que pronto iba a hacer aparición en Quatre Camins, y en el mismo módulo de ingresos, el que había sido durante años superior de Serantes, Francisco Álvarez, para cumplir los escasos meses de condena que tuvo que pasar en la cárcel por su participación en el secuestro de Segundo Marey.

9

Las responsabilidades

> Si algún día se encontrara alguna alta responsabilidad política [en el *caso Estevill*], estoy seguro de que no sería de CiU.
>
> JORDI PUJOL, en el Parlament de Catalunya (19 de febrero de 1997)

> Matadlos a todos. Dios ya distinguirá a los suyos.
>
> SIMON DE MONFORT a sus tropas en la toma de Montsegur en 1209. Asesinaron a 20.000 personas

Cumplió fielmente su cometido. Si la misión de Lluís Pascual Estevill, cuando fue promocionado a vocal del Consejo General del Poder Judicial por Convergència i Unió en noviembre de 1994, era ser el oscuro enviado de Jordi Pujol para recordar a los dirigentes del PSOE que estaban en sus manos, el magistrado cumplió perfectamente su misión.

Cuando Estevill llegó al Consejo, éste debía nombrar al presidente de la Sala Segunda del Tribunal Supremo, la que se iba a encargar de juzgar el primer sumario de los GAL, el secuestro del ciudadano francés Segundo Marey. Los vocales nombrados a propuesta de la mayoría relativa socialista tenían un candidato, José Jiménez Villarejo. Los conservadores nombrados por el PP tenían su propio candidato, el ultraconservador Fernando Cotta, mucho más peligroso, a entender de los jurisconsultos conservadores, para los acusados encabezados por el ex ministro José Barrionuevo y por el secretario de Estado para la Seguridad Rafael Vera. El voto de Estevill sirvió para que el elegido fuera Cotta.[1] Pero Pujol iba a pagar un elevado precio por tener a su hombre en el Consejo General del Poder Judicial.

Si el motivo para nombrar al *Lobo* miembro del CGPJ fue el consejo que recibió de dirigentes de Convergència como Miquel Roca o Macià Alavedra, en el sentido de que la burguesía que había vuelto la espalda a Pujol agradecería que fuera promocionado para apartarle de su instrumento de tortura, su Juzgado de Instrucción, el error fue mayúsculo. Porque esa misma burguesía, desde entonces, no dejó de apreciar la connivencia existente entre Pascual Estevill y CiU.

Las primeras exigencias de responsabilidades al Gobierno de Jordi Pujol por las trapisondas de Lluís Pascual Estevill llegaron el 4 de julio de 1996, cuando el Tribunal Supremo condenó al *Lobo* a seis años de inhabilitación por un delito de prevaricación continuada y dos de detención ilegal.

Nada más conocerse la condena impuesta por el Supremo a Pascual Estevill, llegaron los primeros ataques de la oposición al *president*. El 5 de julio, 24 horas después de que se conociera por los medios de comunicación la sentencia, Pasqual Maragall,

1. Finalmente, el retraso en el procedimiento hizo que Fernando Cotta tuviera que jubilarse antes de que la Sala Segunda viera la causa por el secuestro de Segundo Marey. Entonces, finales del año 96, los representantes de CiU en el Consejo votaron a favor del candidato socialista, José Augusto de Vega, el mismo que había condenado a Pascual Estevill por prevaricación. Entonces gobernaba el PP con el apoyo de CiU. Sin embargo, la condena para los ex altos cargos socialistas fue impuesta por De Vega en un honroso ejercicio de independencia política.

por su cuenta, sin el respaldo de su partido, exigía a Pujol una explicación plausible. El entonces vicepresidente de Iniciativa per Catalunya, Joan Saura, afirmaba que existían asuntos que impedían a CDC censurar al magistrado y Esquerra Republicana lamentaba que CiU no hubiera entonado un *mea culpa*. El PP, tras el comportamiento en el Consejo General del Poder Judicial de la que ya era su ministra de Justicia, Margarita Mariscal de Gante, y de sus vocales José Luis Manzanares y Andrés de la Oliva, guardó un más que oportuno silencio.

Pujol tardó en romper su silencio e intentó dejar pasar la tormenta sin pronunciarse. Sólo algunos de los dirigentes de Convergència conocidos especialmente por «ir por libre», como el diputado en el Congreso por Girona Joaquim López de Lerma, se atrevieron a reconocer públicamente que su partido había cometido un error al proponer a Lluís Pascual Estevill como vocal del Consejo General del Poder Judicial.

Finalmente, el 8 de julio de 1996, Jordi Pujol, que se encontraba de viaje oficial por Québec, la provincia francófona e independentista de Canadá, eligió la norteña población de Tadoussac para contestar a las diferentes acusaciones que había recibido por la condena de Pascual Estevill por el Supremo. Pero no fue precisamente para entonar un *mea culpa*. El presidente de la Generalitat se negó a asumir en solitario las responsabilidades políticas del nombramiento de Lluís Pascual Estevill como vocal del Consejo General del Poder Judicial. Pujol recordó en Tadoussac que la propuesta de CiU de elevar a Estevill al órgano de Gobierno de jueces y magistrados fue consensuada por todas las fuerzas políticas. «Si fue un error –aseguró aquel día Pujol– fue un error compartido por todo el mundo.» El *president* insistió en recordar que el nombramiento se hizo con la unanimidad de todas las fuerzas políticas y quiso recordar que si algún partido se hubiera opuesto, la promoción no se habría producido.

La indignación provocada por las declaraciones de Pujol en el resto de fuerzas políticas españolas fue tal que llegó a obligar a pronunciarse al entonces presidente del Congreso de los Diputados y hoy ministro de Defensa, Federico Trillo. El presidente del Congreso no dudó en recordarle a Pujol que «el partido que propuso a Estevill para el Consejo del Poder Judicial sabía de sobras que tenía varias causas pendientes cuando decidió incluirlo en la lista».

La corta tormenta veraniega por la condena de Estevill por prevaricación concluyó con un rifirrafe entre el líder de los democristianos de Unió, Josep Antoni Duran Lleida, y el que ya era en la práctica ex dirigente de CiU, Miquel Roca, y que, como presidente del grupo parlamentario de la coalición nacionalista en Madrid, fue el encargado de proponer el nombre de Lluís Pascual Estevill al resto de las fuerzas políticas con representación en el Congreso de los Diputados. Duran decidió engrosar la exigua lista de dirigentes nacionalistas dispuestos a asumir que el nombramiento de Estevill para el Consejo General del Poder Judicial fue un error. Algo que, según Roca, sólo hizo «para quedar bien». Con ese último enfrentamiento interno terminó la corta tormenta veraniega que provocó la primera condena contra Lluís Pascual Estevill. Pero no iba a ser la última gran polémica parlamentaria en torno al nombramiento del *Lobo* por CiU para el Consejo General del Poder Judicial. Y las siguientes sí se iban a cobrar bajas en las filas de la formación de Pujol.

Convulsión en el Parlament

Ni siquiera el ingreso en prisión preventiva de Lluís Pascual Estevill el 13 de febrero de 1997 sirvió para que Jordi Pujol admitiera públicamente que CiU había cometido un craso error al promocionar al magistrado para el Consejo General del Poder Judicial. El 14 de febrero de 1996, el secretario general de Convergència Democràtica de Catalunya (CDC), a la sazón Pere Esteve, aunque extendió la responsabilidad al resto de partidos políticos, admitió que existían «elementos para pensar que hubo un error en la designación» de Lluís Pascual Estevill como candidato al Consejo General del Poder Judicial.

Pujol, desde Bruselas, donde acudía a una reunión de la Asamblea de Regiones Europeas, no tardaba en enmendar la plana a su secretario general para afirmar que no podía «considerarse un error». «Hay cosas que no serían un error en un determinado momento pero vistas cuatro años más tarde lo serían si se volviera a tomar la misma decisión», se justificó el presidente de la Generalitat.

José Borrell, que entonces sólo era diputado socialista y estaba lejos de convertirse en efímero candidato del PSOE a la presidencia del Gobierno, a pesar de que tenía mucho que callar por su relación con algunos de los más insignes miembros del Clan de los Mentirosos de Pascual Estevill, se atrevió a rechazar la técnica de los nacionalistas catalanes de extender la responsabilidad a todas las fuerzas políticas presentes en el Congreso de los Diputados en noviembre de 1994, cuando se nombró a Estevill consejero del Poder Judicial. «Pujol impuso como *conditio sine qua non* la presencia de Pascual Estevill en el Consejo General del Poder Judicial, para desbloquear el órgano de gobierno de los jueces. Los socialistas votaron a favor de la elección porque Pujol se puso cabezón y no quedó más remedio si queríamos que se constituyera el Consejo. Pero es responsabilidad única y exclusiva de Jordi Pujol», sentenció aquel día Borrell.

La oposición pide responsabilidades

En el pleno del Parlament del 20 de febrero de 1997, los socialistas pusieron la directa decididos a acorralar a Jordi Pujol con las relaciones entre CiU y el recientemente encarcelado magistrado Lluís Pascual Estevill, promovido por los nacionalistas al Consejo General del Poder Judicial.

Pujol insinuó en la sesión de control parlamentaria que puede haber alguna «alta responsabilidad política» implicada en el nombramiento y posterior mantenimiento del ex juez Lluís Pascual Estevill como vocal del Consejo General del Poder Judicial. Pujol mantuvo un enfrentamiento dialéctico con el presidente del grupo del Partit dels Socialistes (PSC), Joaquim Nadal, que le preguntó por qué Convergència i Unió «insistió tanto» para que Pascual Estevill ocupara una de las vocalías del órgano de gobierno de los jueces en noviembre de 1994.

Nadal quiso saber «qué méritos técnicos» tenía Estevill y por qué CiU no reconoce ahora que se equivocaron en su momento. Pujol le contestó con una amenaza velada, advirtiéndole que el suyo no es el único partido que debe asumir responsabilidades por este caso y recordándole que el PSC se destacó en su día por aplaudir «entusiastamente» alguna de las decisiones de Estevill, en referencia al auto de prisión contra Jordi Planasdemunt, ex consejero de Economía. El presidente catalán aseguró que en su partido están «muy tranquilos» y a continuación deslizó su particular aviso: «Si algún día se encontrara alguna alta responsabilidad política, estoy seguro de que no sería de CiU».

Los líderes de la oposición comentaron a la salida del pleno que de las palabras de Pujol se desprendía una amenaza sin un destinatario claro. No obstante, un alto dirigente de una de las formaciones de la oposición observó que las insinuaciones de Pujol llevaban una importante carga de profundidad contra el

Partido Popular. La entonces ministra de Justicia, Margarita Mariscal de Gante, y el ex vicepresidente del Consejo General del Poder Judicial José Luis Manzanares, fueron acérrimos defensores de la permanencia de Pascual Estevill en el órgano de gobierno de la judicatura hasta que fue condenado por prevaricación por el Tribunal Supremo.

La cobardía de Rafael Ribó

Durante los meses que siguieron a aquel pleno del Parlament de Catalunya del 20 de febrero de 1997, las acusaciones sobre el *caso Estevill* contra el Gobierno de la Generalitat personalizadas en Jordi Pujol no cesaron. Pujol se defendió con autoridad e incluso se permitió salpicar a la Fiscalía de Cataluña con sus insinuaciones. Pujol siempre aducía que Carlos Jiménez Villarejo, que había sido fiscal jefe del Tribunal Superior de Justicia de Cataluña, y su teniente fiscal y sucesor en Barcelona, José María Mena, habían aplaudido en el pasado muchas de las iniciativas del *Lobo*. Pujol también defendió que cuando fue propuesto para el Consejo, Estevill era miembro de la Academia de Jurisprudencia de Cataluña. Omitía, eso sí, que fue él mismo quien pidió a Juan Vives Rodríguez de Hinojosa que lo introdujera.

Los molestos debates parlamentarios en torno al nombramiento de Pascual Estevill no habrían sido una gran preocupación para Jordi Pujol si no hubiera sido por dos cuestiones. La primera era que Pujol sabía hasta qué punto estaba implicado en el caso su consejero de Economía, Macià Alavedra. Y la segunda, que entre los más destacados líderes de la oposición como azotes de Pujol en el *caso Estevill* estaba el entonces presidente de Iniciativa per Catalunya, Rafael Ribó, que desde siempre ha tenido la virtud o el defecto de sacar al *president* de sus casillas. Pero Pujol no sabía hasta qué punto podía estar tranquilo respecto a la actitud de Ribó. El líder izquierdista nunca pretendió que sus ataques al Ejecutivo de Pujol fueran algo más que retóricos.

A finales del mes de marzo de 1996, mucho antes de que Pascual Estevill fuera condenado por el Tribunal Supremo, e incluso antes de que los primeros empresarios empezaran a presentar denuncias por extorsión y cohecho contra el magistrado ante la Fiscalía Anticorrupción, el redactor jefe de información política de *El Mundo* en Barcelona, Antonio Galeote, recibió una llamada en la redacción del presidente de Iniciativa per Catalunya, Rafael Ribó. El dirigente poscomunista quería que Antonio y el autor de este libro nos reuniéramos con él en la sede de Iniciativa, en el número 2 de la calle Ciutat de Barcelona, para tratar de algunas informaciones sensibles que relacionaban a Lluís Pascual Estevill con el entonces *conseller* de Economía y Finanzas de la Generalitat catalana, Macià Alavedra. Antonio y yo aceptamos de inmediato la invitación con la ingenua idea de que Ribó disponía de información sensible que pensaba suministrarnos.

Cuando llegamos a la calle Ciutat y fuimos conducidos al despacho del presidente de Iniciativa, enseguida nos percatamos de lo equivocadas que eran nuestras expectativas del encuentro. Ribó no sólo no tenía información alguna que suministrarnos, sino que pretendía que se invirtieran los papeles: que fuéramos nosotros los que le aportáramos informaciones sensibles que no estuvieran aún en condiciones de ser publicadas para convertirlas en iniciativas parlamentarias que nos permitieran convertirlas en noticia.

Ribó sabía que Antonio y yo andábamos embarcados en el ímprobo trabajo de hallar las vinculaciones que hubieran podido haber en el pasado entre Lluís Pascual Estevill y Macià Alavedra. Lo sabía porque nosotros no habíamos dejado piedra por remover y nunca nos habíamos ocultado. Hasta el momento sólo disponíamos de una denuncia que había presentado Enrique Marugán ante el fiscal general del Estado, en la que informaba a Carlos Granados de la reunión que había tenido lugar entre Estevill, Magaña y Alavedra el 14 de diciembre de 1992 con Alfonso Escámez horas antes de que el banquero prestara declaración ante el Juzgado de Instrucción número 26 de Barcelona. La denuncia también informaba de la reunión que se mantuvo en casa de Macià Alavedra en noviembre de 1993 entre Juan Piqué Vidal, José María Amusátegui y Pascual Estevill para tratar del encarcelamiento de los directivos del grupo asegurador del entonces BCH. La denuncia había sido admitida a trámite sólo parcialmente y era más que dudoso que las reuniones de Alavedra con Estevill estuvieran incluidas en la parte admitida. Así que sólo podíamos intentar confirmarla a través de los asistentes, que, hasta aquel momento, mostraban un mutismo absoluto.

Ribó nos pidió una copia de la documentación de la que disponíamos sobre las reuniones con Estevill en las que había participado Macià Alavedra y se comprometió a formular una pregunta parlamentaria a Jordi Pujol con el objetivo de que pudiéramos publicar la existencia de las reuniones.

–Os llamará mi principal colaborador en asuntos relacionados con la corrupción política, Sebastià Guirado, para que podamos coordinarnos en el futuro –nos aseguró Ribó antes de dar por concluida la reunión.

Transcurridos diez días desde el encuentro que habíamos mantenido Antonio y yo con Ribó, no habíamos recibido llamada alguna del tal Guirado. De manera que decidimos que fuera yo quien le llamara a él. Cuando descolgó el teléfono, sabía perfectamente quién era yo y para qué le llamaba. Pero más que reticente, se mostró absolutamente decepcionante:

–Es que este Marugán y su grupo no son trigo limpio, ¿sabes? –me dijo Guirado–, y no queremos que una iniciativa parlamentaria nuestra tenga que ver con este tipo de gente –concluyó antes de colgar.

Decepcionados, Antonio y yo olvidamos completamente el asunto. Y no lo habríamos vuelto a recordar si no fuera porque el propio Rafael Ribó nos lo recordó transcurrido algo menos de un año.

A finales de febrero de 1997, Antonio volvió a recibir una llamada de Ribó. Quería que nos volviéramos a reunir, aunque en esta ocasión en el Parlament. Alfonso Escámez ya había sido llamado a declarar en el marco de la instrucción de la causa por extorsión y soborno que tramitaba el juez Antoni Bruguera contra Pascual Estevill. Sus intenciones eran las mismas que 11 meses antes.

Antonio y yo acudimos a la reunión. Cuando llegamos al Parlament y subíamos las escaleras que dan acceso a los despachos de los grupos parlamentarios, encontramos a Ribó en animada conversación con el presidente del grupo socialista, Joaquim Nadal. Nos resultó evidente que el presidente de Iniciativa había propiciado que Nadal nos viera llegar y acompañar a Ribó a su despacho.

El presidente de la coalición ecosocialista volvió a hacernos la oferta que nos lanzó en marzo de 1996. Era como si no recordara que le habíamos entregado la documentación un año antes. De hecho se la volvimos a entregar, pero ya no albergábamos esperanza alguna de que tuviera capacidad para hacer nada.

El 6 de marzo de 1997, conseguimos por nuestros propios medios la declaración que había realizado Escámez ante el juez Bruguera, en la que reconocía haber cenado en el Hotel Ritz de Barcelona en compañía de Macià Alavedra, Luis Magaña y Lluís Pascual Estevill la noche previa a su declaración ante el *Lobo*, que tuvo lugar el 15 de diciembre de 1992 a las 10 de la mañana. Publicamos la información el 7 de marzo. Y no volvimos a tener noticias de Ribó.

Macià Alavedra presenta la dimisión

–Tú eres un justiciero –le dijo Macià Alavedra a Antonio Galeote al final de la reunión, se volvió hacia mí y me señaló con el dedo–, pero tú tienes mal fondo.

Era la tarde del 6 de marzo de 1997. Habíamos tenido acceso a la declaración que había prestado Alfonso Escámez ante el instructor del *caso Estevill*, Antoni Bruguera, el 19 de diciembre de 1996, en la que admitía que el 14 de diciembre de 1992, 11 horas antes de prestar declaración ante Lluís Pascual Estevill por el *caso Macosa*, cenó en el Hotel Ritz de Barcelona en compañía de Macià Alavedra, Luis Magaña y el propio juez Estevill. Bruguera tenía pruebas, cuando menos testificales, de que Estevill había recibido 130 millones de pesetas a cambio de «arreglar» el *caso Macosa*. El «arreglo» incluía no involucrar a Escámez en el caso y someterle, en el peor de los casos, a un interrogatorio amable. Así fue, amable, el interrogatorio al que Estevill sometió a Escámez el 15 de diciembre de 1992.

Gracias a nuestro compañero en la redacción de *El Mundo* en Madrid, José María Zavala, biógrafo de Alfonso Escámez y amigo personal del banquero, pudimos confirmar la historia por boca del propio Escámez.

Antonio y yo acudimos al despacho de Alavedra después de que nos citara allí tras telefonearle para pedirle su versión de la información que íbamos a publicar en la edición de *El Mundo* del 7 de marzo de 1997.

Alavedra fue amable, amenazante, duro, apeló a una supuesta amistad personal que Antonio y yo nunca habíamos mantenido con él e incluso llamó por teléfono a Alfonso Escámez y conectó el altavoz del aparato. Por suerte para nosotros, el viejo banquero de Águilas le confirmó su declaración ante el juez Bruguera y la conversación que había mantenido horas antes con José María Zavala. Cuando abandonamos el Departamento de Economía dejábamos atrás a un Macià Alavedra iracundo. Mientras volvíamos a la redacción del diario, Alavedra telefoneó al entonces director de *El Mundo* en Cataluña, Albert Montagut, y al director del periódico, Pedro J. Ramírez. Para decepción del consejero de Economía, ninguno de los dos accedió a aplazar la publicación del reportaje.

El 7 de marzo de 1997, el día que *El Mundo* publicó el reportaje sobre el encuentro de Escámez con Alavedra y Estevill, se celebraban en el Hotel Gran Sitges de la localidad barcelonesa las Jornadas Círculo de Economía, una de las más concurridas citas para la elite económica de Barcelona. *El Mundo*, como el resto de los periódicos españoles, envió 200 ejemplares para que los asistentes a las jornadas pudieran leerlos gratuitamente. Al cabo de una hora, el paquete con los ejemplares del periódico había desaparecido. El director del hotel telefoneó al periódico y habló con el director general, entonces Jeroni Roca, que inmediatamente envió un taxi con otros 200 ejemplares.

El que fuera consejero de Economía y Finanzas del Gobierno de la Generalitat de Cataluña durante ocho años (de 1989 a

1997), Macià Alavedra, cayó finalmente del Gobierno de Jordi Pujol el 24 de julio de 1997. El presidente catalán, Jordi Pujol, confirmó ese día su relevo y anunció que la semana siguiente designaría un sustituto para el cargo. Finalmente el sustituto fue Artur Mas, que inició así la fulgurante carrera política que le condujo a ser designado *conseller en cap* de la Generalitat y candidato de CiU a la presidencia del Gobierno catalán en las elecciones autonómicas de 2003.

El anuncio público de su dimisión se produjo tres días después de que trascendiera la declaración de Alavedra ante el juez Antoni Bruguera por el caso Estevill. El *conseller* Alavedra agradeció el mismo 24 de julio, a través de un comunicado, la «confianza» y «colaboración» que había encontrado en sus compañeros de filas, en Convergència Democràtica, y justificó su decisión, largamente meditada, para «contribuir a la renovación que ha emprendido mi partido y que necesita la sociedad». Alavedra, sin embargo, conservó su acta de diputado autonómico y siguió formando parte de los máximos órganos de dirección del CDC.

El 23 de abril de 1997, durante la celebración de Sant Jordi, Macià Alavedra confirmó que su salida estaba «muy cercana» y que su intención era «retirarse del primer plano político». Oficialmente, Pujol explicó desde Stuttgart que hacía «dos o tres años» Alavedra le había trasladado su intención de abandonar la cartera de Economía. El plazo que ambos convinieron en 1996, según relató el *president*, estaba entonces a punto de expirar: la salida se produciría antes de agosto de 1997. Iniciativa per Catalunya y Esquerra Republicana no dudaron en atribuir la dimisión de Alavedra a sus implicaciones en procesos judiciales. Rafael Ribó, presidente de IC, instó a Pujol a explicar si el relevo del *conseller* «tiene o no tiene que ver» con su reciente declaración ante el instructor del *caso Estevill*.

El dirigente de ERC, Joan Puigcercós, relacionó la salida de Alavedra con «los casos de Jordi Planasdemunt y Javier de la Rosa». «Nadie ha entendido por qué Pujol fue tan duro con Josep Maria Cullell y en cambio tan transigente con Macià Alavedra», afirmó. Los socialistas se limitaron a interpretar el suceso como un síntoma de la «parálisis» y la «falta de ideas» del gobierno de Pujol.

En medios políticos y en el propio entorno de CDC se especulaba desde hacía tiempo con la salida de Alavedra. Ya en las anteriores elecciones autonómicas, destacados halcones de CDC se manifestaron en contra de que el histórico dirigente del partido ocupara el número dos de las listas. La defenestración política del consejero Alavedra tomó cuerpo cuando en noviembre de 1995, tras emprender su quinto mandato, Pujol colocó a Xavier Trias al frente de Presidencia, y traspasó a este departamento el control del gasto de la Administración catalana, un área tradicionalmente adscrita a Economía.

El anuncio del relevo de Alavedra se produjo tres días después de que trascendieran sus contactos con Estevill. El magistrado del Tribunal Superior de Justicia de Cataluña Antoni Bruguera, encargado de las investigaciones sobre Estevill, interrogó la primera semana de julio a Alavedra sobre el encuentro que éste mantuvo con el juez y con Escámez la noche antes de que Estevill tomara declaración al banquero por el *caso Macosa*.

Un conseller *llamado a declarar*

«Si algún día se encontrara alguna alta responsabilidad política [por el caso Estevill] estoy seguro de que no será de CiU.» La contundente sentencia es del presidente de la Generalitat, Jordi Pujol. La pronunció ante el pleno del Parlament de Catalunya del 19 de febrero, seis días después de que el Tribunal Superior de Justicia de Cataluña (TSJC) encarcelara al ex juez Lluís Pascual Estevill, acusado de extorsión y soborno. A pesar de la rotundidad de la respuesta de Pujol al presidente del grupo parlamentario socialista en la cámara catalana, Joaquim Nadal, los hechos han demostrado que estaba equivocado. Tanto Convergència Democràtica de Catalunya (CDC) como el Consell Executiu desvincularon la dimisión del *conseller* Macià Alavedra, el 24 de julio, del *caso Estevill*. Sin embargo, la salida de Alavedra del *Govern* se producía dos días después de que trascendiera que había comparecido ante el instructor del caso, el magistrado del TSJC Antoni Bruguera.

Macià Alavedra compareció como testigo el 18 de junio y el 9 de julio para ser interrogado sobre los contactos que mantuvo con el ex juez durante la instrucción de los casos que reportaron a Estevill mayores botines producto de sobornos.

Desde que en 1995 un particular denunciara ante el fiscal general del Estado uno de los encuentros, hasta que Alavedra testificó, el ex *conseller* pasó un auténtico *via crucis* para evitar que los encuentros fueran publicados por la prensa. Alavedra los negó hasta que fue interrogado por Bruguera.

Pujol y Alavedra aseguraron, en el momento que el ex responsable de Economía abandonaba el *Govern*, que su salida había sido pactada un año antes. Por aquellas fechas, el Tribunal Supremo admitía a trámite la querella del fiscal anticorrupción contra Estevill por soborno e incorporaba a la causa aquella vieja denuncia de 1995.

En febrero de 1997, cuando Pujol se sacudía, amenazante, las responsabilidades del *caso Estevill*, la oposición había exigido explicaciones al *Consell Executiu*: fue CiU quien, en noviembre de 1994, aupó al juez corrupto por antonomasia al Consejo General del Poder Judicial (CGPJ). El presidente catalán permitió que se quemara una de las figuras políticas de mayor peso de su gabinete. La oposición pareció darse por satisfecha con la intervención de Pujol en febrero. Sólo el presidente de Iniciativa per Catalunya (IC), Rafael Ribó, anima de vez en cuando a investigar las conexiones de Alavedra y CiU con Estevill, aunque IC no ha presentado una sola iniciativa parlamentaria solvente sobre la cuestión.

El ex *conseller* sólo admitió las reuniones ante el juez. Macià Alavedra, admitió, en las declaraciones que prestó en calidad de testigo ante el Tribunal Superior de Justicia de Cataluña (TSJC) por el *caso Estevill* –el 18 de junio y el 9 de julio– que había participado en dos reuniones en las que también intervino el ex magistrado. Las reuniones se mantuvieron en las fechas en las que Estevill estaba extorsionando y exigiendo sobornos a algunos empresarios que también participaron en ambos encuentros.

Hasta el 18 de junio de 1997, Alavedra negó siempre haber participado en esas reuniones. De hecho, la primera denuncia que se refería a estos hechos fue presentada por un particular ante el fiscal general del Estado en 1995. El entonces fiscal general decidió archivar la parte de la denuncia que se refería a la reunión, aunque decidió investigar las cuentas de Estevill, investigación que se sumó a las diligencias por delito fiscal que también se siguen contra el magistrado en el Tribunal Superior.

Enrique Marugán, que fue quien presentó la denuncia, aseguraba haber recibido un anónimo –remitió una copia al fiscal general– que relataba que el 6 de noviembre de 1993, Alavedra recibió en su casa a Estevill, al abogado penalista Juan Piqué Vidal, al fallecido presidente de Fecsa Luis Magaña, al presidente del Banco Central Hispano (BCH) José María Amusátegui, y a varios directivos regionales de la entidad de crédito.

Sorprendente rogatoria

Las tribulaciones de Macià Alavedra causadas por el caso Estevill no concluyeron ni con sus declaraciones ante el juez Antoni Bruguera ni con su dimisión como consejero de Economía y Finanzas del Gobierno de Jordi Pujol.

El juez Bruguera volvió a situar al ya ex *conseller* de Economía de la Generalitat, Macià Alavedra, en el ojo del huracán el 19 de diciembre de 1997. En un escrito, remitido al juez Devaud del cantón de Ginebra por fax, Bruguera pedía a Suiza datos que aclararan si Estevill entregó a Alavedra parte del dinero que recibió el ex magistrado en sus cuentas suizas como soborno.

El magistrado daba así curso a una petición del delegado de la Fiscalía Anticorrupción en Cataluña, Carlos Ramos, y amplió la comisión rogatoria que había remitido a Suiza para investigar las cuentas del ex juez Lluís Pascual Estevill.

Alavedra, que entonces era presidente de Autopistes de Catalunya (Aucat), declaró al autor su «sorpresa» por la decisión del magistrado. El ex consejero del Gobierno de Jordi Pujol manifestó: «Sólo se me ocurre pensar que esta decisión se toma para aclarar definitivamente la cuestión; en ese sentido estoy tranquilo porque sé perfectamente que la investigación demostrará que no he tenido nada que ver con el caso».

El dirigente de Convergència Democràtica de Catalunya (CDC) mantuvo la condición de testigo en el sumario. El escrito del fiscal pedía a las autoridades suizas que informen sobre las transferencias, salidas o reintegros que partieron de las cuentas que Estevill posee en el banco ginebrino Darier et Cie. y cuyo destinatario fuera Macià Alavedra.

El fiscal basaba su petición en las declaraciones que prestó ante el TSJC el propio Alavedra –el 18 de junio y el 9 de julio–; el entonces presidente del Banco Central Hispanoamericano (BCH), José María Amusátegui; el ex presidente del Banco Central, Alfonso Escámez; el presidente de Cepsa, Carlos Pérez de Bricio, y Antoni Piñol, ex secretario del abogado penalista Juan Piqué Vidal.

Con la salida de Alavedra, Pujol lograba alejar del *Consell Executiu* a una persona salpicada por el *caso De la Rosa* y a la que el *caso Estevill* acabaría estigmatizando.

De un plumazo, el *president* lograba además acallar las exigencias de responsabilidades a Convergència y a la Generalitat por haber elevado a Estevill al Consejo General del Poder Judicial en 1994, cuando en buena parte de la clase política y empresarial catalanas ya se conocía la operativa del ex magistrado. Con el sacrificio de Alavedra, Pujol le responsabilizaba de un nombramiento en el que el ex *conseller* no había tenido prácticamente nada que ver.

En el entorno de Alavedra se considera que el ex *conseller* ha sido víctima de su propia eficiencia política. En 1991, cuando la norteamericana Anheuser Busch anunció que se retiraba del proyecto de construcción de un parque temático en Tarragona, Alavedra asumió las negociaciones con el financiero Javier de la Rosa para que sustituyera a los estadounidenses, a pesar de que la misión correspondía al Departamento de Comercio y Turismo. El fantasma de De la Rosa le ha perseguido desde entonces. Como el de Estevill con el que las mismas fuentes aseguran que entró en contacto para calmar sus furias contra la burguesía catalana.

Los cuadros de Doris Malfeito

Durante las dos primeras semanas de septiembre de 1999, y a petición del fiscal anticorrupción Carlos Ramos, el instructor del *caso Estevill* en el Tribunal Superior de Justicia de Cataluña, Antoni Bruguera, decretó el secreto de las actuaciones y citó por dos veces a declarar a la pintora Doris Malfeito. Juez y fiscal querían comprobar si eran ciertas las informaciones anónimas que habían llegado a la Sala Civil y Penal del Tribunal Superior y que afirmaban que el Banco Central Hispano, presidido por José María Amusátegui, había comprado todos los cuadros que componían una colección de la pintora que tuvo lugar en noviembre de 1993 en el Hotel Juan Carlos I de Barcelona tan sólo unos días después de que tuviera lugar una reunión en casa de Macià Alavedra a la que asistieron el propio Amusátegui, el entonces presidente de FECSA, Luis Magaña, el abogado penalista Juan Piqué Vidal y el juez Lluís Pascual Estevill. Antes de la reunión Estevill había encarcelado a los principales directivos del grupo de aseguradoras del Banco Central Hispano. Días después de la reunión los dejó en libertad.

Doris Malfeito, además de una reputada pintora catalana, es la esposa del ex consejero de Economía de la Generalitat Macià Alavedra. Los responsables de la investigación del *caso Estevill* querían saber si con esa compra masiva de cuadros de su esposa, el BCH estaba agradeciendo a Alavedra su mediación en las negociaciones con Estevill que concluyeron con la excarcelación de los directivos de las aseguradoras del banco.

Las informaciones que hubieran podido llegar a la Fiscalía o a la Sala Civil y Penal del Tribunal Superior de Cataluña estaban sin duda basadas en una leyenda muy extendida en Barcelona que aseguraba que para comprar el favor de Macià Alavedra había que «pasar por taquilla» adquiriendo alguno de los lienzos pintados por Doris Malfeito. Fue un chasco para Bruguera y para Ramos comprobar que ni siquiera se podía acreditar la existencia de la exposición que supuestamente tuvo lugar en el Hotel Juan Carlos I de Barcelona.

Las cuentas del Barça

El financiero Xavier Aguilar, que ocupa el cargo de tesorero en la junta directiva del Fútbol Club Barcelona, se encontró por sorpresa en septiembre de 1999 sospechoso de haber ayudado al ex juez Lluís Pascual Estevill a ocultar su patrimonio de la Justicia. Los responsables de la investigación del *caso Estevill* localizaron al menos 15 millones de pesetas que pudieron ser desviados por Aguilar a través de una cuenta suya y de otra del propio Estevill, para evitar la acción de la Justicia española sobre el patrimonio del ex magistrado.

La razón esgrimida por Bruguera para imputar al financiero en el *caso Estevill* fue la de «actuar en connivencia y colaboración» con el ex juez en la comisión de delitos de cohecho.

El tribunal quería investigar qué papel jugaba Aguilar en la trama de extorsiones a empresarios que capitaneaba el propio Estevill y contaba con la colaboración del penalista Juan Piqué Vidal.

Aguilar, por su condición de directivo de una entidad bancaria, manejaba abundante información financiera de carácter confidencial. Aguilar, que fue imputado por el instructor del *caso Estevill*, el magistrado del Tribunal Superior de Cataluña Antoni Bruguera, recibió un ingreso de 15 millones de pesetas en una cuenta de la Banca Darier de Ginebra que procedía de otra cuenta en la misma entidad propiedad de Lluís Pascual Estevill. El encargado de realizar la transacción fue el suizo Thierry Kern, el gestor de la cuenta suiza de Estevill.

Aunque Aguilar, en su declaración ante el Tribunal Superior el 2 de julio de 1997 –entró a la Sala Civil Penal como testigo y salió como imputado–, se negó a contestar si en algún momento había intercambiado depósitos en Suiza con Estevill, los investigadores ya tenían constancia de que tenían dos cuentas en la misma entidad y de que se habían producido movimientos cruzados.

Aguilar había entregado 15 millones de pesetas, en metálico y con anterioridad, a Estevill en España, para que el ex magistrado no se viera en la obligación de realizar movimientos en Suiza o de entrar el dinero por la frontera española mientras sus movimientos estaban siendo controlados por la Justicia.

Estevill y Aguilar eran viejos conocidos. Coincidieron, al menos en el primer curso, en la Facultad de Derecho de la Universidad de Barcelona. Posteriormente, cuando Aguilar fundó el Banco de las Islas Canarias (Isbank), que hubo de ser rescatado por La Caixa por indicación del Banco de España, la entidad se convirtió en una de las instituciones de cabecera del ex magistrado.

Hasta el punto de que Estevill suministraba a Isbank información que ocultaba a Hacienda. El fiscal anticorrupción, Carlos Jiménez Villarejo, localizó una declaración de bienes remitida por el propio Estevill, en un registro practicado en Caixabank, la entidad en la que se convirtió Isbank tras ser absorbido por La Caixa, en la que el ex magistrado admitía poseer un patrimonio de más de 500 millones de pesetas. En sus declaraciones al Fisco, nunca admitió haber poseído más de 70 millones.

Xavier Aguilar no brilló en su etapa como banquero. Su experiencia al frente del Banco de las Islas Canarias no fue positiva para el currículo profesional del banquero. La entidad tuvo que ser rescatada por La Caixa poco antes de hundirse. A pesar de ello, la entidad y el propio Aguilar adquirieron un renombre considerable en Canarias, donde la imputación del financiero en el *caso Estevill* ha sido muy comentada. Aguilar mantiene el archipiélago como una de sus principales zonas de influencia, donde mantiene negocios inmobiliarios y de diversa índole.

Tras su salida del Isbank, ha centrado sus actividades en empresas de seguridad privada y en la gestión de algunos fondos de inversión. Su empresa de seguridad, Seguridad 7, fue adquirida por el grupo sueco Securitas. En el negocio de los fondos de inversión estaba asociado a la familia Suqué, según datos del Registro Mercantil, propietaria del grupo Casinos de Cataluña. Sus relaciones, tanto de negocios como sociales, siempre se han mantenido en el filo de la navaja. Además de con Estevill y con la familia Suqué, en el pasado había cultivado sus relaciones con el también financiero Javier de la Rosa.

Aguilar atribuyó su implicación en el *caso Estevill* a la traición de dos personas que formaron parte de su entorno más inmediato: su ex mujer y un amigo común que mantuvo con el ex juez Lluís Pascual Estevill, el empresario Luis de Patricio. «Todo se debe a un lío de faldas, yo apenas he tenido relación con Estevill.» Aguilar asegura que su ex mujer denunció que él poseía una cuenta en Suiza que recibió ingresos procedentes de cuentas de Estevill y convenció al tribunal de que era un cómplice del ex magistrado.

El financiero siempre ha mantenido que está inmerso en un proceso de divorcio traumático y que su ex esposa le exige cantidades millonarias que él no piensa atender. La implicación de Aguilar en el caso, que no tiene relación alguna con su cargo en la junta del FC Barcelona, hizo temer en determinados momentos al entonces presidente del club, el constructor Josep Lluís Núñez, que si inmovilizaban las cuentas de Aguilar en Suiza por orden del Tribunal Superior, la Justicia podía dar con alguno de los instrumentos que el Barça utilizaba en los traspasos de jugadores.

El financiero, en declaraciones al autor, admitió que en 1992 recibió en una cuenta en la Banca Darier Hentz et Cie. de Ginebra 15 millones de pesetas procedentes de un depósito en la misma entidad propiedad de Estevill. Sin embargo, negó que en el momento de recibir el dinero conociera su procedencia. Aguilar asegura que, en 1992, cuando aún presidía el Banco de las Islas Canarias (Isbank), que acabó absorbido por La Caixa, decidió colocar en Suiza 15 millones que la que entonces era su mujer había obtenido de la liquidación de un negocio de decoración.

Entonces, siempre según el financiero, se puso en contacto con Luis de Patricio para llevar a cabo la operación: Aguilar entregaría los 15 millones de pesetas a De Patricio en Barcelona. Posteriormente, lo acompañó a Ginebra, donde Aguilar abrió una cuenta a su nombre y al de su mujer en la Banca Darier. De Patricio se encargó de que Aguilar recibiera los 15 millones de una cuenta de la misma entidad. La cuenta era la de Estevill. Aguilar negó conocer al ex juez más allá de los encuentros que había mantenido con él en Isbank, del que el entonces juez era cliente.

El financiero mantuvo un careo con De Patricio el 8 de julio. El amigo de Estevill negó las afirmaciones de Aguilar, pero el fiscal pidió al juez que lo desimputara. Dos días después, el juez denegó la petición hasta no conocer la «razón real del pago». Xavier Aguilar rechazó haber mantenido relación social alguna con Lluís Pascual Estevill en el pasado. El ex presidente del Banco de las Islas Canarias asegura que coincidieron en la Facultad de Derecho en el primer curso, pero insiste en afirmar que tras aquel primer contacto, Estevill «desapareció». «Nos lo encontramos en quinto como profesor nuestro porque él había terminado la carrera en sólo dos o tres años», añadió. El tesorero del FC Barcelona mantiene que no volvió a tener contacto alguno con Estevill hasta que, cuando Aguilar presidía Isbank, le reconoció como uno de los accionistas de la perfumera Myrurgia que acudía al banco para negociar créditos para la compañía.

Tras vender el banco a La Caixa, Aguilar asegura que no volvió a mantener un solo contacto con Estevill, a pesar de que su ex mujer hubiese declarado ante el Tribunal Superior de Justicia de Cataluña que banquero y magistrado cenaban a menudo en el domicilio del financiero. En el careo, Aguilar logró convencer al juez y al fiscal porque finalmente decidieron desimputarlo en la causa.

Sin embargo, Aguilar sí mantuvo relaciones con otros miembros del Clan de los Mentirosos. Aparece vinculado al club de Bolsa de los ex responsables de Hacienda en Barcelona Ernesto Aguiar y Josep Maria Huguet y el inspector acusado de cohecho Álvaro Pernas. Xavier Aguilar es presidente de Valores Mediterráneos (Vamesa), cuyo accionariado está controlado en un 55 por ciento por personas y sociedades de la familia Suqué, propietaria de Casinos de Cataluña-Inverama. Fuentes próximas a Aguilar afirman que el financiero mantiene una vieja relación con la familia Suqué, que ostenta una presidencia no ejecutiva y que en las asambleas de accionistas sólo recibe información del gestor de los fondos de inversión de Vamesa, Gaesco.

Vamesa está domiciliada en el número 17 de la Vía Augusta de Barcelona, el centro de operaciones del inspector de Hacienda Álvaro Pernas, expedientado y suspendido tras ser acusado de extorsión por tres empresas de Barcelona y conocido por sus actividades bursátiles. Las conexiones con Pernas van más lejos. Una de las pocas personas con poderes para actuar en nombre de la compañía que no pertenece al consejo de administración de la firma es Jesús García Algora. El nombre de este gestor aparece en numerosas ocasiones en el entramado de sociedades vinculado tanto a Álvaro Pernas como al ex director general de Hacienda Ernesto Aguiar, y el ex inspector jefe en Cataluña Josep Maria Huguet.

10

Alienígenas sobre Quatre Camins

> La nave de Ryan empezó a descender. Se hallaba sobre Ciudad Cuatro. La nave se posó a los cuatro segundos sobre el tejado en su imponente residencia privada en el centro de la ciudad. Ryan saltó al suelo y se dirigió al ascensor. Un momento después, entró en sus aposentos y se dirigió a la habitación de Jon.
>
> PHILIP K. DICK, «El mundo de Jon», relato en *La segunda variedad*

La vida penitenciaria del ex juez Lluís Pascual Estevill estuvo plagada en su primera fase –desde el 13 de febrero de 1996 hasta el 22 de diciembre de 1997– de sobresaltos. Tras ser encarcelado por extorsión y soborno, trasladado de prisión al año de su encarcelamiento por un supuesto e inverosímil intento de evasión, también se vio involucrado en un caso de revelación de documentos secretos.

Las denuncias sobre irregulares tratos de favor prestados al magistrado presentadas por los sindicatos de prisiones, toda una selecta y abundante fuente de rumores sobre presuntas y nunca probadas excarcelaciones irregulares de Estevill con la única misión de seguir de cerca la «disolución» de su patrimonio o bien reunirse con su familia para almorzar en la Fonda Europa, cercana a Quatre Camins, cuando no para visitar selectos prostíbulos o para reunirse con amigos de toda la vida a los que hacía tiempo que no veía, han formado parte de la historia oficiosa de las fabulaciones en torno al primer encarcelamiento de Pascual Estevill.

Sin embargo, en su segundo paso por la prisión, que se inició el 11 de noviembre de 2001, después de que el Tribunal Supremo ratificara la condena de siete años de prisión por delito fiscal que le había impuesto la Audiencia de Barcelona en enero de 1999, ha sido completamente anodino. Estevill se dirigió por iniciativa propia a Quatre Camins en esta segunda ocasión e ingresó por su propio pie en una prisión que ya conocía. Pero vale la pena hacer un repaso de las leyendas que generaron el primer encarcelamiento de Pascual Estevill, que duró 22 meses.

Los numerosos dobles del ex juez

Nadie había visto por la calle en tantas ocasiones por Barcelona y sus alrededores a Lluís Pascual Estevill cuando se encontraba en libertad. Sin embargo, a partir de su primer encarcelamiento preventivo el 13 de febrero de 1997, empezaron a aparecer testigos que afirmaban haber visto a Pascual Estevill en lugares tan comunes como el restaurante Via Veneto, uno de los cuarteles generales del que se supone su cómplice, Juan Piqué Vidal; en el interior de algún autobús, a pesar de su preferencia por su lujoso Jaguar; la esposa de un conocido relaciones públicas de Barcelona jura y perjura que a finales de 1997 se cruzó con él en una céntrica librería de Barcelona.

Oficialmente, durante el encarcelamiento preventivo que sufrió Estevill en Quatre Camins desde el 14 de febrero de 1997 –la primera noche la pasó en la Modelo de Barcelona–, el magistrado sólo fue excarcelado para ser llevado ante el magistrado del Tribunal Superior de Cataluña Antoni Bruguera, instructor de su caso, y, en una ocasión, para visitar a su psiquiatra en la clínica Teknon de Barcelona.

Sin embargo, algunas de las versiones que afirmaban que Estevill estaba siendo excarcelado de forma ilegal y discrecional ofrecían cierta credibilidad y llegaron a ser investigadas por la Fiscalía Anticorrupción.

El puente aéreo

Una de las denuncias que recibió la Fiscalía Anticorrupción sobre una presunta excarcelación irregular de Lluís Pascual Estevill afirmaba que el ex magistrado había volado de Barcelona a Madrid y de regreso de Madrid a Barcelona en el puente aéreo de Iberia el 15 de octubre de 1997, cuando se encontraba internado en Quatre Camins. La salida del centro penitenciario no constaba en los registros del penal. Nadie la había autorizado. Sin embargo, la denuncia, que nunca llegó a comprobarse y, por tanto, todo hace presumir que era falsa, ofrecía tantos detalles del vuelo de vuelta a Barcelona que la hacían tremendamente verosímil.

La denuncia anónima en cuestión situaba a Pascual Estevill en el puente aéreo de Madrid a Barcelona del 15 de octubre de 1997 a las 19.30. Los denunciantes aseguraban que Estevill iba acompañado de una persona que parecía encargada de su custodia.[1]

1. *El Mundo* del 25 de febrero de 1998.

A partir de la denuncia se inició una investigación no oficial que no llegó a esclarecerla de forma determinante. En aquellos días, el instructor del caso Estevill, Antoni Bruguera, ofició a la prisión de Quatre Camins una orden que solicitaba una copia del libro de cancelas –el registro donde deben constar las entradas y salidas del centro penitenciario– donde, obviamente, no aparecía salida alguna de Lluís Pascual Estevill fechada el 15 de octubre de 1997.

Sin embargo, otras fuentes apuntaron que las investigaciones llegaron más lejos y que permitieron establecer que en aquel vuelo viajaba un funcionario autonómico de prisiones y que responde a las siglas C. G. R. y cuyo billete fue expedido al mismo tiempo que el de un tal Jesús Antonio Rivera.

Esas mismas fuentes sospechan que el nombre del tal Rivera podría tratarse de un alias bajo el que Estevill ocultaba su identidad. Los responsables de esta investigación no oficial localizaron al menos a dos de los pasajeros que viajaban en aquel vuelo del puente aéreo. Uno de ellos, que responde a las iniciales J. I. al parecer reconoció en privado haber visto una persona a la que identificó como Estevill a bordo de aquel avión, pero se negó a mantener la misma afirmación ante el Tribunal Superior catalán.

El otro viajero, que responde a las iniciales L.T. fue contactado por el autor. Al ser preguntado si recordaba haber visto a una persona que respondiera a la descripción de Lluís Pascual Estevill dio muestras de un gran nerviosismo y se negó a continuar con la conversación. No negó, sin embargo, en ningún momento que le hubiese visto.

En aquel vuelo también viajaban la entonces ministra de Educación y Cultura, Esperanza Aguirre, y el periodista radiofónico Luis del Olmo. Este último también fue interrogado por el autor en relación con la presencia de Pascual Estevill en el vuelo del puente aéreo del 15 de octubre de 1997. Negó rotundamente haberle visto.

El Banco Popular

Una de las cuestiones que trajo de cabeza al delegado de la Fiscalía Anticorrupción en Barcelona, Carlos Ramos, durante los 22 meses que duró el primer encarcelamiento del ex juez Lluís Pascual Estevill residía en una serie de documentos aportados por la oficina principal del Banco Popular en Barcelona.

La documentación aportada por el banco informaba de una serie de movimientos realizados en días distintos de diferentes meses, todos ellos en ventanilla y en metálico, ya fueran ingresos o retiradas de efectivo. Los papeles aseguraban que los movimientos habían sido realizados por el titular de la cuenta. Pero la cuenta tenía un único titular, Lluís Pascual Estevill, que se encontraba encarcelado en el momento que se realizaron las operaciones bancarias.

Como quiera que dos de los hijos del magistrado, Lluís y Javier, recibieron poderes para operar con las cuentas bancarias de Pascual Estevill, la única explicación plausible a los movimientos realizados por el titular de la cuenta era que los hubiera realizado alguno de sus hijos autorizados por el *Lobo*. Pero la sombra de la duda no se ha despejado ni, probablemente, se despejará.

Una «fuga» precipitada a Lleida

El 20 de febrero de 1998, el Departamento de Justicia de la Generalitat decidió trasladar a Estevill de la prisión de Quatre Camins, en La Roca del Vallès, a la de Ponent, en Lleida, alegando un supuesto intento de fuga del ex magistrado. Estevill pasó en la prisión de Ponent exactamente un mes. El 20 de marzo de 1998, fue devuelto sin explicaciones a Quatre Camins.

A su regreso a Quatre Camins Estevill sí tenía acceso a los planos del centro penitenciario en el que estaba encarcelado gracias a una serie de decisiones del propio departamento de Justicia, de los Mossos d'Esquadra y del titular del Juzgado de Instrucción número 11 de Barcelona. Tres instituciones que deberían haber velado por que los planos de Quatre Camins se mantuvieran en el más absoluto secreto, especialmente para los reclusos.

En las semanas previas al traslado de Estevill a la prisión de Ponent, se habían intensificado en medios judiciales las especulaciones sobre supuestos tratos de favor recibidos por el ex magistrado en Quatre Camins.

Después de un mes en el centro penitenciario de Lleida, Estevill fue devuelto a Quatre Camins, antes incluso de que la Fiscalía archivara la investigación abierta para esclarecer su supuesto intento de fuga. Había quedado claro que la versión oficial ofrecida por la Generalitat para ordenar el traslado del preso no se sostenía. Una explicación que se fundamentaba únicamente en una llamada anónima recibida por el servicio central de información de los Mossos d'Esquadra, sobre cuya existencia dudan algunas fuentes próximas a la investigación.

Cuando fue devuelto a Quatre Camins, Estevill presentó una querella por denuncia falsa contra quien fuera el responsable de la llamada anónima a los Mossos que alertaba de su supuesto intento de fuga. Una querella que abrió a Estevill las puertas de información secreta vedada al resto de los ciudadanos.

Los planos de la prisión de Quatre Camins acabaron formando parte de la causa como prueba de la acusación. Estevill como querellante tiene pleno acceso a toda la documentación que obra en el juzgado.

Cuando *El Mundo* adelantó que el ex juez Estevill está en posesión de los planos de la prisión de La Roca del Vallès, el Departamento de Justicia tuvo una reacción airada. Emitió una nota en la que desmentía haber reconocido que Estevill estuviera en posesión de los planos de Quatre Camins. Justicia obviaba en su nota, sin embargo, la conversación mantenida entre este rotativo y un portavoz oficial del departamento antes de la publicación de la información. El portavoz en cuestión admitió que un recluso podía «estar en posesión de los planos» de la prisión de Quatre Camins si se entiende como tales «un dossier genérico editado por el propio departamento con motivo de la inauguración de la prisión en 1989». La conversación, que daba a entender que el «dossier» era poco más que un folleto que describía las características generales del centro penitenciario sin entrar en detalles indignó al sindicato USOC-prisiones, mayoritario en Quatre Camins, que emitió una nota al mismo tiempo que Justicia hacía lo propio.

Los representantes de los funcionarios de prisiones acusaban en su nota a Justicia de comprometer la seguridad del centro penitenciario y de sus empleados. La razón: el «dossier genérico» era en realidad un libro de 84 páginas que fue editado lujosamente con una tirada de 2.500 ejemplares y que fue entregado a cuanta persona asistió a la jornada de puertas abiertas inaugural de la prisión. En las 84 páginas, además, Justicia desgrana concienzuda y detalladamente cada una de las alas de la prisión con sus planos correspondientes. El libro, además, no resultó difícil de conseguir para este diario como demuestra el gráfico que ilustra esta información.

Pero el comunicado de Justicia ofrecía más información. Aseguraba que de «la investigación preliminar se desprende que ni el señor Estevill ni su abogado han aportado los planos a la querella». Efectivamente es así. Fue la división central de información de los Mossos d'Esquadra, la unidad de elite de la policía autonómica, la que aportó los planos a la causa sin el más mínimo reparo, atendiendo a la petición de Estevill, que les fue transmitida por el juez.

El titular del Juzgado de Instrucción número 11 de Barcelona, Francisco González Maíllo, se resistió inicialmente a tramitar la querella de Estevill contra sus supuestos denunciantes porque, según informó él mismo a la Sala de la Audiencia de Barcelona, es amigo del ex magistrado como consecuencia de haber coincidido con él en los juzgados de Terrassa y Barcelona.

Cuando finalmente admitió a trámite la querella, dio curso a todas las peticiones de Estevill, incluidas solicitar al de la división central de información y a la fiscalía del Tribunal Superior de Justicia de Cataluña todas las diligencias relacionadas con la investigación del supuesto intento de evasión del que fuera vocal del Consejo General del Poder Judicial a propuesta de CiU.

Pero mientras el jefe de la fiscalía, José María Mena, se limitó a enviar un escrito de cuatro páginas en las que se limitaba a informar al juez de la apertura de las diligencias y de su intención de archivarlas, el jefe de la división central de información de los Mossos, Joan Carles Molinero, remitió al juzgado, y con ello a Estevill, toda la documentación recabada por los agentes que debían velar por la seguridad del centro penitenciario. Molinero remitió al juzgado un total de 79 páginas que incluyen, además de los planos, un exhaustivo informe del subdirector de régimen interior de Quatre Camins que indicaba cinco posibles itinerarios alternativos para fugarse de la prisión. Toda esa documentación ya está en poder de Estevill, porque el juez González Maíllo no decretó el secreto de las actuaciones hasta julio de 1998 y las diligencias se abrieron en abril.

La policía autonómica catalana aportó documentación diversa a la causa abierta tras la admisión a trámite de la querella presentada por Lluís Pascual Estevill. El ex juez presentó una querella por considerar que las imputaciones que se le hicieron en el sentido de que había proyectado su fuga de la prisión de Quatre Camins podrían constituir un delito de acusación y denuncia falsa.

Lo que ocurre es que, en lo que podría llamarse un efecto no previsto, la información aportada por los Mossos d'Esquadra a la causa abierta en el Juzgado de Instrucción número 11 de Barcelona proporcionó además otro tipo de quebraderos de cabeza al Departamento de Justicia de la Generalitat.

Y es que, según los datos que se contienen en la información aportada al sumario por la policía autonómica catalana, podría deducirse que son efectivamente ciertas las sospechas existentes en el sentido de que Estevill estuvo recibiendo trato de favor durante su estancia en la prisión de Quatre Camins.

Los Mossos remitieron, entre la abundante documentación aportada a las diligencias, el listado de las visitas recibidas por Lluís Pascual Estevill en la prisión de Quatre Camins. En dicho listado se contiene asimismo la descripción del tipo de visita y la duración de la misma. Salvo que se produjera un error mecanográfico, el ex juez Estevill recibió diversas visitas en régimen de «vis a vis» cuyo número supera el máximo establecido a este respecto por el reglamento penitenciario. El citado reglamento establece un máximo de dos horas para este tipo de visitas, es decir, 120 minutos.

Pero ocurre que en el listado aportado por los Mossos d'Esquadra sobre las visitas recibidas por Estevill aparece al menos un «vis a vis» de una duración de 300 minutos. También aparecen varios que superan los 200 minutos. La nota difundida por el Departamento de Justicia también insistía en que el ex magistrado recibía un trato que es «exactamente igual al del resto de los internos».

Libertad bajo fianza

Las navidades de 1998 apiadaron al juez del Tribunal Superior de Justicia de Cataluña (TSJC) Antoni Bruguera, instructor del *caso Estevill*. El magistrado dictó el 21 de diciembre de 1998 un auto por el que decretaba la libertad condicional bajo fianza de 100 millones de pesetas para el ex juez Lluís Pascual Estevill, encarcelado desde el 13 de febrero de 1997 acusado de varios delitos de extorsión, soborno y detención ilegal.

Sin embargo, Estevill no pudo abandonar inmediatamente la prisión de Quatre Camins, en la que se encontraba confinado, porque, aunque hubiera pagado inmediatamente la fianza, existía contra él otra orden de prisión provisional por una causa en la que se le acusa de delito fiscal, y que ya ha sido recurrida por los abogados del ex magistrado. La Audiencia de Barcelona había decidido celebrar el juicio por ese caso el 17 de enero de 1997.

Sin embargo, tras la decisión del juez Bruguera, la Audiencia de Barcelona acabó revocando también la orden de prisión que pesaba contra el ex magistrado por la acusación de delito fiscal. En el auto emitido por el TSJC en el que el tribunal decretaba la libertad bajo fianza de Estevill, Bruguera afirmaba que había decidido revocar la orden de prisión por iniciativa propia. Invocaba para ello el artículo 528 de la Ley de Enjuiciamiento Criminal, que mantiene que «la prisión provisional sólo durará lo que subsistan los motivos que la hayan ocasionado», a pesar de que en el mismo documento judicial el magistrado admite que «persiste el riesgo de fuga».

Bruguera justificaba lo cuantioso de la fianza por «la gravedad de los hechos que se atribuyen al señor Pascual Estevill, la indudable pérdida de arraigo del mismo tras el escándalo producido por el conocimiento público de los hechos que se le imputan, y la probable tenencia por él de medios económicos en el extranjero que podrían auspiciar y amparar su huida». En cualquier caso, el magistrado instructor decretó una serie de medidas para conjurar el riesgo de fuga. Así, Bruguera ordenaba a Estevill que, tras depositar la fianza, se presentara en la Sala de lo Civil y de lo Penal del TSJC los martes de cada semana, así como que entregara su pasaporte al hacer efectiva la fianza acordada. Bruguera también ordenaba que se notificara el auto de libertad bajo fianza a las fuerzas de seguridad del Estado, para que impidieran que Estevill pudiera abandonar el país.

Al día siguiente, el 22 de diciembre de 1998, la Audiencia de Barcelona revocó a primera hora de la mañana la orden de prisión que había decretado contra Lluís Pascual Estevill. Sus familiares acudieron a la Sala Civil y Penal del Tribunal Superior de Justicia de Cataluña con un aval bancario de 100 millones de pesetas respaldado por el amigo del ex magistrado Eduardo Bueno y, antes de la hora de comer, Estevill se encontraba en su casa de la calle Emancipación de Barcelona. Pero sus tribulaciones judiciales estaban lejos de acabar.

Juicio por delito fiscal

La importancia y la gravedad de la causa que seguía el Tribunal Superior de Justicia de Cataluña contra Lluís Pascual Estevill por varios delitos de extorsión, cohecho y detención ilegal hacía en determinados momentos olvidar que, como el mafioso italonorteamericano Al Capone, el *Lobo* inició su caída por no portarse bien con Hacienda. La primera de las causas penales que se abrieron contra Estevill fue la que le acusaba de varios delitos fiscales cometidos entre 1988 y 1993.

Los sumarios que afectaban a Lluís Pascual Estevill y que se habían abierto en el Tribunal Supremo viajaron al Tribunal Superior de Justicia de Cataluña en septiembre de 1996. Eran dos las causas abiertas, la que se tramitaba por delito fiscal y la que investigaba las acusaciones de extorsión, soborno y detención ilegal. Aunque en un primer momento se asignaron ambos casos al magistrado del Tribunal Superior Antoni Bruguera, la Sala Civil y Penal rectificó inmediatamente y asignó a otro magistrado para tramitar el sumario por delito fiscal: Luis María Díaz de Valcárcel. Las causas quedaban incardinadas por la presencia en ambas como representante del ministerio público del fiscal anticorrupción de Cataluña, Carlos Ramos.

A pesar de que la causa no era tan espectacular, Díaz de Valcárcel llevó a cabo una instrucción rigurosa y, de hecho, fue el primero en imponer a Pascual Estevill una fianza de responsabilidad civil –Bruguera no lo hizo hasta diciembre de 1997, en un auto que exigía una fianza civil de 220 millones de pesetas y que advertía que Estevill podía ser condenado por el caso de los sobornos a 24 años de cárcel–. El magistrado Díaz de Valcárcel exigió, so pena de embargar todos sus bienes, que Estevill depositara 550 millones de pesetas en el Tribunal Superior de Justicia para cubrir las indemnizaciones que el *Lobo* tendría que abonar al Fisco tras resultar condenado. Díaz de Valcárcel emitió ese auto el 11 de julio de 1997. Estevill se encontraba en ese momento confinado en la prisión de Quatre Camins, pero su hijo Javier y su socio y amigo José Manuel Prades estaban haciendo ímprobos esfuerzos por ocultar el patrimonio del ex magistrado de la Justicia. Estevill, naturalmente, se declaró insolvente. Una semana después, Díaz de Valcárcel ordenaba el embargo de todos sus bienes. Apenas unos miles de pesetas.

Pero el juez del Tribunal Superior catalán prosiguió con su discreta actuación, y el 6 de julio de 1998 emitía un auto de fin de la instrucción y, a petición del fiscal, ordenaba el encarcelamiento de Estevill, a pesar de que ya se encontraba en la cárcel. Dejaba así claro que su instrucción era independiente de la de Bruguera. Días más tarde, la Sala ordenó a Díaz de Valcárcel que, dado que los delitos fiscales imputados a Estevill eran delitos ordinarios, debían ser juzgados por la Audiencia de Barcelona. El magistrado del TSJC remitió los autos al tribunal provincial, que fijó el 18 de enero de 1999 como fecha para la celebración del juicio.

Tres semanas después de ser puesto en libertad bajo fianza, Lluís Pascual Estevill se sentaba de nuevo en el banquillo, en esta ocasión en el de la Audiencia de Barcelona, para responder de las acusaciones del fiscal anticorrupción y del abogado del Estado, que le atribuían delitos fiscales por valor de 360 millones de pesetas.

El *Lobo*, que en la práctica ejercía su propia defensa a través del letrado Manuel Troyano, eligió una mala línea defensiva. Porque para que sus coartadas fueran creíbles debía darse por cierto que tenía muy buenos amigos. Tanto, que entre 1988 y 1993 le llegaron a prestar más de 200 millones de pesetas sin que mediara documento alguno.

Ésa fue la principal estrategia defensiva de Pascual Estevill el día 18 de enero de 1999, cuando se enfrentó a la primera jornada del juicio por delito fiscal que celebró contra él la Audiencia de Barcelona. El delegado de la fiscalía anticorrupción en Cataluña, Carlos Ramos, acusaba a Estevill de cinco delitos fiscales por un importe total de 356,6 millones de pesetas y pedía a la Sección Tercera de la Audiencia de Barcelona que condenara al ex magistrado a 20 años de prisión. El ex juez compareció en el Palacio de Justicia de Barcelona puntualmente, a las 10.00 horas, impecablemente vestido. Sin embargo, durante toda la vista, que no se inició hasta las 11.30 horas, permaneció sentado en el banquillo con el abrigo loden puesto.

Mucho más locuaz que en sus últimas comparecencias –habría que remontarse al juicio al que le sometió el Tribunal Supremo en 1996–, el juez Estevill rechazó las acusaciones del fiscal y atribuyó buena parte de los ingresos irregulares que le contabilizaba Ramos a diversos préstamos concedidos por sus amigos o a devoluciones de préstamos realizados por él a sus amigos. El ex juez volvió a su mutismo, sin embargo, cuando el fiscal intentó que Estevill declarara sobre las cuentas que posee en bancos de Suiza. El ex magistrado se acogió a su derecho constitucional a no declarar.

Lo que más llamó la atención del ministerio público, sin embargo, fue que ninguno de los préstamos a los que se refirió cuenta con soporte documental. Tanto el ex juez, como los amigos que confirmaron que le habían prestado o que le habían devuelto dinero, reconocieron que los préstamos no se documentaron, en aras a la confianza que existía por las relaciones de amistad entre ellos. Algunos de los amigos de Estevill demostraron que aún mantenían buenas relaciones con el ex magistrado. Los procuradores de los tribunales de Barcelona Carlos Testor y Ramon Feixó afirmaron que prestaron 40 millones de pesetas a Estevill en 1990, cuando el ex magistrado ejercía como juez en Terrassa.

Sin embargo, la amistad tiene un límite: ambos afirmaron que el ex magistrado Pascual Estevill les devolvió el dinero en 1991, y no en el año 1997 como pretendía el ex magistrado, para lograr una coartada para la acusación de alzamiento de bienes que se prepara contra él.

Otros, como el entonces propietario de la perfumera Myrurgia –ese mismo año la vendió al grupo Puig–, Esteban Monegal, demostraron que las relaciones de amistad no son inmunes al paso del tiempo. Aunque no con la rotundidad que pretendía el tribunal, Monegal negó la afirmación que había hecho una hora antes el procesado, referente a que había prestado 60 millones de pesetas a Myrurgia en 1988, que la empresa había devuelto al poco tiempo.

La buena memoria de otro de los amigos de Estevill también jugó una mala pasada al ex magistrado. El asesor fiscal Antonio Antón admitió, a preguntas del ministerio público, haber realizado viajes a Suiza en compañía del ex juez. Cuando precisó que se trataba de «viajes de vacaciones» ya era tarde. El dictamen más importante, el de los inspectores de Hacienda, sacó a Estevill de su mutismo y le devolvió su vieja actitud displicente. El ex juez calificó el informe de «esos individuos» de «panfleto lleno de falsedades e irregularidades».

«El delito fiscal, además de infringir el Código Penal, revela una conducta insolidaria que sólo prueba, en particulares y empresas, las malas artes con las que algunos eluden sus responsabilidades sociales.» Con esta frase, el fiscal anticorrupción, Carlos Ramos, concluía el 20 de enero de 1999 su informe definitivo, en el que pedía la pena máxima para el ex juez Lluís Pascual Estevill como autor de cuatro delitos fiscales, que en el caso del ex magistrado suma 24 años de prisión, porque el reo se acogió al antiguo Código Penal. Pero las palabras no eran de Ramos. Eran del propio Estevill.

Las escribió en una resolución el 4 de noviembre de 1993,

como titular del Juzgado de Instrucción número 26 de Barcelona. Cuando dictó el auto, Estevill ya había defraudado a Hacienda más de 356 millones de pesetas. En la Audiencia de Barcelona tuvo la oportunidad de probar su propia medicina. El segundo de sus juicios quedó visto para sentencia.

En el tercer y último día de la vista oral, el fiscal dejó claro en su informe que la pieza fundamental de la acusación es el informe elaborado por los peritos designados por la Agencia Tributaria, Braulio Martín y Domingo Benaiges. El informe atribuye cinco delitos fiscales a Estevill, cometidos en los ejercicios de 1988, 1989, 1990, 1991 y 1993. Tanto el fiscal como la acusación particular, ejercida por el abogado del Estado Severo Bueno de Sitjar, intentaron dejar claro al tribunal que todos los delitos que se imputan a Estevill son hechos probados, y no presunciones, porque los documentos prueban que el ex juez registró ingresos en sus cuentas cercanos a los 500 millones de pesetas.

Ramos justificó su petición de la pena máxima porque el grado de la pena «no puede ser igual para unas personas que ejercen la magistratura y persiguen precisamente este tipo de delitos con criterios acertados o no, pero sin duda con medidas cautelares severas». El delegado de la Fiscalía Anticorrupción en Cataluña desmontó, además, la coartada de Estevill de que la mayor parte de sus ingresos atípicos no justificados se corresponden con créditos de amigos. Para el fiscal, sólo pueden considerarse créditos los que se han podido documentar. Pero, aun en el supuesto de que los créditos fueran reales, Estevill no justificó de dónde sacó el dinero que dijo haber devuelto a sus amigos.

Por su parte, el letrado defensor del ex juez, Manuel Troyano, protagonizó un número de prestidigitación y cambió sus conclusiones definitivas. Troyano se basó en la entrada en vigor del nuevo estatuto del contribuyente.

La sentencia, que fue confirmada por el Supremo, llegó el 29 de enero de 1999. La Audiencia de Barcelona condenó al ex juez Lluís Pascual Estevill a siete años de cárcel por tres delitos contra la Hacienda Pública, correspondientes a las declaraciones de la renta de 1989, 1991 y 1993. El tribunal ha impuesto una pena de dos años y cuatro meses por cada delito y más de 100 millones de pesetas de multa. Además, el ex vocal del Consejo General del Poder Judicial fue condenado a pagar la misma cantidad al Fisco en concepto de indemnización.

Paralelamente, el tribunal absolvió a Estevill del delito fiscal que se le imputaba, correspondiente al año 1988, ya que había prescrito. Lo mismo sucedió con la declaración correspondiente a 1990, tras comprobarse que la cantidad defraudada no superaba los 15 millones de pesetas. Aun así, el tribunal insta a Hacienda a reclamar la deuda al ex juez.

Estevill recibió la noticia de la condena tras declarar en el Tribunal Superior de Justicia de Cataluña (TSJC) por una causa de alzamiento de bienes. Estevill no quiso hacer ningún comentario al respecto, aunque su abogado, Manuel Troyano, anunció que presentaría recurso ante el Tribunal Supremo y pediría la suspensión de la ejecución de la sentencia. El fiscal jefe de Cataluña, José María Mena, también anunció el recurso del Ministerio Público, ya que éste considera que la pena impuesta es demasiado baja, teniendo en cuenta el reproche que merece que un juez cometa un delito que él mismo perseguía.

La sentencia, redactada por la magistrada de la Sección Tercera, Ana Ingelmo Fernández, considera probado que Estevill ocultó «de diversas formas, importantes cantidades sujetas a tributación, con el fin de evitar el correspondiente pago» del Impuesto sobre la Renta de las Personas Físicas, correspondiente a los años

1989, 1991 y 1993. En concreto, la cuota defraudada en 1989 fue de 36.248.319 pesetas y de 41.602.794, en 1991, mientras que en 1993, la cuota defraudada ascendió a 22.575.063 pesetas.

Según la sentencia, la Inspección Tributaria comprobó irregularidades tanto en los rendimientos de capital mobiliario como inmobiliario, incluso en los rendimientos de trabajo personal, pero «principalmente» sorprendía que en los tres ejercicios fiscales Estevill efectuaba abonos en sus cuentas bancarias y hacía inversiones que «no se correspondían con su situación financiera». Para el tribunal, Estevill «ocultó» a Hacienda la «verdadera entidad de sus rentas», con el fin de eludir el pago de la cantidad que realmente debía pagar a Hacienda, y considera poco creíbles los testimonios de sus amigos, que aseguraron en el juicio que le hicieron préstamos millonarios. Para la magistrada ponente, tal cantidad de millones «no se presta sin que, al menos, se constate documentalmente la existencia del préstamo, y se establezca un plazo de devolución», a pesar de que exista amistad.

Sin elecciones a la vista

La segunda sentencia contra Lluís Pascual Estevill se produjo el 29 de enero de 1999. El magistrado se encontraba en libertad bajo fianza de 100 millones de pesetas en el momento de ser condenado por la Audiencia de Barcelona a siete años de prisión por delito fiscal. Pero no ingresó en prisión porque el abogado de Estevill recurrió la sentencia ante el Tribunal Supremo y los magistrados atendieron su petición de que la pena quedara en suspenso.

Entonces Pascual Estevill desapareció completamente de la vida pública. Prácticamente recluido en su domicilio, sólo las informaciones con novedades sobre la investigación por soborno invocaban su nombre. Durante la campaña electoral de las autonómicas de octubre de 1999, Pasqual Maragall esgrimió las relaciones de Convergència con Pascual Estevill como arma arrojadiza contra Jordi Pujol. Tras las elecciones generales del 13 de marzo de 2000 que otorgaron la victoria por mayoría absoluta al PP de José María Aznar, el *caso Estevill* entró en una preocupante atonía. Tanto que ya no interesaba ni al Tribunal Superior de Justicia de Cataluña.

El Tribunal Superior se echa atrás

Un jarro de agua fría. Así recibieron el 24 de febrero de 2000 las acusaciones y los damnificados por los delitos del ex juez Lluís Pascual Estevill la decisión del Tribunal Superior de Justicia de Cataluña (TSJC) de declararse incompetente para seguir instruyendo el caso tras más de cuatro años de investigaciones. La Sala Civil y Penal del alto tribunal catalán dictó un auto en el que comunicaba a las partes personadas en el *caso Estevill* su decisión de remitir las actuaciones a un juzgado de instrucción ordinario de Barcelona.

Las partes consultadas en aquel momento por el autor calificaron de indignación generalizada la reacción de las diferentes acusaciones a la decisión judicial del Tribunal Superior. La Fiscalía Anticorrupción, que ejerce la acusación pública en este caso, anunció que recurriría la resolución del TSJC. La mayoría de las más de 10 acusaciones particulares personadas en el caso anunciaron su intención de recurrir la polémica decisión del Superior. El Tribunal Superior instruía hasta ese momento cuatro causas diferentes contra el ex magistrado Lluís Pascual Estevill. La más importante, una en la que se le atribuye extorsión y soborno a varios empresarios, a los que amenazó con enviarlos a la prisión si no cedían a sus pretensiones económicas.

La instrucción del *caso Estevill* era hasta ahora responsabilidad del Tribunal Superior catalán porque los delitos que se atribuyen al ex magistrado fueron cometidos mientras ejercía como juez en Barcelona, y la Ley Orgánica del Poder Judicial establece un fuero especial para los magistrados cuando son acusados de delitos cometidos en el ejercicio de su cargo.

Pero la Sala Civil y Penal del Tribunal Superior de Justicia de Cataluña decidió acogerse a un polémico auto dictado por el Tribunal Supremo que atendía una petición del cuestionable abogado Emilio Rodríguez Menéndez que presentó una denuncia contra el magistrado condenado por prevaricación por el *caso Sogecable*, Javier Gómez de Liaño, e inhabilitado, para que la causa se tramitara en los juzgados ordinarios. El Supremo accedió a la petición de Rodríguez Menéndez y el Superior de Justicia catalán decidió seguir su criterio.

El sumario por extorsión y soborno recayó por sorteo en el Juzgado de Instrucción número 28 de Barcelona, dirigido por la magistrada Remei Bona. A pesar de que la decisión del Tribunal Superior de Cataluña se tomó en marzo de 1999, el juzgado de Remei Bona no recibió los autos hasta septiembre del mismo año. La explicación, no tenía espacio ni estanterías para albergar los más de 30.000 folios que componen la causa contra Pascual Estevill.

En realidad la magistrada Bona apenas practicó un par de diligencias, abrumada por las dimensiones de un caso que desconocía completamente y para el que necesitaría varios meses de estudio. Entretanto, fue la Justicia suiza la que más avanzó en las investigaciones sobre las actividades y el patrimonio ilícito de Lluís Pascual Estevill.

El Tribunal Superior recupera el caso

El Tribunal Supremo estableció el 7 de abril de 2001 que el Tribunal Superior de Justicia de Cataluña (TSJC) juzgue al ex juez Lluís Pascual Estevill, porque aunque fue expulsado de la carrera judicial se investigan supuestos delitos cometidos en el ejercicio de este cargo. La Sala de lo Penal del Supremo explica en una sentencia que la competencia para investigar delitos cometidos presuntamente por magistrados en el ejercicio del cargo corresponde a las Salas de lo Civil y Penal de los Tribunales Superiores, por lo que anulaba la decisión del TSJC de enviar la causa a un juzgado ordinario de Barcelona.

Para el Alto Tribunal, la competencia de los Tribunales Superiores debe mantenerse aunque el juez haya perdido su condición de tal, porque «no se trata de un especial aforamiento derivado de privilegio personal alguno».

Final en Quatre Camins

El 31 de octubre de 2001, el Tribunal Supremo confirmó la condena total de siete años de cárcel que la Audiencia de Barcelona había impuesto a Lluís Pascual Estevill, ex juez y ex vocal del anterior Consejo General del Poder Judicial, porque defraudó a Hacienda algo más de 100 millones de pesetas en cuatro años.

En el momento del fallo del Supremo, Estevill se encontraba en libertad provisional. En total, según la sentencia, en esas cuatro declaraciones del Impuesto sobre la Renta Lluís Pascual Estevill defraudó a la Hacienda Pública algo más de 100 millones de pesetas. La misma cantidad que, tras la ratificación del más alto tribunal, debería abonar en concepto de responsabilidad civil. Una de las cuestiones que debatieron los magistrados del Supremo, a instancias del fiscal y del abogado del Estado, es si los delitos contra la Hacienda Pública que se imputaban a Estevill habían prescrito. Los magistrados han considerado que en este caso no ha existido tal prescripción, porque la primera denuncia contra Estevill, aunque fue muy genérica, fue presentada unas semanas antes de que transcurriera el plazo para considerar prescrito el delito. También argumentó el ex juez, en su recurso, que había regularizado su situación tributaria con Hacienda, lo que le eximiría de cualquier responsabilidad penal.

Pero el Supremo indica, en este sentido, que para que se produzca esa situación es necesario que el contribuyente se ponga al día con la Agencia Tributaria y pague sus impuestos antes de que le notifiquen que se ha iniciado una inspección para comprobar sus declaraciones de renta o antes de que se presente una denuncia o querella, cosa que en este caso no ha ocurrido.

El resto de sus alegaciones tampoco fueron aceptadas por los tres magistrados del Supremo que han revisado el caso. Estos afirman que la sentencia condenatoria dictada por la Audiencia barcelonesa fue correcta y no vulneró ningún derecho de Estevill.

Desde la noche del domingo 11 de noviembre de 2001, el ex magistrado habita un territorio conocido: el centro penitenciario de Quatre Camins, en La Roca del Vallès. El ex magistrado acudió por iniciativa propia a las 21 horas del 11 de noviembre de 2001 en la cárcel de Quatre Camins para solicitar su ingreso en prisión. Estevill se anticipó así a la decisión que debía tomar la Sección Tercera de la Audiencia de Barcelona sobre su situación personal.

El ex magistrado y ex vocal del Consejo General del Poder Judicial (CGPJ) a propuesta de CiU decidió ingresar en prisión el 11 de noviembre de 2001 a pesar de haber dado instrucciones a su abogado, Manuel Troyano, para que presentara un recurso de amparo ante el Tribunal Constitucional. El abogado de Estevill solicitó la suspensión cautelar de la ejecución de la sentencia a la Audiencia de Barcelona mientras no se pronuncia el Tribunal Constitucional. Pero ni el letrado ni su cliente confían en que se produzca la suspensión.

Epílogo

El 12 de marzo de 2002, el magistrado del Tribunal Superior de Justicia de Cataluña Antoni Bruguera emitió un auto por el que daba por finalizada la instrucción de las acusaciones más graves que pesan contra el ex juez Lluís Pascual Estevill, las que le imputan haber extorsionado y exigido sobornos a los empresarios que pasaron por sus juzgados en Terrassa y en Barcelona. El ex juez abandonará entre finales del mes de octubre y los primeros días de noviembre de 2002 la prisión de Quatre Camins en la que se encuentra recluido desde el 11 de noviembre de 2001 cumpliendo una condena de siete años de prisión por varios fraudes fiscales.

Pero saldrá sólo para volver a sentarse en el banquillo de los acusados. Y en este caso afrontará unas peticiones de penas de, al menos, 24 años de prisión por varios presuntos delitos de extorsión, soborno, detención ilegal y prevaricación. El magistrado del Tribunal Superior de Justicia de Cataluña Antoni Bruguera, que ha investigado las tropelías atribuidas a Estevill desde septiembre de 1996, ha dado por concluida la instrucción de la causa y ha pedido a las partes personadas en la causa que le remitan sus escritos de acusación o de defensa en un plazo máximo de 30 días. Así consta en un auto emitido por Bruguera, en el que establece quiénes son las personas que compartirán el banquillo de los acusados con el ex magistrado acusado de corrupción que, en su día, fue elevado al Consejo General del Poder Judicial a propuesta de Convergència i Unió.

Entre los que Bruguera considera que deben ser acusados se encuentran los abogados Juan Piqué Vidal, Juan Vives Rodríguez de Hinojosa padre e hijo y los también abogados y responsables de la Asociación para la Defensa del Accionista (ADA) Alberto Salazar y Eduardo Soteras. Todos ellos están acusados de haber colaborado con Estevill o de haber mediado en nombre del juez en las exigencias de sobornos a los empresarios amenazados de prisión por el ex magistrado. Entre estos empresarios se encuentran los antiguos ejecutivos de Macosa, los del grupo asegurador del antiguo Banco Central Hispano, los empresarios catalanes Lorenzo Rosal y el fallecido Juan Sansalvador Lacomba. También considera Bruguera que pueden ser acusados, en este caso de colaboración en un delito de alzamiento de bienes, la esposa, el hijo y la nuera de Pascual Estevill y su amigo José Manuel Prades Sorli.

De todos ellos, es el abogado Juan Piqué Vidal el que, tras Estevill, tiene más motivos para esperar una condena del macroproceso por extorsión y soborno. Piqué Vidal se encuentra en libertad bajo fianza de 30 millones de pesetas (180.000 euros) desde el 13 de febrero de 1997. El 2 de febrero de 1998 fue el único de los encausados que aportó la fianza de responsabilidad civil de 200 millones de pesetas (1.200.000 euros) que fijó el juez Bruguera para las eventuales indemnizaciones a las víctimas. A diferencia de Estevill, Piqué ha intentado por todos los medios que la instrucción de la causa no le afecte. Sin embargo, no lo ha conseguido. En estos más de cinco años ha visto como su bufete perdía a la mayor parte de sus clientes tras verse envuelto en el caso Estevill. Sólo le quedan algunos clientes fieles como el patrón de Casinos de Cataluña, Artur Suqué, o el constructor y ex presidente del Fútbol Club Barcelona, Josep

Lluís Núñez. Piqué Vidal ha establecido una alianza con su viejo amigo, el presidente del Colegio de Graduados Sociales de Cataluña, Vicenç Cardellach que, en la práctica, supone una fusión de sus despachos.

Algunos de los acusadores, como Juan Sansalvador Lacomba, no asistirán a la vista del juicio. El empresario falleció en febrero de 2002. Otros, como los antiguos miembros de la dirección de Banesto, podrán asistir al juicio como meros espectadores a pesar de que durante amplias fases de la instrucción estuvieron imputados en el proceso.

Con anterioridad al cierre de la instrucción del *caso Estevill*, el 28 de febrero, el juez Bruguera había emitido otro auto, en este caso de sobreseimiento libre provisional para Alfredo Sáenz, ex presidente de Banesto y consejero delegado del Santander Central Hispano, para el ex consejero director general de Banesto, José Ángel Merodio, para el ex subdirector general del banco para Cataluña y Baleares Miguel Ángel Calama, y para los abogados Rafael Jiménez de Parga y Carlos Ruiz. Todos ellos habían sido acusados por los empresarios Pedro Olabarría, José Ignacio y Luis Fernando Romero, de haber sobornado a Estevill en el verano de 1994 para que admitiera una querella de Banesto contra ellos que acabaría siendo desestimada por la Audiencia de Barcelona.

En un primer momento, la querella, claramente irregular, según la acusación particular, permitió al ex magistrado, en prisión desde el pasado mes de diciembre para cumplir una pena de siete años por delito fiscal, encarcelar a los industriales.

Sin embargo, el juicio no estará carente de expectación. El Tribunal llamará como testigos a antiguos prohombres de la banca, de la industria y de la política española, como José María Amusátegui, Alfonso Escámez, Eduardo Santos, José Felipe Bertrán de Caralt, Ignacio Ferrero o Macià Alavedra.

En realidad, la vista servirá sólo para imponer las condenas que merezcan los acusados. Las responsabilidades políticas por haber permitido que Estevill y el Clan de los Mentirosos se apoderaran de los centros de poder de Barcelona e influyeran en Madrid durante 10 años ya han sido depuradas.

Cayó Macià Alavedra por sus relaciones con De la Rosa y con el propio Estevill, y cayó José Borrell, efímero candidato del PSOE a La Moncloa, por sus relaciones con Josep Maria Huguet y la trama corrupta de Hacienda en Barcelona. Un balance bastante pobre, porque los verdaderos beneficiarios del poder del Clan de los Mentirosos y de sus maniobras no sólo no se han visto salpicados por los escándalos. Probablemente ya han olvidado el asunto.

Índice onomástico